Franziska Stalmann

Champagner und Kamillentee

Franziska Stalmann

SERIE PIPER
Band 1889

Zu diesem Buch

Ines steht nach dreizehnjähriger Ehe von heute auf morgen alleine da: Ihr Mann wird überraschend anderweitig Vater und bittet sie um eine schnelle Scheidung. Ines ist fast vierzig und hat weder Ausbildung noch Berufserfahrung – außer als liebende Ehefrau, wenn das ein Beruf wäre. Wie sie in dieser Situation zunächst auf die Nase fällt und dann allmählich wieder auf die Füße kommt, wie sie, erst unfreiwillig und dann mit wachsender Begeisterung, ein neues Leben beginnt, wie sie Arbeit findet, neue Freunde und sogar die Liebe neu entdeckt – das wird hier in leichtem Ton, aber nicht ohne Tiefgang erzählt, mit Witz und Ernsthaftigkeit, mit Kritik und Komik.

Franziska Stalmann, geboren 1951 in Hamburg. Diplompsychologin und Journalistin. Lebt als freie Autorin in München. In der Serie Piper sind von ihr erschienen: (Hrsg.) »Die Psychologie des 20. Jahrhunderts. Ein Lesebuch zur Psychotherapie« (1063), »Die Schule macht die Mädchen dumm. Die Probleme mit der Koedukation« (1323).

Franziska Stalmann

Champagner und Kamillentee

Roman

Piper
München Zürich

Von Franziska Stalmann liegen in der
Serie Piper außerdem vor:
Lust an der Erkenntnis:
Die Psychologie des 20. Jahrhunderts (Hg.) (1063)
Die Schule macht die Mädchen dumm (1323)

ISBN 3-492-11889-5
Originalausgabe
April 1992
10. Auflage, 125.–136. Tausend März 1994
(1. Auflage, 1.–10. Tausend dieser Ausgabe)

Umschlag: Federico Luci,
unter Verwendung eines Gemäldes von Andy Zito

Gesamtherstellung: Clausen & Bosse, Leck
Printed in Germany

I

Der Tag, an dem mein Mann mir sagte, daß er Vater wird, war ein Märztag. Einer von diesen schmutzig-braunen Märztagen mit grauem Himmel, aber die Vögel machen sich bemerkbar und etwas in der Luft sagt einem, daß bald Frühling sein wird. Das blaue Band wird wieder flattern, und alles wird grün und hell und fruchtbar und mehret sich.

Komischerweise war das der erste Gedanke, der mir durch den Kopf ging: Genau wie bei Rüdiger. Noch sieht man nichts, er sieht aus wie sonst, aber bald wird auch er fruchtbar sein (obwohl er das ja schon gewesen ist) und sich mehren, und ein blaues oder rosa Band flattert. Ein alberner Gedanke, ein blöder Vergleich, aber ich habe eine Neigung zu solchen Vergleichen, und dann fiel mir in dem Moment einfach nichts anderes ein. Ich starrte ihn nur an, und dieses verdammte Band flatterte durch meine Gedanken.

»Was ist mit dir?« fragte Rüdiger besorgt und nahm meine Hand, und fast hätte er mir den Puls gefühlt, aber er hielt sich gerade noch zurück. Was soll schon sein, dachte ich, und das Band verschwand wieder aus meinem Kopf: Du hast mir bloß gerade gesagt, daß du ein Kind bekommst, und infolgedessen sitze ich hier mit einem etwas dämlichen Gesichtsausdruck.

»Was soll schon sein?« fragte ich. »Was hast du erwartet? Daß ich dich beglückwünsche?« Und dann fing ich an zu weinen.

»O Gott, nein, natürlich nicht«, sagte er hastig. »Ich finde es ja auch schrecklich, daß ich dir das sagen muß, aber ich dachte, es wäre besser, ich sage es dir gleich und direkt, ohne viele Umschweife. Ich dachte, das ist das Beste für uns beide.«

Das Beste für uns beide wäre, wenn du nicht mit irgendeiner anderen Tussi ein Kind bekommen würdest, dachte ich und weinte weiter. Er stand zögernd auf und ging in die Küche und kam mit der Haushaltspapierrolle zurück und hielt sie mir vorsichtig hin.

»Ich sollte dir vielleicht erstmal erklären, wie das alles passiert ist«, sagte er. Ja, das solltest du wirklich tun, dachte ich, das ist eine phantastische Idee, das ist sicher das Beste für uns beide, wenn du mir mal ganz direkt und ohne Umschweife erklärst, wie das passiert ist.

»Also, ich bin doch in dieser Fortbildung für Körper-Harmonie und Muskel-Balance, und da habe ich eine Frau kennengelernt, und erst war da gar nichts, und dann hat sich was entwikkelt zwischen uns. Ich habe mich ja sehr dagegen gewehrt, ich wollte doch die Nähe zwischen dir und mir nicht zerstören. Aber da hat sich eben, wie gesagt, was entwickelt, und dann konnte ich irgendwann gar nicht anders, als mich darauf einlassen, und ich war innerlich ganz zerrissen, wirklich –«

Ich schniefte laut und putzte mir die Nase. Jetzt redet er schon wie diese Psycho-Fritzen, dachte ich, von wegen sich einlassen und was entwickelt und Nähe und so. Hätte er doch nie mit diesen verdammten Kursen angefangen, wäre er doch bloß ein netter, einfacher Arzt geblieben, mit nichts als Spritzen und Tabletten und netten, einfachen Operationen im Kopf, statt diesem ganzen Kram von Psychosomatik und Körper-Harmonie.

»Und dann ist sie schwanger geworden«, sagte ich.

»Ja, ich weiß auch nicht, wie das passieren konnte«, sagte Rüdiger und guckte mich an wie jemand, der einem Mysterium begegnet ist und nun hofft, daß man ihm eine Erklärung dafür bietet. »Es hätte gar nicht passieren dürfen, zu diesem Zeitpunkt, meine ich, und das ist es ja auch, was mich so betroffen macht, so ganz tief innen, weißt du –«

»Ist sie auch Ärztin?« fragte ich.

»Nein«, sagte er, »sie ist Psychologin.«

Psychologin, auch das noch. Ist das vielleicht Ihre Art von Therapie, Frau Psychologin, anderen Frauen die Männer wegzunehmen, dachte ich, und dann auch noch schwanger zu werden, zu ganz unmöglichen, mysteriösen Zeitpunkten?

»Und wie alt ist sie?« fragte ich. Rüdiger zögerte. »Oder weißt du das etwa nicht?«

»Doch«, sagte er, »sie ist 29.«

O Gott, 29, auch das noch. 29 und Psychologin und schwanger, und es hat sich was entwickelt zwischen ihr und Rüdiger, was ganz Tiefes und Mysteriöses. Und ich bin 39 und komme mir angesichts all dieser Umstände vor wie 90.

Rüdiger ahnte offenbar, was ich dachte – immerhin ein Fortschritt nach all diesen Psycho-Kursen. Früher hätte man ihm das, was man denkt, auf große Tafeln schreiben und vor die Nase halten müssen, damit er es begreift.

»Bitte, Ines«, sagte er und sah mich eindringlich an mit seinen schönen grauen Augen, die ich so liebe, und diesem zerknirschten Gesichtsausdruck, den ich auch so mag an ihm. »Du darfst nicht denken, daß es deswegen ist, weil sie so jung ist, meine ich. Im Gegenteil, ich finde, der Altersunterschied ist eher ein Problem – ich meine, da ist so ein unterschiedliches Niveau an Erfahrungen und Wissen und Lebensgefühl, und so ein selbstverständliches Verstehen ohne viele Worte, wie wir das haben, das ist viel schwieriger.«

Ein gemeinsames Niveau habt ihr jedenfalls gefunden, dachte ich, und da habt ihr euch offenbar ganz gut verstanden, auch ohne viele Worte.

»Und wie geht das jetzt weiter?« fragte ich.

»Ja, also«, sagte er, »gut, daß du davon sprichst. Das ist wirklich ein großes Problem, mit dem wir alle drei sehr vorsichtig umgehen müssen. Sie will das Kind unbedingt haben, und das verstehe ich auch. Und ich will mich da auch nicht vor der Verantwortung drücken, ich will mich da wirklich einlassen, so schwer mir das fällt, ich meine, wegen uns...«

Mir wurde innerlich grau und kalt. Aber wie das manchmal so ist in schrecklichen Situationen: Ich war plötzlich ganz ruhig und klar und konnte denken und reden wie diese Leute im Film, die inmitten schlimmster Katastrophen immer noch frisch frisiert sind und adrette, frisch frisierte Dialoge sprechen.

»Übersetz mir das doch mal«, sprach ich kühl und beherrscht, »was heißt das genau: dich wirklich einlassen? Alimente zahlen? Oder mit ihr zusammenleben? Oder sie heiraten? Oder was?«

»In letzter Konsequenz wird es das wohl bedeuten«, sagte Rüdiger und sah mich ernsthaft und bewegt an, so ernsthaft und bewegt, wie die Situation nun mal war.

»Ah ja, ich verstehe«, sagte ich, kühl und beherrscht, »damit wären die Grundfragen geklärt. Aber da wäre noch ein winziges Problem: Bevor du sie heiraten kannst, müßtest du dich von mir scheiden lassen, oder sehe ich das falsch? Aber vielleicht besprechen wir diese nebensächlichen Detailfragen lieber morgen, oder?«

»Liebes, bitte«, sagte Rüdiger drängend, »geh doch nicht so ironisch und distanziert damit um. So kommen wir doch nicht weiter, wenn wir alle unsere Gefühle wegstecken. Das macht es doch für uns alle nur schlimmer!«

Wenn ich jetzt sage: Nenn mich nicht Liebes, dann rede ich wirklich wie diese Leute im Film. »Wenn ich meine Gefühle nicht wegstecken würde«, sagte ich, »dann würde ich dich umbringen oder uns beide oder die Einrichtung zerschlagen. Wäre dir das lieber?«

»Da hast du auch wieder recht«, sagte er, »vielleicht ist es fürs erste wirklich besser, wenn wir jetzt ins Bett gehen und morgen weiter darüber reden.«

»Wie heißt sie eigentlich?« fragte ich.

»Du kennst sie bestimmt nicht«, antwortete er ausweichend.

»Das will ich auch nicht hoffen. Ich will nur wissen, wie sie heißt.« Ich sah seinen unsicheren Blick. »Keine Sorge. Ich rufe sie nicht an und schreibe keine anonymen Briefe und warte auch nicht vor ihrer Tür, um sie zu erschießen.«

»Sie heißt Clarissa. Clarissa Maiwald.«

»Wieso, zum Teufel, heißt sie Clarissa?«

»Das weiß ich doch nicht, Liebes«, sagte Rüdiger und sah mich zweifelnd an. »Der Name ist doch ganz gleichgültig.«

Nein, ist er nicht. Sie taucht auf wie im Märchen, sie zaubert mir meinen Mann weg wie im Märchen, sie zaubert ein Kind her wie im Märchen, und sie heißt wie im Märchen. Clarissa Maiwald, auch das noch. Scheiße.

Ich lag im Bett und dachte. Ich wollte nicht denken, aber die Gedanken rollten durch meinen Kopf wie kleine graue Panzer, unablenkbar, ohne Ende. Rüdiger hatte mir ein Schlafmittel angeboten, und ich hatte es genommen, eines von diesen neuen pflanzlichen Mitteln. Es half nicht. Aber wahrscheinlich hätte auch eine ganze Wagenladung gutes altmodisches Valium nicht geholfen.

Rüdiger hatte auch gesagt, daß es mir sicher lieber wäre, wenn er in seinem Zimmer schlafen würde. Ich hatte noch nicht darüber nachgedacht, was mir lieber wäre, aber ich wußte, daß es Rüdiger auf jeden Fall lieber war, in seinem Zimmer zu schlafen. So richtig schön fest schlafen – ich hatte sein leises Schnarchen gehört, als ich nochmal ins Bad ging –, ohne eine Frau an seiner Seite, die entweder ironisch oder hysterisch ist und ihn womöglich mitten in der Nacht weckt, um Detailfragen zu besprechen.

Im Badezimmerspiegel hatte ich mich lange angeschaut. Das war so ziemlich das Schlimmste, was ich tun konnte, aber ich mußte einfach noch ein bißchen in der Wunde herumstochern. Aschblondes Haar (Rüdiger nennt es immer honigblond, aber an diesem Abend war es eindeutig aschefarben), blasse Haut, geschwollene Augen, rote Nase, und an Hals und Dekollete die roten Flecken, die ich immer kriege, wenn ich mich aufrege. Außerdem mindestens drei Kilo zuviel und die vor allem auf den Hüften, was man aber nicht sieht, weil ich sie unter gutgeschnittenen Hosen und gutgeschnittenen Jacketts verstecke.

Wahrscheinlich ist diese märchenhafte Clarissa auch noch eine märchenhafte Schönheit, dachte ich. Braunhäutig und dunkelhaarig, wie aus Tausendundeiner Nacht – und nicht breithüftig und kleinbusig wie ich, sondern natürlich schmalhüftig und großbusig. Und diese feinen Falten um die Augen hat sie natürlich auch nicht, kann sie gar nicht, mit 29. Solche braunhäutigen Typen kriegen überhaupt nicht so früh und auch nicht so viele Falten wie Leute mit blasser dünner Haut, und rote Flecken kriegen sie natürlich auch nicht. Scheiße!

Ich schlich wieder ins Bett, vorbei an Rüdigers entspanntem Schnarchen. Ich machte die Augen zu, und die Panzer rollten wieder und stellten mir schreckliche Fragen.

Was machst du jetzt? fragten sie. Du bist alt und aschblond und dick und häßlich und wirst 40. An deinem vierzigsten Geburtstag wirst du ein Single sein, wie es so schön heißt, ein gräßlicher Ausdruck. Und außerdem eine geschiedene Frau, von ihrem Mann verlassen wegen einer Jüngeren.

Und diese Jüngere kriegt auch noch ein Kind, sagten sie. Du hast all die Jahre kein Kind gekriegt, irgendwie hat das nie geklappt, es war euch auch nicht so wichtig, Rüdiger sowieso nicht. In diese Welt will ich keine Kinder setzen, hat er immer gesagt. Aber die andere wird sofort schwanger, noch dazu an einem ganz unmöglichen Zeitpunkt, und plötzlich ist es Rüdiger wichtig, er will sich darauf einlassen, und es macht ihm auch nichts aus, das Kind in diese Welt zu setzen.

Und was machst du beruflich? fragten sie. Germanistik und Geschichte hast du studiert, wolltest Journalistin werden oder vielleicht auch Lehrerin. Aber dann hat Rüdiger die Praxis aufgemacht, und du hast ihm geholfen die ersten Jahre, hast die Termine und den Empfang gemacht, am Anfang sogar die Buchhaltung. Du hattest keine Lust mehr, zur Uni zu gehen, es war viel schöner, morgens gemeinsam mit Rüdiger in die Praxis zu fahren, es war so schön, dieses Zusammenarbeiten, dieses Zusammen-was-Aufbauen. Du hast das Studium abgebrochen, wozu Lehrerin werden oder Journalistin, du hattest ja Rüdiger, ihr würdet gemeinsam leben und arbeiten bis ans Ende eurer Tage.

Und als die Praxis ohne dich lief, da hast du angefangen, ein bißchen zu schreiben, nette kleine Artikel, Film- und Fernsehrezensionen, Buchbesprechungen, manchmal auch was Größeres. Der Feuilletonchef beim »Abendblatt« ist ein Patient von Rüdiger, aber natürlich nimmt er es nicht nur deswegen, er findet wirklich, daß du gut schreibst. Eine nette Nebenbeschäftigung ist es jedenfalls, ein bißchen Geld extra, auch wenn man es eigentlich nicht nötig hat. Aber wie willst du davon leben? Und wird dir der Feuilletonchef immer noch die kleinen Aufträge geben, wenn du nicht mehr Rüdigers Frau bist, sondern seine Geschiedene? Wenn du ihn nicht mehr hier und da freundschaftlich triffst, auf Festen oder bei kulturellen Ereignissen, weil du dann nämlich nicht mehr dabei bist? Weil dann nämlich Clarissa-Märchenfrau dabei ist?

Irgendwann wurden die Panzer leiser und langsamer und stellten keine Fragen mehr und hörten auf, durch meinen Kopf zu rollen.

Als ich aufwachte, war es zwölf Uhr mittags. Typisch Schlafmittel, erst wirken sie gar nicht, dann wirken sie zu gut. In der Küche war der Tisch gedeckt, mit allem Drum und Dran: Kaffee in der Thermoskanne, Grapefruit, ein Ei, sorgsam in eine Serviette gewickelt. Daneben ein Zettel: »Guten Morgen, Liebes. Ich bin um halb sieben zurück. Wollen wir dann essen gehen? Dein Rüdiger.«

Na schön. Wenn du so spielst, als wären wir in einem B-Film, dann spiele ich eben mit. »Nenn mich nicht Liebes«, schrieb ich darunter. Ich goß mir eine Tasse Kaffee ein und holte das Branchentelefonbuch. P wie Psychologen, P wie Psychotherapeuten.

Es waren mehrere engbedruckte Seiten, und viele hatten nur ganz kleingeschriebene Eintragungen, also mußte ich sorgfältig suchen. Aber ich fand es bald. Eine große Anzeige, schwarz umrandet, gut sichtbar. Gemeinschaftspraxis, stand da, darunter zwei Männernamen, ein Dr. med. und ein Dipl. Psych., dazu die Spezialgebiete. Der Dr. med. machte psychoanalytische Therapie, der Dipl. Psych. Gestalt- und Gesprächstherapie. Und dann als dritte: Dr. Clarissa Maiwald, Gesprächs- und Körpertherapie.

Ach, sieh mal einer an, Doktor ist sie auch noch, dachte ich. Schönheitskönigin, Fruchtbarkeitswunder, Super-Therapeutin und Doktor. Einfach umwerfend, die Dame. Aber im Grunde war es mir schon egal. Meinetwegen hätte sie auch noch Millionärin sein können, oder sonstwas Großartiges.

Ich wählte die angegebene Nummer und fragte die freundliche Dame, die sich meldete, ob ich Frau Dr. Maiwald sprechen könnte. Nein, das könnte ich leider nicht, sagte die Dame mit nicht nachlassender Freundlichkeit. Frau Dr. Maiwald sei gerade in der Mittagspause. Sie käme aber immer so gegen halb drei zurück, um Telefongespräche erledigen zu können. Wenn ich also dann anrufen würde, würde ich sie mit Sicherheit erreichen.

Ich war um viertel nach zwei vor der Praxis. Ein schönes, altes Haus, neben der eichernen Haustür ein Messingschild, das über die Gemeinschaftspraxis Auskunft gab. Ich wartete in einer gegenüberliegenden Toreinfahrt. Auch das war wie in einem schlechten Film, aber was soll man machen, wenn sich das eigene Leben plötzlich als schlechter Film entpuppt? Aufstehen und das Kino verlassen?

Es gab viele Passanten auf der Straße, und ich musterte sie alle genau. Eine schöne, dunkelhaarige Frau kam auf mich zu, und ich starrte sie an, aber sie ging an mir vorbei die Straße hinunter. Ich hörte einen Mann lachen. Er stand zusammen mit einer Frau vor dem Buchladen im Nebenhaus. Der Mann lachte wieder und sagte: »Also hör mal, Clarissa, glaubst du wirklich, das wäre das Richtige?« Clarissa lachte auch, ein helles, fröhliches Lachen, aber was sie antwortete, konnte ich nicht verstehen.

Sie gingen an mir vorbei, und ich versuchte so zu tun, als ob ich nach jemandem Ausschau hielte und warf nur immer wie zufällig einen Blick auf Clarissa, wie man das eben macht, wenn man auf jemanden wartet, und es kommen gerade irgendwelche Passanten vorbei.

Sie war keine schwarzhaarige, dunkelhäutige Schönheit aus Tausendundeiner Nacht. Aber es war fast genauso schlimm. Sie war eine von diesen zarten, elfenhaften Blondinen. Und wenn ich sage Blondine, dann meine ich nicht Aschblond oder im besten Falle Honigblond, sondern dieses seltene echte Silberblond, und dazu feine Naturlocken, nicht Glatthaar Marke Spargelschale wie bei mir. Und sie war elfenhaft: diese feingliedrige schmale Sorte von Frau mit Schuhgröße 37 und Kleidergröße 36 oder schlimmstenfalls 38 und zarten, feinen Händen und Fingern, deren Zartheit durch lauter feine, zarte Ringe nur noch betont wird.

Die Art von Frau, die einem anvertraut, welche Schwierigkeiten sie hat, Kleider in ihrer Größe zu finden, außer manchmal was ganz Besonderes im Ausverkauf, das bleibt ja oft liegen in dieser Größe, oder sie geht in die Teenager-Abteilung, da findet sich hier und da auch was Schickes. Und dabei lächelt sie lieblich mit ihren feingeschnittenen Lippen in ihrem zarten, feingeschnittenen Gesicht. Und man selber sitzt da und starrt sie an und hat das Gefühl, zur Sorte Elefantenfrau zu gehören: riesengroß und fett, mit klobigen Händen und groben Gesichtszügen, die man lieber nicht zu einem Lächeln verzieht, weil man sonst noch häßlicher aussieht.

Ich stand in meiner Toreinfahrt und sah diese Elfenkönigin in schicken Klamotten aus der Teenagerabteilung oder dem Ausverkauf an mir vorüberziehen, die Straße überqueren und in der Eichentür neben dem Messingschild verschwinden. Und ich hatte nur einen, und wieder einen blöden Gedanken im Kopf: Was für ein schönes Paar.

Nicht sie und der Typ, mit dem sie lachend in der Tür verschwand. Sie und Rüdiger. Rüdiger ist auch schmal und schlank

– und groß, ein dunkler, schlaksiger Typ wie Anthony Perkins, nur daß er sehr viel attraktiver ist als Anthony Perkins. Und er sieht immer gut aus, um nicht zu sagen elegant, ganz gleich, was er anzieht, weil er sich so selbstverständlich und locker bewegt. Genau wie Clarissa. Gott, was müssen die schön aussehen zusammen. Und was werden sie für schöne, feingliedrige, elegante Kinder kriegen, die beiden.

Ich ging nach Hause, schwerfällig und dick. Unterwegs kaufte ich mir eine Flasche Sekt, und die trank ich dann langsam aus, Glas für Glas, mit Eiswürfeln drin, damit ich nicht warten mußte, bis der Sekt kalt war. Dann ging ich in den Keller und holte mir die Flasche Champagner, die da lag, für besondere Gelegenheiten. Sie war schon kalt, und ich brauchte keine Eiswürfel.

Als Rüdiger um halb sieben nach Hause kam, ausnahmsweise pünktlich, war ich beschwipst und verheult, rotfleckig im Gesicht und dumpf im Kopf. Er sagte, er hätte einen Tisch bestellt in dem teuren französischen Restaurant, in das wir manchmal gingen, und ob ich mich nicht schnell frischmachen wollte. Ich wollte mich nicht schnell frischmachen, weil ich mich nicht schnell frischmachen konnte. Ich würde mich nie wieder frischmachen können. Ich ging nach oben, zog mich aus, sah nicht in den Spiegel, legte mich ins Bett und wartete auf die kleinen grauen Panzer. Aber sie waren gnädig: Sie kamen nicht, sie stellten keine Fragen, sie ließen mich schlafen.

Rüdiger machte Nägel mit Köpfen, wie immer, wenn er sich wirklich auf etwas einläßt. Er war von zärtlicher, mitfühlender, schuldbewußter Freundlichkeit mir gegenüber, was mich wahnsinnig gemacht hätte, wenn mir nicht alles egal gewesen wäre. Gleichzeitig aber organisierte er planvoll, bedacht und zeitsparend unsere Trennung.

»Natürlich bin ich an allem schuld«, sagte er, »das vergesse ich keinen Moment. Und deshalb wäre es sicher richtiger, wenn ich ausziehe und du hier bleibst. Aber ich habe mir überlegt: Was sollst du allein in dem großen Haus? Das würde dir sicher nicht gut tun. Weißt du was: Ich besorge dir eine schöne Wohnung, zwei bis drei Zimmer mit Balkon zum Beispiel. Ich habe einen

Patienten, der ist Makler, der findet sicher was. Natürlich bezahle ich das alles, auch den Umzug, und an Möbeln nimmst du mit, was du willst. Was meinst du? Wäre das nicht besser so?«

Ich sagte, ja, das fände ich auch besser so, und ich sprach nicht aus, was ich dachte, und was auch er dachte, daß er nämlich das große Haus sehr gut brauchen konnte, für Clarissa Super-Frau und Clarissas Super-Kind und für die anderen Kinder, die vielleicht noch kommen würden.

Ein harter Brocken war die Frage einer schnellen Scheidung, aber auch den bewältigte er mit Umsicht und Eleganz. »Weißt du, ich finde das wirklich schrecklich für uns, wenn es nun alles so schnell geht«, sagte er mit gefühlvoller Stimme, »ich hätte es weiß Gott lieber anders. Aber mir geht es hier einfach um das Kind, das doch nun wirklich nichts dafür kann. Ich fände es nicht richtig, wenn es unehelich zur Welt kommt.« Er dachte einen Moment nach. »Aber andererseits habe ich wohl kaum das Recht, mich nach meinen Gefühlen und Wünschen zu richten. Wenn du es anders willst, wenn du noch ein bißchen warten willst, dann werde ich das natürlich akzeptieren. Das ist nur selbstverständlich. Und fair.«

Ach Gott, dachte ich, jetzt ist er auch noch fair und rücksichtsvoll und akzeptiert mich und bringt Opfer. Er behandelt mich, als wäre ich behindert oder leicht verrückt, und wenn ich das hier noch lange mitmache, dann bin ich es wahrscheinlich wirklich.

Ich sagte, daß ich auch fände, daß das Kind nicht darunter leiden sollte, und daß mir eine schnelle Scheidung auch lieber wäre.

Er atmete erleichtert durch. »Da bin ich froh, daß du das auch so siehst. Ich werde natürlich alles organisieren und bezahlen, das ist klar. Ich würde sagen, wir nehmen nur einen Rechtsanwalt, es gibt ja keine Streitpunkte, da brauchen wir keinen zweiten Anwalt, außer natürlich für die Verhandlung, aber das ist eine formale Sache.« Aha, er hat sich also schon informiert.

»Natürlich werde ich dich finanziell versorgen, deine Miete zahlen und Unterhalt, großzügig natürlich, bis du beruflich auf eigenen Füßen stehst.« Wenn er noch einmal *natürlich* sagt, flippe ich aus. Was ist an dieser ganzen Sache eigentlich natürlich?

»Aber das kriegst du alles schriftlich, das wird alles festgelegt, und ich bin auch ganz sicher, daß du es beruflich leicht schaffst. Du brauchst dir keine Sorgen zu machen.«

Ich machte mir keine Sorgen. »Außer daß ich meine Saxophonstunden und die Metro nicht bezahlen kann, mache ich mir nämlich keine Sorgen«, sagt Toddy in meinem Lieblingsfilm »Viktor-Viktoria«. Außer, daß ich den Mann, den ich liebe, verliere, und das Haus, in dem ich wohne und überhaupt alles, was mein Leben ausmacht, habe ich mir nämlich keine Sorgen gemacht. Und die habe ich mir eigentlich auch nicht gemacht, weil ich gar nicht auf die Idee gekommen wäre, daß es passieren könnte. Aber jetzt ist es passiert, und ich kann nichts dagegen tun, also warum sollte ich mir Sorgen machen? Außerdem bin ich tot, mein Herz ist tot, mein Kopf auch, und Tote machen sich keine Sorgen.

Rüdiger war umso lebendiger. Was er in diesen Monaten leistete, hätte sicher Aussicht, ins Buch der Rekorde aufgenommen zu werden, etwa als *Schnelligkeits- und Effektivitätsrekord im Wechsel der Ehefrau*. Seine Praxis lief weiter wie bisher, aber außerdem konferierte er mit seinem Rechtsanwalt, mit diversen Maklern, sah sich ständig Wohnungen an und setzte sich offenbar auch intensiv mit seiner Rolle als werdender Vater auseinander – was ich weiß, weil ich eines Tages im Handschuhfach seines Autos einen Stapel Bücher fand, mit Titeln wie: *Hausgeburt – ja oder nein? Vaterwerden – Vatersein, Du und dein Kind*, und all so was.

Natürlich traf er auch Clarissa. Niemals abends oder am Wochenende, das nicht, dazu war er zu dezent. Aber eine Zeitlang rief ich jeden Mittag in seiner Praxis an, und aus dem verlegenen Ton, in dem die Sprechstundenhilfe sagte, der Herr Doktor sei gerade in der Mittagspause, war deutlich herauszuhören, mit wem er in der Mittagspause war.

Clarissa wurde nicht wieder erwähnt zwischen uns, Clarissa nicht und das Kind auch nicht. Manchmal schien es fast so, als gäbe es sie gar nicht, als wäre ein fremdartiger, seltsamer Geist in Rüdiger gefahren, ein Dibbuk oder ein Dschin, der ihn dazu bewegte, so aktiv zu sein, Wohnungen zu suchen und mit Rechtsanwälten zu reden. Als müßte man nur mit dem Finger schnippen oder das Zauberwort finden, und Rüdiger wäre wieder wie früher und alles andere auch. Aber dann dachte ich an den Nachmittag vor der Gemeinschaftspraxis und die Elfenkönigin, und dann wußte ich, daß es für mich kein Zauberwort mehr gab.

Planvoll organisierte Rüdiger mich und unser gemeinsames Leben aus dem Haus heraus. Ich könne praktisch alle Möbel haben, sagte er, außer vielleicht den alten Bücherschrank seines Vaters, den würde er gerne behalten. Wie er sich das vorstellte, mit den Möbeln eines Fünfzimmerhauses eine Zweizimmerwohnung zu möblieren, fragte ich gar nicht erst. Und was die Bücher beträfe, so hätte er seine schon mal aussortiert, und die uns gemeinsam gehörten, könnte ich auch gerne alle mitnehmen.

Und ob ich nicht auch die Dias und den Dia-Apparat haben wolle? Stellte er sich vor, ich würde mich über die einsamen Abende meines demnächst beginnenden Single-Daseins hinwegtrösten, indem ich mir die Bilder unserer Urlaubsreisen betrachtete? Ich fragte nicht.

Und natürlich Bettwäsche und Handtücher und Geschirr und Vasen und Töpfe und Bügeleisen und Bilder und was weiß ich. »Bitte nimm doch wirklich alles, was du brauchst«, drängte er, »und wie ist es mit den Terrassenstühlen? Die würden doch sicher gut auf einen Balkon passen!«

Es war nicht Großzügigkeit und auch nicht Schuldbewußtsein, was ihn so freigebig machte. Er wollte ein neues Leben anfangen, und darum sollte alles verschwinden, was mit mir und unserem Leben zu tun hatte. Und wäre ich nicht sowieso tot gewesen, dann hätte mir das schrecklich weh getan.

Gott sei Dank war ich tot. Denn unter seiner Geschäftigkeit und seiner gleichbleibenden Freundlichkeit und Rücksichtnahme pulsierte die Vorfreude auf das neue Leben. Ich hörte es in seinem Lachen, ich sah es an seinen Bewegungen. Er war nie zuvor so lebendig und – verdammt noch mal – attraktiv gewesen wie jetzt, außer vielleicht in der ersten Zeit unserer Beziehung. Er versuchte es zu verbergen und sich dem Ernst der Situation entsprechend ernst und gemessen zu verhalten, aber es gelang ihm nicht immer.

Manchmal saß er im Wohnzimmer, zeitunglesend, und ließ die Zeitung sinken und betrachtete träumerisch den Raum. Diesen Raum, den ich so liebte, mit seinem gelben Teppichboden und den weißen Vorhängen und den klaren Möbeln, in dem immer die Sonne schien, weil er Fenster nach allen drei Sonnenseiten hatte. Und ich wußte, wovon er träumte: von Clarissa und dem Kind in diesem Raum, und wie er ihn ausstatten würde, Holzfußboden und Berberteppiche (für die er eine Vorliebe hat, ich aber nicht), und überhaupt etwas rustikaler (wofür er eine Vorliebe hat, ich aber nicht) und viele, viele Pflanzen (wofür er eine Vorliebe hat, ich aber nicht).

Wenn er merkte, daß ich ihn ansah, dann nahm er ganz schnell den ernsten gemessenen Ausdruck an und sah wieder in die Zeitung. Und wäre ich nicht sowieso tot gewesen, in solchen Momenten wäre ich gestorben.

Schließlich fand er auch die Wohnung für mich. Es war nicht so schnell gegangen, wie er erwartet hatte, und ich spürte seine Nervosität darüber, daß dieser Teil seines »Wie-richte-ich-mir-ein-neues-Leben-ein«-Planes nicht funktionierte.

Er kam abends nach Hause, an einem dieser Aprilabende, an denen man den Frühling geradezu schmerzlich im Körper spürt. Er hatte eine Magnumflasche Champagner dabei (Veuve Clicquot gelb, mein verdammter Lieblingschampagner) und einen Riesenstrauß gelber Rosen und Freesien (meine verdammten Lieblingsblumen, außer daß die Rosen früher immer rot gewesen waren).

Er kam über den Gartenweg, strahlte, schwenkte die Flasche und den Stauß und rief: »Surprise, surprise!« Und ich hatte plötzlich nur einen Gedanken im Kopf, natürlich wieder einen blöden, geradezu goldmedaillenverdächtig blöd: Alles ist vorbei, dachte ich, als ich ihn da kommen sah, strahlend und schön (Anthony Perkins ist ein Penner dagegen), es ist vorbei, es ist aus mit Clarissa, er hat sich von ihr getrennt, er weiß wieder, daß er nur mich liebt, es ist ihm doch noch klargeworden. Lieber Gott ja, das ist die Überraschung, das muß sie sein, und das will er jetzt feiern!

»Ich habe deine Wohnung gefunden«, sagte er, »die schönste Wohnung der ganzen Stadt, sie wird dir gefallen, und jetzt fahren wir gleich rüber und schauen sie an und trinken den Champagner. Ich hole nur schnell zwei Gläser, die lassen wir gleich da, da hast du dann schon zwei der wichtigsten Einrichtungsgegenstände! Sollen wir die Blumen auch mitnehmen?«

Und auch gleich dalassen? dachte ich. Und mich am besten auch gleich dalassen?

Aber es war wirklich eine schöne Wohnung, eigentlich viel zu schön für eine Tote. Zwei Zimmer, großer Balkon, große Küche, das Bad in Weiß gefliest, nach hinten Ostseite, nach vorne Westseite, die Straße ruhig und mit Bäumen bestanden.

»Das liebst du doch so«, sagte Rüdiger begeistert, »Ost- und Westsonne und dann die schönen weißen Fliesen und der große Balkon. Und die Bäume da, das sind Linden, ich habe die Hausmeisterin gefragt, die magst du doch auch so!«

Klar, dachte ich, wenn man die Alte schon so vornehm und dezent abtötet, dann muß man ihr wenigstens ein anständiges Mausoleum besorgen, eines, das ihr gefällt und in dem sie sich wohlfühlt. Eins mit Linden davor. Sonst kannst du keine Eiche von einer Pappel unterscheiden, und es interessiert dich auch nicht besonders, aber hier hast du dich schon mal vorsorglich erkundigt, ob da auch die richtigen Bäume stehen, damit ich bloß nicht nein sage.

Rüdiger hatte erstaunlicherweise nicht daran gedacht, Tisch und Stühle mitzunehmen, die man dann auch gleich hätte dalassen können. Wir setzten uns auf den Boden ins größere Zimmer, machten die Balkontüre auf und tranken den Champagner. Es war wirklich ein schönes Zimmer.

Immerhin, dachte ich, das Mausoleum ist schön und geschmackvoll, immerhin. Tot sein und dann noch ein häßliches Mausoleum, das hält ja keiner aus. Und ich war zum erstenmal ein bißchen erleichtert.

»Und was kostet sie?« fragte ich.

»Sie ist außerdem wirklich günstig«, sagte Rüdiger. »Fürs erste brauchst du dir ja deswegen keine Gedanken machen, da zahle ich, ganz klar. Aber sie ist auch noch erschwinglich, wenn du dich beruflich selbständig gemacht hast.«

Wenn du nicht mehr blechen mußt, das meinst du doch, dachte ich.

»Und am ersten Mai kannst du einziehen«, sagte Rüdiger und stieß schon wieder mit mir an. »Aber du rührst kein Stück an, kein Buch, nichts. Das lassen wir alles machen, von Umzugsspezialisten, die packen alles ein und stellen es genauso wieder hin.«

»Ach, und die andere Überraschung«, sagte er und war so auf der Begeisterungsschiene, daß er sich nicht mehr bremsen konnte. »Im Juni haben wir Scheidungstermin, das steht jetzt auch fest!«

Und dann können wir heiraten, müßtest du jetzt eigentlich sagen, wenn dir nicht gerade noch eingefallen wäre, daß die falsche Frau vor dir sitzt, das ausrangierte Exemplar. Aber das kannst du ja morgen nachholen, in deiner Mittagspause, und diesmal mit der Richtigen.

Wir saßen da und stießen immer wieder an und tranken die Flasche aus und feierten, daß Rüdiger es geschafft hatte, mich in knapp drei Monaten loszuwerden, ohne Komplikationen, ohne Verzögerungen und dazu noch sehr dezent, auf die ganz feine englische Art.

II

Ich wurde das erstemal wieder ein bißchen lebendig, als ich am ersten Morgen in meiner neuen Wohnung aufwachte. Ich hatte das Bett ins Ostzimmer gestellt, und die Sonne schien rein und malte das Fensterkreuz an die Wand. Ich lag einfach nur da und faltete die Hände auf der Brust und sah auf die Wand mit der Sonne drauf. Da hängst du nie ein Bild hin, dachte ich, die Wand gehört der Sonne, das ist die Sonnenwand.

Das Zimmer war noch kahl, keine Bilder, keine Gardinen. Rüdiger hatte mir unbedingt die Gardinen aufhängen wollen, die weißen aus unserem Wohnzimmer, die wollte er natürlich auch nicht mehr haben. »Komm, laß mich das noch schnell machen«, hatte er gesagt. »In der Länge passen sie fast, und sauber sind sie auch, und dann ist es getan.« Aber ich wollte nicht. Wenigstens, was die Gardinen anging, wollte ich mein neues Leben frisch beginnen. Ich wollte nicht den Geruch meines alten Lebens, der noch im Stoff hing, mit hinübernehmen, und auch nicht die Länge, die in mein altes Wohnzimmer paßte. Ich würde sie erst reinigen lassen und neu umnähen und dann aufhängen.

Aber ich würde heute ein paar Bilder aufhängen. Das hatte Rüdiger eigentlich auch tun wollen. Rastlos war er damit beschäftigt gewesen, alles, aber auch alles, fertig zu machen. Er hatte mir die Lampen montiert, den Schrank so hingerückt, wie er stehen mußte, die Terrassenstühle samt Tisch auf dem Balkon aufgestellt und schnell noch ein paar Blumenkästen besorgt, obwohl ich das eigentlich auch nicht wollte.

Ich hatte das Gefühl, er wollte mich fix und fertig installieren, gut verpackt und eingerichtet, damit er mich dann wirklich hinter sich lassen und sein neues Leben anfangen konnte. Mir alle Probleme aus dem Weg schaffen, damit ich ihm keine machen würde.

Schließlich war nichts mehr zu tun. »Also, dann gehe ich mal«, sagte er und bewegte sich unsicher auf die Wohnungstür zu. »Ich rufe dich an.« Und er drehte sich so linkisch um und winkte auf eine so seltsame, ungeschickte Art, wie ich es noch nie bei ihm gesehen hatte.

Ich wußte nicht, was ich sagen sollte. Was sagt man, wenn man nach dreizehnjähriger glücklicher Ehe (das hatte ich jedenfalls gedacht) von seinem Mann plötzlich in ein hübsch eingerichtetes Mausoleum überführt und dort belassen wird? Wenn man weiß, daß unten im Wagen die Flasche Champagner liegt, mit der er zu einem zarten, elfenhaften Wesen, einer werdenden Elfen-Mutter fährt, um mit ihr die neugewonnene Freiheit zu feiern?

Eigentlich müßte man sagen »Hau bloß ab, du Scheißkerl!«. Ich sagte statt dessen »Danke für alles«, vermutlich eine der blödesten Bemerkungen, die ich mir in dieser Zeit habe zuschulden kommen lassen. Seine war der meinen würdig: »Nichts zu danken«, murmelte er und verschwand im Treppenhaus.

Vielleicht denkst du jetzt mal zwei Minuten nicht an Rüdiger, sagte ich zu mir und stand auf. Einen Vorteil hatte die neue Situation: Ich konnte wieder nackt herumlaufen. Nicht, daß ich ständig nackt herumlaufe, nur morgens und abends ins Bad und wieder zurück. Seit dem Tag, an dem Rüdiger mir von Clarissa erzählt hatte, hatte ich das nicht mehr getan. Ich hatte mir immer vorgestellt, daß er mich anschauen und mich vergleichen würde mit ihrer schlanken Schönheit und sich fragen, wie er es mit so einem fetten, häßlichen Trampel überhaupt so lange ausgehalten hatte.

Ich ging durch den Flur, und vor dem großen Spiegel, der aus unserer Diele stammte, wo wahrscheinlich bald etwas Rustikales seinen Einzug halten würde (es sei denn, Clarissa stand auf art deco oder Postmoderne), fiel mir ein weiterer Vorteil der Situation ins Auge: Ich war kein fettes Trampel mehr, denn Tote essen ja auch nichts. Ich war schlank geworden. Das war mir in den letzten Monaten ebenso egal gewesen wie alles andere, doch jetzt freute ich mich zum erstenmal ein bißchen darüber. Alt und aschblond und Fältchen um die Augen, aber immerhin schön schlank. Jetzt war nicht mehr ich die Elefantenfrau, sondern Clarissa würde es bald sein, dick und rund und schwerfällig. Obwohl sie wahrscheinlich zu der Sorte Frau gehört, von der mein Vater immer sagte: »Die hat einen Fußball verschluckt.« Was bedeutete, daß sie auch in der Schwangerschaft schlank und schmal blieben und bloß diesen hübschen Kugelbauch hatten. Scheiße.

Denk doch nicht schon wieder an Clarissa, sagte ich zu mir, denk lieber daran, daß Elisabeth nachher kommt und daß du noch Kuchen kaufen mußt. Johannisbeerkuchen mit Baiser und einem wirklich guten Mürbeteigboden, was anderes ißt sie ja nicht.

Elisabeth stand pünktlich um drei vor der Tür, elegant und großartig wie immer, hinter sich einen halb verdutzten, halb verärgerten Taxifahrer, der einen großen Karton trug und sich offensichtlich fragte, wie er eigentlich dazu kam, das schwere Ding zwei Stockwerke hochzuschleppen.

»Ines, mein liebes Kind«, sagte Elisabeth und küßte mich. »Würden Sie das bitte dahin stellen?« wies sie den Taxifahrer an. »Und vielen Dank für Ihre Freundlichkeit.«

Elisabeth ist ungefähr so grandios wie Katharina die Große, was nicht heißt, daß sie auch als Prinzessin zur Welt gekommen ist. Das Gegenteil ist der Fall: Ihre Mutter hatte einen winzigen Kolonialwarenladen, ihr Vater war Bahnbeamter. Aber ihre Mutter hatte das Selbstbewußtsein und das Temperament von Katharina der Großen und so brauchte Elisabeth sich nur noch das entsprechende Benehmen zuzulegen.

Aber ihr Name gefiel ihr nicht. Es war ein schwer auszusprechender polnischer Name, denn ihre Urgroßeltern waren polnische Einwanderer gewesen. Also heiratete sie einen Mann, dessen Name ihr besser gefiel: Er hieß Walter von Coulin. Er besaß außerdem eine Schokoladenfabrik, was Elisabeth auch gut gefiel. Alles andere muß ihr nicht so gefallen haben, denn sie ließ sich nach zwei Jahren scheiden. Sie hatte aber anscheinend bei Walter von Coulin einen tiefen Eindruck hinterlassen, denn er zahlte ihr bei der Scheidung einige zehntausend Mark, was er eigentlich gar nicht mußte. Meine Mutter, die mir das alles erzählt hat, wußte nie so genau, wieviel Geld es gewesen war, und anscheinend hatte Elisabeth sie auch über den Scheidungsgrund im Dunkeln gelassen, aber meine Mutter vermutete, daß dieser Grund im Schlafzimmer zu finden sei, was ich als Kind nie verstand.

Elisabeth investierte das Geld in Minigolfplätze und wurde eine erfolgreiche Geschäftsfrau. Irgendwann verkaufte sie alle diese Minigolfplätze und zwar, bevor Minigolf aus der Mode kam, und legte ihr Vermögen äußerst geschickt an. »Elisabeth weiß, auf welcher Seite das Brötchen gebuttert ist«, hatte meine Mutter immer gesagt, mit einer Mischung aus Bewunderung und ein bißchen Neid. Elisabeth war die beste Freundin meiner Mutter und für mich so etwas wie eine »Nenn-Tante« und außerdem Ersatz-Mutter, in Notfällen, und seitdem meine Mutter tot ist, ist sie noch mehr Ersatz-Mutter.

»Nun möchte ich erst mal sehen, wie du wohnst«, sagte sie und ließ sich alles zeigen. Es fand ihren Beifall: »Apart, großzügig geschnitten, hell, ruhig – wirklich nicht schlecht. Hat das dieser Mann aufgetan, von dem du dich scheiden läßt?«

Seitdem sie von der Sache mit Clarissa weiß, ist Rüdiger für sie nur noch *dieser Mann, von dem du dich scheiden läßt*. Zwar ist er ja wohl eher der Mann, der sich von mir scheiden läßt, und das, so schnell er nur kann, aber das ist ein Faktum, das Elisabeth nicht in Betracht zu ziehen wünscht, wie sie überhaupt diese ganze unerfreuliche Angelegenheit, wie sie es nennt, nicht eingehender zu betrachten gewillt ist.

Ich war zu ihr gefahren, damals, am Tag, nachdem ich die zwei Flaschen Sekt getrunken hatte, verkatert und verheult, und hatte es ihr erzählt. Elisabeth hatte zugehört, die Augenbrauen hochgezogen und diverse Male »Ach« gesagt. Sie verfügt über eine ganze Skala von »Achs«, die ihre Reaktion darstellen, wenn sie etwas langweilig, dumm, überflüssig oder so abscheulich findet, daß die menschliche Sprache davor verstummt. Diese »Achs« waren Abscheulichkeits-Achs gewesen und zugleich die endgültige und grundsätzliche Aburteilung des Dr. Rüdiger Dohmann.

Was nicht bedeutet, daß Elisabeth mitleidlos oder desinteressiert wäre. Sie fing sofort an, sich um mich zu kümmern. Sie schickte mir Bücher, von denen sie annahm, daß sie mich ablenken könnten, und Blumen, von denen sie wußte, daß ich sie liebte, zum Beispiel sündteuren Treibhausflieder. Sie schleppte mich ins Kino in Filme, die mich tatsächlich manchmal für Sekunden Rüdiger und die gottvolle Clarissa vergessen ließen, und sie lud mich zum Essen ein und bestellte Sachen, die ich auch im Todeskampf noch mit Genuß hinuntergewürgt hätte: Rinds-Carpaccio beispielsweise oder diese kleinen würzigen Nordseekrabben.

»So«, sagte sie, nachdem sie sich auf dem Sofa niedergelassen und den Johannisbeerkuchen inspiziert hatte, »und wie steht es nun mit der Scheidung?«

»Das ist alles klar. Wir haben einen Termin im Juni.«

»Ach«, sagte Elisabeth, »so schnell.«

»Du weißt doch, warum.«

»Ich kann es mir vorstellen. Aber geht auch alles in Ordnung? Bekommst du alles, was du brauchst und was dir zusteht? Hast du einen guten Rechtsanwalt?«

Ich war einmal mit Rüdiger bei unserem Rechtsanwalt gewesen. Er war ein väterlich und vertrauenswürdig wirkender Mann, mit grauen Haaren und Bart und bayerischem Witz und bayerischer Gelassenheit. »Da machen Sie sich nur keine Sorgen, gnädige Frau«, hatte er gesagt, »das werden wir schon alles bestens erledigen, Ihr Gatte und ich.«

»Doch, ich habe einen guten Rechtsanwalt«, sagte ich und wünschte, sie würde aufhören, von der Scheidung zu reden, weil das so ungefähr das Letzte war, worüber ich reden und woran ich denken wollte. »Du brauchst dir wirklich keine Gedanken zu machen.«

»Das hoffe ich«, sagte Elisabeth und stach mit der Gabel in den Johannisbeerkuchen. »Ich habe dir übrigens etwas mitgebracht. Bist du so lieb und holst die Kiste rein, die im Flur steht.«

Die Kiste war tatsächlich sehr schwer und klirrte heftig. »Ich dachte mir, das würde dir guttun«, sagte Elisabeth, als ich sie geöffnet hatte und eine halbe Flasche Veuve Clicquot herauszog. »Natürlich immer nur eine auf einmal, du sollst ja keine Trinkerin werden. Aber Champagner ist einfach das Beste, was man trinken kann, besonders in schwierigen Situationen. Champagner und Kamillentee natürlich, zwei wirklich gesunde und saubere Getränke«, sagte sie und betrachtete befriedigt die Tasse Kamillentee, die vor ihr stand. Er stammte aus der Apotheke, war teuer, handverlesen und so sauber, wie man ihn sich nur wünschen konnte. »Alles andere vergiftet nur, Kaffee, Tee, Wein oder Bier. Du solltest jetzt nur das Beste zu dir nehmen, das bringt Energie.«

»Ich weiß ja«, sagte ich und lachte, denn das ist ein altes

Thema von Elisabeth, und wenn man sie so ansieht, schlank und elegant, mit ihrer feinen Haut und den kräftigen grauen Locken, dann muß es ein exzellentes Mittel sein. »Aber ob ich es mir auch leisten kann?«

»Kamillentee wirst du dir ja noch leisten können, von dem, was dieser Mann dir zu zahlen hat«, sagte Elisabeth. »Und für den Champagner sorge ich... Jedenfalls fürs erste«, fügte sie nach kurzem Nachdenken hinzu. Denn Elisabeth ist in Gelddingen ein vorsichtiger Mensch, außer natürlich in Notsituationen, da sieht sie nicht auf den Pfennig.

Am nächsten Morgen rief ich Jürgen Flohse an, den Feuilletonchef beim »Abendblatt«. Rüdiger war nicht müde geworden, mich dazu zu drängen. »Und ruf unbedingt gleich Jürgen an«, hatte er immer wieder gesagt, »gleich Montagmorgen. Ich bin ja sicher, daß du dich beruflich schnell etablieren wirst, aber du mußt natürlich selbst die Kontakte knüpfen. Und damit kannst du nicht früh genug anfangen. Bitte versprich mir, daß du ihn anrufst.« Ich versprach es ihm. »Und gleich Montagmorgen«, fügte er hinzu, und ich versprach auch das, obwohl ich genauso gut wußte wie er, daß Jürgen montagmorgens nicht ansprechbar ist, weil er seine Wochenenden mit einer seiner diversen Freundinnen in Saus und Braus zu verbringen pflegt.

Ich tat es trotzdem, weil ich es Rüdiger versprochen hatte, und siehe da, an diesem Montagmorgen quoll Jürgen nur so über vor Fröhlichkeit und Begeisterung über meinen Anruf. »Ines, was für eine Überraschung, wie schön, von dir zu hören«, sagte er und redete weiter in einem Ton, als habe er seit Wochen auf nichts anderes gewartet, und als sei ich die verlorene Tochter und außerdem ein bißchen behindert.

Eins war klar: Rüdiger hatte mit ihm gesprochen und um die Extra-Super-Spezialbehandlung gebeten für die arme, verlassene Ehefrau. Denn als ich vorsichtig fragte, ob er vielleicht was für mich hätte, und ich hätte mir auch ein paar Themen überlegt, und ob wir mal darüber sprechen könnten, da reagierte er, als hätte ihm Ernest Hemingway persönlich die Zusammenarbeit angeboten – und zwar nach der Verleihung des Literaturnobelpreises. »Spitze, wunderbar, genau, was ich brauche«, sagte er, und sein Ton wurde noch falscher, »ein paar wirklich gute Themen und dann deine Schreibe! Wunderbar! Laß mich mal grade nach einem Termin schauen – ach, weißt du was: Komm gleich heute mittag rüber und wir gehen zusammen essen.«

Es hätte nur noch gefehlt, daß er mir einen Wagen samt Chauffeur rübergeschickt hätte, um mich abzuholen. Ich sagte auch »wunderbar« und »sehr gerne« und »danke dir« und legte überwältigt auf. Dann zog ich mich sorgfältig an und schminkte mich sorgfältig und betrachtete meine Haare und beschloß, vorher noch schnell zum Friseur zu gehen. Wenn sie einem schon Gnadenbrot zu fressen geben, dann will man wenigstens einen angenehmen Anblick bieten, während man es kaut.

Jürgen ist sonst eher ein zurückhaltender, um nicht zu sagen muffeliger Mensch, aber an diesem Tag bot er alles auf, was er an Herzlichkeit und Verbindlichkeit zu bieten hatte.

»Wie schön, dich zu sehen, Ines«, sagte er und küßte mich auf beide Wangen, was er sonst nur tut, wenn er beschwipst ist. Er bewunderte ausgiebig mein Aussehen (toll siehst du aus, also, ich meine, du hast ja schon immer toll ausgesehen, aber jetzt!), freute sich unendlich darüber, daß ich für ihn schreiben wollte und führte mich in ein teures Restaurant. Jürgen ist sonst auch eher sparsam und ganz sicher strapaziert er sein Spesenkonto nicht damit, zweitrangige freie Mitarbeiterinnen mit Delikatessen zu verköstigen. Wahrscheinlich kriegt er bei Rüdiger die nächsten paar homöopathischen Behandlungen, die die Kasse ja leider nicht zahlt, umsonst, dachte ich, und fand mich ziemlich gemein bei diesem Gedanken.

»Bitte nimm doch auch eine Vorspeise«, drängte er, »und wie wär's mit frischen Himbeeren danach?« Und er bestellte, ganz gegen seine Gewohnheit, weil er während der Woche immer alkoholfrei und pflichtbewußt lebt, einen guten Wein.

Wir aßen und tranken und besprachen meine Themen, und er fand sie alle toll und überhaupt alles wunderbar. Und zwischendurch sah er mich immer wieder vorsichtig und forschend an.

Schließlich hielt er es nicht mehr aus. Er betrachtete angelegentlich seine Himbeeren, und dann guckte er mich wieder so an und sagte: »Und wie geht's dir sonst?«

»Gut«, sagte ich. Wenn du glaubst, du kriegst jetzt die Jammerarie der verlassenen Ehefrau gratis mitgeliefert, nur weil du mich mit teurem Futter vollstopfst, dann hast du dich getäuscht.

»Ja, also, das ist nicht zu übersehen, natürlich«, sagte er, »aber ich meine wegen –« Er brach ab und sah mich fragend durch seine runde Goldrandbrille an, dem einzigen Relikt aus seiner bewegten 68er-Zeit, in der er Abkehr von allem Konsum geschworen hatte. Heute trägt er edle Lederjacken und teure Seidenhemden in wunderbaren Farbtönen und handgefertigte Schuhe und fährt ein komisches kleines Auto, das ich immer für einen biederen Mittelklassewagen gehalten hatte, bis Rüdiger mir erklärte, daß es ein Maserati ist.

»Du meinst wegen Rüdiger«, sagte ich und traf eine Entscheidung. Früher oder später werde ich sowieso mit euch allen darüber reden müssen, also warum nicht gleich? Fragt sich nur, welche Version ich dir bieten soll? Die Tote aus dem Mausoleum, die von ihrem Mann in einer rekordverdächtigen Aktion entsorgt worden ist? Die sich als tolle Frau verkleidet hat, damit du nichts merkst, und die bloß eins will, nämlich daß du ihr Arbeit gibst? Oder lieber die brave kleine Frau, die die Zähne zusammenbeißt und dabei auch noch tapfer lächelt? Oder die Überlegene, die das Ganze von einem höheren Standpunkt betrachtet – am besten einem psychologischen? So, wie Rüdiger euch die Geschichte wahrscheinlich erzählt, mit einer kräftigen Portion Psychologie und Esoterik und Beziehungsgequatsche und weiß der Teufel was garniert.

Wollen wir doch mal sehen, ob ich das nicht auch kann – und wenn es nur wäre, um dich zu ärgern.

»Ja, weißt du«, sagte ich also und sah ihn ernsthaft an, »das war natürlich alles nicht einfach für uns beide (ha, ha). Aber im Grunde bin ich ganz froh darüber, weil diese Geschichte mit Clarissa (o Gott, ich spreche den Namen aus!) etwas aufgebrochen hat zwischen Rüdiger und mir, diese Beziehungslosigkeit zwischen uns, die ist uns wirklich bewußt geworden (klingt einfach toll). Weißt du, ich glaube, Beziehungen haben ihre Zeit, ihr natürliches Ende, und wenn man das übersieht oder nicht akzeptieren kann...« Ich ließ den Satz in der Luft hängen, denn mir fiel nicht so schnell ein, was dann passiert.

»Das sind doch im Grunde ganz natürliche psychologische

Prozesse«, fuhr ich fort, »und ich bin eigentlich sehr erleichtert darüber, daß Rüdiger uns das bewußt gemacht hat. Das hat uns beiden sehr gut getan. Ich fühle mich jetzt sehr viel lebendiger und offener (Tätärätä!).«

Ich fürchtete fast, ein bißchen zu dick aufgetragen zu haben, aber Jürgen merkte nichts. Im Gegenteil, er starrte mich beeindruckt und bewundernd und auch ein bißchen enttäuscht an. Es hätte ihm wahrscheinlich besser gefallen, eine gebrochene, verlassene Ehefrau trösten und aufrichten zu können, aber dies faszinierte ihn auch. Er ist eben Journalist und hat einen Nerv für gute Geschichten, ganz gleich, wie erstunken und erlogen sie sind.

»Also, das finde ich ja toll, daß du das so siehst, Ines«, sagte er, als er wieder Luft bekam. »Rüdiger hat ja auch so was Ähnliches gesagt, aber daß du so damit umgehst...«

Das hat er dir natürlich nicht gesagt. Er hat wahrscheinlich auf seine einfühlsame Weise angedeutet, daß die arme kleine Ines damit schreckliche Probleme hat und das alles noch verarbeiten muß.

»Ach, weißt du«, sagte ich und setzte noch einen drauf, »das habe ich Rüdiger auch nicht erzählt, daß ich im Grunde erleichtert bin. Er war ja doch sehr im Streß, mit Clarissa und dem Kind, und dann die Loslösung aus unserer Beziehung, das hat ihn sehr belastet. Da wollte ich ihn nicht überfordern.«

»Ja, natürlich, das verstehe ich«, sagte Jürgen und verstand natürlich gar nichts. Er war ganz eindeutig auch ein bißchen überfordert, von Ines der Großartigen, Ines der Wunder-Frau, die so rücksichtsvoll gewesen war, den armen Rüdiger nicht zu überstrapazieren.

Er hatte fürs erste von diesem Thema genug, Gott sei dank. Er aß endlich seine Himbeeren auf, und als er damit fertig war und sich ein bißchen erholt hatte, sagte er: »Also, den Beitrag über die Ausstellungen, den du vorgeschlagen hast, machen wir auf jeden Fall. Ich sage dir noch, wann ich es brauche, und wegen der anderen Themen rufe ich dich an.«

Er hatte es plötzlich eilig, zahlte, fragte, ob er mich irgendwohin mitnehmen könne, küßte mich schon wieder auf beide Wangen, murmelte: »Du bist wirklich eine tolle Frau«, und verschwand zu seinem komischen kleinen Auto.

Ich sah ihm nach, wie er da ging, knapp so groß wie ich, die Haare schon ein bißchen grau, ein bißchen zu dick, weil er so gerne ißt und – ach Gott, kein Vergleich mit Rüdiger...

Klar, dachte ich, echt toll, die verlassene Frau hat ihre schauspielerischen Qualitäten entdeckt, weil sie nämlich keine Lust hat, als armes, dummes, bald vierzigjähriges Opfer gehandelt zu werden. Und jetzt begibt sich die tolle Frau wieder in ihr Mausoleum und hängt ein paar Bilder auf und kauft vorher vielleicht noch ein paar Geranien, damit Rüdigers Blumenkästen nicht so dumm und leer rumstehen.

Ich sollte nicht immer wieder sagen ›Mausoleum‹, denn eigentlich war alles gar nicht so schlimm in der ersten Zeit nach der Trennung. Wenn ich vorher überhaupt daran gedacht hatte, wie es wohl sein würde, hatte ich mir immer so etwas wie den nächsten Kreis der Hölle vorgestellt. Eine noch schrecklichere Art von Hölle, als ich sie schon mit Rüdiger gehabt hatte.

Aber so war es nicht. Natürlich war ich nicht so wunderbar lebendig und offen, wie ich es Jürgen auf die Nase gebunden hatte, aber ich war auch nicht mehr so tot. Es machte mir wirklich ein bißchen Spaß, meine Wohnung fertig einzurichten, die Bilder aufzuhängen und die Gardinen, die Balkonblumen zu pflanzen und mir dies und das zu kaufen: einen neuen Bettüberwurf zum Beispiel aus wunderbar glänzendem cremefarbenen Stoff und schöne Kissen mit Chintz-Rosen drauf für mein Sofa. Ich ordnete meine vielen Bücher nach Sachthemen und richtete mir meine Arbeitsecke gemütlich ein und kaufte mir eine sündteure, wunderschöne Chromlampe.

Ich war auch erleichtert. Erleichtert, Rüdiger nicht mehr sehen zu müssen, mit seiner unterdrückten Freude auf Clarissa und das Kind und seiner Geschäftigkeit und seiner schuldbewußten, rücksichtsvollen Freundlichkeit mir gegenüber, die nur unzulänglich verdeckte, wie egal ich ihm plötzlich geworden war. Es war erleichternd, morgens aufzuwachen und die Sonnenwand zu betrachten und zu wissen, daß er nicht schon pfeifend im Badezimmer plätscherte oder womöglich schon das Frühstück gemacht hatte und mich mit diesem distanziertfreundlichen »Guten Morgen« begrüßen würde und mir diesen distanziert-freundlichen Kuß geben würde, als sei ich irgendeine Cousine von ihm, die er zwar ganz gerne mag und auch gern zu Besuch hat, aber wenn sie dann wieder abfährt, wird er auch ganz froh sein.

Nein, ich machte mir mein Frühstück selber in meiner hellen Küche, die auch nach Osten lag, und trug dabei den neuen Kimono mit dem Rosenmuster statt des alten Frotteebademantels, in dem ich Rüdiger in der letzten Zeit immer gegenübergesessen hatte. Und ich steckte eine Bach-Kassette in den tragbaren Kassetten-Recorder mit Radio und zwei Lautsprechern zu beiden Seiten, den Rüdiger mir besorgt hatte, weil er sich, bei aller sonstigen Großzügigkeit, von seinem edlen Gerät doch nicht hatte trennen wollen. »Dir ist ja dieser besondere Klang nicht so wichtig, nicht wahr«, hatte er gesagt und ich hatte ihm recht gegeben.

Wir sahen uns selten, und auch das erleichterte mich. Er rief nur an, wenn es um Sachfragen ging, um die Scheidung zum Beispiel, oder wenn er im Haus noch irgendwas gefunden hatte, das mir gehörte, und daß er offenbar nicht schnell genug loswerden konnte. »Das willst du doch sicher haben«, sagte er dann, »ich bring's dir heute abend vorbei, wenn es dir recht ist.« Dann kam er und sagte, wie gut ich aussähe, und wie schön die Wohnung wäre, und wie es mir denn ginge? Und ich sagte: gut, und wie geht es dir? Doch ja, es ging ihm auch gut, er konnte nicht klagen. Bißchen viel Arbeit in der Praxis vielleicht, aber das kennst du ja. Und ich sagte: Willst du nicht einen Moment reinkommen? Möchtest du was trinken? Und er sagte jedesmal: Eigentlich sehr gerne, aber leider ginge es heute nicht, vielleicht nächstes Mal, aber heute hätte er gar keine Zeit. Und dann ging er wieder, und ich war im Grunde erleichtert.

Es erleichterte mich auch, wie unsere Freunde reagierten. Es heißt ja immer, daß es der Frau zum Nachteil gerät, wenn ein Paar sich scheiden läßt, und daß sie dann nicht mehr eingeladen und überhaupt links liegen gelassen wird. Aber so war es nicht. Ich hatte sie alle ziemlich vernachlässigt in den schrecklichen Monaten mit Rüdiger, nie angerufen und Einladungen abgesagt, und als sie dann wußten, was los war, hatten sie sich wohl nicht mehr getraut. Aber nun konnte ich mich vor Besuchen und Einladungen kaum retten.

Carola und Rolf zum Beispiel. Rolf ist ein ganz alter Freund von Rüdiger, und Carola und ich hatten uns gleich gut verstanden, und so wurden wir auch zu viert gute Freunde. Wir machten oft zusammen Urlaub, und die Kinder von Rolf und Carola sind unsere Patenkinder.

Carola rief sofort an, nachdem ich umgezogen war, und kam sofort, als ich sie einlud. »Ach, ich bin ja so froh, daß wir wieder Kontakt haben«, sagte sie, nachdem sie erst mein Aussehen und dann die Wohnung bewundert hatte. »Und daß es dir so gut geht! Ich habe mir wirklich Sorgen um dich gemacht. Also, ich muß dir sagen, ich habe Rüdiger ja wirklich gern, aber was er da gemacht hat – oder ist es dir lieber, wir reden nicht darüber?«

Ich sagte, nein, es mache mir gar nichts aus.

»Also, wir waren entsetzt, Rolf und ich. Einfach so, von heute auf morgen, und dann auch noch mit dieser komischen Psychologin. Ich kenne sie ja nicht, aber Rolf hat sie mal gesehen. Kein Vergleich mit dir, hat er gesagt.«

Dann muß Rolf an dem Tag blind gewesen sein, dachte ich, aber rede nur weiter, ich höre es einfach gern, daß ihr Clarissa häßlich findet und Rüdiger gemein.

»Und Rüdiger – entschuldige den Ausdruck, aber ich finde ihn einfach widerwärtig. Ich will ihn im Moment überhaupt nicht mehr sehen, und ich weiß auch nicht, ob ich weiter mit ihm befreundet sein kann. Rolf hat da auch Schwierigkeiten. Ich habe ihn jedenfalls nicht zu meiner Geburtstagsfeier eingeladen, das war mir völlig unmöglich. Aber du kommst doch bestimmt, nicht wahr?«

Ich sagte, ja, ich würde sehr gerne kommen, und dann hörte ich ihr zu, wie sie weiter in diesem Ton redete, und wie auch all die anderen Freunde Clarissa völlig unmöglich und Rüdiger gemein und gefühllos und hinterhältig fanden, und es war Balsam auf meine Seele. Wir saßen auf dem Balkon, denn es war ein warmer Mai, und wir sahen in das frische Grün der Lindenbäume und tranken Elisabeths Champagner, und Carola sagte immer wieder, wie toll ich aussähe, und ob ich Lust hätte, mit ihnen dieses Jahr in die Toscana zu fahren, und wenn sie ehrlich sein sollte, dann hätte sie fast das Gefühl, es sei sehr gut für mich, Rüdiger los zu sein. Wenn natürlich die Umstände wirklich schrecklich gewesen seien, was sie Rüdiger nie verzeihen würde.

Und wenn ich auch ehrlich sein soll, dann hatte ich an diesem champagnerseligen Abend auf dem Balkon auch fast das Gefühl, es sei tatsächlich sehr gut so und eigentlich das Beste, was mir hätte passieren können.

Das Gefühl wurde noch stärker auf Carolas Geburtstagsfeier. Fast alle unsere gemeinsamen Freunde waren dort (eigentlich haben wir nur gemeinsame Freunde), und ich wurde mit Wärme und Zuneigung und Respekt begrüßt. Alle waren angelegentlich daran interessiert, wie es mir ginge; und ich sähe so gut aus, und sie hätten schon von Carola gehört, was für eine entzückende Wohnung ich hätte. Und was würde ich nun beruflich machen? Ach ja, das Schreiben, natürlich, da sei ich ja sehr begabt, da würde ich sicher sehr gefragt sein.

Manche übertrieben es ein bißchen, und ich kam mir wieder mal vor, als sei ich leicht behindert; aber dann dachte ich, ich sollte nicht so kritisch sein, und nach ein paar Gläsern Sekt war ich das auch nicht mehr, sondern fand sie alle nur lieb und freundlich und fühlte mich wunderbar aufgehoben.

Ich trank noch mehr Gläser Sekt, und so störte es mich auch nicht besonders, als Karl anfing, so komisch zu reden. Karl ist auch Arzt, Gynäkologe, und hat eine dicke Praxis in der besten Gegend. Karl selbst ist auch dick, mit großen, klobigen Händen, und fährt einen dicken Wagen, und ich habe mich immer gefragt, wie auch nur eine Frau auf dieser Welt es über sich bringen kann, sich ihm zur Untersuchung anzuvertrauen.

Karl hatte sich anerboten, mir was vom Büffet mitzubringen, und nun saß er neben mir auf dem Sofa, und wir aßen Roastbeef mit Remoulade und Pastete und Salate. »Es freut mich ja wirklich, daß es dir so gut geht«, sagte er, und freudig bejahte ich diese Feststellung – etwa zum fünfzigsten Mal an diesem Abend.

»Vielleicht kann ich dir irgendwie behilflich sein«, sagte er. »Du schreibst doch, und ich kenne den Verleger einer Medizin-Zeitung – soll ich mit dem mal sprechen, willst du den kennenlernen?«

Ich fragte mich zwar, was um alles in der Welt ich über Medizin schreiben sollte, aber ich wollte nicht unhöflich sein, schließlich meinte er es gut, und dann war ich auch schon ein bißchen beschwipst, und also sagte ich wieder freudig ja.

»Das ist gut«, sagte er, »sehr vernünftig von dir. Paß auf, laß uns das demnächst mal besprechen, ich komme mal abends bei dir vorbei, nächste Woche irgendwann, ich rufe vorher an.«

Ich wußte nicht, was da zu besprechen war, aber wie sollte ich jetzt noch nein sagen? Ich sagte also, es wäre mir recht, er solle auf jeden Fall vorher anrufen, und warum auch nicht, warum sollte Karl nicht mal vorbeikommen?

»Sehr gut«, sagte er, »ich bringe was Ordentliches zu trinken mit, Champagner magst du doch gerne, oder? Und dann bereden wir alles in Ruhe.« Und er prostete mir zu und sah mir eindringlich in die Augen.

Mir wurde ein bißchen unbehaglich, Champagner und dieser Blick, und drüben stand seine Frau, Helga, blaß und dünn und trotz der teuren Kleider, die sie trägt, immer geschmacklos und unmöglich angezogen. Sie guckte so rüber, aber was ist schließlich dabei, wenn ich mit Karl rede und wir uns zuprosten, er meint es gut und ist bloß ein bißchen ungeschickt, wie immer...

Ich merkte erst am nächsten Morgen, wie viele Gläser Sekt ich getrunken hatte. Ein kleiner Kater saß auf meiner Schulter, und es dauerte ziemlich lange, bis ich angezogen war und Kaffee getrunken hatte. Ich mußte mir ein Taxi nehmen, damit ich den Termin beim Rechtsanwalt nicht verpaßte. Rüdiger hatte mich gebeten, noch einmal mitzukommen, damit wir die Scheidungsvereinbarung besprechen und unterschreiben konnten.

Der Rechtsanwalt war aufgeräumt wie immer: »Einen schönen Guten Morgen, gnädige Frau«, sagte er und drückte mir fest die Hand, »welchen Glanz bringen Sie in diese Räume!«

Wenn du wüßtest, dachte ich, wie ich mich fühle, hoffentlich verstehe ich nachher überhaupt, wovon du redest.

Es beruhigte mich, Rüdiger zu sehen. Er sah wesentlich grauer und übernächtigter aus, als ich mich fühlte, was zwar seiner Attraktivität keinen Abbruch tat – eher im Gegenteil –, aber wenigstens war er nicht glücklich und schwungvoll und aktiv. Er drückte mir einen müden Kuß auf die Backe und sagte nur: »Hallo, wie geht's?«

»Also, dann wollen wir gleich in medias res gehen«, sagte der Anwalt und rieb sich die Hände und glich durch muntere Geschäftigkeit aus, was uns beiden daran fehlte.

»Hier haben wir zunächst einmal die übliche Scheidungsvereinbarung. Bitte, lesen Sie das sorgfältig durch und dann bitte ihre Unterschrift.« Ich versuchte mich auf den Text zu konzentrieren. Es stand irgend etwas darin von wegen Hausrat verteilt und keine gegenseitigen Ansprüche mehr, auch dann nicht, wenn ein Partner der Sozialhilfe anheimfällt, und daß ich aus dem Mietvertrag mit allen Rechten und Pflichten entlassen wäre und so was.

»Einverstanden?« fragte der Rechtsanwalt, und ich sagte: ja, sicher, warum sollte ich auch nicht einverstanden sein, und unterschrieb.

»Dann haben wir als nächstes den Versorgungsausgleich, was die Rente anbetrifft. Das ist natürlich selbstverständlich, daß Ihnen das zusteht, gnädige Frau, darüber brauchen wir gar nicht zu reden.« Wunderbar, dachte ich, das ist mir auch das Liebste, wenn ich über all dies Zeug nicht reden brauche.

»Und nun kommen wir zum Ausgleich, was den Zugewinn betrifft«, sagte der Rechtsanwalt und wurde noch munterer und auch Rüdiger schien ein bißchen aufzuwachen. »Also, da ist natürlich schon viel geleistet worden, diese ganzen, zum Teil sehr wertvollen Einrichtungsgegenstände, die Ihnen zur Verfügung gestellt wurden, gnädige Frau.« Er studierte eine Liste. »Ich sehe hier einen Barockschrank und diverse Möbel und zwei Teppiche und ein Rosenthal-Geschirr, beträchtliche Werte. Also, da hat Ihr Gatte ja kaum Ansprüche geltend gemacht –«

»Das war doch selbstverständlich«, murmelte Rüdiger.

»Nun ja, selbstverständlich«, sagte der Rechtsanwalt und wiegte das Haupt. »Also, juristisch gesehen... Wie auch immer, sehr großzügig jedenfalls. Die Frage ist jetzt, gnädige Frau: Erheben Sie weitere Ansprüche auf Ausgleich des Zugewinns?«

Ich hatte plötzlich das Gefühl, ich wäre eine gräßliche Blutsaugerin, und er würde mich fragen, ob ich vielleicht Anspruch darauf erheben würde, meinem armen Mann noch mehr Blut abzuzapfen. Eigentlich hatte ich die ganzen Möbel und Sachen gar nicht gewollt, Rüdiger hatte sie mir praktisch aufgedrängt; aber von seinem Standpunkt hatte der Rechtsanwalt sicher recht, ich hatte schon sehr viel bekommen. Und dann zahlte mir Rüdiger Miete und Unterhalt und überhaupt, was sollte ich denn noch beanspruchen? Vielleicht das Auto, wo ich gar nicht Auto fahre? »Nein, nein«, sagte ich, »ich erhebe keine weiteren Ansprüche.«

Rüdiger atmete durch und der Rechtsanwalt auch, und ich hoffte, daß damit nun alles geregelt war. »Wunderbar, gnädige Frau«, sagte der Rechtsanwalt, »damit wäre alles geregelt. Wenn Sie nur noch hier unterschreiben wollen. Ich wünschte, ich hätte nur solche Klienten wie Sie beide, da wäre mein Leben auch einfacher. Sie können sich nicht vorstellen –«

»Dann können wir ja gehen, nicht wahr«, unterbrach Rüdiger. »Oder gibt es noch was?«

»Nein, nein«, sagte der Rechtsanwalt, »alles wunderbar in Ordnung. Wir sehen uns dann beim Termin. Ein Kollege von mir wird Sie vertreten, gnädige Frau, ein sehr kompetenter Mann, Sie brauchen sich gar keine Sorgen zu machen.«

Warum glauben sie nur immer alle, daß ich mir Sorgen mache?

»Ich wäre gerne noch mit dir essen gegangen«, sagte Rüdiger, als wir draußen waren. »Aber ich habe heute leider keine Zeit. Laß uns doch noch mal zusammen essen, bevor die Verhandlung ist.« Ich sagte »gerne, ruf mich an« und war froh, wegzukommen. Der kleine Kater auf meiner Schulter erinnerte mich daran, daß es am besten wäre, noch mal ins Bett zu gehen und zwei Stunden zu schlafen. Und außerdem konnte ich Rüdigers müdes Gesicht nicht sehen. Sicher, die Sache mit Clarissa und überhaupt alles war schrecklich für mich gewesen, aber so, wie er aussah, ging es ihm offenbar auch nicht gut, und dann war er ja wirklich sehr großzügig gewesen, und vielleicht hatte er jetzt Geldsorgen mit der neuen Wohnungseinrichtung und all dem.

Ich ging zu Fuß nach Hause, das Wetter war wunderbar – in diesem bemerkenswerten Mai war es das ständig –, und versuchte, keine Schuldgefühle zu haben und kein Mitleid.

Es gelang mir tatsächlich, keine Schuldgefühle zu bekommen und kein Mitleid zu haben. Aber was noch wichtiger war: Ich hatte auch kein Selbstmitleid, ich war nicht furchtbar verzweifelt, ich fühlte mich nicht furchtbar verlassen. Ich war ganz ruhig, ruhig und manchmal fast fröhlich und richtete mich in meiner neuen Situation ein, ohne Dramatik, ohne Schrecken, ohne Schmerzen.

Es erstaunte mich, daß es so leicht war. Ich arbeitete ohne Schwierigkeiten, schrieb erst den Artikel über die Ausstellungen und dann noch einen, und Jürgen Flohse akzeptierte sie beide, auch ohne Schwierigkeiten. Er war von gleichbleibender Freundlichkeit. Zwar lud er mich nicht wieder zum Essen ein, was ich auch gar nicht wollte, aber wenn ich anrief, war er immer zu sprechen und hatte immer Zeit. »Nur weiter so, Ines«, sagte er dann, »und wenn du wieder was hast, ruf nur an.«

Ich kaufte mir neue, flottere Klamotten. Ich hatte eher klassische Sachen getragen, schöne Jacketts und edle Hosen und edle Pullover. Dazu edlen, einfachen Silberschmuck, wie Rüdiger ihn liebte. Jetzt hatte ich plötzlich Lust auf bunte, ausgefallene Sachen, und ich konnte sie tragen, so schlank, wie ich geworden war.

Ich ließ mir auch die Haare schneiden. Meine Frisur war auch klassisch gewesen, Seitenscheitel, glatt, halblang – Rüdiger mochte das so. »Du hast so schöne Haare«, hatte er immer gesagt, »die soll man auch sehen. Bloß kein Firlefanz.«

Aber als ich mit den neuen Klamotten bei meinem Friseur auftauchte, da sagte er, nachdem er mir die Haare gewaschen und mich sinnend betrachtet hatte: »Wie wär's denn mal mit was ganz Anderem? Diese schönen Kurzhaarschnitte, die jetzt in Mode sind – so was würde Ihnen bestimmt stehen. Das kann sich nicht jede leisten, aber Sie haben wirklich den Kopf dafür.«

Er brachte einen dicken Frisurenkatalog und blätterte darin herum: »Sehen Sie hier«, sagte er, »daran habe ich gedacht: Feder-Look. Ganz kurz, durchgestuft, und dann so fedrig ins Gesicht gekämmt.«

Ich zögerte. Ich sah mich im Spiegel an – man sieht ja immer furchtbar aus beim Friseur, die nassen Haare an den Kopf geklatscht, bleich und hohläugig und faltig und ungefähr fünfzig

Jahre älter. Ich blickte auf die Dame im Feder-Look mit dem edlen Kopf und dem faltenlosen Gesicht und sagte: »Ja.« Und dann sah ich beklommen zu, wie meine Haare fielen, bis fast nichts mehr davon übrig war, wie mir schien.

Aber er hatte recht gehabt. Als er fertig war, sah ich zwar nicht ganz so jung und faltenlos aus wie die Dame im Katalog, aber fast. »Wirklich phantastisch«, rief er aus, und das war nicht nur geschäftliche Begeisterung. »Zum Kurzhaarschnitt braucht man natürlich ein etwas ausgeprägteres Make-up«, fügte er hinzu. »Tanja, komm doch mal – Tanja soll Ihnen das gleich mal machen, natürlich auf Kosten des Hauses.« Und während Tanja mit diversen Pinseln an meinem Gesicht beschäftigt war, schleppte er Ohrringe an, diese großen, auffallenden Modeschmuck-Ohrringe, die Rüdiger immer so gräßlich gefunden hatte. »Also zu dem Schnitt würde so was natürlich toll passen«, sagte er und hielt sie mir an, »und Sie können so was tragen.«

Ich trat schließlich auf die Straße hinaus, mit Feder-Look auf dem Kopf und Tanjas gekonntem Make-up im Gesicht und an meinen Ohren baumelten silberfarbene Ohrringe mit wilden afrikanischen Ornamenten. Ich guckte in jede Schaufensterscheibe und jeden Spiegel, und ich sah tatsächlich toll aus und zehn Jahre jünger und fast nicht wiederzuerkennen.

»Kaum wiederzuerkennen«, sagte Carola, als wir uns das nächste Mal trafen, »und du siehst so viel jünger aus! Also, ich würde so was auch gerne mal ausprobieren, aber Rolf ist dagegen.«

Nur Elisabeth war nicht so begeistert. Sie musterte mich kritisch und stellte dann majestätisch fest: »Du hast dir die Haare schneiden lassen.«

»Sieht es nicht toll aus?« fragte ich mit dieser falschen Überschwenglichkeit, die man annimmt, wenn man sowieso weiß, daß der andere es bestimmt nicht toll finden wird.

»Hm«, sagte Elisabeth. »Es liegt nicht unbedingt auf meiner Linie. Aber eins muß ich zugeben: Du kannst so was tragen.«

Ich hatte Elisabeth zum Essen eingeladen und alle Anstrengungen auf ein Menü konzentriert, das ihren Ansprüchen gerecht werden konnte, was keine leichte Sache war, weil ich nur schnell und einfach kochen kann, aber nicht großartig und kompliziert. Aber ich wollte mich für die Essenseinladungen revanchieren, mit denen sie mich in den schrecklichen letzten Monaten mit Rüdiger am Leben erhalten hatte.

Ich hatte Kochbücher gewälzt und Stunden auf dem Markt zugebracht und sogar probegekocht. Jetzt konnte ich ihr gebratene Austernpilze auf Eichblattsalat präsentieren und Ossobuco, was sie besonders gern ißt und was mich beinahe zur Verzweiflung gebracht hatte, und danach Zitronensorbet mit frisch geriebener Zitronenschale. Elisabeth hatte sich auch nicht lumpen lassen und eine Flasche Champagner mitgebracht.

Wir saßen im Wohnzimmer an meinem Schreibtisch, den ich für diesen Anlaß geräumt hatte, und draußen blühten die Linden, und hin und wieder kam der Duft durch die offene Balkontür herein, und Elisabeth goutierte mein Essen, Gott sei Dank. »Nicht schlecht, dieses Ossobuco«, sagte sie, »nahezu perfekt.« Das war das beste Lob, das sie spenden konnte, denn wenn sie, kritisch wie sie ist, etwas total perfekt findet, dann muß man befürchten, daß sie krank ist.

Es war alles wunderbar, nur leider mußte Elisabeth wieder mit ihrem Lieblingsthema anfangen. »Und wie ist das nun mit der Scheidung?« fragte sie, als sie ihr Eis aufgegessen hatte, sogar mit einem Schuß Wodka darin, nachdem sie sich die Flasche hatte zeigen lassen und festgestellt hatte, daß Wodka dieser Marke immerhin auch ein ziemlich sauberes Getränk ist.

Oh nein, dachte ich, nicht wieder die Scheidung, daran will ich einfach nicht denken. »Alles in Ordnung damit«, sagte ich munter, in der schwachen Hoffnung, sie würde sich so davon abbringen lassen, »alles wunderbar geregelt. Wirklich, Elisabeth, es gibt überhaupt keine Probleme damit.«

»Wann ist der Termin?« fragte sie unbeirrt.

»In einer Woche, am 25.«, sagte ich. »Laß uns nicht drüber reden, bitte, es verdirbt mir den schönen Abend.«

»So was ist zu wichtig, als daß man es einfach wegschieben sollte«, erklärte Elisabeth. »Was ziehst du an?«

»Keine Ahnung – das ist doch auch völlig egal«, sagte ich. »Am liebsten würde ich überhaupt nicht hingehen. Ich bringe es ganz schnell hinter mich, und dann gehe ich in den Stadtpark und lege mich unter einen Baum und sterbe. Ach, Elisabeth, laß uns nicht davon reden, bitte!«

»So ähnlich habe ich mir das vorgestellt«, sagte Elisabeth. »Du steckst den Kopf in den Sand – diese Neigung hatte deine Mutter auch manchmal.« Sie bekam einen strengen, geschäftsmäßigen Ausdruck im Gesicht. »Aber so geht das nicht. Erstens: Wir werden nachher aussuchen, was du anziehst. Was wirklich Gutes, in dem du dich wohlfühlst. Und nicht diese großen Ohrringe, sondern was Ordentliches. Du kriegst meine Diamant-Ohrstecker. In schwierigen Situationen ist es sehr wichtig, was man trägt.«

»Dressed to kill«, sagte ich und kicherte schwach.

»In diesem Falle nicht«, antwortete sie ernsthaft, »in diesem Falle eher: dressed to survive. Und dann der nächste Punkt: Wie kommst du hin, und was machst du danach?«

»Ach, ich fahre mit der U-Bahn hin«, sagte ich. »Und danach wollte Rüdiger mit mir vielleicht noch eine Tasse Kaffee trinken, wenn er Zeit hat. Eigentlich hatten wir uns vorher noch mal treffen wollen, aber er hat es nicht geschafft.«

»Ach«, sagte Elisabeth mit Nachdruck und zog die Augenbrauen hoch und sah nun fast gefährlich aus. »Das kommt gar nicht in Frage. Du wirst nicht mit der U-Bahn hinfahren, und du wirst nachher auch nicht mit diesem Mann in irgendeiner schmierigen Kneipe Kaffee trinken, falls dieser Mann Zeit hat. Ich werde dich hinbringen und dort auf dich warten und nachher gehen wir zu Beutler.«

Bei Beutler kostet jeder Atemzug fünf Mark, vom Essen gar nicht zu reden, und im allgemeinen ist Elisabeth der Meinung, daß sie es nicht nötig hat, solchen Leuten ihr schwerverdientes Geld in den Rachen zu werfen.

»Nur was für ein Wagen?« überlegte Elisabeth und betrachtete mich nachdenklich. »Taxi paßt nicht. Es sollte schon etwas Ordentliches sein.«

Ich hatte keine Ahnung, wovon sie redete, und es war mir auch egal. Ich rührte in meinem Eis und wünschte mir, sie wäre etwas weniger zupackend und organisationsfreudig und würde mich in Ruhe und in Sack und Asche zu meiner Scheidung gehen lassen und sich um ihre eigenen Angelegenheiten kümmern.

»Ich weiß!« sagte Elisabeth. »Ich bitte Marga um den grünen Wagen.«

Marga ist eine Schulfreundin von ihr. Sie hat einen Mann geheiratet, der geradezu unanständig viel Geld verdient, und verfügt infolgedessen über eine riesige, protzige Villa im Prominentenvorort und diverse teure Schlitten. Marga selbst ist auch protzig und eingebildet und hat eine schrecklich schrille Stimme. Ich kann sie nicht leiden, und Elisabeth mag sie auch nicht besonders, aber man soll alte Kontakte nicht einschlafen lassen, sagt sie immer, man weiß nie, wann man sie braucht.

»Siehst du mal«, sagte Elisabeth triumphierend, »man soll alte Kontakte nicht einschlafen lassen. Der grüne Wagen ist genau das Richtige für diese Gelegenheit.«

Der grüne Wagen war tatsächlich das einzige, was mir an Marga gefiel. Ich interessiere mich sonst nicht für Autos, aber dieses war ein Jaguar in jenem dunklen Oliv, das man kaum beschreiben kann, mit wunderbaren gelbbraunen Ledersitzen und Holz-Armaturenbrett und dieser hübschen silbernen Figur auf der Kühlerhaube. Viel zu schön für die blöde Marga, hatte ich immer gedacht, wenn ich ihn sah, aber vielleicht hatte Elisabeth recht: genau das Richtige für meine Scheidung. Und jedenfalls besser als in den Stadtpark zu gehen und unter einem Baum zu sterben.

»Also gut«, sagte ich gnädig, »wenn du meinst.«

»Eben«, bemerkte Elisabeth. »Glaubst du, es wäre möglich, daß ich noch ein Glas Champagner bekomme?«

Es regnete am Tag meiner Scheidung, dieser volle Juni-Regen, unter dem die Blüten schwer werden und Gras und Blätter leuchtend grün. Ich hatte angezogen, was Elisabeth befohlen hatte: das anthrazitgraue Leinenkostüm, die rostfarbene Seidenbluse, graue Schuhe und graue Tasche. Und die Diamantohrstecker. Ich war sorgfältig geschminkt, und der Lippenstift paßte genau zur Bluse.

»So gefällst du mir«, sagte Elisabeth zufrieden, als ich in den Wagen stieg. Der Chauffeur hatte mich mitsamt Schirm an der Haustür erwartet, zum Auto geleitet und mir die Tür aufgehalten. Mir war scheußlich zumute, aber es ist sicher besser, sich in einem solchen Auto schrecklich zu fühlen als in der U-Bahn.

»In spätestens einer Stunde hast du es hinter dir«, sagte Elisabeth und nahm sogar meine Hand, was sie nur selten tut. »Und mach dir keine Sorgen, wenn es länger dauert, ich warte.«

Rüdiger stand in der Halle des Gerichtsgebäudes und studierte die Anschläge auf einem schwarzen Brett. Er trug seinen alten Humphrey-Bogart-Trenchcoat, den ich so liebe, und darunter einen auffallend eleganten Anzug.

»Seit wann trägst du Anzüge?« fragte ich.

»Ach, ich dachte, bei dieser Gelegenheit«, sagte er verlegen. Ich wußte, daß er solche Anzüge nicht mochte. Nicht mal bei unserer Hochzeit hatte er sich dazu breitschlagen lassen, obwohl es meiner Mutter wesentlich lieber gewesen wäre. Aber anscheinend mochte Clarissa solche Anzüge.

»Was hast du denn mit deinen Haaren gemacht?« fragte er.

»Ach, ich wollte mal ganz was anderes haben«, sagte ich und wurde auch ein bißchen verlegen. »Früher gefiel es mir eigentlich besser«, sagte Rüdiger, »aber wenn du es so magst.«

Immerhin, dachte ich, Anzug hin, Haare her, wir sind noch mal ein schönes Paar, du und ich, bei dieser letzten Gelegenheit, mindestens so schön wie du und Clarissa.

Der Rechtsanwalt kam munteren Schrittes durch die Halle auf uns zu. Er war in noch gehobenerer Stimmung als sonst, anscheinend machten Scheidungen ihm Spaß. »Da sind Sie ja schon«, sagte er, »wie schön, daß alle pünktlich sind. Darf ich Ihnen meinen Kollegen vorstellen? Ihr Anwalt, gnädige Frau, der Form halber jedenfalls.«

Der Kollege war ein großer, dünner, traurig blickender Mann, der uns stumm die Hände schüttelte. »Na, dann wollen wir mal«, sagte unser Anwalt, »fünfter Stock, Zimmer 507, hier ist der Aufzug.«

Wir warteten in einer kleinen Halle mit großen Fenstern, Baustil Fünfzigerjahre, und saßen auf häßlichen Stühlen um einen häßlichen Tisch, auch Fünfzigerjahre. Der traurige Anwalt stand am Fenster und starrte in den Regen, und unser fröhlicher Anwalt kramte in seinen Papieren und machte aufmunternde Bemerkungen. Rüdiger saß da und sah vor sich hin, und ich saß auch da und sah vor mich hin. Ich hatte vergessen, mich darüber zu informieren, welche Art von Konversation man macht, während man auf seine Scheidung wartet.

»Wie geht es Clarissa?« hätte ich zum Beispiel fragen können, oder »Was macht die Schwangerschaft? Verläuft alles normal?« oder »Wie willst du dich denn jetzt einrichten?«

Diese Frage rutschte mir dann tatsächlich über die Lippen.

»Was meinst du?« fragte Rüdiger und schreckte auf. »Wie du dich jetzt einrichten willst«, wiederholte ich und wünschte, ich hätte den Mund halten können.

»Na ja, wie soll ich das sagen«, sagte Rüdiger unbehaglich. »Ich dachte an Naturholz, helle Eiche, weißt du, ähnlich wie in der Praxis, und den Boden neu auslegen, das Gelb paßt dann wohl nicht mehr so recht –«

»Berber«, sagte ich.

»Ja, genau«, sagte er, »und einen Kamin will ich einbauen lassen, Cla –«

Er stoppte gerade noch rechtzeitig. Clarissa will gern einen Kamin haben, sie steht anscheinend auch aufs Rustikale, na wunderbar, da paßt ihr ja gut zusammen. Und wo, zum Teufel, kommt das verdammte Kinderzimmer hin? Wahrscheinlich in mein Gästezimmer mit den englischen Blumengardinen und dem passenden Bettüberwurf. Aber natürlich, die Blumengardinen müssen raus, da muß jetzt was Nettes, Kindgerechtes rein.

»Das ist sicher sehr schön«, sagte ich mühsam und stand auf und ging zum Fenster und stellte mich neben den traurigen Rechtsanwalt und sah auch in den Regen hinaus. Kamin, Scheiße, Kinderzimmer, Scheiße, dachte ich, und die Tränen stiegen mir hoch. Aber dann sah ich unten im pladdernden Regen den Jaguar stehen, grün und edel und warm und sicher. Da saß jemand drin, der mir nie etwas über Kamine und Kinderzimmer und Clarissa erzählen würde, und wenn ich das hier hinter mir hätte, dann würde ich auch nie wieder etwas davon hören müssen. Und die ganze Zeit, bis wir aufgerufen wurden, stand ich da und starrte auf den grünen Wagen.

Der Richter war ein junger, gutaussehender, freundlicher Mann. Das Zimmer war sehr klein, und wir saßen im Halbrund vor seinem Schreibtisch. Ich hatte mir das Ganze mehr wie in »Zeugin der Anklage« vorgestellt, naiv wie ich war, aber daß es so einfach und informell war, erleichterte mich. Der Richter fragte uns nach den Personalien und schaute unsere Pässe an und fragte noch allerlei anderes und diktierte alles gleich auf Band. Ich hörte nur mit halbem Ohr zu und wünschte mir, es wäre vorbei, und ich könnte durch die Tür gehen und die Treppe runter und im Jaguar verschwinden.

»Also, die Unterhaltszahlungen sind klar«, sagte der Richter, »und der Versorgungsausgleich auch. Wie ist es mit dem Zugewinnausgleich? Da haben wir hier –«

»Meine Mandantin verzichtet auf einen Ausgleich des Zugewinns«, sagte der traurige Anwalt, und der freundliche nickte nachdrücklich.

»Tatsächlich«, sagte der Richter.

»Die entsprechenden Vereinbarungen sind getroffen und unterschrieben«, sagte mein Anwalt, »sie liegen bei den Akten.«

»Ah ja, ich sehe«, sagte der Richter, »tatsächlich.«

Red' doch nicht so lange, dachte ich, es ist alles klar, mach' ein Ende, damit ich hier rauskomme.

»Also da möchte ich Frau Dohmann doch selber dazu hören«, sagte der Richter. »Sie wollen wirklich auf den Ausgleich des Zugewinns verzichten? Sind Sie da auch voll informiert?«

Der fröhliche Anwalt zuckte mit den Füßen, sagte aber nichts.

»Ja, sicher«, sagte ich, »ich bin genau informiert.«

»Und Sie wollen wirklich verzichten?«

»Ja«, sagte ich und versuchte, mit fester, überzeugender Stimme zu sprechen. »Ich will verzichten.«

»Na gut«, sagte der Richter und ließ seinen Blick über Rüdiger und die beiden Anwälte gleiten. Sie saßen alle drei sehr ruhig da und sahen ihn ernst an. Er sah wieder zu mir. »Wenn das Ihr klarer Entschluß ist?«

»Ja«, sagte ich, »das ist es.«

Dann ging alles sehr schnell. Er diktierte noch verschiedenes in sein Mikrofon, fragte, ob Rechtsmittel eingelegt würden, oder ob die Scheidung gleich rechtskräftig sein solle, und wir alle vier nickten heftig. Und dann sagte er »das wär's« und gab uns die Hand, und wir waren endlich draußen.

»Na, sehen Sie, das war doch halb so schlimm«, sagte unser Anwalt fröhlich. »Den Rest regele ich dann mit Ihrem Gatten, gnädige Frau, auch die Kosten natürlich, nicht wahr, Herr Dr. Dohmann?«

»Natürlich«, sagte Rüdiger und nickte und sah sehr erleichtert aus. »Wollen wir noch einen Kaffee trinken?« fragte er. »Ich habe zwar nicht mehr viel Zeit, aber da unten ist gleich ein Bistro.«

»Ich muß leider sofort weg«, sagte ich, »tut mir sehr leid« – weil ich nämlich sonst zusammenbreche oder anfange zu schreien oder zu weinen oder euch in die fröhlichen und traurigen und erleichterten Gesichter schlage.

Ich sagte »Danke« und »Auf Wiedersehen« zu dem fröhlichen und zu dem traurigen Anwalt – wofür eigentlich »Danke«? Und bloß kein Wiedersehen! Ich sagte »Also, mach's gut« und »bis bald« zu Rüdiger – was sollte er gut machen, und was hieß bis bald, bis wann? Ich schüttelte den Anwälten die Hand und konnte mich gerade noch zurückhalten, das auch bei Rüdiger zu tun, und dann lief ich die Treppen hinunter, fünf Stockwerke, denn auf den Fahrstuhl hatte ich nicht mehr warten können.

Unten stand der grüne Wagen, hinter der Scheibe sah ich verschwommen Elisabeths Gesicht. Sie öffnete die Tür und zog mich rein und sagte zum Chauffeur: »Fahren Sie bitte.«

Es war warm und gemütlich und roch nach Leder, und Elisabeth küßte mich und drückte mir einen riesigen Blumenstrauß in den Arm. »Wie wäre es mit einem Glas Champagner?« fragte sie und öffnete eine silberne Kühlbox, die neben ihr auf dem Sitz stand. Ich drückte meine Nase in die Blumen und sog den Duft der Freesien ein und nahm einen Schluck Champagner. Der Wagen surrte leise durch den Regen. Ich hatte es hinter mir. Jetzt konnte es nur noch besser werden.

III

»Was hast du getan?« fragte Elisabeth in so scharfem Ton, daß der Oberkellner bei Beutler zusammenzuckte.

Beutler war wirklich sehr fein. Ein kleiner, dunkler Raum mit edler, weißleuchtender Tischwäsche und Kristallgläsern auf den Tischen. Außerdem gab es, zum Hof hinaus, Fensternischen: die Fenster bunt verglast und die Nischen ausgestattet mit braunen Lederbänken. Ziemlich altmodisch eigentlich, aber umso feiner.

Elisabeth bestellte eine Veuve Clicquot und Austern. »Oder möchtest du lieber Kaviar?« fragte sie. Ich sagte, ich wollte auch Austern, obwohl ich sie nicht mag. Ich hatte sie nur einmal gegessen, auf der Hochzeitsreise mit Rüdiger in die Bretagne, und ich fand, sie schmeckten wie in Salzwasser getränkte Weichtiere, was sie ja auch sind. Aber es paßte: Austern zur Hochzeit und Austern zur Scheidung.

Wir hatten das erste Glas Champagner getrunken und die ersten Austern geschlürft (igitt), als Elisabeth fragte: »Und wie habt Ihr das nun finanziell geregelt bei der Scheidung?«

Ich schaute gerade träumerisch in meinen Rosen-und-Freesien-Strauß, für den uns der feine Oberkellner eine Vase besorgt hatte: »Alles in Ordnung, Elisabeth. Ich bekomme Versorgungsausgleich für die Rente und Unterhalt für die nächsten drei Jahre, und Rüdiger zahlt auch die Miete.«

»Und sonst?« fragte Elisabeth.

»Was noch?« fragte ich und betrachtete die Austern und überlegte, ob ich noch so einen teuren Salzwasser-Lappen essen sollte.

»Was ist mit dem Zugewinn-Ausgleich?«

»Das ist alles geregelt. Ich habe so viele Möbel bekommen und Geschirr und Teppiche. Da wäre nur noch das Auto gewesen, aber was soll ich damit? Ich habe auf jeglichen weiteren Zugewinn-Ausgleich verzichtet«, sagte ich und war stolz, daß ich diese schöne Formulierung so herausbrachte.

»Was hast du getan?« fragte Elisabeth und sah mich an wie Katharina die Große den Fürsten Potemkin angesehen hatte, nachdem ihr klargeworden war, was es mit den Potemkinschen Dörfern auf sich hatte.

Der feine Oberkellner kam und räumte die Austernteller ab und brachte das Bœuf Bourguignon. Elisabeth sah mich immer noch so an. Ihre Hände waren zu Fäusten geballt zu beiden Seiten des Tellers.

»Ich habe auf den Zugewinn-Ausgleich verzichtet«, sagte ich und griff nach der Gabel.

Elisabeths Hände streckten sich und schlugen flach auf das Tischtuch. »Sie haben dich also über den Tisch gezogen«, sagte sie, »sie haben dich reingelegt, sie haben dich übers Ohr gehauen!« Was sollte ich darauf sagen? Wenn sie solche umgangssprachlichen Wendungen in solchem Übermaß benutzt, dann sagt man am besten gar nichts mehr. Ich beschäftigte mich mit meinem Bœuf Bourguignon.

Elisabeths Zeigefinger klopfte heftig auf den Tisch: »Du hast nichts bekommen als Möbel und Geschirr und Rentenausgleich und Unterhalt? Und was ist mit der Praxis? Und was ist mit all den Bauherrenmodellen, die Rüdiger die ganze Zeit gekauft hat?«

»Ich verstehe dich nicht«, sagte ich und legte die Gabel auf den Teller. Wie kann man Beutlers feines Bœuf Bourguignon essen, wenn gegenüber Katharina die Große sitzt und mit dem Finger auf den Tisch klopft und fragt, was mit dem Zugewinn-Ausgleich ist?

»Die Praxis!« sagte Elisabeth. »Die habt ihr doch gekauft und all diese Bauherrenmodelle, diese Wohnungen in Freiburg und Landshut und was weiß ich wo! Das gehört dir doch auch alles! Das ist doch mindestens eine Million wert! Und davon hast du keinen Pfennig bekommen? Das ist doch der Ausgleich des Zugewinns! Darauf hast du einfach verzichtet?«

»Daran habe ich gar nicht gedacht«, sagte ich, »und schließlich hat Rüdiger das Ganze ja gekauft, von dem Geld, das er mit der Praxis verdient hat.«

»Aber du hast die Praxis mit aufgebaut! Du hast dein Studium abgebrochen dafür! Du hast ihn versorgt, du warst immer für ihn da, du hast dich ganz auf ihn konzentriert!« Elisabeth blickte angelegentlich auf das buntverglaste Fenster und beugte sich rüber und öffnete es.

Sie atmete tief durch und sah mich an. Sie war wirklich eine schöne Frau mit ihren fast siebzig Jahren. Die grauen Locken schick kurzgeschnitten, das schmale Gesicht mit den braunen Augen und der kühngeschwungenen Nase dezent geschminkt. Sie atmete noch mal durch: »Aber was soll ich jetzt noch sagen? Und wenn du in der ganzen Zeit mit Rüdiger nur zum Fenster hinausgeschaut und dir Pelzmäntel gekauft hättest – du hättest ein Recht auf das Geld gehabt, nach dem Gesetz. Du hättest ungefähr eine halbe Million bekommen und dir nie mehr Sorgen zu machen brauchen! Aber ihr habt ja auf Rechtsmittel verzichtet und die Scheidung ist rechtskräftig?«

»Ja«, sagte ich.

»Gut, gut, gut«, sagte Elisabeth, »reden wir nicht mehr darüber. Laß uns essen.«

Ich wollte auch nicht mehr darüber reden und lieber essen. Aber es beschlich mich ein komisches Gefühl, das ich genausowenig verstand wie dieses ganze Gerede über Geld und Zugewinn-Ausgleich. Und ich erinnerte mich an den Blick des Richters. Er hatte mich fast genauso angesehen wie Elisabeth eben.

Ich fuhr zu meinem Vater. Er wußte immer noch nichts von der ganzen Geschichte. Es war leicht gewesen, ihn nichts merken zu lassen, denn er ruft mich nie an, außer vielleicht im Notfall. Er hält nicht viel vom Telefon, wenn es um persönliche Beziehungen geht, und ist außerdem der Meinung, daß Eltern ihre erwachsenen Kinder nicht mit Telefonanrufen drangsalieren sollten. Eine Rücksicht, die ich immer etwas übertrieben gefunden hatte, aber in den letzten Monaten war ich froh darüber gewesen. Ich hatte ihn wie üblich alle zwei Wochen angerufen, immer dann, wenn ich einigermaßen sicher sein konnte, daß ich das »Wie geht es dir, Vater?« und »Was machst du?« und die Antworten auf seine Fragen mit normaler, munterer Stimme herausbringen würde.

Er wartete am Bahnhof auf mich. Es ist ein hübscher alter Bahnhof in einer hübschen kleinen Stadt. Ich stand am Zugfenster und sah auf den Bahnhof mit den bunten Blumenkästen in den Fenstern und sah meinen Vater da stehen, in seinem ordentlichen, grauen Mantel, mit dem grauen Hut, still und ruhig und mit diesem gedankenverlorenen Ausdruck im Gesicht, den er oft hat, seit meine Mutter tot ist. Ich versuchte, nicht zu weinen, und ich schaffte es auch, indem ich den Atem anhielt und der Kloß in meiner Kehle noch größer wurde. Aber er merkte es doch.

»Ist etwas passiert, Ines?« fragte er, nachdem ich ihn geküßt hatte. »Ich erzähl's dir nachher«, sagte ich, und er nickte und nahm meinen Koffer und hielt mir den Arm hin, damit ich mich unterhaken konnte. »Das Wetter ist so schön, und dein Koffer ist ja auch nicht schwer«, sagte er, »laß uns zu Fuß gehen.«

Wir gingen durch die samstäglich stillen Kleinstadtstraßen mit den gepflegten Häusern in den blühenden Gärten. Unser Haus steht auch in so einer Straße: eine kleine Villa aus den dreißiger Jahren, darum der Garten, mit den Blumenbeeten meiner Mutter, die mein Vater sorgfältig pflegt, und den Linden, die sie so geliebt hatte.

»Ich habe letzten Herbst so eine Kiefer gepflanzt, wie deine Mutter sie immer haben wollte«, sagte er, als wir den Gartenweg hinaufgingen. »Ich zeig sie dir nachher. Jetzt komm erst mal rein. Du willst dir sicher die Hände waschen, und ich bringe den Koffer rauf und hole den Kaffee.« Er hatte im Wohnzimmer einen perfekten Kaffeetisch gedeckt, mit Blumen und zum Geschirr passenden Papierservietten, die sorgsam gefaltet unter den Kuchengabeln lagen. Er brachte den Kaffee in einer Thermoskanne und betrachtete prüfend den Tisch: »Fehlt noch was?«

»Es ist alles wunderbar«, sagte ich und ließ mir Kaffee einschenken und gedeckten Apfelkuchen auflegen, den er gekauft hatte, weil er weiß, daß ich ihn mag.

»Und nun erzähl mir, was passiert ist«, sagte er. Ich kaute auf dem Apfelkuchen herum und schluckte ihn runter und sagte: »Rüdiger hat mich verlassen wegen einer anderen Frau, die ein Kind von ihm erwartet. Er wollte eine schnelle Scheidung, damit er sie heiraten kann. Letzte Woche sind wir geschieden worden.«

Er saß ganz still da und sah auf den Apfelkuchen und schien seinen Ohren nicht zu trauen. Was ja auch kein Wunder ist.

»Warum hast du mir das nicht früher gesagt?« fragte er.

»Wie hätte ich dir das denn am Telefon erzählen sollen, Vater? Ich hätte dir bloß was vorgeheult, und du hättest dir Sorgen gemacht.«

»Ja, sicher«, sagte er, und sein Blick wanderte zum Fenster und verlor sich. Ich wußte, was er dachte: Wäre Ruth doch bloß hier. Sie wüßte, was zu tun ist. Sie würde das Kind in den Arm nehmen und es trösten und sich furchtbar aufregen und irgendwie alles in Ordnung bringen.

Er seufzte und sah mich an: »Es tut mir sehr leid für dich, Ines. Wann ist das denn passiert?«

»Im März«, sagte ich. »Ich meine, im März hat Rüdiger mir gesagt, was los ist.«

»Und wie habt ihr das mit dem Haus gemacht?«

»Rüdiger hat mir eine sehr schöne Wohnung besorgt, und ich habe alles mitnehmen können, was ich wollte. Es ist ja einfach praktischer, wenn Rüdiger im Haus bleibt, weil –«

»Ja, sicher«, sagte er. »Und wovon wirst du leben?«

»Rüdiger zahlt mir Unterhalt und die Miete«, sagte ich, »bis ich soweit bin, daß ich vom Schreiben leben kann.«

»Hm«, sagte er, und ich wußte, was er dachte. Er hat sehr klare Vorstellungen davon, wie ein vernünftiger Beruf aussieht, einer, von dem man leben kann, und das Schreiben gehört gewiß nicht dazu.

»Wenn du Geld brauchst, sag mir Bescheid«, sagte er und stand auf und ging zur Bücherwand. »Ich glaube, ich brauche jetzt einen Cognac. Ich hätte nie gedacht, daß Rüdiger so was – ich meine, ich hatte immer den Eindruck, daß ihr glücklich seid.«

Ach Gott ja, Vater, dachte ich, den Eindruck hatte ich auch, und ich hätte auch nie gedacht, daß Rüdiger so was macht. »Gibst du mir bitte auch einen Cognac?« sagte ich.

Wir saßen da und tranken den Cognac und sahen durchs Fenster in den Garten. Es war eines von diesen großen Panoramafenstern, die in den sechziger Jahren Mode gewesen waren, und paßte eigentlich gar nicht zum Haus, aber meine Mutter hatte es unbedingt haben wollen. Sie hatte so gerne hier gesessen und in ihren Garten gesehen.

Ich konnte nicht einmal denken: Wie gut, daß sie das nicht mehr erleben muß. Daß ihr das erspart geblieben ist. Diesen Trost hatte ich nicht. Denn meine Mutter liebte es, sich mit den Abgründen und Tragödien des Lebens zu befassen, sie von allen Seiten zu betrachten und sie mit viel Elan und Gefühl zu bewältigen.

Sie hatte Rüdiger immer gern gehabt, aber in dem Moment, wo er ihrer Tochter etwas zuleide getan hätte, hätte sie ihn mit sämtlichen Verfluchungen dieser Welt belegt und ihn für immer abgeschrieben. Sie hätte sich alles haarklein berichten lassen, sie hätte Haß und Verachtung über Rüdiger und Clarissa ausgeschüttet, sie hätte einleuchtend belegt, warum das nicht gutgehen könne und ebenso überzeugend erklärt, warum ich schließlich als strahlende Siegerin aus diesem Schlamassel hervorgehen würde.

Sie hätte der festen Überzeugung Ausdruck gegeben, daß ich alsbald eine sehr erfolgreiche Journalistin sein würde und daß eine so attraktive und intelligente Frau wie ihre Tochter auch sonst keine Probleme haben würde. Und mein Vater hätte hier und da den Kopf geschüttelt, und ich hätte gesagt: »Mutter, du übertreibst mal wieder.« Und sie hätte gesagt: »Jochen, hol doch mal eine wirklich gute Flasche Wein rauf. Schwierige Situationen erfordern gute Getränke.« Und wir hätten zusammengesessen und geredet und getrunken und schließlich auch gelacht und alles wäre halb so schlimm gewesen.

Mein Vater seufzte. »Komm«, sagte er, »laß uns durch den Garten gehen.« Und wir gingen durch den Garten und betrachteten die Rosen meiner Mutter und ihren Lavendel und die blühenden Jasminsträucher, die sie gepflanzt hatte, und er zeigte mir den Komposthaufen, den er angelegt hatte, und erklärte mir genau, wie man das machen muß.

»Jetzt mache ich uns was Gutes zu essen«, sagte er. »Ich habe da einen Rehbraten entdeckt, tiefgefroren, aber wirklich erstklassig. Und dazu Spätzle und Rotkohl. Und ich hole uns einen guten Wein aus dem Keller.«

»Ja, Vater«, sagte ich und strich über seinen Arm, »das ist eine gute Idee.«

Er ist sehr stolz auf seine hausfraulichen Fähigkeiten. Er hatte nie einen Finger im Haushalt gerührt, solange ich denken kann, doch selbst wenn er es gewollt hätte, meine Mutter hätte ihn nicht gelassen. Nach ihrem Tod stand er hilflos da, lebte aus Dosen, brachte irgendwann, wenn er nichts mehr zum Anziehen hatte, die dreckige Wäsche in die Wäscherei und ließ das Haus vergammeln, bis ich kam und saubermachte.

Aber eines Tages raffte er sich auf. Er untersuchte den Staubsauger und fand heraus, wie man Staubsaugerbeutel wechselt. Er untersuchte das Bügeleisen und fand heraus, daß es Dampf von sich gibt, wenn man Wasser in die kleine Öffnung gießt. Er las die Gebrauchsanweisung der Waschmaschine und studierte das Schaltbrett.

Er entdeckte den Supermarkt und war fasziniert: Hier gab es alles, was man brauchte, man mußte nur so einen kleinen Wagen nehmen und herumfahren und es einsammeln: »Erstklassig organisiert!« Und all die freundlichen Verkäuferinnen, die nichts lieber taten, als diesem netten, älteren Herrn zu erklären, welches der beste Schinken ist und was sie gerade im Sonderangebot da haben. Die aufblühten, wenn er sie um umfassende Information darüber bat, welches Putzmittel man wofür braucht und was sie ihm da empfehlen könnten. Wenn ich ihn anrief, berichtete er begeistert von der modernen Technik, die es ermöglicht, Tiefkühlgerichte herzustellen, die man nur im Plastikbeutel ins kochende Wasser wirft, und schon hat man ein ganzes Menü auf dem Teller. Er kaufte so fortschrittliche Geräte wie elektrische Tischstaubsauger und Zwiebelschneideautomaten.

Vor allem verliebte er sich in die Kaffeegeschäfte, in denen man außer Kaffee auch Goldschmuck und Regenschirme und Badelaken und Bücher und weiß Gott was alles kriegt. »Das ist wirklich sehr praktisch«, sagte er dann am Telefon, »was es in diesen Läden alles gibt. Ich habe da heute eine Salatschleuder gefunden und einen sehr schönen Schirm für dich. In dieser modernen Welt ist es wirklich kein Problem, einen Haushalt zu führen.«

Wir aßen also Rehbraten, der tatsächlich gut schmeckte, obwohl er mitsamt der Soße aus dem Plastikbeutel kam, und Spätzle, die auch gut schmeckten und auch aus dem Plastikbeutel kamen. Wir tranken Wein und stießen an, und dann versuchte er aufmunternd zu lächeln, was aber mißlang und eher hilflos aussah.

Und wir sprachen über alles außer Rüdiger und Clarissa und das Kind und was ich nun machen würde: Über Hügelbeete zum

Beispiel, so eines wollte er sich nämlich anlegen, und dann hatte er ein sehr interessantes Buch über die deutsche Geschichte gelesen, das würde er mir mitgeben, und im Kaffeegeschäft hatte er ein sehr schönes Badelaken gekauft für mich, das lag oben in meinem Zimmer.

Und wir dachten an meine Mutter und warum zum Teufel sie gestorben war.

Als ich drei Tage später wieder fuhr, hatte sich mein Besitztum um ein wirklich sehr schönes Badelaken erweitert und um ein Set von Handtüchern aus dem Kaffeegeschäft (»Das kannst du jetzt doch sicher brauchen«, hatte er gesagt, und war nicht davon zu überzeugen gewesen, daß ich mit Handtüchern bis an mein Lebensende eingedeckt bin). Und um einen Scheck über fünfhundert Mark. Der hatte am letzten Morgen neben meiner Kaffeetasse gelegen, und ich hatte wieder gesagt: »Aber Vater, das brauche ich doch wirklich nicht!«, und er hatte gesagt: »Wenn du es jetzt nicht brauchst, dann leg es dir zurück. Irgendwann wirst du es mal brauchen können.«

Ich lehnte am Fenster und winkte, als der Zug abfuhr, und er stand da und winkte auch, mit so einer steifen Armbewegung, wie ein alter General, und hatte wieder diesen abwesenden Ausdruck im Gesicht.

Zu Hause regnete es. Das Licht in meiner Wohnung war grau, und in den Ecken lagen Schatten. Ich machte alle Lampen an und zog die Vorhänge zu und packte den Koffer aus und stopfte die Kaffeegeschäft-Handtücher in die Waschmaschine. Ich holte mir eine von Elisabeths Champagnerflaschen aus dem Kühlschrank und setzte mich aufs Sofa und machte die Flasche auf und sah auf das Beckmann-Plakat an der gegenüberliegenden Wand. Ich hatte es in Frankfurt gekauft, zusammen mit Rüdiger. Wir hatten eine kleine Fahrt gemacht, einfach so, das liebte er: »Laß uns irgendwo hinfahren«, hatte er gesagt, »nach Frankfurt zum Beispiel.« Wir waren ganz langsam gefahren, auf Landstraßen, hatten die Landschaft bewundert und in kleinen Gasthöfen gegessen und zweimal übernachtet: in einem romantischen Schloßhotel und dann in Rothenburg, auch sehr romantisch. Es war wunderschön gewesen. Es war im letzten Sommer gewesen.

Ich starrte auf das Bild von Beckmann: Ein kleiner Platz, umgeben von Häuserreihen, expressionistisch schief, und es ist früher Morgen, und ein paar fröhliche, beschwipste Leute gehen nach Hause, und ganz vorne sitzt eine Katze. Und die Farben ganz zart, himbeerfarben und türkis und hellgelb und alles vom Morgengrau überzogen.

Ich sah lange auf das Bild und trank den Champagner. Das Grau in der Wohnung war fort und die Schatten in den Ecken auch, aber in mir stieg ein Grau hoch und dunkle Schatten und etwas Furchtbares, das ich nicht erkennen konnte und das um so beängstigender war.

Das Telefon klingelte. »Hallo, Ines, Herzchen!« sagte Carola in ihrer manchmal etwas übertriebenen Art, »wie geht es dir? Hast du scheidungsmäßig alles hinter dir? War es schlimm?«

Ich sagte, nein, es wäre nicht schlimm gewesen, und ich wäre auch froh, es hinter mir zu haben.

»Na siehst du«, sagte Carola munter, »jetzt kann es nur noch aufwärts gehen. Und wie ist das nun mit der Toscana? Du kommst doch mit, oder? Es ist natürlich ein bißchen eng mit den Kindern auf dem Rücksitz, aber das macht dir doch sicher nichts aus, oder? Und wir haben ein wunderschönes kleines Bauernhaus gemietet, in einer herrlichen Gegend, mit Swimming-Pool und allem!«

Ich hatte eigentlich mitfahren wollen, aber plötzlich wußte ich, daß es nicht ging: mit den Kindern auf dem Rücksitz und die ganze Zeit mit Carola und Rolf. Sie waren nicht gerade ein glückliches Paar, ganz im Gegenteil. Sie sprachen zwar nie über ihre Schwierigkeiten, aber Rolfs genervte Stimme und Carolas scharfe, wenn sie miteinander redeten, hatten mir immer Schauder über den Rücken laufen lassen. Und ich wußte auch, daß Rolf sich auf seinen vielen Fortbildungen nicht nur beruflich fortbildete. Aber immerhin, sie waren ein Paar, ganz gleich, wie unzufrieden und frustriert sie waren, und sie würden es auch bleiben, und sie hatten zwei süße Kinder, und Rolf würde nie ankommen und Carola sagen, daß er nun leider Vater eines Kindes werden würde und infolgedessen eine schnelle Scheidung brauchte.

Ich sagte also, daß es mir sehr leid täte, aber mir wäre im Moment einfach nicht danach, irgendwohin zu fahren, so gerne ich natürlich mit ihnen zusammen wäre, aber ich müßte innerlich ein bißchen zur Ruhe kommen, und das würde sie doch sicher verstehen – und so fort mit diesem ganzen Psycho-Quatsch.

Aber er wirkt eben immer. Carola stellte ihre Stimme von Munterkeit auf Mitgefühl um und sagte, das würde sie sehr gut verstehen, so leid es ihr täte, und vielleicht wäre ein bißchen Konzentration auf das eigene Selbst wirklich das Beste für mich und ob ich nicht mal Tai Chi machen wolle, das mache sie auch, und es würde sie wunderbar ausbalancieren.

Ich sagte, das könnte ich ja mal versuchen, und sie sagte, vor den Ferien würden wir uns dann leider nicht mehr sehen, sie hätte noch so viel zu tun, aber sie würde sich melden, wenn sie zurückkämen, so Mitte August: »Bis dann also, und mach's ganz gut, Ines, Herzchen!«

Ich machte es ganz gut in diesem Sommer, in Anbetracht der Tatsache, daß es der erste Sommer seit fünfzehn Jahren war, in dem ich allein war, in dem ich nicht mit Rüdiger irgendwohin fuhr oder mit ihm ein paar ruhige Wochen in unserem Garten verbrachte.

Ich ging in alle Museen und Ausstellungen, und ich las viel und ging ins Kino, schließlich mußte ich über den Kulturbetrieb informiert sein, wenn ich darüber schreiben und davon leben wollte. Ich überlegte mir eine Reihe von Themen und schickte sie Jürgen Flohse, und er akzeptierte zwei davon und sagte, wir könnten dann mal im September darüber sprechen, wenn er aus dem Urlaub zurück sei, sie seien ja nicht so tagesaktuell, daß man sie gleich bringen müsse.

Ich ging fast jeden Tag ins Schwimmbad und legte mich in die Sonne, und ich wurde tatsächlich ein bißchen braun, was ich noch nie gewesen war, und meine Haare waren nun nicht mehr aschblond, sondern kriegten sehr schöne Sonnensträhnen, und ich sah wirklich nicht schlecht aus, jedenfalls nicht wie eine fast vierzigjährige, ausgemusterte Ehefrau.

Nur eines war schlimm: Das Grau verdichtete sich, die Schatten nahmen Gestalt an. Sie wurden zu einem großen grauen Tier. Es kam nie tagsüber, aber dafür mit enervierender Regelmäßigkeit in den frühen Morgenstunden. Jeden Morgen um fünf wachte ich auf, und da hockte es im morgendlichen Zwielicht und starrte mich an. Mein Herz klopfte, und ich war hellwach, und furchtbare Bilder zogen durch meinen Kopf: Rüdiger und Clarissa beim Standesbeamten, er schlank und groß und dunkel, und sie schlank und zierlich und silberblond, mit diesem hübschen kleinen Fußballschwangerschaftsbauch. Welche Trauzeugen hatten sie wohl gehabt? Welche von unseren Freunden waren dabeigewesen? Und wo hatten sie nachher gefeiert? Ich sah eine fröhliche, kleine Feier, dezent natürlich, nichts Großes, den Umständen entsprechend, aber umso fröhlicher.

Ich sah die beiden auf unserer Terrasse sitzen, ein Glas Champagner trinken (oder vielleicht mag Clarissa gar keinen Champagner?) und sich glücklich anschauen oder den Schmetterlingen nachblicken, die von dem Schmetterlingsstrauch angezogen werden, den ich gepflanzt habe.

Ich sah die beiden im Bett: Liebe in der Schwangerschaft, durchaus normal und durchaus empfehlenswert, sofern bei der werdenden Mutter alles gut läuft, natürlich ist in den späteren Monaten der Bauch vielleicht im Wege, aber da gibt es viele schöne Möglichkeiten, Sexualität trotzdem zu genießen. Ich hatte alles über diese Möglichkeiten gelesen, in einem der Bücher, die ich in Rüdigers Handschuhfach gefunden hatte, gierig hatte ich es in mich hineingefressen, unter einem schmerzhaften Zwang und mit dem Gefühl, das ein Mensch haben muß, der sich nackt in Brennesseln wälzt oder brennende Zigaretten auf dem Arm ausdrückt.

Ich lag erstarrt und mit Herzklopfen im Bett und sah es vor mir, wie sie sich liebten, alle diese verdammten Möglichkeiten. Und der Schmerz brannte in mir, mehr als alle Brennesseln und alle Zigarettenglut dieser Welt.

Ich sah auch mich in diesen Morgenstunden, und da war ich nicht mehr schlank und braun und sommerblond, sondern alt und grau und häßlich. Vierzig wirst du im Oktober, raunte das graue Tier, und was hast du geschafft in deinem Leben? Du hast keinen Beruf, keine Karriere, keine Kinder, du bist leer und taub, eine taube, unfruchtbare Nuß. Eine leere Hülle. Ab jetzt geht es abwärts, was man bis vierzig nicht geschafft hat, das schafft man nicht mehr.

Und die Liebe? Die Männer? Männer wollen junge Frauen, das weißt du doch, das steht in jeder Zeitung. Denk an Rolf, wie der nach Zwanzigjährigen guckt, wenn Carola es nicht merkt. Früher hast du immer mitleidig und ein bißchen hochmütig den Kopf geschüttelt, wenn so was in der Zeitung stand oder Freunde erzählten, daß da wieder irgendein Endvierziger eine viel jüngere Frau geheiratet hat. Oder daß es Mode wird unter den Prominenten, ganz junge Frauen zu heiraten, Yves Montand zum Beispiel und diese dreißig Jahre Jüngere, die ein Kind von ihm bekommen hat. Dich ging das ja nichts an, du hattest einen Mann, der dich liebte und den du liebtest und mit dem du alt werden wolltest, du konntest in aller Ruhe vierzig werden.

Und jetzt? Kein Mann will eine Vierzigjährige. Du wirst eine alleinstehende Frau werden, eine, die von anderen bemitleidet wird, du wirst versuchen, dich jung zu halten und doch ein bißchen komische Figur werden, eine, die man gerne zum Kinderhüten holt, aber sonst lieber nicht einlädt.

So raunte das graue Tier, eine Stunde, zwei Stunden, bis ich erschöpft einschlief und erst wieder aufwachte, wenn die Sonne schon prall ins Zimmer schien.

Tagsüber ging ich ins Schwimmbad und in Ausstellungen und las und räumte in meiner Wohnung rum und aß gemütlich auf dem Balkon, und alles war in Ordnung. Und ich vergaß das graue Tier. Aber jeden Morgen kam es und saß da und sprach mit mir und brachte mich zur Verzweiflung.

Mitte August rief Rüdiger an. »Wie geht es denn so?« fragte er. »War's schön in der Toscana?«

»Wieso?« fragte ich.

»Ich dachte, du wärest mit Rolf und Carola in der Toscana gewesen«, sagte er, »die wollten doch unbedingt, daß du mitfährst.«

»Das kann man so nicht sagen, daß sie es unbedingt wollten«, sagte ich, »sie hatten mich eingeladen.« Aber ich ahne jetzt, wer es unbedingt wollte, dachte ich, und wer sie auf die Idee gebracht hat. Ich glaube, es wäre gut für Ines, wenn sie ein bißchen rauskommt, hast du zu Rolf gesagt, und der hat es pflichtschuldigst an Carola weitergegeben, und die hat mich pflichtschuldigst eingeladen. Der Rettet-Ines-vor-dem-Wahnsinn-und-Rüdiger-davor-daß-sie-ihm-auf-die-Nerven-fällt-Club. Ha!

»Und du?« fragte ich. »Warst du weg?«

Er antwortete gar nicht darauf. Es war ja auch eine blöde Frage. Mit einer hochschwangeren Frau, die Anfang September ihr erstes Kind erwartet, fährt man schließlich nicht in Urlaub. Man bleibt schön zu Hause und macht Urlaub im eigenen Garten.

»Ich rufe wegen der Krankenversicherung an«, sagte er, »du bist immer noch bei mir mitversichert, aber das geht jetzt natürlich nicht mehr.« Nein, natürlich nicht. Das gibt's wahrscheinlich nur im Orient, Sonderangebot: Krankenversicherung für Sie und zwei bis vier Ehefrauen Ihrer Wahl.

»Nein, natürlich nicht«, sagte ich. »Ich hätte mich längst darum kümmern müssen. Entschuldige.«

»Ach, das macht doch nichts«, sagte er mit dieser gräßlichen Großzügigkeit, aus der nichts anderes herausklang, als daß ich ihm egal war, und ihm infolgedessen auch nichts, was ich tat, etwas ausmachen konnte. Außer natürlich, ich würde mich vor seine Schwelle legen und beschließen, dort zu sterben, so daß sie immer über mich hinwegsteigen müßten, wenn sie das Haus des Neuen Glücks betraten oder verließen.

»Weißt du was?« sagte er. »Ich schicke dir mal meinen Versicherungsagenten rüber, der kümmert sich darum und sagt mir dann auch Bescheid, wenn alles klar ist.«

Damit du, Gott bewahre, nicht noch mal mit mir telefonieren mußt oder ich dich womöglich anrufe. Was würde deine Sprechstundenhilfe dann wohl sagen: »Ihre erste Frau ist am Apparat« oder »die ehemalige Frau Dohmann möchte Sie sprechen, Herr Doktor« oder was?

Der Versicherungsagent war einer von diesen Mittdreißigern, die aussehen, als wären sie gerade eben konfirmiert worden, tatsächlich aber ungemein erfolgreiche Geschäftsleute sind, was wahrscheinlich auch damit zusammenhängt, daß sie diesen unschuldigen, frischkonfirmierten Eindruck machen. Man traut ihnen nichts Böses zu und macht gern Geschäfte mit ihnen.

»Ich habe hier eine sehr vorteilhafte Privatversicherung für Sie«, sagte er, und dann schilderte er das, was diese Versicherung im Krankheitsfalle für mich zu tun bereit war, in so warmen Tönen, daß ich am liebsten sofort krank geworden wäre, um in den Genuß des wunderbaren Einbettzimmers, der Pflege des kompetenten Personals und der Fürsorge des erfahrenen Chefarztes zu kommen. In so ein wunderbares Krankenhaus würde sich das graue Tier bestimmt nicht hineinwagen, und ich würde meine Morgenstunden wieder für mich haben.

Die Tatsache, daß Versicherungen vierzigjährige Frauen noch weniger mögen als der Rest der Welt (ehe man sich umguckt, kriegen sie Brustkrebs und haben Totaloperationen und Depressionen), bewältigte er mit großer Eleganz. Er stellte es so hin, als ob die Versicherung alle anderen vierzigjährigen Frauen nicht mag, auf mich aber ungeduldig gewartet hat.

»Sie gehören ganz einfach zu den Kunden, die man sich nur wünschen kann, wenn ich mal ganz offen sein darf, Frau Dohmann«, sagte er und sah mich auch ganz offen an. »Eine kurze Untersuchung bei Ihrem Hausarzt ist mehr als genug. Er soll nur diesen Bogen ausfüllen und ihn mir dann zuschicken.«

Dieses Wunderwerk an Versicherung sollte 398 Mark kosten – angesichts dessen, was die Versicherung für mich zu leisten bereit war, praktisch nichts, man mußte eher befürchten, daß sie noch zuzahlen müßte. Was sie aber sehr gern tun würde, weil sie mich als Kundin einfach liebte. Das sagte er natürlich nicht so, aber er vermittelte den Eindruck, daß es so wäre.

»Und wie sieht es mit der Altersversorgung aus?« fragte er. »Ich weiß, man denkt nicht darüber nach, wenn man jung ist, wenn es noch in weiter Ferne liegt...« Er trug ein bißchen dick auf, aber wenn man bald vierzig wird und der geliebte Gatte einen gerade hat sitzen lassen, dann frißt man auch so was.

»Nur ein paar Informationen, wenn es Ihnen recht ist«, fügte er hinzu, als er meinen satten Gesichtsausdruck sah, »Sie können es sich dann ja in Ruhe überlegen.«

Es endete damit, daß ich einen Vertrag über eine Lebensversicherung unterschrieb, die womöglich noch wunderbarer war als die Krankenversicherung. Sie kostete auch 400 Mark, aber dafür würde ich mein Alter in absolutem Luxus verleben.

»Ich wünschte, wir hätten nur Kunden wie Sie, Frau Dohmann«, sagte er, nachdem er mir einen weiteren, etwas dickeren

Fragebogen für meinen Hausarzt ausgehändigt hatte und sich verabschiedete. »Klare, präzise, kompetente Entscheidungen, das macht uns die Arbeit leicht.« Keine Frage, ich war der Star der Versicherungen, und auch mein Versicherungsagent liebte mich.

Ich wartete sehnsüchtig darauf, daß der August zu Ende ging. Die Stadt lag unter bleierner Hitze und schien wie ausgestorben, abgesehen von den Touristen, die in den Cafés saßen oder Sehenswürdigkeiten bestaunten. Alle Freunde waren verreist, niemand rief an. Elisabeth war dieses Jahr nach Mauritius geflogen, von wo sie viele bunte Postkarten mit allerdings sehr kurzem Text schickte, denn für ihre große majestätische Handschrift war einfach zu wenig Platz. Carola war zurück, und ich hatte sie angerufen, aber sie hatte so viel zu tun – »Du kannst dir nicht vorstellen, wie das Haus aussieht und der Garten, wenn man ein paar Wochen weg war, und dann wollte ich auch noch die Kinderzimmer streichen lassen« –, daß wir uns erst für Anfang September verabredeten.

Im September würde alles besser werden. Sicher, Anfang September kam das Kind zur Welt, aber das ging mich schließlich nichts mehr an, ich würde einfach nicht dran denken, ich lebte jetzt mein eigenes Leben. Ich meine, ich würde tagsüber nicht daran denken, morgens würde mich natürlich das graue Tier daran erinnern, aber damit würde ich auch noch fertig werden.

Unsere Freunde würden mich wieder anrufen und einladen (eigentlich waren es jetzt meine Freunde, denn mit Rüdiger wollten sie ja nichts mehr zu tun haben), und vor allem würde ich sie alle einladen. Ich hatte es mir oft und gern überlegt, wenn ich auf meinem Balkon saß: ein wunderschönes Fest mit einem großen Büffet und Sekt und Wein und Bier, und ich würde eine schöne Einladung entwerfen, und sie würden alle meine schöne Wohnung sehen und wie gut es mir geht. Ich wollte es sobald wie möglich machen, noch im September, da würde es wohl noch warm genug sein, um auf dem Balkon zu sitzen.

Ich würde auch Jürgen Flohse dazu einladen, wir würden kurz über die Themen sprechen, welche als nächste dran waren, und ich würde wieder Arbeit haben und schreiben können.

Ich hatte lange darüber nachgedacht, ob ich dieses Fest nicht zu meinem vierzigsten Geburtstag Ende Oktober machen sollte. Den würde ich ja auch groß feiern, also warum nicht beides zusammen? Aber dann entschloß ich mich, zwei Feste zu feiern. Schließlich fing jetzt ein neues Leben an für mich, und das konnte man nicht genug feiern, oder?

IV

Ich hatte mein Fest für den 20. September geplant. Ich hatte eine schöne Einladungskarte entworfen, bunt, und Farbkopien davon machen lassen, ziemlich teuer, aber schließlich feiert man nicht jeden Tag sein neues Leben. Dreißig Einladungen hatte ich verschickt und lange Listen gemacht, was ich alles kaufen und besorgen mußte.

Das mit der Geburt des Kindes war nicht einfach gewesen, aber ich hatte es verkraftet. Rüdiger hatte mich am 3. September angerufen. Er war ziemlich verlegen, aber er rettete sich in das psychotherapeutische Offenheits-Ideal.

»Ich wollte es dir selber sagen, Ines«, sagte er, »ich dachte, das ist klarer und besser, als wenn es dir irgendwann jemand anders erzählt.« Er hatte die gepreßte Stimme, die man bei schwierigen Nachrichten nun mal hat, ganz gleich, wie psychisch offen man ist. »Also, das Kind ist gestern auf die Welt gekommen.«

»Herzlichen Glückwunsch«, sagte ich etwas schwach. »Was ist es denn?«

»Es ist ein Mädchen.«

»Und wie heißt es?« fragte ich.

»Sarah«, sagte Rüdiger. Ach verdammt, so hätte ich mein Kind auch gern genannt. »Sarah Alexandra Jennifer«, fügte er mit einem Unterton von Stolz hinzu, als hätte er sich die Namen selber ausgedacht.

Ich fand diesen Rattenschwanz blumenreicher Namen, den sie dem unschuldigen Wesen anhängen wollten, etwas übertrieben, aber ich sagte: »Sehr schön. Und Sarah Dohmann, das klingt ja auch gut.«

»Ja, nicht wahr«, sagte Rüdiger freudig. Und anscheinend fand er die Situation nun so entspannt, daß er hinzufügte: »Wir hätten sie auch gern noch Ines genannt, aber ich war nicht sicher, ob dir das recht ist.«

»Ja, das verstehe ich«, sagte ich, nun schon sehr mühsam. Aber er merkte nichts, denn er fuhr fort: »Die Geburt ging Gott sei Dank schnell. Drei Stunden, das ist wenig für eine Erstgeburt.«

»Ja, natürlich«, sagte ich, als hätte ich mein Leben lang nichts anderes getan, als Kinder zu kriegen, und wäre voll informiert darüber, wie lange Erstgeburten dauern und was da lang und kurz ist.

»Und wir sind gleich wieder nach Hause gegangen«, sagte Rüdiger. »Es war eine ambulante Geburt. Ich glaube, es ist sehr wichtig, daß man die ersten Tage nicht in einer sterilen Klinik erlebt.«

»Mhmhm«, sagte ich. Seine Vorstellungskraft und sein Einfühlungsvermögen müssen etwas gelitten haben in den letzten Monaten, dachte ich, besser gesagt: Sie haben sich anscheinend in Luft aufgelöst. Er plaudert doch tatsächlich mit mir über die Vorteile einer ambulanten Geburt. O Gott, nein!

Aber nun hatte er wohl doch etwas gemerkt. Erst war Stille, und dann sagte er: »Ja, also, das wollte ich dir sagen. Es war doch richtig so?«

»Ja, doch«, sagte ich. »Vielen Dank.« Lieber Himmel, ich war seiner wert. Ines Dankeschön Dohmann. Er erzählt mir mit unverhohlener Begeisterung von der Geburt seines Kindes, und ich bedanke mich auch noch dafür. Wir sollten Eintritt verlangen und das Ganze als absurdes Theater aufziehen.

Er schien auch zu finden, daß wir noch ein bißchen absurdes Theater spielen könnten. Er fragte nämlich: »Und wie geht es dir?« Wie soll es mir gehen, hätte ich antworten können. Du hast mir bloß gerade voll Stolz und Freude von der Geburt deines Kindes erzählt und was für schöne Namen ihr ihm gegeben habt und weiß der Teufel was alles, und wie erwartest du nun, daß es mir geht? Aber so was Ähnliches hatte ich schon mal gesagt, damals, als ich erfuhr, daß dieses Kind auf dem Weg war, und ich wollte mich nicht wiederholen.

»Sehr gut«, sagte ich.

»Ach, das ist schön«, sagte er, »wunderbar. Na, dann mach es weiter so gut, und ich melde mich wieder.«

Wann, dachte ich. Wenn es abgestillt wird oder die ersten Zähne kriegt oder wann? »Ja, mach das«, sagte ich.

Ich trank zwei Flaschen von Elisabeths Champagner danach, und am Ende der zweiten Flasche mußte ich lachen. Es war zu absurd gewesen, und wenn die Tragik so komisch wird, dann ist sie weniger tragisch. Ich ging ins Bett und stählte mich innerlich: Womöglich würde ich überhaupt nicht schlafen können, und das graue Tier würde mir die ganze Nacht Gesellschaft leisten. Aber so war es nicht. Ich schlief sogar sehr gut, und das graue Tier guckte morgens nur mal kurz um die Ecke und verschwand dann wieder.

»Ines, mein liebes Kind«, sagte Elisabeth und küßte mich und überreichte mir einen Blumenstrauß: perlmuttfarbene Rosen und wunderbar duftende weiße Freesien. Elisabeth entledigte sich ihres edlen Stoffmantels – »man kann einfach keinen Pelz mehr tragen, alle sehen einen so scheel an, und vielleicht haben sie auch recht damit« –, und inspizierte das Büffet. »Sehr gut«, sagte sie und rückte eine Gabel gerade. »Und wie sieht es mit den Getränken aus?«

»Sekt, Bier, Wein«, sagte ich, »und natürlich Champagner für dich. Deine private Geheimflasche steht im Kühlschrank, und bitte bediene dich selber, wenn ich nicht dazu komme. Aber jetzt trinken wir erst mal ein Glas zusammen, bis die anderen kommen.«

Ich erzählte ihr von Rüdigers Kind, während wir Champagner tranken und warteten, und sie quittierte meinen Bericht mit diversen »Achs« und hier und da hochgezogenen Augenbrauen. Zwischendurch klingelte ein paarmal das Telefon. Freunde sagten ab, weil sie krank geworden waren oder irgendwas mit den Kindern war oder ein dringender Geschäftstermin. Das war nur natürlich. Wenn man dreißig Leute einlädt, dann sagen immer ein paar ab und andere kommen nicht, ohne abzusagen, aber es genügt ja auch, wenn zwanzig kommen.

»Hattest du nicht gesagt um sieben?« fragte Elisabeth schließlich und sah auf die Uhr: »Es ist halb acht.« »Du weißt doch, wie das ist«, sagte ich. »Wer ist schon pünktlich? Außer dir natürlich. Paß auf, gleich kommen sie alle auf einmal – siehst du?«

Es hatte geläutet. Maria und Hermann standen vor der Tür, aber sonst niemand. »Bitte entschuldige die Verspätung«, sagte Maria, während Hermann linkisch am Papier eines Blumenstraußes nestelte, »aber wir mußten bloß mal wieder zwischendurch das Auto reparieren.« Hermann besteht nämlich darauf, komische alte Autos zu fahren, keine schicken Oldies, die in schicken teuren Werkstätten auf Vordermann gebracht werden und gut funktionieren, sondern wirklich komische alte Autos, bei denen ständig was nicht funktioniert.

»Ach, das macht doch nichts«, sagte ich, »schön, daß ihr da seid.« Maria und Hermann betraten das Wohnzimmer, sie begrüßten Elisabeth, sie bewunderten die Wohnung, sie ließen sich zu essen und zu trinken geben, sie plauderten angeregt mit Elisabeth – das heißt, Maria plauderte angeregt, Hermann sah ernsthaft-freundlich drein und machte hier und da eine ernsthaft-freundliche Bemerkung –, aber sie sagten kein Wort darüber, daß sonst niemand da war.

Und daß auch sonst niemand kam, jedenfalls die nächsten eineinhalb Stunden nicht. Sie schienen es völlig normal zu finden, daß sie allein waren mit mir und Elisabeth und dem großen Büffet und den vielen Gläsern. Sie machten es mir leicht – nicht, es normal zu finden, aber doch mit Anstand damit fertig zu werden, daß aus mysteriösen Gründen bis neun sonst niemand kam.

Kurz vor neun kam Carola. »Entschuldige bitte, Ines, Herzchen«, sagte sie atemlos, »Christopher ist krank und war einfach nicht zur Ruhe zu bringen, und so konnte ich den Babysitter nicht mit ihm allein lassen. Aber ich habe es geschafft, er schläft jetzt, und da sind wir. Rolf kommt auch gleich, er sucht nur noch einen Parkplatz.«

Bis halb zehn kamen noch elf, und so hatte ich immerhin sechzehn Gäste. Alle hatten entweder Probleme mit dem Auto oder den Kindern gehabt, oder einen ärztlichen Notfall oder Migräne, so schlimm, daß sie nicht aus den Augen hatten gucken können, aber Gott sei Dank war es dann besser geworden. Es war wie verhext gewesen, aber nun waren sie ja da. Ich fand es auch wie verhext, daß so viele Menschen an einem Tag so viele Probleme hatten, aber nun waren sie ja da, das war das Wichtigste. Leider hatten sie auch alle kaum Hunger, sie nippten nur wie die Vögelchen an meinem Büffet, aber dafür hatten sie um so mehr Durst.

Es war so schön, daß sie da waren. Ich wanderte zufrieden zwischen ihnen herum, redete hier ein bißchen und da ein bißchen, goß nach und versorgte Elisabeth zwischendurch mit

Champagner. Sie saß majestätisch und elegant auf dem Sofa und sprach immer noch mit Maria, anscheinend etwas Ernstes, so wie die beiden aussahen. Zwischendurch betrachtete sie kritisch und nachdenklich die anderen Gäste und lächelte mir zu.

Es wurde ein langes Fest. Zuerst schienen alle irgendwie unter Druck zu stehen, was ja kein Wunder war, nach all den Problemen, die sie gehabt hatten, bevor sie gekommen waren. Aber nach ein paar Gläsern entspannte sich die Atmosphäre, und es wurde sehr fröhlich. Um halb zwei gingen die letzten, abgesehen von Elisabeth, die noch immer auf dem Sofa saß. Was mich sehr erstaunte, weil sie etwas gegen Zigarettenrauch hat (kein Wunder, der ist ja nun wirklich nicht sauber), und sich im allgemeinen gegen elf zurückzieht, wie sie es nennt.

»Schön, daß du noch da bist«, sagte ich. »Ich mache kurz die Fenster auf und bringe die Aschenbecher raus und dann trinken wir noch ein Gläschen, ja?«

»Sehr gerne, mein Kind«, sagte Elisabeth mit einer so weichen Stimme, daß ich wieder erstaunt war. Aber wahrscheinlich lag es am Champagner, denn wenn sie auch nur wenig und kleine Schlucke trinkt, so kommt doch zwischen sieben und halb zwei einiges zusammen. »Das war ein schönes Fest, nicht wahr«, sagte ich, nachdem wir angestoßen hatten.

»Ja, wirklich«, sagte sie. »Und diese Maria und ihr Mann, das sind wirklich sehr nette Menschen. Sehr nett und intelligent. Kennst du sie schon lange? Du hast nie von ihnen erzählt.«

Ich hatte nie von ihnen erzählt, weil ich sie nicht so oft getroffen hatte. Sie waren Außenseiter in unserem Freundeskreis. Hermann war groß und dünn und schüchtern und arbeitete als Psychiater in einer Nervenheilanstalt. Was einfach keiner verstand. Ein bißchen Therapie-Fortbildung nebenbei, ein bißchen psychologische Beratung in der Praxis, das machte Spaß und brachte Kohle. Und Rüdiger mit seinen Körper-Harmonie-Kursen und all diesem Zeug – in Gottes Namen, er hatte eine gutgehende internistische Praxis und war der Erfolgreichste unter ihnen mit seinen prominenten Patienten.

Aber Hermann! Der meinte es tatsächlich ernst, der wollte psychisch kranken Menschen helfen und konnte darüber, so schüchtern er war, lange ernsthaft reden, auch wenn ihm bald keiner mehr zuhörte. Der arbeitete für wenig Geld in einem miefigen Landeskrankenhaus und machte Überstunden, für nichts und wieder nichts.

Hermanns Ansehen stieg ein wenig, als er Maria mitbrachte. Maria war eine aparte, dunkelhaarige, temperamentvolle Frau und, was sie noch interessanter machte, Schauspielerin. Aber leider war sie auch so ernsthaft, zu ernsthaft zum Beispiel, um mit Rolf oder Karl zu flirten, was man doch von einer Schauspielerin nachgerade erwarten kann, und anscheinend nahm sie Hermanns Arbeit auch sehr ernst und fand es nicht komisch, wenn jemand Witze darüber machte. Dann konnte sie heftig und beleidigend werden. Andererseits aber war sie nun wieder keine wirklich ernsthafte Schauspielerin, denn sie arbeitete vor allem fürs Fernsehen und da für Serien wie Trauminsel oder Hafenklinik oder so was. Anscheinend bekam sie nichts Besseres, obwohl sie dafür offenbar gut bezahlt wurde.

»Also, ich weiß nicht«, hatte Carola mehr als einmal gesagt. »Nichts gegen Maria natürlich, aber diese komischen Serien! Ich kann so was einfach nicht sehen, das ist doch verdummend, und ich verstehe nicht, wie man da mitmachen kann.«

Carola brauchte eigentlich nicht so zu tun, denn sie war Kosmetikerin gewesen, bevor sie Rolf geheiratet hatte, und was ist daran besser, als wenn man Schauspielerin in Serien ist? Und ich war eine abgebrochene Studentin, und was war daran besser? Aber ich nickte nur und sagte nichts, denn schließlich waren Maria und Hermann nicht so wichtig und wirklich ein bißchen fremd in unserem Kreis.

»Sie sind nicht so oft dabei«, sagte ich, »deswegen habe ich dir wahrscheinlich nie von ihnen erzählt.«

»Jedenfalls sind sie beide sehr liebenswürdig und gescheit«, sagte Elisabeth mit Nachdruck. Es ist selten, daß sie jemanden derart mit Komplimenten überhäuft. »Vielleicht solltest du sie jetzt öfter sehen.«

Jürgen Flohse war nicht gekommen. Ich mußte bis Montag warten, bis ich ihn anrufen konnte.

»Hallo, Jürgen«, sagte ich, »wie schade, daß du Samstag nicht da warst.«

»Ich konnte leider nicht«, sagte er und war so muffig, wie er montags nun mal ist. »Was kann ich für dich tun?«

»Wir wollten doch noch mal über die Themen sprechen«, sagte ich, »und wann du die Beiträge brauchst.«

»Ach ja«, sagte er. »Im Moment geht's nicht, und die nächsten Tage bin ich verreist. Ruf mich doch nächste Woche noch mal an.«

Ich sagte »okay« und »tschüs« und legte auf. Montags ist er nun mal so, dachte ich, ich sollte wirklich daran denken und lieber nicht anrufen. Dann eben nächste Woche. Und vielleicht sollte ich mich auch mal bei anderen Zeitungen umschauen, ich brauche jetzt ein bißchen mehr Geld, mit den Versicherungen, die ich abgeschlossen habe, und bei Jürgen kann ich vielleicht zweimal im Monat was unterbringen, und das reicht nicht.

Ich schrieb also Briefe an alle Zeitungen, die irgendwie in Frage kamen und legte ein paar fotokopierte Artikel von mir bei, Jürgen hatte es ja immer sehr gut gefallen, was ich schrieb, also warum sollte es anderen nicht auch gefallen? Und wenn nur zwei oder drei interessiert wären, mit der Zeit würde ich mir darauf schon was aufbauen. Die nächsten drei Jahre zahlte mir Rüdiger die Miete und dazu 1200 Mark im Monat, aber man soll schließlich vorausschauend sein. Ich war sehr stolz, daß ich mit der Lebensversicherung schon so vorausschauend gewesen war, und nun würde ich auch weiter gut planen und mir beruflich was aufbauen, und wenn Rüdiger dann nicht mehr zahlen würde, würde ich längst selbständig sein. Ich könnte ja auch noch mal mit Karl reden, beim nächsten Fest, wegen der Mediziner-Zeitung.

Aber ich konnte nicht mit Karl reden, denn es fanden keine Feste statt. Sonst hatten wir uns gerade im Herbst und Winter öfter gesehen, waren alle zusammen auf die große Herbstdult gegangen, und jeder hatte mindestens eine Party gemacht in der Zeit bis Weihnachten, aber dieses Jahr war es anders.

Auch Carola, die sonst liebend gerne Gastgeberin spielte und sich immer was Neues einfallen ließ, kam irgendwie nicht dazu. »Wann machst du denn dein nächstes Fest?« hatte ich sie Anfang Oktober gefragt. »Ach, das weiß ich auch nicht«, hatte sie gesagt, »ich fühle mich gar nicht wohl zur Zeit, irgendwie ist mir alles zu viel. Also, jetzt noch ein Fest – das schaffe ich einfach nicht.«

Ich machte mir Sorgen, denn wenn es Carola zu viel wird, ein Fest zu organisieren, dann stimmt etwas nicht. »Du solltest vielleicht mal zu Rüdiger gehen«, sagte ich, »so eine allgemeine Müdigkeit und Abgeschlafftheit, wenn es nichts Ernstes ist, da sind ja diese homöopathischen Mittel ganz ausgezeichnet.«

Carola hatte versprochen, zu Rüdiger zu gehen, und ich hatte mich gar nicht mehr getraut, sie wegen meines vierzigsten Geburtstags anzusprechen. Ich hatte mit ihr darüber reden wollen, wie ich das organisieren sollte, aber sie klang so schwach, daß ich sie damit nicht behelligen wollte.

Ich sprach statt dessen mit Elisabeth darüber, und zu meinem großen Erstaunen (es war die Zeit des Staunens über Elisabeth) war sie sehr gegen ein großes Fest.

»Ich würde kein großes Fest geben«, sagte sie dezidiert. »Du hast gerade eins gehabt, und zwei so große Feste hintereinander, da kommt beim zweiten gar keine Stimmung mehr auf.« Ich fand, das war eine sehr gewagte Theorie, besonders angesichts der Tatsache, daß Elisabeth meines Wissens in ihrem ganzen Leben noch kein großes Fest gegeben hat, weil sie den kleinen Kreis vorzieht, wie sie sagt.

»Ich würde den kleinen Kreis vorziehen«, fuhr sie fort. »Und außerdem wünsche ich mir etwas von dir zu deinem Geburtstag.« Sie lauschte ihren eigenen Worten nach. »Das klingt etwas seltsam, aber so ist es.«

»Was denn?« fragte ich.

»Ich möchte dieses kleine Fest für dich organisieren, mit allem Drum und Dran, und ich möchte die Gäste einladen«, sagte sie. »Es ist wirklich ein etwas seltsamer Wunsch, aber ich bin sicher, es wird dir gefallen.«

Was sollte ich sagen? Ich hätte meinen Vierzigsten gerne groß gefeiert, aber wenn Elisabeth sich schon mal was von mir wünscht? Sie hatte so viel für mich getan in den letzten Wochen, ach was, mein ganzes Leben lang hatte sie mich liebevoll begleitet, mit ihrer distanzierten majestätischen Art, hinter der so viel Wärme steckt.

»Ruth, laß das Kind, laß ihr Raum, erstick sie nicht mit deiner

Liebe«, hatte ich sie mal zu meiner Mutter sagen hören, nachdem wir uns schrecklich gestritten hatten. Ich stand oben im Flur, und die Wohnzimmertür war offen, und da hörte ich Elisabeth das sagen.

»Ach, Elisabeth, du hast leicht reden«, hatte meine Mutter gesagt.

»Eben«, hatte Elisabeth erwidert, »ich bin nicht ihre Mutter, darum habe ich leichter reden, aber darum sehe ich auch besser, was los ist. Ihr seid euch so ähnlich, aber noch bist du die Stärkere, und deshalb mußt du nachgeben.«

Darauf hatte meine Mutter nichts mehr gesagt, und ich war schnell wieder in mein Zimmer gegangen. Aber dann war meine Mutter raufgekommen und hatte mich in den Arm genommen und hatte gesagt: »Es tut mir leid, Ines. Wollen wir noch mal miteinander reden?«

Ich verdankte Elisabeth so viel, und ich liebte sie so, und nun wünschte sie sich mal was von mir, was sie nie tat, und sollte ich da nein sagen? Ich sagte also »gerne«, und »ich freue mich darauf« und »sicher hast du recht, es ist besser, eine kleine Feier zu machen«.

»Sehr schön«, sagte Elisabeth zufrieden, »das freut mich, daß du meiner Ansicht bist. Du brauchst dir nur noch den Termin zu notieren: 28. Oktober, 18 Uhr bei mir. Alles andere mache ich. Und du brauchst dich nur noch darauf zu freuen, es ist ja bald.«

Es war zwar bald, aber die Zeit wurde mir doch lang, und es fiel mir allmählich auch schwer, mich darauf zu freuen. Denn es wurde so still um mich. Niemand rief mich an, und wenn ich mal anrief, bei Carola vor allem, aber manchmal auch bei anderen Freundinnen, dann waren sie sehr lieb und herzlich und fragten, wie es mir ginge und freuten sich, wenn ich sagte »gut«, aber sie hatten alle keine Zeit. Nur Carola traf ich einmal: »Hast du nicht Lust, heute nachmittag auf zwei Stunden rüber zu kommen? Abends muß ich ja leider weg, aber so sehen wir uns doch mal wieder.«

Ich war rübergefahren, und wir hatten in der Oktobersonne auf der Terrasse gesessen, und Carola hatte viel von den Kindern erzählt und wie es ihnen in der Schule geht und von einer neuen Kosmetikerin, die sie entdeckt hatte, und von Tai Chi und was weiß ich. Aber nichts von uns oder von mir oder meinem Geburtstag, obwohl sie nun seit Jahren weiß, daß ich am 28. Oktober Geburtstag habe, einfach deswegen, weil sie ihn fast jedes Jahr mitgefeiert hat.

Vielleicht hat sie ganz große Schwierigkeiten mit Rolf, dachte ich, weil sie so zerstreut und abwesend ist. Gegen fünf wurde sie unruhig. Sie müsse das Essen für die Kinder machen, und die Kinder würden bald kommen, und ich sagte: Wieso, das macht doch immer dein Kindermädchen, und sie sagte: Die muß heute früher weg, und also sagte ich: Na, dann will ich mich mal aufmachen, und sie sagte: Soll ich dir ein Taxi rufen, und ich sagte: Danke, es ist so schönes Wetter, ich gehe zu Fuß und nehme dann die U-Bahn.

Sie brachte mich zum Gartentor, und da umarmte sie mich plötzlich und sagte mit seltsamer Stimme: »Mach es ganz gut, Ines!« Und ich sagte: Keine Sorge, Carola, das mache ich schon, und ging und dachte mir, daß es ihr wirklich sehr schlecht gehen muß.

Es war eine sehr lange Zeit, diese dreieinhalb Wochen bis zu meinem Geburtstag. Ich hätte gerne geschrieben, aber es war schwer, Jürgen zu erreichen, und wenn ich ihn erwischte, dann hatte er meist wenig Zeit. Schließlich sagte er: »Also gut, mach die Sache über diese neuen Autorinnen, aber nicht zu lang, und bis nächsten Dienstag brauche ich es.«

Von den Zeitungen, an die ich geschrieben hatte, hörte ich nichts. Anscheinend fanden sie nicht, daß ich so gut schrieb, oder sie hatten genug Autoren, die gut schrieben, und leider bekam ich allmählich das Gefühl, daß Jürgen auch nicht mehr fand, daß ich so gut schrieb.

Diese Zweifel äußerte auch das graue Tier. Es blieb mir treu und kam regelmäßig jeden Morgen und erzählte mir seine schrecklichen Geschichten.

Du kannst doch gar nicht wirklich schreiben, flüsterte das graue Tier. Bilde dir nur nichts ein. Es war immer ganz nett, und Jürgen hat's genommen, alle paar Monate mal, und ein bißchen überarbeitet, warum auch nicht, du warst Rüdiger Dohmanns Frau, der Arzt der guten Gesellschaft, Internist mit tollen naturheilkundlichen Erfolgen, der Mann ist in, früher oder später taucht er in den Gesellschaftsnachrichten auf, so was hält man sich warm, wenn's nicht zu viel kostet. Aber jetzt, wo du die Ehemalige bist? Jürgen Flohse ist schließlich nicht von der Wohlfahrt.

Sarah Dohmann, Sarah Dohmann, flüsterte das graue Tier. Was für ein hübscher Name für ein hübsches kleines Mädchen: mit Rüdigers schönen grauen Augen und dunklen Wimpern und dazu das silberblonde Haar, du weißt schon von wem. Ein entzückendes Kind, mit reizenden Eltern. Glücklichen Eltern, glücklich, glücklich, glücklich...

Ich lag da und starrte auf das Fenster, hinter dem es grau und dann hell wurde und dachte, bald ist Winter, und dann wird es um diese Zeit nicht mal hell, dann ist alles nur noch dunkel. Und das graue Tier flüsterte und flüsterte.

Am 27. kam ein großes Paket von meinem Vater. Es waren verschiedene Päckchen darin, alle sorgsam eingepackt, in altmodisches Seidenpapier, das es offenbar immer noch gibt. Außerdem ein Brief. »Meine liebe Ines«, schrieb er, »ich wünsche Dir alles Gute zu Deinem Geburtstag und sehr viel Glück und Erfolg für deinen weiteren Lebensweg. Du wirst diesen besonderen Tag sicher feiern; ich hoffe, es wird ein schönes Fest. Bitte grüße Elisabeth von mir, wenn sie dabei ist. Wie immer, Dein Vater.«

Das war wirklich mein Vater, wie immer. Er kann einfach keine Briefe schreiben. Er kann Befehle rausgeben und Dienstanweisungen, aber Briefe kann er nicht schreiben. Ich schwankte zwischen Lachen und Weinen, aber dann räumte ich lieber all die Päckchen aus dem Karton und baute sie mir mitsamt einer Kerze auf dem Sofatisch auf. Eine Art von Geburtstagstisch.

Mein vierzigster Geburtstag fing damit an, daß das Telefon mich weckte. Das graue Tier hatte mir viele Geschichten erzählt, und ich war erst spät wieder eingeschlafen, um sieben, und nun war es zehn.

Es war Rüdiger: »Meinen ganz herzlichen Glückwunsch zum Geburtstag«, sagte er etwas gestelzt. Ich sagte: danke, und er sagte: »Wirklich ein besonderer Tag (Lieber Gott, er redet genau wie mein Vater, war das früher auch so?). Was machst du denn heute?«

Ich war sofort hellwach und log, was das Zeug hielt. Verschiedene Freunde würden nachmittags kommen, sagte ich, und eine neue Freundin, die er nicht kenne, käme gleich zum Geburtstagsfrühstück, und abends würde Elisabeth ein großes Fest für mich geben, das hätte sie sich ausbedungen, und nur Champagner, du kennst ja Elisabeth.

Er war wirklich ein bißchen beeindruckt. »Was ist das für eine neue Freundin?« fragte er. »Ach«, sagte ich, »eine sehr interessante Frau. Schreibt für verschiedene Zeitungen, hat sehr gute Kontakte zu Künstlern und Galeristen, ist oft im Ausland – wirklich sehr interessant und sehr nett.« So, wie ich diese nichtexistierende Dame beschrieb, fand ich sie eigentlich eher anstrengend, aber ich weiß, daß Rüdiger so was imponiert, so was Kosmopolitisches. Hoffentlich fragt er jetzt nicht, wie sie heißt, dachte ich.

Das tat er nicht, weil sie ihm tatsächlich imponierte, und wenn er sie nicht gekannt hätte, dann hätte er das ungern zugegeben. »Ja, dann wünsche ich dir noch einen schönen Tag heute«, sagte er, und ich konnte endlich auflegen und aufhören zu lügen.

Warum log ich eigentlich so? So dumm und lächerlich und überflüssig? Weil ich wußte, daß er in seinem verdammten rustikalen Arbeitszimmer saß, um zu telefonieren, in unserem verdammten schönen Haus, und daß unten Clarissa, schön und morgenfrisch, das Samstagsfrühstück vorbereitete, das Rüdiger und ich immer so genossen hatten, und daß ein süßes kleines Baby dabeisaß in so einer Babykippliege, Sarah, mit grauen Augen und schwarzen Wimpern und silberblonden Haaren. Ich weiß natürlich, daß Babies in dem Alter noch keine grauen Augen haben, sondern blaue, aber das tut nichts zur Sache.

Ich zog meinen rosengemusterten Kimono an und machte mir Kaffee und aß ein Hörnchen mit Marmelade und packte die Geschenke meines Vaters aus. Er hatte sich wirklich Mühe gegeben. Das erste war ein dickes Buch über »Grundlagen und Technik der Schreibkunst«. Klar, so stellte er sich das vor: Wenn sie das Buch durchstudiert hat, dann kann sie es. Sei nicht so gemein, Ines, sagte ich zu mir, er hat es gut gemeint. Es gab ein weiteres Buch, ein Fremdwörterlexikon: »Man braucht nicht alles zu wissen, aber man sollte immer wissen, wo man sich informieren kann«, war einer seiner Standardsätze.

Und dann hatte er das Kaffeegeschäft ausgeräumt und wahrscheinlich die Goldmedaille für aktive Kundschaft bekommen. Ein Paar silberne Ohrstecker mit Glitzersteinen drin, die ich in der Filiale um die Ecke schon gesehen hatte. Einen Satz von drei Sieben aus weißem Plastik, wirklich sehr schön, aber wozu braucht man solche Siebe in allen Größen? Zwei Kaffeetassen in nachgemachtem Meißner Rosenmuster, die mir sehr gefielen, weil ich dies Muster nun mal mag und mir bei Woolworth immer überlege, ob ich mir das ganze Service kaufen soll – ganz egal, ob nachgemacht und Woolworth. Und schließlich, als Krönung des Ganzen, dieser wirklich praktische elektrische Tischstaubsauger!

Nun weinte ich doch. Ich weinte, weil er es so lieb gemeint hatte und weil Rüdiger so blöd war, so dumm, so einfühlsam und sensibel wie ein Nilpferd, was wahrscheinlich eine Beleidigung für alle Nilpferde ist. Ich saß vor dieser ganzen Pracht aus dem Kaffeegeschäft und weinte eine halbe Stunde lang, und das war das beste Geschenk, das mir mein Vater hatte machen können.

Danach duschte ich kalt und wusch mir die Haare und zog mich schön an, schminkte mich ordentlich, steckte die Ohrstecker aus dem Kaffeegeschäft an und fühlte mich meinem vierzigsten Geburtstag tatsächlich ein wenig gewachsen.

Elisabeth rief an und gratulierte mir und versicherte sich, daß ich auch wirklich um 18 Uhr bei ihr sein würde und daß ich mir auch bestimmt ein Taxi nehmen würde: »Keine U-Bahn heute, es ist ein besonderer Tag!«

Im Briefkasten lagen zwei Geburtstagsbriefe von Freunden, und dann klingelte der Postbote und brachte ein Päckchen von Carola. »Ich bin leider übers Wochenende nicht in der Stadt«, schrieb sie, »und darum wünsche ich dir schriftlich Glück.« Sie wünschte mir, in vielen schönen Wendungen, alles nur erdenkliche Glück. Das Geschenk war ein edler, teurer, ledergebundener Terminkalender, sehr groß und mit zwei Seiten für jeden Tag, und ich fragte mich, welche Termine ich da eintragen sollte.

Um drei rief ich meinen Vater an. Er legt sich zwischen eins und drei meist ein bißchen hin, auch wenn er schamhaft verschweigt, daß er von einer solchen Schwäche befallen wird. Aber wenn man in dieser Zeit anruft, dann klingt er oft ganz verschlafen und desorientiert.

»Schön, daß du anrufst, Ines«, sagte er, »noch mal meine herzlichsten Glückwünsche. Hast du mein Paket bekommen?«

Ich bedankte mich und sagte, daß ich die Ohrstecker schon trüge, und daß mir die Tassen sehr gut gefallen hätten, und die Siebe und der Tischstaubsauger seien wirklich sehr praktisch, so was könnte ich gut gebrauchen.

»Ja, nicht wahr, das ist wirklich sehr sinnvoll«, sagte er mit soviel Stolz in der Stimme, als hätte er den Tischstaubsauger selbst erfunden. »Ich habe das alles in meinem Kaffeegeschäft gefunden, eine sehr vernünftige Einrichtung.«

Und das Fremdwörterlexikon könnte ich auch sehr gut gebrauchen, Rüdiger hätte zwar eins gehabt, aber das sei ja dort geblieben, und die Kunst des Schreibens würde mich auch sehr interessieren.

»Das hat mir die Buchhändlerin empfohlen«, sagte er zufrieden, »ich werde melden, daß es ein Erfolg war.« Ich konnte mir vorstellen, wie er in den Laden gegangen war und die Dame gefragt hatte, was man wohl einer angehenden Journalistin schenken könnte, etwas Informatives und Lehrreiches vielleicht. Und dann hatte sie diesen dicken Ladenhüter rausgekramt und sich wahrscheinlich beglückwünscht, ihn endlich loszuwerden. Und am Montag würde er hingehen und ihr ein ernsthaftes Kompliment machen, wie gut ihre Empfehlung gewesen sei, und sie würde wahrscheinlich gar nicht wissen, wovon er redete.

Ich sagte ihm noch, daß ich abends bei Elisabeth feiern würde, und er trug mir wieder Grüße für sie auf und wünschte mir einen schönen Abend.

Und dann stand ich am Fenster und sah in die herbstlich gefärbten Linden und wartete darauf, daß es halb sechs würde und ich das Taxi rufen könnte, um zu Elisabeth zu fahren.

Elisabeth wohnt in einem wunderschönen Altbau in einer Straße am Alten Friedhof, mitten in der Stadt, aber ganz ruhig. Vier Zimmer, nach vorne raus ein großer steinerner Balkon, nach hinten der Blick auf ein großes Karree mit vielen verschiedenen Hintergärten. Sie hat diese Wohnung vor dreißig Jahren gekauft, als die Leute noch nicht wie verrückt Altbauwohnungen kauften, und den Preis nennt sie lieber nicht, weil sonst alle ganz grün werden im Gesicht vor Neid.

»Ines, mein liebes Kind«, sagte sie und umarmte mich und gratulierte mir. »Und nun leg ab und komm rein.«

Ein kleiner Geburtstagstisch wartete auf mich, mit vierzig gelben Rosen und zwei dezent verpackten Päckchen, deren dezentes Aussehen darauf schließen ließ, daß sie aus der teuersten Einkaufsstraße der Stadt kamen. In einem war eine wunderschöne dicke, silberne Kette mit zwei verschieden großen Kugeln aus Onyx und Karneol.

»Diese Farben magst du doch und diesen Stil auch, nicht wahr?« fragte Elisabeth, »aber wenn es dir nicht gefällt, kannst du es auch umtauschen.«

Ich wußte, daß ich das könnte, ohne daß sie beleidigt sein würde. »Ich gebe sie auf keinen Fall wieder her«, sagte ich und legte sie um. In dem anderen Päckchen war eine ebenso schöne silberne Uhr mit einem wunderbaren silbernen Gliederarmband. Ich hoffte, daß es Silber war und nicht Weißgold, denn dann mußte sie unheimlich teuer gewesen sein.

»Es ist Weißgold«, stellte Elisabeth befriedigt fest, nachdem ich sie umgelegt und bewundert hatte, »das ist was Ordentliches. Ich dachte, du solltest jetzt endlich eine Uhr haben. Als berufstätige Frau brauchst du eine Uhr.«

Ich möchte nur wissen, dachte ich, wie viele arbeitslose Journalistinnen, die noch nicht mal genau wissen, ob sie überhaupt schreiben können und also tatsächlich diesen Ehrennamen tragen dürfen, wohl eine Uhr haben, die mindestens dreitausend Mark gekostet hat.

Ich dankte ihr und küßte sie, und sie schenkte uns ein Glas Champagner ein. »Und wer kommt nun?« fragte ich. »Das wirst du ja sehen«, sagte sie. »Jedenfalls alles gescheite und liebenswürdige Menschen.« Wahrscheinlich hat sie sich irgendwie die Telefonnummern meiner Freunde besorgt, dachte ich, und sie eingeladen, und ich hatte keine Ahnung, warum sie sich nicht rühren, und nachher stehen sie alle vor der Tür, und es gibt eine tolle surprise-party.

Aber so war es nicht. Elisabeth hatte nur zwei meiner Freunde eingeladen: Maria und Hermann. Und ansonsten mindestens zehn von ihren Freunden, von denen ich nur einige flüchtig kannte. Sie waren alle älter, zwischen fünfzig und siebzig, und ich war erst etwas erschrocken: Wie sollte ich mit diesen Leuten meinen Geburtstag feiern?

Aber sie waren tatsächlich so liebenswürdig und gescheit wie Elisabeth gesagt hatte. Sie brachten mir alle ein hübsches kleines Geschenk mit, was ja nicht einfach war, da sie mich kaum kannten. Sie waren aufmerksam und höflich und sehr interessiert an dem, was ich machte, und sie interessierten sich auch wirklich für Hermanns Arbeit. Hermann hatte seine Schüchternheit erstaunlich schnell überwunden, und weil sie so aufmerksam zuhörten, erzählte er sehr packend davon.

Ich fühlte mich plötzlich sehr wohl. Wir saßen an dem langen, ausgezogenen Tisch in Elisabeths Eßzimmer, und alle redeten gern und erzählten witzige oder interessante Dinge, aber sie hörten auch alle gerne zu und fragten und lachten. Es war eine lebendige, warme, anregende Atmosphäre, in der ich mich aufgehoben und anerkannt fühlte (ich weiß, es klingt nach Psycho-Sprache, aber so fühlte ich mich nun mal), obwohl ich die meisten kaum kannte.

Eigentlich viel schöner als bei den Festen mit unseren Freunden, dachte ich, und war verblüfft über diesen ketzerischen Gedanken. Bei uns waren fast alle Männer Ärzte und sprachen vor allem über ihre Patienten und ihre Praxis, für anderes interessierten sie sich kaum. Früher oder später hatten dann die Männer zusammengesessen und die Frauen; die Frauen hatten über die Kinder gesprochen (worüber ich auch nicht viel zu sagen hatte), über Kleider und Kosmetik und ein bißchen über kulturelle Veranstaltungen, die man so besuchte. Gemeinsam redete man vielleicht noch über die Häuser, die man sich kaufte, und die Bauherrenmodelle, in die man das schwer erworbene Geld gesteckt hatte, weil der Steuerberater es so warm empfohlen hatte, und mit denen ja nun leider auch nicht alles zum besten stand.

Eigentlich ein bißchen langweilig und vor allem immer dasselbe, dachte ich, wenn man das so mit diesen Leuten hier vergleicht. Komisch, daß mir das früher nie aufgefallen ist.

Alle blieben bis zwölf. »Wir wollen noch einmal auf Ines' Wohl anstoßen, wenn ihr Geburtstag zu Ende geht«, hatte Elisabeth gesagt und kurz vor zwölf ein großes Tablett mit gefüllten Champagnergläsern herumgetragen. Dann hatten sie mir alle noch einmal Glück gewünscht und sich verabschiedet.

»Ich hoffe, es hat dir gefallen«, sagte Elisabeth, als wir allein waren. »Möchtest du nicht hier übernachten?«

Ich sagte, es wäre wunderschön gewesen und sie hätte mir eine große Freude gemacht, aber ich wollte doch lieber zu Hause schlafen.

Zu Hause legte ich die Geschenke auf den Geburtstagstisch und nahm auch die Kette und die Uhr ab und legte sie dazu. Ich ordnete Elisabeths Rosen in eine Vase und zündete die Kerze an. Und dann saß ich fast eine Stunde lang da und sah auf den Tisch und dachte: Vielleicht wird doch noch was aus dir. Es sieht zwar nicht sehr gut aus, und jeden Morgen kommt das graue Tier, und deine Freunde melden sich nicht und haben nie Zeit.

Und jetzt bist du vierzig und nächstes Jahr einundvierzig und ehe du dich umguckst fünfzig und dann bald eine alte Frau. Aber es gibt auch so schöne Momente wie heute abend, was du so gar nicht kennst, und vielleicht findest du noch mehr von diesen schönen Momenten, und dann ist es vielleicht egal, ob du vierzig oder fünfzig bist oder hundert. Vielleicht kannst du etwas ganz Neues finden, etwas ganz anderes machen aus deinem Leben, und um damit anzufangen, dafür ist Vierzig wohl gerade das richtige Alter.

Ich ging ganz ruhig ins Bett mit diesem Gefühl von etwas Neuem, Schönem, das ich vielleicht finden würde, obwohl ich gar nicht wußte, was es wohl sein könnte.

V

Der November war kalt und grau und brachte frühen Schnee, der die Herbstblätter in eine scheußliche rotbraune Masse verwandelte. Aber er paßte zu mir oder ich zu ihm, je nachdem, wie man es sieht. Ich war auch kalt und grau.

Die vorsichtige Hoffnung, die ich an meinem Geburtstag verspürt hatte, war schnell verflogen. Denn es blieb alles so, wie es im September und Oktober gewesen war, oder sagen wir lieber, es wurde noch schlimmer. Ich war nun völlig allein. Ich hatte keinen der Freunde mehr angerufen, denn ich konnte ihre freundlichen Worte und dann das Klagen darüber, daß sie so wenig Zeit hatten oder daß sie sich irgendwie nicht wohl fühlten und infolgedessen nur zu Hause säßen, nicht mehr hören. Diese Art von Freundlichkeit und dieses Leider-gar-keine-Zeit-Haben erinnerten mich an Rüdiger.

Mit Carola telefonierte ich manchmal, und dann plauderten wir ein bißchen über dies und das, aber ich fragte nicht mehr, ob wir uns treffen wollten, weil ich das Leider-gar-keine-Zeit-Haben nicht hören wollte.

Ich hatte nichts zu arbeiten, weil auch Jürgen leider keine Zeit hatte und leider im Moment auch keinen Bedarf für meine Beiträge.

Es ist seltsam, daß ich nie wirklich darüber nachdachte, warum das so war. Warum sie alle keine Zeit hatten und warum sie alle mit mir redeten, als sei ich ein bißchen behindert, ganz nett zwar, aber ein bißchen behindert, und mit so jemandem gibt man sich eben nicht ab. Ich glaube, ich wollte nicht darüber nachdenken. Ich machte die Augen zu und verstopfte meine Ohren und tötete alle meine Sinne, damit ich nicht sehen und hören und riechen und schmecken und fühlen konnte, was vor sich ging.

Ich lebte vor mich hin. Ich entdeckte die Wohltaten des Fernsehens. Rüdiger und ich hatten nie viel ferngesehen, nur mal Nachrichten oder einen besonderen Spielfilm oder eine wichtige Dokumentation. Er hatte mir den tragbaren Farbfernseher mitgegeben, den wir besaßen, er würde sich im Zweifelsfall einen neuen kaufen, hatte er gesagt, aber wahrscheinlich brauchte er keinen mehr.

Ich konnte ihn jetzt gut brauchen. Ich studierte das Fernsehprogramm, das einmal in der Woche der Tageszeitung beilag, sehr übersichtlich, man konnte sofort erkennen, was es um welche Uhrzeit in all den vielen Programmen gab. »Gut organisiert«, hätte mein Vater gesagt. Und dann saß ich ab sechs, manchmal schon ab vier, vor dem Apparat, drückte auf die Knöpfe der Fernbedienung und sah mir alles an, was kam. Vor allem die deutschen und amerikanischen Fernsehserien, von denen gibt es ja jede Menge, man konnte die bunten Bilder so schön an sich vorbeiziehen lassen und brauchte nicht nachzudenken. Manchmal begegnete ich Maria, als flotter junger Ärztin oder Polizistin oder Traumschiffreisender, und dann freute ich mich.

Ich entdeckte das Bier. Champagner macht einen wach und munter, das konnte ich nicht brauchen. Aber Bier, besonders Weißbier oder dieses dunkle süße Starkbier, das war genau das richtige. Es machte ruhig und müde, und wenn ich um elf oder zwölf den Fernsehapparat ausgemacht und die leeren Flaschen weggeräumt hatte, dann ging ich ins Bett und schlief tief und traumlos bis zum nächsten Morgen, bis zehn oder elf Uhr vormittags. Manchmal stand ich erst um zwölf auf.

Denn das graue Tier kam nicht mehr. Es hatte wohl was gegen Bier und Fernsehen, jedenfalls war es verschwunden und behelligte mich nicht mehr.

Ein-, zweimal in der Woche telefonierte ich mit Elisabeth oder mit meinem Vater. Und alle zwei Wochen traf ich mich mit Elisabeth, und dann gingen wir essen. Wenn sie fragte, was ich denn so machte und wie es mir ginge, dann sagte ich: gut, ich würde an verschiedenen Artikeln arbeiten und hätte verschiedene Kontakte mit diversen Zeitungen und hätte verschiedene Projekte im Kopf, darüber wollte ich aber erst reden, wenn sie spruchreif wären.

Elisabeth fragte dann nicht weiter, und ich war froh darüber, denn wie hätte ich über diese nichtexistierenden Artikel und Projekte und Kontakte reden sollen? Ich wollte nur meine Ruhe haben.

Einmal lud sie mich zu einer Ausstellungseröffnung ein. Eine ihrer Freundinnen war Galeristin und würde die Bilder einer sehr interessanten jungen Malerin zeigen. Elisabeth zwang mich praktisch mitzukommen und ließ sich nicht abwimmeln.

Ich wusch mir seufzend die Haare und zog was Ordentliches an. Ich mußte auf meine früheren Klamotten zurückgreifen, denn ich hatte zugenommen. Ich versuchte meine Haare irgendwie schick hinzukämmen, aber es ging nicht, denn diese Kurzhaarfrisuren müssen ja oft nachgeschnitten werden, und ich war lange nicht beim Friseur gewesen. Ich schminkte mich mal wieder und legte ordentlich Farbe auf, damit ich nicht so grau-weißlich aussah. Dazu die schöne Kette von Elisabeth, und ich sah ganz passabel aus.

Vielleicht ist es gar keine so schlechte Idee, mal wieder rauszugehen, dachte ich, als ich das Haus verließ. Die Weihnachtsdekoration in der Innenstadt störte mich zwar ziemlich, denn ich wollte nicht daran denken, daß in ein paar Tagen Weihnachten war, aber dann kam ich in die Galerie, und da war es warm und hell, und Elisabeth begrüßte mich, und die Bilder der jungen Malerin waren wirklich sehr interessant.

Sie waren so fein, daß sie kein Bier servierten. Aber es gab einen guten, schweren Rotwein. Überall standen die frischgefüllten, dunkelrot leuchtenden Gläser herum oder Kellner mit Flaschen, die einem gerne nachschenkten. Allmählich wurde mir warm und wohl, und ich redete sehr munter mit Leuten, die ich gar nicht kannte, und wenn mein Glas leer war, stand da gleich ein neues oder irgend jemand, der mir nachschenkte.

Wirklich eine gute Idee, mal rauszugehen, dachte ich, Elisabeth hat recht gehabt, das sollte ich öfter tun.

Und dann sah ich sie. Ich lehnte an einer Säule und betrachtete zufrieden den Raum und all die netten Menschen und die schönen Bilder, und dann sah ich Rüdiger und Clarissa. Ich blieb ganz ruhig, ich trat nur ein bißchen zurück, damit sie mich nicht sehen konnten, und nippte weiter an meinem Rotwein und betrachtete die beiden. Alles andere schien mir etwas verschwommen, wie mit Weichzeichner aufgenommen, aber die beiden sah ich ganz klar.

Rüdiger hatte sich nie für Ausstellungen interessiert, deswegen wäre ich auch nicht auf die Idee gekommen, daß ich ihn hier treffen könnte. Aber anscheinend interessierte sich Clarissa für Ausstellungen. Sie schien auch die Galeristin gut zu kennen, denn die beiden umarmten sich und küßten sich auf die Wange und redeten lebhaft und fröhlich miteinander. Und dann zog Clarissa Rüdiger ein bißchen vor und stellte ihn offenbar der Galeristin vor. »Ach, übrigens«, sagte sie vielleicht, »das ist mein Mann, Rüdiger.« Rüdiger schüttelte der Galeristin die Hand und lächelte auch und sagte irgend etwas. Aber die Galeristin umarmte beide, ganz kurz und herzlich, und sagte vielleicht »Viel Glück« oder so was.

Sie waren wirklich sehr schön, die beiden. Clarissa trug ein edles Kostüm aus dunkelgrünem Stoff, die Farbe paßte wunderbar zu ihrem silberblonden Haar und der zartgebräunten Haut, und einen ziemlich großen Diamanten an einer feinen, fast unsichtbaren Kette. Sie war schmal und zierlich und hatte schlanke schöne Beine mit zierlichen Füßen, die in edlen, schönen Schuhen steckten, und sie trug eine von diesen gesteppten Lacktaschen mit Goldkette, die entsetzlich billig aussehen und in Wirklichkeit schweinisch teuer sind.

Rüdiger war ungewohnt elegant: dunkelgrüne Hosen, Seidenhemd in Braun und Seidenschlips in Rotbraun und Jackett in Braun und Grün, alles sehr edel und sehr passend zu Clarissa. Und ihre Gesichter leuchteten, und zwischendurch sahen sie sich lachend an, oder er legte den Arm um ihre Schulter oder sie den Arm um seine Taille, oder sie lehnte leicht und liebevoll den Kopf an seine Schulter.

Ja, sie leuchteten, ich sah sie sehr genau, sie waren deutlich und scharfgezeichnet, ihre Gesichter, ihre Kleider, ihre Gesten, ihr Lachen, ihre Blicke. Sie waren sehr farbig und intensiv, und um sie herum war nur graue Masse. Ich war ganz ruhig, während ich sie beobachtete, es machte mir nichts aus, sie hier zu sehen, ich beobachtete ja nur, ich spürte nichts. Ich trank den Rotwein in kleinen Schlucken, und alles andere war nebelig, nur die beiden waren ganz klar, und ich beobachtete sie sehr genau.

»Um Gottes willen«, sagte jemand neben mir und eine Hand faßte meinen Arm. »Komm weg hier, Ines«, sagte Elisabeth.

»Aber wieso denn«, sagte ich, »es ist doch sehr interessant.«

»Komm jetzt mit«, wiederholte Elisabeth mit fester Stimme, nahm mir das Glas aus der Hand, stellte es ab, hakte mich unter und zog mich durch die Menge zum Ausgang. Sie ließ sich unsere Mäntel geben. »Komm, zieh deinen Mantel an, Ines«, sagte sie, als wäre ich ein kleines Mädchen und half mir sogar hinein.

»Ich komme noch mit hinauf«, sagte sie, als das Taxi vor meinem Haus hielt.

»Zieh dich schon mal aus und wasch dich«, sagte sie, als wir oben waren. Es dauerte ein bißchen, weil ich nun nicht mehr klar, sondern nur noch ziemlich verschwommen sah. Als ich aus dem Badezimmer kam, saß sie im Wohnzimmer, und vor ihr stand ein Tablett mit einem Glas Mineralwasser und einer großen Kanne Kamillentee. »Hast du Aspirin oder Alka Seltzer?« fragte sie.

Ich holte das Aspirin aus dem Badezimmer. Sie gab mir zwei und hielt mir das Glas Mineralwasser hin. »Das stelle ich dir neben dein Bett«, sagte sie, nahm das Tablett und steuerte auf mein Schlafzimmer zu. »Und morgen früh trinkst du den Kamillentee und nimmst noch zwei Aspirin, es ist immerhin noch eins der saubersten Mittel. Und jetzt gehst du ins Bett.«

Sie deckte mich zu, strich mir über die Wange und sagte: »Schlaf gut, Ines«, knipste das Licht aus und verließ leise die Wohnung.

Aber ich konnte nicht schlafen. Ich stand wieder auf und holte mir ein Bier und setzte mich aufs Sofa. Ich brauchte den Fernseher nicht anzumachen, ich hatte ein viel schöneres, bunteres Bild in meinem Kopf, das ich betrachten konnte. Ich trank Bier und sah das Bild an, das immer schöner und farbiger und lebendiger wurde, bis ich auf dem Sofa einschlief und erst wieder aufwachte, weil ich so fror.

Am Weihnachtsabend war ich bei Elisabeth. Sie hatte wieder diesen riesengroßen Weihnachtsbaum in ihrem Wohnzimmer, an dem sie zwei Tage lang herumschmückt, wobei man ihr aber nicht helfen darf, außer vielleicht auf Kommando die Sachen zureichen, weil jedes Ding genauso hängen und jede Kerze genauso angebracht werden muß, wie sie sich das vorstellt, und das bringt einfach niemand anders fertig.

Wir saßen da und packten die Geschenke aus und aßen erlesene Salate und Lachs und Kaviar und tranken Champagner und betrachteten den Baum. »Er ist noch schöner als der vom letzten Jahr«, sagte sie befriedigt, was sie jedes Jahr sagt und was nicht stimmen kann, weil alle ihre Weihnachtsbäume von perfekter Schönheit sind, denn andernfalls würden sie nicht die Ehre haben, in ihrem Wohnzimmer zu stehen. »Und sieh dir diese Glaskugeln an, die ich gekauft habe. Sie passen sehr gut und hängen auch genau am richtigen Platz, nicht wahr?« Was kein Wunder war, denn vermutlich hatte sie Stunden damit zugebracht, genau diesen richtigen Platz zu finden.

Wir saßen da und sprachen über den Weihnachtsbaum, über die Geschenke, über das Wetter, und irgendwann saßen wir nur noch da und sahen auf den Baum, denn worüber sollten wir noch reden? Sonst hatten Rüdiger und ich Elisabeth am ersten Feiertag besucht, und es hatte ein riesiges Festmahl gegeben und war immer sehr lustig gewesen.

Ich bekam viele Weihnachtskarten von vielen alten Freunden, und Carola rief an und fragte, ob ich nicht Lust hätte, am zweiten Feiertag zum Kaffee rüberzukommen, ich wollte doch sicher die Kinder mal wieder sehen. Ich sagte, da hätte ich leider keine Zeit, da sei ich schon eingeladen, denn ich wollte nicht rüberkommen zum Kaffee, und ich wollte auch die Kinder nicht sehen. Sie sagte: Wie schade, und: Dann sehen wir uns wohl erst im Neuen Jahr, und: Bis dann, und: Komm gut rüber.

Maria hatte auch angerufen und gefragt, ob ich Weihnachtsabend mit ihnen feiern wollte oder, wenn das nicht ginge, am ersten Feiertag zur Gans kommen wolle, es würden auch andere Freunde da sein, und es würde sicher sehr nett werden. Aber ich hatte plötzlich Angst vor diesen Freunden, ich wußte nicht, was ich mit ihnen reden sollte und was ich antworten würde, wenn sie mich fragen würden, was ich denn so machte. Also sagte ich, ich hätte leider keine Zeit, ich wäre schon eingeladen.

Es schneite viel in diesem Winter, alles war weiß und still draußen, und in der Wohnung lag ein heller Schein. Auch sie war still und warm und wie abgeschnitten von der Welt. Ich hatte mir ein paar Kartons Rotwein gekauft, so samtigen dunklen Rotwein, wie es ihn auf der Ausstellungseröffnung gegeben hatte. Und es gab wunderbare Filme im Fernsehen, »Quo Vadis« zum Beispiel, und das Österreichische Fernsehen machte seinen Zuschauern das Weihnachtsgeschenk, ihnen »Vom Winde verweht« zu präsentieren, und die Privatsender ließen sich auch nicht lumpen und brachten »Die Geschichte einer Nonne« und »Krieg und Frieden«, beides mit Audrey Hepburn, was mich aber nicht störte, weil ich von Audrey Hepburn und ihrer schönen deutschen Synchronstimme gar nicht genug kriegen konnte.

Am Neujahrsabend gab es leider nicht so gute Filme, aber immerhin eine große Gala-Show, die auch ganz interessant war. Kurz vor Zwölf rückten sie eine große Uhr ins Bild, und dann kam der Wiener Walzer, den ich so liebe und nach dem wir auf unseren Festen immer ins Neue Jahr hineingetanzt waren, wie Carola das nannte. Ich stand auf, ging ans Fenster und schaute nach den Raketen, aber ich sah nur wenige. Ich machte keinen Champagner auf, denn Champagner paßt irgendwie nicht zu Rotwein, und so trank ich lieber weiter Rotwein.

Es war ein weißverschneiter, stiller Winter, eine endlose Reihe von weißen, stillen Tagen, die ich nicht mehr voneinander unterschied. Ich ging nur aus dem Haus, um mir etwas zu essen und zu trinken zu kaufen, und kehrte dann schnell in meine sichere Wohnung zurück. Das Telefon klingelte nur, wenn Elisabeth anrief und fragte, wie es mir ginge, und ob wir nicht zusammen essen gehen wollten. Ich hatte wenig Lust dazu, aber sie bestand immer darauf und sagte nur: Morgen abend also, ich hole dich ab.

Dann mußte ich mich ordentlich anziehen, wozu ich auch wenig Lust hatte, weil alle meine Sachen zu eng waren und nicht so bequem wie die weiten Hosen und Hemden aus T-Shirt-Stoff, die ich zu Hause tragen konnte. Ich mußte mich schminken und frisieren, was ich auch nicht gerne tat, weil ich dann so genau in den Spiegel sehen mußte. Und dann saß ich mit Elisabeth zusammen, und sie sah mich manchmal so seltsam an, und wenn sie fragte, was ich denn so täte, dann mußte ich ihr irgendwas erzählen von Projekten und Plänen und Artikeln, die es gar nicht gab.

Einmal läutete das Telefon, da war es nicht Elisabeth, sondern eine Dame von der Bank. Sie war sehr freundlich und hilfsbereit.

»Ach, Frau Dr. Dohmann«, sagte sie (es ist Rüdigers Bank, und sie sagen immer Frau Dr. zu mir, was ich eigentlich gar nicht will, aber sie tun es trotzdem), »ich sehe hier gerade einen kleinen Überhang auf Ihrem Konto, nicht weiter problematisch natürlich, aber wir regeln so was gerne mit unserem Vorteils-Kredit, das ist ja vor allem in Ihrem Interesse.« Ich wußte nicht, was das für ein Überhang war, ich hatte meine Kontoauszüge schon länger nicht mehr abgeholt, aber wenn sie da etwas regeln wollte, in meinem Interesse, dann hatte ich nichts dagegen. »Ja, gerne«, sagte ich, »das wäre mir recht.«

»Da brauche ich dann noch Ihre Unterschrift«, sagte sie, »wenn Sie vielleicht mal bei uns vorbeikommen wollen, oder soll ich es Ihnen zuschicken, wäre Ihnen das lieber?«

Ich sagte, das wäre mir viel lieber und dankte ihr und fand es sehr nett, daß sie das alles für mich regelte.

Der Winter dauerte sehr lange dieses Jahr, bis in den März hinein lag Schnee, und es war still und weiß und kalt, und wenn es nach mir gegangen wäre, so wäre es ewig so geblieben. Aber Ende März kam doch der Frühling und machte mir schwer zu schaffen. Ich wollte die Vögel nicht hören und die Krokusse und Schneeglöckchen und die grünen Spitzen an den Büschen nicht sehen und nicht diesen Hauch in der Luft riechen, der einem so viel Lust aufs Leben macht. Ich ließ meine Fenster geschlossen, zog die Gardinen vor, wenn die Frühlingssonne prall hereinschien und ging nicht mehr einkaufen. Ich hatte in der Nähe ein kleines Feinkostgeschäft entdeckt, das ins Haus lieferte. Ich hatte sehr gründlich studiert, was sie alles da hatten, damit ich nicht noch mal herkommen mußte. Es gab vor allem auch einen guten Rotwein, samtig und dunkel und nicht so furchtbar teuer.

Jetzt konnte ich telefonieren, wenn ich etwas brauchte, und der Inhaber des Geschäftes war sehr freundlich und zuvorkommend und lieferte immer sofort. Nur abends, wenn ich merkte, daß ich nicht genug Rotwein bestellt hatte, mußte ich manchmal noch auf die Straße. Dann ging ich in die Kneipe um die Ecke, die bis drei Uhr geöffnet hat, und holte mir ein, zwei Flaschen. Er war nicht so gut wie der andere und ziemlich teuer, aber zur Not konnte man ihn trinken. Ich sah zu, daß ich schnell wieder in meine Wohnung kam, und hastete durchs Treppenhaus, damit ich niemandem begegnete, und preßte die Flaschen an mich und versuchte keinen Lärm zu machen. Morgen würde ich mehr Rotwein bestellen, nahm ich mir vor, damit ich abends nicht mehr raus müßte, in diese schreckliche Kneipe, und dann im Treppenhaus womöglich jemandem begegnen würde.

VI

»Ines, Ines«, sagte Elisabeth mit drängender Stimme, aber ich konnte sie nicht sehen, ich hörte nur immer wieder diese angstvolle Stimme, und das war sehr quälend. Elisabeth und Angst, das gibt es doch gar nicht, das darf einfach nicht sein.

Ich träume, dachte ich, was für ein schrecklicher Traum, und ich bemühte mich, die Augen aufzumachen, damit der Traum endete. Ich bekam die Augen auf, und da sah ich Elisabeth an meinem Bett sitzen und mich besorgt ansehen. Der Traum ist noch nicht zu Ende, dachte ich, ich bin von einem Traum in den anderen geraten, ich muß es jetzt endlich schaffen, aufzuwachen.

Aber ich schaffte es nicht. Noch immer saß Elisabeth an meinem Bett, sah mich an und sagte: »Ines, Ines, mein Kind.«

»Der Traum soll zu Ende sein«, sagte ich, »ich will jetzt aufwachen.«

»Es ist kein Traum«, sagte Elisabeth. »Du bist wach, Gott sei Dank, endlich.«

Ich versuchte mich umzusehen, soweit das möglich war, denn mein Kopf tat so schrecklich weh, daß ich ihn nicht heben konnte. Das, was ich sah, sah aus wie ein Krankenhauszimmer.

Und dann sagte ich den klassischen Satz, den alle diese Leute im Film sagen, wenn sie irgendwo aufwachen und nicht wissen, wie sie da hingekommen sind. Ich hatte diesen Satz immer sehr dumm gefunden, aber jetzt weiß ich, warum sie ihn alle sagen: Er ist genau das, was man unter solchen Umständen von sich gibt.

»Wo bin ich?« fragte ich. »Im Krankenhaus«, sagte Elisabeth.

Ich stellte die nächste klassische Frage, auch sie die einzig passende in dieser Situation: »Was ist passiert?«

»Du bist die Treppe hinuntergefallen«, sagte Elisabeth. Welche Treppe, dachte ich, und sie las die Frage in meinen Augen, denn sie fügte hinzu: »Die Treppe bei dir zu Hause, nachts, und du hattest zwei Flaschen Rotwein im Arm.«

O Gott, dachte ich und machte die Augen wieder zu.

»Aber du hast Glück gehabt«, hörte ich Elisabeth sagen. »Du hast einen Knöchelbruch und einen Beckenbruch und eine Gehirnerschütterung und Schnittwunden von den Flaschen ...«

»Glück?« fragte ich.

»Allerdings«, sagte Elisabeth, »du mußt gefallen sein wie eine Katze, sagt der Arzt hier, so runtergerollt, weißt du. Andernfalls hätte es wesentlich schlimmer ausgehen können.«

Runtergerollt wie eine Katze, dachte ich, wie eine stockbesoffene Katze, und die Katze hat noch Glück gehabt, sonst hätte sie sich das Genick gebrochen.

Elisabeth drückte diesen Tatbestand vornehmer aus: »Du hattest ziemlich viel Alkohol in dir, aber das war ausnahmsweise von Vorteil, denn dadurch bist du sehr entspannt gefallen. Und Gott sei Dank der Hausmeisterin direkt vor die Wohnungstür. Sie hat dich gehört und gleich den Notarzt gerufen.«

O Gott, wie peinlich, dachte ich und spürte, wie mir die Hitze ins Gesicht stieg. Die arme Ines, die geschiedene Frau Dohmann, fällt die Treppe runter, weil sie blau ist wie ein Veilchen, und Gott sei Dank der Hausmeisterin vor die Tür, und Gott sei Dank ist sie so blau und fällt deshalb entspannter und bricht sich nicht den Hals. Und das weiß jetzt jeder im Haus und all die alten Freunde und Rüdiger und Clarissa...

»O Gott, o Gott«, sagte ich.

»Genieren kannst du dich später«, sagte Elisabeth. »Jetzt freuen wir uns erst mal darüber, daß du es so gut überstanden hast.«

»Rüdiger?« sagte ich schwach und machte die Augen ein bißchen auf.

»Keine Sorge«, sagte Elisabeth, »keiner erfährt etwas davon. Ich habe mit der Hausmeisterin gesprochen, eine sehr vernünftige Frau, wir waren uns einig, daß darüber nicht geredet wird. Da ist nur noch der Mieter, der gerade nach Hause kam, aber mit dem wird sie das auch klären. Und dann habe ich deine Freundin Maria angerufen...«

»Die ist nicht meine Freundin«, sagte ich.

»Wie auch immer«, sagte Elisabeth. »Sie hatte sehr viel Verständnis und wird dich bald besuchen. Das brauchst du jetzt. Und nun schlaf ein bißchen.«

Das tat ich, und als ich wieder aufwachte, war es Abend, und eine nette Schwester kam und brachte das Abendessen: »Schön ruhig liegenbleiben, wenig bewegen, das ist besser für Kopf und Körper.«

Ich hatte auch nicht die Absicht, mich zu bewegen, denn mein Kopf tat weh, ein Bein war halb eingegipst, und der Rest von mir fühlte sich bleischwer an. Außerdem hatte ich Schmerzen im Arm und an der Brust. »Da tut es so weh«, sagte ich. »Was habe ich da?«

»Ach, das sind nur die Schnittwunden«, sagte sie munter.

O Gott, dachte ich, Schnittwunden an der Brust, an meiner Brust, konnte ich mich nicht woanders schneiden? Mein Busen! Alles andere ist mir egal, Kopf und Becken und Knöchel, nehmt es, aber ausgerechnet mein Busen! Kaputt, zerstört, verunstaltet, dachte ich, und die Tränen stiegen mir hoch.

»Keine Sorge, Frau Dohmann«, sagte die Schwester freundlich. »Es sind keine schlimmen Wunden, sie werden gut verheilen, und die Narben wird man kaum sehen.«

Ich aß erleichtert ein bißchen Suppe, ziemlich ungeschickt mit der rechten Hand und kleckerte, aber das war mir egal, alles war mir egal, Hauptsache, mein Busen war nicht zerstört.

Dann kam der Chefarzt, zum Glück nicht so ein graumelierter Super-Chefarzt wie im Film, vor so einem hätte ich mich furchtbar geniert, sondern ein untypischer, ein ziemlich kleiner Mann mit semmelblonden Haaren, der ein bedächtiges Norddeutsch sprach und freundlich und sachlich war.

Ich würde ein paar Wochen dableiben müssen, sagte er, so was brauche natürlich seine Zeit, aber der Beckenbruch sei nicht kompliziert, der Knöchelbruch ganz glatt, die Gehirnerschütterung auch nicht so schlimm und die Schnittwunden überhaupt nicht problematisch. Er redete so, daß ich das Gefühl hatte, er würde mir gleich eine Medaille verleihen: die für den umsichtigsten und geschicktesten Treppensturz mit den glattesten Brüchen und schönsten Wunden. Die Umstände dieses Sturzes und die Tatsache, daß ich bis oben mit Rotwein abgefüllt gewesen war, erwähnte er nicht.

Ich lag vier Wochen im Krankenhaus und war glücklich. Ich war nicht mehr allein. Menschen waren da, die sich um mich kümmerten. Nette Schwestern und ein semmelblonder sachlicher Chefarzt, noch besser als mein Versicherungsagent es mir versprochen hatte. Ich brauchte nicht nachzudenken, ich brauchte nichts zu tun, ich durfte einfach daliegen und dösen und die Blumen betrachten, mit denen Elisabeth mich verschwenderisch versorgte. Es störte mich auch nicht mehr, daß Frühling war, genauer gesagt Mai, und daß die Sonne hereinschien und die Vögel lärmten und ein süßer Duft durchs Fenster zog. Das schwierige Leben lag irgendwo da draußen, weit weg, und das schöne auch, das Leben überhaupt, es konnte mir nicht mehr zu nahe kommen, und also konnte ich Ohren und Augen und alle meine Sinne wieder öffnen.

Elisabeth kam fast jeden Tag, brachte Illustrierte, Obst, feine kleine Pralinen und eine große Portion wirklich sauberen Kamillentee, die sie den Schwestern aushändigte und sie beschwor, mir nur davon zu trinken zu geben. Und als es mir besser ging, tauchte hier und da auch eine von den netten kleinen Champagnerflaschen auf.

»Aber was ist, wenn Rüdiger womöglich anruft?« hatte ich sie gefragt. »Oder Carola?«

»Das habe ich geregelt«, sagte Elisabeth, »zusammen mit deiner Freundin Maria. Sie hat diese Carola angerufen und ihr nebenbei erzählt, daß ich auf Kur hätte fahren müssen und dich gebeten hätte, mitzufahren. Die Kur dauert vier Wochen. Und Maria meinte, wenn sie das dieser Carola erzählt, dann erfährt es auch Rüdiger. Was meinst du?«

Das meinte ich auch. »Das habt ihr wirklich gut gemacht«, sagte ich, und Elisabeth nickte befriedigt und schien sehr stolz zu sein auf ihre konspirativen Talente.

Maria kam und war sehr nett und sagte, wie froh sie wäre, daß ich es so gut überstanden hätte, und daß ich offenbar ein ausgesprochenes Talent für Treppenstürze hätte, und das sollte mir erst mal jemand nachmachen. Sie redete so darüber, daß ich auch lachen konnte und mich fast nicht schämte.

Und Hermann kam und saß ernsthaft und freundlich da, verlor sich dann jedoch in eine ernsthafte Rede über emotionale

Streßsituationen und reaktives Suchtverhalten, körperliches Ausagieren und die selbstdestruktiven Tendenzen, die darin liegen können, wenn jemand kopfüber die Treppe hinunterfällt – aber trotz all dieser schrecklichen Ausdrücke war seine Rede auch sehr freundlich. »Hermann, jetzt hörst du aber auf«, sagte Maria heftig. »Du bist der beste Psychiater dieser Welt, und ich liebe dich sehr, aber hör auf, Ines Predigten zu halten!«

So vergingen die ersten zwei Wochen in diesem wunderbaren Krankenhaus. Ich lag da und döste und betrachtete die Blumen, hörte den Vögeln zu oder las die Kriminalromane, die Elisabeth mir mitbrachte. »Kriminalromane sind das Beste, wenn man krank ist. Aber natürlich nur wirklich gute«, hatte sie gesagt, und beinahe hätte sie gesagt, »wirklich saubere«, aber das paßte irgendwie nicht auf Kriminalromane. Mir gefielen die am besten, die von einem Detektiv namens Lew Archer handelten, einem mutigen, intelligenten, witzigen Mann, der gut über die Vierzig war und sich nur für Frauen seines Alters interessierte oder jedenfalls nur für solche, die mindestens vierzig waren. Außerdem war er mit einer Frau verheiratet gewesen, die ihn verlassen hatte und die er immer noch liebte, und diese Frau war aschblond und grünäugig gewesen, und infolgedessen war Lew Archer von jeder grünäugigen Aschblondine fasziniert. Und ich lag da und träumte davon, einem Mann zu begegnen, der vierzigjährigen Frauen mit aschblonden Haaren und grünen Augen einfach nicht widerstehen kann.

Zwischendurch kam Maria, riß mich aus meinen Träumen und freute sich, daß ich schon viel besser aussah und erzählte von der Serie, die sie gerade drehte: Wie eitel und dumm der männliche Hauptdarsteller sei und wie blöd der Regisseur; aber die Maskenbildnerin sei sehr nett und die Kostümfrau auch, mit der sei sie gerade in einem ganz edlen Klamottenschuppen gewesen, wo sie ständig Sekt bekommen hätten und ganz tolle Sachen ausgesucht hätten, die sie für die Rolle brauchte.

Ich hörte zu und lachte und dachte: Vielleicht hat Elisabeth recht, vielleicht ist sie doch meine Freundin.

Doch dann kam das graue Tier wieder. Bier und Rotwein und Fernsehen hatten es vertrieben, aber dieses schöne Krankenhaus, wo es all das nicht gab, schien ihm zu behagen. Eines Morgens wachte ich auf, mein Herz klopfte, und da saß es im grauen Licht und sah mich an. Draußen begannen die Vögel zu zwitschern. Ich war sehr erschrocken.

Es erzählte mir wieder seine grausamen Geschichten, und es war voll auf dem laufenden, wenn man bedenkt, daß wir uns seit Monaten nicht gesehen hatten.

Es fragte mich eindringlich, was ich zu tun gedächte, wenn ich aus diesem wunderbaren Krankenhaus entlassen würde. Und was eigentlich mit meinem Konto los wäre und diesem Vorteils-Kredit, den ich unterschrieben hatte. Wie es mit meiner Arbeit stünde, und ob ich wohl glaubte, daß irgendein Redakteur auf dieser Welt sich für das Geschreibsel interessierte, das ich zusammenstopselte – wenn ich nicht gerade im Rotwein versackte und Treppen hinunterfiele. Wie eine verwahrloste Pennerin!

Es befaßte sich auch ausführlich mit Rüdiger und Clarissa und dem hübschen kleinen Mädchen mit den blonden Haaren und den grauen Augen, und es führte mir das wunderbare und glückliche Leben dieser drei in vielen bewegenden Bildern vor. Es verschwand erst wieder, als es draußen ganz hell geworden war und ich die Schwestern auf dem Flur rumoren und die Patienten, die vor mir dran waren, mit diesem fröhlichen »Na, wie geht's uns denn heute« begrüßen hörte.

Bei mir variierte der Gruß heute morgen. »Schon so frisch und munter, Frau Dohmann?« fragte die Schwester, als sie mich hellwach im Bett liegend vorfand. Wenn dich jemand zwei Stunden lang mit Fragen nach dem Sinn und vor allem der Sinnlosigkeit deines Lebens berannt hätte, dachte ich, dann wüßtest du gar nicht wohin vor lauter Frische, meine Liebe.

Ich murmelte etwas, und sie brachte den Topf und Waschwasser und Zahnbürste und öffnete das Fenster und kam mit dem Frühstück und war wirklich so frisch und munter, daß sie mich direkt etwas ansteckte.

Wenn schon das graue Tier, dachte ich, dann am besten in diesem Krankenhaus, mit diesen frischen, munteren Schwestern und diesen freundlichen Ärzten, die allesamt den Eindruck machen, als hätten sie noch nie in ihrem Leben einen einzigen düsteren Gedanken gefaßt, und schon gar nicht um fünf Uhr früh.

Und wirklich, es ging besser mit dem grauen Tier. Nicht, daß seine Fragen weniger quälend und die Bilder, die es mir vorführte, weniger herzzerreißend waren als früher, nein, es war noch genauso erbarmungslos und inquisitorisch wie eh und je. Das graue Tier veränderte sich nicht, aber ich.

Ich begann, über seine Fragen nachzudenken, statt sie schleunigst zu vergessen. Natürlich nicht in den grauen Stunden, in denen es mich quälte, aber später, wenn ich gefrühstückt hatte und in meinem Bett lag und die Blumen betrachtete und wußte, Elisabeth würde nachmittags kommen und eine halbe Flasche Champagner mitbringen (»ich habe die Ärzte gefragt, sie sind ganz meiner Meinung, Champagner ist wirklich das Beste und Sauberste«).

Es hatte ja in manchem recht, das graue Tier. Was würde ich machen, wenn ich nach Hause käme? Was war los mit meinem Konto und diesem Kredit? Und ich mußte mir Arbeit suchen und Aufträge und Kontakte zu Zeitungen, denn in zwei Jahren würde Rüdiger nicht mehr zahlen, und ich kam schon jetzt nicht mit dem Geld aus und brauchte offenbar einen Vorteils-Kredit.

Es war vielleicht auch richtig, daß es mich immer wieder an Rüdiger und Clarissa erinnerte. Vielleicht sollte ich aufhören so zu tun, als gingen mich die beiden nichts an, als berührten sie mich nicht. Ich erinnerte mich an Rüdigers Psycho-Arien, von wegen offen sein und den Schmerz an sich heranlassen und den Haß in sich selber akzeptieren und überhaupt die dunklen Seiten der eigenen Seele, damit man wieder zu einer Ganzheit wird, zu einer guten Gestalt oder so ähnlich. Das hatte er mir erzählt, wenn er aus seinen Psycho-Kursen kam, und ich hatte es immer ziemlich albern und aufgesetzt gefunden und mich gefragt, wie man das denn wohl machen sollte. Es war mir auch nicht so vorgekommen, als ob Rüdiger nun offener wurde oder den Schmerz an sich heranließ oder seine dunklen Seiten akzeptierte, wobei ich allerdings auch nicht gewußt hätte, welche.

Das weiß ich jetzt besser, welches deine dunklen Seiten sind, dachte ich, du kleiner mieser Schleimer, der du mich mit diesem Freundlichkeits- und Wir-sind-ja-so-offen-miteinander-Getue aus deinem Leben hinausexpediert und vorher so getan hast, als sei dir das mit Clarissa und dem Kind ganz zufällig passiert, und nun müßtest du leider die Verantwortung übernehmen, anständig wie du nun mal bist, und als nächstes haust du mich bei der Scheidung übers Ohr, anständig und offen wie du bist, du und dein sauberer Rechtsanwalt.

Du hast mich übers Ohr gehauen nach Strich und Faden, mir alle diese Möbel und Sachen aufgehängt, die du sowieso nicht mehr wolltest und drei Jahre Miete und Unterhalt gewährt, und natürlich übernimmst du die Kosten der Scheidung und des Umzugs, ach Gott, wie großzügig! Reingewinn 500 000 Mark, nicht schlecht, du Mistkerl, das hast du toll gemacht, und ich habe geglaubt, du wärest fair und ehrlich und hättest mich geliebt, ich blöde Kuh!

Irgendwie haben sie ja doch recht, diese Psycho-Heinis, dachte ich, wenn ich in meinem Bett lag und mir bei solchen Gedanken ganz warm und wohl wurde. Gar keine so schlechte Idee, den Haß in sich selbst zu akzeptieren. Aber wie geht das nun mit dem Schmerz?

Mit dem Schmerz war es schwieriger. Elisabeth hatte mir Zeitungen mitgebracht, Boulevardblätter, Illustrierte, eine edle Kulturzeitschrift, die nur vierteljährlich erschien, aber das mit großem Erfolg, und hinsichtlich derer Elisabeth der Meinung war, ich sollte unbedingt für sie schreiben, und die Redaktion würde meine Beiträge sicher mit Freuden entgegennehmen (haha).

Ich blätterte in der Boulevardzeitung, nachdem Elisabeth gegangen war, und freute mich aufs Abendessen. In der Gesellschaftsspalte berichteten sie über die Wiedereröffnung einer Bankfiliale, die sich in besonders schönen Räumen in einem denkmalgeschützten alten Haus befand, und das alles war renoviert worden, und nun sollten hier regelmäßig Kunstausstellungen stattfinden. Der Bericht war mit Prominentenfotos garniert, und eines davon zeigte Rüdiger und Clarissa, und dazu hieß es: »Ebenfalls dabei waren Dr. Rüdiger Dohmann, VIP-Internist mit den heilenden Händen, und seine Frau Clarissa, erfolgreiche Psychotherapeutin, jungverheiratet und demnächst in gemeinsamer Praxis für Körper und Seele.«

Nicht nur Haß macht einen warm. Hitze stieg mir ins Gesicht, mein Herz schlug heftig, meine Hände zitterten, während ich auf das Bild starrte und den Text wieder und wieder las. Da zieht sie jetzt ein, die Frau Dr., die erfolgreiche Psychotherapeutin, die zierliche Silberblondine mit dem entzückenden Kind, in meine Praxis, die wir gemeinsam gesucht haben, die ich eingerichtet habe, in der ich gearbeitet habe, bis wir aus dem Gröbsten raus waren. Wo wir gemeinsam überlegt hatten, was wir mit dem großen hinteren Raum machen sollten, den Rüdiger eigentlich nicht brauchte, und Rüdiger hatte gesagt: »Ach weißt du, irgendwann nehme ich einen Kollegen mit rein, und dafür ist es dann genau richtig.« Jetzt nahm er einen Kollegen mit rein, und was für einen!

Ich wäre am liebsten aufgesprungen und losgerannt, gerannt, gerannt, nach Hause am besten, und tröstliches Bier trinken oder dunklen warmen Rotwein, bis alles verschwimmt und man müde wird und nichts mehr spürt.

Aber ich konnte nicht aufspringen und losrennen, mit diesem Gips und dem verdammten Becken, ich mußte liegenbleiben, und was zu trinken gab's hier auch nicht, außer diesem verdammten Kamillentee von Elisabeth. Ich lag im Bett, und Schmerz und Verzweiflung und Selbstmitleid überfluteten mich. Die Tränen flossen mir aus den Augen, rannen den Hals runter, näßten den Kragen meines Nachthemds. Es war doch so schön, Rüdiger, ich habe dich so geliebt, und dann hast du mich weggeworfen, einfach so, wegen einer silberblonden Psychotherapeutin, einfach so, plötzlich gab's mich nicht mehr für dich, du hattest mich schon vergessen, als wir noch zusammen in unserem Haus wohnten.

Unser Haus, dachte ich, und die Tränen flossen noch mehr. Ich habe es so geliebt, unser Haus, ein ganz einfaches Haus, weiß, mit grünen Fensterläden und rotem Dach, ein bißchen altmodisch und verwinkelt, aber so schön! Das warme Licht abends in unserem Wohnzimmer und die hellen frischen Sommermorgen, wenn ich aufstand und dich schlafen ließ und erst mal durch den Garten ging. Der Garten mit der großen Linde und den Apfelbäumen, die wir gepflanzt hatten, und den Jasminbüschen und dem Flieder und meinem Rosenbogen, der nie so aussah wie auf den Abbildungen, weil ich es einfach nicht schaffte, daß sich die Rosen so reich und prachtvoll um ihn rankten. Und die Nachbarskatze kam und begleitete mich ein Stück.

Dann machte ich Frühstück und brachte es rauf, und wir frühstückten im Bett. Und dann sagtest du: »Laß uns mal wieder ausprobieren, wie Krümel pieken«, und grinstest auf deine unnachahmliche Art, und dann liebten wir uns. Und erst danach fiel mir ein, daß die Balkontür offenstand, und ich wurde rot, aber dann dachte ich: Was soll's? Besser, als wenn sie uns streiten hören.

Der Schmerz erfüllte mich ganz und rann mir aus den Augen und kam als Stöhnen und Schluchzen aus meinem Mund, am liebsten hätte ich geschrien, aber das wagte ich nicht.

Die Tür ging auf, und jemand knipste das Licht an. »Aber was ist denn los, Frau Dohmann«, fragte die Schwester. »Was macht Ihnen denn solche Sorgen?«

Ich schluckte runter, atmete tief durch, schüttelte den Kopf und angelte nach einem Papiertaschentuch. »Soll ich Ihnen was bringen«, fragte die Schwester, »was Leichtes zur Beruhigung?« Ich putzte mir die Nase und trocknete die Augen, schüttelte wieder den Kopf und schaffte es zu sagen: »Nein, danke, wirklich nicht. Es ist schon wieder gut.«

»Ach, das kennen wir«, sagte die Schwester tröstend, »Krankenhaus-Kummer. Das lange Liegen, und irgendwann fragt man sich, ob man je wieder rauskommt, nicht wahr?« Ich nickte heftig, und sie sagte: »Na sehen Sie. Aber das geht schnell vorbei.« Ich nickte wieder, und wir waren beide erleichtert, daß sie eine so wunderbare Erklärung gefunden hatte, denn so brauchte ich nicht zu sagen, was wirklich war, und sie brauchte sich nicht damit zu beschäftigen.

Ich träumte nicht mehr von irgendwelchen Männern, die vierzigjährige Aschblondinen mit grünen Augen vielleicht toll fänden. Ich dachte an Rüdiger. Ich haßte ihn.

Du dämliches Arschloch, sagte ich zu ihm, mit deiner Körper-Harmonie und deiner Seelen-Harmonie, von der du immer redest, und deiner Offenheit und deinem »Das Kind soll nicht darunter leiden«. In Wirklichkeit hattest du Torschlußpanik, du mieser Waschlappen, Angst vor dem Alter, mit deinen 48 Jahren, und daß nun nichts Neues kommt und alles immer so weiter geht, und da mußtest du schnell noch mal ein Ganz Neues Leben anfangen, mit einer Ganz Neuen Frau. Ich glaube dir sogar, daß es dir nicht darum ging, daß sie so viel jünger ist, der Typ von Mann bist du nicht, der auf junge Frauen steht, du hättest das so oft haben können, sie fliegen ja alle auf dich, attraktiv wie du bist.

Vor ein paar Jahren noch wäre das mit Clarissa nichts als ein netter kleiner Fortbildungs-Flirt gewesen, harmlos, nur ein bißchen Flirten eben, du wärst nicht mal im Bett mit ihr gelandet, du bist nicht der Typ, der durch die Betten zieht, wie Rolf. »Wenn schon, dann richtig!« hast du immer gesagt, »so ein bißchen Tralala mit einer anderen Frau und dann wieder heim zu Weib und Kind, das ist nichts Halbes und nichts Ganzes. Ich will was Ganzes, und das hab ich ja mit dir.«

Ich hörte dir zu und nickte, war zufrieden und glücklich und sah mitleidig und auch ein bißchen hochmütig auf Carola. So was wird mir nie passieren, dachte ich, damit könnte ich auch gar nicht leben, und war ganz ruhig und sicher. Und ich wäre nie auf die Idee gekommen, daß du eines Tages den respektablen Grundsatz »Wenn schon, dann richtig!« gegen mich anwenden könntest.

Wenn du wenigstens ehrlich dabei gewesen wärest, du beschissener Heuchler! Wenn du es dir und mir eingestanden hättest, worum es dir ging und wovor du Angst hattest und was du wolltest. Wenn du diese verdammten großen Psycho-Ansprüche mal auf dich angewendet hättest! Es wäre immer noch schlimm genug gewesen, aber wenigstens nicht so heuchlerisch, so verdrückt, so krumm, so falsch!

So sprach ich mit ihm und haßte ihn aus Leibeskräften. Und wenn dann Elisabeth hereinkam, sagte sie: »Gut siehst du aus, mein Kind. Du hast ja ganz rote Backen.«

Zu anderen Zeiten liebte ich ihn noch einmal aus Leibeskräften, und davon bekam ich keine roten Backen. Weißt du noch, Rüdiger, wie wir damals nach Zürich fuhren, auf ein paar Tage nur, wir hatten wenig Zeit und wenig Geld, wir waren gerade dabei, die Praxis einzurichten. Wir suchen uns eine billige Pension, hatten wir gesagt, und laufen den ganzen Tag in der Stadt rum und gehen auch nicht groß essen.

Aber dann hieltest du vor dem schönsten und teuersten Hotel der Stadt und sagtest vornehm: »Ich glaube, das wäre das Richtige, nicht wahr, meine Liebe?« und nahmst mich an der Hand und gingst rein. Und zum Portier sagtest du: »Wir hätten gern ein hübsches Zimmer, ich dachte an eine Suite mit Balkon und Blick auf den See, haben Sie da noch was?« Auch wieder so vornehm.

Der Portier merkte, was los war, aber er spielte liebenswürdig mit. Und dann blieben wir drei Tage in dieser wunderbaren Suite, die wirklich so aussah, wie so was in Hollywood-Filmen immer aussieht, und ließen uns Champagner aufs Zimmer bringen und das Frühstück auch, aßen im feinen Hotel-Restaurant, schlenderten durch die Bahnhofstraße und betrachteten die Auslagen.

»Also, ich nehme diese Uhr«, sagtest du, »10000, das ist doch wirklich preiswert.« »Und wie findest du diese Kette?« sagte ich, »Ich könnte gut und gerne noch ein paar Diamanten brauchen, und dann wären wir endlich die 100000 los, die im Tresor vergammeln.« Wir hörten nicht auf mit diesen imaginären Einkäufen, bis wir die Million voll hatten. »Wenn schon, dann richtig!« sagtest du. Ach, Rüdiger!

Mit der Hotelrechnung strapazierten wir den Praxis-Einrichtungskredit, den uns die Bank nur unter der Bedingung anvertraut hatte, daß wir damit auch bestimmt nichts anderes täten, als die Praxis einzurichten. »Die Bank sollte uns dankbar sein«, sagtest du. »Dies ist die sogenannte Baur-au-Lac-Therapie, das Neueste aus den Vereinigten Staaten, zur Intensivierung der Arbeitskraft, und um so eher können wir den Kredit abbezahlen.«

Ach, Rüdiger, Rüdiger!

So was macht er jetzt mit Clarissa, dachte ich, und dann lachen sie, und dann schaut er sie so an wie damals mich, und dann nimmt er sie in die Arme oder hebt sie hoch, wie damals mich, obwohl er das bei mir nie so richtig schaffte, weil ich ein bißchen zu groß und schwer war, aber mit ihr geht das leichter, mit dieser zarten, zierlichen Elfe!

Von solchen Gedanken bekam ich keine roten Backen, sondern rote Augen, und schniefte und schluchzte vor mich hin. Und wenn Elisabeth dann kam, streichelte sie mir leicht die Hand und sagte: »Wie wäre es mit einem Glas Champagner?« Und die Schwestern sagten auch nichts, wenn sie mich so antrafen, und die Ärzte auch nicht, sondern sie waren nur weiter so sachlich und freundlich wie sonst.

»Du hast es ihnen erzählt, nicht wahr?« fragte ich Elisabeth.

»Aber sicher«, sagte sie mit Nachdruck. »Nur das Notwendigste, natürlich. Schließlich fällst du nicht jeden Tag in diesem Zustand die Treppe hinunter, und da sollten sie doch wissen, warum.«

Das graue Tier kam immer noch jeden Morgen, aber es redete nicht mehr so viel. Manchmal saß es nur da und sah mich an, und es schien mir fast, als schaute es mich freundlich an.

VII

Anfang Juni durfte ich wieder nach Hause. Kopf und Becken waren so gut wie neu, mein Bein zierte ein Gehgips, aber auch Bein und Knöchel würden mit der Zeit wieder so gut wie neu sein, hatte mir der Arzt versichert. An Arm und Busen hatte ich zwei gutverheilte Wunden, doch auch der optimistischste Arzt konnte nicht behaupten, daß hier alles wieder wie neu werden würde.

Ich hatte nur flüchtig hingeschaut, wenn die Schwester den Verband oder das Pflaster wechselte, und von oben betrachtet sah es tatsächlich ganz gut aus. Am Abend bevor ich entlassen wurde, gab ich mir einen Ruck, stellte mich vor den Badezimmerspiegel und knöpfte das Nachthemd auf.

Es gibt nur wenig an mir, was ich wirklich mag: Meine Augen, meine Füße und meinen Busen, eine sonderbare Kombination, aber so ist es nun mal. Es war mir egal, was die Rotweinflasche mit meinem Arm gemacht hatte, und meinetwegen hätte sie auch jeden anderen Körperteil mit Narben verzieren dürfen, aber ich hatte Angst davor zu sehen, was sie meinem Busen angetan hatte.

Doch es war wirklich nicht so schlimm. Ein feiner flammendroter Strich zog sich seitlich von unten nach oben, gut verheilt, ohne Wulst, ohne Keloidbildung, wie die Ärzte das nannten. Und sie würde weiß werden mit der Zeit, und man würde sie kaum noch sehen.

Ich stand lange da und sah auf diesen roten Strich. Links sitzt er, links, wo das Herz ist, dachte ich, na klar, wo sonst?

Elisabeth kam und brachte mich nach Hause. Ihre Putzfrau hatte sich meiner Wohnung angenommen, sie war so sauber wie nie zuvor, und Blumen standen da und eine kleine Batterie Champagnerflaschen und eine Mega-Portion des besten, saubersten Kamillentees.

»Zu früh für Champagner«, sagte Elisabeth. »Leg dich aufs Sofa, ich mache uns einen Kamillentee.«

»Ich wollte dir noch für alles danken«, sagte ich, als sie mit dem Tablett zurückkam.

»Das ist völlig überflüssig«, sagte Elisabeth. »Aber nun höre mir mal zu. Ich mische mich nicht in anderer Leute Angelegenheiten, das weißt du, außer, wenn es unabdingbar ist. Ich habe mich auch bei dir nicht eingemischt, in den letzten Monaten, obwohl ich gesehen habe, daß nicht alles in Ordnung ist.«

»Aber jetzt möchte ich eines klarstellen, Ines«, fuhr sie fort und sah mir fest in die Augen, »kein Rotwein mehr, kein Bier, kein Kopf-in-den-Sand-Stecken.«

»Ja, Elisabeth«, sagte ich, »das ist klar. Das ist mir im Krankenhaus klargeworden. Ich verspreche es dir.«

»Versprich mir nichts«, sagte sie, »tue es.«

Sie atmete auf und lächelte mich erleichtert an. Sie haßt es wirklich, sich in anderer Leute Angelegenheiten einzumischen und ihnen zu sagen, was sie tun sollen, außer in Notfällen, und jetzt war sie froh, daß sie es hinter sich hatte, und daß sie den Eindruck hatte, daß ich tatsächlich aufhören würde, den Kopf in den Sand zu stecken. Was ist nun mit der Champagner- und Kamillentee-Arie, dachte ich, die muß doch jetzt kommen, bitte enttäusche mich nicht, Elisabeth.

»Champagner und Kamillentee«, sagte Elisabeth, »das solltest du trinken, das ist das einzig Richtige. Abends Champagner, nicht zu viel natürlich, und morgens Kamillentee. Hast du noch genug Champagner?«

Ich hatte die Flaschen, die sie mir regelmäßig durch ihren Feinkosthändler geschickt hatte, in meiner Rotwein-Periode stehenlassen.

»Keine Sorge«, sagte ich, »es reicht fürs erste.«

»Sag mir Bescheid, wenn du damit zu Ende bist«, sagte sie, »dann erneuere ich den Dauerauftrag. Und jetzt trinken wir doch ein Gläschen. Es ist eine besondere Gelegenheit.«

Ich fing gleich damit an, den Kopf aus dem Sand zu heben, auch wenn es mir nicht leicht fiel. Ich wollte mit dem Gips nicht weit gehen, und so suchte ich mir aus Elisabeths zwei Prachtsträußen einen schönen Blumenstrauß zusammen, und mit dem humpelte ich die Treppe hinunter, die ich beim letzten Mal sehr viel wagemutiger und schneller bewältigt hatte, und klingelte bei der Hausmeisterin.

»Ach, Frau Dohmann, das ist aber schön, daß Sie wieder da

sind«, sagte Frau Niedermayer und strahlte mich an, »aber jetzt kommen Sie doch erst mal rein.«

Ich überreichte ihr den Strauß, was sie mit einem »das wäre doch nicht nötig gewesen« quittierte, und schickte mich an, ihr zu danken und ihr zu sagen, wie peinlich es mir gewesen wäre, die ganze Sache überhaupt und dann, daß ich ihr solche Mühe gemacht hätte.

»Da kann gar keine Rede von sein«, sagte sie und plazierte mich auf ihrem Sofa und ließ sich kaum davon abhalten, auch mein Gipsbein auf dem Sofa und einem der altrosa Seidenkissen zu plazieren. »Ich weiß doch, wie es ist, wenn einem das Herz bricht. Jetzt hole ich uns erst mal Kaffee.«

Frau Niedermayer war klein und drahtig und hatte einen kräftigen weißen Haarschopf und ein hübsches, feingeschnittenes Gesicht. Trotz ihres urbayerischen Namens sprach sie ein klares Norddeutsch, mit bayerischen Wendungen durchsetzt, die sie aber ebenso norddeutsch aussprach wie alles andere. Ein Widerspruch, der mir früher schon aufgefallen war, über den ich aber nicht nachgedacht hatte.

Frau Niedermayer zögerte nicht, mich über diesen Widerspruch aufzuklären, wie auch darüber, woher sie wußte, wie es ist, wenn einem das Herz bricht. Sie goß Kaffee ein und schob mir Plätzchen hin und sagte: »Also, die Frau von Coulin hat mir ja alles erzählt, da brauchen Sie sich gar keine Gedanken zu machen, Frau Dohmann, ich versteh das doch so gut. Wenn ich das nur früher gewußt hätte! Dann wäre das gar nicht erst passiert.« Ich fragte mich zwar, wie sie es verhindert hätte, aber ich konnte mir vorstellen, daß sie das tatsächlich irgendwie geschafft hätte. Und dann erzählte sie mir, wie ihr Herz gebrochen war.

Frau Niedermayer war in Hamburg geboren, als »freie Hanseatin«, was sie immer noch mit Stolz erfüllte. Aber dann hatte sie Hans Niedermayer kennengelernt, den es als Zimmermann nach Hamburg verschlagen hatte. Hans Niedermayer war der schönste und liebenswürdigste Mann gewesen, den je die Sonne beschienen hatte. Sie brachte ein Bild von ihm, und ich mußte ihr recht geben: Es zeigte einen jungen Mann mit dunklen Augen und dunklen Locken, der mich fest und freundlich anblickte.

»Ich war hin und weg, sofort«, sagte Frau Niedermayer, »und

bei ihm war's auch so, da hätten Gott und die Welt nichts dran ändern können.« Frau Niedermayers Eltern waren alles andere als begeistert, aber sie heiratete ihn und zog mit ihm nach München, denn: »Wo du hingehst, da will auch ich hingehen, so ist das ja wohl«, sagte sie und nickte nachdrücklich.

Sie hatten zwei Kinder, »schöne und liebe Kinder«, was ich ihr sofort glaubte, denn wenn Hans Niedermayer ein hübscher Mann gewesen war, dann war sie ohne Frage ein mindestens ebenso hübsches Mädchen gewesen, und an Liebenswürdigkeit hatte sie ihm wohl auch kaum nachgestanden.

Und dann fiel Hans Niedermayer bei Stalingrad. »Stalingrad«, sagte sie und starrte mit trockenen Augen auf das Bild, und ich konnte mir vorstellen, wie oft sie diesen Namen schon vor sich hin gesprochen hatte. »Hitler, dieser Hitler«, fügte sie in abgrundtiefem Haß hinzu, »der hat ihn umgebracht. Hitler bedeutet Krieg, hat mein Mann immer gesagt, und als es dann so weit war und sie ihn eingezogen haben, da wollte er natürlich nicht gehen, aber was sollte er machen? Er hat den Krieg gehaßt, und er hat Hitler gehaßt, und der hat ihn umgebracht.«

»Stalingrad«, sagte sie und sah auf das Bild, »manchmal möchte ich immer noch hinfahren und ihn suchen, und die Erde umbuddeln und ihn ausgraben, mit meinen eigenen Händen, und ihn nach Hause bringen.«

Sie sah auf und blickte mich an und schüttelte sich ein bißchen, als wolle sie von der Vergangenheit loskommen, und sagte: »Ach, nun entschuldigen Sie man, Frau Dohmann, daß ich Ihnen das alles erzähle, aber man kommt ja nicht davon los. Bei Ihnen ist das ja Gott sei Dank was anderes, ich meine, erst mal ist es genauso schlimm, aber auf die Dauer kann man sich doch leichter bekrabbeln, gell?«

Ihr »Gell« war so hinreißend unbayerisch, daß ich unwillkürlich lächeln mußte.

»Na, sehen Sie«, sagte sie, »nun lächeln Sie schon!«

Wir tranken unseren Kaffee, und ich erzählte ihr von meinen diversen Verletzungen, im Detail, weil es sie sehr interessierte, und sie sprach sich mit Nachdruck dahingehend aus, daß Frau von Coulin wirklich eine kluge Frau sei, die ihr sehr gefallen habe, und sie habe ihr versprochen, nun ein bißchen auf mich aufzupassen. Ich widersprach ihr nicht, obwohl ich wußte, daß Frau von Coulin sich eher den Arm abhacken würde, als sich solche Versprechungen geben zu lassen.

Ich fragte nach dem Mieter, der nach Hause gekommen war, als ich gerade als besoffene Katze vor ihrer Haustür gelegen hatte.

»Ach, der Herr Gräf«, sagte sie, »da machen Sie sich man keine Sorgen, der ist ein vernünftiger Mann. Ich habe mit ihm gesprochen, und er hat es sehr gut verstanden.«

Ich fragte mich, was dieser Herr Gräf wohl verstanden hatte und was er denken würde, wenn er mir im Treppenhaus begegnen würde. Ich kannte ihn nicht, ich wußte nicht, wie er aussah, und ich wollte es auch gar nicht wissen.

Ich dankte ihr noch mal, was sie wieder zurückwies. Und wenn mir mal wieder so ums Herz wäre, ich wüßte schon wie, dann sollte ich einfach zu ihr kommen, auf einen Kaffee. Ich humpelte die Treppe hinauf, was noch schwieriger war als runterzuhumpeln, und hatte das Gefühl, daß hinter der Wohnungstür mit dem Namensschild »Niedermayer« ein warmer heller Ort war, an den ich vielleicht wirklich manchmal würde zurückkehren können, um eine Tasse Kaffee zu trinken.

Am nächsten Morgen rief Rüdiger an. »Na endlich bist du wieder da«, sagte er, »du wolltest doch letzte Woche zurück sein.« »Wie kommst du darauf?« fragte ich, um festzustellen, ob die Nachrichtenübermittlung wirklich so geklappt hatte, wie Maria sich das gedacht hatte.

»Ach, ich glaube, Carola hat es mir erzählt«, sagte er. »Aber weswegen ich anrufe: Die Bank hat bei mir angerufen. Sie haben dir einen Überziehungskredit gegeben in der Höhe meiner Unterhaltszahlung, aber der ist anscheinend auch schon überzogen. Sie wollten wissen, ob ich für weitere Überziehungen... hm – geradestehe.«

Er sprach in einem Ton, als wäre er König Artus und ich Ginevra, und als würde er mich fragen, ob ich wohl glaubte, er würde für meine Beziehung zu Lancelot geradestehen. Hättest du mich nicht um 500000 Eier beschissen, König Artus, dann könnte ich soviel überziehen, wie ich will, und niemand würde dich fragen, ob du dafür geradestehst.

»Ganz schön unverschämt von der Bank, dich das zu fragen«, sagte ich zu meinem eigenen Erstaunen. Er war auch erstaunt, das konnte man an seinem Schweigen hören. Kein Wunder, denn nach dem ursprünglichen Drehbuch hätte ich jetzt sagen müssen: »Ach, das tut mir aber leid, entschuldige bitte, ich bringe das sofort in Ordnung.«

»Wie auch immer«, sagte er leicht verunsichert. »So geht das jedenfalls nicht, ich habe zur Zeit sehr hohe Kosten.«

Es klang fast so, als wäre ich schuld daran, daß er zur Zeit so hohe Kosten hatte.

Ich faßte mir ein Herz: »Du sagst das so, als wäre ich schuld daran, daß du so hohe Kosten hast«, sagte ich, mit etwas gepreßter, aber fester Stimme. Ganz schön unverschämt von mir.

Nun war er wirklich verblüfft. »Wie meinst du das?« fragte er. Jetzt war ich einmal drauf auf der Siegerstraße – hoffentlich war es eine –, und konnte nicht einfach wieder runterhüpfen und »April, April« rufen.

»Ich meine«, sagte ich und versuchte mein klopfendes Herz zu ignorieren, »ich meine, du hast das eben so gesagt, als wäre ich schuld an den hohen Kosten. Aber wenn hier einer hohe Kosten verursacht hat, dann bist du es ja wohl.«

Er gab klein bei, tatsächlich, das tat er. »Ja, ja, natürlich«, sagte er, »da hast du sicher recht. Ich wollte dir ja auch keinen Vorwurf machen. Natürlich bin ich schuld. Aber weißt du –«

»Ist schon gut, Rüdiger«, sagte ich grandios, »du brauchst mir nichts zu erklären. Du brauchst auch nicht für mich geradezustehen. Ich bringe das in Ordnung.« Sehr grandios sagte ich das und auch sehr großkotzig, in Anbetracht der Tatsache, daß ich nicht die geringste Ahnung hatte, wie ich das in Ordnung bringen sollte.

Rüdiger hatte sich mittlerweile erholt. »Das ist ja auch in der Scheidungsvereinbarung alles ganz klar geregelt«, sagte er. »Du hättest da gar keinen Rechtsanspruch.«

Ich weiß, du kleines mieses Arschloch, dachte ich, ich habe da wahrhaftig keinen Rechtsanspruch, ich hätte einen gehabt, und was für einen, aber auf den habe ich ja verzichtet. Aber das sagte ich ihm nicht, noch nicht. Wenn man gerade erst den Kopf aus dem Sand gehoben hat, dann hat man noch zu viel Sand in den Augen, als daß man gleich scharf schießen sollte.

»Ich weiß«, sagte ich, »wie schon gesagt, ich werde das regeln. War noch was?«

Er sagte: nein, sonst nichts, und verabschiedete sich und vergaß sogar, die obligate Frage nach meinem Wohlergehen zu stellen. Ich war froh, den Hörer auflegen zu können, denn meine Hände zitterten vor lauter Grandiosität, und der Schweiß floß mir am Körper herunter. Die arme kleine Ines wird doch tatsächlich renitent gegenüber Rüdiger dem Großartigen, Rüdiger dem Wunderbaren, Rüdiger, dem exzellenten Erstfrauen-Entsorger.

Ich machte mir eine große Kanne Kamillentee und setzte mich auf den Balkon. Ich trank den heißen Tee in kleinen Schlucken und hoffte, er würde sich damit beeilen, seine segensreiche Wirkung auf mein körperliches System auszuüben – und vielleicht auch mein geistiges System ein bißchen befeuern.

Den Überziehungskredit auch schon überzogen, Scheiße, dachte ich, und was mache ich nun? Soll ich bei Elisabeth angekrochen kommen, die schon so viel für mich getan hat, und sie zu allem Überfluß auch noch bitten, mir Geld zu leihen? Oder meinen Vater fragen, der sowieso nicht glaubt, daß ich das je schaffen werde, und der denken wird: Ich wußte es ja, sie schafft es nicht, hoffentlich findet sie bald einen Mann, der für sie sorgt. Und der mich dann jedesmal, wenn ich ihn anrufe, fragen wird, ob alles in Ordnung ist finanziell, und ob ich auch keine Schulden mehr habe, denn wenn ihm etwas auf dieser Welt Angst macht, dann sind es Schulden bei der Bank.

Das wirst du nicht tun, Ines, sagte ich zu mir, du wirst nicht Elisabeth fragen und nicht deinen Vater. Du wirst es schön alleine machen, weiß der Teufel wie, aber du wirst einen Weg finden. Und dann fiel mir Scarlett O'Hara ein, wie sie am Ende in dieser scheußlichen dunklen Halle steht, und draußen regnet es, und Rhett Butler hat gerade gesagt: »Das ist mir ganz gleichgültig, mein Kind« und hat das Haus verlassen. Und erst ist sie furchtbar verzweifelt, und dann schon ein bißchen weniger, und dann sagt sie: »Ich werde einen Weg finden – morgen, morgen ist auch ein Tag.«

Genau, dachte ich, das Scarlett-O'Hara-Prinzip, das ist es. Ich werde einen Weg finden, ganz bestimmt, morgen, morgen ist auch ein Tag. Heute habe ich schon Rüdiger Dohmann Butler einen kleinen Puff auf die Nase gegeben, das war genug Leistung fürs erste. Morgen werde ich zur Bank gehen und da einen Weg finden, und ich werde auch für alles andere einen Weg finden, morgen und übermorgen und überübermorgen.

Es klappte ganz wunderbar auf der Bank, Scarlett O'Hara hätte es auch nicht besser machen können. Der Scheck meines Vaters war mir wieder eingefallen, den er mir damals gegeben hatte, und den ich in eine Schublade gestopft und vergessen hatte. Bewaffnet mit dem Scheck und meinem Gipsbein und einem Gesichtsausdruck, der auch die wilden Tiere des Waldes zu Tränen gerührt hätte, wandte ich mich an den Filialleiter.

Es sei mir furchtbar peinlich, sagte ich, aber ich hätte einen Unfall gehabt und lange im Krankenhaus gelegen und hätte mich nicht um mein Konto kümmern können, und es sei ja wohl überzogen, aber das würde er sicher verstehen unter diesen Umständen.

Er hatte nicht das geringste Verständnis, das war ihm deutlich anzumerken. Er gehörte wahrscheinlich zu der Sorte Menschen, die selbst am Atmungsgerät auf der Intensivstation noch in ihren Kontoauszügen blättern und sich über ihre finanzielle Lage informieren. Er ließ sich meine Kontoauszüge kommen und stellte mit schlecht verhohlener Verachtung in der Stimme fest, daß ich diesen wunderbaren Vorteils-Kredit um 800 Mark überzogen hatte.

Ich schob ihm den Scheck hin, und er nahm ihn und blickte mich ernst an und sagte: »Bleibt ein Überhang von 300 DM.«

»Was können wir denn da machen?« fragte ich und versuchte es noch mal auf die Sterntaler- und Rotkäppchen-Art.

»Tja«, sagte er und blickte weiterhin ernst, und mir wurde klar, daß die wilden Tiere des Waldes im Vergleich zu ihm weichherzig und mitleidsvoll sind. Schön, dachte ich, dann versuchen wir es mal anders. Ich versuchte zu gucken wie Elisabeth und teilte ihm ebenso indirekt wie lügnerisch mit, daß mein Mann mich gestern angerufen habe und doch etwas erstaunt gewesen sei. Er habe gerade die Kulanz dieser Bank immer so besonders geschätzt, den Dienst am Kunden, aber da habe sich offensichtlich etwas geändert.

Ich redete weiter so, und dann schwieg ich, und während der Filialleiter im Geiste Rüdigers Kontoauszüge durchblätterte, mit den vielen schönen langen Zahlen drauf, dachte ich darüber nach, wie lügenhaft ich geworden war. Ich war stolz darauf gewesen, daß ich immer die Wahrheit sagte, ich habe es nicht nötig zu lügen, hatte ich immer gesagt, dafür bin ich mir einfach zu fein, so was brauche ich nicht. Jetzt hatte ich es offenbar nötig, und so fein war ich anscheinend auch nicht mehr.

»Aber ich verstehe natürlich, daß Sie da ganz strikte Regeln haben«, sagte ich mit Betonung auf »ich«. Klar, ich verstand es natürlich, nett wie ich war, aber mein Ex-Mann, Dr. Dohmann mit dem dicken Konto, der verstand es ganz und gar nicht, der war ziemlich verärgert über diese unfreundliche Behandlung und dachte darüber nach, die Bank zu wechseln.

Der Filialleiter dachte offenbar auch darüber nach, wie es wäre, wenn Rüdiger die Bank wechseln würde, und diese Vorstellung gefiel ihm nicht.

»Regeln, gewiß, gewiß«, sagte er und lächelte mich plötzlich an. »Regeln braucht man natürlich, gerade auch bei uns, Frau Dr. Dohmann, aber das gilt natürlich nicht für unsere Stammkunden, nicht wahr?«

Er betrachtete noch einmal sinnend meinen armseligen Kontoauszug und den armseligen Scheck und rang noch einmal kurz mit sich, und dann raffte er die Papiere zusammen und sagte: »Wie wäre es denn, wenn wir Ihnen den Vorteilskredit schlankerhand auf 2000 DM erhöhen würden?«

Schlankerhand, dachte ich, sieh mal an, eine schöne Wendung, hätte ich dir gar nicht zugetraut. Ich sagte schlankerhand ja, und: Das ist aber wirklich nett von Ihnen, und er sagte, er würde einen neuen Kreditvertrag ausschreiben lassen, und wenn ich so nett sein und morgen noch mal vorbeikommen würde, dann könnte ich ihn unterschreiben. Und er ließ es sich nicht nehmen, mich zur Tür zu begleiten, unter ernsthaften Erkundigungen nach meinem Gipsbein, und ob er mir ein Taxi rufen solle, und ob es mir nicht vielleicht lieber wäre, sie würden mir den Kreditvertrag zur Unterschrift zuschicken?

Ich war auch sehr nett und lehnte alles ab und sagte doch tatsächlich, es würde mir eine Freude sein, morgen vorbeizukommen, und dann schüttelten wir uns mit Herzlichkeit die Hand, und ich humpelte nach Hause.

Schlankerhand, dachte ich, sieh mal einer an, wie das funktioniert: Erpressung statt Entschuldigung, Scarlett O'Hara statt Sterntaler.

Und weil ich gerade so schön dabei war, rief ich gleich Jürgen Flohse an. Vielleicht funktioniert es bei dem ja auch, dachte ich, wenn ich nicht Ines Dankeschön-und-Entschuldige-bitte Dohmann spiele, sondern Ines Schieb-mal-rüber Dohmann.

Aber es funktionierte überhaupt nicht. »Ja, hallo, was ist denn?« fragte er gereizt, nachdem seine Sekretärin mich durchgestellt und ich ein munteres »Hallo, Jürgen« von mir gegeben hatte. Nicht entmutigen lassen, Ines, dachte ich und versuchte es weiter mit diesem munteren, selbstbewußten Ton: »Ich wollte mal fragen, was anliegt bei euch«, sagte ich, »du hast doch meine Themenliste auf dem Schreibtisch. Sag mir, was du brauchst, und du hast es morgen.« O Gott, klingt das falsch, dachte ich, und dann noch dieses alberne Lachen, das ich hinterhergeschickt habe.

Es klang nicht nur albern und falsch, es verfing auch nicht. »Gar nichts zur Zeit«, sagte er, womöglich noch gereizter, »und in der nächsten Zeit auch nichts, wir sind voll. Ich rufe dich an, wenn mal wieder was sein sollte.«

Ich legte auf und fing an zu weinen. Jürgen kannst du vergessen, dachte ich, das ist klar, die Schonzeit ist vorüber, das Geschäft ist erledigt, Spezialbehandlung für die Ex-Frau gegen Gratis-Homöopathie-Behandlung in der Praxis, vorbei, vorbei. Er braucht nicht mehr nett sein zu dir, Ines, er braucht deine armseligen Artikelchen nicht mehr zu nehmen, du bist jetzt wirklich nur noch die Ex-Frau, und wenn er Rüdiger mal irgendwo trifft, dann ist die neue Frau Dohmann dabei, Frau Dr. Maiwald-Dohmann, erfolgreiche Psychotherapeutin, der muß man zum Glück keine Artikelchen abnehmen. Was machst du nun, Ines, du Super-Scarlett, wovon willst du leben, für wen willst du schreiben, du kennst ja sonst niemanden in dem Geschäft.

Ich weinte und weinte, und dann trank ich zwei von den kleinen Champagnerflaschen aus, mit schlechtem Gewissen, aber wenigstens war es kein Rückfall in den Rotwein. Dann ließ ich mir ein Schaumbad ein und lag so lange darin, bis mein Körper kurz vor der Auflösung stand, was mir sowieso das Liebste gewesen wäre.

Was mache ich nun, dachte ich beim Einschlafen und beim

Aufwachen, wenn ich in der Wohnung herumhumpelte oder im Supermarkt, wenn ich Champagner trank oder Kamillentee, wenn ich las oder fernsah.

Ich kann ja nichts, ein abgebrochenes Studium der Germanistik und Geschichte, ein paar Jahre als Sprechstundenhilfe in der Praxis meines Mannes, auch das ohne Ausbildung. Nicht mal richtig Schreibmaschineschreiben kann ich, das mache ich im Zwei-Finger-Such-System, wie Rüdiger das nannte, schnell, aber nicht gerade professionell. Ich habe keinen Beruf, liebende, hingebungsvolle Ehefrau ist ja wohl keiner, auch wenn ich das sehr gut kann, ich bin eine ungelernte Kraft, so nennt man das ja wohl. Ich könnte es vielleicht als Putzfrau versuchen, das kann ich, oder als Hilfsverkäuferin, das könnte ich sicher auch, aber das geht erst, wenn der Knöchel wieder in Ordnung ist. Und will ich dann den Rest meines Lebens als Putzfrau arbeiten oder als Hilfsverkäuferin?

Ich konnte mit niemandem darüber reden, was ich nun tun sollte. Mit Elisabeth hätte es gar keinen Sinn gehabt, denn sie vertrat die Ansicht, daß ich wunderbar schreibe und sehr talentiert bin und daß sie nicht verstehen kann, warum nicht jeder Chefredakteur, der mich nur von weitem sieht, mir die Füße küßt und mir einen Exklusiv-Vertrag mit Superhonorar anbietet.

»Also ich begreife das nicht«, pflegte sie zu sagen, wenn die Frage meiner beruflichen Tätigkeit zur Sprache kam, »mag sein, daß ich von dem Metier nichts verstehe, das gebe ich gerne zu. Aber eines sehe ich: Du kannst schreiben! Du bist außerordentlich begabt. Wenn ich Chefredakteur einer Zeitung wäre, ich würde dich sofort unter Vertrag nehmen, mit einem anständigen Honorar.«

Und während sie dann weiter überlegte, ob es nicht sogar besser wäre, der Chefredakteur würde mich gleich fest anstellen, und zwar mit einem überdurchschnittlichen Gehalt, schwankte ich zwischen Ärger und Liebe. Nein, du verstehst wirklich nichts davon, dachte ich, hör bitte auf, solchen Blödsinn zu reden, aber ich liebe dich dafür, daß du mich aus lauter Liebe für das Salz der Erde und für eine Leuchte des Journalismus hältst.

Mit meinem Vater konnte ich auch nicht darüber reden, denn für ihn war das Schreiben eine brotlose Kunst und Journalisten bestenfalls halb-seriöse Menschen, deren Profession der von Call-Girls, Bardamen und zwielichtigen Finanzmaklern gefährlich nahe kam und die lieber etwas Vernünftiges hätten tun sollen. Und mit Carola telefonierte ich zwar manchmal, aber ich hätte mir eher die Zunge abgebissen als zuzugeben, daß ich nun gänzlich arbeitslos und ziemlich verzweifelt war und nicht wußte, was ich tun sollte.

Schließlich fiel mir Maria ein. Vielleicht könnte ich mit der mal reden, dachte ich, die verdient sich ihr Geld ja auch mit so was Sonderbarem, Freiberuflichem, die versteht mich vielleicht.

Ich rief bei ihr an, und Gott sei Dank war sie da, drehte auch nicht und hatte Zeit. »Ich würde euch gerne zum Essen einladen, Hermann und dich«, sagte ich, »wann geht's denn bei euch?«

»Donnerstag«, sagte Maria munter, »Donnerstag, da macht Hermann für einen Kollegen Nachtdienst.«

»Aber dann kann er doch nicht mitkommen«, sagte ich verblüfft. »Eben«, sagte Maria, »dann müssen wir nicht den ganzen Abend über die Reform der Psychiatrie reden.«

Komisch, dachte ich, sie liebt ihn doch, jedenfalls sagt sie das, und nun geht sie lieber ohne ihn weg.

»Ich liebe ihn sehr«, sagte Maria, als hätte sie meine Zweifel gespürt, »aber deswegen muß ich ja nicht ständig mit ihm zusammenhocken und über Psychiatrie diskutieren. So können wir mal in Ruhe miteinander reden.«

Das wollte ich auch, und so schob ich meine Zweifel beiseite, und wir verabredeten uns für den Donnerstag, an dem der arme Hermann in seinem häßlichen Landeskrankenhaus Nachtdienst machen würde, obwohl er das gar nicht mußte, sondern nur einem jüngeren Kollegen einen Gefallen tun wollte.

Das erste Mal seit langer Zeit kochte ich wieder richtig. Es gab Krabben mit Crème fraîche und Dill, Rinderfilet im Kräutermantel mit gratinierten Kartoffeln und danach Zitroneneis, das hatte ich noch im Kühlschrank. Das Menü war eigentlich ein bißchen luxuriös für meine finanziellen Verhältnisse, aber Maria war die ganze Zeit, als ich im Krankenhaus lag, so nett zu mir gewesen, und ich fand, sie hatte Anspruch darauf. »Edel, edel«, sagte sie, nachdem sie mit Genuß ihr Eis gegessen hatte, »mal was anderes als diese ewigen Tiefkühlsachen, die es bei uns gibt.« Sie drehte sich zufrieden eine Zigarette, was sie immer noch tut, obwohl es längst nicht mehr ›in‹ ist, und fragte mich, wie es mir denn nun ginge, arbeitsmäßig und lebensmäßig.

Ich sagte, genau darüber hätte ich mit ihr reden wollen, und erzählte ihr, daß ich arbeitsmäßig praktisch in der Wüste stünde und daß es infolgedessen lebensmäßig auch nicht gerade wundervoll aussähe. Ich hätte wohl ein bißchen Talent zum Schreiben, sagte ich, aber es reiche eben nicht aus, um davon zu leben, und was sollte ich nun tun?

Sie dachte ernsthaft darüber nach, sie versenkte sich geradezu ins Nachdenken, und ich war erstaunt und erfreut, daß sie mein Problem anscheinend so ernst nahm.

»Ich glaube, ich verstehe, um was es geht«, sagte sie schließlich. »Mit dem Schreiben kenne ich mich natürlich nicht aus, aber die Situation hat Ähnlichkeit mit meiner. Ich habe auch mal an dem Punkt gestanden, wo das Talent nicht mehr ausreichte.«

Sie dachte wieder nach und fuhr dann lebhafter fort: »Sieh mal, ich habe mit zwanzig angefangen mit der Schauspielerei, es lief alles wie von selbst, ich war nie auf einer Schauspielschule gewesen, ich hatte eben Talent. Und dann, mit Ende zwanzig, da hatte ich plötzlich das Gefühl, irgendwas stimmt nicht, so geht es nicht weiter. Ich bekam weiter Angebote, das war es nicht, aber ich war so unzufrieden.«

»Ich habe viel mit Hermann darüber gesprochen, wir kannten uns da schon«, sagte sie und lächelte bei der Erinnerung. »Und dann bin ich draufgekommen: Ich konnte nicht mehr nur von meinem Talent leben, ich wollte was dazulernen. Ich habe Kurse gemacht – na, ja, das gibt es bei dir wohl nicht –, und ich habe nur noch vorm Fernseher gesessen und bin ins Theater gegangen und habe geschaut, wie machen es die anderen. Ich mußte weiß Gott noch sehr viel dazulernen.« Sie lachte. »Vielleicht ist das bei dir auch so. Und du brauchst nicht mal ins Theater gehen. Du hast das ganze Lehrmaterial am nächsten Zeitungskiosk.«

»Aber ich kann doch nicht einfach andere kopieren«, sagte ich zweifelnd.

»Das sollst du ja auch nicht«, sagte Maria. »Du sollst bloß von ihnen lernen, und dann mußt du deinen eigenen Stil entwickeln. Ich jedenfalls habe das so gemacht.«

»Hm«, sagte ich zögernd. Kann man Schreiben lernen, dachte ich, das kann man doch, oder man kann es nicht, oder? »Ich werde mal darüber nachdenken, vielleicht hast du recht.«

»Tu das«, sagte Maria und war anscheinend kein bißchen gekränkt, daß ich ihren Vorschlag so zögerlich aufnahm. »Ich kenne das, sowas braucht Zeit. Ich war erst auch nicht besonders begeistert davon. Aber noch was anderes: Du schreibst nur immer über Ausstellungen oder Kulturereignisse oder Filme oder sowas. Ich finde das, ehrlich gesagt, ein bißchen langweilig. Warum schreibst du nicht mal was Eigenes?«

Nun war ich gekränkt. Langweilig! »Was meinst du damit?« fragte ich muffig.

»Na, ich meine das, was du dir selbst ausdenkst«, sagte sie. »Du hast früher manchmal interessante Sachen erzählt, über Kafka zum Beispiel, daran erinnere ich mich, und wie seine psychischen Probleme in seinen Büchern zum Ausdruck kommen oder sowas.« »Ach das«, sagte ich, »das war nur so ins Blaue gedacht. Das nimmt mir doch keiner ab. Ich kann auch gar nicht beweisen, ob es stimmt.«

»Das brauchst du doch auch nicht. Du kannst einfach sagen, es ist deine Meinung. Ich fand es jedenfalls sehr interessant.«

Ich war plötzlich nicht mehr muffig und gekränkt, sondern fand es auch sehr interessant. »Das, was ich normalerweise schreibe, wollen sie sowieso nicht«, sagte ich, »und wenn ich mal ganz was anderes mache, können sie auch nicht mehr tun als nein sagen.«

»Eben«, sagte Maria, »hat du noch ein Bier für mich?«

Ich holte ihr noch ein Bier und mir noch so ein kleines Fläschchen Champagner. Champagner ist einfach das Beste, besonders in Situationen, wo eben noch alles ziemlich beschissen aussieht und es jetzt beinahe den Anschein hat, als tauche ein Silberstreifen am Horizont auf.

Am nächsten Morgen kaufte ich mir alle Zeitungen, von denen man auch nur im entferntesten annehmen konnte, daß ich vielleicht etwas daraus lernen würde. Vorher war ich beim Arzt gewesen, der mich endlich von meinem Gipsbein befreit hatte. Er hatte den Gips aufgeschnitten und auseinandergeklappt und mein Bein betrachtet und den Knöchel befühlt und gesagt: »Wunderbar. Ganz wunderbar verheilt und in Ordnung.«

Ich war weniger entzückt. Ich starrte erschrocken auf meinen dünnen, von der Desinfektionslösung rotbraun verfärbten Unterschenkel und den unverhältnismäßig dicken Knöchel, der überhaupt keine Kontur mehr hatte. Die Glöcknerin von Notre-Dame, dachte ich, ich werde den Rest meiner Tage dieses verunstaltete dünne Beinchen hinter mir herziehen, Gott sei Dank habe ich wenigstens keinen Buckel.

»Aber das sieht ja schrecklich aus«, sagte ich. »Das wird schon wieder, keine Sorge«, sagte der Arzt munter und legte eine Elastikbinde um meinen Knöchel und gab mir eine Salbe, die ich jeden Tag einmassieren sollte.

Ich humpelte zum nächsten Zeitungskiosk und dann nach Hause und schmierte ordentlich Salbe auf meinen Notre-Dame-Knöchel und legte mich aufs Sofa und fing an zu lernen.

Zuerst las ich das politische Magazin von vorne bis hinten durch, und danach war mir ganz furchtbar zumute, und ich fragte mich, ob ich es nicht überhaupt lassen und mich gleich vom Balkon stürzen sollte. Sie hatten so ziemlich alles Schreckliche, was auf dieser Welt passiert, beschrieben: In der Politik sah es schlecht aus, ganz schlecht, wohin man auch blickte, und dann die Tierversuche und die Umweltzerstörung und die Industrie, der es völlig egal ist, ob die Fische bauchoben im Rhein schwimmen, Hauptsache sie macht Profit. Und die Fehlurteile vor Gericht und die Terroristen und die furchtbare Lage der alten Menschen. Aber sie schrieben gut, die Journalisten in diesem Magazin, und ich konnte etwas von ihnen lernen.

Ich griff mir eine von diesen Hochglanzfrauenzeitschriften, die fünf Kilo wiegen und anscheinend nur aus Anzeigen bestehen und erholte mich schnell. Ich vertiefte mich in die edlen Anzeigen und in die Beiträge, die sie brachten, über Kunst und Kultur und Psychologie, und auch hier konnte ich etwas lernen.

Ich las auch die Vierteljahreszeitschrift für Kunst und Kultur, die Elisabeth so liebt und mir immer ans Krankenbett gebracht hatte. Sie heißt »Marginale« und ist so etwas wie ein Kultblatt, denn obwohl sie nur alle drei Monate rauskommt und das in kleiner Auflage und ziemlich teuer, reißen sich alle um sie und lassen es sich angelegen sein, genau zu wissen, was in »Marginale« gestanden hat. Ich hatte dieses Getue immer ziemlich blöd gefunden und mich deshalb nie damit befaßt. Aber sie brachten wirklich interessante und witzige und außergewöhnliche Beiträge.

Und dann hatte ich diese wagemutige Idee. Ich lag auf dem Sofa und las und betrachtete zwischendurch mein dünnes Bein und dachte, was soll's, dann humpelst du eben, du wirst eine Arbeiterin des Kopfes sein, dazu braucht man keine Beine, und Proust hatte Asthma und lag im Bett und hat trotzdem tolle Sachen geschrieben. Ziemlich blöde Gedanken, ich weiß, aber ich war in einer sonderbaren Stimmung, in so einer »Was soll's, du hast nichts mehr zu verlieren, du kannst nur noch gewinnen«-Stimmung. Und bei »Arbeiterin des Kopfes« fiel mir Rosa Luxemburg ein.

Ich interessiere mich nicht für Politik und auch nicht für den Kampf des Proletariats, aber ich liebe Rosa Luxemburg. Ich hatte irgendwann eine Besprechung ihrer gesammelten Briefe gelesen, und das hatte mich interessiert, und Rüdiger hatte mir die fünf Bände zum Geburtstag geschenkt. Seitdem liebte ich Rosa Luxemburg und ärgerte mich immer darüber, daß sie so anders dargestellt wird, als sie ist, auch in dem Film, den Margarethe von Trotta über sie gedreht hatte, und in dem sie zeigen wollte, wie Rosa Luxemburg wirklich war. Aber ich fand, daß Margarethe von Trotta es auch nicht richtig gemacht hatte und dachte: Mich hättet ihr mal ranlassen müssen, ich hätte euch gezeigt, wie sie war.

Das machst du jetzt, dachte ich wagemutig, du schreibst einen Artikel darüber, wie du Rosa Luxemburg siehst, du schreibst jetzt mal was Eigenes, Maria hat ja recht, aber nicht so langweilig und dezent und brav und kulturvoll, sondern ein bißchen flotter und witziger, was die anderen können, wirst du vielleicht auch noch schaffen.

Mach's gleich, Ines, sagte ich zu mir, bevor dir der Wagemut wieder vergeht. Ich setzte mich an den Schreibtisch, legte das Bein hoch und schrieb meinen ersten eigenen Artikel. Ich brauchte zwei Wochen dazu, und ich überarbeitete ihn gründlich, und wenn ich eine Formulierung langweilig oder zu dezent fand, dann blätterte ich in den Zeitungen und sah nach, wie es die anderen machten. Ich überschrieb den Artikel mit »Rosa, my love« und schrieb ihn zum Schluß noch mal ab, damit keine Tippfehler drin waren, und kopierte ihn und schickte ihn an Frau Schmitt-Meermann. Frau Schmitt-Meermann war, wenn man dem Impressum glauben durfte, die Chefredakteurin von »Marginale«.

Es war wirklich sehr wagemutig, um nicht zu sagen wahnwitzig, einen Artikel über Rosa Luxemburg und darüber, was für eine wunderbare, gescheite Frau sie gewesen war, ausgerechnet an diese edle Kulturzeitschrift zu schicken, in deren Räumen der Name Rosa Luxemburg vermutlich nicht einmal ausgesprochen werden durfte. Aber ich war eben in dieser wahnwitzigen Stimmung. Wenn schon, dann richtig, dachte ich, und nur keine halben Sachen machen, und wer wagt, gewinnt. Ich humpelte zum Briefkasten und steckte den braunen Umschlag ein, und da war ich schon etwas weniger wahnwitzig und viel realistischer: Wenn sie ihn nicht haben wollen, sagte ich mir, dann kann ich ihn immer noch woanders anbieten.

VIII

Das Telefon klingelte punkt Neun. Ich hasse Leute, die so früh anrufen, denn ich brauche morgens zwei Stunden, bis ich verständliche Sätze sprechen und sinnvolle, logische Gedanken fassen kann.

»Redaktion Marginale, guten Morgen«, sagte die Stimme einer Frau, die offensichtlich keine Probleme damit hatte, um diese Tageszeit zu sprechen oder zu denken. »Spreche ich mit Frau Dohmann?«

O Gott, das darf doch nicht wahr sein, dachte ich. Seit vier Wochen hatte ich erwartungsvoll und hoffnungsfroh den Briefkasten geöffnet und war mit klopfendem Herzen ans Telefon gegangen, wenn es klingelte, und gerade gestern hatte ich damit aufgehört und jede Hoffnung fahren lassen. Und jetzt riefen sie an, sie riefen tatsächlich an!

»Spreche ich mit Frau Dohmann?« wiederholte die Stimme.

»Ja«, sagte ich.

»Frau Schmitt-Meermann hätte gerne persönlich mit Ihnen gesprochen«, sagte die göttliche Stimme, »wann wäre es Ihnen recht?«

Ich räusperte mich und versuchte zu denken. Du lieber Gott, wann wäre es mir recht, jederzeit natürlich, auch mitten in der Nacht oder um vier Uhr früh, wenn Frau Schmitt-Meermann um diese Zeit gerne persönliche Gespräche führt.

»Jederzeit«, sagte ich.

»Morgen um 15 Uhr 30, würde Ihnen das passen?« sagte die Stimme.

»Das paßt mir sehr gut«, sagte ich und hoffte, sie würde aufhören, mir so komplizierte Fragen zu stellen. Sie tat mir den Gefallen und sagte »Auf Wiedersehen«, und ich echote »Auf Wiedersehen« und legte mit zitternder Hand den Hörer auf.

Den Rest des Tages verbrachte ich damit, meine Kleider zu inspizieren und darüber nachzudenken, was ich anziehen sollte. Was Ordentliches, würde Elisabeth sagen, etwas, worin du dich wohlfühlst, das ist wichtig in solchen Situationen. Ich inspizierte vor allem die Edel-Klamotten aus der Rüdiger-Phase, putzte vorsorglich alle meine Schuhe, betrachtete meine drei Handtaschen, legte Elisabeths Kette und Elisabeths Uhr schon mal zurecht und kaufte mir zwei Paar teure Strumpfhosen, für den Fall, daß eine beim Anziehen kaputtgehen würde.

Ich betrachtete mich im Spiegel und entschied, daß ich mit diesen Zotteln nicht zu Frau Schmitt-Meermann gehen konnte. Ich rief bei meinem Friseur an und sagte, es handele sich um einen Notfall, und er gab mir sofort einen Termin und machte mir einen Herrenschnitt, nicht wieder diesen Feder-Look, der würde Frau Schmitt-Meermann wahrscheinlich nicht gefallen. Jetzt waren die Haare im Nacken und an den Schläfen ganz kurz, oben länger und in einer schönen Welle zurückgekämmt, und ich sah sehr cool und überlegen aus, ähnlich wie die Models, die im Modeteil unter der Überschrift »Praktisch und elegant am Schreibtisch« zeigen, wie eine berufstätige und erfolgreiche Frau auszusehen hat. Ich wirkte natürlich nicht so jung und unschuldig, die sehen ja immer aus wie bestenfalls zwanzig, aber Frau Schmitt-Meermann würde es sicher recht sein, wenn ich etwas älter war als zwanzig.

Ich dachte auch darüber nach, was ich sagen würde. Ich überlegte mir genau, welche geistreichen, charmanten und beeindruckenden Wendungen ich anbringen könnte und wie locker und leger ich mich verhalten würde. Aber dann mußte ich der Wahrheit die Ehre geben und mir eingestehen, daß ich in meinem ganzen Leben noch nie nur halb so geistreich, charmant und lokker gewesen war, wie ich mir das vorstellte, und daß ich es morgen bestimmt nicht das erste Mal sein würde. Ich würde mich auf mein Glück und meine Geistesgegenwart verlassen müssen, wie sonst auch.

Frau Schmitt-Meermann war eine große blonde Dame mittleren Alters mit einem klaren kühlen Gesicht und einer klaren kühlen Art. Ich hatte es geschafft, ihr guten Tag zu sagen und mich in den Sessel zu setzen, den sie mir anbot, und nun saß ich da, schlug die Beine übereinander und versuchte kompetent und intelligent und zugleich ganz entspannt und locker auszusehen.

»Ihr Artikel hat mir gefallen, Frau Dohmann«, sagte Frau Schmitt-Meermann, »das ist mal was Anderes, nicht das Übliche. Gegen den Strich gebürstet, so habe ich es gern. Sind Sie mit einem Honorar von 1500 Mark einverstanden?«

Ich versuchte so auszusehen, als ob mich ständig Chefredakteure fragten, ob mir 1500 Mark recht wären, und sagte: »Ja.«

»Sehr schön«, sagte Frau Schmitt-Meermann und blätterte in meinem Manuskript. »Ich habe da ein paar kleine sprachliche Unebenheiten gesehen und angemerkt, vielleicht schauen Sie sich das noch mal an und schicken es mir dann bis Montag, geht das?«

»Natürlich«, sagte ich und wurde geradezu redselig: »Das ist überhaupt kein Problem.«

»Sehr schön«, sagte Frau Schmitt-Meermann wieder. »Haben Sie denn Lust und Zeit, mehr für uns zu schreiben?«

O Gott, dachte ich, ich würde meinen linken Arm dafür geben, und du fragst mich, ob ich vielleicht Lust und Zeit habe. Mit Freuden! Ich hätte beinahe gesagt »mit Freuden«, aber ich besann mich gerade noch und sagte: »Ja, gern.«

»Gut«, sagte Frau Schmitt-Meermann, »machen Sie mir doch mal ein paar Themenvorschläge, schriftlich natürlich. Was sind Sie denn von der Ausbildung her?«

Ich war froh über die Gelegenheit, etwas Inhaltsreicheres von mir zu geben als »ja« und »natürlich« und »gern«. »Ich habe Germanistik und Geschichte studiert, aber leider ohne Abschluß«, sagte ich.

»Das ist für uns unerheblich«, konstatierte Frau Schmitt-Meermann. »Und denken Sie bei Ihren Themenvorschlägen daran, über Ihr Fachgebiet hinauszugehen. Uns kommt es auf die Art des Schreibens und die Ideen an, nicht aufs Spezialistentum.«

Ich fand es nett, wie sie immer »uns« und »wir« sagte, obwohl es selbst mir in meinem verwirrten Zustand klar war, daß es hier nur auf eins ankam, nämlich auf das, was sie wollte.

Ich wiederholte mich und sagte »ja« und sie sagte, dann wäre alles soweit besprochen und den Beitrag bitte bis Montag und die Themenvorschläge auch möglichst bald.

Ich brachte einen neuen Einwortsatz zustande und sagte: »Selbstverständlich«. Dann schaffte ich es, mich von ihr zur Tür bringen zu lassen, ohne dabei zu stolpern oder ihr in den Weg zu geraten und mich in der Tür umzudrehen und ihr die Hand zu schütteln und ihr klares, kühles Lächeln zu erwidern – etwas verzerrt und mehr in der Art des Glöckners von Notre-Dame, aber immerhin – und mich zu verabschieden. Als ich die Marmortreppe des modernen kühlen Gebäudes hinunterging, in dem die »Marginale«-Redaktion etabliert war, wäre ich vor lauter Lockerheit und Entspanntheit beinahe die Treppe hinuntergefallen, aber ich hielt mich gerade noch am Treppengeländer fest.

Ich ging langsam und vorsichtig zur U-Bahn und faßte den Haltegriff der Rolltreppe ganz fest und stieg vorsichtig in den Zug, um ja nicht zu stolpern. Denn was wäre es für ein Jammer, wenn ich mir ausgerechnet jetzt das Genick brechen würde und der Artikel in »Marginale« dann posthum erscheinen würde und alle sagen würden: »Wie schrecklich! So ein frisches, gerade neu entdecktes Talent und dann dieser furchtbare Unfall!«

Als ich wieder zu Haus war, rief ich Elisabeth an, obwohl ich genau wußte, was sie sagen und daß sie überhaupt nicht verstehen würde, was dies wirklich bedeutete.

»Siehst du mal, mein Kind«, sagte sie, und in ihren Worten hallte »das habe ich ja schon immer gesagt« wider, was sie sich aber verkniff. »Du bist eben wirklich gut, und es war nur eine Frage der Zeit, daß das mal jemand entdeckt.«

Ich versuchte gar nicht erst, ihr zu erklären, daß ich eben erst dabei war, womöglich so etwas wie gut zu werden und daß es nicht die Schuld der anderen war, daß sie mich bisher nicht entdeckt hatten, sondern eher meine, weil ich mich nämlich bisher nicht entdeckt hatte. Ich hatte angenommen, sie würde die Tatsache, daß mein wunderbarer Artikel von Rosa Luxemburg handelte, mit einem ihrer ablehnenden »Achs« quittieren, aber zu meinem Erstaunen sagte sie: »Wie schön. Das ist wirklich eine interessante Frau.« Ich fragte, wieso kennst du Rosa Luxemburg, und sie war fast gekränkt und ließ anklingen, daß sie Rosa Luxemburg ja wohl schon wesentlich länger kennen würde als ich Wickelkind, und daß deren »Briefe aus dem Gefängnis« seit ungefähr hundert Jahren zu ihrer meistgeschätzten Lektüre gehörten undsofort.

Sieh mal einer an, dachte ich, Katharina die Große liest Rosa

Luxemburg, wer hätte das gedacht, was hält das Leben doch für Überraschungen bereit.

Maria war leider nicht da, sie war beim Drehen, wie mir ihr Telefonanrufbeantworter mitteilte. Aber dann erzählte ich es wenigstens Frau Niedermayer, die ich im Hausflur traf. Frau Niedermayer freute sich sehr, aber im übrigen ähnelte ihre Reaktion sehr der von Elisabeth. »Ich sag's ja«, sagte sie, »das wundert mich gar nicht, Frau Dohmann, so gescheit wie Sie sind.« Daß sie Leute, die stockbesoffen vor ihre Wohnungstür fallen, für besonders gescheit hält, fand ich zwar erstaunlich, aber wo das Herz spricht, darf man nicht allzu viel Logik erwarten, und Frau Niedermayers Herz sprach so deutlich, sie freute sich so und drückte mich sogar kurz und fest an sich und war sehr stolz auf mich, wie sie sagte, und sollte ich da überkritisch sein?

Ich war auch sehr stolz auf mich, und stolzgeschwellt setzte ich mich an meinen Schreibtisch und inspizierte die kleinen sprachlichen Unebenheiten, die Frau Schmitt-Meermann in meinem Manuskript gefunden hatte. Frau Schmitt-Meermann hatte gute Augen. Sie hatte mit allem recht, was ihr nicht gefallen hatte, und ich machte mich gleich daran, die Unebenheiten auszugleichen.

Das Telefon klingelte. Mit dieser knappen Geste, die vielbeschäftigte Leute an sich haben, nahm ich den Hörer ab und sagte ein knappes »Ja?«, wie das vielbeschäftigte Leute tun, die gerade mitten in der Arbeit sind, wenn das Telefon läutet.

»Ines, Herzchen«, sagte Carola, »schön, mal wieder deine Stimme zu hören. Wie geht's denn so?«

Diesmal konnte ich wahrheitsgemäß sagen, daß es mir ganz wunderbar ginge, und daß ich viel Arbeit hätte, was zwar im allgemeinen nicht so ganz der Wahrheit entsprach, in diesem speziellen Moment aber schon.

»Wie schön«, sagte Carola und ging eilends zu dem über, was sie eigentlich wollte. »Ines, könntest du mir einen ganz, ganz großen Gefallen tun? Ich würde dich nicht fragen, wenn es nicht wirklich ein Notfall wäre...«

»Was denn?« fragte ich.

Sie und Rolf hätten einen unglaublich wichtigen Termin heute abend, sagte Carola, da müßten sie unbedingt hin, und es klang beinahe so, als sollte Rolf der Nobelpreis für Medizin verliehen werden, aber nur unter der Bedingung, daß sie heute abend beide zu diesem Termin kommen würden.

»Mein Kindermädchen ist krank«, sagte Carola, »und der Babysitter auch, und ich kann einfach niemanden auftreiben, und da wollte ich dich fragen, ob du nicht ausnahmsweise... Es wäre nur so von halb acht bis zwölf, und du könntest dir ja deine Arbeit mitnehmen, ich bringe die Kinder vorher noch ins Bett, es ist nur, daß jemand da ist...«

Carolas Kinder zu hüten war so ungefähr das letzte, was ich wollte. Da fängt's schon an, dachte ich, Ines, die alleinstehende Frau, die Single-Dame, die man zwar nicht auf Feste einlädt, aber zum Babysitten bittet. Aber ich war andererseits so guter Stimmung, und schließlich war Carola eine alte Freundin von mir, und sie bat mich nicht jeden Tag um einen Gefallen, anscheinend war es wirklich wichtig und ein echter Notfall.

Ich sagte also: in Ordnung, ich komme dann rüber, und sie war sehr erleichtert und sagte, sie würde es mir auch gerne vergüten, und ich sagte: Willst du mich beleidigen? Und sie sagte: Um Gottes willen, nein, aber das Taxi darf ich dir doch zahlen?, und ich sagte: Okay, das darfst du.

Als ich ankam, hatte Carola die Kinder schon ins Bett gebracht: »Alles in Ordnung, sie schlafen, du brauchst dich um nichts zu kümmern, im Kühlschrank steht Sekt oder auch Wein, was du magst, und wenn du fernsehen willst, hier ist das Programm, aber es sind auch genug Videokassetten da.«

»Du hast dich ja so schick gemacht«, sagte ich, »was ist das denn für ein Termin heute abend?«

»Ach, irgendein unglaublich wichtiges berufliches Treffen«, sagte Carola, »ich weiß es auch nicht so genau, aber Rolf hat gesagt, ich müßte unbedingt mit.« Dann tauchte Rolf auf und begrüßte mich sehr herzlich und sagte: »Carola, wir müssen.«

Ich schenkte mir ein Glas Sekt ein und suchte mir eine schöne Videokassette raus, »Spartakus« mit Kirk Douglas und Jean Simmons und trank Sekt und genoß den Film und dachte mir: Was ist schließlich dagegen zu sagen, hier und da mal Freunden behilflich zu sein, deswegen werde ich noch lange nicht zur kinderhütenden alten Jungfer.

Um elf war der Film zu Ende, und ich setzte mich in den Garten, es war ein schöner, warmer Abend, und genoß die Luft und dachte mit ein bißchen Trauer an meinen Garten, aber es war nicht so schlimm, ich konnte daran denken und traurig sein, aber es zerriß mir nicht mehr das Herz.

»Diese Clarissa ist wirklich nett«, hörte ich Carolas Stimme sagen, »das muß ich zugeben. Und sie macht tolle Feste, das muß ihr der Neid lassen.«

»Ich hab's dir ja gesagt«, sagte Rolf. »Sie paßt einfach besser zu Rüdiger.«

»Ja, der ist richtig aufgeblüht«, sagte Carola, »was war der witzig heute abend. Und die Kleine ist so süß. Also, nichts gegen Ines, und wie das gelaufen ist, das war furchtbar, aber ich muß sagen, allmählich verstehe ich ihn –«

»Jetzt komm aber rein«, sagte Rolf ungeduldig. »wir wollten ja noch ein Glas mit Ines trinken, und dann wird's so spät.«

Ich machte auch, daß ich reinkam und setzte mich aufs Sofa mit dem Glas in der Hand, Gott sei Dank war es halbdunkel, so würden sie meinen Gesichtsausdruck nicht gleich sehen.

»Was sitzt du denn da im Dunkeln?« fragte Carola. »Ist alles in Ordnung?«

Ich sagte: ja, ich wäre nur ziemlich müde und würde gern gleich nach Hause fahren, ob sie mir ein Taxi rufen könnte.

»Das ist aber schade«, sagte Rolf und machte das Deckenlicht an, »wir wollten doch noch ein Glas mit dir trinken.«

»Ein andermal gern«, sagte ich, »kannst du mir ein Taxi rufen, Carola?«

»Du siehst wirklich ziemlich müde aus«, sagte Carola und ging zum Telefon.

Das Taxi kam schnell, und nachdem sie sich sehr herzlich bedankt und gesagt hatten, daß wir uns doch nun wirklich mal wieder in Ruhe treffen sollten und mich sehr herzlich verabschiedet hatten, konnte ich endlich raus in die Dunkelheit und mein Gesicht loslassen.

Ich setzte mich auf den Rücksitz des Taxis und die Tränen liefen über mein Gesicht. Der Taxifahrer, ein alter Mann, guckte nur mal kurz in den Rückspiegel und fuhr mich sanft nach Hause und sagte nichts und ließ mich weinen.

Und in dem dunklen Taxi verstand ich plötzlich all das, was ich vorher nicht verstanden und worüber ich lieber nicht nachgedacht hatte. Daß keine Feste mehr stattfanden und daß sie alle so wenig Zeit hatten und mich nicht mehr anriefen. Mein Gott, bist du blöd, Ines, dachte ich, du hast wirklich den Kopf in den Sand gesteckt, es ist doch sonnenklar: Sie haben sich für Rüdiger entschieden.

Sie haben dir eine Schonfrist gewährt, die ersten Monate nach der Trennung, dachte ich, und sich auch, es wäre schließlich nicht sehr fein gewesen, sofort mit fliegenden Fahnen zu ihm überzugehen, zu dem bösen Rüdiger, der die arme Ines so gemein behandelt hat, das hätten sie mit ihrem Gewissen nicht vereinbaren können.

Aber dann hat er geheiratet und das Kind kam, und alles war wieder in Ordnung, und dann haben sie sich entschieden, und die Schonfrist war vorbei. Und natürlich haben sie sich für ihn entschieden, für den guten alten Freund, den bekannten und erfolgreichen Kollegen, mit seiner attraktiven, interessanten, neuen Ehefrau und seinem süßen Kind. Ein präsentables Paar, das sich gut macht auf den Festen, die man gibt, viel besser als die arme alte Ines. Ein guter Kollege, dessen Praxis aus den Nähten platzt und zu dem die Prominenten gehen, und wenn er mal jemanden überweisen muß, dann überweist er natürlich an seinen guten alten Gynäkologen-Freund oder seinen guten alten Chirurgen-Freund oder seinen guten alten Zahnarzt-Freund.

Klar doch, natürlich, selbstverständlich, dachte ich, eine vernünftige Entscheidung, die einzig richtige Entscheidung, wenn man seine fünf Sinne beisammen hat, was soll man mit Ines, wenn man Rüdiger haben kann? Und man kann ja auch nicht auf zwei Hochzeiten tanzen, man kann nicht Ines einladen und Rüdiger und Clarissa, da muß man eindeutig sein, einen klaren Schnitt machen. Und also lädt man Ines vielleicht mal nachmittags ein, da stört sie niemanden, aber das läßt man auf die Dauer auch lieber bleiben, sonst macht sie sich falsche Vorstellungen und fragt womöglich noch mal, wann denn das nächste Fest ist.

Das Taxi hielt, und ich zahlte, und der Taxifahrer tat so, als wäre es ganz normal, daß seine Fahrgäste tränenüberströmt sind und kein Wort herausbringen und nur nicken, wenn er ihnen freundlich »Gute Nacht« sagt.

Ich saß noch lange auf dem Sofa. Ich weinte nicht mehr, aber die Wunde, von der ich geglaubt hatte, daß sie verheilt wäre, brach auf und blutete und blutete, und das Blut war nicht zu stillen, und ich konnte es nur laufen lassen.

Aber es war gut so. Es blutete weiter die nächsten Tage, und ich ließ es bluten und weinte und machte meine Arbeit und ging einkaufen und trank morgens Kamillentee und abends ein Glas Champagner. Mir wurde immer ruhiger und leichter zumute, obwohl es so weh tat. Es stimmt eben doch, dachte ich, diese ganzen blöden Psycho-Sprüche von Rüdiger, von wegen den Schmerz an sich ranlassen und ihn nicht verdrängen und ihn durchleben und all das. Da ist wirklich was dran, Rüdiger weiß gar nicht, wie recht er hat.

Ich rief jeden Tag bei Maria an, denn ich wollte sie etwas fragen. Aber es war immer nur der Anrufbeantworter dran, der mir erklärte, daß sie leider nicht da sei, daß ich aber eine Nachricht hinterlassen könnte, nach dem Piepton. Das tat ich schließlich. Ich schrieb mir genau auf, was ich sagen wollte, denn mein Gehirn setzt aus, wenn ich mit einer Maschine sprechen soll. Maria rief am Sonntag an. »Was um alles in der Welt ist los?« fragte sie. »Du hast auf meine Maschine gesprochen, da muß doch was passiert sein.«

»Ich wollte dich etwas fragen, Maria«, sagte ich. »Was war los damals, als ich mein Fest feierte und alle so spät kamen?«

»Warum fragst du das?« wollte sie wissen.

Ich erzählte ihr die Sache mit Carola und Rolf.

»Scheißdämliche Kuh«, sagte sie aufgebracht. »Geht auf ein Fest zu Rüdiger und Klärchen und bittet dich, auf ihre Kinder aufzupassen.«

»Das kann man wohl sagen«, sagte ich, »und was war nun los damals?«

»Rüdiger hatte auch ein Fest an dem Tag«, sagte Maria sachlich.

»Er wollte allen seinen Freunden seine Tochter vorstellen, wie er es nannte. Das Fest war nur von sieben bis neun, weil Klärchen noch schonungsbedürftig war.«

»Und du und Hermann, ihr seid nicht hingegangen, und alle anderen aber schon und danach zu mir?«

»Richtig«, sagte Maria.

Ich erinnerte mich plötzlich an den nachdenklichen Gesichtsausdruck, mit dem Elisabeth meine Gäste gemustert hatte, und an ihr ernstes Gespräch mit Maria.

»Und Elisabeth hat das gewußt, nicht wahr?« sagte ich.

»Ich war total von den Socken, als sie mich fragte«, sagte Maria. »Sie sah mich streng an und sagte: ›Hier stimmt doch etwas nicht, und Sie wissen das. Was ist los?‹ Und da habe ich es ihr natürlich erzählt, und sie hat bloß ›Ach‹ gesagt, und: ›Das wird Ines nicht noch mal passieren, dafür werde ich sorgen.‹ Sie ist schon eine tolle Frau, deine Tante.«

Das fand ich auch. Und sie hat keinen Piep gesagt und mich listig dazu gebracht, daß ich sie meinen Geburtstag organisieren ließ und sie aufpassen konnte, daß mir niemand wehtat. Ach Elisabeth, dachte ich, du großartige, wunderbare Elisabeth.

Ich fing an zu weinen, ausnahmsweise, ich hatte seit gestern nicht mehr geweint, es war also höchste Zeit.

»Heul mal ruhig«, sagte Maria, »ich habe Zeit.«

»Und warum seid ihr gekommen?« fragte ich, als ich wieder reden konnte.

»Wir haben uns überlegt, wer uns wichtiger ist«, sagte Maria. »Und wir fanden, du bist uns wichtiger.«

»Jetzt muß ich noch mehr heulen«, sagte ich. »Ich lege auf und rufe dich später wieder an.«

Es war ein Wunder, daß ich noch so weinen konnte, nachdem ich schon die ganzen Tage rekordverdächtig viel geweint hatte, aber mein Vorrat war anscheinend unerschöpflich. Und diesmal weinte ich nicht nur, weil es wehtat, sondern auch, weil ich mich freute.

Kann ja sein, daß ich einen Haufen Freunde verloren habe, dachte ich, wenn man das überhaupt Freunde nennen kann, Leute, die sofort abspringen, wenn es mal schwierig wird und einen im Regen stehenlassen und beschwindeln, und denen man anscheinend ganz egal ist. Aber immerhin gibt es ja noch ein oder zwei oder drei Menschen, Moment mal, Elisabeth und Maria und Hermann, das sind drei, vielleicht könnte ich auch noch

Frau Niedermayer dazuzählen, also vier, die einen nicht im Regen stehenlassen, die einen mögen oder einen lieben oder denen man wichtig ist. Wichtiger als Rüdiger!

Vier immerhin, dachte ich, und weinte noch mehr, und wenn ich jetzt sterben würde, dann würden diese vier an meinem Grab stehen und wirklich um mich trauern, und halt, mein Vater würde auch an meinem Grab stehen, der liebt mich auch und dem bin ich auch wichtig, also fünf.

Nachdem ich mehr als meine übliche Tagesration an Tränen vergossen hatte und wirklich nichts mehr kam, rief ich Maria wieder an.

»Und sie feiern immer noch alle diese Feste und laden mich bloß nicht dazu ein, nicht wahr?« fragte ich. »Laden sie euch ein? Wart Ihr schon mal bei Rüdiger?«

»Na klar«, sagte Maria munter, »ich bin neugierig wie eine Katze und wollte mir das Ganze wenigstens einmal ansehen, das gute Klärchen und das Kind und wie sie sich eingerichtet haben.«

Ich liebte es, wie sie Clarissa Klärchen nannte. Ich bin auch neugierig wie eine Katze und fragte begierig: »Und wie war's?«

»Also das Kind ist wirklich süß, da hat Carola recht«, sagte Maria. »Und Klärchen? Na ja, die ist nicht so mein Typ. Sie ist sehr nett und hübsch und all das, aber ich mag diese Reh-Frauen nicht so besonders, so zart und süß und mit diesen großen braunen Reh-Augen und dieser feinen Stimme. Man kommt sich immer so groß und fett und laut neben ihnen vor, nicht wahr?«

»Wem sagst du das«, sagte ich und kicherte.

»Aber von ihrem Fach versteht sie was«, fuhr Maria fort, »das sagt jedenfalls Hermann. Er hat sie natürlich sofort mit der Reform der Psychiatrie mit Beschlag belegt, und ich habe mich köstlich amüsiert. Sie wollte ihn unbedingt loswerden, aber sie traute sich nichts zu sagen, sie ist so übertrieben höflich, weißt du, und sie wurde ganz zappelig und guckte immer, wo Rüdiger ist, damit er sie loseisen kann. Dabei hatte sie sich doch so gefreut, daß sie alle die lieben alten Freunde von Rüdiger auf einmal kennenlernen darf«, sagte sie mit gezierter, übertrieben hoher Stimme und machte anscheinend Clarissa nach.

»Ha«, sagte ich. »Und wie sind sie eingerichtet?«

Maria brach in schallendes Gelächter aus. »Du wirst es nicht glauben«, sagte sie prustend, »alles in Chrom und Stahl und Glas und weißem Leder und Punktestrahler und so furchtbare Bilder an den Wänden, alle mit großen Elefanten drauf, in blau und grau, und wohin du siehst, starrt dich ein Elefant an. Und ein unglaublich häßlicher moderner Kamin.«

»Nix rustikal?« fragte ich. »Der arme alte Rüdiger. Er liebt das Rustikale so, weißt du, teuer aber rustikal, dickes Naturholz und dicke Berber und dazu viele Pflanzen.«

»Ich weiß«, sagte Maria, »ich kenne doch seine Praxis. Aber da draußen, da ist nix rustikal, das kannst du mir glauben. Und der arme alte Rüdiger steht ganz unglücklich in dieser Chrom-Pracht, und ich habe ihn ordentlich geärgert und ihm gesagt, wie schön ich das alles finde und wie gemütlich und mal ganz was anderes als sein üblicher Stil! Er hätte fast einen Schlaganfall bekommen, als ich das sagte!«

Mir wurde ganz warm ums Herz, nicht wegen Rüdigers Schlaganfallgefährdung, das wünschte ich ihm natürlich nicht. »Ach ja, ach ja«, sagte ich, »der arme alte Rüdiger.«

»Und der arme alte Rolf«, sagte Maria mit satter Stimme. »Carola findet das nämlich ganz toll und will sich jetzt auch so einrichten und sich den ganzen Wohnbereich weiß fliesen lassen.« Maria imitierte Carolas Art zu reden ganz ausgezeichnet. »Und Rolf ist ganz außer sich vor Freude, daß sein gutes Geld nun für Chrom und Glas und Leder ausgegeben wird und daß sein Wohnbereich bald aussieht wie ein Schwimmbad.«

Maria, ich liebe dich, dachte ich. Sie erzählte noch ein paar solcher schönen, bösartigen Geschichten, und dann erzählte ich von »Marginale«, und sie sagte: »Siehst du«, und dann sagte sie, Hermann käme gleich und sie müßte jetzt mal ins Tiefkühlfach sehen, und ich sagte: »Danke. Das war eine tolle Therapie für mein wundes Herz.« – »Nichts zu danken«, sagte sie, »es war mir ein Vergnügen.«

Ab da wurde es auch für mich ganz vergnüglich. Das Blut hörte allmählich auf zu fließen und die Tränen auch, und ich ging immer leichtfüßiger umher und wurde wirklich vergnügt. Ich dachte mir eine ganze Reihe toller, gegen den Strich gebürsteter

Themen für Frau Schmitt-Meermann aus und schickte sie ihr und hoffte, sie würde davon auch so begeistert sein wie ich.

Es wurde noch vergnüglicher, als Carola anrief. »Ines, Darling«, sagte sie (sie sagte tatsächlich Darling, das ist doch völlig out, aber wenn Carola es sagt, ist es vielleicht gerade wieder in), »wie geht es dir denn? Du sahst wirklich sehr müde aus das letzte Mal. Geht es wieder?«

Ich sagte, es ginge mir sehr gut, und dann ritt mich dieser vergnügliche Teufel, und ich fragte: »Und wie war es bei Rüdiger und Clarissa?«

»Wieso?« fragte Carola.

»Da wart ihr doch, als ich auf eure Kinder aufgepaßt habe«, sagte ich.

Carola ist sonst sehr flink und geschickt und nie um eine Ausrede verlegen, aber jetzt verließ sie ihre Geistesgegenwart, und sie fragte konsterniert: »Woher weißt du das?«

»Ich weiß es eben«, sagte ich. »War's nett?«

Carola fing tatsächlich an zu stottern. »Ja – nein – also«, sagte sie, aber dann fing sie sich: »Das war ja eben dieser Termin. Rüdiger denkt daran, mit Rolf zusammen eine Gemeinschaftspraxis zu machen, und er wollte, daß ich dabei bin, wenn sie das besprechen, und da konnte ich natürlich nicht nein sagen.«

Du hast auch schon besser gelogen, meine Gute, dachte ich. Warum sollte Rüdiger mit diesem mittelmäßigen Hals-Nasen-Ohren-Klempner, den du deinen Mann nennst, eine Gemeinschaftspraxis aufmachen? Der würde ihm doch nur die Patienten vergraulen.

»Aber Rüdiger und Clarissa machen doch eine Gemeinschaftspraxis«, sagte ich.

Carola hütete sich, noch einmal »Woher weißt du das?« zu fragen. Ich wußte es eben, ich war hellseherisch begabt, oder irgendein dunkler Verräter aus ihrem edlen Kreis hatte es mir zugetragen. »Ja, natürlich«, sagte sie, »aber nun steht eben zur Diskussion, ob Rolf da auch einsteigt.«

»Ach, das wäre aber nett«, sagte ich heuchlerisch und lügnerisch und voll diebischen Vergnügens. »Und mit Rüdiger und Clarissa läuft ja alles gut, auch in der Praxis, nicht wahr?«

»Ja, sehr«, sagte sie, »es läuft alles wunderbar.«

»Ach, das freut mich aber«, sagte ich, »und die kleine Sarah, die ist ja anscheinend ein ganz reizendes Kind, nicht?«

»Ja, das ist sie wirklich«, sagte Carola mit schwacher Stimme. Das Gespräch schien sie auszulaugen, es schien ihre geistige und psychische Fassungskraft zu übersteigen. Eine gute Portion Tai Chi würde vonnöten sein, um sie wieder auszubalancieren. Mach Nägel mit Köpfen, Ines, dachte ich, nur keine halben Sachen, Rüdiger hat ganz recht, mach sie reif für eine Super-Spezial-Portion Tai Chi.

»Und sie sind ja so schön eingerichtet«, sagte ich, »so klar und modern und dann diese faszinierenden Elefanten-Bilder, in blau und grau, nicht wahr?«

»Ja«, sagte Carola, »die haben mir auch sehr gefallen.«

»Und du willst dir deinen Wohnbereich jetzt weiß fliesen lassen, nicht? Das stelle ich mir auch sehr schön vor, so klar und hell«, sagte ich (klar und hell wie ein Schwimmbad, haha!), »aber ist es nicht ein bißchen unpraktisch? Ich meine, man sieht doch wirklich alles auf diesen weißen Fliesen.«

»Ja, das habe ich mir auch schon überlegt«, sagte Carola erschöpft, »ich werde es wahrscheinlich doch nicht machen.«

Aber dann raffte sie sich auf – das ist eine sehr respektable Seite an Carola, sie kann sich auch im todwunden Zustand von einer Sekunde zur anderen wiederbeleben – und sagte mit neuer Kraft: »Also, ich freue mich jedenfalls, daß du so gut drauf bist, ich muß mal nach den Kindern sehen, mach's ganz gut, Ines, ich melde mich wieder, tschau«, und legte auf, bevor ich eine weitere Daumenschraube ansetzen konnte.

Ha, dachte ich, die Dohmannsche Rache-Therapie, die macht einen frisch und munter, die müßte ich mal Rüdiger für seine Patienten empfehlen, da könnte er sich die homöopathischen Medikamente sparen.

Zwei Tage später rief Rüdiger an, und ich hätte ihm gleich den guten Tip geben können, doch ich kam nicht dazu. Es war aber auch so sehr spannend und vergnüglich.

»Ich wollte mal hören, wie es dir so geht«, sagte er, und dann erkundigte er sich intensiv nach meinem persönlichen Wohlergehen und danach, wie es der Arbeit ginge und meinem Konto und überhaupt.

»Das mit der Bank habe ich längst geregelt«, sagte ich, »oder haben die bei dir noch mal angerufen?«

»Nein, natürlich nicht«, sagte er hastig, »so habe ich es nicht gemeint. Ich wollte einfach nur hören, ob alles gut läuft bei dir.«

Ich ließ es mir angelegen sein, ihm deutlich zu machen, daß alles ganz wunderbar lief bei mir, es konnte kaum besser laufen, und das war ja ausnahmsweise auch die Wahrheit, und ich glaube, er spürte das und war sogar ein bißchen beeindruckt. »Ach ja, übrigens, ganz was anderes, das fällt mir gerade ein«, sagte er, und ich dachte: Ganz was anderes ist schön gesagt, das ist es doch jetzt endlich, weswegen du anrufst, also laß mal hören.

»Wegen dem Barockschrank«, sagte er, »den wolltest du doch eigentlich gar nicht, der war dir doch eigentlich zu groß.«

Das hatte ich tatsächlich gesagt, als er mir das Ding auch noch aufgehalst hatte. Der Barockschrank ist groß und dunkel und hat dezente Schnitzereien an den Türen, und Rüdiger hatte ihn nie gemocht, obwohl er von seinen Eltern stammte, oder vielleicht gerade deswegen, und als er mich losschlug, hatte er den Schrank auch gleich mit losgeschlagen. Ich hatte mich mittlerweile an ihn gewöhnt und fand ihn sehr schön in meinem Flur: nur der dunkle Schrank und gegenüber der große Spiegel.

»Ja, und da dachte ich, es wäre dir vielleicht lieber, ich würde ihn doch übernehmen«, sagte Rüdiger.

»Aber du magst ihn doch gar nicht«, sagte ich.

»Na ja«, sagte er, »immerhin ist er noch von meinen Eltern, ein Erbstück, und da hat man ja auch gewisse emotionale Bindungen, nicht?«

Du willst mich wohl verscheißern, Rüdiger-Darling, dachte ich, das ist doch nicht auf deinem Mist gewachsen. Könnte es vielleicht sein, daß Clarissa den Barockschrank gerne hätte, als Kontrast zu Chrom und Leder und Glas, das ist ja sehr »in« zur Zeit, ein schönes altes Stück in einem ganz modernen Ambiente? Oder ist euch vielleicht klargeworden, daß das Ding vermutlich eine ganze Menge wert ist? Aber das ist mir auch eben erst klargeworden. Barock, natürlich, dachte ich, und mir fiel die Anzeige eines Auktionators ein, die ich kürzlich in der Zeitung gesehen hatte, das bringt eine ganze Menge Kohle heutzutage, Barock.

»Ich mag ihn sehr«, sagte ich, »er steht so schön in meinem Flur.«

»Aber du verstehst das doch sicher«, sagte er, »er stammt immerhin aus meinem Elternhaus (Gott im Himmel, so gestelzt hast du doch früher nicht gesprochen), und da habe ich doch sozusagen einen Anspruch –«

»Ich verstehe dich nicht«, sagte ich und zitierte aus dem Gedächtnis: »Das ist ja auch alles in der Scheidungsvereinbarung ganz klar geregelt. Du hättest da gar keinen Rechtsanspruch.«

»Ja, sicher«, sagte er und gab auf.

Und mich ritt der Teufel, und ich zitierte ihn wieder, aber wenn einer lauter so schöne Dinge sagt, dann muß er damit rechnen, daß andere es nachplappern: »Ach ja, übrigens, ganz was anderes, das fällt mir gerade ein«, sagte ich, »Carola hat mir erzählt, du willst mit Rolf eine Gemeinschaftspraxis aufmachen?«

Er war wie vom Donner gerührt. »Was?« fragte er entgeistert.

»Ich konnte es mir auch nicht vorstellen«, sagte ich harmlos. »Aber Carola hat es gesagt.«

»Das mußt du falsch verstanden haben«, sagte er.

»Bestimmt nicht«, sagte ich unschuldig. »Wir haben sogar länger darüber geredet. Sie waren doch kürzlich bei euch, um das Ganze zu besprechen.«

»Das verstehe ich nicht«, sagte Rüdiger. Ich verstand gut, daß er es nicht verstand, denn ich weiß, wie er über Rolf denkt. Er schätzt ihn als guten alten Freund, sicher, aber was seine fachlichen Qualitäten betrifft, so hatte er immer gesagt, er würde sich lieber einem mittelalterlichen Bader anvertrauen, wenn er Mandelentzündung oder Ohrenschmerzen bekommen sollte, als Rolf.

»Da hat dann wohl Carola was mißverstanden«, sagte ich großzügig.

Er war sehr froh über diese passable Erklärung und murmelte: wahrscheinlich, obwohl er es überhaupt nicht für wahrscheinlich hielt, sondern für eins der großen Welträtsel. Bestimmt ruft er gleich Carola an, dachte ich frohgemut und fragt sie, warum zum Teufel sie mir eine so hirnrissige Geschichte erzählt hat. Er verabschiedete sich sehr schnell, und nun war ich an der Reihe, in diesem munteren Ton »mach's gut« und »bis bald« zu sagen.

Ich legte vergnügt auf und holte mir ein Glas Champagner aus der offenen Flasche mit der Silbergabel drin, setzte mich auf den Balkon und trank auf meinen Triumph. Aber allmählich wurde mir etwas bang. Sei nicht so übermütig, Ines, sagte ich zu mir, sei nicht so großkotzig, die Götter mögen den Übermut nicht, sie bestrafen Menschen, die übermütig und hoffärtig werden. Denk an Prometheus oder wie der Knabe hieß und an Ikarus.

Ich bekam wirklich Angst vor der Strafe der Götter – sie konnten mich jeden Tag wieder die Treppe hinunterfallen lassen – und beschloß, nicht mehr übermütig und hoffärtig und gemein zu sein, nicht mal zu Carola oder Rüdiger. Liebe deinen Nächsten, sagt Jesus Christus, und lege nicht falsch Zeugnis ab. Ich hatte zwar nicht gerade falsch Zeugnis abgelegt, das konnte man nicht sagen, ich hatte nur Carola erzählt, was Maria mir erzählt hatte, und Rüdiger, was Carola mir auf die Nase gebunden hatte. Aber so gemein und hinterlistig, wie ich das getan hatte, kam es schon sehr in die Nähe von falsch Zeugnis ablegen, dachte ich, das würde Jesus Christus wahrscheinlich auch so sehen.

Das läßt du in Zukunft, beschloß ich. Ehe du dich versiehst, liegst du wieder auf der Nase, und dann hast du selber Schuld, weil du so gemein gewesen bist.

IX

Es war August. Wieder so ein glühender, heißer August mit bleiernem Himmel. »Ozonloch, Klimakatastrophe«, stieß Frau Niedermayer zornig hervor, wenn ich abends in den Hof kam, wo sie die Pflanzen wässerte. Sie hielt sich dieselbe liberale, angesehene Tageszeitung wie ich, war aber weit besser informiert, weil sie sie wirklich gründlich las. Sie war Sozialdemokratin mit Leib und Seele, genau wie ihr Mann es gewesen war, und ihre Kommentare über den Bundeskanzler, der einer anderen Partei angehörte, aber auch über das, was in der eigenen Partei versust wurde, wie sie es nannte, waren scharf und wohlbegründet. »Politik ist nun mal mein Steckenpferd«, sagte sie und erklärte mir, was der amerikanische Präsident ihrer Ansicht nach anders machen sollte, und hätte der amerikanische Präsident die Gelegenheit gehabt, diese Ansicht zu hören und sich nach ihr zu richten, die Dinge hätten wahrlich besser ausgesehen.

Vor allem aber lag ihr die Umwelt am Herzen. Wenn wir später auf ihrem Balkon saßen und Kaffee tranken, klärte sie mich über die Klimakatastrophe auf. Sie hatte ein großes Talent, die kompliziertesten chemischen und physikalischen Zusammenhänge, die zu begreifen ich nie auch nur versucht hätte, leicht faßbar darzustellen. »FCKW!« sagte sie. »Kohlenmonoxid, Dioxin!« und ging dann Gott und die Welt und vor allem die Politiker und die Industrie mit furchtbaren Fragen an, wie man es überhaupt hatte so weit kommen lassen können, und wieso man immer noch nichts tat.

Ihr eigener Haushalt war strikt umweltbewußt: Alufolie, scharfe Chemikalien, Weichspüler und gebleichtes Papier rangierten für sie unter der Rubrik Teufelszeug, und ich dachte jedesmal schuldbewußt an die Alufolie in meiner Küchenschublade und überlegte, wie ich sie wohl entsorgen könnte.

Sie hatte dem störrischen Hausbesitzer die Genehmigung für einen Komposthaufen abgerungen und war gerade dabei, die nicht minder störrische Stadtverwaltung dazu zu bewegen, unser Haus an dem Mülltrennungsversuch teilnehmen zu lassen, der in zwei weit entfernt liegenden Stadtteilen unternommen wurde.

»Ich lege jedenfalls nicht die Hände in den Schoß«, sagte sie kriegerisch, nickte nachdrücklich und voller Zufriedenheit mit sich selbst und goß mir Kaffee nach.

Es war ein seltsamer, wie verzauberter August. Die stille, halbleere Stadt, in deren Straßen die Hitze flirrte, die Abende auf Frau Niedermayers Balkon, an denen Gott sei Dank nicht nur vom Ozonloch die Rede war, sondern zum Beispiel auch von Hans Niedermayer und seinen gescheiten und mutigen Taten und nicht zuletzt von Rüdiger. Frau Niedermayer hatte dezent nachgefragt, wie das denn nun genau gewesen sei, und also erzählte ich es ihr auch ganz genau, und ihre Kommentare hierzu waren ebenso klug, scharf und wohlbegründet wie zu allem anderen.

Ende August würde mein Artikel in der »Marginale« erscheinen. Auf die Themenliste, die ich Frau Schmitt-Meermann geschickt hatte, war ein freundlicher Brief ihrer Sekretärin gekommen, des Inhalts, Frau Schmitt-Meermann habe es sehr interessant gefunden, sei aber nun im Urlaub und würde sich Anfang September mit mir in Kontakt setzen. Mach du nur Urlaub, dachte ich, Hauptsache, du kommst gesund und munter wieder und setzt dich mit mir in Kontakt.

Ich versuchte sparsam zu leben und betrachtete zufrieden meine Kontoauszüge, auf denen der wunderbare Vorteils-Kredit nun nicht mehr überzogen wurde, und manchmal betrachtete ich zufrieden den Barockschrank und dachte: Danke für den Tip, Rüdiger und Clarissa, ihr Guten, wenn alle Stricke reißen, dann kann ich den verkaufen.

»Ist auch wirklich alles in Ordnung?« hatte mein Vater beim letzten Telefongespräch gefragt, was erstaunlich war, weil er sich sonst mit der knappen Meldung »Keine besonderen Vorkommnisse, alles in Ordnung« zufrieden gibt. Ich hatte ihm den Treppensturz verheimlicht, was einfach gewesen war, weil er ja nie von sich aus anruft. Aber er hatte wohl doch etwas gespürt, oder vielleicht merkte er, daß ich mich, nach all dem Blut und den Tränen, ein wenig verändert hatte, und das irritierte ihn.

»Du klingst so anders«, sagte er, und ich sagte: »Es ist wirklich alles in Ordnung, Vater, keine Sorge, mir geht es wunderbar«, und erzählte ihm zum dritten Mal die Geschichte von »Marginale« und meinem Artikel, was ihn aber nicht beruhigte, weil er nicht begriff, was daran toll sein sollte, in einer komischen Vierteljahreszeitschrift zu schreiben und dann auch noch über Rosa Luxemburg.

»Na gut«, sagte er dann regelmäßig, »ich komme ja im September, dann werde ich selber sehen«, und ich sagte zum fünfzigsten Mal: wunderbar, und: ich freue mich, und: du wohnst doch auch ganz bestimmt bei mir.

Und dann traf ich das graue Tier. Es hatte mich in den grauen Morgenstunden nur noch selten besucht, und nun lag es hier im hellen Vormittagslicht, auf dem Bürgersteig vor einem kleinen Laden. Grau und groß und zottig und die Schnauze auf dem Boden. Ich blieb wie angenagelt stehen und starrte es an, und es sah mich auch an, von unten, mit ruhigen Augen. Es war eigentlich nicht so verwunderlich, daß auch das noch passierte, in diesem seltsamen, verzauberten August, aber es verblüffte mich doch.

»Sie brauchen keine Angst vor ihm zu haben«, sagte eine Stimme, »er ist ein irischer Wolfshund und sieht vielleicht ein bißchen furchterregend aus, aber er ist sehr freundlich.« Ich blickte hoch. Die Stimme gehörte zu einer farbenfroh leuchtenden Erscheinung, die in der Ladentür stand. Hast du eine Ahnung, dachte ich, es kann ganz schön furchterregend sein.

»Ich habe auch keine Angst«, sagte ich und räusperte mich. »Er erinnert mich nur an jemanden, den ich kenne.« Was eine reichlich seltsame Bemerkung war, aber die Erscheinung schien sich nicht daran zu stören, sondern sagte nur: »Kommen Sie ruhig rein.«

Ich kam also rein, denn was sollte ich anderes tun, nachdem ich die ganze Zeit vor dem Laden gestanden und anscheinend unbedingt hatte reinkommen wollen? Die Erscheinung sagte: »Sagen Sie Bescheid, wenn Sie was brauchen«, und verschwand.

Es war ein großer heller Raum mit Regalen und Vitrinen und riesengroßen, abstrakt und sehr farbig gemalten Bildern an den Wänden. Ein Töpferladen, und Töpferwaren sind so ziemlich das letzte, was mich interessiert, weil sie mich so an »Alternativ« und »Körner« und »Leben auf dem Bauernhof« erinnern und meistens ziemlich häßliche Glasurfarben haben. Guck dich kurz um und dann verschwinde wieder, dachte ich.

Aber was hier in den Regalen und Vitrinen stand, war anders: feine Formen und wunderbare Farben, zierliche Eßschälchen zum Beispiel in einem verblüffenden Blau, mit einer Einkerbung an der Seite, in der lackrote Stäbchen steckten, oder eine Vase in faszinierendem Grün mit einer goldenen Sonne darauf. Und dann sah ich etwas, was genau das Richtige war für Elisabeth: ein runder, flacher, weißglasierter Teller mit vielen Vertiefungen, in denen matte Murmeln lagen, in den Farben von englischem Weingummi. Genau das Richtige für Elisabeth, dachte ich, schön und edel, und man kann es ordnen und zählen.

»Kann ich Ihnen helfen?« fragte die Inhaberin. Sie war wirklich eine Erscheinung. Groß und dünn, mit so tiefschwarzem Haar, daß es nur gefärbt sein konnte, mit heller Haut und einer Kleidung, die in den Farben tomatenrot und jaguargrün leuchtete. Selbst Schmuck und Schuhe waren entweder tomatenrot oder jaguargrün.

»Ich hätte gerne diese Schale« sagte ich. »Was kostet sie?«

Sie hob die Schale vorsichtig aus der Vitrine, nannte einen Preis, der meinen Vorteils-Kredit nicht überstieg, und machte sich daran, sie sorgfältig einzupacken.

»Wie heißt Ihr Hund?« fragte ich.

»Balu«, sagte sie. Ich fand, das war ein reichlich seltsamer Name für das graue Tier.

»Warum?« fragte ich auf meine simple Art.

»Balu ist der Bär im Dschungelbuch, im Film, meine ich«, antwortete sie. »Und er hier ist auch so groß und grau und freundlich wie dieser Bär.«

Ich sagte nichts mehr, sondern betrachtete die Bilder. Sie waren riesengroß und in heftigen Farben gemalt, und im allgemeinen stehe ich nicht auf so was, aber irgendwie faszinierten sie mich. Ich studierte die Kärtchen, die daneben hingen, und fand die Preise moderat, schon angesichts der Materialmenge an Farbe und Leinwand, vom künstlerischen Wert, den ich nicht beurteilen konnte, gar nicht zu reden. Sie trugen schöne Titel wie

»Sommersturm« und »Verzauberung«, und das dritte hieß einfach »Du II«. Die Farbkompositionen kamen mir bekannt vor.

»Die sind von Ihnen, nicht wahr?« sagte ich.

»Ja«, sagte sie, »woran sehen Sie das?«

»An der Farbzusammenstellung«, sagte ich.

Sie lachte, sah an sich runter und dann auf die Bilder: »Ganz richtig. Aber das sieht nicht jeder.«

Sie gab mir die braune Papiertüte mit meiner Schale, und ich zahlte und sagte: »Auf Wiedersehen.« Ich ging vorsichtig an Balu vorbei und sagte leise: »Auf Wiedersehen, graues Tier«, und er sah mich ruhig an, und als ich mich umwandte, hatte er den Kopf so gelegt, daß er mir nachsehen konnte. Auf der Papiertüte stand »Ton-Kunst« und darunter: »Inh. Rebekka Dibelius«.

Elisabeth war auf den kanarischen Inseln in diesem Sommer und Maria und Hermann waren auch nicht da, sondern wanderten durch Island. Aber ich fühlte mich nicht allein. Frau Niedermayer war da und Rebekka auch.

Ich war bald wieder in den Laden gegangen und hatte die grüne Vase gekauft und zwei schöne weiße Teebecher.

»Warum sind Sie eigentlich hier im August?« hatte ich gefragt. »Die meisten Läden haben doch geschlossen und die Stadt ist halbleer.«

»Ich mag den August in der Stadt«, sagte sie, »es ist irgendwie so verzaubert, finde ich.«

Das fand ich auch, und es gefiel mir, daß sie das sagte. »Wollen Sie ein Glas Sekt?« fragte sie.

Draußen war es heiß und hier drinnen schön kühl, und Balu lag zufrieden an einem schattigen Platz im Laden, von wo aus er die Tür im Auge hatte. Ich konnte gut und gerne noch ein bißchen bleiben.

»Ja, gerne«, sagte ich, und sie verschwand in die hinteren Räume. Sie war heute in Aubergine und Zitrone gewandet, weite gestreifte Hosen in diesen beiden Farben und ein auberginelila Top und eine Kette aus großen matten zitronengelben Glaskugeln um den Hals und die Schuhe waren wieder Aubergine.

»Wo kriegen Sie bloß immer die passenden Schuhe her?« fragte ich.

»Ich färbe sie selber«, sagte sie und stellte zwei Gläser mit rosafarbenem prickelndem Inhalt auf den Tisch. »Erdbeersekt«, sagte sie zufrieden, »der beste, den es gibt.«

Wenn das der beste ist, dachte ich, als ich probierte, dann frage ich mich, wie es um den schlechtesten bestellt ist. Es war ein scheußliches Gesöff, das künstlich und parfümiert schmeckte. Aber sie war nett und interessant und immerhin die Besitzerin der leiblichen Inkarnation des grauen Tieres, und so trank ich in Gottes Namen auch Erdbeersekt.

Ich gewöhnte mich nachgerade an den Erdbeersekt, denn ich saß immer öfter nachmittags im Laden, und ich steuerte natürlich auch mein Quantum an Erdbeersekt bei, nachdem ich mich bei ihr informiert hatte, wo es den besten gab. Er war im Billig-Markt um die Ecke zu haben, und wenn er auch nicht wie Champagner schmeckte, so war er doch unvergleichlich preiswerter, was in meiner finanziellen Lage vielleicht auch nicht das Schlechteste war.

»Wir könnten eigentlich allmählich du sagen«, sagte sie eines Tages, und das fand ich auch, und so stießen wir mit Erdbeersekt an. »Wie gut, daß ich in diese Gegend gezogen bin«, sagte ich, und sie nickte.

Rebekka war nicht neugierig, sie stellte kaum Fragen, sie erzählte wenig von sich, und sie fragte auch jetzt nicht, warum ich in diese Gegend gezogen war. Ich bin sehr neugierig, aber irgendwie gefiel mir das. Sie nahm mich anscheinend, wie ich war.

Ende August kam sie nicht darum herum, Champagner zu trinken statt Erdbeersekt. Morgens hatte der Postbote die »Marginale« gebracht, und ich hatte mit zitternden Händen die Plastikumhüllung entfernt und das Inhaltsverzeichnis aufgeschlagen und nach den Seiten mit meinem Artikel gesucht.

Er sah wundervoll aus. Die Überschrift leuchtete in Pink, und darunter war ein kurzer Vorspann, in dem mein Name vorkam. Sie hatten am Text nichts verändert oder gekürzt, und alles war in einer feinen, edlen Schrift gedruckt und einfach überwältigend.

Ich las meinen Artikel ungefähr zehnmal, obwohl ich ihn ja schon kannte, und dann packte ich die Zeitschrift ein, eine Flasche Champagner und eine Feiertagsportion Wiener Würstchen für Balu und ging in den Laden.

»Sieh dir das an«, sagte ich stolz und hielt Rebekka die geöffnete Zeitschrift vors Gesicht. »Toll«, sagte sie, »wirklich toll. Dieses Rosa ist sehr schön.«

»Du sollst nicht auf das Rosa gucken«, sagte ich empört, »sieh dir meinen Artikel an, da steht mein Name!«

Sie vertiefte sich notgedrungen in meinen Artikel, während ich Balu die Würstchen servierte, die er schwanzwedelnd und trotzdem würdevoll verzehrte, und die Gläser holte.

»Sehr gut«, sagte Rebekka, als ich wieder da war. »Ich verstehe zwar nicht viel davon, aber es scheint sehr gut zu sein. Und ich möchte wissen, wie sie es schaffen, ein so schönes Rosa auf Hochglanzpapier zu drucken.«

Ich mußte mich damit zufriedengeben. Für Rebekka gibt es nur eins, was wirklich wichtig ist, und das sind Farben und die bildende Kunst, und sie macht keinen Hehl daraus, daß das geschriebene Wort ihr wenig bedeutet.

»Da bin ich aber sehr froh, daß das Rosa dir so gut gefällt«, sagte ich. »Laß uns darauf trinken.«

Ich feierte abends weiter, zusammen mit Frau Niedermayer, die sich auch dazu bequemen mußte, statt ihres Kaffees Champagner zu trinken. »Das muß ja denn mal sein heute«, sagte sie und prostete mir zu, »meinen herzlichen Glückwunsch.« Frau Niedermayer hielt sich zu meiner Erleichterung nicht mit dem Farbton der Überschrift auf, sondern freute sich darüber, daß der Artikel von Rosa Luxemburg handelte. Ihr Schwiegervater war Kommunist gewesen, was zu familiären Spannungen geführt hatte, da sein Sohn sich so eindeutig zur Sozialdemokratie bekannte, aber über Rosa Luxemburg waren sie immer einer Meinung gewesen.

Ihr Schwiegervater hatte geweint, damals, in jenem Januar 1919, als die Nachricht von der Ermordung Rosa Luxemburgs bekannt wurde, und er war sonst kein Mann, der weinte, erzählte sie mir. Sie erzählte dies und noch manches andere aus jener Zeit so farbig und dramatisch, als wäre sie dabei gewesen, und ich hörte gespannt zu. Dann ging sie hinein und kramte in ihrem Schrank und förderte ein schönes Bild Rosa Luxemburgs zutage, das ihrem Schwiegervater gehört hatte, aber sicher wäre er einverstanden, wenn sie es mir nun schenkte, an diesem besonderen Tag.

Anfang September kam mein Vater zum Treffen der old guys, wie sie sich nennen. Sie treffen sich alle zwei Jahre, und ich kann mir kaum vorstellen, daß sie nach so langer Zeit noch ihre Erinnerungen an die Kriegsgefangenschaft austauschen, aber ich verstehe auch nichts davon, ich war ja nicht in Kriegsgefangenschaft. Vor allem scheinen sie zu kontrollieren, wer von ihnen seit dem letzten Mal das Zeitliche gesegnet hat, und neben Trauer auch stillen Triumph darüber zu empfinden, daß sie selbst noch frisch und munter sind. Und da sie mittlerweile alle im Pensionsalter sind, erzählen sie sich nun, was ihre Kinder und Enkel für tolle Burschen sind, und welche Erfolge sie geschäftlich haben und mit welch phantastischen Noten sie ihr Studium absolvieren. Mein Vater hatte all die letzten Jahre damit geglänzt, daß seine Tochter einen ungemein tüchtigen und erfolgreichen Arzt geheiratet hatte, der einen Haufen Geld verdiente und lauter Prominente als Patienten hatte und die allerneuesten medizinischen Methoden praktisch als erster in Deutschland einführte. Mein Vater hält sonst nicht viel von Homöopathie, er hält so wenig davon, daß er das Wort immer wieder vergißt, aber unter gewissen Umständen war er sofort bereit, sie als allerneueste medizinische Methode auszugeben. Die Frage war nur, womit würde er dieses Jahr glänzen?

Er war früh mit dem Zug gekommen und stand um neun vor der Tür. Ich war schon angezogen, ordentlich frisiert und angemalt und hatte ein prächtiges Frühstück vorbereitet, damit er einen guten Eindruck von meinem neuen Leben bekommen und sich keine Sorgen mehr machen würde. Er trug seinen grauen Mantel und den grauen Hut, obwohl es immer noch sehr warm war, und hielt eine Reisetasche aus grauem Nylonstoff an leuchtendroten Tragegriffen, die mit ebenso leuchtendroten Bändern abgesteppt war. Ich ahnte, woher sie stammte, und wer allein in der Lage wäre, meinen Vater zu einer solchen Anschaffung zu bewegen.

»Was für eine schicke Tasche«, sagte ich, nachdem wir uns begrüßt hatten.

»Ja, nicht wahr«, sagte er stolz und setzte sie vorsichtig ab. »Sie ist aus dem Kaffeegeschäft. Wenn ich gewußt hätte, daß sie dir gefällt, hätte ich dir auch eine besorgt. Jetzt haben sie bestimmt keine mehr. Aber ich habe dir etwas anderes mitgebracht.«

Er ließ sich die Wohnung zeigen und fand sie »sehr ordentlich«, was ein Kompliment ist, auch wenn es sich nicht so anhört, und dann frühstückten wir und das Frühstück fand er auch sehr ordentlich. Dann kramte er in seiner Reisetasche und gab mir ein Päckchen, das eine hübsche, ovale Uhr enthielt, die an einer Kette um den Hals zu tragen war.

»Dein Monogramm ist drauf«, sagte er, »das machen sie auch, das gehört zum Service. Ich dachte, du könntest jetzt eine Uhr brauchen, wenn du Termine in den Redaktionen hast.«

Ich habe etwa einen Termin pro Vierteljahr, dachte ich, aber da werde ich natürlich diese Uhr tragen und Elisabeths auch, und was immer passieren wird, ich werde jedenfalls genau wissen, wieviel Uhr es ist. Aber ich sagte, ich könnte sie sehr gut brauchen, und sie wäre sehr schön, was auch stimmte.

Wir verbrachten den Tag damit, in der Innenstadt herumzuwandern, ich zeigte ihm die Sehenswürdigkeiten, und dann lud er mich zum Essen ein. »Habt ihr hier ein ordentliches Lokal?« hatte er gefragt, und ich hatte ihn in eins geführt, daß sehr ordentlich war, aber nicht so wahnsinnig teuer, da er sich offenbar in der Stimmung befand, das Geld zum Fenster rauszuschmeißen – »schließlich besuche ich nicht alle Tage meine Tochter«.

Danach machte er sich mit militärischer Schnelle und Akuratesse ganz außerordentlich fein, ließ sich von mir nochmal inspizieren, für den Fall, daß er einen Fussel oder ein Fältchen übersehen hatte, und bestellte sogar ein Taxi, um auf angemessene Weise vor dem feinen Hotel vorzufahren, in dem sich die old guys trafen.

Ich hatte mir von den old guys wahrhaftig nichts erwartet, außer der auf den neuesten Stand gebrachten Todesliste natürlich und dem Überblick darüber, was die Sprößlinge der anderen in den letzten zwei Jahren so alles auf die Beine gestellt hatten. Aber beides absolvierte er am nächsten Morgen beim Frühstück geradezu hastig, um dann zu fragen: »Wie heißt noch mal diese Zeitung, für die du schreibst?«

Ich sagte »Marginale« und war nicht faul, sie gleich zu holen. »Stimmt«, sagte er und betrachtete das Titelblatt, »das hatte ich doch richtig im Kopf.«

»Wieso fragst du?« sagte ich.

»Märkers Frau war dabei«, sagte er, »natürlich nicht beim Treffen, sie ist ins Theater gegangen, aber danach haben wir zusammen noch ein Glas getrunken.«

»Und?«

»Sie wollten wissen, was du so machst«, sagte er. »Ihr Ältester hat gerade die Leitung einer großen Möbelfabrik übernommen und der andere –« Er brachte sich auf den Weg zurück. »Ich mußte ihnen natürlich von deiner Scheidung erzählen, aber ihre beiden sind auch geschieden. Das scheint heute allgemein üblich zu sein. Ich sagte, du schreibst für diese Marginale – was immer das heißen soll –, und Märkers Frau war ganz begeistert. Sie kauft die Zeitschrift auch immer, und anscheinend hatte sie deinen Artikel schon gelesen und fand ihn sehr interessant. Das ist offenbar eine seriöse und angesehene Zeitung«, schloß er und blätterte in der »Marginale«.

Nun war es an mir, stillen Triumph zu empfinden. »Das kann man wohl sagen«, sagte ich mit vornehmer Zurückhaltung. »Es ist ein ausgesprochen seriöses und angesehenes Blatt, um nicht zu sagen, das seriöseste und angesehenste überhaupt.«

Gott segne Sie, Frau Märker, dachte ich, wenn ich meinen Vater bislang richtig verstanden habe, dann sind Sie eine wirklich nette Frau, aber was mich betrifft, so sind Sie das wunderbarste weibliche Wesen auf diesem Erdball. Sie haben meinen Vater von der Sorge befreit, daß seine Tochter sich mehr oder minder prostituiert, und mich von der Sorge, daß er sich deswegen Sorgen macht. Und Sie haben ihm tatsächlich ein bißchen Respekt vor mir eingejagt.

Er setzte sich aufs Sofa und blätterte respektvoll in der »Marginale«, während ich den Frühstückstisch abräumte. Dann sagte er »Wirklich sehr ordentlich«, und damit war das Thema auf die allerglücklichste Weise erledigt, dank der old guys und der gottvollen Frau Märker. Wir machten einen langen Spaziergang, und ich zeigte ihm die Umgebung und die Geschäfte, Rebekkas Töpferladen zum Beispiel, dem er aber so wenig Interesse abgewinnen konnte, daß ich gar nicht erst mit ihm hineinging. Hingegen stellte er mit Befriedigung fest, daß auch ich eines dieser wundervollen Kaffeegeschäfte in der Nähe hatte, und wir gingen hinein und inspizierten das Sortiment, das tatsächlich noch reichhaltiger war als in seinem. Er kaufte mir die zwei verstaubten Tassen mit dem nachgemachten Meißner Rosenmuster, die noch auf dem Regal standen, und plauderte mit der verblüfften Verkäuferin über die Sortimentsunterschiede in den einzelnen Filialen.

Nachmittags saßen wir auf dem Balkon, und ich sagte: »Komm, laß uns ein Glas Sekt trinken« und brachte eine von Elisabeths Flaschen, goß ein und stellte den Kühler neben mich auf den Boden, damit er nicht merkte, daß es Champagner war.

Aber er merkte es doch. »Was ist denn das für eine Marke?« fragte er. Ich mußte ihm die Flasche reichen, und er studierte umständlich das Etikett. »Champagner! Wo hast du denn den her?« sagte er, und der Zweifel keimte wieder in ihm auf, ob ich mich nicht doch auf gehobene Art und Weise prostituierte.

Die kriege ich immer von den Chefredakteuren, wenn ich mit ihnen ins Bett gehe, damit sie mir Aufträge geben, hätte ich am liebsten gesagt, aber ich hielt mich zurück, denn danach hätte ich Stunden gebraucht, um ihm klarzumachen, daß es die pure Ironie gewesen war.

»Von Elisabeth«, sagte ich.

»Wieso bekommst du von Elisabeth Champagner?« fragte er, fast noch genauso mißtrauisch.

»Ach Gott, Vater, du kennst doch Elisabeth«, sagte ich ungeduldig. »Sie trinkt am liebsten Champagner, weil sie meint, das ist das einzige, was man trinken kann, außer Kamillentee natürlich, und also schenkt sie mir immer mal ein paar Flaschen... Was ist dagegen zu sagen?«

»Nichts natürlich«, sagte er, »wenn sie sich das leisten kann.« Er hatte diese luxuriöse Seite an Elisabeth nie leiden können und immer gefürchtet, sie würde seine Frau damit anstecken, und nun steckte sie anscheinend seine Tochter an.

»Ach komm, Vater! Er schmeckt doch wunderbar, und es ist

so ein schöner Nachmittag«, sagte ich und hoffte, er würde sich zusammenreißen und nicht alles verderben.

Er riß sich zusammen. »Na, dann trinken wir mal auf Elisabeth«, sagte er, und das taten wir, und nach dem dritten Glas war er schon ein bißchen beschwipst, weil er sich immer höchstens zwei Gläser Wein auf einmal gönnt, und infolgedessen öffneten wir eine weitere Flasche und fuhren sehr fröhlich zum Bahnhof, und er umarmte mich sogar, als wir uns verabschiedeten.

Erst als ich wieder zu Hause war, fiel mir ein, daß die old guys ihr Treffen doch tatsächlich auf den Geburtstag von Rüdigers Tochter gelegt hatten, daß Sarah Alexandra Jennifer gestern ein Jahr alt geworden war und daß heute vor einem Jahr Rüdiger mich angerufen und mir erzählt hatte, wie vorteilhaft eine ambulante Geburt sei.

Und ich hatte es vergessen! Ich hatte nicht daran gedacht! Ich hatte zwei schöne Tage mit meinem Vater verbracht und auf dem Balkon gesessen und Champagner getrunken, statt traurig oder zornig zu sein oder mir vorzustellen, wie sie Sarahs ersten Geburtstag feierten und mich zu fragen, welche von unseren alten Freunden wohl dabei sein würden. Ich hatte es einfach vergessen! Das fand ich so erhebend, daß ich mir doch noch ein Glas Champagner eingoß. Ich trinke jetzt auf deinen Geburtstag, Sarah Alexandra Jennifer, dachte ich, und darauf, daß ich ihn vergessen konnte. Du und deine Mutter, ihr habt mein Leben zerstört, klar, du kannst nichts dafür, du bist ein unschuldiges Kind, aber was ändert das? Ihr habt mir alles kaputtgemacht, ein richtiger K.O.-Schlag, ich war schon fast ausgezählt, aber ich bin wieder auf die Füße gekommen, ich habe mich aufgerappelt, wie Frau Niedermayer sagen würde, und jetzt stehe ich wieder auf meinen Füßen und nicht schlecht, fast so wie vorher, und es geht mir einfach gut!

X

Es ging mir so gut, daß ich fast Angst bekam. Ich hatte den Spätsommer und den Herbst schon immer geliebt, aber in diesem Jahr war er so schön wie nie zuvor: der seidenblaue Himmel, das helle Rot der Ebereschen, das dunkle Lila des Holunders, dieses Etwas in der Luft, das es nur im Herbst gibt, und das Gelb und Rostrot von Felsenbirne und Essigbaum.

Frau Schmitt-Meermann hatte Wort gehalten. Eine Dame rief mich an, die sich als Margret Feil vorstellte. Sie sei Redakteurin der »Marginale«, und sie hätte gern einmal mit mir über meine Themen gesprochen, sagte sie. Meine Themen hätten Frau Schmitt-Meermann und ihr sehr gut gefallen, fuhr sie fort, die Kafka-Sache sei ja nun so neu nicht, daran seien sie nicht interessiert, aber die beiden anderen, die hätten sie gerne, für die übernächste Nummer und die darauffolgende.

Ich war leider der flüssigen Rede wieder nicht so mächtig, aber das machte nichts, Frau Feil redete um so flüssiger, und so beschränkte ich mich auf das wohlerprobte »Ja« und »natürlich« und »gerne«. Sie nannte mir die Termine und welchen Umfang die Beiträge haben sollten, und mein Honorar betrüge ja wohl 1500 Mark, was ich freudig bejahte, und ob ich das Honorar für den letzten Beitrag schon erhalten hätte, was ich wieder freudig bejahte.

Ich hatte den Scheck erhalten und ihn persönlich zur Bank getragen und persönlich an der Kasse eingezahlt. Die Kassiererin wußte natürlich überhaupt nicht zu schätzen, was hier gerade geschah, aber ich konnte nicht gut nach dem Filialleiter fragen, um ihm mit dem Scheck vor der Nase herumzuwedeln und ein triumphierendes Lachen auszustoßen.

»Dann ist ja alles klar, Frau Dohmann«, sagte Frau Feil, »und wir hören dann im Januar von Ihnen? Bis dann und auf Wiedersehen«, und ich war flink und antwortete locker »bis dann und auf Wiedersehen«.

Zwei Themen haben sie genommen, dachte ich, mein Gott, gleich zwei Themen, und machte die Balkontür auf, um Luft zu kriegen. Ich werde in zwei aufeinanderfolgenden Nummern der »Marginale« erscheinen, und wenn das so weitergeht, dann werde ich bald womöglich in jeder Nummer erscheinen!

Ich ging in der Wohnung hin und her und auf den Balkon und wieder rein, um mich zu beruhigen. Aber ich war erst wieder beruhigt, als mir der ernüchternde Gedanke kam, daß ich auch dann, wenn ich in jeder Nummer erscheinen würde, nur 1500 Mark pro Vierteljahr verdienen würde, also 6000 Mark pro Jahr, und daß ich davon wohl kaum würde leben können, es sei denn, ich würde mich den Lilien auf dem Felde zugesellen.

Aber ich beruhigte mich auch schnell wieder über diesen ernüchternden Gedanken. Erstmal zahlt Rüdiger noch eineinhalb Jahre Unterhalt, überlegte ich, und in der Zeit findet sich sicher noch was anderes, und ich habe ja den Barockschrank, falls Not an der Frau ist, wie Rebekka immer sagt.

Es schien sich tatsächlich bald etwas anderes zu ergeben, oder eigentlich nicht bald, sondern in atemberaubender Schnelligkeit. Kaum hatte ich den Anruf von Frau Feil einigermaßen verarbeitet, da rief Jürgen Flohse an. Es war überwältigend genug, daß er bei mir anrief, aber was kam, war noch überwältigender.

»Hallo, Ines, wie geht's dir denn so?« sagte er herzlich und wartete meine Antwort gar nicht erst ab. »Ich habe da diese Sache von dir gelesen, in der Marginale, das ist ja ein ganz neuer Stil bei dir, in der Art könntest du auch mal was für uns schreiben!«

Originell und innovativ wie ich bin, sagte ich: »Ja, gern.« Die ganz neue Ines, dachte ich, Ines Ja-gern Dohmann, aber wesentlich besser als Ines Dankeschön Dohmann.

»Laß uns das bald besprechen«, sagte er, »warte mal, Freitagabend, 19 Uhr, würde dir das passen? Es ist ein bißchen spät, ich weiß, aber ich habe den ganzen Tag voll. Ist es dir recht?«

Ich sagte, es wäre mir recht, und er sagte, bring ein paar Themen mit, und: bis dann, und ich legte den Hörer auf und versank in Hoffart und Übermut, und wenn die Götter mich so gesehen hätten, sie hätten mich sofort bestrafen müssen.

Ich machte mich so schön, wie es irgend ging, schließlich kann man als Mitarbeiterin bei »Marginale« nicht in Sack und Asche gehen. Ich trug Grün und dazu ein schönes Grau und Elisabeths Kette mit der schwarzen und rostroten Kugel, und ich machte mir den Spaß, ihre Uhr umzulegen und auch die meines Vaters, allerdings mit dem Monogramm nach vorne, und die zwei Ketten sahen zusammen sehr elegant aus. Mein Haar leuchtete im schönsten Aschblond, und meine Augen leuchteten grün, wie sie das immer tun, wenn ich Grün trage, und der Lippenstift paßte zur roten Kugel.

Eitel und hoffärtig betrachtete ich mich im Spiegel. Nicht schlecht, Ines, dachte ich, gar nicht schlecht, du könntest es mit Clarissa aufnehmen, ach was, schöner bist du, und dabei zehn Jahre älter, und das will was heißen.

Jürgen sprang hinter seinem Schreibtisch auf, als die Sekretärin mich ins Zimmer führte, und eilte mir entgegen: »Einfach toll siehst du aus, Ines, du wirst immer schöner«, sagte er, und es war ihm anzusehen, daß er es ehrlich meinte.

»Bloß raus hier, raus aus dem Laden, wir gehen irgendwo hin«, sagte er und ging zum Garderobenständer neben der Tür. »Oder noch besser«, er wandte sich um und sah mich fragend an, »wir setzen uns auf meine Terrasse, und ich brate uns zwei Steaks. Ist dir das recht?«

Jürgen Flohses Dachwohnung ist vermutlich die schönste der Stadt. Ich war vor Jahren einmal dort gewesen und hatte große Lust, sie mir genauer anzusehen.

»Wunderbar«, sagte er, als ich nickte, und wir fuhren mit dem Fahrstuhl runter und dann in seinem komischen Maserati durch die Straßen. Zwischendurch hielt er an: »Rotwein habe ich genug, aber uns fehlt der Aperitif«, und eilte in ein Restaurant.

Jürgens Dachterrasse lag in der Abendsonne und der Blick über die Dächer war atemberaubend. Durch die weit geöffneten Schiebetüren traten wir zurück in den Wohnraum, der groß war und sparsam ausgestattet mit modernen Möbeln und großen modernen Bildern, aber sehr schön und nicht im Schwimmbad-und-Elefanten-Stil. Er zeigte mir auch sein Schlafzimmer und sein Arbeitszimmer und das edle graue Marmorbad und das edle graue Marmorklo.

»Und jetzt gibt's was zu essen«, sagte er und rieb sich die Hände. »Komm, setz dich da an die Bar, du kriegst einen Schluck Champagner, den magst du doch.«

Und so saß ich an der Bar, die die Küche vom Wohnzimmer

trennte, und sah ihm zu, wie er Salat machte und die Steaks briet und den Tisch deckte – »Das mache ich, du bist mein Gast« –, und blickte zwischendurch auf die Terrasse und die Dächer dahinter, von denen eines, das mit Kupfer beschlagen war, in den letzten Strahlen der Sonne leuchtete. Das ist das Leben, dachte ich, tatsächlich, so was Blödes kam mir in den Sinn, aber es war ja wahrhaftig nicht das erste Mal, daß ich etwas Blödes dachte.

Wir tranken guten Rotwein zu den Steaks, und sein Salat war erstklassig. »Keine Geschäfte beim Essen«, hatte er gesagt, und so redeten wir über dies und das, und ich erzählte ihm auch von Frau Schmitt-Meermann, wobei ich meinen Anteil an dem Gespräch mit ihr etwas aktiver und dramatischer gestaltete, und er sagte, sie sei wirklich eine beeindruckende Frau, er habe sie auch schon mal getroffen.

Dann zogen wir aufs Sofa um, wie er es nannte, nahmen den Rotwein mit und sprachen übers Geschäft. Er fand meine Themen gut, wirklich gut, sagte er, und vielleicht sollten wir auf regelmäßiger Basis zusammenarbeiten. Aber wir konzentrierten uns nicht allzu sehr auf das Geschäftliche, das könnten wir im Detail auch noch nächste Woche besprechen, meinte er, und das war mir sehr recht, denn mir war so wohl und beschwingt und geistreich zumute, und er war auch sehr witzig und gutgelaunt, und wir lachten lieber und tranken Rotwein, im Schein seiner modernen, aber warm leuchtenden Lampen. Und dann beugte er sich langsam zu mir herüber und nahm die Brille ab und lächelte und küßte mich. Warum nicht, dachte ich, das ist das Leben, und küßte ihn wieder, und dachte an gar nichts mehr.

»Ach verflucht«, hörte ich ihn sagen und machte die Augen auf. Wir lagen nebeneinander auf dem Sofa, es war eins von diesen breiten, »Bumssofa« hatte Rüdiger so was immer genannt. Jürgens Hand lag auf meiner nackten Brust, auf der linken, der mit der Narbe, und er hatte sich irgendwie in der Uhrkette meines Vaters verfangen, obwohl es ihm vorher gut gelungen war, die Knöpfe aufzumachen und die Kette zu vermeiden. »Scheiße«, sagte er und versuchte, seine Hand zu befreien. »Vorsicht«, sagte ich, aber da war es schon passiert, die Kette riß, und die Uhr rutschte mir auf den Bauch.

»Ich kauf dir 'ne neue«, murmelte er und seine Hand kroch

wieder auf meine Brust und sein Gesicht mit den Augen, die ohne Brille ganz klein waren, näherte sich meinem.

»Nein«, sagte ich laut, und richtete mich so heftig auf, daß unsere Köpfe gegeneinander schlugen. »Ich muß jetzt unbedingt nach Hause.« Ich setzte die Füße auf den Boden und blieb auf der Kante des Sofas sitzen und griff in meine Bluse, um die Uhr zu finden, die irgendwo kalt auf meine Taillengegend drückte, und versuchte die Knöpfe zuzumachen.

»Ach, komm doch, sei nicht albern, verdirb uns nicht den schönen Abend«, murmelte Jürgen hinter mir.

Es war nicht einfach, die Knöpfe zuzukriegen, denn mein Kopf summte und meine Augen schienen falsch im Gesicht angebracht zu sein, und ich brauchte lange, um herauszufinden, welcher von den jeweils zwei Knöpfen der richtige war und welches von den zwei Knopflöchern.

Als ich endlich damit fertig war und mich zu Jürgen umdrehte, war er eingeschlafen. Er sah sehr friedlich aus und fast wie ein Baby, mit seinem runden Gesicht und den wirren grauen Haaren.

»Um so besser«, sagte ich laut, und auch meine Zunge schien falsch angebracht zu sein, »raus aus dem Laden.« Ich suchte meine Schuhe und meine Tasche und meine Jacke und dann suchte ich endlos nach der Wohnungstür, bis ich endlich im Treppenhaus landete. »Nur nicht fallen, nur nicht wieder fallen«, sagte ich laut zu mir, während ich langsam und vorsichtig die Treppe hinunterging, was auch unendlich lange dauerte.

Wenigstens fand ich schnell ein Taxi. Ich nahm mich zusammen, ich öffnete energisch und sicher die Wagentür, ließ mich geschickt auf den Beifahrersitz gleiten und schaffte es, meine Adresse mit klarer, deutlicher Stimme zu sagen, und blickte dann konzentriert und nüchtern geradeaus.

Aber dann kam der Schluckauf. Konzentriert und nüchtern saß ich da, hickte und versuchte so zu tun, als täte ich es nicht. »Dreimal trocken schlucken«, sagte der Fahrer sachlich, »oder an sieben Glatzköpfige denken.«

Ich hatte meine falsche Würde, die er ohnehin durchschaut hatte, nun ganz verloren, aber ich sagte nichts, um nicht noch würdeloser zu erscheinen. Ich schluckte trocken, doch es half nicht, und so bezahlte ich, während der Schluckauf mich schüttelte, und kam ganz passabel aus dem Wagen raus, und hoffte, ich würde auch passabel die Treppen raufkommen.

Ich war die Treppe offenbar passabel raufgekommen, denn am nächsten Morgen wachte ich in meinem Bett auf und nicht im Krankenhaus oder in der Leichenhalle. Mein Kopf schmerzte, die Augen waren geschwollen, und so lag ich da und sah auf die Sonnenwand, auf die die Sonne schon ganz prall schien, und fragte mich, was mit meinem Kopf und meinen Augen passiert war. Und dann fiel es mir ein.

Oh nein, nein, nein, dachte ich, und machte die Augen wieder zu und stellte mich tot, aber die Erinnerung war nicht zu vertreiben. Jürgen und ich auf diesem verdammten breiten Ledersofa, halb besoffen vom Rotwein, seine brillenlosen blinden Augen, meine offene Bluse, die zerrissene Kette, der sanfte Schein der Lampen und das endlose Herumtappen und Suchen nach der Wohnungstür. Und der Taxifahrer und der Schluckauf und... Ich öffnete die Augen, setzte mich auf und sah zu, daß ich schleunigst ins Bad kam, wo ich das ganze gute Essen und den ganzen guten Rotwein wieder von mir gab. Danach putzte ich mir die Zähne und die Nase und wusch mein fahles, aufgedunsenes Gesicht. Ich starrte in den Spiegel und der Katzenjammer überwältigte mich. Du hast dir alles verdorben, Ines, sagte ich zu mir, da kriegst du schon mal die Chance, wieder für Jürgen zu schreiben, auf regulärer Basis sogar, und dann trinkst du zuviel Rotwein und wälzt dich mit ihm auf dem Sofa herum, und dann haust du auch noch mitten in der Nacht ab! Und lächerlich hast du dich gemacht! Du bist keine Siebzehnjährige mehr, die nach ein bißchen zuviel Rotwein nicht mehr weiß, was sie tut, sich auf einem Sofa verführen läßt und dann mit Schluckauf nach Hause stolpert. Du bist vierzig und solltest es besser wissen, solche Situationen unter Kontrolle haben und wissen, was du tust! Aber wann hast du je gewußt, was du tust, du blöde Kuh, sagte ich zu dem grauen Gesicht im Spiegel, und was hast du eigentlich gelernt in deinem Leben und aus deinen Erfahrungen? Nichts!

Und was glaubst du, wie peinlich Jürgen das Ganze ist, und du kannst noch froh sein, daß sein Anteil daran auch nicht gerade rühmlich ist, und daß er es infolgedessen hoffentlich niemandem erzählen wird. Aber glaubst du vielleicht, der ruft dich noch mal an, der gibt dir noch mal einen Auftrag? Der wird dich nicht mehr mit der Feuerzange anfassen, wie Mutter das immer nannte, der wird nichts, aber auch gar nichts mehr mit dir zu tun haben wollen.

Verdorben hast du es dir, Ines, versaut, versust, ganz und gar versust, wie Frau Niedermayer immer sagt, wenn sie ihre Partei kritisiert.

Der Gedanke an Frau Niedermayer stärkte mich etwas. Frau Niedermayer würde nicht in Selbstvorwürfen baden, dachte ich, wenn sie etwas versust hat, obwohl ich mir kaum vorstellen konnte, daß Frau Niedermayer eine Sache derart versust, daß sie sich mit einem Typen auf dem Bumssofa wiederfindet. Aber wie auch immer, Frau Niedermayer würde sich danach nicht selbst beweinen, sondern die Schultern straffen und sagen: »Nun gerade« oder »Es wird schon wieder«.

Ich beschloß, es Frau Niedermayer nachzumachen. Ich duschte eiskalt, teils, um mich zu bestrafen, aber auch, um wachzuwerden.

Ich machte mir ein frugales Straf-Frühstück aus Kamillentee und Haferflocken mit Milch, und dann ging ich daran, die Spuren meines Sündenfalls zu beseitigen. Ich wusch Bluse und Hose, hängte das Jackett an die Luft, putzte Elisabeths Kette und fand gottseidank in der Hosentasche auch die Uhr meines Vaters mitsamt der zerrissenen Kette.

Ich war gerade so schön dabei, und also putzte ich alles in der Wohnung, was das Putzen nur irgend nötig hatte und räumte meinen Schreibtisch auf und ordnete die Bücher im Regal. Und dann machte ich mir die dritte Kanne Kamillentee und saß tatsächlich ganz zufrieden – den Umständen entsprechend jedenfalls – auf dem Balkon und dachte: Wenigstens eins hast du gelernt in deinem Leben, Ines, daß es nämlich guttut, außen ein bißchen Ordnung zu machen, wenn innerlich alles so in Unordnung ist. Ich beschloß, mich in mein Schicksal zu ergeben, die Verantwortung zu übernehmen für das, was ich getan hatte, und die Konsequenzen zu tragen – lauter edelmütige, hochtrabende Beschlüsse, aber sie taten mir gut, und ich fühlte mich beinahe als Märtyrerin meiner selbst, so wie bei Dr. Jekyll und Mr. Hyde.

Die auf dem Sofa gestern nacht, das war Ines Hyde gewesen, und hier auf dem Balkon saß nun Dr. Ines Jekyll, großmütig bereit, die Konsequenzen zu tragen.

Jürgen Flohse und das Feuilleton des »Abendblatts« waren für mich verloren, aber dafür bekam ich einen Brief vom Chefredakteur einer Zeitschrift, die sich »Bleib gesund« nannte. Herr Dr. Karpinski habe ihn auf mich aufmerksam gemacht, schrieb der Chefredakteur, und sie hätten in ihren Publikationen auch immer gern ein bißchen Kunst und Kultur, und wenn ich daran interessiert sei, dann möge ich mich doch bitte mit ihm in Verbindung setzen. Er hatte die besagte Publikation beigelegt, und sie entpuppte sich als eines dieser bunten Hefte, die in Apotheken herumliegen, und die man kostenlos mitnehmen darf. Sie war voller guter Ratschläge, wie man Herzinfarkte vermeidet und Erkältungen und Krampfadern und Nierenleiden, und was man tun kann, wenn man das alles, Gott behüte, schon hat. Eine bekannte Schauspielerin erklärte, wie sie es fertigbrachte, ständig Filme zu machen und Theater zu spielen und zugleich eine wunderbare Mutter, Ehefrau und Versorgerin diverser Katzen und Hunde zu sein. Wenn man ihr glauben durfte, dann lag es daran, daß sie auf Gott vertraute, autogenes Training machte und von Obst und Gemüse lebte. Außerdem präsentierte »Bleib gesund« ein vierfarbiges gefaltetes Tierposter und tatsächlich vier Seiten, die nur der Kunst und der Kultur gewidmet waren.

Zuerst war ich wieder hoffärtig und eingebildet und dachte: Für so ein albernes Blättchen schreibst du nicht. Aber dann trat meine neuerworbene Bescheidenheit auf den Plan und sagte, dies sei doch eine gute Gelegenheit, die Konsequenzen zu tragen, gar nicht davon zu reden, daß es Geld bringen würde, und das könnte ich ja wohl gut brauchen.

Ich rief also den Chefredakteur an, und er war sehr erfreut. Der bisherige Mitarbeiter für Kunst und Kultur sei aus Gesundheitsgründen ausgeschieden, und seine zerrüttete Gesundheit war nach Ansicht des Chefredakteurs darauf zurückzuführen, daß er für »Bleib gesund« zwar geschrieben, es aber nicht gelesen habe. Sein guter Freund Karl nun habe mich ihm so warm empfohlen, daß er mir Kunst und Kultur blind anvertrauen würde, ich müßte nur zweimal im Monat das Neueste darüber berichten, vier Seiten lang, »nichts Hochgestochenes natürlich, Frau Dr. Dohmann, da verstehen wir uns, was unsere Leser eben so interessiert«, und dafür würde ich tausend Mark im Monat bekommen, und wenn ich unter Pseudonym schreiben wolle, dann hätte er dafür durchaus Verständnis.

Guter alter Karl, dachte ich, du bist weder der Mann noch der Gynäkologe meiner Träume, aber anscheinend bist du ein guter Freund und hast mich gerade mit tausend Mark im Monat versorgt.

Ich antwortete locker und herzlich, ich sei sehr dran interessiert, und er nannte mir Abgabetermine und Umfang und wir schieden in gegenseitiger Zufriedenheit. Pseudonym, dachte ich, das ist wirklich eine gute Idee, daran hätte ich nicht gedacht. Es ist sicher besser, wenn Frau Schmitt-Meermann mich nicht in ihrer Apothekenzeitschrift wiederfindet, sofern sie sowas überhaupt liest, aber der Teufel ist ein Eichhörnchen, wie Maria immer sagt, und womöglich liest Frau Schmitt-Meermann nichts lieber als »Bleib gesund«. Ich verbrachte den Rest des Tages damit, mir ein Pseudonym auszudenken, und ich entschloß mich für Katharina, denn so hatte ich immer heißen wollen, und kürzte meine Namen auf »Mann«: Katharina Mann, das klang nicht nur gut, es erweckte auch den Eindruck, als ob eine Enkelin von Thomas Mann nun für »Bleib gesund« schreiben würde, was ich sehr komisch fand, obwohl Thomas Mann wahrscheinlich weniger begeistert gewesen wäre.

»Bleib gesund« sorgte dafür, daß ich gesund blieb, denn es hielt mich auf Trab. Ich hatte mir nicht vorstellen können, was es bedeutete, alle zwei Wochen vier Seiten zu füllen, und ich hatte auch nicht darüber nachgedacht. Wenn es nicht hochgestochen und anspruchsvoll sein soll, dann machst du das mit links, hatte ich gedacht, hochgestochen und hochnäsig, wie ich bin, im Nullkommanichts machst du das, und dafür kriegst du auch noch tausend Mark.

Aber so einfach war es nicht. Es stellte sich heraus, daß der Chefredakteur für sein gutes Geld erwartete, daß ich nicht nur die Texte lieferte, sondern auch das Bildmaterial und die Bildunterschriften, und daß ich mir das Lay-Out überlegen mußte, also die Anordnung von Bild und Text, und daß ich möglichst genau auf Zeile schrieb, damit sie nicht kürzen mußten und zusätzliche Arbeit damit hatten. »Und schreiben Sie bitte spannend, Frau Dr. Dohmann«, hatte er gesagt, »spannend und leicht lesbar, das erwarten unsere Leser.«

Ich merkte bald, daß es sehr schwierig ist, spannend über eine Ausstellung peruanischer Keramik zu schreiben, oder das Interview mit einem Museumsdirektor, in dem es um die Neuerwerbung einer altägyptischen Statuette geht, spannend zu gestalten. Ich geriet ins Schwitzen, ich wurde nervös, ich stand unter Druck. Pünktlich alle vierzehn Tage mußte das »Magazin für Kunst und Kultur« abgeliefert werden, fix und fertig, die Redaktion von »Bleib gesund« war hart und kompromißlos, sie akzeptierte keine Ausreden oder Entschuldigungen, und wenn ihnen etwas nicht gefiel, dann riefen sie an und sagten, das sei zu anspruchsvoll, es müsse einfach flotter und lesbarer sein. Das graue Tier kam nun auch wieder, fast jeden Tag, es hatte sich anscheinend auf die Seite der Redaktion von »Bleib gesund« geschlagen, denn seine drängenden Fragen bezogen sich vor allem auf meine Unfähigkeit, pünktlich zu liefern und lesbar und anschaulich zu schreiben.

Aber ich lernte es. Ich lernte, dramatisch und farbig und spannend zu schreiben, auch wenn es sich nur um einen Töpfermarkt oder eine Ausstellung entsetzlich langweiliger und häßlicher Plakate handelte. Ich gestaltete Interviews mit Galeristen oder Kinobesitzern so atemberaubend, daß man glauben konnte, es ginge hier um das Überleben der Menschheit und nicht darum, daß der Kinobesitzer eine Retrospektive des deutschen Films der fünfziger Jahre veranstaltete. Ich lernte Zeilen und Anschläge zu zählen und Lay-Out-Entwürfe zu zeichnen, aus denen man genau entnehmen konnte, wo welcher Text und welches Bild zu stehen hatte, und auch nicht zu vergessen, auf die Rückseite des Bildes und dahin, wo es im Lay-Out seinen Platz hatte, die gleiche Zahl zu schreiben. Und ich lernte zu klauen. Ich forstete sämtliche Zeitungen nach Nachrichten aus Kunst und Kultur durch, und dann formulierte ich diese Nachrichten um, was vielleicht nicht gerade Klauen war, aber doch betrügerisch, denn ich tat so, als sei die »Bleib gesund«-Redakteurin Katharina Mann selbst dabei gewesen, als das große kulturelle Ereignis stattfand, über das sie nun berichtete.

Je mehr ich lernte, desto mehr Spaß machte es mir, und ich wurde kühn. Ich dachte mir mehrteilige Serien aus, eine zum Beispiel, die ich »Alle Bilder diese Welt« nannte, und in der es um berühmte Bilder wie die Mona Lisa oder die Nachtwache ging. Den Artikel über die Mona Lisa überschrieb ich mit »Die geheimnisvolle Unbekannte« und den über die Nachtwache von Rembrandt nannte ich »Dunkle Gestalten?«, und beides trug mir ein Lob der »Bleib gesund«-Redaktion ein. Ich schrieb bewegte Reportagen über den letzten Kunstraub oder über die Auktion, bei der die »Sonnenblumen« von Van Gogh versteigert worden waren, und man meinte fast, den Hammerschlag des Auktionators zu hören.

»Was machst du jetzt eigentlich immer, Ines?« fragte Elisabeth. »Ich habe in den letzten Tagen mindestens zehnmal bei dir angerufen, und du warst nie zu Hause.«

Ich zögerte. Ich fand es immer noch genierlich, daß ich für »Bleib gesund« schrieb, und ich hatte es eigentlich vor der Welt verbergen wollen. Die Welt wußte ja nicht, wer Katharina Mann in Wirklichkeit war, und sie konnte auch nicht auf mein Konto sehen und feststellen, daß mir »Bleib gesund« neuerdings alle vierzehn Tage fünfhundert Mark zukommen ließ.

»Ich mache da jetzt so ein Magazin für Kunst und Kultur bei einer kleineren Zeitschrift«, sagte ich und hoffte wider alle Vernunft, daß Elisabeth sich nicht näher nach dieser kleinen Zeitschrift erkundigen würde.

»Wie schön«, sagte sie, »was ist das für eine Zeitschrift?«

»Sie heißt ›Bleib gesund‹«, sagte ich und rang mich dazu durch, schonungslos die Wahrheit zu sagen. »Es ist eines von diesen komischen Blättchen, die man in der Apotheke mitnehmen kann. Aber sie zahlen mir tausend Mark im Monat, und ich kann schreiben, was ich will, wenn es nur spannend ist, und sie haben immerhin eine Auflage von einer Million. Und ich lerne sehr viel dabei«, fügte ich hinzu, in der Hoffnung, Elisabeth würde die Vorteile gegen die Unseriosität abwiegen und mich nicht allzu sehr verachten.

»Aber das ist doch sehr schön«, sagte sie. »Warum hast du das nicht schon früher erzählt?«

»Ich habe mich geniert«, sagte ich, »es ist ja wahrhaftig kein feines Blatt, und dann muß ich auch so anreißerisch schreiben, weißt du.«

»Sei nicht albern, Ines«, sagte sie und sah mich streng an. »Sind Minigolfplätze vielleicht was Feines? Damit habe ich mein Geld verdient, und ich bin sehr froh darüber, sonst wäre ich immer noch arm wie eine Kirchenmaus. Und das Wichtigste für eine Frau ist die finanzielle Unabhängigkeit, laß dir das von mir gesagt sein.«

Darüber hatte ich noch nie nachgedacht, aber ich stimmte ihr trotzdem zu, weil ich so erleichtert war, daß sie mich nicht verachtete. Dann holte ich die Nummern von »Bleib gesund«, die mein wunderbares Magazin enthielten, aus ihrem Versteck und zeigte sie ihr, und sie war sehr angetan davon. »Also, ich finde das originell und ansprechend und durchaus seriös«, sagte sie mit Nachdruck, »ich weiß gar nicht, was du willst.«

Wenn Elisabeth es originell und ansprechend und seriös findet, dachte ich, dann kann ich es eigentlich auch den anderen zeigen. Ich zeigte es also Frau Niedermayer, und Frau Niedermayer war nachgerade beeindruckt, sogar mehr, wie mir schien, als von meinem Artikel in der »Marginale«.

»Das ist aber mal was, Frau Dohmann«, sagte sie anerkennend, »und das machen Sie ganz allein?« Ich sagte stolz, ja, das sei von A bis Z von mir, und erzählte ihr genau, was ich alles machte, das Bildmaterial aussuchen und die Bildunterschriften texten und die Titel machen und das Lay-Out entwerfen, und sie war einfach hingerissen und sagte, sie würde dafür sorgen, daß das Heft bei ihrem Apotheker auch zu haben sei.

Ich erzählte es Rebekka, und Rebekka holte sofort eine Flasche Erdbeersekt, und wir tranken auf die tausend Mark im Monat. »Bleib gesund« streifte sie allerdings nur mit einem kurzen Blick, was ich aber auch nicht anders erwartet hatte, denn es war zwar sehr bunt, aber daß die Farben beim Druck gut herauskamen, konnte man nicht behaupten.

Rebekka war überhaupt etwas zerstreut. Sie schien zu träumen zwischendurch, ihr Blick verlor sich in nicht vorhandenen Fernen, sie fragte: »Was hast du gesagt?«, und hatte offenbar nicht richtig zugehört. Dabei schien es ihr nicht schlecht zu gehen, im Gegenteil, sie war in leuchtendes Rot gekleidet, mit nur ganz wenig Schwarz kombiniert, und ihr Gesicht und ihre Augen leuchteten auch, und goldfarbene Ohrgehänge mit leuchtendroten Steinen klimperten an ihren Ohren.

»Ist irgendwas, Rebekka?« fragte ich.

»Nein, nein«, sagte sie und lächelte, »gar nichts.«

Ich fragte nicht weiter, denn Rebekka ist kein Mensch, von dem man durch vorsichtige und dezente Fragen etwas erfährt. Man muß ihr die Pistole auf die Brust setzen, wenn man wissen will, was los ist, aber dazu hatte ich keine Lust, weil ich lieber über meine Geburtstagsfeier sprechen wollte.

Es war Anfang November, und mein Geburtstag, mein 41. Geburtstag war schon gewesen. Ich hatte ihn mit ein bißchen Champagner bei Rebekka im Laden begangen und mit einem Schluck Champagner in Frau Niedermayers Wohnzimmer und dann mit mehr Champagner und Elisabeth bei Beutler. Ich hatte eigentlich ein Fest machen wollen, ein Fest im kleinen Kreis, ganz nach Elisabeths Art, mit Elisabeth und Rebekka und Maria und Hermann und Frau Niedermayer. Aber Maria war beim Drehen, und diesmal war es keine Serie, sondern ein feines, kleines Fernsehspiel, und sie war nicht zu überreden gewesen, auf einen Tag zu kommen. »Ich muß konzentriert bleiben«, hatte sie gesagt, »das ist mir zu wichtig, und die ganze Atmosphäre hier ist so gut, da will ich nicht raus.«

Aber ich wollte meine Geburtstagsfeier haben. Das letztemal hatte Elisabeth sie mir aus den Händen genommen, damit keiner von meinen alten Freunden mich verletzte, doch diesmal würde ich sie selber machen, mit neuen Freunden, die mich nicht verletzen würden.

»Rebekka«, sagte ich drängend, denn sie starrte eine ihrer Vasen auf dem Regal an, als hätte sie sie noch nie gesehen, »laß uns mal über meine Geburtstagsfeier reden... He, Rebekka!«

Sie fuhr zusammen und sah mich an und lächelte: »Deine Geburtstagsfeier, natürlich. Kann ich jemanden mitbringen?«

»Natürlich kannst du das«, sagte ich, »aber nur, wenn du jetzt mit mir darüber redest und aufhörst, irgendwohin zu starren.«

Das tat sie auch, sie schaffte es tatsächlich, nicht mehr in die Ferne zu sehen oder abwesend zu lächeln oder plötzlich taub zu werden. Sie wurde nachgerade munter und wandte sich sogar der Frage, was es zu essen geben würde, mit Interesse zu, was mich erstaunte, denn Rebekka lebt von schwarzem Tee und Wurstsemmeln und hier und da einem Schluck Erdbeersekt, und erst wenn sie kurz vor dem Hungertod steht, geht sie in ein Lokal und vertilgt riesige Portionen Ente mit Rotkohl oder Schweinebraten mit Knödeln.

Wegen meiner Geburtstagsfeier hatte ich mich versichert, wann Maria ganz bestimmt zurück sein würde, und dann alle anderen gefragt, ob sie auch ganz bestimmt am Samstag, den 19. November, kommen konnten. Ich hatte meine Wohnung so sorgsam gesäubert, daß auch Frau Niedermayers scharfe Augen kein Versäumnis entdecken würden, und sie dann noch mal unter umweltpolitischen Gesichtspunkten inspiziert. Ich hatte die Alufolie, das Waschmittel und die Haushaltspapierrolle eingesammelt, in einem Schrank versteckt und unschädliches Klopapier gekauft, obwohl es scheußlich grau war und mit einem quietschblauen Umweltengel bedruckt.

Ich hatte ein schönes Büffet aufgebaut mit diversen Salaten und verschiedenem anderen und hatte für Rebekka Erdbeersekt gekauft und Bier für Maria und Hermann und Frau Niedermayer die ernsthafte Frage gestellt, ob sie womöglich auch etwas anderes trinken würde als Kaffee. Sie gab zu, daß sie hier und da gerne eine Radlermaß trank, und also kaufte ich noch Limonade, die beste und teuerste, die ich finden konnte.

Ich hatte mich ungefähr tausendmal gefragt, ob es wohl möglich wäre, daß diese unterschiedlichen und eigenwilligen Menschen, die ich eingeladen hatte, sich miteinander unterhalten und amüsieren würden. Und ich hatte mir etwa tausendmal die Antwort gegeben, daß ich es mir kaum vorstellen konnte, mir aber sehr wünschte und daß ich, was das Gelingen meines Festes anging, auf Gott vertrauen würde.

Elisabeth war die erste, wie immer. »Pünktlich wie immer«, sagte ich, nachdem sie mich geküßt und mir einen noch grandioseren Blumenstrauß als letztes Jahr überreicht hatte. »Pünktlichkeit ist die Höflichkeit der Könige«, erwiderte sie würdevoll, auch das wie immer. Frau Niedermayer stand ihr darin nicht nach. Sie kam, kaum daß Elisabeth sich auf dem Sofa niedergelassen hatte, und so goß ich Champagner ein und mixte Bier mit Limonade, und als ich wieder ins Wohnzimmer kam, waren die beiden schon in eine Unterhaltung vertieft, und ich störte sie nur so lange, um ihnen ihre Gläser zu geben.

Rebekka kam und brachte zwar den angekündigten Gast nicht mit, dafür aber Balu, was mir ohnehin lieber war. Nachdem er mich begrüßt und in der Küche seine Wiener bekommen hatte, beschnupperte er dezent Elisabeth und Frau Niedermayer und wedelte schwach, aber anerkennend. Dann beging er meine Wohnung und ließ sich schließlich mit einem tiefen Seufzer vor meinem Bett nieder, von wo aus er durch die geöffneten Türen Diele und Wohnzimmer überblicken konnte. Es war der Platz, an dem das graue Tier immer saß und mich anstarrte. »Sehr gut, Balu«, sagte ich leise, »genau richtig«, und er sah mich von unten mit ruhiger Zustimmung an.

Rebekka trug zur Feier des Tages Rostrot und Flaschengrün, weil ich diese Farben mag, und war munter und lebhaft und kein bißchen zerstreut. Sie ließ sich Erdbeersekt einschenken, und dann plauderte sie doch tatsächlich mit Elisabeth und Frau Niedermayer, obwohl weder von Kunst noch von Farben die Rede war, und obwohl Plaudern eine Tätigkeit ist, die man mit Rebekka kaum in Verbindung bringen kann.

Der einzige, wegen dem ich mir noch Sorgen machte, war Hermann. Maria konnte mit jedem reden, sie kannte Elisabeth, sie würde sich mit Frau Niedermayer gut verstehen und mit Rebekka über Kunst und Farben diskutieren. Aber Hermann? Die Reform der Psychiatrie war eine verdienstvolle und notwendige Sache, doch was würden meine anderen Gäste damit anfangen?

Wie kleinmütig ich war! Hermann setzte sich neben Frau Niedermayer und klärte sie über die Reform der Psychiatrie auf, und Frau Niedermayer stimmte ihm zu, sie war immer für Reformen, und sie wußte sehr gut Bescheid darüber, wie und wo die Psychiatrie reformiert werden sollte und verblüffte Hermann mit Sachkenntnis. Sie gingen dann zur Reform des Umweltschutzes über, auch hier waren sie einer Meinung, und nun war Frau Niedermayer angenehm überrascht, eine verwandte Seele gefunden zu haben, mit der sie sich intensiv über die physikalischen, chemischen und klimatischen Zusammenhänge der Umweltzerstörung austauschen konnte.

Ich war so zufrieden, daß ich beinahe geplatzt wäre. Ich hörte mit einem Ohr auf die Pläne zur Mülltrennung und mit dem anderen auf die Diskussion über die Rolle der Farbe in der bildenden und des weiteren in der Filmkunst, die zwischen Elisabeth und Rebekka und Maria im Gange war. Ich brauchte nicht zu reden, ich war froh, daß sie so miteinander redeten, ich beschränkte mich darauf, ihre Gläser nachzufüllen und glücklich zu sein.

Frau Niedermayer und Elisabeth brachen gleichzeitig auf. Sie hatten sich hier und da mit Augenzwinkern und vielsagendem Lächeln und Blicken darüber verständigt, wie gut es dem Kind wieder ging und wie gut es den Treppensturz und das gebrochene Herz überstanden hatte. Frau Niedermayer bemerkte noch, daß Hermann wirklich ein kluger Mann sei und sie fast an ihren Hans erinnere, was ein atemberaubendes Kompliment war, und dann schloß sich die Tür hinter ihnen und ich hörte, wie sie sofort anfingen zu reden und sich nun auch mit Worten darüber austauschen konnten, wie gut es dem Kind doch wieder ging.

»Eine sehr intelligente Frau, diese Frau Niedermayer«, stellte Hermann fest, als ich wieder reinkam, »und so gut informiert, das findet man selten.« Rebekka äußerte sich anerkennend über Elisabeths Farbverständnis und fand, daß die Schale, die ich für sie gekauft hatte und die sie zu Weihnachten bekommen sollte, sehr gut zu Elisabeth passe, besonders, was die Farben der Murmeln anginge. Maria erzählte von dem wunderbaren Fernsehspiel, das sie gerade abgedreht hatte, und während Rebekkas Blick sich nun doch wieder verlor und ein abwesendes Lächeln auf ihrem Gesicht erschien, holte ich »Bleib gesund« aus dem Regal, wo es jetzt ganz offen liegen durfte, und Maria fand es sehr vernünftig, daß ich dieses Angebot angenommen hatte, sie könne sich schließlich die Serien auch nicht immer aussuchen, vor allem, wenn das Geld knapp würde. Hermann dagegen fragte, ob man nicht in einer Zeitschrift mit dieser Verbreitung auch einmal etwas über die Probleme in der Psychiatrie bringen sollte, und ich verkniff es mir, ihm auszumalen, wie das Gesicht des Chefredakteurs aussehen würde, wenn ich mit einem solchen Vorschlag käme.

Was habe ich doch für wunderbare Freunde gefunden, dachte ich, als ich im Bett lag, und geriet, beschwipst und glücklich wie ich war, ins Schwärmen. Einfach wundervolle Menschen, dachte ich, wie schön ist es doch, wenn man im Denken und Fühlen einander so ähnlich ist, sich beinahe ohne Worte verständigen, so sicher auf Einfühlung und Übereinstimmung rechnen kann. Aber bevor ich sie alle zu eineiigen Zwillingen erklärte, die sich in gar nichts unterschieden, schlief ich ein.

XI

»Was ist eigentlich mit dir los, Rebekka?« fragte ich.

Rebekkas Zustand war der gleiche geblieben. Sie schien zu schweben, sie leuchtete, sie trug lebensvolle Rot- und Gelbtöne, die kaum mit Kontrastfarbe kombiniert waren. Sie war abwesend, zerstreut, sie lächelte gedankenverloren.

»Was hast du gesagt?« fragte sie.

»Ich will jetzt endlich wissen, was mit dir los ist«, sagte ich. Wenn man sie so direkt fragt, kriegt man von Rebekka immer eine klare Antwort.

»Ich habe mich verliebt«, sagte sie.

Das hättest du dir eigentlich denken können, Ines, du Schusselkopf, dachte ich, das sieht doch nun wirklich ein Blinder. »Toll«, sagte ich, »so wie du aussiehst, muß er umwerfend sein.«

»Das stimmt«, sagte Rebekka träumerisch, »sie ist einfach wunderbar. Wenn ich sie in Farben beschreiben würde, dann –«

»Sie?« sagte ich, »du meinst er.«

Rebekka sah mich verständnislos an: »Sie natürlich.«

Ich versuchte meine Gedanken zu sammeln und ihnen Ausdruck zu verleihen: »Du meinst, du hast dich in eine Frau verliebt?«

»Ja, natürlich«, sagte Rebekka.

Ich wußte nicht, was daran natürlich war, und starrte sie sprachlos an.

»Warum starrst du mich so an?« fragte Rebekka. »Natürlich habe ich mich in eine Frau verliebt, was sonst? Ich habe mich in meinem ganzen Leben immer nur in Frauen verliebt.«

Ich starrte sie weiter an.

»Lieber Himmel, ich bin lesbisch, Ines«, sagte Rebekka ungeduldig. »Wußtest du das nicht?«

Woher sollte ich das wissen, dachte ich, ich habe in meinem ganzen Leben noch nie eine lesbische Frau gesehen, oder nein, eine doch, ich habe mal einen Artikel über Gertrude Stein gelesen und ihre Freundin Alice B. Tocklas, und da war auch ein Foto von Gertrude Stein. Sie trug einen Smoking und hatte ganz kurze Haare. Irgendwie habe ich mir immer vorgestellt, daß lesbische Frauen Smokings tragen, dachte ich, sofern ich mir da überhaupt was vorgestellt habe.

»Nein«, sagte ich, »das wußte ich nicht.«

»Aber du wußtest doch immerhin, daß es so was gibt, oder?« fragte Rebekka mit leisem Spott.

»Doch, doch«, sagte ich hastig, »Gertrude Stein zum Beispiel. Ich habe mal ein Foto von ihr gesehen, da trug sie einen Smoking, und irgendwie habe ich immer gedacht, alle lesbischen Frauen sehen aus wie Gertrude Stein. Aber daß du –«

»Sieh mich doch nicht so entsetzt an«, sagte Rebekka, und ihre Stimme klang nicht mehr spöttisch, »ist es denn so schlimm für dich?«

Was sollte ich darauf sagen? Es war ein Schock, und ein Schock ist ja wohl etwas Schlimmes, aber ich konnte doch auch nicht so trampelig sein und sagen: Ja, es ist wirklich sehr schlimm für mich. Und ich wußte auch gar nicht so genau, was nun eigentlich so schlimm daran war.

»Ich weiß nicht«, sagte ich, »es kommt so überraschend.« Und dann wußte ich überhaupt nicht mehr, was ich sagen sollte. Irgendwelche Ideen von Homosexualität und Neurose und frühkindlichen Störungen zogen durch meinen Kopf, ich wußte nicht, wo ich das her hatte, vielleicht hatte Rüdiger mal darüber gesprochen, nachdem er auf den Psycho-Trip gekommen war. Aber ich konnte Rebekka ja schlecht fragen, ob sie vielleicht eine frühkindliche Störung hätte und ob sie es schon mal mit Psychotherapie versucht hätte. Sie sah auch eigentlich nicht so aus, als ob sie so was nötig hatte, so strahlend, wie sie da saß, in Sonnengelb mit ein bißchen Schwarz und jettschwarzen Ohrgehängen. Die hat sie doch früher nicht getragen, diese Riesendinger, dachte ich, die kommen wohl von der neuen Freundin. »Du trägst neuerdings immer so tolle Ohrgehänge«, sagte ich, froh, etwas gefunden zu haben, worüber ich reden konnte.

»Schön, nicht?« sagte sie. »Sophia hatte ganze Massen davon.«

Sophia heißt sie also, aha, dachte ich. Ich wagte mich einen Schritt weiter vor.

»Und wer ist sie?« fragte ich. Das war das Beste, was ich hatte tun können, denn nun erzählte Rebekka, und die Begeisterung trug sie fort, und ich brauchte nur noch zuzuhören.

Sophia hieß mit Nachnamen Magnusson, sie war Schwedin, lebte aber schon länger in Deutschland. Sie entwarf Mode und Schmuck, und gerade hatte sie sich mit einem kleinen Laden selbständig gemacht. Sie war eine tolle Frau, sehr begabt, sehr künstlerisch, klug und großzügig und was immer es an wunderbaren Eigenschaften gibt. Das einzige, was Rebekka ein wenig kritisch betrachtete, war die Tatsache, daß sie bei den Farben ihrer Kleider Schwarz, Grau und ähnliche Töne bevorzugte, Nicht-Farben, wie Rebekka das nannte.

»Das verstehe ich nicht ganz, wie sie solche Nicht-Farben tragen kann«, sagte Rebekka mit gerunzelter Stirn, »und ich weiß auch nicht, ob das gut für sie ist, dieses ganze Schwarz und Grau und Braun. Farben sind so wichtig! Ein leuchtendes Blau, das wäre genau das Richtige für sie.«

Ich tröstete mich mit dem Gedanken, daß Rebekka diesen Farbwechsel sicher bald bewerkstelligen würde. Und ich hatte einen neuen Ansatzpunkt, um auch mal wieder etwas zu sagen.

»Wie sieht sie denn aus?« fragte ich. Es ergab sich, daß Sophia Magnusson auch wunderschön war, groß, schlank, mit blauen Augen und weißblonden, kurzen Locken.

»Dann würde ihr Blau bestimmt gut stehen«, sagte ich.

Rebekka lächelte mich dankbar an. »Genau«, sagte sie, »du wirst sie ja bald kennenlernen, und dann wirst du sehen, daß ich recht habe.«

Ich war etwas erschüttert bei dem Gedanken, Sophia Magnusson bald kennenzulernen, und das war mir wohl anzusehen. »Schau nicht so ängstlich«, sagte Rebekka und lachte. »Sie tut dir nichts. Ich habe ihr schon viel von dir erzählt, und sie freut sich darauf, dich zu treffen.«

Gut, gut, dachte ich, ich werde also Sophia kennenlernen, und sie freut sich schon, mich kennenzulernen, aber für heute ist es genug. Ich schleppe mich jetzt in meine Höhle zurück und verdaue ein bißchen.

»Ich freue mich jedenfalls, daß du so glücklich bist«, sagte ich. »Ich glaube, ich gehe jetzt mal nach Hause.«

»Tu das«, sagte Rebekka. Sie hatte es wahrscheinlich auch satt, daß ich sie schafsgesichtig oder mit Kaninchenblick anstarrte. Aber bevor ich zur Tür hinausging, umarmte sie mich und sagte: »Ich hab dich sehr lieb, Ines, du kleine Blindschleiche. Mach's ganz gut.«

Ich machte mich doppelt erschüttert auf den Heimweg, denn es ist selten, daß Rebekka mit Liebeserklärungen um sich wirft oder sogar mit Kosenamen wie »du kleine Blindschleiche«. Und dann kam die nächste Erschütterung, weil ich mich plötzlich erinnerte, außer Gertrude Stein schon einmal eine lesbische Frau gesehen zu haben.

Wir waren bei Carola gewesen, Rüdiger und ich, und unter den Gästen war auch eine Kollegin von Rolf, eine nette, kluge Frau, mit der ich mich lange unterhalten hatte. »Was für eine interessante, nette Frau«, hatte ich später zu Carola gesagt, »man kann sich so gut mit ihr unterhalten, weil sie einem so intensiv zuhört.«

Carola hatte gelacht und gesagt: »Die hat dich doch angemacht!« Ich hatte gefragt, wieso, und Carola hatte gesagt, die ist doch andersrum, und ich mußte leider noch mal fragen, wieso. »Du bist wirklich schwer von Kapee«, hatte Carola gesagt, »die ist lesbisch«, und das letzte Wort hatte sie mit scharfer und gedämpfter Stimme gesprochen. Ich hatte eigentlich nicht das Gefühl, daß die Frau mich angemacht hatte, aber da ich anscheinend nie etwas merkte, hatte ich das vielleicht auch nicht gemerkt.

Hat mich Rebekka jetzt gerade womöglich auch angemacht, überlegte ich beklommen. Aber das kann doch nicht sein, sie ist bis über beide Ohren in Sophia verliebt, da hat sie doch an mir bestimmt kein Interesse. Carola hatte damals auch anklingen lassen, daß lesbische Frauen ständig andere Frauen anmachen, und nun ging ich in Gedanken alle meine Treffen mit Rebekka durch, bevor sie sich in Sophia verliebt hatte, und überlegte, ob sie mich je angemacht hatte. Rebekka ist zurückhaltend, sie umarmt einen nicht ständig oder gibt Wangenküßchen, sie hatte mich in der ganzen Zeit gerade einmal umarmt oder ich sie, je nachdem, wie man das sieht. Nein, entschied ich, Rebekka hat mich nicht angemacht, ich mag ja ein Schaf sein und eine Blindschleiche, aber so blöd bin ich nun auch nicht, daß ich das nicht gemerkt hätte.

Diese Erkenntnis erleichterte mich sehr, bis der nächste Gedanke kam. Rebekka hat dich nicht angemacht, das ist klar, dachte ich, also bist du auch nicht interessant für sie, sondern sie verliebt sich in diese großartige Sophia, und wenn ich nicht mehr da wäre, dann wäre ihr das auch egal. Scheiß-Sophia, dachte ich und ärgerte mich über diese riesengroße weißblonde Schönheit, die in meiner Phantasie immer größer und blonder und schöner wurde, wegen dir ist Rebekka zerstreut und trägt diese albernen klimpernden Ohrgehänge. Du blöde Kuh, wärst du doch in Schweden geblieben!

Aber warum bist du so sauer auf diese Sophia, fragte eine innere Stimme, und sie gab auch gleich die Antwort: Eifersüchtig bist du, das ist es, es paßt dir nicht, daß diese Sophia für Rebekka so wichtig ist und du nicht! Und womöglich bist du auch lesbisch, wenn du dich darüber so aufregst.

Jetzt langt es, dachte ich, jetzt ist es genug. Erst Rebekka, die lesbisch ist, und dann deine blöde Eifersucht, und nun fragst du dich schon, ob du auch lesbisch bist. Es reicht. Du denkst morgen darüber nach, morgen ist auch ein Tag, wie Scarlett O'Hara immer sagt. Ich kochte mir eine Kanne Kamillentee und setzte mich vor den Fernseher, was ich schon lange nicht mehr getan hatte, und sah mir eine entsetzlich blöde Quizsendung an, aber das war immer noch besser als darüber nachzudenken, ob ich auch lesbisch war.

Ich dachte die ganzen nächsten Tage darüber nach, was es nun mit dem Lesbisch-Sein auf sich hatte, aber das half nicht viel. Ich beschloß, mich darüber zu informieren. Vielleicht gab mir irgend jemand eine wirklich gute Erklärung, warum Rebekka lesbisch war, und daß es wirklich so natürlich war, wie sie gesagt hatte.

Ich sah zuerst im Lexikon nach. Dort stand als Stichwort »Lesbische Liebe«, und daß Sappho sie geübt und besungen hatte. Ich fragte mich, was die Verfasser des Lexikons sich wohl darunter vorstellten, Liebe zu üben, und las weiter, aber sie sagten nur noch, daß es sich hierbei um homosexuelle Beziehungen zwischen Personen weiblichen Geschlechts handele, was ich schon gewußt hatte, und daß sie straflos seien, in Österreich aber erst seit 1974. Das ist immerhin etwas, dachte ich, es ist nach 1974 und Rebekka lebt nicht in Österreich.

Ich beschloß, mir ein Buch zu kaufen, aber ich wußte nicht, wie ich das machen sollte, denn ich konnte ja nicht in eine Buchhandlung gehen und sagen: »Ich hätte gern ein Buch über die lesbische Liebe.« Aber dann fiel mir Rüdigers medizinische Buchhandlung ein, und ich ging hin und machte ein sehr professionelles Gesicht und sagte, ich brauchte möglichst umfassende Informationen über die Homosexualität. Die Verkäuferin suchte mir einen Stapel Bücher zusammen, und ich setzte mich hin und prüfte sie ernsthaft und nahm das, in dem auch etwas über lesbische Frauen stand, nicht nur über homosexuelle Männer.

Es war furchtbar, was darin stand. Dies sei eine schwerwiegende psychosexuelle Störung, sagten die Autoren, kaum erfolgreich zu therapieren, das gelte jedenfalls für den genuinen Lesbianismus, beim Pseudo-Lesbianismus sei die Therapie-Prognose schon günstiger. Rebekka scheint mir ziemlich genuin lesbisch zu sein, dachte ich, also mit Therapie ist es schon mal nichts.

Die Autoren verbreiteten sich dann über die Ursache dieser Störung und gingen dabei, wie ich es schon vermutet hatte, in die frühe Kindheit zurück. Am schlimmsten sei es, sagten sie, wenn die lesbische Neigung in einer narzißtischen Störung wurzele, in jedem Fall aber müsse man davon ausgehen, daß die Beziehung zur Mutter wie zum Vater gestört bzw. einseitig verschoben sei, und von einer konstruktiven Auflösung und Überwindung der ödipalen Situation könne schlechterdings überhaupt nicht die Rede sein. Und dann fingen sie an, von Perversion und phantasiertem Phallus zu sprechen, und da klappte ich das Buch zu. Nein, dachte ich, was immer Rebekka hat, so was hat sie sicher nicht.

Ich versuchte es als nächstes beim Frauenbuchladen. Ich stand eine halbe Stunde vor dem Schaufenster und studierte die Titel der ausliegenden Bücher, bis ich Mut gefaßt hatte. Aber das brachte mich immerhin auf eine Idee: »Frauenbeziehungen« lautete der Titel eines der Bücher, und das klang doch schon sehr viel besser als lesbische Liebe.

Ich ging also tapfer hinein und sagte zu der Frau hinter der Kasse, die von ihren Abrechnungen aufblickte: »Ich hätte gern ein Buch über Frauenbeziehungen.«

»Hm«, sagte sie und blickte zweifelnd. »Das ist natürlich sehr allgemein. An was hattest du da speziell gedacht?«

»Vielleicht könnte ich mal sehen, was ihr so habt, und dann finde ich schon das Richtige.«

»Tja«, sagte sie und schaute noch zweifelnder, und mit einer den Raum umfassenden Handbewegung fügte sie hinzu: »Das geht hier praktisch alles um Frauenbeziehungen, im weiteren Sinne.«

»Ich möchte ein Buch über lesbische Liebe«, sagte ich verzweifelt und wurde rot.

»Ach so«, sagte sie und schien zu kapieren, daß sie eine dumme kleine Blindschleiche vor sich hatte, der es außerdem schwerfiel, das Wort lesbisch auszusprechen. »Ach so. Na, dann setz dich solange nach nebenan, da steht Kaffee in der Thermoskanne, und ich such dir was raus. Es dauert ein bißchen.«

Ich saß also da und trank Kaffee, und sie kam immer wieder vorbei und legte mir Bücher hin, bis ich zwei große Stapel vor mir hatte. »Das kannst du dir ja mal ansehen«, sagte sie, »laß dir nur Zeit.«

Ich kaufte einen Roman und zwei Sachbücher und machte, daß ich nach Hause kam. Der Roman behandelte die Liebesgeschichte zwischen zwei Frauen, er war spannend und bewegend geschrieben, ohne kitschig zu sein, und er stellte diese Liebesbeziehung als etwas völlig Normales dar, und die beiden Frauen waren auch völlig normal und sogar überdurchschnittlich intelligent, nett und interessant. Rebekka ist ja auch überdurchschnittlich nett, interessant und intelligent, dachte ich, siehst du mal, Ines, das stimmt also schon.

Die Sachbücher waren auch der Meinung, daß lesbische Frauen normal sind und lesbische Liebesbeziehungen auch, und daß hier von einer psychischen Störung nicht die Rede sein könne, es handele sich einfach um andere Präferenzen, und der Mensch sei ja grundsätzlich bisexuell. Ich war sehr zufrieden, und als ich dann noch eine beeindruckende Aufzählung all der lesbischen Frauen gelesen hatte, die es im Laufe der Geschichte so gegeben hat, war ich noch zufriedener.

»Sieht man dich auch mal wieder«, sagte Rebekka, als ich den Laden betrat. Ich war seit dem letzten Mal nicht mehr dagewesen, ich hatte einfach erst alles über die lesbische Liebe herausfinden müssen.

»Sei nicht böse, Rebekka«, sagte ich und erzählte ihr von meiner Suche. Sie hörte gespannt zu und lächelte dann, und als ich beim Frauenbuchladen und dem zweifelnden Gesichtsausdruck jener Frau angelangt war, brach sie in schallendes Gelächter aus.

»Die hat natürlich gedacht, du wärest selber diesem furchtbaren Laster verfallen und darum so verzweifelt«, sagte sie. »Wie hat sie denn ausgesehen?«

Ich beschrieb sie, und Rebekka meinte, das müsse wohl Irene sein, und wenn sie Irene das nächste Mal träfe, würde sie ihr die Geschichte erzählen, und Irene würde sich sicher sehr amüsieren. Ich fand es weniger amüsant, aber es war nicht der Zeitpunkt, um beleidigt zu sein.

»Woran merkt man, daß man lesbisch ist?« fragte ich.

»Warum willst du das wissen?« sagte sie.

Ich dachte, nun ist es auch schon egal, und erzählte ihr, daß ich eifersüchtig gewesen sei auf Sophia und mich fragte, ob ich vielleicht auch lesbisch sei.

Sie grinste und dann wurde sie ernst und sagte: »Das bedeutet doch nicht, daß du lesbisch bist. Also, meiner Ansicht nach brauchst du dir keine Sorgen zu machen: Du bist so stock-heterosexuell, wie du es dir nur wünschen kannst. Keine Chance, lesbisch zu werden, würde ich sagen.«

Ich war zwar sehr beruhigt, Rebekka mußte es ja wissen, aber auch ein bißchen gekränkt, daß sie mir so rundweg jedes Talent zum Lesbischsein absprach und mich so strikt als stock-heterosexuell klassifizierte, was irgendwie etwas langweilig und kleinkariert klang. Keine Chance, je in diesen exklusiven Klub aufgenommen zu werden, dachte ich fast bedauernd, obwohl ich genau wußte, daß sich mein Kaninchenfell gesträubt hätte, wenn Rebekka diese Möglichkeit auch nur angedeutet hätte.

»Und warum bist du dann mit mir befreundet?« fragte ich.

»O Gott, Ines, du stellst vielleicht Fragen«, sagte sie. »Ich mag dich einfach sehr gern, und es kommt doch nicht darauf an, mit wem jemand lebt oder ins Bett geht.«

Nein, dachte ich erleichtert, darauf kommt es wirklich nicht an, weder bei Rebekka noch bei mir. Und Balu, der zu Rebekkas

Füßen lag, sah mich von unten an, als wolle er sagen: Na, hast du es jetzt endlich kapiert, du alte Blindschleiche?

Ich hatte es kapiert, einigermaßen jedenfalls, aber ich war trotzdem froh, daß Sophia über Weihnachten zu ihrer Familie nach Schweden fuhr und ich sie noch nicht kennenzulernen brauchte. In meiner Phantasie war sie nämlich zu einer überdimensionalen Brigitte Nielsen angewachsen, riesig, langbeinig, großbusig und so weißblond wie nur möglich, wovon ich aber Rebekka nichts sagte, denn ihr hätte es sicher nicht gefallen, daß ich die wunderbare Sophia mit der Ex-Frau von Sylvester Stallone verglich.

Ich war auch deswegen froh, weil Elisabeth mir gesagt hatte, sie würde Rebekka gern am Weihnachtsabend einladen und ob mir das recht wäre? Es war mir sehr recht, wenn ich auch Elisabeth fairerweise warnte, daß Rebekkas Gegenwart die Auswahl der Gesprächsthemen stark beschneiden würde, und daß sie es außerdem mit Balu würde aufnehmen müssen. Elisabeth fand weder das eine noch das andere problematisch, sie ließ sich Rebekkas Nummer geben und rief gleich an, um die Sache perfekt zu machen, wie sie das nennt.

Elisabeths Weihnachtsbaum war dieses Jahr tatsächlich eine Idee prachtvoller und riesiger als sonst, und so konnte ich ihr ehrlichen Herzens zustimmen, als sie sagte, er sei der schönste seit langem. »Die Bescherung machen wir zu dritt«, sagte sie, »für nachher habe ich noch Freunde eingeladen.«

Rebekka erschien mit Balu, der frisch gebürstet war und eine wunderbar rote Schleife um den Hals trug. Rebekka dagegen trug Silbergrau, was ihr zwar gut stand, mich aber mit Schreck erfüllte. Nun hat Sophia sie umgekrempelt, und nicht sie Sophia, dachte ich. »Grau!« sagte ich, und sie sagte entschuldigend: »Sophia hat es extra für mich entworfen, und ich dachte, hier würde es auch gut hinpassen.« Sie musterte kritisch das Beige und die Pastelltöne und das dezente Teppichmuster von Elisabeths Einrichtung, und ich wußte, sie überlegte, welche Farben für Elisabeth wirklich gut wären.

Rebekka bekam ihren Erdbeersekt, und was Balu betraf, so hatte Elisabeth sich bei ihrem Metzger erkundigt, was man einem großen Hund wohl passenderweise servieren könnte. Der

Metzger hatte eine Riesenportion Rinderherz und andere Innereien für passend gehalten, und Balu schmatzte zufrieden und war offensichtlich der Meinung, daß dieser Metzger ein kluger Mann war.

Für nachher hatte Elisabeth zwei befreundete Ehepaare eingeladen, reizende und gescheite Leute, und ich war verblüfft, wie sie es immer wieder fertigbringt, so nette Freunde hervorzuzaubern wie Kaninchen aus dem Hut. Sie hatte mit großem Bedacht gezaubert: einen ehemaligen Professor der Kunstgeschichte und seine Frau, die Galeristin gewesen war, für Rebekka, und den ehemaligen Chefredakteur einer angesehenen Zeitung und seine Frau, die Reisebücher schrieb, für mich. Die Reiseschriftstellerin war außerdem noch Hundeliebhaberin und freute sich sehr, Balu hier zu treffen, aber das konnte Elisabeth unmöglich gewußt und eingeplant haben.

Nachts um zwei wanderten wir zufrieden nach Hause. Elisabeth hatte uns ein Taxi rufen wollen, aber es war eine schöne, verschneite Nacht, und wir hatten Elisabeths Bedenken damit beruhigen können, daß Balu schon auf uns aufpassen würde.

Wir gingen durch den Schnee und sahen Balu zu, der schnüffelnd und schnaubend herumstöberte und zwischendurch einen lustvollen Lauf einlegte, und Rebekka dachte ohne Frage an Sophia, und ich dachte daran, daß ich nun ein paar freie Tage hatte, weil ich vor Weihnachten zwei fix und fertige »Bleib gesund«-Kulturmagazine abgeliefert hatte,und daß ich mich gut und gerne an den Artikel für »Marginale« machen konnte, der im Januar fertig sein sollte. Sylvester würde ich bei Maria und Hermann feiern, und dann würde ein neues Jahr anfangen. Ich dachte an mein letztes Sylvester, wie ich da so ganz alleine mit meinem Rotwein gesessen hatte, und was dann noch alles passiert war. Diesmal wird es anders, dachte ich, diesmal fängt ein ganz besonderes, schönes Jahr an, das letzte war ja zum Schluß auch nicht schlecht, aber dies fängt gleich gut an.

Das neue Jahr fing tatsächlich gut an. Ich hatte lange geschlafen, war aber frisch und munter aufgewacht, weil ich bei Maria und Hermann nur wenig Sekt getrunken, dafür aber viel getanzt hatte. Ich zog meinen Rosen-Kimono an und wanderte zufrieden in die Küche, um mir ein großartiges Frühstück zu machen, mit Ei und Orangensaft und allem Drum und Dran. Schinken ist auch noch da, dachte ich, machte die Kühlschranktür auf und starrte in ein dunkles Loch. Das Lämpchen brannte nicht, er war nicht kalt und surrte auch nicht, und irgendwo tropfte es.

Das werden wir gleich haben, dachte ich und kontrollierte die Sicherungen und den Stecker. Ruf den Elektro-Notdienst an, sagte ich zu mir, und das tat ich, aber der Elektro-Notdienst war offenbar des Glaubens, daß an einem Neujahrswochenende keine Notfälle eintreten würden, und teilte mir mit munterer Stimme mit, daß er am Montag, den 3. Januar wieder zu erreichen sein würde.

Du kannst mich mal, dachte ich, dann frage ich eben Frau Niedermayer, die ist ein viel besserer Notdienst als du. »Ach, da machen Sie sich man keine Sorgen«, sagte Frau Niedermayer, nachdem wir uns ein gutes Neues Jahr gewünscht hatten, »ich finde schon jemanden und schick ihn dann rauf.«

Ich wanderte wieder nach oben, räumte den Kühlschrank leer und legte ihn mit Geschirrtüchern aus. Um vier klingelte es, und Frau Niedermayer hatte das in sie gesetzte Vertrauen gerechtfertigt, wie ich es nicht anders erwartet hatte.

»Guten Tag und gutes Neues Jahr«, sagte der Mann, der vor der Tür stand, »Frau Niedermayer hat mich gebeten, Ihnen bei Ihrem Kühlschrank zu helfen.«

Er kam mir bekannt vor, ich hatte ihn schon mal gesehen, wahrscheinlich hatte er ein Elektrogeschäft in der Nähe oder war Hausmeister in einem der umliegenden Häuser; Frau Niedermayer kannte hier jeden und jede, und da sie sehr hilfsbereit war, war sie mehr als berechtigt, von anderen einen Gefallen zu erbitten.

Ich begrüßte ihn mit der Begeisterung, mit der man Menschen willkommen heißt, die in der Lage sind, lebensnotwendige Dinge zu reparieren, und führte ihn zu meinem Kühlschrank. Er betrachtete den Kühlschrank, er betrachtete den Stecker, er inspizierte die Hinterseite des Kühlschranks und die Sicherungen im Sicherungskasten, und dann sagte er: »Also, wenn drin was kaputt ist, kann ich natürlich nichts machen. Aber ich vermute, es ist der Stecker. Haben Sie mal einen Schraubenzieher?«

Er schraubte den Stecker auf und betrachtete auch dessen

Inneres genau; dann sagte er »aha«, schraubte ein bißchen, schraubte ihn wieder zu, steckte ihn in die Steckdose, und der Kühlschrank ruckte und machte sein Lämpchen wieder an und begann, eilfertig zu summen.

Ich bedankte mich mit ehrlich gemeinter Überschwenglichkeit, und er zuckte nur mit den Achseln, wie Männer das in solchen Fällen immer tun, denn sie können ja nicht gut sagen, daß sie es auch für ein Wunder halten, diesen simplen Stecker repariert zu haben, obwohl sie natürlich nichts dagegen haben, daß man selbst es als ein Wunder ansieht.

»Und was bin ich Ihnen nun schuldig?« fragte ich eifrig.

»Das kommt gar nicht in Frage«, sagte er, »das ist doch nur im Sinne einer guten Hausgemeinschaft. Ach übrigens: Gräf ist mein Name, Martin Gräf«, fügte er hinzu und hielt mir die Hand hin.

Ich schüttelte seine Hand und sagte sinnloserweise »Dohmann«, was er ja schon wußte, und dann kam mir auch sein Name bekannt vor, und ich stand da wie erstarrt, immer noch mit seiner Hand in meiner Hand, als Statue des Entsetzens. »Der Herr Gräf, das ist ein vernünftiger Mann«, hallte in meinem Kopf die Stimme von Frau Niedermayer, derselbe vernünftige Mann, der mich vor ihrer Tür als besoffene Katze hatte liegen sehen und der nun meinen Kühlschrank repariert hatte.

Röte überzog mein Gesicht, und ich befreite seine Hand aus dem Entsetzensgriff, mit dem ich sie umklammert hatte, und sagte sinnloserweise: »Entschuldigen Sie bitte«, und dann riß ich mich zusammen und fügte hinzu: »Das ist mir aber peinlich«, was nicht gerade originell war, aber immerhin etwas.

»Das braucht Ihnen nicht peinlich zu sein, Frau Dohmann«, sagte er. »Ich freue mich, Sie endlich mal kennenzulernen.«

Anders als in besoffenem Zustand und mit gebrochenen Knochen, meinst du, dachte ich und sagte: »Aber –«

»So was kann doch jedem mal passieren«, sagte er, »und Frau Niedermayer hat mir ja auch sehr einleuchtend erklärt, was die Ursache war.«

O Gott, dachte ich und fragte: »Was hat sie Ihnen denn gesagt?«

»Daß die Ursache ein gebrochenes Herz war«, sagte er. »Aber

ich hoffe, daß das bei Ihnen nur ein vorübergehender Zustand ist und kein lebenslanger wie bei Frau Niedermayer.«

Typisch Frau Niedermayer, ohne Umschweife und geradeheraus, dachte ich und mußte lachen. »Das ist typisch Frau Niedermayer«, sagte ich, und er lachte auch und nickte.

»Kann ich Sie dann wenigstens zu einem Glas Champagner einladen«, sagte ich, »und mich so bedanken?«

Dagegen hatte er nichts, und ich holte eine von Elisabeths kleinen Flaschen, und wir tranken und redeten über das, worüber man unter diesen Umständen eben so redet. Er wohnte in der Dreizimmerwohnung im zweiten Stock, der mit den zwei Balkonen, er fand die Umgebung sehr angenehm, und er war Leiter einer Bankfiliale in der Altstadt, was mich erstaunte, denn er sah gar nicht so aus wie mein alerter, flinkäugiger, hartherziger Filialleiter. Er wirkte eher gemütlich, er war kräftig und untersetzt und aß anscheinend gerne, er hatte blaue Augen, Sommersprossen und schütter werdendes rötliches Haar. Ganz sicher würde er eine eben geschiedene Frau nicht wie ein Habicht ansehen und sie fragen, was nun mit dem Überhang von 300 Mark werden soll.

Er wußte bereits, daß ich über Kunst und Kultur schrieb, und ich sprach etwas allgemeiner darüber, wie das so ist, und erwähnte im speziellen nur den Artikel in der »Marginale«, den ich gerade schrieb. Dann redeten wir noch übers Wetter, und dann verabschiedete er sich und sagte, ich solle mich nur melden, wenn es mal wieder Probleme gäbe.

Schade, dachte ich, als er gegangen war, er ist leider überhaupt nicht mein Typ. Das wäre doch wirklich nett gewesen zum Neuen Jahr, wenn da einer kommt, um den Kühlschrank zu reparieren, und wäre außerdem noch mein Typ gewesen, eher wie Rüdiger, so groß und schlank und ein bißchen ironisch. Andererseits hätte Rüdiger nie meinen Kühlschrank reparieren können, er kann kaum einen Nagel in die Wand schlagen, und außerdem bist du wirklich sehr undankbar, Ines, sagte ich zu mir, sträflich undankbar. Da bringt er dir den Stecker so wunderbar in Ordnung und ist so nett und hat so viel Verständnis für Menschen, die Treppen hinunterfallen, und du mäkelst an ihm rum, weil er nicht dein Typ ist.

Und abgesehen davon bist du ganz schön eingebildet, tadelte ich mich. Selbst wenn er dein Typ gewesen wäre, woher willst du wissen, daß du seiner bist? Ausgemusterte aschblonde Einundvierzigjährige, die für Apothekenzeitschriften schreiben, sind nicht das gefragteste Modell, das solltest du eigentlich wissen. Du müßtest froh sein, wenn sich dieser gemütliche Filialleiter für dich interessiert hätte, und vielleicht hättest du lieber versuchen sollen, ihn für dich zu interessieren, schließlich kommen nicht jeden Tag nette Männer im passenden Alter vorbei, um den Kühlschrank zu reparieren.

Ja, ich hätte ihn wohl anmachen sollen, wie Carola das nennt, dachte ich, aber leider kann ich das nicht so gut, Männer anmachen, und schon gar nicht solche, die nicht mein Typ sind. Carola hat eine Freundin, Karin, die kann das ganz phantastisch, die macht alles an, was Hosen anhat, die macht jeden Kerl verrückt, sagt Carola immer und schwankt zwischen Ärger und Bewunderung. Ich habe mal zugeschaut, wie Karin das macht, sie hört unheimlich interessiert zu, was der Typ erzählt, auch wenn es der letzte Schwachsinn ist, und sie sieht ihn so intensiv an und lacht geheimnisvoll. Aber das kann ich sowieso nicht, dachte ich, dafür bin ich viel zu plump und simpel, also brauche ich mir auch keine Vorwürfe zu machen, daß ich den netten Filialleiter nicht angemacht habe.

Gestern auf dem Fest bei Maria und Hermann ist es auch so gewesen, da waren viele nette Männer, solche mit Frau und Kind im Schlepptau und solche ohne. Einer war da, anscheinend ohne irgend jemanden im Schlepptau, der hat sich richtig die Augen nach mir ausgeschaut, wenn mich nicht alles täuscht, obwohl ich doch schon über vierzig bin. Aber dann war er wohl zu schüchtern, und da hätte ich nun die Gelegenheit ergreifen müssen, rübergehen zu ihm zum Beispiel, und vielleicht sagen: »Kennen wir uns nicht von irgendwoher«, oder darüber reden, daß es ein schönes Fest ist oder so was. Aber das kann ich eben nicht, und dann war er ja auch nicht mein Typ.

Und da waren zwei andere, die waren nicht zu schüchtern und haben sehr deutlich gezeigt, daß sie an mir interessiert waren, aber die hatten beide eine Freundin dabei, was ihnen ja wohl egal gewesen wäre, aber mir nicht. Ich bin eben ziemlich eng, das sagt

Carola auch immer, in mancher Hinsicht bin ich es ja nun nicht mehr so, zum Beispiel was die lesbische Liebe angeht oder das Schreiben für Apothekenzeitschriften oder das Belügen von Filialleitern und Ex-Ehemännern. Aber mit Männern was anfangen, die Frau oder Freundin haben, da bin ich immer noch eng, und ich glaube, da bleibe ich es auch, nicht weil ich so edel bin oder moralisch so hochstehend, sondern weil mich so was einfach nervös machen würde.

Also gut, Ines, sagte ich zu mir und goß mir den Rest aus der Flasche ein, du bist eben plump, simpel und schüchtern und wirst leicht nervös, und anspruchsvoll bist du obendrein, und sie müßten dir den passenden Mann schon auf dem Silbertablett hereintragen, damit du dein Leben nicht männerlos und liebeleer beschließt.

Frau Niedermayer hatte offenbar schon vor mir darüber nachgedacht, daß es Zeit wäre, mir einen passenden Mann zu servieren, denn als wir abends bei ihr auf das Neue Jahr angestoßen hatten, sagte sie im Harmlosigkeitston: »Das ist mal wirklich ein netter Mann, der Herr Gräf, gell?«

Sieh mal einer an, du alte Kupplerin, dachte ich und sagte ebenso harmlos: »Ja, wirklich sehr nett und handwerklich so geschickt.«

Frau Niedermayer gab sich damit nicht zufrieden: »Also wenn ich ein paar Jahre jünger wäre und mein Hans nicht wäre ...« Sie ließ den Satz in der Luft hangen. »Verheiratet ist er auch nicht, sondern geschieden, zwei Kinder hat er, glaube ich, die leben bei der Frau. Von einer festen Freundin weiß ich nichts, mir kommt es eher so vor, als wäre er auf der Suche.« Sie nickte nachdrücklich und sah mich vielsagend an.

»Ich weiß ja, was Sie meinen, Frau Niedermayer«, sagte ich, »aber er ist einfach nicht mein Typ.«

»Schönheit ist nicht alles«, konstatierte sie.

»Das meine ich nicht«, sagte ich, »er ist einfach kein Mann, in den ich mich verlieben könnte.«

»Das sind manchmal die Besten«, sagte sie, und ich fragte lieber nicht nach, wie sie das meinte, denn ich wollte das Gespräch nicht noch weiter vertiefen.

»Und woher wollen Sie wissen, ob er sich überhaupt für mich

interessiert«, wandte ich ein und hoffte, ein schlagendes Argument gefunden zu haben, »der kann doch ganz andere haben, jünger und hübscher als ich.«

Sie schüttelte störrisch den Kopf. »Der Herr Gräf ist ein Mann mit Herz und Verstand, der interessiert sich nicht für junge Dinger.«

Ich gab es auf. Sie hatte sich das Traumpaar Martin Gräf – Ines Dohmann in den Kopf gesetzt, und nichts und niemand würde sie davon abbringen können, daß dies eine phantastische Idee und überhaupt das einzig Wahre sei.

Wir wandten uns also von diesem Thema ab und einem anderen zu, was nicht schwierig war, denn jeden Feiertag, den das Jahr hergibt, beging Frau Niedermayer im Gedenken an ihren Mann. Sein Foto stand unter dem kleinen Weihnachtsbaum, umgeben von den Geschenken ihrer Kinder. Weihnachten 1941, das war ihr letztes Weihnachten gewesen, »es war ja man nicht so toll, es gab ja nicht viel, Kriegsweihnachten«, sagte Frau Niedermayer, aber ihr war das ganz gleichgültig gewesen, Hans war da, und für sie war es reineweg paradiesisch gewesen, die pure Seligkeit, ein wirklich gesegnetes Weihnachten, was im doppelten Sinne zutraf, denn ihren dezenten Andeutungen war zu entnehmen, daß es bei dieser Gelegenheit zur Empfängnis ihrer Tochter gekommen war.

Und Hans war so hoffnungsvoll gewesen, »das ist der Anfang vom Ende«, hatte er immer gesagt, »daran beißt er sich die Zähne aus, der Verbrecher, und dann kommen andere Zeiten, dann bauen wir ein anderes Deutschland auf«, und es war rührend und bewegend, wie Frau Niedermayer das Münchnerisch ihres Mannes originalgetreu wiederzugeben versuchte, was ihr aber ganz und gar nicht gelang.

Sie hatte ihn angefleht, vorsichtig zu sein, seine Zunge zu hüten, mit seinen Kameraden nicht so zu reden, und er hatte gelacht, kühn und strahlend hatte er gelacht, und sie in den Arm genommen und gesagt: »Keine Sorge, Heike – Frau Niedermayer hieß Heike –, keine Sorge, ich will doch zurückkommen und dabei sein, wenn alles anders wird.« Und er hatte seine Zunge gehütet, aber vor den Kugeln der Russen hatte er sich nicht hüten können, nicht, daß Frau Niedermayer die Russen anklagte, Gott bewahre, sie wußte sehr wohl, wer der wahre Schuldige war.

Dann gingen wir über zu Weihnachten 1942, dem ersten ohne Hans Niedermayer, denn er war im Herbst gefallen. Er hatte seine Tochter Renate nicht mehr sehen können, aber Frau Niedermayer war froh gewesen, daß das Kind da war, dieses und der Sohn, die Sorge für beide hatte sie beschäftigt, und überhaupt, wären die Kinder nicht gewesen, Frau Niedermayer hätte nicht mehr leben wollen und wäre ihrem Mann dahin gefolgt, wo er nun war.

»Ich hätte ihn umgebracht, mit meinen Händen, wenn ich ihn erwischt hätte, diesen Verbrecher, diese Geißel der Menschheit, so wahr ich hier sitze, das können Sie mir glauben«, sagte sie und starrte tränenlos auf das Bild unter dem Weihnachtsbaum, und mir kamen die Tränen, während Hans Niedermayer uns fest und freundlich ansah.

Ich begriff plötzlich, warum sie gesagt hatte, es sei wohl das Beste, wenn man in einen Mann nicht verliebt ist. Dann tut es nicht so weh, wenn man ihn verliert, dachte ich, klar, dann bricht einem nicht das Herz, und nun rollten mir die Tränen über die Wangen.

»Ach, Frau Dohmann, nun habe ich Sie zum Weinen gebracht«, sagte Frau Niedermayer und streichelte meine Hand, »das tut mir so leid. Jetzt hörst du aber auf mit dem Rumjammern, Heike«, sagte sie streng zu sich selbst und griff nach der Sektflasche, die von ihren Kindern stammte und die sie extra für mich geöffnet hatte. »Trinken Sie noch einen Schluck, dann wird es besser. Und eines sage ich Ihnen: Sie werden noch einen Mann finden, einen guten, das ist man sicher, so wahr ich hier sitze.«

XII

Ich kam nicht mehr darum herum, Sophia kennenzulernen.

»Sophia ist zurück«, hatte Rebekka strahlend gesagt. »Sie kommt morgen um sechs hier vorbei, wir trinken einen Sekt und dann gehen wir zusammen essen, ja?« Was blieb mir anderes übrig, als mit vorgetäuschter Begeisterung zu nicken und zu allem ja und amen zu sagen?

Ich machte mich so schön, wie es irgend ging, obwohl ich im Vergleich mit Sophia sicher nur als unscheinbar bezeichnet werden konnte, aber ich wollte wenigstens versuchen, nicht gar zu grau und armselig zu wirken. Und wahrscheinlich würde ich völlig verkrampft sein und kein Wort herausbringen, aber es ist wohl auch besser, wenn unscheinbare Menschen das Maul nicht zu weit aufreißen.

»Sophia ist noch nicht da«, sagte Rebekka und ordnete die Sektgläser in einer Reihe, was ich sie noch nie hatte tun sehen. »Aber sie wird sicher gleich kommen, ich mache schon mal die Flasche auf.«

Ich wünschte, sie würde nie kommen, dachte ich und versuchte mich einigermaßen entspannt in meinem Stuhl einzurichten und betrachtete Balu, der gänzlich entspannt auf der Seite lag und vor sich hin döste: Wie schön wäre es, wenn du und ich und Rebekka ganz alleine unseren Sekt trinken könnten, wie früher.

Die Ladentür klingelte, Balu hob den Kopf und wedelte, und Rebekka sagte: »Schön, daß du da bist!« Und dann erschien sie im Türbogen zum Verkaufsraum, hatte den Arm um jemanden gelegt und sagte froh: »Das ist Sophia. Und das ist Ines.«

Mir fiel ein Stein vom Herzen. Sophia war kleiner als Rebekka und keinen Millimeter größer als ich. Sie hatte tatsächlich weißblonde Haare und große dunkelblaue Augen und ein klares, ebenmäßiges Gesicht, aber sie war keine atemberaubende Schönheit. Im Gegenteil, ich hätte in Versuchung geraten können, sie als unscheinbar zu bezeichnen, wenn ich nicht gewußt hätte, daß sie die wunderbare Sophia war. Unter ihrem schwarzen Mantel trug sie einen schwarzen Pullover zu grauen Hosen, und das einzig Herausragende waren die riesigen silbernen Ohrgehänge, die leise klimperten.

Und sie hätte mit mir um die Schüchternheits-Medaille wetteifern können. Sie lächelte mich ebenso freundlich wie unsicher an und sagte: »Hallo, Ines. Das ist aber schön, daß ich dich mal sehe«, mit dem entzückendsten schwedischen Akzent, den man sich denken kann. Meine Verkrampfung löste sich weiter, so daß ich es schaffte, sie auch freundlich zu begrüßen, wobei Rebekka uns mit dem stolzen Wohlgefallen einer Mutter betrachtete, die auf ihre gutgeratenen Kinder blickt.

Sie schenkte Sekt ein, und wir tranken. Während Rebekka abwechselnd mir von Sophias Großtaten erzählte und Sophia von meinen, konnten wir uns endlich entspannen. Gott sei Dank, dachte ich, sie ist ein ganz normaler Mensch, kein Wunderwesen, und unter diesen Umständen kriege ich wahrscheinlich auch was runter, wenn wir essen gehen.

Wir gingen in das Lokal um die Ecke, wo Rebekka sich Ente mit Rotkohl und einer doppelten Portion Klößen bestellte, weil sie den ganzen Tag nichts gegessen hatte außer einer Leberkässemmel, von der Balu ein Großteil erhalten hatte. Es war gut, daß Rebekka mit Essen beschäftigt war, denn so kamen Sophia und ich dazu, uns zu unterhalten. Sie war genauso nett und gescheit, wie Rebekka sie beschrieben hatte, und überhaupt nicht so grandios und überwältigend, wie ich sie mir vorgestellt hatte.

»Ist sie nicht eine tolle Frau?« sagte Rebekka, als ich sie am Nachmittag darauf im Laden besuchte, und ich konnte ihr ehrlichen Herzens zustimmen und ein ernstgemeintes Loblied singen, wie gescheit und nett und hübsch ich Sophia fände.

»Sie mag dich auch sehr«, sagte Rebekka, und dann hörte ich mir befriedigt das Loblied an, das Sophia auf mich gesungen hatte. Siehst du mal, Ines, sagte ich zu mir, während ich Rebekka lauschte, das hast du nun auch geschafft. Es war gar nicht so schlimm, du schaffst es schon, was soll jetzt noch Schlimmes kommen?

Aber es kam schlimm, so schlimm, daß ich nicht mal mehr denken konnte: Siehst du, das kommt davon, du warst übermütig, und das ist nun die Strafe.

Ich hatte meinen Artikel für die »Marginale« geschrieben und ihn zu Frau Feil gebracht. Frau Feil war nicht halb so klar und kühl und beeindruckend wie Frau Schmitt-Meermann, sie wirkte wesentlich beruhigender auf mein Nervensystem und fördernd auf meine Sprachfähigkeit. Kurz und konzentriert überflog sie das Manuskript, nickte und sagte: »Ich sehe schon, das geht wieder ganz in unsere Richtung. Sehr schön, Frau Dohmann«, und dann plauderten wir tatsächlich ein bißchen, über Themen zum Beispiel, die mir und ihnen liegen würden und über die ich mir vielleicht ein paar Gedanken machen könnte, und ich hatte endlich Gelegenheit, auch im gesprochenen Wort zu zeigen, daß mein Intelligenzquotient in einem akzeptablen Bereich lag. Beschwingt ging ich nach Hause, machte mir eine Tasse Kamillentee und freute mich darauf, abends ein Glas Champagner zu trinken. Das Telefon läutete, und ich dachte, das ist sicher Elisabeth, der kann ich gleich davon erzählen, wie nett Frau Feil ist und wie wunderbar alles läuft, aber es war nicht Elisabeth, sondern eine fremde, sachliche Stimme, die mich fragte, ob ich Ines Dohmann sei. Ich sagte ja, und die Stimme sagte: »Ihr Vater hat einen Herzanfall gehabt, nichts Schlimmes, Sie brauchen sich keine Sorgen zu machen, aber er möchte Sie gerne sehen.« Ich sagte: Um Gottes willen, und die Stimme wiederholte, es sei wirklich kein Grund zur Sorge, nannte mir den Namen und die Adresse des Krankenhauses und beendete das Gespräch.

Herzanfall, Herzanfall, dachte ich, was zum Teufel soll das heißen, das heißt ja wohl Herzinfarkt, und natürlich sagt ihr mir nicht, wenn es schlimm ist, schließlich wollt ihr nicht, daß die Angehörigen vor lauter Schreck auch noch einen Herzanfall kriegen.

Ruhig und mechanisch packte ich meine Reisetasche, so ruhig und mechanisch, wie man ist, wenn etwas Furchtbares geschehen ist und man weiß, daß man auseinanderbricht oder anfängt zu schreien, wenn man jetzt nicht ganz ruhig und mechanisch ist. »Lieber Gott, laß ihn nicht sterben, lieber Gott, laß es nichts Schlimmes sein«, murmelte ich vor mich hin, während ich Kleidungsstücke aus dem Schrank holte, Handtücher einpackte und meinen Kulturbeutel mit Tiegeln und Flaschen füllte. »Kulturbeutel!« hatte meine Mutter immer spöttisch gesagt: »Ich möchte wissen, was diese häßlichen Dinger mit Kultur zu tun haben.« Lieber Gott, laß ihn nicht auch noch sterben, nein, nein, lieber Gott, murmelte ich, während ich Portemonnaie und Adressenbüchlein und Paß in meine Handtasche packte, vielleicht mußte ich mich im Krankenhaus ausweisen, damit sie ganz sicher wußten, daß ich auch wirklich Ines Dohmann war.

Ich fuhr zum Bahnhof, und da stand schon der Intercity, und ich würde auch gleich Anschluß haben in Würzburg, und während der ganzen Fahrt dachte ich nur, lieber Gott, laß ihn nicht sterben. Es war das erste Mal seit langer Zeit, daß ich so viel mit Gott redete, das tat ich sonst nicht, und es war fraglich, ob er mir überhaupt zuhören würde.

Mein Vater lag auf der Intensivstation, in einem Raum mit vier Betten, die voneinander durch Plastikvorhänge getrennt waren, und war an ein kleines Gerät angeschlossen, das Wellenlinien zeigte und einen beruhigenden regelmäßigen Piepston von sich gab. Ich hatte gedacht, er würde grau und krank aussehen, aber er wirkte nur ein bißchen erschöpft. Er machte die Augen auf, als ich seine Hand berührte und sagte: »Schön, daß du da bist, Ines«, als wären wir zu Kaffee und Kuchen verabredet gewesen.

»Wie geht es dir, Vater?« fragte ich, was eine entsetzlich blöde Frage ist, wenn es jemandem offensichtlich so beschissen geht, daß er auf der Intensivstation liegt, aber was soll man in dieser Situation anderes sagen?

»Es war ein Infarkt«, sagte er sachlich, aber dahinter spürte ich seine Angst. »Sie wissen noch nicht, wie schwer, und dann ist da auch immer die Gefahr des Re-Infarkts.«

Re-Infarkt, dachte ich, verdammt, wo hat er denn das wieder her, wahrscheinlich irgendwo gelesen, hier haben sie ihm das bestimmt nicht erzählt. »Aber jetzt kann dir doch nichts mehr passieren, Vater«, sagte ich, »mit dieser Maschine und all den Schwestern und Ärzten.«

»Und sie geben mir ständig diese Beruhigungsmittel, diese verdammten Pillen«, sagte er, »die werden mich noch vergiften.« Er haßt Tabletten, er nimmt höchstens mal eine Aspirin, wenn er vor Schmerzen fast umkommt, und selbst dann hat er noch ein schlechtes Gewissen. Er machte die Augen wieder zu und schien einzudösen. Ich ging zur Schwester, die hinter einer Art Kommandopult saß, und fragte, ob ich den Arzt sprechen könnte.

Der Arzt war ein junger Mann von erschreckender Häßlichkeit, mit einem zarten, schmalen Körper, einem unverhältnismäßig großen Kopf und dicken Brillengläsern, die auch seine Augen unheimlich vergrößerten.

Ich fragte, wie das mit der Gefahr eines Re-Infarktes sei, und er sagte, das sei ausgeschlossen, das habe er meinem Vater schon gesagt. Und der Infarkt sei kein schwerer gewesen, und mein Vater sei für sein Alter in ausgezeichneter körperlicher Verfassung, ich brauchte mir wirklich keine Sorgen zu machen.

»Könnten Sie ihm die Beruhigungsmittel nicht vielleicht anders geben?« fragte ich. »Er haßt Pillen und Tabletten, und er regt sich furchtbar darüber auf.«

Der Arzt lachte. Er war wirklich sehr häßlich, aber mittlerweile erschien er mir nicht mehr häßlich, sondern eher wie ein etwas ungewöhnlicher Engel. »Das ist wohl kaum der gewünschte Effekt«, sagte er. »Ich werde dafür sorgen, daß er sie bekommt, ohne es zu merken.«

Ich saß noch lange am Bett meines Vaters. Die Schwester war mit einem kleinen Fläschchen gekommen, an dem eine Nadel angebracht war, sie hatte es in die Flasche mit der Infusionslösung geleert, so, daß mein Vater es nicht sehen konnte, und mir dabei zugezwinkert. Ich nickte und lächelte ihr zu, und sie berührte kurz die Hand meines Vaters und sagte: »Keine Tabletten mehr, Herr Martens, das ist nicht mehr nötig.«

Martens, dachte ich, eigentlich ein schöner Name, ist doch auch dein Name, warum hast du dieses blöde Dohmann behalten und dir nicht deinen Namen zurückgeholt nach der Scheidung, das wäre sicher gegangen.

Ich sah auf das ruhiger werdende Gesicht meines Vaters und lächelte ihm zu, wenn er zwischendurch die Augen aufmachte, um sie befriedigt wieder zu schließen. Ich betrachtete den Ständer mit den Infusionsflaschen und vor allem das kleine Gerät mit seinen Wellenlinien und dem Piepston. Es war der Wächter über das Leben meines Vaters, ein kleiner guter Gott, der nicht zulassen würde, daß er starb, und ich hätte es am liebsten gestreichelt.

Technische Medizin, Apparatemedizin, kalt und unmenschlich, dachte ich, darüber haben wir oft diskutiert, und ich habe sie immer verurteilt, aber so wahr ich hier sitze, wie Frau Niedermayer sagen würde, ich werde nie wieder ein Wort dagegen sagen, sie rettet meinem Vater vielleicht das Leben, und auf jeden Fall läßt sie ihn ruhig schlafen und nimmt mir die Angst.

Ich saß so lange da, daß die Schwester schließlich kam und sagte: »Wollen Sie sich nicht ein bißchen hinlegen?« und mich in einen kleinen Raum führte, in dem eine Liege stand, mit Kissen und Wolldecke. Ich legte mich darauf, zog die Decke über mich und schlief sofort ein.

Am nächsten Morgen rief ich Elisabeth an, die das Geschehene mit Würde und Umsicht aufnahm, ganz wie ich es erwartet hatte. Sie ließ sich einen detaillierten Krankenbericht geben, fragte, ob sie kommen solle und was sie für mich tun könne, und versprach, Rebekka und Frau Niedermayer anzurufen und auch die hartherzigen Haifisch-Redakteure von »Bleib gesund«. Selbstverständlich würde sie ihnen klarmachen, daß das nächste Magazin für Kunst und Kultur ein bißchen verspätet geliefert würde, und dafür sorgen, daß ich trotzdem nicht den Job verlieren würde, darauf könne ich mich verlassen, und das tat ich auch. Sie würde ihnen Furcht und Schrecken einjagen und ihre Herzen erweichen, was mir noch nie gelungen war, ihr aber bestimmt keine Schwierigkeiten bereitete.

»Ist zu Hause alles in Ordnung?« fragte mein Vater, als ich mich wieder an sein Bett setzte. Ich war dort gewesen, hatte geduscht und mich umgezogen, und konnte ihm berichten, daß die Pflanzen im Blumenfenster meiner Mutter nicht eingegangen waren, daß alles an seinem Platz stand und daß auch niemand eingebrochen hatte, um den wunderbaren Tischstaubsauger zu klauen. Er war beruhigt und schlief wieder ein. Ich saß nur da, hielt seine Hand und hörte auf die vertrauten Pieptöne. So saß ich den ganzen Tag. Ich lächelte ihm zu, wenn er die Augen aufmachte, und dann sagte er: »Ist alles in Ordnung, Ines?« und ich sagte: »Alles wunderbar in Ordnung, Vater«, und er döste wieder ein. Ich aß ein belegtes Brot in der Cafeteria des Krankenhauses und kaufte mir eine Zeitung, aber ich konnte mich nicht darauf konzentrieren.

»Sie können jetzt aber wirklich nach Hause gehen, Frau Dohmann«, sagte die Schwester abends um acht. »Es geht ihm gut, und wenn was ist, rufe ich Sie an, ich habe die Nummer ja hier.«

»Bis morgen, Vater«, sagte ich, »schlaf gut«, aber er hörte mich nicht. Ich ging zu Fuß, es war nicht weit, und ich dachte an die Zeit, da ich hier gelebt hatte, und an meine Mutter. Zu Hause holte ich mir einen Cognac aus dem Klappschrank im Bücherregal und setzte mich in ihren Sessel ans Fenster und dachte: Wäre sie doch hier, dann wäre alles viel leichter und er viel ruhiger, aber wenn sie noch hier wäre, dann wäre es wahrscheinlich gar nicht passiert.

Am nächsten Morgen sah er schon viel besser aus. Er war gewaschen, gekämmt und rasiert, und nachdem er den Schlafanzug angezogen hatte, den ich von zu Hause mitgebracht hatte, wirkte er beinahe zufrieden. Er haßt es, unrasiert und ungewaschen zu sein, ich hatte ihn in meinem ganzen Leben noch nicht so gesehen, denn er war immer der erste gewesen, der aufstand, und hatte sich nie anders als fix und fertig angezogen an den Frühstückstisch gesetzt.

»Alles in Ordnung zu Hause?« fragte er, und ich nickte und fragte: »Alles in Ordnung bei dir?« Er sagte, so rasiert und gewaschen fühle er sich wieder als Mensch, und dann döste er ein. Der engelhafte Arzt kam vorbei und meinte, er erhole sich prächtig, er brauche kaum noch Beruhigungsmittel, er sei ja auch so ganz ruhig und entspannt.

Aber am Nachmittag wurde er unruhig. Er lag da und dachte lange nach, und dann sagte er: »Ines, wenn ich nun sterben sollte –«, aber ich schnitt ihm das Wort ab und erzählte ihm zum drittenmal, was der Arzt mir gesagt hatte und was der Arzt auch ihm schon fünfmal gesagt hatte.

»Aber wenn ich nun doch sterbe«, sagte er, und ich begriff, daß ich ihn reden lassen mußte, und machte mich darauf gefaßt, daß er mir alles über sein Testament erzählen würde und was mit dem Haus geschehen solle und wo das Sparbuch lag.

Aber er war in einer seltsamen Stimmung, er schien unsicher und ängstlich, so hatte ich ihn noch nie erlebt. »Wenn ich nun sterbe«, sagte er, »werden sie mir dann verzeihen?«

»Aber wer denn, Vater?« fragte ich.

Er blickte unruhig im Zimmer umher. »Es mußten so viele sterben im Krieg«, sagte er. »So viele Unschuldige.« Seine Hände fuhren über die Bettdecke. »Ich habe ja nichts gewußt, ich wußte nicht, was da hinten passierte, in Polen, in Rußland, ich war immer an der Front. Wir waren anständige Soldaten, wir haben unsere Pflicht getan, ich wußte nichts davon, von diesen Lagern, von diesen Erschießungen.«

O Gott, Vater, muß das sein, dachte ich, mußt du dir das ausgerechnet jetzt überlegen, das ist die beste Methode, doch noch einen Re-Infarkt zu kriegen oder wie das heißt.

»Wie hätte ich das wissen können, als ich zur Wehrmacht ging?« fragte er und starrte an die Decke, als ob er dort die Antwort finden könnte. »Ich hatte einen Eid geleistet, ich habe meine Pflicht getan, ich war ein guter Soldat, wie hätte ich das wissen können?«

Ja, Vater, dachte ich, sicher, du warst ein guter Soldat, tapfer und mutig und aufstrebend dazu, du hast es bis zum Major gebracht, und ein guter Kommandeur warst du auch, immer für deine Leute da, ich weiß. Ein guter Soldat, das ist heute eine so zweifelhafte Sache, fragwürdig und zweifelhaft wie der Krieg, das war auch damals für manche schon zweifelhaft, für Hans Niedermayer zum Beispiel, aber es konnten nicht alle so klug sein wie Hans Niedermayer und so deutlich sehen, was da passierte, und vielleicht hast du auch lieber nicht darüber nachgedacht, aber wer bin ich, dir das zu sagen, und ausgerechnet jetzt?

»Nein, Vater«, sagte ich fest, »wie hättest du das wissen können? Und du hast doch selber keinem Menschen ein Leid angetan«, und das klang ein bißchen pathetisch, aber vielleicht war es jetzt genau das Richtige.

Das war es offenbar. »Nein«, sagte er, »ich habe keinem ein Leid angetan, ich habe mir nichts zuschulden kommen lassen«, und ich hoffte schon, er würde sich beruhigen, aber er fuhr fort: »Trotzdem, ich habe mitgeholfen, wir haben alle mitgeholfen, auch wenn wir es nicht wußten.«

Was sollte ich darauf sagen? Er hatte im Grunde recht, und er war starrsinnig und würde sich nicht mit billigem Trost abspeisen lassen.

»Du hast recht«, sagte ich, »aber ich glaube, daß sie dir vergeben.« Er sah mich hoffnungsvoll an. »Weil du es bereust, weil du hoffst, daß sie dir vergeben, weil du das Schreckliche nicht abstreitest oder nicht sehen willst«, sagte ich und fühlte mich wie Mutter Teresa und die Heilige Johanna zusammen und kam mir reichlich komisch vor, aber hier war anscheinend eine kräftige Portion Mutter Teresa vonnöten.

Sie wirkte auch, Gott sei Dank. »Da könntest du recht haben, Ines«, sagte er, »wer bereut, dem wird verziehen, oder? Und ich habe ja auch gebüßt, wenigstens ein bißchen«, und dann sagte er gar nichts mehr, er wurde ruhiger und sah still vor sich hin und allmählich döste er ein.

Es war das erste Mal, daß er mit mir darüber gesprochen hatte. Ich wußte nur von meiner Mutter, welch ein Schock es für ihn gewesen war, als sie ihnen im Kriegsgefangenenlager die Filme vorgeführt hatten, die Filme, die die alliierten Truppen in den Konzentrationslagern gedreht hatten. Nie wieder Krieg, hatte er gesagt, Krieg ist Verbrechen, und hatte beschlossen, sich einen anderen Beruf zu suchen. Aber dann ging er doch zur Bundeswehr, denn er hatte es nicht ausgehalten in der kleinen Firma seines Bruders, in der er untergekommen war, das Kaufmännische lag ihm nicht. Friedensarmee, Verteidigungsarmee, hatte er gesagt, das ist sie, und das soll sie bleiben, dafür werde ich sorgen. Doch dann rüsteten sie und rüsteten, und das war nicht mehr die Friedensarmee, die er sich vorgestellt hatte, und er protestierte, er schrieb Briefe, er machte Eingaben. Da stellten sie ihn kalt, wie er das nannte, er wurde abgeschoben auf einen unwichtigen Posten, er wurde nicht mehr befördert, er hatte keine Chance mehr, General zu werden, keine Möglichkeit mehr, Einfluß zu nehmen.

Doch, du hast gebüßt, Vater, dachte ich und sah auf sein entspanntes Gesicht, ein bißchen wenigstens, und ich hoffe, sie werden dir verzeihen, aber nun tu mir bitte den Gefallen und werde wieder gesund.

Er schlief lange, und als er aufwachte, war er wieder ganz der alte, diszipliniert und zusammengenommen und ein wenig entfernt. Wir kamen nicht auf das Gespräch zurück, und ich wußte, daß es nie würde erwähnt werden dürfen.

Er machte sich nun daran, gesund zu werden, und ich sah ihm erleichtert dabei zu. Er führte ernsthafte Gespräche mit dem Arzt, er ließ sich genauestens informieren, was zu tun sei, und er hielt sich strikt daran. Er beteiligte sich eifrig, wenn die Krankengymnastin mit ihm übte, und er begrüßte es, daß man Herzinfarktpatienten neuerdings möglichst bald aufstehen ließ. Ich mußte ihm zwei schicke Trainingsanzüge besorgen, damit er sich im Krankenhausflur sehen lassen konnte, denn er hielt nichts davon, wenn alte Männer ungepflegt herumschlurfen, und er forderte Zeitungen und Bücher an, damit er geistig nicht einrostete, wie er es nannte.

»Wir können Ihren Vater morgen auf Station verlegen«, sagte der Arzt nach zehn Tagen. »Es war kein schwerer Infarkt, aber das ist trotzdem erstaunlich in diesem Alter.« Er schüttelte den Kopf. »Ihr Vater war Berufsoffizier, nicht wahr? Ich bin wahrhaftig kein Militarist, aber diese Leute sind oft die besten Patienten.«

Ich packte also seine Tasche, die graue mit den roten Bändern, und dann verabschiedete er sich von jeder einzelnen Schwester und sprach anerkennende Worte aus über die erstklassige Organisation, und dem Arzt überreichte er sein Lieblingsbuch über die deutsche Geschichte, das ich hatte besorgen müssen. Wir gingen gemächlich hinauf auf die Station, und er ließ mich sogar die Tasche tragen, was sonst undenkbar gewesen wäre, aber der Arzt hatte ihm verboten, etwas zu tragen, und daran hielt er sich.

Er kam in ein Dreibettzimmer, und zu meiner Erleichterung entsprachen die beiden anderen Patienten seinen Vorstellungen. »Alte Schule«, sagte er beifällig, »sehr in Ordnung, die beiden, nicht diese undisziplinierten jungen Burschen.« Der eine war Vermessungsingenieur gewesen, der andere Geschichtslehrer, und wenn ich meinen Vater nun besuchte, dann war er gerade dabei, seine Ansichten zur Umstrukturierung der Bundeswehr zu erläutern, oder der Vermessungsingenieur erzählte von seinen Reisen, oder sie diskutierten geschichtliche Fragen. Ich war überflüssig geworden. Seine Zeitungen besorgte er sich selber, am Zeitungsstand unten in der Halle, und was das Haus betraf, so hatte er mit der Nachbarin telefoniert und detaillierte Anweisungen niedergeschrieben, die ich persönlich noch einmal mit ihr durchgehen sollte. Sie hatte seine Liste betrachtet und gelacht und gesagt: »Lassen Sie nur, ich mache das schon, ich kenne ja Ihren Vater. Es wird alles tiptop sein, wenn er wiederkommt«, und dann hatten wir Kaffee getrunken.

Ich konnte wieder nach Hause fahren, er drängte mich dazu. »Du hast jetzt wirklich genug getan für deinen alten Vater«, sagte er, »ich habe dir genug Mühe gemacht.« Er erkundigte sich nach meinen Fahrtkosten, ließ keinen Widerspruch gelten und schrieb einen Scheck aus, den er großzügig aufrundete. Ich nahm ihm das Versprechen ab, mich regelmäßig anzurufen, denn die drei Herren wünschten kein Telefon in ihrem Zimmer, und ich konnte ihn nicht erreichen. Dann begleitete er mich hinunter in die Halle und zum Ausgang, küßte mich und sagte: »Danke für alles, Ines«, und wir wußten beide, daß er damit nicht nur das Besorgen von Trainingsanzügen und Zeitungen meinte.

Lieber Gott, ich danke dir, dachte ich, als ich zum Bahnhof ging. Vielleicht hast du ja gar nichts dazu getan, vielleicht hast du keine Lust, mal eben einzuspringen, wenn man dich alle Jubeljahre mal anruft, aber jedenfalls hat er es überstanden. Jetzt wird er neunzig, weil er ihnen allen beweisen will, wie man einen Herzinfarkt überlebt, und weil er scharf ist auf die Medaille für den besten Infarkt-Patienten.

Vor der Haustür traf ich Martin Gräf. Er fragte, wie es meinem Vater ginge, Frau Niedermayer hätte ihm davon erzählt, und er trug mir die Reisetasche rauf, was zwar nicht nötig war, aber doch eine nette Geste, und oben vor meiner Tür sagte er: »Mein Kühlschrank ist leer, Ihrer wahrscheinlich auch, und Sie haben sicher keine Lust, jetzt noch einkaufen zu gehen. Wollen wir nicht irgendwo zusammen essen?«

Ich hätte eigentlich lieber gebadet und Elisabeth angerufen, aber das konnte ich nachher auch noch tun. Ich hatte zwei Wochen lang nichts anderes als Krankenhaus gesehen und über fast nichts anderes geredet als über Herzinfarkte, wie sie zustande kommen, wie man sie überlebt, und wie man sich danach wieder in Form bringt, und hier stand ein netter Filialleiter und wollte mit mir essen gehen und sicher nicht über Herzinfarkte reden. Ich sagte also, ja gern, in einer halben Stunde, wenn es Ihnen recht ist, und er sagte, wunderbar, ich hole Sie dann ab.

Wir gingen zum Italiener um die Ecke, wo es immer gerammelt voll ist und wo das Essen wunderbar schmeckt, aber die Kellner behandeln einen trotzdem, als wäre man ihr eigen Fleisch und Blut, und erfüllen alle Sonderwünsche, und einer singt immer gedämpfte italienische Weisen, während er zwischen den Tischen hin und her geht.

Ich bestellte mir ein Glas Prosecco und meine Lieblings-Pizza mit frutti di mare und erzählte dann doch ein bißchen von meinem Vater, wie er sich gerade zum Super-Infarkt-Patienten heranbildete. Martin Gräf lachte und sagte, sein Vater sei auch so, er betrachte jede Krankheit als persönliche Herausforderung. Wir sprachen über das Lokal und wie nett die Kellner seien, und dann redeten wir lange über Malerei. Martin Gräf interessierte sich dafür, er wußte gut Bescheid darüber, was mich verwunderte bei einem Bankfilialleiter.

»Sie zerstören alle meine Vorurteile über Bankfilialleiter«, sagte ich, »ich dachte, sie wären alle hartherzig und geldgierig und ganz und gar prosaisch.« Ich erzählte ihm, wie ich meinen Filialleiter dazu gekriegt hatte, den wunderbaren Vorteils-Kredit zu erhöhen, den ich nun mit meinem »Bleib gesund«-Geld schon fast abbezahlt hatte, und wie ich mich darauf freute, sein Gesicht zu sehen, wenn ich den Vorteils-Kredit kündigen würde.

»Was zahlen Sie denn da an Zinsen?« fragte er, und als er die Zahl hörte, meinte er, dieser Kredit sei anscheinend vor allem zum Vorteil der Bank, weniger zu meinem: »Sie sollten sich überlegen, die Bank zu wechseln, den Kredit und natürlich auch den Filialleiter.«

Er war wirklich sehr nett, ein ruhiger bedächtiger Mann, nicht sprühend, nicht ironisch oder geistreich, aber er hatte einen trokkenen Witz, der auch nicht schlecht war. Mir war ganz warm und wohlig zumute, und ich dachte, das ist vielleicht genau das Richtige, ein Mann, der nicht dein Typ ist, in den du dich nicht verlieben kannst, aber mit dem du hin und wieder mal essen gehst und dich gut unterhältst.

Wir blieben ziemlich lange. Es war schon elf, als wir vor meiner Wohnungstür ankamen. »Vielen Dank für die Einladung«, sagte ich, und er sagte: »Es war mir ein Vergnügen«, und wir schüttelten uns die Hand. Aber dann ließen sich unsere Hände nicht wieder los, und wir sahen uns an, und er nahm mich in die Arme, und ich drückte mich fest an ihn und fing an zu weinen.

XIII

Ich wachte auf, und etwas war anders, aber ich wußte nicht was. Ich dachte nach, und dann fiel es mir ein: Du hast das erste Mal wieder in deinem Bett geschlafen, das ist es, du warst zwei Wochen bei Vater, Vater hatte einen Herzinfarkt, aber Gott sei Dank ist alles wieder in Ordnung.

Doch dann hörte ich jemanden atmen, und ich drehte mich um, und es war Martin Gräf, der atmete, tief und entspannt, der in meinem Bett lag und schlief. Er lag auf der Seite, den Kopf im Kissen vergraben, und was ich vor allem von ihm sah, war seine Brust mit vielen rötlichblonden und einigen grauweißen Haaren.

Ich mag eigentlich keine Männer, die so viele Haare auf der Brust haben, dachte ich, was mal wieder typisch war für mich, denn das war nun wirklich nicht das vordringlichste Problem in dieser Situation.

Ich hatte ziemlich lange geweint, gestern abend vor meiner Tür, und dann hatten wir uns geküßt, auch das ziemlich lange, und dann hatte er leise gesagt: »Das Treppenhaus ist sehr gemütlich, das gebe ich zu, aber könnten wir nicht reingehen? Wir haben ja genug Wohnungen zur Auswahl«, und ich hatte mich umgedreht und die Tür aufgeschlossen.

Wir hatten nicht mal den Anstand besessen, uns noch ein bißchen ins Wohnzimmer zu setzen und etwas zu trinken, nein, wir waren stracks ins Schlafzimmer gegangen – stracks war hier wirklich das richtige Wort –, ich hatte die Vorhänge zugemacht, und wir hatten uns ausgezogen und waren ins Bett gegangen.

Schandbar ist das, Ines, dachte ich, du solltest dich schämen. Kaum hat dein Vater seinen Herzinfarkt überstanden, kaum bist du zurück, da wirfst du dich schon mit einem Mann in dein Bett, den du kaum kennst, der dir gerade mal eben deinen Kühlschrank repariert hat und mit dem du gerade einmal essen warst. So was hast du doch noch nie gemacht! Mußtest du vierzig Jahre alt werden, um dich auf solche Instant-Abenteuer einzulassen?

Lieber Himmel, das ist der dritte Mann in meinem Leben, dachte ich und kicherte. Mit zwanzig Andreas, mit vierundzwanzig Rüdiger, oder warte mal, wann war das, war ich da vierundzwanzig, na, das ist ja auch egal, und jetzt mit einundvierzig Martin. Wenn ich so weitermache, drei pro zwanzig Jahre, dann habe ich es mit sechzig auf sechs gebracht, das war dann als Lebensdurchschnitt ein Mann alle zehn Jahre, ziemlich sparsam eigentlich, wenn man das zum Beispiel mit Karin vergleicht, dachte ich und mußte wieder kichern.

Schandbar ist es trotzdem, und er ist auch wirklich nicht mein Typ, dachte ich, aber es war sehr schön, eigentlich schöner als mit Rüdiger, und dieser Gedanke erschreckte mich nun wirklich. Rüdiger habe ich doch geliebt, Rüdiger war der Mann meines Lebens, so blöde das klingt, aber so war es, und es war immer schön gewesen, mit Rüdiger zu schlafen, natürlich, aber das letzte Nacht war irgendwie anders gewesen, anders und neu und schöner. Ich wurde rot, als ich daran dachte. Und dabei liebe ich diesen Mann nicht und bin nicht mal in ihn verliebt!

Ich bog das Kissen zurück und sah Martin an, wie er dalag, etwas verknautscht mit seinen wirren rötlichen Haaren und der hellen sommersprossigen Haut, die rosig war vom Schlaf wie bei einem Kind, und ich dachte: Nein, ich bin wirklich nicht in ihn verliebt. Das war anders gewesen bei Rüdiger, ich hatte ihn oft betrachtet, wenn er schlief, da sah er besonders schön aus, und mein Herz hatte wehgetan vor Liebe zu ihm.

Nun verstehe ich überhaupt nichts mehr, dachte ich, das verstehe wer will, aber ich werde ein andermal darüber nachdenken, morgen vielleicht, morgen ist auch ein Tag. Ich küßte Martin aufs Ohr und auf die Schulter, und er murmelte etwas und machte die Augen auf und drehte sich auf den Rücken, und seine Hände strichen über meine Arme, und dann hatte ich sowieso keine Zeit mehr nachzudenken.

Am Montagmorgen ging ich zu Rebekka, was noch nie vorgekommen war, denn normalerweise gehe ich nicht morgens in den Laden, sondern am späten Nachmittag nach getaner Arbeit, aber ich konnte es einfach nicht erwarten, meine Neuigkeiten loszuwerden. Vorher hatte ich noch mit der Haifisch-Redaktion telefoniert, um zu erfahren, wie sehr sie mich inzwischen haßten, und anscheinend wollte mir der Chefredakteur seinen Haß persönlich mitteilen, denn die Sekretärin stellte mich gleich zu ihm durch. »Die Verzögerung tut mir sehr leid«, sagte ich. »Aber mein Vater war sehr krank, ich weiß nicht, ob Sie davon erfahren haben –« »Aber natürlich, Frau Dohmann«, sagte er, und seine Stimme klang wie die des Wolfes, der Kreide gefressen hat. »Frau von Coulin hat mir alles erzählt. Ihrem Herrn Vater geht es hoffentlich besser?«

»Ja, sehr viel besser«, sagte ich, mit vor Verblüffung piepsiger Stimme.

»Ihr Herr Vater ist ja eine sehr verdienstvolle Persönlichkeit«, sagte der Chefredakteur. »Da haben wir die kleine Verzögerung doch selbstverständlich in Kauf genommen. Aber nun halten wir uns wieder an unsere Termine, nicht wahr? Und die besagte Nummer bitte möglichst umgehend«, schloß er, und seine Stimme verlor den Kreideton schon etwas.

Weiß der Teufel, was sie ihm erzählt hat, dachte ich. Natürlich hat sie mit ihm auf die Katharina-die-Große-Art geredet, das ist klar, aber das allein kann ihn nicht so tief beeindruckt haben.

Rebekka war erstaunt, mich so früh zu sehen, aber sie freute sich, ja sie strahlte direkt. Sieh mal einer an, dachte ich, da muß mein Vater erst todkrank werden, damit sie wegen mir auch mal so strahlt wie sonst nur wegen Sophia, aber das war ein so gemeiner Gedanke, daß ich ihn sofort zurücknahm.

Sie kochte Tee, und Balu legte sich mit einem zufriedenen Aufstöhnen neben meinen Stuhl, und dann erzählte ich ihr, wie es bei meinem Vater gewesen war. Ich erzählte ihr sogar von dem Gespräch, obwohl ich eigentlich beschlossen hatte, das für mich zu behalten, aber Rebekka ist ein Mensch, dem man so etwas anvertrauen kann. Sie hörte ruhig zu, und zum Schluß sagte sie: »Gut hast du das gemacht.«

Unter anderen Umständen hätte ich nun alles ausführlich diskutiert, aber jetzt drängte mich die neueste Nachricht, obwohl ich gar nicht sicher war, wie Rebekka sie aufnehmen würde. Es war ja außerdem etwas platt, was ich ihr zu erzählen hatte, ich konnte nicht sagen: »Ich habe mich verliebt« wie sie, ich konnte nur sagen, ich habe mit einem Mann geschlafen, in den ich gar nicht verliebt bin, aber es war sehr schön.

»Ich habe mit einem Mann geschlafen«, sagte ich also platt.

»Aha«, sagte Rebekka, und was sollte sie auch anderes sagen. »Und wie war's?«

»Sehr schön«, sagte ich.

»Das freut mich für dich. So siehst du auch aus.«

»Freut dich das wirklich?« fragte ich. »Ich meine...«

»Ich weiß, was du meinst«, sagte sie. »Aber ich freue mich wirklich für dich, warum auch nicht? Du hast ja keine andere Wahl, und so ist es immer noch besser als gar nicht. Wer ist es denn?«

Das beantwortete ich gerne, und sie mußte sich die ganze Geschichte anhören, von dem kaputten Kühlschrankstecker, den sie schon kannte, über das Essen beim Italiener bis zum Aufenthalt im Treppenhaus und dem Gang in die Wohnung. Hier wurde ich etwas verschwommener, ich verschwieg, daß wir so stracks ins Bett gegangen waren, und den Rest ließ ich natürlich auch im dunkeln.

»Gut, gut«, sagte sie. »Er muß ein netter Mann sein, wenn er sich in eine Frau wie dich verliebt.«

Ich war mir gar nicht so sicher, ob er sich in mich verliebt hatte, ob er nicht genauso zufällig mit mir ins Bett gefallen war wie ich mit ihm, doch ich verschwieg meine Zweifel und steckte das Kompliment ein. Und dann sah ich zu, daß ich nach Hause kam und endlich das Kulturmagazin fertigmachte, um die Haifische zu füttern.

Erst danach rief ich Elisabeth an. »Was um alles in der Welt hast du dem Chefredakteur von ›Bleib gesund‹ erzählt?« fragte ich, nachdem sie die Meldung über den Gesundheitszustand meines Vaters entgegengenommen hatte.

»Wieso fragst du?« sagte sie.

»Er sagt, mein Herr Vater wäre eine so verdienstvolle Persönlichkeit, und die kleine Verzögerung hätte ihnen deshalb gar nichts ausgemacht.«

»Ach so«, sagte Elisabeth und lachte. »Ich habe ihm erzählt, dein Vater hätte die Bundeswehr aufgebaut und sie zu dem gemacht, was sie heute ist. Er war sehr beeindruckt, es tat ihm nur leid, daß sie in den letzten Jahren so abgerüstet haben. Ich habe ihm gesagt, dein Vater hätte sozusagen bis zum letzten Atemzug dagegen gekämpft und dann aus Protest demissioniert, und es sei ja wohl kein Wunder, daß ein solcher Mann einen Herzinfarkt bekommt, und nach meiner Meinung müsse sich die Bundeswehr ewig Vorwürfe machen. Danach war er kaum davon abzuhalten, Blumen und Genesungswünsche zu schicken.« Sie machte eine Pause. »Ich weiß natürlich, was dein Vater sagen würde, wenn er das wüßte, aber ich dachte mir, letzten Endes ist es ihm lieber, daß seine Tochter ihre Arbeit nicht verliert. Obwohl ich dir sagen muß, daß dieser Mann wirklich ein sehr unangenehmer Mensch ist. Wie kommst du bloß mit so jemandem aus?«

»Ich werde jetzt sehr viel besser mit ihm auskommen«, sagte ich. »Das hast du wunderbar gemacht, Elisabeth.«

»Das war doch selbstverständlich, mein Kind«, erwiderte Elisabeth mit Würde.

Ich ging früh ins Bett und dachte an Martin und daran, wie wir beide in diesem Bett gelegen hatten. Hoffentlich ist er doch nicht nur ganz zufällig und nur dieses eine Mal mit mir ins Bett gefallen, dachte ich, hoffentlich wiederholt sich das, man könnte es auch glatt zur Gewohnheit werden lassen, das wäre gar nicht schlecht. Natürlich keine feste Beziehung, Gott bewahre, ich liebe ihn nicht, ich bin nicht mal in ihn verliebt, aber hier und da zusammen ins Bett fallen, das wäre doch was.

Es wiederholte sich tatsächlich, es wiederholte sich regelmäßig, es wurde in gewisser Weise zur Gewohnheit. Es hatte keinen Einfluß auf mein tägliches Leben, ich arbeitete weiter wie zuvor, ich saß bei Rebekka, ich ging mit ihr und Sophia essen, ich lud die beiden zu mir ein, ich traf Elisabeth, ich telefonierte mit Maria, die gerade in Köln drehte, ich sprach mit meinem Vater, der die Meldungen über seinen Gesundheitszustand auf zweimal pro Woche reduziert hatte – das alles blieb gleich, wenn man davon absieht, daß ich offenbar eine gewisse Beschwingtheit ausstrahlte, eine gewisse Munterkeit und Lebenslust. »Du klingst so lebendig«, sagte Maria am Telefon, »du siehst ganz ausgezeichnet aus, mein Kind«, bemerkte Elisabeth, und Rebekka lächelte wissend, und die Redakteure von »Bleib gesund« waren nachgerade hingerissen von der Spannung und Dramatik, die das Kulturmagazin nun rüberbrachte, wie sie es ausdrückten.

Martin und ich trafen uns nur abends und manchmal am Wochenende, und nur, wenn wir beide nichts anderes vorhatten. Er rief aus der Bank an und fragte, ob ich heute abend oder morgen Lust und Zeit hatte, oder ich rief ihn an, oder wir verabredeten gleich, wann wir uns wieder sehen würden. Es war sehr sachlich und beinahe geschäftsmäßig, wie wir das organisierten, und es herrschte stillschweigende Übereinstimmung zwischen uns, sich nicht in das Leben des anderen einzumischen und nicht zu erwarten, daß man darin einbezogen würde.

Wir gingen wenig aus, manchmal zum Italiener oder in ein gemütliches chinesisches Restaurant, das Martin kannte. Wir gingen nicht ins Kino, nicht auf Feste oder Veranstaltungen, nicht in Galerien oder Ausstellungen, und wenn man sich jetzt die Frage vorlegt, was wir denn eigentlich taten, dann muß der Wahrheit die Ehre gegeben werden, so ausschweifend und schamlos sie auch ist: Wir gingen miteinander ins Bett. Wir saßen nicht da und plauderten, wir nahmen nicht am kulturellen Leben teil, wir schliefen miteinander.

Es machte Spaß, mit Martin zu schlafen, es war schön und aufregend, und ich konnte nicht genug davon kriegen. Es war kein selbstverständliches Zubehör zur großen Liebe wie bei Rüdiger, es war die absolute Hauptsache, ganz ohne Liebe. Natürlich mochte ich Martin, ich fand ihn nett, aber mein Herz hüpfte nicht, wenn ich ihn sah, obwohl mir bei seinem Anblick sofort warm wurde und die Schmetterlinge in meinem Bauch anfingen zu fliegen und ich mir eingestehen mußte: Du denkst immer nur an das eine.

Ich schämte mich, nicht so, daß es mich in Abgründe der Verzweiflung gestürzt hätte, es war eher die Sorte von Scham, die einem ein angenehmes Gefühl verursacht. Aber vor allem verwirrte es mich. Das ist Sex ohne Liebe, was du hier machst, dachte ich, pure Sinnenlust ohne das kleinste bißchen Liebe, und das ist genau das, was man nicht machen soll.

»Alles ist richtig, was du tust, wenn du einen Mann wirklich liebst«, hatte meine Mutter gesagt, als ich in das Alter kam, wo man seinen Kindern solche Anleitungen mit auf den Lebensweg gibt, und ich hatte mich daran gehalten. Ich hatte Andreas geliebt, und als ich ihn nicht mehr liebte, hatte ich auch nicht mehr mit ihm geschlafen, ich hatte Rüdiger geliebt, wie sehr hatte ich ihn geliebt, und es war nur natürlich gewesen, daß ich mit ihm schlief.

»Das reine Bumsverhältnis« hat Rüdiger so was immer genannt, dachte ich manchmal, wenn ich warm und gelöst neben Martin lag. Rüdiger hatte freimütig zugegeben, daß ihm dies in jüngeren Jahren durchaus mal unterlaufen war, aber er fand doch, daß man irgendwann über dies Alter hinaus sei. Ich war anscheinend über dieses Alter noch nicht hinaus, ich kam offenbar gerade erst hinein.

»Die Nachdenkende«, sagte Martin, wenn ich mich dann zu ihm umdrehte, »fertig gedacht?« Aber er fragte nie, was ich gedacht hatte. Er erzählte von der Bank und vor allem von den Ausstellungen, die er organisierte, moderne Graphik oder Bilder junger, unbekannter Künstler, sie mußten sehr interessant sein, diese Ausstellungen, soweit ich das beurteilen konnte. Ich fragte mich nur, wie er das wohl machte, in der kleinen Filiale, von der er gesprochen hatte. Ich stellte mir eine dieser häßlichen kleinen Bankfilialen vor, mit Kunststofftresen und billigen Stahlrohrmöbeln und staubigen Gardinen und diesen scheußlichen riesigen Blattgewächsen, die es nur in Bankfilialen und Ämtern gibt. Da hängt er nun diese schönen Bilder und Graphiken rein, dachte ich, aber immerhin, so kommt wenigstens etwas Schönheit auf.

Und ich erzählte von den beiden Haifisch-Redakteuren bei »Bleib gesund«, die immer öfter ein kleines, anerkennendes Haifisch-Lächeln zeigten angesichts meiner temperamentvollen Berichterstattung, und wie der Chefredakteur, wann immer er mir begegnete, sich nach dem Befinden meines Herrn Vaters erkundigte, und bei Gelegenheit sollte ich doch, wenn auch ganz unbekannterweise, die besten Grüße ausrichten.

Meinem Herrn Vater ging es ausgezeichnet, er bereitete sich auf seinen Kuraufenthalt vor, den er gemeinsam mit dem netten Dr. Rienäcker, dem Geschichtslehrer, absolvieren würde, in einer Kurklinik an einem bayerischen See, und ich hatte gesagt: »Wie schön, dann kannst du mich ja besuchen«, aber das hatte er weit von sich gewiesen, er würde den Kurdienst und seine fortschreitende Gesundheit durch solche abenteuerlichen Exkursionen keinesfalls stören, aber ich bekam immerhin die gnädige Erlaubnis, daß ich ihn besuchen dürfte.

»Typisch«, sagte Martin und lachte, »Disziplin ist alles, aber er hat eine nette Tochter, das muß man ihm zugute halten«, und dann hörten wir schon wieder auf, über Väter und Redakteure und Ausstellungen zu reden.

Irgendeine Art von Liebe ist es aber doch, überlegte ich, kann ja sein, daß ich ihn nicht mit dem Herzen liebe oder mit dem Kopf, aber mit dem Körper liebe ich ihn, mein Körper liebt ihn, ganz ohne Frage. Körperliche Liebe, das ist es, so nennt man das ja wohl, oder jedenfalls hieß es früher so, bevor das Ganze in Sexualität umgetauft wurde. Dann könnte man den Spruch meiner Mutter eigentlich auch hierauf anwenden, Liebe ist Liebe, und körperlich liebe ich ihn wirklich, und also brauche ich mir auch nicht ganz so ausschweifend und unmoralisch vorkommen.

Und er hat mir Rüdiger ausgetrieben, dachte ich, und dafür hätte er eigentlich den Verdienstorden der *Vereinigung ausgemusterter Ehefrauen* verdient. Zwar war Rüdiger immer noch der attraktivste Mann, den ich mir vorstellen konnte, rein äußerlich, da konnte Martin nicht mithalten, das war klar. Aber wenn ich die Wahl hätte, mit wem von beiden ich ins Bett gehen will, überlegte ich, und stellte mir die beiden vor, wie sie um meine Liebe werben, mich sozusagen als Paris, der den Apfel zu vergeben hat, und mußte lachen – also, wenn ich die Wahl hätte, ich würde Martin wählen. Rüdiger ist raus aus meinem System, ich habe keine Sehnsucht mehr nach ihm, es ist mir egal, ob sie von morgens bis abends miteinander schlafen, die beiden, und noch fünfzig entzückende Kinder produzieren, es ist mir völlig wurscht.

Und dann fiel mir ein, daß es März war, das heißt, das wußte ich natürlich, aber daß nächste Woche der Tag war, an dem mir Rüdiger vor zwei Jahren von Clarissa erzählt hatte und dem Kind, und das blaue Band war durch meine Gedanken geflattert, und ich war abgestürzt. Das werde ich feiern, dachte ich, daß ich aus dem Graben, in den ich damals gestürzt bin, wieder rausgekommen bin, das feiere ich und zwar zusammen mit Martin.

Ich rief in der Bank an und sagte seiner Sekretärin, ich hätte gern Herrn Gräf gesprochen. Sie stellte mich gleich durch, wie immer, und ich fragte mich wie immer, was sie wohl sagen würde, wenn sie wüßte, daß es bei diesen Gesprächen um die Terminvereinbarung zur körperlichen Liebe ging. Vielleicht wußte sie es ja, vielleicht riefen an anderen Tagen andere Damen an und machten auch solche Termine aus, aber diesen Gedanken schob ich schnell beiseite.

Er war etwas verblüfft, daß ich ihn unbedingt an diesem Abend sehen wollte, aber er sagte ja, er hatte Zeit und Lust, er würde kommen. Ich bereitete ein paar Salate vor, stellte Champagner kalt und machte mich besonders schön.

»Mhm, bist du schön«, sagte er und küßte mich, und dann sah er auf den Champagner und die Gläser und die Salate und fragte: »Und was wird hier gefeiert?«

»Überleben und Befreiung«, sagte ich und goß ein, »ganz einfach: Überleben und Befreiung, mehr wird nicht verraten.« Er wußte, daß ich geschieden war, aber er kannte die Umstände nicht, genausowenig, wie ich die seiner Scheidung kannte.

»Überleben und Befreiung«, sagte er, »na gut, so was kann ich mitfeiern, auch wenn ich nicht genau weiß, wer was überlebt und sich wovon befreit hat.«

Aber er ahnte es. Wir aßen und tranken und dann feierten wir im Bett weiter, und irgendwann strich er über die Narbe an meiner linken Brust und fragte: »Das wird gefeiert, nicht wahr? Daß es nicht gebrochen ist, sondern nur angeknackst war?«

Ich schwankte zwischen Lachen und Weinen, und er küßte die Narbe und sagte: »Ein schöner Anlaß zum Feiern. Danke für die Einladung.«

»Warte mal«, sagte ich, »wie war das eigentlich damals, als ich vor Frau Niedermayers Wohnungstür lag?«

»Wie kommst du jetzt darauf?«

»Ich habe dich nie gefragt«, sagte ich, »weil es mir immer noch peinlich ist. Aber wo wir gerade dabei sind –«

Er lachte: »Du warst buchstäblich in Rotwein getränkt, innen wie außen, und das Treppenhaus roch wie ein Weinladen. Und du lagst da zwischen all den Glasscherben wie ein besoffenes Dornröschen.«

»Wie gräßlich«, sagte ich.

»Gar nicht gräßlich«, sagte er, »mal was anderes. Frau Niedermayer hatte schon alle Probleme gelöst, als ich kam, den Notarzt gerufen und festgestellt, daß der Rotwein auf dem Treppenbelag keine Flecken macht, und ich konnte ihr nur noch helfen, die Scherben aufzusammeln, und natürlich deinen Anblick bewundern.«

»Du machst dich lustig über mich«, protestierte ich.

»Das hast du davon, wenn du solche Fragen stellst«, sagte er, und ich sagte: »Laß uns lieber noch ein bißchen feiern.«

»Nun möchte ich es aber wissen«, sagte Elisabeth, nachdem wir bestellt und den ersten Schluck Champagner getrunken hatten. Wir saßen im »Coq Bleu«, ihrem Lieblingsrestaurant, wo der Chef sie mit Handkuß begrüßt, in die Küche ruft: »Den Champagner für Madame«, und jeder weiß, wer mit Madame gemeint ist, und ihr den schönsten Tisch aussucht, ohne Rücksicht auf die Reservierungskarte, die vielleicht schon draufsteht. »Wer ist er?«

»Wen meinst du?« fragte ich heuchlerisch.

»Den Mann, in den du verliebt bist, natürlich«, sagte sie. »Ich bin zwar nicht mehr die Jüngste, aber ich habe gute Augen.«

Ich hatte ihr nichts von Martin erzählt, weil ich befürchtet hatte, daß das Arrangement unserer Beziehung, um mich mal vornehm auszudrücken, nicht ihren Beifall finden würde.

Und so war es auch. Ich hatte zwar großes Gewicht auf die Tatsache gelegt, daß er Filialleiter einer Bank war, ich hatte ihn auch sonst als seriösen und vernünftigen Mann geschildert, und natürlich hatte ich verschwiegen, welchem Zweck unsere Treffen vor allem dienten. Aber sie merkte es doch.

»Und seine Freunde?« fragte sie. »Was hat er für Freunde?« Ich sagte, ich würde seine Freunde nicht kennen.

»Aber die trefft ihr doch sicher mal, wenn ihr ausgeht«, sagte sie.

Ich sagte, wir würden nicht so oft ausgehen, und jedenfalls hätten wir noch nie Freunde von ihm getroffen.

»Und hast du ihn deinen Freunden vorgestellt, abgesehen von mir natürlich?« fragte sie. Ich sagte: »Nein«, und sie sagte: »Und er ist geschieden und hat zwei Kinder, sagst du?«, was ich bejahte.

Sie schwieg und dachte nach, und ich wußte, sie rang mit sich, ob sie sich einmischen sollte. Laß es, Elisabeth, dachte ich, laß es bloß, egal, was du jetzt sagst, ich treffe mich weiter mit ihm, ich schlafe nun mal so furchtbar gern mit ihm, aber das kann ich dir doch nicht erklären.

»Ich mische mich ungern ein, das weißt du«, sagte sie schließlich, »aber glaubst du, daß dieser Mann der Richtige für dich ist?« Das glaube ich allerdings, dachte ich, er ist genau der Richtige für mein Bett und meinen Körper, und das genügt mir voll und ganz. »Ich will ihn doch nicht heiraten«, sagte ich, »Elisabeth, du nimmst das zu ernst. Es ist eine nette, lockere Beziehung, eher unverbindlich, würde ich sagen.«

Da hatte sie mich: »Aber irgend etwas muß euch doch verbinden?« fragte sie.

Na gut, dachte ich, wenn du es unbedingt hören willst, dann kriegst du es zu hören. »Es ist die pure Leidenschaft«, sagte ich, »ich kann es einfach nicht abwarten, mit ihm ins Bett zu kommen. Sexualität, wenn du weißt, was ich meine.«

»Du brauchst gar nicht so ironisch zu werden«, sagte sie ablehnend, »und du solltest mich gut genug kennen, um zu wissen, daß mich das Intimleben anderer Menschen nicht interessiert. Ich möchte dich nur nicht noch einmal bewußtlos im Krankenhaus vorfinden, das ist alles.« Sie überlegte einen Moment: »Und diese Art von Abhängigkeit kann sehr gefährlich werden.«

Ich wußte, daß sie die Wendung »sexuelle Hörigkeit« nur aus übergroßem Taktgefühl vermieden hatte.

»Elisabeth, ich passe schon auf mich auf«, sagte ich, denn wir konnten ja nun nicht gut das Für und Wider von sexueller Hörigkeit diskutieren, »du brauchst dir keine Sorgen zu machen.«

»Das hoffe ich«, sagte sie, »und entschuldige, daß ich mich eingemischt habe, aber du liegst mir am Herzen. Und nun laß uns von etwas anderem reden.«

Warum sind sie nur alle so gemein zu mir, dachte ich. Für Rebekka ist die Sache mit Martin zweite Wahl, besser als gar nichts, sehr schmeichelhaft, und für Elisabeth ist es ein schwerer Fall sexueller Hörigkeit und Martin ein mieser Kerl, der die arme kleine Ines ausnützt und dann fallenläßt, auch sehr schmeichelhaft, muß ich sagen. Und wenn es nun doch so ist, dachte ich plötzlich, wenn ich tatsächlich hörig wäre, das könnte ja sein, ich bin nicht vom Fach, woher soll ich das wissen?

Ich werde mir noch ein Buch kaufen müssen, aber diesmal gehe ich in eine andere Buchhandlung, denn was soll die Buchhändlerin von mir denken, wenn ich erst ein Buch über die lesbische Liebe will, dann eines über Empfängnisverhütung, und nun noch eines über sexuelle Hörigkeit.

Über Empfängnisverhütung hatte ich mich ja auch informieren müssen. Zwar war es wenig wahrscheinlich, daß ich nach all den Jahren mit Rüdiger, in denen ich nicht verhütet hatte, nun plötzlich mit über vierzig schwanger werden würde, aber was weiß man? Ich hatte keine Ahnung, wie man verhütet, außer daß man morgens die Pille nimmt, wie ich das ganz früher getan hatte, aber mit der Pille war es ja nun nichts mehr, alle diese Nebenwirkungen, und das besonders in meinem Alter. Ich kaufte mir also ein Buch und entschloß mich für eine Kombination von Temperaturmethode und Schleim-Methode, so gräßlich das klingt, und außerdem Hineinhorchen in meinen Körper, und das funktionierte auch, und für den Fall, daß meine Methoden darin übereinstimmten, daß Abstinenz angesagt war, wir aber beide sehr für einen Termin waren, machte ich die Bekanntschaft von Kondomen.

Martin hatte schallend gelacht, als sich herausstellte, daß ich nicht mal wußte, wie so etwas aussah. Aber der Beginn meines Liebeslebens war mit der Verbreitung der Anti-Baby-Pille zusammengefallen, woher sollte ich also wissen, wie ein Kondom aussah? Und wenn ich geahnt hätte, daß ich mit vierzig noch mal so verrückt nach körperlicher Liebe werden würde, dann hätte ich mich vielleicht vorab informiert, aber wie hätte ich das ahnen können?

Nein, du kaufst dir kein Buch über sexuelle Hörigkeit, sagte ich zu mir, während ich meinen Salat aß und Elisabeth von etwas anderem sprach. Erstens ist es wenig wahrscheinlich, daß du daran leidest, und zweitens, was machst du, wenn du womöglich doch alle Symptome bei dir findest? Du wirst weiter mit Martin schlafen, aber dann mit schlechtem Gewissen, und du neigst sowieso schon zu Schuldgefühlen, und hast du es nötig, dir noch mehr zu machen?

Außerdem war sexuelle Hörigkeit einfach etwas Feines, jedenfalls solange man nicht wußte, wie Fachleute darüber dachten, unter welche Kategorie von Perversionen sie sie einordneten und welche schrecklichen Kindheitserlebnisse die Ursache waren. Ich entschied mich dafür, meine Hörigkeit als Spezialform zu betrachten, die Dohmannsche Sonderform, ganz ohne schreckliche Kindheitserfahrungen, dafür mit den allerbesten Auswirkungen auf Leib und Seele. Kurmäßige Anwendung wird dringend empfohlen, dachte ich und mußte lachen.

»Worüber lachst du?« fragte Martin.

»Über Hörigkeit«, sagte ich unbedacht.

»Wieso?«

Ich hätte mir am liebsten die Zunge abgebissen. Es war schlimm genug, daß ich so verrückt nach ihm war, ich mußte es ihm nicht auch noch auf die Nase binden. Aber ich konnte jetzt schlecht behaupten, daß ich ganz allgemein und theoretisch über Hörigkeit nachgedacht hatte, und also erzählte ich ihm von Elisabeths Befürchtungen.

Er grinste und streichelte mir über den Rücken: »Hat deine Tante auch gesagt, ob es ansteckend ist?«

Mir wurde etwas leichter. »Darüber hat sie sich nicht ausgelassen«, sagte ich, »aber möglicherweise ist es eine ansteckende Krankheit.«

»Möglicherweise sehr ansteckend«, sagte er. »Nicht gerade in den öffentlichen Verkehrsmitteln, aber bei längerdauerndem Kontakt von Mensch zu Mensch, da ist es ausgesprochen gefährlich.«

»Bettruhe und gute gegenseitige Pflege sind notwendig«, sagte ich und dankte in meinem Herzen Elisabeth und meiner Unbedachtheit, die mich das mit der Hörigkeit hatte aussprechen lassen. Jetzt wußte ich wenigstens, daß es ihm ähnlich ging, was ich mich nie zu fragen getraut hätte, und daß es wahrscheinlich keine anderen Damen gab, die Termine mit ihm ausmachten, und daß es mit dieser schönen Gewohnheit vielleicht nicht so bald zu Ende gehen würde. »Wenn du so weitermachst, dann werde ich bald einen weiteren schweren Anfall erleiden.« »Den werden wir auch noch überleben«, sagte er und machte weiter.

»Hallo, hier ist Rüdiger«, sagte Rüdiger, »wie geht es dir denn so?«

»Sehr gut«, sagte ich aus tiefstem Herzen und das erste Mal seit langer Zeit wieder ganz ehrlich. »Einfach sehr gut.«

»Deine Stimme klingt so anders«, sagte er, fast ein bißchen mißtrauisch. »Ist irgendwas Besonderes passiert?«

Nichts, dachte ich, nichts Besonderes ist passiert, außer daß mein Herz zu bluten aufgehört hat und daß du mir egal geworden bist, und daß ich – wenn auch schwache – Aussichten habe, nicht zu verhungern, wenn du in einem Jahr aufhörst zu zahlen, und daß ich zweimal die Woche einen Termin für die körperliche Liebe habe mit einem untersetzten, rotblonden, sommersprossigen Herrn.

»Eigentlich nichts«, sagte ich.

»Hm«, sagte er und überlegte offensichtlich, wie er zu dem eigentlichen Grund seines Anrufes überleiten könnte, während ich überlegte, warum er wohl anrief. Versicherungsprobleme schieden aus, der Barockschrank auch, und wegen meines Kontos konnte es nicht sein, denn das sah so wunderbar aus, daß selbst der hartherzigste Filialleiter damit zufrieden sein mußte. Vielleicht bekamen sie ja gerade das zweite Kind, und er wollte mich fragen, ob sie es diesmal auch Ines nennen dürften.

»Ja, weswegen ich anrufe«, sagte er, »wollen wir uns nicht mal wieder sehen?«

Ich war sprachlos.

»Ich meine, mal so auf eine Tasse Kaffee, oder eine Kleinigkeit zu essen«, fügte er hastig hinzu, als ob er Angst hätte, daß ich seine Frage als unziemlichen Annäherungsversuch mißverstehen könnte.

Ich war so verblüfft, daß mir nur die platteste Antwort einfiel: »Warum?« fragte ich.

Nun wußte er auch nicht mehr, was er sagen sollte. Wir schwiegen beide, und dann räusperte er sich und sagte: »Ich dachte nur... ich meine – natürlich, wenn es dir nicht recht ist...«

Warum willst du mich plötzlich wiedersehen, dachte ich, du hast mich vor ziemlich genau zwei Jahren abserviert, entsorgt, in dieses nette Mausoleum überführt, und du wolltest nichts mehr sehen oder hören von mir, kein Stück von mir in deinem Haus, nichts mehr von mir in deinem neuen Leben haben – warum willst du mich plötzlich wiedersehen?

»Das kommt so überraschend«, sagte ich.

»Na, ja«, sagte er, »also, ich dachte, so auf Dauer – also nach der Trennung, da war das natürlich was anderes, aber so auf Dauer – ich dachte, da könnten wir doch ein bißchen Kontakt haben, nur so hier und da, meine ich.«

So ein bißchen Kontakt, hier und da, was soll das heißen, dachte ich, ich möchte wissen, was du damit meinst, und also werde ich mich mit dir treffen. »Gut«, sagte ich, »wann?«

Er schien erleichtert. »Wie wäre es nächsten Mittwoch – warte mal, ich sehe nur gerade nach... Ach, schade, da kann ich nicht.«

»Da habe ich auch keine Zeit«, sagte ich selbstzufrieden und ganz ehrlich. »Wie wäre es dann mit Freitag abend um sieben«, fragte er, und da hatte ich Zeit und gab das auch ehrlich zu. Wir verabredeten uns vor einem Lokal, das er offenbar danach ausgesucht hatte, daß es weit genug von seiner Praxis entfernt lag.

Was für eine wirklich nette Ironie des Schicksals, dachte ich, nachdem ich aufgelegt hatte, da kommt der Ex-Ehemann, nach dem ich mich so lange verzehrt habe, dem mein Herz nachgeblutet hat, wegen dem ich die Treppe runtergefallen bin, und will mich doch tatsächlich mal wieder sehen, will doch tatsächlich mit mir essen gehen, an einem Mittwochabend, und gerade an diesem Mittwochabend kann ich nicht, weil nämlich der rotblonde Kühlschrankreparierer, der mich am Fuße jener Treppe gefunden hat und wegen dem ich mich nun nicht mehr nach dem Ex-Ehemann verzehre, mich an eben diesem Mittwochabend doch tatsächlich zu einem offiziellen Ereignis eingeladen hat.

»Ha! Wie das Leben so spielt«, sagte ich zu meinem Wohnzimmer, wie es Shirley McLaine in meinem anderen Lieblingsfilm »Das Appartement« zu Jack Lemmon sagt: »Wie das Leben so spielt, fortunamäßig.«

XIV

»Hast du nicht Lust, zur Eröffnung zu kommen?« hatte Martin gefragt, und ich hatte »ja, gerne« gesagt und mich in den folgenden Wochen damit getröstet, daß ich diese verdammte Ausstellung, die fast alle unsere Termine fraß, wenigstens würde sehen können.

Sie hieß »Unbekannte Expressionisten«, und Martin war nur noch damit beschäftigt, Museumsdirektoren und Privatsammler dazu zu überreden, Bilder rauszurücken, und die Versicherung dazu zu bewegen, diese Bilder zu versichern, und dann war es um den Katalog gegangen und darum, wie und wo er die Bilder aufhängte und welche er würde umhängen müssen, und danach ging es um die Getränke und das Futter, denn schließlich kann man es keinem Menschen zumuten, Bilder mit leerem Magen und ohne ein Glas in der Hand zu betrachten, selbst wenn es unbekannte Expressionisten sind.

Endlich kam er und brachte mir eine edle Einladungskarte, der zu entnehmen war, daß die Bank es sich als Ehre und Freude anrechnen würde, auch mich zu begrüßen, und er sagte erleichtert »übermorgen«, und wir hatten endlich wieder einmal einen Termin, aber leider brach die Krankheit nicht so heftig aus, weil er einfach zu müde war.

Ich hatte mir teure Strumpfhosen einer französischen Marke gekauft, meine edelsten Klamotten rausgesucht und war zum Friseur gegangen. Der Herrenschnitt, der für Frau Schmitt-Meermann bestimmt gewesen war, war rausgewachsen, und ich ließ mir den Frisurenkatalog geben, um herauszufinden, was wohl am besten zu den unbekannten Expressionisten und zur Bank passen würde und dazu, daß ich mich mit meinem unmoralischen Verhältnis das erstemal in der Öffentlichkeit zeigte, auch wenn es nur in einer scheußlichen Filiale mit Kunststofftresen und Blattgewächsen war.

Ich deutete auf eine Dame mit Giraffenhals, um deren mageres Gesicht glatte Haare lagen, glatt wie meine, in Kinnlänge abgeschnitten, und im Nacken rasiert wie bei einem Kurzhaarschnitt.

»Helm-Look«, murmelte mein Friseur und nickte, »paßt gut zu Ihrem Typ.«

Wenn man ihm glauben darf, dann gibt es praktisch keine Frisur, die nicht zu meinem Typ paßt, aber vielleicht hat er ja recht, vielleicht habe ich ein Frisurengesicht, wie andere Leute ein Brillengesicht oder ein Hutgesicht. Er hatte auch wieder eine neue Kollektion Ohrringe da, große, die gut zum Helm-Look paßten, und ich kaufte mir wunderbare Ohrgehänge, mit perlgrauen, mattglänzenden Steinen und kleinen Glitzern drumherum, gerade das richtige für Banken und Expressionisten.

Im Treppenhaus traf ich Frau Niedermayer. »Frau Dohmann!« sagte sie und wich auf ganz unhanseatisch-dramatische Weise ein Stück zurück: »Wie Sie aber man aussehen!« Ich hatte ihr natürlich nicht gesagt, daß ihre Wunschvorstellung in bezug auf Martin und mich zumindest teilweise in Erfüllung gegangen war, aber ebenso natürlich wußte sie es. Frau Niedermayer war nicht der Mensch, der hinter der eigenen Wohnungstür stand und nach draußen lauschte oder im Treppenhaus spionierte oder klatschte, für so was war sie sich zu fein, wie sie es nannte, aber sie wußte gern, was los war, und tatsächlich wußte sie auf mysteriöse Art und Weise immer genau, was los war. Sie hatte nie auch nur eine Andeutung fallenlassen über Martin und mich, nicht mal das kleinste Augenzwinkern hatte sie sich erlaubt, auch dafür war sie zu fein, aber der zufriedene Blick, mit dem sie mich neuerdings betrachtete, sagte alles.

Sie bewunderte ausgiebig mein Aussehen, aber sie fragte nicht, wo es denn hinginge. Ein kleines Geschenk zur Feier des Tages, dachte ich, ich sag's dir, dann brauchst du ab jetzt nicht mehr ganz so dezent und taktvoll zu sein: »Herr Gräf hat mich zu einer Ausstellungseröffnung in seiner Bank eingeladen«, sagte ich, und nun konnte sie ganz ungehindert strahlen und sagen: »Ach, das freut mich aber!« und mich kurz und fest an sich drükken.

Ich ging zu Fuß, es war ein schöner Abend, und es war nicht weit bis zu der Adresse in der Altstadt, die auf der Einladung stand. Ich versuchte, nicht allzu aufgeregt zu sein und ruhig durchzuatmen, und ich wünschte mir, ich hätte ein bißchen Erfahrung mit Tai Chi oder autogenem Training und all diesem

Zeug, mit dem Carola sich immer so wunderbar ausbalancierte. Wie sollte ich Martin zum Beispiel begrüßen? Ich konnte ihm schlecht die Hand geben, das wäre irgendwie komisch, aber konnte ich ihm zur Begrüßung mitten in der Bank einen Kuß geben, wie ich das sonst tat? Und ich würde dort wahrscheinlich überhaupt niemanden kennen, und ich bin auch nicht der Typ, der sich leicht bekanntmacht oder locker plaudert, aber es sind ja noch die Bilder da, Gott sei Dank, im Zweifelsfall sehe ich mir einfach immer wieder die Bilder an.

Die Bank befand sich in einem großen alten Haus mit hohen Fenstern und einem hohen, beeindruckenden Eingang, neben dem ein dezentes Schild über die Anwesenheit der Filiale Auskunft gab. Ich konnte mir kaum vorstellen, daß sie in so ein schönes Haus Kunststofftresen und Blattgewächse geschleppt hatten, aber das hatten sie wahrhaftig auch nicht getan. Ich betrat die schönste Bankfiliale, die ich je gesehen hatte: ein hoher weiter Raum, mit Barockornamenten und kleinen runden Fenstern an der Deckenwölbung, und unten waren die Fenster hoch und schmal und mit hölzernen Innenläden versehen. Es gab überhaupt keine Blattgewächse, nur schöne große Drachenbäume, dezent angestrahlt, die Tresen waren aus alter Eiche, und überall an den weißen Wänden hingen unbekannte Expressionisten, die wunderbar in diese Umgebung paßten. Es waren schon viele Leute da, es herrschte behagliches Stimmengewirr, Martin war nirgends zu sehen. Ich nahm mir ein Glas Sekt von dem Tablett, das mir ein Kellner entgegenhielt, und war froh, mich erst mal von meiner Überraschung erholen zu können. Eine kleine Filiale, hat er gesagt, dachte ich, eine ganz unwichtige Filiale, dieser Lügner, das ist doch bestimmt die größte und wichtigste Filiale, die diese komische Bank überhaupt hat.

Martin kam auf mich zu, und ich hätte ihn beinahe auch nicht erkannt. Ich hatte ihn immer nur in Jeans und Hemd oder Pullover gesehen, genauer gesagt hatte ich ihn neunzig Prozent der gemeinsam verbrachten Zeit überhaupt ohne alles gesehen, und heute trug er einen feinen, dunkelblauen Anzug, ein hellgraues Hemd und einen schönen Seidenschlips. »Schön, daß du da bist«, sagte er und küßte mich auf die Wange, »gut, daß du ein bißchen später kommst. Jetzt bin ich schon zu allen wichtigen

Leuten nett gewesen, jetzt habe ich Zeit und kann dir alles zeigen.«

»Das ist doch keine kleine Filiale«, sagte ich vorwurfsvoll, »du hast gesagt, es wäre bloß eine kleine, unwichtige Filiale!«

Er lachte. »Banktechnisch gesehen, ist es eine unbedeutende Filiale«, sagte er. »Wir haben hier in der Altstadt nur noch wenige Kunden, und die großen Firmen sind alle bei anderen Filialen. Aber sie ist gut für die Reklame.«

»Wieso?« fragte ich.

»Das erkläre ich dir nachher«, sagte er. »Jetzt schauen wir uns erst mal die Bilder an.« Wir nahmen uns ein Glas Sekt und dann betrachteten wir die Bilder, und er zeigte mir seine Lieblingsstücke und die, um die er am härtesten hatte kämpfen müssen, und zwischendurch begrüßte er Gäste und machte mich bekannt.

Wenn das so weitergeht, verliebe ich mich noch in ihn, dachte ich und betrachtete einen kleinen, unbekannten Beckmann, den er einem sehr alten und sehr hartnäckigen Sammler abgeschwatzt hatte, er ist so strahlend und beeindruckend und sieht so gut aus in seinem Anzug, in dem nur die breiten Schultern zur Geltung kommen und nicht die paar Pfunde zuviel um die Taille, und er ist Herr über so eine wundervolle Filiale, und dann sind alle diese schicken und wichtigen Leute hier, die ihn so herzlich begrüßen, und anscheinend ist er auch ein wichtiger Mann.

Pfui, Ines, sagte ich zu mir, das ist mal wieder schandbar, bislang war er dir gerade fürs Bett gut genug, solange du dachtest, daß er zwischen Kunststofftresen und Blattgewächsen sitzt, und schön fandest du ihn auch nicht, und jetzt, wo er offenbar ein angesehener Mann ist, da findest du ihn plötzlich attraktiv und kommst auf die Idee, dich in ihn zu verlieben. Du solltest dich schämen.

»Ines«, sagte Martin und berührte mich am Arm. Ich drehte mich um und sah eine Silberblondine, und Martin sagte: »Darf ich bekanntmachen: Frau Dr. Maiwald-Dohmann, Ines Dohmann –« Er stutzte, sah von einer zur anderen und fragte: »Ist das Zufall, oder sind Sie verwandt?«

Ich starrte in die braunen Rehaugen von Clarissa und eine von diesen seltenen Erleuchtungen überkam mich, eine von diesen

Erleuchtungen, die es einem möglich machen, im passenden Augenblick das Passende zu sagen, statt stumm und dumm rumzustehen und erst nachher zu wissen, was man hätte sagen sollen, und sich zu ärgern.

»Weder noch«, sagte ich doch tatsächlich und produzierte ein leichtes, melodisches, der Situation vollkommen angemessenes Lachen, und dabei brach mir der Schweiß aus, was ja aber niemand sehen konnte, »wir sind – oder waren, in meinem Fall – nur mit demselben Mann verheiratet.«

Martin sah immer noch verblüfft und etwas unsicher zwischen uns hin und her, aber Clarissa fing sich auch und reichte mir die Hand und sagte: »Ach, das ist aber nett, daß wir uns mal kennenlernen«, was eine reichlich konventionelle Bemerkung war und nicht halb so witzig und gescheit wie das, was ich gesagt hatte, aber immerhin. Wir schüttelten uns die Hand, und dann machten wir Konversation über Bilder und die Ausstellung, das heißt, die beiden machten Konversation, während ich mich von meiner übermäßigen Geistesgegenwart erholte und froh war, daß ich ein Jackett trug, so daß niemand die Schweißflecken sehen konnte, die meine Bluse verfärbten.

Clarissa trug auch ein Jackett, aber sie sah nicht aus, als ob sie darunter schwitzte, sie sah überhaupt nicht so aus, als ob sie jemals schwitzte. Das Jackett war aus rehbraunem Leinen, der Rock auch, die Bluse aus perlmuttrosa Seide, und sie trug wieder den Diamanten um den Hals.

Sie war genauso zart und hübsch, wie ich sie in Erinnerung hatte, aber plötzlich erinnerte sie mich nicht mehr an eine Elfenkönigin, sondern eher an ein Eichhörnchen, mit den großen braunen Augen in dem kleinen Gesicht und dem kleinen Mund, der sich so schnell bewegte wie bei einem Eichhörnchen, das eine Nuß ißt, und plötzlich machte es mir nichts mehr aus, eine Elefantenfrau zu sein, ja, ich war sogar froh darüber. Lieber eine Elefantenfrau sein, dachte ich, als so eine kleine, komische, nichtssagende Eichhörnchenfrau. Ich sah Martin an, der neben mir stand und munter mit Clarissa plauderte: Er ist ja auch eher der Typ Elefantenmann, dachte ich, so breit und kräftig, da passen wir doch gut zusammen, und mir wurde ganz warm.

»Da will ich doch aber mal sehen, wo Rüdiger ist«, sagte Clarissa und lächelte mich mit herzlicher Verbindlichkeit an und verschwand zwischen den Gästen.

»War das jetzt schlimm?« fragte Martin. »Ich hatte keine Ahnung –«

»Woher solltest du das wissen?« sagte ich. »Es war nicht schlimm, keine Sorge, es ist sogar ganz gut so, laß uns noch ein Glas Sekt trinken«, bis Rüdiger kommt, und damit die nächste Bewährungsprobe, fügte ich in Gedanken hinzu.

Clarissa brauchte zum Glück lange, um Rüdiger zu finden, und als er dann kam, war ich gerade in einem angeregten Gespräch mit Martin und einer netten älteren Bankkundin.

»Hallo, Ines«, sagte er, »das ist aber eine Überraschung«, und Clarissa erzählte gleich, was es für eine Überraschung gewesen sei und wie witzig, als Martin uns mit dem gleichen Namen einander vorgestellt hatte. »Was für ein seltsamer Zufall, nicht wahr?« sagte sie und lächelte Rüdiger an und mich und Martin. »Ja, wirklich«, sagte Rüdiger und wollte etwas sagen, aber Clarissa redete weiter, wie nett es doch sei, daß wir uns hier getroffen hätten, und daß es wirklich Zeit gewesen sei, daß wir uns endlich einmal kennenlernten, und ich konnte einfach immer das gleiche freundliche Lächeln auf dem Gesicht behalten und zustimmend nicken und Rüdiger betrachten.

Er war wieder sehr edel angezogen, passend zu Clarissa, seine Haare waren an den Schläfen ziemlich grau geworden und sehr kurz geschnitten, aber das stand ihm gut, und auch der müde Ausdruck im Gesicht stand ihm gut. Er ist einfach der schönste Mann auf Gottes Erdboden, dachte ich, und das wird er immer bleiben, auch wenn er einen Sack anhätte und kahlköpfig wäre. Aber mein Herz hüpft nicht mehr, wenn ich ihn sehe, und die Schmetterlinge in meinem Bauch fliegen nicht mehr, die fliegen jetzt wegen dem blaugewandeten Filialleiter neben mir, der schon ganz rot ist im Gesicht, vor Aufregung und Hitze und Alkohol, und nicht so edel-bräunlich wie Rüdiger, und der neben Rüdiger klein und dick und kompakt aussieht, aber anscheinend haben meine Schmetterlinge eine Schwäche für kleine, dicke, blaue Männer.

»Wie das Leben so spielt«, dachte ich laut, und Rüdiger zuckte zusammen und fragte: »Was hast du gesagt?«

»Ach, nichts«, sagte ich, und da Clarissa mit Martin gerade über den Expressionismus und seine verschiedenen Perioden und frühe Beckmanns und späte Beckmanns diskutierte, fragte ich ihn: »Und wie geht's dir?«

»Sehr gut, danke«, sagte er und ließ den Blick über die Menschen gleiten, »sehr gut.«

»Und die Praxis?« fragte ich. »Habt ihr die jetzt zusammengelegt?« »Ja, ja«, sagte er, »es läuft sehr gut.«

»Und was macht deine Tochter?« Ines Dohmann, das Konversationsgenie, zäh und hartnäckig, nach dem Motto: Wann fängt Beton an zu blühen? War er früher auch so lahm, und habe ich das bloß nicht gemerkt?

»Ach, die entwickelt sich prächtig«, sagte er und ein Fünkchen Interesse glomm in seinen Augen auf. »Sie redet schon wie ein Buch, sie ist wirklich unglaublich sprachbegabt.«

Ich schwieg und lauschte und dachte, er würde weiterreden über seine Tochter, aber statt dessen sah er zu Martin hinüber und sagte: »Hast du die Bank gewechselt?«

»Wieso?«

»Na, weil du heute abend hier bist«, sagte er. Ach so, das willst du wissen, dachte ich, das kannst du gerne hören, und einen kleinen Exkurs über Schmetterlinge auch, wenn du willst, ganz gratis und franko.

»Ich bin mit Martin privat befreundet«, erwiderte ich leichthin.

»Ach so«, sagte er. »Kennt ihr euch näher?«

»Ja«, sagte ich, »ziemlich nahe, würde ich sagen.«

Er murmelte »mhm« und ließ seinen Blick wieder durch den Raum schweifen. Was für ein gottverdammter Langweiler, dachte ich, gleich schläft er im Stehen ein, war ich etwa dreizehn Jahre mit einem Langweiler verheiratet und habe das nicht gemerkt, weil ich ein bißchen langsam bin im Merken, oder ist er erst so langweilig geworden?

Ich könnte ihn ja aufwecken, dachte ich, und darüber reden, warum er mich am Freitag treffen will, oder ich könnte ein bißchen spritzige Konversation machen über Ehemänner, die ihre Frauen bei der Scheidung um den Ausgleich des Zugewinns betrügen oder so was, da würde er sicher sofort wach werden.

»Rüdiger, ich glaube, wir müssen«, sagte Clarissa und legte die Hand auf seinen Arm und lächelte mich herzlich an. »Ja, natürlich«, sagte Rüdiger, schüttelte Martin die Hand und sagte: »Auf Wiedersehen, Ines.« Clarissa reichte mir die Hand, diese schmale zarte Hand mit vielen edlen Ringen dran, strahlte mich an und sagte: »Wie nett, daß wir uns endlich kennengelernt haben«, als hätte sie seit Monaten auf nichts anderes gehofft, »das müssen wir unbedingt wiederholen«, und ich fragte mich, wie sie das wohl machen wollte, außer natürlich, sie lud mich in ihr Schwimmbad-Wohnzimmer mit den weißen Sofas und den grauen und blauen Elefanten ein.

»Das ist unsere Chance«, sagte Martin, als die beiden gegangen waren. »Die Gesellschaftslöwen haben jetzt Schichtwechsel, die gehen jetzt auf ein unheimlich wichtiges Fest. Ich lege die Eröffnungstermine möglichst so, daß danach was anderes stattfindet, wo sie unbedingt hinmüssen, damit sie nicht ewig hier rumstehen. Paß auf, es wird gleich leer.«

Er hatte recht. Der Raum leerte sich zügig, und schließlich waren nur noch ein paar ältere Bankkunden da, die sich noch mal in Ruhe am Büffet bedienten und sich noch mal in Ruhe die Bilder ansahen, und es wurde richtig gemütlich. Ich kam auch endlich dazu, etwas zu essen, ich stopfte mich nach der überstandenen Anstrengung so richtig voll mit all den wunderbaren Sachen, die die Bank spendiert hatte. Ich saß auf einer ledergepolsterten Eichenbank und aß und trank und betrachtete zufrieden den Raum, die Bilder und Martin, der mit seinen letzten Gästen redete und sie verabschiedete.

»So«, sagte er, »jetzt kommt das Aufräumkommando, und der Abend gehört uns. Was machen wir?«

»Ich habe gegessen und getrunken und Kunst genossen und meinen Ex-Ehemann das erste Mal seit langer Zeit wiedergesehen, und seine neue Frau kennengelernt«, sagte ich, »ehrlich gesagt: mir reicht's. Ich möchte am liebsten nach Hause gehen und ins Bett.«

Martin hat ja auch diese nette Neigung, einfach ins Bett zu gehen, und also fuhren wir in meine Wohnung und gingen stracks ins Bett, nachdem ich vorher stracks unter die Dusche gegangen war, um den Geistesgegenwarts- und Konversationsschweiß abzuwaschen. »Komm«, sagte Martin und streckte den Arm aus. Ich zog die Decke über uns, legte meine Hand auf die rotblonden Brustlocken, und er fragte: »Was war das für eine Geschichte mit deinem Mann?«

Ich erzählte ihm die ganze Geschichte mit meinem Mann und der märchenhaften Clarissa und dem Kind, und er hörte still zu und dann sagte er: »Ein ganz schöner Hammer. Kein Wunder, daß du die Treppe runtergefallen bist.«

»Und was ist das nun für eine Geschichte mit deiner Filiale?« fragte ich. »Wieso ist dieser Prachttempel des Kapitalismus eine unbedeutende Filiale?«

»Kundenmäßig und kontomäßig und geldmäßig ist sie unbedeutend«, sagte er, »deswegen habe ich sie ja auch bekommen.«

»Wieso?« fragte ich.

»Weil ich kein guter Bankmann bin«, antwortete er. »Irgendwann gehen mir Zahlen auf die Nerven, und das ist keine gute Voraussetzung, um Karriere zu machen. Ich bin auch nicht hartherzig genug, wie du das nennst. Also haben sie mir diese Filiale gegeben, und da kam ich auf die Idee mit den Ausstellungen. Sie haben sich erst furchtbar gesträubt.« Er lachte. »Sie hatten schreckliche Angst davor, es würde sie Geld kosten und sich nicht rentieren. Aber ich habe geredet wie ein Werbefachmann, von wegen unbezahlbarem Public-relation-Effekt und Image-Aufbesserung und so. Und jetzt sind sie ganz begeistert, jetzt ist es so eine Art In-Veranstaltung, und ich kriege sogar ein tolles Büffet und jede Menge Getränke und diese edlen Einladungskarten.«

»Warum bist du dann aber Bankmann geworden, wenn du keine Zahlen magst?« fragte ich.

»Ich bin ein verhindertes Genie«, sagte er und lachte, aber ich spürte, daß er es nicht komisch fand: »Ich wollte Maler werden, aber mein Vater bestand darauf, daß ich erst eine vernünftige Ausbildung machte. Also wurde ich Bankkaufmann. Aber dann klappte es nicht mit der Kunstakademie und mit der Malerei, und dann habe ich geheiratet, und die Kinder kamen, und irgendwer mußte ja Geld verdienen.« Er streichelte mechanisch meine Schulter. »Wenn ich mehr Mut gehabt hätte... Meine Frau hätte das unsichere Künstlerdasein vermutlich sogar mitgemacht.« Er sah mich an und lachte wieder so seltsam: »Da ist dein Exmann schon beeindruckender, Internist und Prominentenarzt und verdient einen Haufen Geld.«

Ich küßte ihn. »Dafür bist du in anderer Hinsicht wesentlich beeindruckender«, sagte ich, »rein schmetterlingsmäßig betrachtet.«

»Was meinst du mit Schmetterlingen?« fragte er erstaunt.

»Über Schmetterlinge spricht man nicht«, sagte ich, »Schmetterlinge läßt man fliegen«, und küßte ihn wieder.

Die Schmetterlinge waren sehr intensiv geflogen, und ich wachte erst auf, als Martin schon lange fort war und das Telefon klingelte.

»Hallo, Ines, mein Herzchen«, sagte Carola, »habe ich dich geweckt? Du klingst so verschlafen.«

»Das macht nichts«, sagte ich, nahm das Telefon, wanderte in die Küche und setzte Wasser auf.

»Wie schade, daß wir uns gestern abend verpaßt haben«, sagte sie. »Ich war nur kurz da, aber ich habe danach noch Rüdiger und Clarissa getroffen, und die haben mir erzählt, wie nett es war.«

Sieh mal an, dachte ich, Martin hat recht, Schichtwechsel, erst die Ausstellung, dann die wichtige Festivität, und bloß die arme Carola hat es leider nicht ganz geschafft und was verpaßt, das muß ihr ja in der Seele wehtun, daß sie den großen Augenblick der Dohmann-Reunion nicht mitbekommen hat.

»Es war wirklich sehr nett«, sagte ich.

»Dieser Martin Gräf macht ja ganz wunderbare Ausstellungen«, sagte sie harmlos, »und er ist so nett, nicht wahr?«

Wenn du wüßtest, wie nett er ist, dachte ich, er macht wunderbare Ausstellungen, und er ist auch ganz wunderbar im Bett, und man fragt sich, was er wunderbarer macht.

»Ja«, sagte ich, »wirklich sehr nett.«

Carola wechselte das Thema, nachdem hier offenbar fürs erste nichts mehr zu holen war. »Ich sah kürzlich deinen Artikel in der Marginale«, sagte sie, »sehr interessant, wirklich, Ines, es hat mich sehr interessiert. Wie schön, daß du jetzt für die schreibst.«

Ich stimmte ihr zu, während ich heißes Wasser über die Kamillenblüten goß.

»Hast du nicht Lust, nächste Woche zu einem kleinen Fest zu uns zu kommen?« fragte sie. »Du kannst auch gerne jemanden mitbringen.«

Klar, dachte ich, den netten Herrn Gräf, den meinst du doch. Die arme kleine Ines ist anscheinend wieder gesellschaftsfähig, mit einem präsentablen, kunstbeflissenen Bankmanager an ihrer Seite und mit einem Artikel in der Marginale, und Rüdiger und Clarissa haben erzählt, wie nett es war, und da kann man doch tatsächlich wieder daran denken, sie einzuladen.

»Ich weiß noch nicht, ob ich da kann«, sagte ich, »aber vielen Dank.«

»Ich würde mich jedenfalls sehr freuen«, sagte Carola noch herzlicher, »und bring mit, wen du magst.«

Mir fiel plötzlich ein, daß ich heute den halbjährlichen Termin bei meiner Gynäkologin hatte, und Panik überfiel mich, denn sie ist eine übriggebliebene Preußin, die ihre Patientinnen in Furcht und Schrecken hält und sehr unangenehm werden kann, wenn man zu spät kommt oder, Gott behüte, einen Termin versäumt und ihre ganze Organisation durcheinanderbringt.

Ich sagte: »Carola, ich muß aufhören, ich habe einen Arzttermin, tschüs«, und legte auf und raste ins Bad, um mich zu säubern und in eine Form zu bringen, die den hohen Ansprüchen meiner Ärztin genügen würde. Ich trank keinen Tee mehr und nahm mir ein Taxi, damit ich nicht rennen mußte und womöglich ins Schwitzen geriet und infolgedessen nicht mehr klinisch sauber und frisch auf ihrem Untersuchungsstuhl landete.

Ich schaffte es, Punkt elf dort zu sein, so frisch wie eine Blüte und so ordentlich und adrett wie ein preußischer Grenadier, und sie zwang sich sogar ein kleines Lächeln ab, als sie mich begrüßte. Sie ist auch sehr genau und gründlich, und man muß immer detailliert Bericht erstatten, über eventuelle Beschwerden gynäkologischer oder sonstiger Art, Verhütung ja oder nein, Tabletteneinnahme ja oder nein, Blutdruck, letzte Periode und überhaupt die ganze Lebensweise.

»Und nun die Untersuchung«, sagte sie, und ich verschwand hinter dem Wandschirm und bemühte mich, schnell aus meinen Kleidern zu kommen, damit sie auch ja keine Zeit verlor und womöglich ungeduldig wurde. Ich kletterte so ungraziös wie immer auf den Stuhl, legte mich zurecht, versuchte mich zu entspannen, damit sie nicht tadelnd sagen mußte »bitte entspannen« und machte mich auf den minutiösen Bericht über mein Innerstes gefaßt, den sie immer abliefert, während sie untersucht.

Sie sagte gar nichts. Sie schaute und untersuchte und schaute und untersuchte, und mir wurde angst. Wahrscheinlich habe ich Krebs, dachte ich, Krebs letztes Stadium, die Strafe der Götter, weil ich mich so ungehemmt der Lust hingegeben habe und überhaupt so ein schlechter Mensch bin, und sie überlegt nur noch, wie sie es mir beibringen soll.

»Wann, sagten Sie, war die letzte Periode?«

Ich nannte das Datum, drei Wochen war es her, und fragte: »Ist etwas?«

»Das kann man wohl sagen«, sagte sie und sah mich vorwurfsvoll an: »Sie sind schwanger, Anfang dritter Monat, würde ich sagen.«

Ich fuhr hoch und starrte sie an. Meine Hände umkrampften die Armlehnen, und ich muß ziemlich idiotisch ausgesehen haben, wie ich so dasaß, mit den Füßen in der Luft und dem starren Blick. »Nein!« sagte ich.

»Doch«, sagte sie, »wir machen natürlich noch den Test, aber ich weiß doch, was ich sehe.«

»Aber das kann nicht sein!« sagte ich. »Ich bin noch nie schwanger geworden, und ich habe verhütet, und ich habe doch meine Periode!«

»Alles kein Hinderungsgrund«, sagte sie, mit einem ganz kleinen sadistischen Schimmer in den Augen. »Es gibt so viel zwischen Himmel und Erde...« Aber dann wurde ihr preußisches Herz bei meinem Anblick doch ein bißchen weicher. »Kommen Sie erst mal da runter«, sagte sie und bot mir sogar die Hand, damit ich nicht ganz so elefantenmäßig herunterstolperte. »Wir untersuchen noch die Brust.«

»Vergrößert«, sagte sie, »haben Sie das nicht gemerkt?« Ich hatte es gemerkt, aber ich hatte gedacht, daß die kurmäßige Anwendung körperlicher Liebe vielleicht zu Brustvergrößerungen führen könnte, und war sehr zufrieden gewesen, daß ich nun nicht mehr ganz so kleinbusig war.

»Und die Periode?« fragte sie. »War sie stark?« Sie war nicht stark gewesen, noch schwächer als sonst, aber warum hätte ich mir darüber Gedanken machen sollen?

»Also«, sagte sie, als ich wieder angezogen war und zumindest äußerlich geordnet vor ihr saß. »Wir machen jetzt den Test, und für morgen gebe ich Ihnen einen Termin, da kommen Sie wieder. Ich halte immer einen Zeitraum für Notfalltermine frei«, schloß sie und betrachtete befriedigt ihren Terminkalender. Ich sagte nichts, weil ich nicht denken konnte, und was soll man dann sagen? Ich sah sie nur an.

»Kommen Sie erst mal zur Ruhe«, sagte sie, als sie meinen leeren Blick sah, und dann wurde sie direkt menschlich: »Wir werden das schon machen, Frau Dohmann, morgen besprechen wir alles, Sie werden sehen, wir finden einen Weg.« Sie stand auf und schüttelte mir die Hand und sagte »Auf Wiedersehen«. Ich tat dasselbe und ging hinaus und die Treppe hinunter und trat auf die Straße und ging weiter: Ines Dohmann, einundvierzig, alleinstehend, schwanger, Roboter.

Ich ging immer weiter, bis ich an einen kleinen Park kam, mit einem Kinderspielplatz, und da setzte ich mich auf eine Bank und sah den spielenden Kindern zu, was sehr sinnig war, aber diese tiefe Sinnhaftigkeit kam mir gar nicht zu Bewußtsein.

Schwanger, dachte ich, also doch, die Strafe der Götter, nicht so schlimm wie Krebs, das nicht, sie haben dir nicht gleich die Todesstrafe zugeteilt, aber gestraft haben sie dich doch. Du bist übermütig geworden, Ines, hoffärtig, eingebildet, du warst so stolz auf dich, weil du es geschafft hast, so gut geschafft, aus der Scheiße mit Rüdiger und Clarissa und dem Kind und allem wieder rauszukommen, du hast dich so toll gefunden, zu toll, Hybris nennt man so was, und dann hast du dich ständig mit einem Mann im Bett rumgewälzt, ohne Liebe, bloß Lust und Gier und Geilheit, so war es doch, und das ist die Strafe dafür. Du bist einundvierzig und schwanger und kriegst ein Kind, das du nicht willst, von einem Mann, den du nicht liebst. Das hast du nun davon!

XV

Irgendwann stand ich von der Bank auf und ging nach Hause. Es war ein weiter Weg zu Fuß, aber was machte das, ich brauchte sowieso Zeit zum Nachdenken. Es war seltsam zu wissen, daß da noch jemand in mir drin war, und ich setzte meine Füße vorsichtiger und achtete darauf, nicht zu stolpern. Komisch, daß ich gar nichts gemerkt habe, nicht mal übel ist mir, angeblich ist einem morgens doch immer so schrecklich übel. Vielleicht hat sich die Ärztin ja doch geirrt, dachte ich, aber dieser Gedanke brachte wenig Hoffnung. Sie hätte nichts gesagt, wenn sie sich nicht ganz sicher gewesen wäre, einfach deshalb, weil es sie umbringen würde, einen Irrtum eingestehen zu müssen.

Du bist wirklich schwanger, Ines, da beißt die Maus keinen Faden ab, wie Frau Niedermayer sagt, das hast du nun davon. Aber mit dem »das hast du nun davon« wirst du auf die Dauer nicht weit kommen, also vielleicht überlegst du dir mal, was du nun tust. Vielleicht denkst du mal ganz genau darüber nach.

Abtreiben oder es kriegen, das ist ja wohl die Alternative, dachte ich, aber angesichts dieser Alternative setzte meine Gehirntätigkeit schon wieder aus. Die Vorstellung, es abtreiben zu lassen, fand ich schrecklich, aber die Vorstellung, dick und rund zu werden und mit zweiundvierzig ein Kind zu kriegen, gefiel mir auch nicht viel besser. Ich denke jetzt erst mal nicht darüber nach, beschloß ich, ich gehe jetzt erst mal nach Hause.

Aber das half nicht viel. Ich saß zu Hause, denken konnte ich immer noch nicht, etwas anderes tun auch nicht, und wenn ich durch die Wohnung ging, dann stand vor meinem geistigen Auge im Schlafzimmer ein Gitterbett und im Bad ein Wäscheständer voller Strampelhöschen, und im Wohnzimmer lagen Bauklötze auf dem Boden. Ich muß wieder raus hier, dachte ich, ich muß mit jemandem reden, ich gehe zu Rebekka.

Rebekka war munter und zufrieden. Sie hatte gerade ein umfangreiches Teegeschirr an eine Stammkundin verkauft, eine wohlhabende Professorenfrau, die ein Faible für Keramik hatte und infolgedessen eine der Säulen des Unternehmens bildete.

»Ich kaufe uns jetzt was Feines zu essen«, sagte sie, »Sophia kommt nämlich gleich. Paßt du hier auf?« Sophia gehört zu den Menschen, die sich gerne regelmäßig ernähren, und so lebte Rebekka neuerdings von etwas mehr als Wurstsemmeln, Tee und Erdbeersekt. Balu begleitete sie würdig bis zur Ladentür, kehrte dann aber sonderbarerweise um und ließ sich vor mir nieder, legte die Schnauze flach auf den Boden und sah mich an. Seine Augen sprachen eine fließende Sprache.

»Na, du graues Tier«, sagte ich, »jetzt kommst du bestimmt morgens wieder zu mir und fragst mich, wie zum Teufel ich mir das alles vorstelle und was zum Teufel ich zu tun gedenke.«

Reg dich bloß ab, du kleine Blindschleiche, sagte Balu. Du hast bis jetzt alles geschafft, du wirst das doch auch noch schaffen.

»Das sagst du so«, sagte ich, »ein Kind kriegen, das ist ein bißchen was anderes.«

Es ist doch völlig normal, Junge zu kriegen, sagte Balu.

»Aber nicht in meinem Alter«, wandte ich ein.

Besser spät als nie, sagte Balu, denk an mich.

Er war tatsächlich auch erst in hohem Alter Vater geworden. Rebekka hatte immer behauptet, er wüßte einfach nicht, wie es anzustellen sei, er würde es immer an der Schulter der betreffenden Dame probieren, und so konnte es ja nichts werden. Aber dann traf er eine wunderbar blonde Schäferhündin namens Natascha, und da wußte er plötzlich, wie es ging, und als Nataschas Frauchen die beiden erwischte, war es schon zu spät. Nataschas Frauchen war stocksauer gewesen, aber als die Jungen kamen, waren sie so süß, daß sie es nicht übers Herz brachte, sie zu töten. Sie hatte zwei abgegeben und das dritte behalten, und nun besuchte Balu manchmal seine Frau und sein Kind.

Man kann ja Hunde und Menschen nicht vergleichen, dachte ich, aber irgendwie ist es schon ähnlich, keiner wollte die Kleinen, aber dann sind sie doch gekommen, und nun sind alle glücklich und zufrieden. Vielleicht ist es bei mir auch so: Jetzt will ich das Kind nicht haben und kann mir gar nicht vorstellen, wie ich das alles machen soll, aber nachher bin ich vielleicht sehr glücklich und kann mir gar nicht vorstellen, daß es anders wäre.

»Vielleicht hast du recht«, sagte ich zu Balu.

Aber sicher habe ich recht, sagte er und schloß zufrieden die Augen.

»Du siehst so anders aus heute«, sagte Rebekka, während sie Salate in Schüsseln und den Aufschnitt auf einen Teller tat und Semmeln und Butter dazustellte. »Ist irgendwas?«

Jetzt hätte ich es ihr erzählen können, aber ich brachte es nicht über die Lippen. Ich bin ja sonst nicht so, ich kann den Laden stürmen und platt verkünden, daß ich mit einem Mann geschlafen habe, den ich nicht liebe, aber ich konnte mir nicht vorstellen, zwischen Salaten und Wurstaufschnitt davon zu reden, daß ich ein Kind bekam.

»Mir war nur vorhin ein bißchen komisch, aber jetzt ist es schon besser«, sagte ich.

»Du hast sicher noch nichts gegessen, nicht wahr?« sagte Rebekka. »Nimm dir schon mal was, Sophia muß auch gleich da sein.«

Sophia kam und prunkte in einem dunkelblauen Gewand, das genau die Farbe ihrer Augen hatte und wunderbar aussah zu ihren weißblonden Haaren. Rebekka betrachtete sie stolz: »Ich habe ja gesagt, Blau ist genau das Richtige für sie«, sagte sie sotto voce zu mir. Sophia hatte ihre neueste Ohrringkollektion mitgebracht, die gerade fertig geworden war: lauter große und großartige Gehänge, silber- und goldfarben, mit grauen, schwarzen, glitzernden, aber auch vielen farbig leuchtenden Steinen im Rebekka-Look. Dann gab es noch ein Paar, das aus dem Rahmen fiel, sie waren kleiner, was nur bedeutete, daß sie einem nicht gerade um die Schlüsselbeine klimperten, silberfarben und mit grünen Steinen in einer ungewohnten Farbe.

Sophia hielt sie mir an. »Siehst du«, sagte sie mit ihrem hübschen schwedischen S zu Rebekka, »sie passen genau. Ich habe sie für dich entworfen, Ines, du magst es ja ein bißchen kleiner, und dieses Grün, das ist genau deine Augenfarbe, das habe ich gut getroffen.«

Ich sagte schwach »Danke, Sophia«, klipste mir die Gehänge an die Ohren und hätte fast geweint. Ich wußte immer noch nicht, was ich tun sollte, denken konnte ich auch noch nicht wieder, aber es half schon ein bißchen, mit einem vernünftigen Hund ein vernünftiges Gespräch zu führen, eigens für einen entworfene Ohrringe geschenkt zu bekommen und mit zwei liebenswürdigen Frauen Salate und Wurstsemmeln zu essen.

»Geht es dir wieder besser, Ines?« fragte Rebekka.

»Ja, viel besser«, sagte ich, »das war jetzt genau das Richtige, und besonders die Ohrringe, die haben mir sehr gut getan. Ohrringe sind überhaupt die beste Therapie, würde ich sagen, für alles und jedes.«

Wir redeten noch ein bißchen über die Ohrring-Therapie, und Sophia überlegte, welche spezielle Form therapeutische Ohrringe haben müßten, und Rebekka dachte natürlich über die Farben nach, die heilend wirken könnten, und welche Farbe bei welchem Problem helfen könnte.

Aber ich muß jetzt doch mal mit jemandem reden, dachte ich, hier geht es einfach nicht, vielleicht mit Elisabeth, das wäre eine Möglichkeit. Ich rief sie vom Laden aus an, und sie war etwas überrascht, daß ich sie so spontan besuchen wollte, aber sie hatte nichts dagegen. Also küßte ich Sophia zum Dank für die Ohrringe und Rebekka zum Dank für das Essen und überhaupt, und machte mich auf den Weg, wieder zu Fuß, es war der Tag des Zufußgehens, die schwangere Fußgängerin durchstreift die Stadt auf der Suche nach einer Lösung.

»Das ist überraschend, Ines«, sagte Elisabeth, als sie mir die Tür öffnete, »aber ich freue mich sehr, dich zu sehen. Gibt es etwas Besonderes?«

»Eigentlich nicht«, sagte ich, denn ich konnte ja nicht zwischen Tür und Angel damit herausplatzen, daß ich mich am Anfang des dritten Monats befand, »ich wollte dich einfach mal besuchen.« Elisabeth hatte einen edlen Teetisch gedeckt, mit feinen Petits fours und schottischen Butterkeksen und feinem Kamillentee, und ich setzte mich hin und aß schon wieder. Du mußt ja jetzt für zwei essen, dachte ich, was ein blöder Gedanke war, nachdem ich noch gar nicht wußte, ob dieses Kind je das Licht der Welt erblicken würde.

Ich zeigte ihr meine neuen Ohrringe und erzählte von Rebekka und Sophia. Elisabeth kennt Sophia, denn sie läßt bei Rebekka arbeiten, Blumenübertöpfe und Aschenbecher und Obstteller, genau passend zu ihrer Einrichtung, in diesen ganz zarten Pastellfarben, die Rebekka so nervös machen, aber was tut man nicht alles, wenn es um die Kohle geht. Sie weiß, daß Rebekka und Sophia einander in lesbischer Liebe zugetan sind, aber dieses Faktum gehört zu denen, die sie mit einem distanzierten »Ach« quittieren würde, wenn man davon spräche. Sie ist bereit, es zu akzeptieren, nach ihrem Motto »leben und leben lassen«, aber sie würde nie darüber reden. Sie sagte: »Wirklich nett, diese Sophia«, und zeigte mir dann ihre neueste Errungenschaft von Rebekka, speziell für sie angefertigte Keramik-Türknöpfe für ihre Küchenschränke, in einem ganz besonderen zarten Blau, das Rebekka vermutlich Übelkeit verursacht hatte.

Ich suchte die ganze Zeit nach einem Moment, wo es passen würde, ihr zu sagen, daß ich schwanger war, aber ich fand ihn nicht. Wenn ich jetzt sage »Ich bekomme ein Kind«, was sagt sie dann, überlegte ich, »aha« wahrscheinlich, und was sage ich dann? Daß ich noch nicht weiß, ob ich es kriege oder nicht, und daß ich eigentlich überhaupt nicht weiß, was ich jetzt tun soll? Und dann denkt sie wahrscheinlich daran, daß ich das Kind von »diesem Mann« kriege, diesem obskuren Filialleiter, dem ich in sexueller Hörigkeit anhänge, und das habe ich nun davon. Das wird sie sicher nicht sagen, wahrscheinlich wird sie sagen »Das mußt du selbst entscheiden, mein Kind«, womit sie ja recht hat, aber was habe ich davon?

Ich wußte plötzlich, daß ich mit ihr nicht darüber reden konnte, obwohl ich sie liebte und sie mich, und obwohl sie mir schon so oft geholfen hatte und immer für mich da war. Aber es tat wohl, in ihrem schönen, geschmackvollen Zimmer zu sitzen und mit ihr zu plaudern und am späten Nachmittag noch ein Gläschen Champagner zu trinken. So ein bißchen Champagner, das kann dem Kind nicht schaden, dachte ich, Champagner ist einfach das Beste und Sauberste.

Ich wanderte wieder nach Hause, langsam und bedächtig, und mit etwas leichterem Kopf und Herzen, was sicher auch am Champagner lag. Mit Maria reden, überlegte ich, nein, das geht auch nicht, mit Carola schon gar nicht, mit meinem Vater überhaupt nicht, der kriegt höchstens wieder einen Herzinfarkt, und was ist mit Martin? Martin hat ja schließlich am meisten damit zu tun, aber mit Martin reden ist völlig ausgeschlossen, noch ausgeschlossener als bei den anderen, ich weiß auch nicht warum.

Ich schloß die Haustür auf, öffnete den Briefkasten, der leer war, ging die Stufen hinauf, die zum Treppenhaus führten, und da wußte ich, mit wem ich reden würde. Ich klingelte bei Frau Niedermayer, sie öffnete, und ich sagte: »Darf ich Sie einen Moment stören, Frau Niedermayer? Ich muß unbedingt mit Ihnen reden.«

»Sie stören mich nie«, sagte sie. »Setzen Sie sich schon mal rein, ich hole nur eben den Kaffee.« Es gibt keine Tages- oder Nachtzeit, zu der Frau Niedermayer keinen heißen Kaffee hätte, in der scheußlichsten Thermoskanne, die man sich denken kann, ein Riesending in Beige mit braunem Blumenmuster, und oben ist ein Henkel dran und eine Art Pumpe, auf die man drücken muß, damit der Kaffee aus dem Schnabel fließt.

»Sie sehen so blaß aus«, sagte sie, »haben Sie schon gegessen?«

Ich sagte, ich hätte wahrhaftig schon gegessen, genug für zwei, fügte ich in Gedanken hinzu, und sie goß den Kaffee ein, setzte sich zurecht und sah mich erwartungsvoll an.

»Ich bekomme ein Kind«, sagte ich.

»Das ist ja schon mal was Gutes«, sagte sie.

»Finden Sie?« fragte ich.

»Natürlich«, sagte sie, »außer man ist so ein ganz junges Ding und hat sich verführen lassen oder ist vergewaltigt worden, oder man hat schon fünf und nichts zu beißen und weiß nicht, wovon man's ernähren soll. Aber so ist es ja bei Ihnen nicht.«

Da hatte sie recht. »Sie meinen, ich soll es bekommen?« fragte ich dumm.

»Aber natürlich«, sagte sie und nickte nachdrücklich.

»Aber wie soll ich das machen?« fragte ich.

»Da brauchen Sie doch nichts zu machen, Frau Dohmann«, sagte sie und lachte, »das lassen Sie man die Natur machen. Obwohl –« sie überlegte, »ganz können wir das der Natur auch nicht überlassen. Eine Amniozentese ist nötig.«

Was zum Teufel ist eine Amniozentese, dachte ich, vielleicht die Überprüfung des Haushalts auf umweltfeindliche Gegenstände und Substanzen, die dem Kind schaden könnten?

Mein Part in diesem Dialog war ja ohnehin der, dumme Fragen zu stellen: »Was ist eine Amniozentese?« fragte ich.

»Eine Untersuchung des Fruchtwassers«, sagte sie, als hätte sie in ihrem Leben nie etwas anderes getan, als Fruchtwasser zu untersuchen, »bei Spätgebärenden ist das nötig, um herauszufinden, ob das Kind behindert ist. Es ist nicht ungefährlich für das Kind, aber Sie sollten es machen.«

Frau Dr. med. gyn. Heike Niedermayer, dachte ich, Politik, Umweltschutz und nun noch die Gynäkologie, sie weiß aber auch alles.

Ich wußte nicht mehr, was ich sagen sollte. Sie fand es einfach gut, daß ich schwanger war, sie fand es ganz natürlich, daß ich das Kind bekam, nur mußte ich natürlich vorher eine Amniozentese machen, und das war's. Sie sah anscheinend keine Probleme, und sie kam auch nicht auf die Idee, daß ich auch eine Abtreibung machen könnte.

»Sind Sie gegen Abtreibung?« fragte ich.

»Da bin ich überhaupt nicht gegen«, sagte sie, »aber nur, wenn es unbedingt nötig ist. Und bei Ihnen ist es doch nicht nötig, oder? Sie sind kein junges Ding mehr, Sie sind nicht vergewaltigt worden, Sie haben eine Wohnung und verdienen Geld und können das Kind ernähren. Und dann ist da ja noch der Vater, der muß ja auch dazu helfen.«

Nein, ich bin wahrhaftig nicht vergewaltigt worden, dachte ich, ganz im Gegenteil, so außerordentlich freiwillig hat sich wohl kaum je eine Frau mit einem Mann ins Bett geworfen, und so hat es wohl auch kaum je eine Frau genossen, was dann in diesem Bett passiert ist. Ich dachte etwas genauer daran, was in meinem Bett passiert war, und wurde rot bei dem Gedanken. Und daraus entsteht nun ein Kind, die Frucht der Liebe, dachte ich, auch wenn es nur körperliche Liebe war, und kannst du hingehen und wegmachen lassen, was daraus entstanden ist, nein, das kannst du nicht, das geht einfach nicht.

»Na, nun sehen Sie schon viel besser aus«, sagte Frau Niedermayer aufmunternd, »Sie haben richtig Farbe gekriegt.«

Wenn du wüßtest, weswegen, dachte ich und lächelte sie an. Sie lächelte auch, und ihrem Lächeln war zu entnehmen, daß sie sehr wohl wußte, weswegen.

»Ich bin nur gar nicht verliebt in ihn«, sagte ich zu meinem großen Erstaunen, denn über dieses Problem hatte ich noch mit niemandem gesprochen. »Ich habe nur so gern mit ihm geschlafen.«

»Das ist doch in Ordnung«, konstatierte Frau Niedermayer so selbstverständlich, als wären Bumsverhältnisse ihr täglich Brot. »Man kann ja nicht immer alles auf einmal haben. Liebe ist Liebe, sage ich immer, und wenn es nur die eine Sorte Liebe ist, dann ist das auch schon was. Hauptsache Liebe. Manchmal kriegt man auch alles auf einmal, aber –« Ihr Blick glitt zu dem Foto auf der Anrichte, und ich wußte, daß sie daran dachte, daß sie alles gehabt und es verloren hatte. Liebe ist Liebe, dachte ich, Hauptsache Liebe, und es ist ein Kind dieser Liebe, und das ist doch eigentlich etwas Schönes, oder? Und dann fing ich an zu weinen.

»Das ist gut«, sagte Frau Niedermayer und strich mir über den Arm, »nun weinen Sie mal ordentlich, das hilft.« Sie holte eine Packung Papiertaschentücher aus der Anrichte, legte sie vor mich hin und verschwand in der Küche. Ich weinte richtig schön, mit lautem Schluchzen und Tränenbächen, und mein Kopf wurde leicht und mein Herz auch, und ich dachte nur immer: Liebe ist Liebe.

Frau Niedermayer kehrte mit zwei Gläsern zurück: »So ein bißchen feiern müssen wir das ja nun doch«, sagte sie. Sie hatte in einem großen Glas Bier und Limonade für sich gemischt, und in einem kleinen Orangensaft und Sekt für mich, »aber nur ganz wenig Sekt und viel Apfelsinensaft«. Wir stießen mit diesem seltsamen Gläserpaar an, und dann sagte sie: »Nun machen Sie erst mal die Amniozentese, Frau Dohmann. Und wenn da was nicht in Ordnung ist, dann sollte es wohl nicht sein, und wenn alles stimmt, dann soll es sein, gell?«

Ihr »gell« hob meine Stimmung noch mehr, und ich lachte und sagte: »Sie haben ja recht. Liebe ist Liebe, und wenn alles stimmt, dann soll es wohl so sein.«

Ich blieb nicht mehr lange, ich ging bald nach oben. »Ordentlich schlafen«, hatte Frau Niedermayer noch gesagt, »das brauchen Sie jetzt«, und »Sagen Sie mir Bescheid, wenn Sie etwas wissen«. Ich hatte sie umarmt und ihr gedankt, und war wieder am Rande der Tränen gewesen, aber sie hatte jeden Dank abgelehnt und nur gesagt »das war ja wohl klar«.

Ich machte mir eine große Kanne Kamillentee und ließ mir ein Schaumbad ein, und dann lag ich in der Badewanne und konnte das erste Mal an diesem Tag wieder richtig denken.

Morgen gehe ich zur Ärztin, und dann machen wir die Amniozentese, und dann werden wir ja sehen, ob es sein soll oder nicht. Vorher erzähle ich niemandem davon, bevor ich nicht sicher weiß, daß ich das Kind auch kriege. Hoffentlich wird es ein Mädchen, dachte ich, ein Mädchen wäre mir das liebste. Sie müßte Martins rotblonde Locken haben und meine grünen Augen, mein Gott, wäre das ein schönes Kind, rote Locken und grüne Augen, das ist das Schönste, rote Haare hätte ich auch so gerne gehabt. Vielleicht nenne ich sie Elisabeth, überlegte ich, den Namen habe ich schon immer gemocht, und Elisabeth würde sich freuen und vielleicht ihre Patentante werden. Obwohl, Rebekka wäre auch kein schlechter Name, oder Judith oder Agnes...

Jetzt hör auf zu spinnen, Ines, ermahnte ich mich, noch weißt du nicht, ob du sie kriegen kannst, und schon gibst du ihr Namen und stattest sie mit roten Locken und grünen Augen aus, und nachher hat sie Martins blaue Augen und deine glatten, aschblonden Haare, und was sagst du dann?

Und was ist mit dem Geld, fragte ich mich und trank einen Schluck Kamillentee. Jetzt haben wir Anfang Juni, ich bin Anfang dritter Monat, sagt die Ärztin, also ungefähr plus sieben Monate, und ich zählte die Monate an den Fingern ab und kam auf Januar. Also ungefähr im Januar, dachte ich, da ist die Geburt, und dann zahlt Rüdiger gerade noch ein halbes Jahr, und wovon will ich dann leben und all die Windeln kaufen und so? Von tausend Mark »Bleib gesund« im Monat und jedes Viertel- oder Halbjahr fünfzehnhundert von »Marginale«? Aber ich beschloß, darüber ein andermal nachzudenken und heute nicht auch noch die Finanzplanung zu machen mit Finanzen, von denen ich noch nicht einmal wußte, wo sie herkommen sollten. Außerdem fiel mir der Barockschrank ein, der nette alte Barockschrank in meinem Flur, den Rüdiger mir aufgehalst hatte und der so viel Geld wert war. Danke, Rüdiger, dachte ich, du hast mich zwar um den Ausgleich des Zugewinns betrogen, immerhin 500000 Mäuse, wenn man Elisabeth glauben darf, aber wenigstens hast du mir diesen Barockschrank angehängt, und wenn alle Stricke reißen, dann werde ich mich und das Kind eine ganze Zeitlang mit dem Barockschrank deiner Eltern durchbringen.

Ich betrachtete meine Zehen und überprüfte, ob sie alle noch einzeln wackeln konnten. Ich strich über meinen Bauch, der noch ganz flach war, und über meinen Busen, der eindeutig vergrößert war und der sich infolge der kurmäßigen Anwendung körperlicher Liebe noch mehr vergößern würde. Im Grunde hatte ich ja recht gehabt, die Vergrößerung war im weiteren Sinne eine Folge dieser Kur. Martin wird das gefallen, dachte ich, nicht daß er meinen kleinen Busen nicht mag, aber kürzlich hatte er mal gesagt: »Mhm, der fühlt sich ja ganz anders an.« Der wird sich noch sehr viel anders anfühlen, Martin, das kann ich dir sagen.

Moment mal: Martin, was wird Martin überhaupt tun, wenn ich ihm sage, daß ich ein Kind von ihm bekomme? Vielleicht macht er die Fliege, vielleicht ergreift er das Hasenpanier, vielleicht sieht er zu, daß er wegkommt, das tun ja viele Männer unter diesen Umständen. Er hat schon zwei Kinder, und er ist wahrscheinlich nicht gerade scharf darauf, noch eins angehängt zu bekommen. Was mache ich dann, dachte ich, das wäre schrecklich: Nicht mehr mit ihm schlafen, nicht mehr mit ihm reden, ihn nicht mehr sehen, furchtbar wäre das. Aber wenn es denn so kommt, dann soll es wohl so sein, wie Frau Niedermayer sagt, und dann habe ich ja das Kind, ein Kind und keinen Mann, das ist immerhin mal was anderes.

Es könnte natürlich auch sein, daß er sich freut, überlegte ich, und mich in die Arme nimmt und küßt, und dann könnten wir Liebe in der Schwangerschaft ausprobieren, ich weiß ja alles darüber, aus Rüdigers Buch damals. Und womöglich sagt er: Laß uns zusammenziehen, mein Kind soll nicht ohne mich aufwachsen, oder er will sogar heiraten, könnte gut sein, daß er zu der altmodischen Sorte Mann gehört, die es nicht aushält, wenn ihr Kind unehelich zur Welt kommt.

Ich stellte mir vor, wie es wäre, mit Martin zusammenzuwohnen oder ihn zu heiraten, aber irgendwie gefiel mir die Vorstellung nicht. Ich sah uns auf dem Standesamt, er im dunklen Anzug und ich im wirklich schicken Umstands-Hochzeitskleid, Elisabeth als Trauzeugin und Rebekka und Maria und Hermann und Frau Niedermayer im Hintergrund. Ich sah uns jeden Morgen im gleichen Bett aufwachen und ihn jeden Abend heimkommen, ich habe schon das Abendessen gemacht, er spielt ein bißchen mit dem Kind, dann sitzen wir auf dem Sofa, er erzählt aus der Bank, und dann gehen wir ins Bett.

Ich glaube, das würde ich gar nicht wollen, dachte ich und betrachtete angelegentlich die weißen Fliesen, die vom Dampf beschlagen waren, selbst wenn er es wollte. Hoffentlich will er es nicht. Ich glaube, ich möchte am liebsten, daß es so bleibt, wie es ist, daß wir uns zwei-, dreimal in der Woche abends sehen, da kann er dann auch mit dem Kind spielen, und manchmal am Wochenende einen ganzen Tag, wenn er nicht gerade zu seiner Ex-Frau und den Kindern fährt.

Aber das wirst du alles sehen, Ines, warte erst mal die Amniozentese ab und wie Martin reagiert, dachte ich und sah auf die Kanne mit dem Kamillentee, die auf dem Klodeckel stand. Es war eine große, weiße Kanne mit Goldrand, in der Art des Jugendstil, ich hatte sie mit Rüdiger zusammen auf einem Flohmarkt gekauft, sie war ganz billig gewesen. Eines ist jedenfalls klar, dachte ich und lachte, denke an das, was Elisabeth gesagt hat, damals nach der Trennung von Rüdiger, als sie das erste Mal hier war: Champagner und Kamillentee, das ist das Beste, vor allem in schwierigen Situationen, unter diesen ganz besonderen anderen Umständen natürlich nur wenig Champagner und viel Kamillentee.

»Eben«, sagte ich und stieg aus der Wanne, »damit hast du es bis hierher geschafft, damit schaffst du es auch weiter.«

Ron McGee

REBEL AGENT

Fluchtpunkt New York

Foto: © Andy Keilen

DER AUTOR

Ron McGee ist preisgekrönter Drehbuchautor, Produzent zahlreicher TV-Serien und hat etliche Kinofilme fürs Fernsehen adaptiert. Er lebt mit seiner Familie in Kalifornien. »Rebel Agent« ist sein erster Roman.

Mehr über cbj auf Instagram unter

@hey_reader

Ron McGee

REBEL AGENT

Fluchtpunkt New York

Aus dem amerikanischen Englisch
von Tanja Ohlsen

cbt

Sollte diese Publikation Links auf Webseiten Dritter enthalten, so übernehmen wir für deren Inhalte keine Haftung, da wir uns diese nicht zu eigen machen, sondern lediglich auf deren Stand zum Zeitpunkt der Erstveröffentlichung verweisen.

Dieses Buch ist auch als E-Book erhältlich.

MIX
Papier aus verantwortungsvollen Quellen
FSC® C014496

Verlagsgruppe Random House FSC® N001967

1. Auflage 2018
Erstmals als cbt Taschenbuch Februar 2018

Die Originalausgabe erschien unter dem Titel
»Ryan Quinn and the Rebel's Escape« bei Harper,
einem Imprint von HarperCollins Children's Books,
a division of HarperCollins Publishers,
195 Broadway, New York 10007

Aus dem amerikanischen Englisch von Tanja Ohlsen
Lektorat: Kerstin Kipker
Umschlaggestaltung: init | Kommunikationsdesign,
Bad Oeynhausen
Umschlagmotive © GettyImages/Westend61/RF,
Thinkstock/IStock/g0rZh
TP · Herstellung: ang
Satz: KompetenzCenter, Mönchengladbach
Druck: GGP Media GmbH, Pößneck
ISBN 978-3-570-31172-1
Printed in Germany

www.cbj-verlag.de

Das Leben steckt voller spannender Abenteuer. Aber sie sind noch viel besser, wenn man sie mit tollen Leuten teilen kann. Deshalb vielen Dank an Mum, Dad und Brian für die fantastischen Abenteuer meiner Kindheit. Und Dank an Eufe, Alex und Claudia für die Reisen, die noch vor uns liegen.

RM

Prolog

Provinz Nansang, Andakar

Lan war erst sechzehn und sah dem Tod schon ins Auge.

Die Agenten des Geheimdienstes rückten näher und holten mit jeder Sekunde auf. Hektisch blickte Lan sich um, während sie den steilen Hügel erklomm und gegen Erschöpfung und Angst ankämpfte. Nur gelegentlich brach das Mondlicht durch das Blätterdach. Hier und da blitzte der Strahl einer Taschenlampe auf – ihre Verfolger waren ihr dicht auf den Fersen.

Lan rutschte auf den nassen Blättern aus, stolperte und wäre beinahe den steilen Abhang hinuntergestürzt, hätte sie nicht im allerletzten Augenblick eine kräftige Hand gepackt.

»Wenn wir den Tempel erreichen, sind wir in Sicherheit«, keuchte der Amerikaner. »Du schaffst das!« Im Dunkeln sah man nur Schatten und die Umrisse seines Gesichts, doch sein Blick drückte Entschlossenheit aus. Da er so viel riskiert hatte, um sie beide in Sicherheit zu bringen, durfte Lan ihn nicht enttäuschen. Und so halfen sie sich gegenseitig über den letzten, steilen Anstieg auf den Hügel und gelangten auf die offene Hochebene.

Die Ruinen des zweitausend Jahre alten Mae-Wong-Tempels waren in gespenstisches Mondlicht getaucht. Für Touristen war der Zutritt strengstens verboten, das wusste Lan. Als vor vierzig Jahren die Militärregierung die Macht ergriff, hatte sie unter den buddhistischen Priestern des Mae-Wong-Tempels ein Blutbad angerichtet. Und noch heute galt der Tempel als starkes Symbol für Rebellion – Lan hatte ihn schon lange besuchen wollen. Allerdings nicht so. Nicht, um hier ebenfalls ein Opfer der brutalen Regierung zu werden.

»Da«, keuchte der Amerikaner und deutete auf ein kleines Gebäude etwa dreißig Meter links von ihnen. »In diesem da, dem mit der goldenen Kuppel, ist das Versteck.«

Lan sah zu den leuchtenden Punkten der Taschenlampen zurück, die den Hügel hinauftanzten.

»Sie sind ganz dicht hinter uns.«

»Im Tempel sind wir sicher. Komm schnell, wir haben es fast geschafft.«

Nur zu gerne hätte Lan das geglaubt. Sollte es nach monatelanger Arbeit im Verborgenen, den vielen Risiken und der ständigen Furcht vor Entdeckung endlich vorbei sein? Konnte sie dieser Fremde wirklich retten? Doch sie hatte noch nicht zu Ende gedacht, da dröhnte ein Schuss, und der Amerikaner zuckte zusammen, als ihn eine Kugel traf. Blut spritzte Lan an die Wange.

Sie sah, wie der Mann zu Boden stürzte, und wusste, dass es keine Hoffnung mehr gab.

Teil I

Was ich nicht weiß,
macht mich nicht heiß

1

New York, USA

Keine Prügeleien mehr.

Das Versprechen, das Ryan Quinn seiner Mutter gegeben hatte, spukte ihm im Kopf herum, als er die Schule betrat. Drew Stieglitz, Unterstufler und angehender Mittelfeldspieler im Basketballteam, stieß Ryans Freund Danny gegen die Metallspinde. Stieglitz war einen ganzen Kopf größer als Danny, hatte einen kantigen Kiefer, riesige Hände und das Selbstbewusstsein eines Kerls, der es gewohnt war, seinen Willen zu bekommen.

»Hab ich dir nicht gesagt, du sollst sie in Ruhe lassen?«

Um die Sache noch klarer zu machen, donnerte Stieglitz Danny erneut gegen den Spind.

»Ich dachte, das sei nur ein Vorschlag«, gab Danny zurück. Er war klein und schlank, hatte hochgegelte schwarze Haare und ein freches Grinsen. Außerdem verfügte er über unendlich viel überschüssige Energie. Er zeigte keinerlei Furcht, aber Ryan wusste, dass er schwitzte.

Stieglitz neigte sich zu ihm.

»Pass bloß auf, du Zwerg, sonst kriegst du einen Tritt in den Arsch!«

»Dafür, dass ich mit einem heißen Mädchen spreche?« Danny sah zu Kasey, Stieglitz' gut aussehender, beliebter kleiner Schwester, hinüber, die das Ganze ein wenig beunruhigt beäugte. »Weißt du was, Steeg, mir scheint das einen Arschtritt von dir durchaus wert zu sein.«

Ein paar andere Schüler, die sich um die Szene versammelt hatten, lachten über Dannys lässige Art.

»Reg dich ab, Drew!«, sagte Kasey und legte ihrem Bruder beruhigend die Hand auf den Arm. Sie besuchte zwei Kurse mit Ryan zusammen, aber sie hatten sich bislang nur ein einziges Mal unterhalten. Na ja, eigentlich hatte sie damals geredet, während Ryan nur genickt und sie angestarrt hatte. Was ihm dann so peinlich gewesen war, dass er sich von da an gar nicht mehr traute, sie anzusehen.

»Halt dich da raus!«, befahl Stieglitz und schüttelte seine Schwester ab, um sich wieder auf Danny zu konzentrieren. »Du hast eine ganz schön große Klappe. Hältst dich wohl für witzig?«

»Du bist wohl kein ausgesprochener Fan von mir?«, vermutete Danny. Er versuchte, tough zu klingen, doch so langsam zeigte er Nerven und sah Hilfe suchend zu Ryan.

»Das wirst du gleich sehen«, sagte Stieglitz.

Keine Prügeleien mehr.

Seit zwei Monaten war Ryan jetzt an seiner neuen Schule in New York, ohne dass es Probleme gegeben hätte. Für ihn war das fast ein Rekord. Im letzten Jahr hatte er mehrmals Ärger bekommen, weil er sich geprügelt hatte. Am schlimmsten war es gewesen, als seine Familie ein paar Monate in Ghana gewohnt hatte. Zwei englische Jungen hatten Kinder aus einem Dorf mit Steinen beworfen und beschimpft. Ryan hatte ihnen eigentlich nur sagen wollen, dass sie aufhören sollten, doch irgendwie geriet alles außer Kontrolle, und letztendlich hatte einer der Typen eine gebrochene Nase davongetragen, und der andere musste danach seinen Arm schienen lassen, während Ryan von der Polizei weggeschleift wurde. Glücklicherweise hatte sein Vater mit den Beamten reden können, sodass er mit einer Verwarnung davongekommen war.

Aber es hatte auch andere Prügeleien gegeben. Ryan hatte einfach die schlechte Angewohnheit, sich in die Probleme anderer hineinziehen zu lassen. Offenbar konnte er nicht anders. Aber hier in New York, da lief es eigentlich gut – ziemlich gut sogar. Und das Letzte, was er wollte, war, es zu vermasseln.

Zum Beispiel dadurch, dass er wieder in irgendeine Sache hineingeriet. Aber was sollte er denn tun? Sollte er etwa danebenstehen und zusehen, wie Danny zu Brei geschlagen wurde?

Also trat er vor.

»Lass ihn los!«

Stieglitz sah Ryan abschätzig an und warf seinen Blick auf seine beiden Kumpel hinter ihm.

»Hat irgendjemand den Achtklässlern dieses Jahr Verblödungspillen verabreicht?«

»Komm, hört auf! Er hat nur mit ihr gesprochen. Kasey ist in ein paar unserer Kurse.« Ryan kam näher, gab sich gelassen, machte aber deutlich, dass er nicht zurückweichen würde. »Das ist ja wohl erlaubt!«

Stieglitz drehte sich zu ihm um, und Ryan sah, dass er die Szene vor dem großen Publikum genoss.

»Das ist meine Schwester. Ich entscheide, was erlaubt ist und was nicht«, behauptete Stieglitz. Dann verlagerte er sein Gewicht und konzentrierte sich auf sein neues Opfer. Ryan tat gleichmütig, beobachtete ihn aber genau, um seine Absichten vorausahnen zu können.

Stieglitz' erster Schlag war ein relativ schneller Faustschlag von rechts oben. Instinktiv wich Ryan aus und balancierte auf dem linken Ballen, während er sich aus dem Weg drehte. Durch den Schwung seines Schlages verlor Stieglitz das Gleichgewicht und wäre beinahe gestürzt. Ryan hätte gut einen Treffer landen können, hielt sich aber zurück. Er würde nur zurückschlagen, wenn es unbedingt notwendig war.

Stieglitz sah zu seinen Kumpeln.

»Zeig's ihm, Stieglitz«, forderte einer von ihnen und schob sich ebenfalls in Position.

»Ich will mich nicht prügeln«, erklärte Ryan. »Ich habe meiner Mutter sozusagen versprochen, mich zurückzuhalten.«

»Dann hättest du an deine Mutter denken sollen, bevor du die Klappe aufgerissen hast«, behauptete Stieglitz und schoss vor, um Ryan mit seinen Riesenpranken an seinem abgetragenen Psychedelic-Furs-T-Shirt zu packen. Ryan wich erneut so schnell vor dem bulligen Typen zurück, dass dieser danebenschlug und stolperte.

»Uuups, daneben! Und die Menge tobt!«, rief Danny und strahlte, als Kaseys Freundinnen kicherten.

Ryan sah ihn finster an.

»Was ist?«, fragte Danny unschuldig.

Die Schüler witterten Blut und rückten näher, um einen guten Platz am Ring zu bekommen. Stieglitz wirbelte zornig herum – so schnell machte ihn keiner lächerlich.

»Drew, jetzt lass das doch«, mahnte Kasey und sah Ryan besorgt an. Hatte sie etwa Angst um ihn – oder hielt sie ihn nur für völlig bekloppt, weil er sich mit ihrem Bruder anlegte? Ryan war sich nicht ganz sicher.

»Großer Fehler«, knurrte Stieglitz.

Ryan konnte seinen Blick gerade noch rechtzeitig von Kasey losreißen, als Stieglitz auch schon auf ihn zustürmte, um ihn gegen die Spinde zu werfen. Mit der Geschmeidigkeit eines Tänzers wich Ryan ihm aus. Es sah so aus, als würde die mangelnde Körperbeherrschung dem größeren Jungen noch zum Verhängnis werden. Stieglitz schoss an Ryan vorbei, der ihm gerade stark genug gegen die Schulter rempelte, dass er völlig das Gleichgewicht verlor und mit der Wucht eines Rammbocks in die Spinde krachte.

Die umstehenden Zuschauer stöhnten kollektiv auf, als sie hörten, wie Stieglitz' Schädel auf das Metall prallte. Benommen ging er zu Boden, gerade als es zur vierten Stunde klingelte und alle aufgeregt auseinanderliefen, um zu verkünden, dass Stieglitz von einem Jungen ausgeschaltet worden war, der nur halb so groß war wie er selbst.

»Das war super«, flüsterte Danny Ryan zu. »Dämlich und irgendwie selbstmörderisch – aber auf jeden Fall super.«

»Mr Quinn!«

Ryan und Danny wirbelten herum und sahen Direktor Milankovic hinter ihnen stehen. Schnell leerte sich der Gang – alle Schüler verdrückten sich. Ryan sah aus dem Augenwinkel, wie Kasey von ihrer Freundin am Arm weggezogen wurde. Stieglitz sah den Direktor an, rappelte sich dann auf und humpelte ebenfalls davon.

»Mr Quinn, in mein Büro!«, befahl der Direktor.

Ryan ließ die Schultern hängen.

»Ich habe ihn kaum angefasst!«

»Sofort!«

2

New York, USA

Die internationale Schule von New York war nur sechs Blocks vom UN-Hauptquartier entfernt und unterrichtete Schüler vom Kindergartenalter bis zur Highschool-Abschlussklasse. Viele davon waren Söhne und Töchter von UN-Angestellten. Allein in Ryans Algebrakurs saßen eine saudi-arabische Prinzessin, die Tochter eines thailändischen Ministers und ein somalischer Flüchtling, dessen Mutter im Menschenrechtskomitee tätig war.

Für Ryan, dessen Vater im Entwicklungsausschuss der UNO saß, war das Leben hier in New York perfekt. Bis vor Kurzem hatte er ein Nomadenleben geführt und war von Ort zu Ort gezogen. Sein Vater war jeweils für ein oder zwei Jahre in verschiedenen Ländern stationiert gewesen und die Familie hatte in der ganzen Welt gewohnt.

Als Ryan noch kleiner gewesen war, hatte es ihm gefallen, an exotischen Orten zu leben. Es fiel ihm leicht, sich mit den Kindern dort anzufreunden, und überall gab es etwas Neues, Spannendes zu entdecken. Verstecken spielen in einem Wald in Weißrussland, Stand-up-Paddeln an der Küste von Nicaragua, Eisangeln in Norwegen. Er hatte sich nie irgendwo gelangweilt, weil sie dafür zu schnell wieder an einen anderen Ort gezogen waren.

Notwendigerweise hatte Ryan gelernt, sich anzupassen. Er beobachtete die einheimischen Kinder, um zu sehen, wie sie sich verhielten, und machte es genauso. Er änderte seinen Kleidungsstil, seinen Gesichtsausdruck und seine Essgewohnheiten – alles, was nötig war, um sich einzufügen. Als er klein war, stellte die Sprache kaum ein Hindernis dar, schon gar nicht unter Jungen, die sich stundenlang mit Sport und Spielen beschäftigen konnten.

Doch je älter er wurde, desto schwieriger wurde es, sich anzupassen. Die Kinder hatten bereits ihre festen Freundeskreise und interessierten sich nicht mehr so brennend für Neue. Ryan war zu einer Art Chamäleon geworden, der sich in einer neuen Umgebung änderte, doch er hatte das Gefühl, trotzdem nirgendwo dazuzugehören. Er wurde immer zu einem Außenseiter, der nur zusah.

So begann er, mehr und mehr für sich zu bleiben. Wenn er aus der jeweiligen Schule nach Hause kam, ging er in sein Zimmer. An manchen Tagen übte er die Zaubertricks, die ihm sein Vater beigebracht hatte, als er noch kleiner war, oder spielte Gitarre. Er las, bis ihm die Buchstaben vor den Augen flimmerten, setzte Kopfhörer auf und hörte Musik.

Sein Zimmer wurde sein Zufluchtsort. Auch wenn sich bei jedem Umzug die Umgebung änderte, blieb eines doch immer gleich: seine beeindruckende Sammlung von Baseballkappen an der Wand. Ryan hatte Mützen von jedem Team der amerikanischen Mayor League. Mit elf Jahren hatte er angefangen, sie zu sammeln, als seine Eltern mit ihm ein Spiel der Washington Nationals sahen. Das war auf einer ihrer Reisen »nach Hause« gewesen, wie sie es nannten. Ryan fand das lächerlich, es »zu Hause« zu nennen, weil er noch nie länger als ein oder zwei Monate am Stück in den Vereinigten Staaten zugebracht hatte.

Nach dieser Reise hatte er viel über das Leben in Amerika nachdenken müssen. Wie würde es wohl sein, an einem Barbecue in irgendeinem Garten teilzunehmen und sich mit Hotdogs und Hamburgern vollzustopfen? Oder sich freitagabends ein Rugbyspiel mit Cheerleadern und Kapelle anzusehen? Oder mit den Freunden aufzuwachsen, die einen länger kannten als ein paar Monate? Mit jeder neuen Baseballkappe fühlte Ryan sich einem Amerika, das er hauptsächlich aus Büchern und Filmen kannte, mehr verbunden.

Zu dieser Zeit begann er, sich zu prügeln. Seinen Eltern versicherte er stets, dass es einen guten Grund dafür gegeben hatte: dass ein kleineres Kind gemobbt wurde oder dass irgendjemand versucht hatte, auf Ryan herumzuhacken. Schließlich gab es in jedem Land der Welt Idioten, auch unter Kindern. Aber insgeheim wusste Ryan, dass mehr dahintersteckte. Manchmal hatte er das Gefühl, als müsse er einfach aus der Haut fahren, als müsse er all seine Kräfte mobilisieren, um irgendetwas zurückzuhalten, was nach einem Weg suchte, hervorzubrechen. Durch die Prügeleien fühlte er sich nicht unbedingt besser, aber es kam trotzdem immer wieder dazu.

Eines Abends hörte er einen Streit seiner Eltern mit an. Ryans Vater hielt seine Stimmungsschwankungen und Temperamentsausbrüche für normal, dies gehöre zum Leben eines Teenagers. Doch seine Mutter erkannte, wie unglücklich Ryan im Grunde genommen war. Dieses unstete Leben täte Ryan nicht gut, sagte sie. Er müsse irgendwo Wurzeln schlagen und Freunde finden. Er brauche eine Heimat. Und Ryan, der hinter der Wand saß und lauschte, stellte fest, dass sie recht hatte. Er wollte einfach nur ein normales amerikanisches Kind mit einem normalen, langweiligen Leben sein.

Es dauerte eine Weile, bis alles geregelt war, aber schließlich bekam er, was er wollte: eine Wohnung in New York (wo es *zwei* Baseballteams gab, die Mets und die Yankees!), eine Schule, an der er das Gefühl hatte, endlich er selbst sein zu können, und einen besten Freund, mit dem er wirklich reden konnte.

Alles war nach Wunsch gelaufen – aber jetzt stand er kurz davor, alles wieder zu verlieren.

Direktor Milankovic sah Ryan unter seinen dichten Augenbrauen finster an.

»Du weißt, dass Prügeln Grund genug für einen sofortigen Schulverweis sein kann, nicht wahr?«

Für einen Schulleiter war er erstaunlich groß, hatte kräftige Arme und einen breiten Brustkasten, der ihn mehr wie einen alternden Boxer wirken ließ als wie einen Highschool-Direktor.

»Ja, Sir.«

»Ist das alles? Du willst mir nicht sagen, dass er angefangen hat? Dass es eine Art Notwehr war?«, fragte der Direktor mit deutlich slawischem Akzent.

»Würde das einen Unterschied machen?«

Direktor Milankovic lächelte.

»Nein, würde es nicht.«

Er kam um seinen großen Schreibtisch herum, der von wild aufeinandergestapelten Papierhaufen überquoll. »Jede Handlung hat Konsequenzen. Der Grund für eine Handlung kann triftig oder edel sein, vielleicht rechtfertigt er das, was du getan hast. Aber mit den Konsequenzen musst du dich dennoch abfinden.«

Ryan sah Milankovic nicht in die Augen und sein Magen verkrampfte sich. Wenn er das irgendwie durchstand, ohne aus der Schule geworfen zu werden, versprach er sich, würde er sich das nächste Mal aus den Streitereien heraushalten und nicht mehr seinen Hals riskieren, nicht mal für einen Freund wie Danny.

Milankovic setzte sich neben ihn und sagte milder: »Dein Großvater hat das mit den Konsequenzen verstanden.«

Ryan hob ruckartig den Kopf und sah den Direktor an. »Sie kannten meinen Großvater?«

»Ein wenig. Er war ein außergewöhnlicher Mann. Es war schmerzhaft, von seinem Tod zu erfahren.«

»Wie haben Sie ihn kennengelernt?«

»Er hat mir vor vielen Jahren einmal einen großen Gefallen getan.«

»Was für einen Gefallen?«

Milankovic sah einen Moment lang nachdenklich drein, als sei er mit seinen Gedanken weit fort. Dann sah er Ryan wieder an, schob die Erinnerungen, die ihn überfallen hatten, von sich und ermahnte ihn streng: »An meiner Schule wirst du dich nicht prügeln, verstanden?«

»Das werde ich nicht. Versprochen.« Ryan nickte.

»Zufällig weiß ich, dass die Quinns ihre Versprechen immer halten.« Milankovic stand auf. »Geh zum Unterricht. Hier drinnen will ich dich nie mehr sehen.«

Ryan sprang auf und rannte hinaus, bevor der Direktor es sich anders überlegen konnte.

3

New York, USA

Nach Schulschluss kam Danny die Treppe hinuntergestürmt und auf Ryan zugerannt.

»Wo hast du das denn gelernt? Du warst ja wie ein Geist – in einem Moment hast du da gestanden, und im nächsten warst du abgetaucht!«

»Das hat mir mein Dad mal beigebracht«, antwortete Ryan und tat, als sei das keine große Sache. »Wir haben an ein paar ziemlich gefährlichen Orten gewohnt. Da hielt er es für besser, wenn ich mich selbst verteidigen konnte.«

»Kannst du auch jemanden umbringen oder so?«

»Ja, aber das habe ich erst ein paarmal gemacht.«

Mit großen Augen blieb Danny an der untersten Stufe stehen.

»Im Ernst?«

»Echt jetzt, Kumpel?«, grinste Ryan.

»Blödmann.« Danny grinste.

Im Grunde genommen wusste Ryan, wie man jemanden bewusstlos schlagen oder ihm die Knochen brechen konnte, wenn es sein musste. Aber das Letzte, was er wollte, war sich einen Ruf als Kämpfer zuzulegen, denn er wusste aus Erfahrung, dass er sich auf diese Weise mit Sicherheit nur noch mehr Ärger einhandeln würde.

Vor der Schule standen jede Menge Limousinen mit Bodyguards, die die Kinder der Würdenträger abholten. Ryan und Danny gingen um die Leibwächter in ihren schwarzen Anzügen herum, die keine Anstalten machten, ihnen aus dem Weg zu gehen, und ihre kalten Blicke ein wenig leer umherstreifen ließen, während die Schüler an ihnen vorbeiströmten.

»Kannst du mir was von diesem Ninja-Zeug beibringen?«, fragte Danny.

»Klar, du wärst sicher gut darin.«

»Na sicher doch. Ich bin klein und schnell. Da kann man mich nicht so leicht treffen.«

Danny brachte Ryan oft zum Lachen. Sie hatten sich während Ryans erster Woche an der ICS kennengelernt, in der Physikstunde. Danny hatte Ryan auf sein T-Shirt angesprochen, ein Vintage-T-Shirt der *Meat is Murder*-Tournee von The Smiths, und sie hatten angefangen, sich über die Rockbands der 80er zu unterhalten. Danny war ein eingefleischter Cure-Fan, woraufhin sich eine Debatte entspann, welches die bessere Band war – eine Diskussion, die ihnen beiden beinahe Nachsitzen eingetragen hätte.

Nach der Schule hatten sie das Gespräch fortgesetzt und stundenlang diskutiert. Schließlich hingen sie so lange bei Danny herum, bis dessen Mutter Ryan zum Essen einlud. Ursprünglich kam die Familie von den Philippinen, und Dannys Eltern waren völlig perplex, als Ryan sagte, wie sehr er *Kare-kare*-Eintopf und Reis mit *Bagoong* liebte. Nachdem er sich auf Tagalog – der philippinischen Sprache – bedankt hatte, wurde er praktisch zu einem Ehrenmitglied der Familie.

Seitdem hingen Ryan und Danny oft zusammen ab. Beide waren auf ihre Art Außenseiter: Danny war ein Technik-Freak, mit dem seine Mitschüler nicht viel anfangen konnten, und Ryan beschlich das Gefühl, dass seine neue amerikanische Schule womöglich genauso fremd war wie die in den vielen anderen Ländern, in denen er gewohnt hatte. Aber bei Danny hatte er nicht das Gefühl, sich verstellen zu müssen. Er konnte einfach nur er selbst sein. Wer auch immer das war. Das würde er erst noch herausfinden müssen.

»Ryan, Danny! Wartet mal!«, hörten sie eine Mädchenstimme, und als sie sich umsahen, bemerkten sie überrascht Kasey Stieglitz, die sich durch die Menge schob und zu ihnen ans untere Ende der Treppe kam.

»Hi Kasey, was ist los?«, fragte Danny, als wäre es völlig normal, dass das hübscheste Mädchen der Klasse hinter ihnen herlief. Ryan wusste selbst nicht, warum er in Kaseys Gegenwart immer zu einem stammelnden Idioten wurde. Es war nicht so, dass er nicht mit Mädchen reden konnte. Zwar nicht halb so gut wie Danny, aber es war jedenfalls nicht komplett furchtbar (soweit er das beurteilen konnte). Aber Kasey mit ihren wilden Haaren und ihrem lässigen Selbstbewusstsein brachte ihn jedes Mal völlig aus der Bahn.

»Das mit Drew tut mir leid«, sagte sie. »Ich habe ihm bereits ordentlich Bescheid gesagt – er hat sich wirklich albern aufgeführt.«

Danny zuckte mit den Achseln.

»Der macht uns keine Angst. Ich hoffe nur, dass wir ihm keine weitere Lektion verpassen müssen.«

Kasey lächelte und sah Ryan an, der nur zurückgrinste. Und sich gleich darauf innerlich selbst trat. *Rede!*, befahl er sich.

»Wohin geht ihr?«, fragte Kasey.

»Rauf zur Bibliothek«, antwortete Danny. »Und du?«

»Downtown – ich habe da eine Verabredung. Dann sehen wir uns wohl im Unterricht!«

Als sie sich abwandte, stieß Ryan hervor: »Also ich muss eigentlich auch nach Downtown.«

»Echt?«, sagte Kasey und drehte sich um.

»Ich helfe meiner Mutter im Laden.«

»Hast du etwas dagegen, wenn wir zusammen gehen?«

»Ich … nein … das heißt …«

Danny verdrehte die Augen.

»Er meint: sehr gerne!«

Kasey begann zu strahlen.

»Toll! Ich sage nur schnell Lisa Bescheid, damit sie nicht auf mich wartet. Bin gleich zurück!«

Als sie davonlief, stieß Danny Ryan spielerisch vor die Brust.

»Die steht total auf dich.«

»Was? Nein …«

»Doch, glaub mir. Ich kenn mich da aus.«

Ryan beobachtete Kasey, wie sie ihren Freundinnen von ihren neuen Plänen erzählte und dann wieder zu ihnen kam. Die Mädchen sahen zu Ryan hinüber, tuschelten, grinsten und würden unverzüglich die Gerüchteküche anheizen.

»Kumpel, hör auf zu grinsen – das ist so offensichtlich«, mahnte Danny.

»Halt die Klappe«, sagte Ryan, versuchte dann aber so cool wie möglich zu wirken, als Kasey wieder zu ihnen trat.

»Fertig?«, fragte sie.

»Viel Spaß euch beiden!« Danny grinste und zog sich zurück.

Ryan sah ihn finster an, aber Danny zwinkerte nur und verschwand dann zwischen den anderen Schülern.

»Er ist lustig«, fand Kasey und sah ihm nach. »Als käme er direkt aus einem Comic oder so.«

»Das hält er bestimmt für ein Kompliment.«

Ryan hoffte, dass Stieglitz nicht mitbekam, wie er mit Kasey wegging – er brauchte keinen weiteren Streit. Aber als er sich umsah, ob irgendwo Ärger drohte, erstarrte er plötzlich. Hinter einem Geländewagen auf der anderen Straßenseite stand ein Mann in einem dunklen Anzug, der genau in ihre Richtung blickte. Er war zwar noch ziemlich weit weg, aber Ryan kam es vor, als sähe er ihn direkt an.

»Kommst du?«, fragte Kasey, die mittlerweile ein paar Schritte voraus war.

»Ja.«

Als Ryan wieder über die Straße sah, war der Mann verschwunden.

4

New York, USA

Ryan und Kasey schlenderten die 37. Straße entlang. Es war ein kühler Novembertag und sie fröstelten in ihren leichten Jacken. Ryan war entschlossen, sich seine Nervosität nicht anmerken zu lassen und griff in die Jacke nach seiner Geheimwaffe – Schokolade.

Egal, wie unterschiedlich und ungewöhnlich die Kulturen der Orte gewesen waren, an denen Ryan bislang gewohnt hatte, eines war immer gleich gewesen. Alle liebten Schokolade. Kinder liebten sie. Erwachsene liebten sie. Und Ryan war geradezu besessen davon. In Belgien hatte es dunkle, reichhaltige Schokolade gegeben, in Indien Milchschokolade mit Currypulver, und er kannte sogar *Xocolatl*, das dickflüssige Kakaogetränk mit Chili, das die Azteken vor tausend Jahren schon geliebt hatten. Schokolade war der ultimative Eisbrecher.

An der nächsten roten Ampel hielt er Kasey mehrere kleine, bunt verpackte Riegel hin.

»Magst du?«

»Gerne. Sind die alle verschieden?«

Ryan deutete auf einen langen, dünnen grünen Riegel.

»Der da ist aus der Schweiz. Einfache Schokoladencreme mit einer Kakaopulverkruste. Schlicht, aber köstlich. Der blaue ist aus Ecuador. Da verarbeiten sie die Kakaobohnen direkt auf der Plantage. Und der in Gold ist Schokolade mit Schinken. Hört sich eklig an, ist aber unglaublich gut. Der Chocolatier wurde im *Le Cordon Bleu* in Paris ausgebildet und verwendet nur Zutaten höchster Qualität.«

»Du bist wohl eine Art Schokoladen-Snob, oder?«, lachte Kasey.

Ryan merkte, dass ihr Spott freundschaftlich war.

»Ich probiere sie überall, wo ich bin. Und ich war schon an einer Menge Orte.«

»Und welchen sollte ich jetzt nehmen?«

Ryan gab ihr den grünen Riegel. »Den hier. Die Schokolade machen sie in Zürich, aber die Kakaobohnen stammen von einer Plantage in Kamerun in der Nähe des Ortes, wo ich früher gewohnt habe.«

Die Ampel wurde grün, und sie überquerten die Straße, während Kasey ihren kleinen Schokoriegel auspackte.

»Du hast mal in Kamerun gewohnt?«, fragte sie. »Warst du auch während der Studentenunruhen letztes Jahr dort?«

Überrascht sah Ryan sie an. »Du hast davon gehört?«

»Ich habe die Videos gesehen, die online gepostet wurden. Die ganzen Studenten, die sich versammelt haben, um für ihre Rechte einzutreten. Ich wünschte, ich wäre dabei gewesen.« Sie biss in ihre Schokolade. »Oh mein Gott, ist die gut!«

»Nicht wahr?«

»Hast du eine der Demonstrationen gesehen?«

Die meisten Jugendlichen an Ryans Schule hatten keine Ahnung, was in der Welt vorging, und schon gar nicht davon, was in einem so kleinen Land in Afrika passierte. Aber Kasey schien sich wirklich dafür zu interessieren.

»Ich habe an einer davon teilgenommen.«

Kasey blieb stehen.

»Nein! Wirklich? Ganz echt?«

»Eine Gruppe von Studenten ist direkt an unserer Schule vorbeigezogen«, erzählte Ryan. »Es waren fast alles junge Leute und so sind ein paar von uns einfach mitgegangen. Die Anführer hatten dazu aufgerufen, eine Brücke zu blockieren. Wir haben einen Haufen Reifen und anderes Zeug aufgestapelt, damit keiner durchkam.«

»Hört sich an wie bei den Barrikaden während der französischen Revolution.«

»So fühlte es sich auch an. In jeder Richtung staute sich der Verkehr und die ganze Stadt war auf einmal lahmgelegt. Bis schließlich die Cops gekommen sind, mit Tränengas und Maschinengewehren. Da sind alle einfach weggerannt. Es war das totale Chaos.«

»Hast du Gas abgekriegt?« Die Vorstellung schien sie sowohl zu entsetzen als auch zu faszinieren.

»Ein bisschen. Mir hat stundenlang die Kehle gebrannt.«

»Das ist unglaublich!«

»Das war es. Und irgendwie schockierend war es

auch.« In Wirklichkeit hatte sich Ryan recht kopflos darauf eingelassen, bevor er erkannt hatte, wie verrückt das Ganze werden würde. Es war zu Plündereien und Vandalismus gekommen. Überall war Rauch gewesen. Ryan war mitgerissen worden. Er hatte es genossen, Teil eines größeren Ganzen zu sein – dass seine Handlungen einen Sinn hatten und vielleicht sogar etwas bewirken könnten. Aber als die Polizei anrückte, waren die Proteste immer gewalttätiger geworden. Eine seiner Mitschülerinnen, eine Deutsche, mit der er gelegentlich zusammen gelernt hatte, war von einem Schlagstock getroffen worden und gestürzt. Ryan hatte sich mit dem blutenden Mädchen durch die Menge gekämpft und sie in Sicherheit gebracht.

»Letztendlich haben wir nicht viel ausgerichtet«, stellte Ryan fest. »Es hat sich eigentlich nichts verändert.«

»Aber du hast es zumindest versucht.«

»Es wurden Menschen verletzt. Ich weiß immer noch nicht, ob es das wert war.«

Ryan hatte noch nie mit jemandem über diesen Tag gesprochen, noch nicht einmal mit seinen Eltern. Er wollte lieber nicht wissen, was sie dazu sagen würden, dass er sich so unüberlegt in Gefahr gebracht hatte. Aber es war cool, sich mit Kasey darüber zu unterhalten.

»Wie hast du davon gehört?«

Kasey lächelte ihn schwach an.

»Ich weiß schon ungefähr, was in der Welt vor sich geht.«

»Tut mir leid, ich wollte nicht …«

»Schon gut, ich mache doch nur Spaß. Ich habe

mich dafür interessiert, als ich letztes Semester in diesem bizarren kleinen Theaterstück mitgespielt habe.«

»Du spielst Theater?«, fragte Ryan.

Kasey nickte.

»Ja. Und die Schule hat einen rumänischen Regisseur angeschleppt, der zwar brillant, aber total verrückt war. In dem Stück ging es um Revolution mit Charakteren aus allen möglichen Epochen. Römische Sklaven, französische Bauern, George Washington … Es war völlig irre.«

Ryan liebte Kaseys Lachen. »Ich wünschte, ich hätte es sehen können.«

»Es war ziemlich schrecklich. Aber es hat dazu geführt, dass ich mich für Dinge interessiert habe, von denen ich zuvor noch gar nichts wusste. Ich habe seitdem viel mehr Geschichtsbücher gelesen als früher und mir mehr Nachrichten angesehen. Aber manches davon ist einfach nur traurig«, meinte sie. »Es ist, wie du sagst. Man hat das Gefühl, dass es viel zu viel Schlechtes auf der Welt gibt und wir nicht viel dagegen unternehmen können.«

Als sie in die Lexington Avenue einbogen, blieb Kasey vor der Tür eines älteren Bürogebäudes stehen.

»Nun, hier habe ich mein Treffen.«

»Was ist das für ein Treffen?«

»Nicht lachen«, sagte Kasey und nahm aus einer Mappe ein Blatt Papier und reichte es Ryan. Es war ein Flyer mit der Überschrift: »Bücher statt Bomben.«

»Wir versuchen, die Regierung dazu zu bringen, mehr Geld für Schulen und Bildung aufzuwenden anstatt für Waffen«, fuhr Kasey fort. »Wenn du willst, kannst du mitkommen.«

»Ich habe meiner Mutter versprochen, ihr zu helfen. Vielleicht nächstes Mal?«

»Klar.« Kasey war im Begriff, die Glastür aufzudrücken, um hineinzugehen, aber Ryan griff an ihr vorbei und hielt sie ihr auf. »Danke.« Plötzlich schien sie nervös und stieß hervor: »Du hast wohl nicht zufällig Lust, am Samstag mit mir zum Herbstball zu gehen?«

»Äh, ich habe nicht viel Übung im Tanzen.«

»Kein Problem, ich bin auch total unbegabt. Wir könnten uns gegenseitig auf die Füße treten.«

Ryan musste sich zwingen, nicht zu grinsen wie ein Idiot.

»Klar«, sagte er. »Das wäre dann meine erste offizielle Tanzveranstaltung.«

»Super!« Kasey ging durch die aufgehaltene Tür. »Oh, und geh meinem Bruder aus dem Weg. Er ist nicht so schlimm wie er scheint, aber er kann ein wenig überfürsorglich sein.«

»Das habe ich auch schon gemerkt.«

Grinsend sah Ryan ihr nach. Erst nachdem sie im Treppenhaus verschwunden war, trat er schließlich zurück und ließ die Tür los. Als sie sich langsam schloss, erstarrte er.

In der Spiegelung des Glases sah Ryan die Straße hinter sich. Der Mann in dem dunklen Anzug, der vor der Schule gestanden hatte, war wieder da und starrte zu ihm rüber.

5

New York, USA

Ryan unterdrückte den Wunsch, sich umzudrehen und zurückzustarren. Stattdessen lief er mit raschen Schritten die Straße entlang. Er wusste, dass der Fremde seine Bewegungen genau beobachtete. Seine Eltern hatten ihm während ihrer vielen Wohnortwechsel beigebracht, überall, wo sie sich niederließen, vorsichtig zu sein, doch bislang war er der Meinung gewesen, dass New York im Vergleich zu einigen anderen Orten relativ sicher sei.

Ryan nahm sein Telefon und fuhr mit den Daumen über den Bildschirm, als schreibe er jemandem, wobei er das Telefon ein wenig über seine Schulter hielt, sodass seine Kamera die Straße hinter ihm fotografierte.

Klick-klick-klick.

Er drehte das Telefon so, dass er die Bilder betrachten konnte, die er gerade gemacht hatte. Der Mann ging immer ein paar Leute hinter ihm. Doch sein Blick blieb fest auf Ryans Rücken gerichtet wie ein Laserstrahl. Er war Asiate, mittelgroß mit militärisch kurzem Haarschnitt und einem Mund, dessen Winkel permanent zu einem missbilligenden Ausdruck heruntergezogen zu sein schienen. Ryan vermutete, dass er irgendwo aus Südostasien stammte, vielleicht Indonesien oder Thailand.

Ryan ging schnell weiter und versuchte, etwas Abstand zu gewinnen. Daher bog er in die Park Avenue ab, in der Hoffnung, seinen Verfolger auf dieser belebten Straße abschütteln zu können. Immer wieder verschwand er zwischen den Leuten und duckte sich, damit der Mann ihn aus den Augen verlöre.

Kurz bevor eine Ampel rot wurde, rannte Ryan über die Straße auf den mit Bäumen und langen Reihen von Büschen bepflanzten Mittelstreifen und versteckte sich hinter den Sträuchern. Der Mann musste an der Ecke stehen bleiben, weil der Verkehr zu dicht an ihm vorüberrauschte. Er nahm ein Handy, wählte und sprach über einen Bluetooth-Kopfhörer mit jemandem, während er weiter nach Ryan suchte.

Ryan musste unwillkürlich an das Verfolgungsspiel denken, das sein Vater und er sich ausgedacht hatten. Dabei musste der Verfolger unsichtbar bleiben, während der Verfolgte hingehen konnte, wo er wollte. Als sie das Spiel einmal auf einem überfüllten Markt in Rio de Janeiro gespielt hatten, hatte Ryan sich so gut versteckt, dass sein Vater panisch wurde, weil er glaubte, Ryan verloren zu haben.

Sobald die Ampel auf Grün sprang, schoss der Fremde über die Straße. Auf halbem Weg blieb er plötzlich stehen und drehte sich um, fixierte den Mittelstreifen und durchsuchte ihn mit einer Professionalität, die bewies, dass er ein geübter Verfolger war. Ryans erster Impuls war, aufzuspringen und weiterzurennen. Doch er zwang sich, still sitzen zu bleiben, denn er erkannte das Ablenkungsmanöver. Der Mann war verzweifelt und versuchte offenbar, sein Opfer dazu zu bringen, sich zu früh zu bewegen.

Als die Ampel wieder umsprang, hupte ein heranrauschendes gelbes Taxi den Mann an. Er sprang aus dem Weg und lief auf die andere Seite. Dort sah er sich in alle Richtungen um, enttäuscht, dass er seine Zielperson verloren hatte, und ging dann schließlich die Park Avenue hinunter.

Ryan entschloss sich, den Spieß umzudrehen und selbst den Verfolger zu spielen. Sobald die Ampel wieder grün wurde, mischte er sich unter die Leute, zog die grüne Jacke aus und wendete sie um, sodass das schwarze Innenfutter außen war. Dann machte er den Rucksack auf und nahm eine der Baseballkappen aus seiner Kollektion heraus: ein Andenken an die World-Series-Meisterschaft von 1996. Er ging davon aus, dass ihn der Mann anhand seiner grünen Jacke im Auge behalten hatte und dass er mit einer schwarzen Jacke und einer Mütze sich ausreichend verändert hatte, um ihm nicht aufzufallen. In der Menge unterzutauchen fiel Ryan sowieso leicht.

Der Mann war jetzt am Ende des nächsten Blocks, und Ryan beeilte sich, ihn einzuholen. Er hielt den Kopf unten und seinen Körper so gut wie möglich verdeckt. Als der Mann stehen blieb und sich erneut umdrehte, sprang Ryan gerade noch rechtzeitig in den Eingang einer Bäckerei und drückte sich flach gegen die Wand.

Dort zwang er sich, langsam bis fünf zu zählen, und hielt sich kampfbereit für den Fall, dass er entdeckt worden war. Erst bei fünf sah er um die Ecke. Der Mann bog gerade in die 40. Straße ab. Ryan schoss aus seinem Versteck, um sich wieder an seine Fersen zu heften, doch als er um die Ecke bog, erstarrte er – sein Verfolger war umgedreht und stieß beinahe mit ihm zusammen.

Im letzten Moment wich Ryan zur Seite aus – beinahe hätten sich ihre Schultern noch gestreift. Doch zum Glück war der Mann so in sein Telefongespräch vertieft, dass er nicht auf Ryan achtete. Er hatte eine tiefe, gutturale Stimme und klang zornig. Ryan hatte recht gehabt. Er sprach eine südostasiatische Sprache – welche, wusste Ryan nicht.

Im Vorbeigehen hörte er den Mann deutlich sagen: »John Quinn.« Vor Schreck darüber, den Namen seines Vaters zu hören, vergaß Ryan alle Vorsicht, drehte sich unwillkürlich um und starrte den Mann an. Im nächsten Augenblick hielt eine schwarze Lincoln-Limousine mit quietschenden Reifen am Straßenrand. Der Mann riss den hinteren Wagenschlag auf und sprang hinein.

Am liebsten hätte Ryan geschrien, den Kerl angehalten und gefragt, woher er seinen Vater kannte. Dann sah er das rot-weiß-blaue Diplomaten-Nummernschild. Der Mann, der ihn verfolgt hatte, gehörte offenbar zu einer der Botschaften in New York. Blitzschnell machte Ryan mit dem Handy eine Aufnahme, bevor der Wagen davonbrauste.

6

New York, USA

Jaqueline Quinn hielt die Geige so vorsichtig, als sei sie aus Glas. Ihr Kunde bewunderte das seltene Instrument, während sie dessen Herkunft erklärte.

»Diese Violine wurde um 1841 von Giovanni Francesco Pressenda hergestellt. Der Rücken besteht aus Fichtenholz.«

»Überwältigend«, staunte der Mann.

Ryan beobachtete seine Mutter von der anderen Seite des Ladens und bewunderte wie immer ihr fundiertes Wissen über die Instrumente, die sie verkaufte. Jaqueline brachte diesen Juwelen der Musik großen Respekt entgegen, der sich auf ihre Kunden übertrug. Genau deswegen suchten ihre Kunden sie auf, egal, wo sie gerade wohnte. Ryan vermutete, dass seine Mutter durch all ihre Reisen wahrscheinlich jeden Menschen auf der Welt kannte, der Musikinstrumente kaufte oder verkaufte. Sie war als Beraterin für seriöse Sammler und Auktionshäuser tätig gewesen, aber jetzt hatte sie zum ersten Mal einen eigenen Laden aufmachen können.

Jaqueline hatte ihr Geschäft mit Tresen aus dunklem Mahagoni und geschliffenen Glasscheiben eingerichtet, sodass man sich wie auf einer Zeitreise ins 19. Jahrhundert vorkam. Irgendwie hatte sie es sogar geschafft, den Duft nach altem Holz und Pfeifentabak zu importieren.

»Lassen Sie sich vom Aussehen nicht täuschen«, erklärte Jaqueline mit ihrem leichten französischen Akzent, der ihre Kultiviertheit unterstrich. »Was diese Violine so außergewöhnlich macht, ist die Musik, die sie hervorbringt. Tiefe, vibrierende Töne, eine Reinheit, die die besten italienischen und französischen Eigenschaften vereint. Von außen ist sie schön, aber erst die Musik, die sie spielt, macht sie einzigartig.«

Seit sie nach New York gezogen waren, hatte Ryan hier viele Nachmittage verbracht und seiner Mutter geholfen, all die Instrumente auszupacken und den Laden einzurichten. Das war zwar ein bisschen langweilig, aber er wurde dafür bezahlt. Bald würde er genug verdient haben, um sich die Autogrammkarte von Yogi Berra von den Mets zu kaufen.

Jaqueline sah jetzt ihren Sohn in der Tür stehen und bemerkte sofort, dass etwas nicht stimmte. Da er sie nicht beunruhigen wollte, ging er in den Büro- und Lagerraum hinter dem Laden zurück. Er konnte noch hören, wie der Kunde seine Mutter fragte: »Und wie viel soll sie kosten?«

»Einhundertfünfzigtausend Dollar«, antwortete sie. Durch ihren ruhigen Tonfall klang die Summe vollkommen angemessen.

Ryan setzte sich an ihren Schreibtisch, und seine Hand suchte automatisch nach der Pralinenschachtel, die immer griffbereit stand. Schokolade half ihm beim

Denken und genau das musste er jetzt tun. Er hatte ganz deutlich gehört, wie der Mann, der ihn verfolgte, den Namen seines Vaters genannt hatte – steckte sein Vater vielleicht in irgendwelchen Schwierigkeiten? John Quinn war vor zwei Wochen zu einer Konferenz über Plastikhandel in Thailand aufgebrochen. Vor vier Tagen hatte Ryan mit ihm telefoniert. John hatte seinem Sohn versprochen, dass er rechtzeitig zurückkommen würde, damit sie am Wochenende im Central Park Schlittschuh laufen gehen konnten. Das war das Letzte gewesen, was Ryan von ihm gehört hatte. Was eigentlich seltsam war, stellte Ryan fest, denn sein Vater meldete sich sonst eigentlich fast täglich.

Ryan hörte, wie die Ladentür klingelte, als der Kunde ging. Er erwartete, dass seine Mutter nach ihm sehen kam, doch dann hörte er neue Stimmen – es musste noch jemand hereingekommen sein. Etwas in Jaquelines Tonfall erregte seine Aufmerksamkeit. Obwohl er die Worte nicht verstehen konnte, vernahm er die Anspannung in der Stimme seiner Mutter. Da stimmte etwas nicht.

Ryan ging zur Tür zwischen den beiden Räumen. Die Tür stand einen Spalt offen, doch er hielt sich dahinter verborgen. Warum, wusste er selber nicht, denn normalerweise hatte seine Mutter nichts dagegen, wenn er bei Kundengesprächen dabei war. Aber er spürte, dass etwas nicht stimmte. Als er sich der Tür näherte, hörte er die barsche Stimme eines Mannes.

»… Sie wissen schon, dass es ernsthafte Konsequenzen haben kann, wenn Sie uns anlügen.«

»Wieso sollte ich Sie denn anlügen?«, fragte Jaqueline etwas bestimmter – und lauter – als normal.

»Mrs Quinn, wir versuchen nur, Ihnen zu helfen.«

Ryan reckte den Hals, um in den Laden sehen zu können. Seine Mutter stand vor einem Mann und einer Frau in Anzügen. Der Mann hatte graues Haar und harte Augen, die Frau war eine große Afroamerikanerin.

»Wann haben Sie das letzte Mal von Ihrem Mann gehört?«

»Er hat vor ein paar Tagen aus Bangkok angerufen.«

»Von der internationalen Plastikmesse?«, fragte die Frau mit einem Blick in ihre Unterlagen.

»Genau. Ist etwas passiert? Warum interessiert sich die CIA für John?«

CIA? Ryan dachte an den Asiaten, der ihm gefolgt war. Vielleicht war der auch von der CIA, aber was sollte dann das Diplomatenschild an seinem Auto? Und warum verfolgte er Ryan?

»Zeigen Sie ihr die Fotos, Agent Calloway«, sagte der Mann.

Die Frau nahm einen Stapel Fotografien hervor. Von dort, wo er stand, konnte Ryan die Bilder nicht erkennen, aber Jaqueline sah nach unten, und ihm war klar, dass sie seinen Vater erkannt haben musste. Selbst aus dieser Entfernung merkte er, dass sie nervös wurde.

»Diese Bilder wurden vor fünf Tagen in Thailand – genauer gesagt: in Muang Tak – aufgenommen«, fuhr der Mann fort. »Das liegt nicht mal in der Nähe von Bangkok. Der Mann neben ihrem Ehemann ist ein bekannter Schmuggler und in Muang Tak ist die Basis seiner Organisation.«

Jaqueline begegnete dem versteinerten Blick des Agenten. Anscheinend hatte sie sich wieder im Griff. Ihr Tonfall war ruhiger und kontrollierter.

»Wollen Sie ihm irgendetwas vorwerfen? John trifft sich jährlich mit Hunderten, vielleicht sogar Tausenden von Menschen.«

»Wir wollen wissen, warum er sich zweihundert Meilen entfernt von dem Ort, an dem er eigentlich sein sollte, mit einem bekannten Verbrecher trifft.« Der Agent nahm Calloway die Fotos weg und hielt sie Jaqueline hin. »Es wäre auch für Sie von Vorteil, wenn Sie uns alles erzählten, was Sie wissen, Mrs Quinn.«

»Ich weiß von gar nichts«, erklärte Jaqueline. Ryan erkannte, dass seine Mutter log – und die CIA-Agenten auch.

»Sind Sie sicher, dass Sie uns nichts sagen wollen?«, fragte Agent Calloway.

»Es gibt nichts zu sagen. Ich bin sicher, John kann das alles erklären.«

Die beiden Agenten sahen sich an und wandten sich dann ab. Die Glöckchen klingelten, als der grauhaarige Agent die Tür öffnete und hinausging.

Agent Calloway folgte ihm, drehte sich dann aber plötzlich noch einmal um und sah Ryan direkt an. Kühl musterte sie ihn und nickte ihm dann leicht zu. Sie hatte die ganze Zeit gewusst, dass er da war, und wollte, dass Ryan das auch wusste.

Ryan brummte der Kopf, als er zum Schreibtisch zurückging und sich auf den Stuhl sinken ließ. Sein Vater sollte ein Verbrecher sein? Das war doch nicht möglich – aber warum traf er sich mit Schmugglern? Und warum log seine Mutter und sagte, sie wüsste von nichts?

Jaqueline betrat den Raum. Ihre kämpferische Haltung hatte sie aufgegeben, und Ryan sah sofort, wie besorgt sie war.

»Was ist los, Mum?«

»Nichts. Nur eine Verwechslung, das ist alles.«

Sanft strich sie ihrem Sohn das Haar aus der Stirn, wie sie es seit seiner Kindheit getan hatte.

»Wo ist Dad denn? Warum hat er nicht angerufen?«

»Ich weiß es nicht. Ich bin sicher, es geht ihm gut«, antwortete sie.

Ryan starrte sie an, völlig perplex. Denn der etwas zu laute, bestimmte Ton seiner Mutter zeigte ihm: *Seine Mutter log nicht nur die CIA an. Sondern auch ihn.*

7

New York, USA

Der schrecklichste Tag in Ryans Leben war vor drei Jahren gewesen. Sie hatten in einer Stadt in Paraguay gewohnt, wo sein Vater bei einer Hilfsorganisation für nachhaltigen Getreideanbau arbeitete. Als ein heftiger Sturm aufzog, war er mit seiner Mutter allein im Haus gewesen. Es donnerte so laut, dass das ganze Haus erzitterte. Im Radio wurde vor Springfluten gewarnt und es gab Berichte von überschwemmten Straßen und Brücken. Jaqueline und Ryan hatten sich zusammengekauert, und sie hatte die Arme beruhigend um ihn gelegt und ihm Geschichten von dem Bauernhof ihrer Familie in Frankreich erzählt, auf dem sie aufgewachsen war.

Plötzlich erschreckte sie ein Knall, der noch lauter als der Donner war – und dann krachte ein riesiger Ast durch das Dach ihres kleinen Hauses. Der Regen prasselte herein, und der tosende Wind vernichtete das, was vom Zimmer noch übrig geblieben war. Innerhalb von Sekunden waren Ryan und seine Mutter klatschnass. Ryan fühlte in dem Moment Todesangst, doch Jaqueline war ruhig geblieben und hatte sich konzentriert. Sie rief ihm zu, dass sie in einem der größeren

Häuser in der Stadt Zuflucht suchen mussten. Ryan hatte sich erst geweigert – er fürchtete, dass sie auf dem Weg von den Wassermassen weggerissen und ertrinken würden.

Aber seine Mutter hatte ihm in die Augen gesehen und durch das laute Prasseln des Regens gefragt, ob er ihr vertraue. Natürlich, hatte er gesagt. Dann solle er auch genau das tun, was sie ihm sage. Sie versprach ihm, dass sie sie beide in Sicherheit bringen würde. Ryan vertraute seiner Mutter mehr als jedem anderen Menschen – selbst mehr als seinem Dad –, und sie hatte ihn immer beschützt. Also nickte er schließlich und folgte ihr hinaus in den tobenden Sturm. Hand in Hand hatten sie sich ihren Weg durch die verwüstete Stadt gesucht und schließlich Zuflucht in einer Steinkirche gefunden.

Sein ganzes Leben lang und an allen Orten, an denen sie gewohnt hatten, war der Glaube an seine Eltern eine Konstante in Ryans Leben gewesen. Er, seine Mutter und sein Vater waren stets ein Team gewesen und Ryan konnte seinen Eltern alles anvertrauen, glaubte er. Bis jetzt.

Jetzt wusste er nicht mehr, was er glauben sollte.

Verwirrt und allein schob er sich durch die Menschenmassen über die 5th Avenue. Er glaubte bestimmt nicht, was die Agents über seinen Vater gesagt hatten. Aber da seine Mutter nicht ehrlich zu ihm war, musste er eben selbst herausfinden, was los war.

Doch dazu brauchte er Hilfe – und er wusste auch genau, von wem.

Ryan erreichte die Bibliothek von New York und lief an den berühmten steinernen Löwen vorbei, ohne sie eines Blickes zu würdigen. Immer zwei Stufen auf einmal nehmend hastete er die Treppe in den dritten Stock hinauf und platzte in den Hauptlesesaal hinein. *The Rose*, wie die Schüler den Raum nannten, war über zwanzig Meter hoch, und von der mit Wolkenbildern bemalten Decke hingen riesige Kronleuchter herunter. An den Wänden standen Tausende von Büchern und an langen Holztischen mit Leselampen aus Messing saßen Schüler und Studenten. Normalerweise war Ryan sehr gerne dort – es war der Ort, an dem er am liebsten Leute beobachtete –, aber dazu hatte er momentan keine Zeit. Er suchte nach Danny, was in einem Raum von der Größe zweier Häuserblocks gar nicht so einfach war.

Danny erzählte seinen Eltern zwar, dass er hierherkam, um zu lernen, aber im Grunde war er nur an dem nicht nachzuverfolgenden WLAN interessiert. Danny war ein Hacker und die Bibliothek der ideale Ort, um seine Cybertalente zu schärfen. Da im Lesesaal ständig Hunderte von Laptops liefen, war er online praktisch unsichtbar.

Natürlich war es nicht nur die WLAN-Verbindung. In der Bibliothek gab es auch Mädchen. Eine Menge Mädchen. Aus der ganzen Stadt. Sie kamen nach der Schule, um im Lesesaal zu lernen.

Als Ryan Danny fand, unterhielt der sich im Flüsterton gerade mit zwei Schülerinnen. Sie waren so um die fünfzehn, also ungefähr zwei Jahre älter als Danny, aber sie saugten jedes seiner Worte förmlich auf. Danny hatte es einfach drauf.

»Wenn ihr versucht, die Tickets über die Webseite zu kaufen, kriegt ihr sie nie«, erklärte Danny gerade. »Da sind sie nach ein paar Sekunden ausverkauft. Aber ich kann einen Bot basteln, der euch die besten Plätze im Haus sichert.«

»Einen Bot?«, fragte das eine Mädchen. »Das ist eine Art Computerprogramm, nicht wahr?«

»Meine sind eher eine Art Kunstwerk. Ich könnte uns drei Tickets verschaffen, dann könnten wir alle drei zusammen hingehen.«

Die Mädchen sahen sich skeptisch an, als seien sie nicht sicher, ob Danny es ernst meinte oder nur angeben wollte.

»He, hast du kurz Zeit?«, unterbrach sie Ryan.

Danny sah Ryan überrascht an.

»Sag bloß nicht, dass du das mit Kasey schon vermasselt hast!«

»Ich muss mit dir sprechen. Jetzt gleich.«

Danny erkannte sofort, dass etwas nicht in Ordnung war.

»Denkt darüber nach«, riet er den Mädchen. »Ihr wisst ja, wo ihr mich findet.«

Dann lief er Ryan nach.

»Was ist los?«

»Du hast doch deinen Laptop hier, oder?«

»Atme ich?«, gab Danny zurück und setzte sich an einen der Tische. Er klappte seinen Laptop auf, und der Bildschirm erwachte und zeigte die Warnung: *Die-*

ser Computer wird sich in 15 Sekunden selbst zerstören.

Während der Timer herunterzählte, gab Danny schnell das siebzehnstellige Passwort ein. Seine Finger glitten über die Tastatur, als ob er Klavier spielte.

»Zerstört der sich echt selbst?«, fragte Ryan.

»Hoffentlich musst du das nie herausfinden«, grinste Danny. »Also, Amigo, was kann ich für dich tun?«

Ryan nahm sein Telefon und schaltete es ein, um Danny die Bilder zu zeigen, die er von seinem Verfolger gemacht hatte.

»Heute ist mir dieser Kerl gefolgt. Zuerst dachte ich, er sei von der CIA.«

Danny verdrehte die Augen. »Okayyy, ich bin vielleicht leichtgläubig, aber nicht dämlich.«

»Das ist echt kein Witz, ich schwöre es!«

Dannys Grinsen verblasste, als er begriff, dass Ryan es ernst meinte.

»Du willst mich nicht verarschen?«

»Bestimmt nicht.«

Danny betrachtete das Bild, während Ryan fortfuhr: »Das Auto, in das er gestiegen ist, hatte ein Diplomatenkennzeichen. Also vielleicht ist er nicht von der CIA, aber er hatte auf jeden Fall so eine Geheimdienst-Spionage-Aura. Ich muss herausfinden, wer das ist. Ich habe gehört, wie er den Namen meines Vaters sagte, und ich glaube, dass mein Dad in Schwierigkeiten steckt.«

»Was für Schwierigkeiten?«

»Weiß ich nicht. Hier, ich habe ein Bild vom Nummernschild.« Ryan zeigte ihm das Bild.

»Soll ich mich in die Zulassungsstelle einhacken?«

»Kannst du das?«

Ryan wusste, dass es schwierig war, aber Danny war seine einzige Chance. Seine Mutter war Mitglied der UNESCO, der Organisation der Vereinten Nationen für Erziehung, Wissenschaft und Kultur, und Danny hatte sich mit ihrem Zugang schon in alle möglichen Datenbanken und Softwareserver auf der ganzen Welt eingehackt.

Danny starrte seinen Computer an, runzelte die Brauen und dachte angestrengt nach. Dann erhellte sich plötzlich sein Gesicht, weil ihm ein Gedanke gekommen war.

»Ich weiß nicht, ob ich mich in die Zulassungsstelle einhacken kann, aber wahrscheinlich kriege ich Zugang zur Registrierungsstelle für Diplomatenfahrzeuge. Ich weiß, dass meine Mutter da jährlich ein Formular ausfüllen muss für ihr Auto.«

»Glaubst du, das klappt?«

»Ist einen Versuch wert«, meinte Danny. »Aber es wird eine Weile dauern.«

»Was heißt das? Ein paar Tage?«

Danny sah Ryan an, als hätte der den Verstand verloren.

»Nein, eher ein paar Stunden. Mail mir doch mal die ganzen Bilder.«

Ryan schickte ihm die Aufnahmen und stand dann auf.

»Du bist der Beste!«

»Oh, ich glaube, das ist nichts Neues, Alter«, erwiderte Danny, als sein Freund ging.

Als Ryan sich noch einmal umdrehte, war Danny bereits in seine Suche vertieft. Das Einzige, was ihn von Mädchen ablenken konnte, war ein schöner Hackerangriff.

8

New York, USA

Vorsichtig verließ Ryan den U-Bahnhof an der Ecke Lexington und 63. Straße. In den Gesichtern aller Vorbeigehenden suchte er nach irgendwelchen Anzeichen für Gefahr. Mittlerweile war es dunkel und es wurde ruhiger. Ryan fürchtete schon, paranoid zu werden, doch dann erinnerte er sich an etwas, was ihm sein Vater einmal gesagt hatte, vor seinem ersten Eishockeyspiel in dem Winter, den sie in Kroatien verbracht hatten. Hinterfrage nie deine Instinkte. Gute Instinkte können den Unterschied zwischen Sieg und Niederlage ausmachen. Ryan hatte versucht, dem Rat seines Vaters zu folgen, doch auf dem Eis war er gnadenlos untergegangen. Wie sich herausstellte, waren die Kroaten ziemlich gut im Eishockey.

Das Haus der Quinns an der 62. Straße war ein vierstöckiges Vorkriegsgebäude ohne Aufzug, das seit fast hundert Jahren im Besitz der Familie war. Sowohl sein Vater als auch sein Großvater waren hier aufgewachsen. Zu Ryans liebsten Erinnerungen gehörten die Zeiten, wenn er bei den Familienbesuchen in New York mit seinem Großvater zusammen gewesen war. Declan Quinn konnte einfach die besten Geschichten erzählen. Er setzte sich mit Ryan in die großen Sessel in seinem Arbeitszimmer, wo im Kamin ein Feuer knisterte, und spann Geschichten von Rittern und Drachen, Faunen und Wendigowak, von dem japanischen Samurai Masashige und der russischen Hexe Baba Jaga. Es waren Geschichten aus Kulturen der ganzen Welt, die von Tapferkeit, Loyalität und Opferbereitschaft erzählten. Ryan vergaß sie nie. Als sein Großvater im letzten Jahr gestorben war, hatte Ryan lange gebraucht, um zu akzeptieren, dass Grandpa wirklich fort war. Und seit er in dem großen Haus wohnte, hatte er oft an ihn gedacht.

Ryan ging über die Straße auf das Haus zu, blieb hinter einem geparkten Laster stehen und durchsuchte die dunklen Ecken. Wusste der Mann, der ihn verfolgt hatte, wo er wohnte? Da er nichts Verdächtiges erkennen konnte, ging er hinein. Vorsichtshalber hatte er seinen Schlüssel schon griffbereit in der Hand gehalten, als er die Treppe zur Haustür hinaufgelaufen war.

Drinnen schloss er die Tür hinter sich und verriegelte sie, dann knipste er das Licht an. Seine Mutter war noch nicht zu Hause. Perfekt. Ryan wollte Antworten und wusste, dass er am ehesten unten im Arbeitszimmer etwas finden würde. Also warf er seinen Rucksack in die Ecke, lief den langen Mittelgang entlang und dann die Treppe nach unten.

Das gesamte untere Stockwerk des Hauses war schon vor Jahrzehnten von seinem Großvater zu einem großen Arbeits- und Bibliothekszimmer umgebaut worden. Eine Wand war komplett mit Regalen vollgestellt, in denen Bücher über Geografie und Geschichte standen. Das unterste Regal quoll über von Atlanten und alten Karten. Ryan ging am Kamin und den beiden Sesseln vorbei, in denen er so viele Stunden seinem Großvater zugehört hatte, zu dem großen Schreibtisch mitten im Arbeitszimmer.

Er öffnete und schloss die Schubladen, obwohl er nicht sicher war, was genau er eigentlich suchte. Bezahlte Rechnungen, alte Kontoauszüge, Akten über die verschiedenen UN-Projekte, die sein Vater koordiniert hatte. Soweit er sah, war alles normal.

»It's never enough. It's never enough …«

Ryan machte vor Schreck fast einen Satz, als die Stimme ertönte, bis er den Klingelton erkannte, den er Danny auf seinem Handy zugewiesen hatte. The Cure plärrten ihr Missfallen heraus. Ryan riss das Telefon aus der Tasche und antwortete: »Hi!«

»He Kumpel, in was bist du da reingeraten?«

Danny war sichtlich besorgt.

»Hast du was gefunden?«

»Wir müssen uns unterhalten.«

»Was war mit dem Nummernschild …«

»Nicht am Telefon«, unterbrach ihn Danny. »Bleib einfach zu Hause und schließ die Türen ab. Ich bin schon unterwegs.«

Damit brach die Verbindung ab.

Ryan hatte Danny noch nie so nervös gehört und wunderte sich, über was er sich wohl so aufregte. Frustriert ließ er sich auf den Schreibtischstuhl fallen und wünschte sich, er hätte ein paar Antworten.

Während er sich im Raum umsah, überfiel ihn plötzlich eine Erinnerung. Er war etwa sechs Jahre alt gewesen und sie hatten ihre Familie in New York besucht. Von oben hatte er gehört, wie sich im Arbeitszimmer jemand stritt, und war neugierig nach unten gelaufen, um von der Treppe aus zu lauschen.

»... das ist zu gefährlich«, hatte sein Vater gesagt.

»Es ist immer gefährlich, John. Das war es schon immer.« Sein Großvater hörte sich todernst an.

Ryan erinnerte sich an ein merkwürdiges Geräusch, etwas Metallisches, das rollte, dann herrschte Stille. Er war die Treppe hinuntergeschlichen und hatte um die Ecke gesehen.

Doch es war niemand da gewesen. Sein Vater und sein Großvater waren einfach verschwunden.

In diesem Augenblick war seine Mutter oben ins Haus gekommen und hatte gerufen, dass sie ihm sein Lieblingseis mitgebracht hatte. Und da Schokolade sogar noch besser war als ein Geheimnis, hatte er die Beine in die Hand genommen und den seltsamen Vorfall komplett vergessen.

Jetzt saß er an dem alten Schreibtisch und kreiselte auf dem Stuhl, um sich umzusehen. Wo waren die beiden wohl damals hingegangen? Es gab keine Tür außer dem Eingang an der Treppe und die einzigen Fenster lagen sehr hoch auf Straßenniveau und ließen sich nicht öffnen. Ryan stand auf und betrachtete den Raum noch einmal genauer. Er sah sich jedes Detail an. Irgendetwas störte ihn, aber er war sich nicht sicher, was es war.

Sein Blick fiel auf die Decke. Über dem Raum lagen das Wohnzimmer, ein Esszimmer und die Küche im hinteren Teil des Hauses. Als er sich die Lage der Zimmer vorstellte, fiel ihm auf, dass dieses Stockwerk und das darüber nicht ganz die gleiche Größe hatten. Eigentlich sollte es so sein, weil das Haus symmetrisch gebaut war.

Ryan ging zu der frei liegenden Ziegelsteinmauer am Ende des Zimmers und untersuchte sie genauer. Aber es gab keine Risse im Putz. Nichts, was darauf hindeutete, dass sie etwas anderes als eine normale Wand war. Er kam sich dumm vor. Was dachte er denn? Dass es hier eine Art Geheimtür gab? Sein Vater war Diplomat, nicht Batman!

Verärgert über sich selbst sah er zu Boden und wollte sich schon umwenden, um zurückzugehen.

Doch plötzlich hielt er inne und wirbelte wieder herum.

Die Linien im Mörtel waren alle gleichmäßig. Doch einige Ziegel in der dritten Reihe von unten waren an seltsamen Stellen gesprungen, fast so, als wären sie zerschnitten worden. Ryan kniete sich hin und betrachtete die Ziegel genauer. Mit den Fingerspitzen griff er nach dem Mörtel. Er ließ sich leicht lösen und ermutigte ihn, schneller zu arbeiten. Mehrere Stücke brachen heraus, bis Ryan vier Ziegel freigelegt hatte, einen oben und unten und zwei in der Mitte in einer Art Kreuzform.

Ryan zog an dem obersten Ziegel und löste ihn. Überrascht sah er ihn an. Das war nicht einmal ein ganzer Ziegel, sondern nur die vordere Hälfte. Er legte ihn zur Seite und fragte sich mit klopfendem Herzen, über was er hier wohl gestolpert war. Die anderen drei Ziegel ließen sich genauso leicht herausnehmen, und Ryan sah in die Öffnung, die er geschaffen hatte.

Sein Blick fiel auf einen Metallgriff. Er trat einen Schritt zurück und erkannte plötzlich, dass die ganze Ziegelmauer nicht echt war. Der Metallgriff ließ sich zwar nur schwer bewegen, aber schließlich drehte sich die ganze Wand und schwang nach oben auf wie ein Garagentor. Dahinter lag ein verborgener Raum.

9

New York, USA

An der hinteren Wand stand ein brusthoher Arbeitstisch, dessen Geruch nach altem Zedernholz den ganzen Raum durchdrang. Auf dem Weg dorthin kam Ryan an einem Gestell voller Geräte vorbei. Er war zwar kein Technikfreak, sah aber, dass es sich um ein ziemlich professionelles Equipment handelte. Ein hochwertiger Laserdrucker und Scanner, ein Laminiergerät und ein paar andere Apparate, deren Zweck er gar nicht kannte.

Auf dem Tisch lagen Karten, Fotos und ganze Stapel von Computerausdrucken. Ryan betrachtete die Fotos, die alle grobkörnig und aus großer Entfernung aufgenommen waren, wie die Bilder einer Überwachungskamera. Keine der Personen darauf erkannte er. Eine Karte von Südostasien war ausgebreitet und mit vielen Markierungen versehen. Er erkannte Südwestchina, Laos und Thailand. Doch die meisten Markierungen fanden sich in Andakar.

Über dem Tisch hing eine große Korktafel mit angehefteten Informationen. Neben Fotos von Parks und etwas, was aussah wie alte asiatische Tempelanlagen, waren Pläne von Zug- und Flugverbindungen mit

Reißzwecken befestigt. Ryan bemerkte, dass die Fahrpläne alle aus Andakar stammten, und sah sich die Bildunterschriften unter den Tempelfotos näher an. Hier war es das Gleiche – alles deutete auf Andakar hin.

Ryan war noch nie dort gewesen, aber er wusste, dass in diesem Land ein strenges Militärregime mit eiserner Faust herrschte. Verhaftungen, Folter und selbst die Hinrichtung von Bürgern, die das Regime kritisierten, waren keine Seltenheit. Ryan hatte gelesen, dass Andakar erst kürzlich seine Grenzen für Reisende geöffnet hatte und man wohl versuchte, den Tourismus zu fördern, um Geld zu machen. Ryan hielt das für eine idiotische Idee. Wer wollte denn in einem Land Urlaub machen, das so mit seinen eigenen Einwohnern umging?

Auf einem Regal neben dem Tisch bemerkte Ryan einen Stapel Pässe aus verschiedenen Ländern – Deutschland, England, Südafrika, Kanada. Ryan klappte den obersten auf und erschrak, als er das Bild seines Vaters sah und den Namen Benjamin O'Hara las. Die anderen waren ähnlich: In jedem prangte das Bild seines Vaters neben verschiedenen Namen.

Ryan sah sich die Geräte auf dem Gestell an und jetzt wurde ihm auch ihr Zweck klar. Sein Vater hatte Pässe gefälscht. Und soweit er das sehen konnte, ziemlich gut. Im nächsten Pass sah er das Bild seiner Mutter mit einem falschen Namen. Also war auch sie beteiligt. Und es gab noch andere Pässe. Einige zeigten das Passfoto einer rothaarigen jungen Frau und andere die Fotos von zwei Männern, die Ryan nicht kannte – alle Pässe waren auf verschiedene Identitäten ausgestellt.

Ryan schwirrte der Kopf, während er die Informationen zu verarbeiten versuchte.

Als er den letzten Pass aufschlug, einen aus Irland, blieb ihm fast das Herz stehen, denn sein eigenes Foto sah ihn an. Der Pass war ausgestellt auf den Namen Thomas Dylan O'Hara und besagte, dass er in Dublin wohnte und sechzehn war!

Ryan warf den Pass auf den Tisch und taumelte ein paar Schritte nach hinten. Das war doch nicht möglich! Die Menschen, die er am meisten auf der Welt liebte, denen er am meisten vertraute – was für Geheimnisse hatten sie vor ihm? Die CIA-Agenten hatten behauptet, dass sein Vater sich mit Schmugglern und bekannten Verbrechern traf. Angesichts der falschen Pässe fragte Ryan sich unwillkürlich, ob das nicht sogar stimmte.

Er musste seine Mutter sehen. Er würde sie dazu bringen, ihm die Wahrheit zu sagen, egal wie schlimm sie war. Keine Lügen mehr. Er schwor sich: Es würde keine Lügen mehr geben.

Als er den Geheimraum gerade verlassen wollte, zerriss von oben ein Schrei die Stille. Ryan erschrak, doch instinktiv rannte er sofort los.

»Mum?«, rief er.

Er sprang die Treppe hinauf, immer zwei Stufen auf einmal nehmend, als er es im Flur laut krachen hörte. Seine Mutter war in ernster Gefahr, und egal, was ansonsten los war, er würde alles tun, um sie zu beschützen.

Er flog regelrecht die Treppe hinauf, und als er um die Ecke bog, sah er Einkaufstüten auf dem Boden liegen und seine Mutter, die sich im festen Griff eines riesigen Asiaten wand, eines Kraftpakets im dunklen Anzug. Daneben stand ein zweiter Mann – es war derselbe, der Ryan zuvor gefolgt war!

Der Angreifer hielt sie fest am Kinn gepackt und zwang Ryans Mutter, ihn anzusehen.

»Wo ist Myat Kaw?«

»Das werden Sie nie erfahren, wenn Sie mich nicht sofort in Ruhe lassen!«, rief Jaqueline ängstlich und trotzig zugleich.

In diesem Moment sah der Riese Ryan am Ende des Flurs.

»Aung Win! Der Junge!«

Aung Win drehte sich um. Seine dunklen Augen wirkten fast schwarz.

»Lassen Sie sie los!« Ryan nahm unwillkürlich Kampfhaltung ein.

»Nein Ryan! Lauf!«

Der Trotz war aus Jaquelines Stimme gewichen. Sie trat und schlug um sich und kämpfte wie eine Wildkatze, doch der Mann, der sie festhielt, war viel zu stark, als dass sie sich hätte befreien können.

Ryan griff an und versuchte, sich nicht von seiner Angst überwältigen zu lassen. Sein Vater hatte ihn immer gewarnt, dass man, wenn man den Kopf verlor, auch leicht den Kampf verlieren konnte. Er hatte ihm hauptsächlich einen Kampfstil namens Krav Maga beigebracht, eine Straßenkampftechnik, die von den israelischen Verteidigungskräften angewandt wurde. Sie war brutal und effektiv – es ging darum, Schwachstellen ausfindig zu machen und sich der Lage anzupassen, egal wie gefährlich oder aussichtslos sie scheinen mochte. Und die derzeitige Lage schien Ryan ziemlich aussichtslos. Er musste mindestens einen der Männer schnell ausschalten, wenn er eine Chance haben wollte. Also zielte er einen schnellen, harten Schlag auf die Kehle.

Doch Aung Win wich ihm aus, sodass sein Hieb nur die Schulter streifte. Die Reaktion seines Gegners war schnell und heftig: ein harter Schlag, der ihn direkt in den Solarplexus traf. Ryan bekam keine Luft mehr, stolperte zurück und rang nach Atem. Er musste sich an einem Beistelltisch festhalten, um nicht das Gleichgewicht zu verlieren.

»Lasst ihn in Ruhe!«, rief Jaqueline verzweifelt.

Aung Win zog eine Pistole und wandte sich von Ryan ab, als sei der völlig unbedeutend.

»Ich hatte ohnehin vorgehabt, mir Ihren Sohn zu schnappen. Wie praktisch, dass er von selbst kommt.« Er richtete die Waffe auf Ryan, ohne den Blick von Jaqueline zu wenden. »Sie sagen mir jetzt sofort, wo John Quinn ist. Und Sie werden mir auch sagen, wo ich Myat Kaw finde. Und falls ich glaube, dass Sie mir etwas verschweigen, werde ich Ihren Sohn erschießen!«

Ryan bekämpfte die aufsteigende Panik – Aung Win verhielt sich wie ein geübter Killer. Krampfhaft überlegte Ryan, wie er seine Chancen verbessern konnte, als sein Blick auf den Beistelltisch und die beiden verzierten Kerzenhalter aus Jade fiel, die seine Eltern einmal in China gekauft hatten.

Leise sagte Jaqueline: »Als ich das letzte Mal mit John gesprochen habe, war er in Thailand. Er wollte nach Andakar reisen.«

Bamm, bamm!, machte es plötzlich, noch bevor sie mehr erzählen konnte.

»He, Kumpel, mach auf, ich bin's!«, erklang es von draußen.

Die Erwachsenen sahen alle zur Tür, während Ryan die Gelegenheit ergriff, sich einen der Kerzenhalter zu schnappen und ihn Aung Win so heftig auf den Unterarm zu schlagen, dass er den Knochen knacken hörte. Die Pistole schepperte zu Boden und der Mann keuchte vor Schmerz auf.

»Danny!«, schrie Ryan. »Ruf die Cops!«

Aung Win reagierte blitzschnell und schlug mit der linken Hand nach Ryan. Der Hieb traf Ryan so hart an der Schulter, dass sein rechter Arm wie leblos herunterfiel. Er taumelte zurück und sah dabei, dass die Pistole unter den Küchentisch mit den gedrechselten Beinen geschlittert war.

Aung Win rief dem großen Mann, der sich schützend wie ein Bodyguard vor ihn gestellt hatte, einen Befehl zu, woraufhin dieser Jaqueline von sich stieß, sich umdrehte und die Haustür aufmachte.

Auf der obersten Stufe erblickte Ryan Danny, der angesichts des Goliaths vor ihm wie erstarrt stehen blieb.

»Pass auf!«, schrie Ryan, was Danny wieder zu Sinnen brachte. Er duckte sich gerade noch rechtzeitig und nutzte seine geringere Größe, um dem Bodyguard auszuweichen und die Treppe hinunterzuspringen.

Ryan sah, dass Aung Win Jaqueline an der Kehle gepackt hatte. Er verzog schmerzlich das Gesicht, weil er mit der Hand, die Ryan gerade verletzt hatte, einen Plastikbeutel aus der Tasche nehmen musste. Ryan hechtete nach der Pistole, als Aung Win den Beutel mit den Zähnen aufmachte und die giftigen Dämpfe eines Chloroform getränkten Tuches aufstiegen. Jaqueline zuckte zurück, doch Aung Wing hielt sie mit seinem gesunden Arm fest und zwang ihr das Tuch über Mund und Nase.

»Lassen Sie sie los!«, schrie Ryan und zielte unsicher mit der Waffe auf Aung Win, während seine Mutter das Bewusstsein verlor. Der Mann zog sie wie einen Schild vor seinen Körper und bewegte sich rückwärts zur Tür.

»Los, schieß doch!«, höhnte er.

Ryan versuchte, sicher zu wirken, aber er hatte noch nie im Leben eine Waffe in der Hand gehabt. Und erst recht nicht in der linken – sein rechter Arm war von Aung Wins Schlag ganz taub, sodass er nur mit links greifen konnte. Er durfte es keinesfalls riskieren, zu schießen.

»Lassen Sie uns in Ruhe!«, sagte er. »Lassen Sie sie einfach los, und wir tun so, als sei das Ganze nicht passiert.«

Er versuchte, Zeit zu schinden. Vielleicht hatte jemand den Lärm gehört. Vielleicht hatte Danny telefonieren können. Vielleicht würde ihnen jemand helfen, wenn er sie nur lange genug aufhalten konnte. Er machte einen weiteren Schritt.

»Deine Familie sollte sich nicht in Dinge einmischen, die sie nichts angehen.«

»Wovon reden Sie? Wir sind doch gerade erst hergezogen«, erwiderte Ryan.

Aung Win ignorierte ihn, zog Jaqueline durch die Tür und knallte sie hinter sich zu. Ryan rannte ihnen nach, stolperte aber über die am Boden verstreuten Lebensmittel und schlug lang hin.

Von draußen hörte er Reifen quietschen. Er sprang auf und ließ die Pistole fallen, damit er mit seiner gesunden Hand die Tür weit aufreißen konnte. Draußen sah er gerade noch, wie seine Mutter auf den Rücksitz einer dunklen Limousine geworfen wurde und Aung Win hinter ihr einstieg.

»Nein!«, schrie Ryan und lief die Treppe hinunter, während das Auto losfuhr. »Stopp!«

Doch es war zu spät. Sekunden später raste der Wagen um die Ecke, und Ryan musste hilflos zusehen, wie seine Mutter verschwand.

10

New York, USA

Einen Augenblick lang blieb Ryan starr vor Schreck auf der leeren Straße stehen. Erst als Danny neben ihm auftauchte und ihn auf den Gehweg führte, bemerkte er, dass er den Verkehr aufhielt. Fluchende Taxifahrer hupten ihn ungeduldig an, weil sie vorbeiwollten.

»War der das?«, wollte Danny wissen. »Der Kerl, der dich verfolgt hat?«

Ryan nickte, starr vor Angst.

»Sie haben meine Mutter!«

»Tut mir leid, dass ich weggerannt bin. Ich hatte Angst, dass mich dieser Kerl zermatscht.«

»Ich habe sie reden gehört. Sie versuchen, meinen Vater zu finden. Sie glauben, meine Mutter weiß, wo er ist. Sie hat etwas davon gesagt, dass er nach Andakar wollte.«

»Daher war es«, sagte Danny. »Das Nummernschild. Es ist ein Diplomatenkennzeichen, das auf die Botschaft von Andakar registriert ist.«

»Wir müssen die Polizei rufen«, stellte Ryan fest und wandte sich dem Haus zu.

»Das würde ich an deiner Stelle nicht tun.«

Ryan und Danny blieben abrupt stehen und sahen

überrascht zu der jungen Frau, die zwischen ihnen und der Treppe zum Haus stand. Sie trug einen strengen Kurzhaarschnitt, kniehohe Stiefel, enge Hosen und eine Lederjacke. Ryan schätzte sie auf mindestens zwanzig, wenn nicht älter. Sie schien wie aus dem Nichts aufgetaucht zu sein. Plötzlich erkannte Ryan sie. Das war die Frau, deren Bild er auf einem der gefälschten Pässe im Geheimraum gesehen hatte.

»Wenn du jetzt zur Polizei gehst, sind deine Eltern so gut wie tot«, erklärte die Frau ruhig. Ryan hatte das Gefühl, dass sie eine Aura von Gefahr umgab, und wusste nicht recht, was er von ihr halten sollte.

»Wer sind Sie?«

»Tasha Levi«, antwortete sie mit leichtem Akzent und sah sich auf der Straße um. »Ich kann deinen Eltern helfen, aber dazu brauche ich ein paar Informationen. Informationen, die sich in eurem Haus befinden.«

»Was für Informationen?«, wollte Danny wissen.

Tasha sah ihn an, als bemerke sie ihn zum ersten Mal.

»Wir sollten unsere kleine Unterhaltung wirklich lieber drinnen führen.«

»Niemand geht hier rein oder sonst wohin, bevor ich nicht ein paar Antworten bekommen habe«, erklärte Ryan bestimmt, der jetzt seinen ersten Schrecken überwunden hatte. »Wer sind diese Männer?«

»Das weiß ich nicht.«

»Woher kennen Sie meine Eltern?«

»Das kann ich dir nicht sagen.«

»Und nach was suchen Sie, was Sie angeblich in unserem Haus finden können?«, fragte Ryan genervt.

»Das Reiseziel deines Vaters. Ich muss genau wissen, wohin er gefahren ist. Ich muss so viel wie möglich über die exakte Route herausfinden, die er genommen hat.«

»Wozu müssen Sie das denn wissen?«

»Wie soll ich ihn denn sonst finden und zurückbringen?« Ihr Blick war fest, und Ryan sah, dass sie es todernst meinte.

»Kommen Sie!« Er ging an ihr vorbei die Treppe hinauf.

Danny sprang ihm nach und packte ihn an der Schulter.

»Was machst du denn da? Traust du ihr etwa?«

»Meine Eltern haben es offenbar getan. Und im Moment ist einfach alles egal – ich brauche *irgendjemanden,* dem ich trauen kann.«

11

New York, USA

»Heilige Scheiße!«, entfuhr es Danny, als er mit großen Augen den Geheimraum im Arbeitszimmer betrachtete. »Was machen deine Eltern eigentlich?«

»Keine Ahnung. Aber sie weiß es, glaube ich.« Ryan zeigte Tasha den Pass mit ihrem Foto. »In dem hier ist Ihr Bild, aber da heißen Sie nicht Tasha, sondern Kathleen Connors.«

Tasha warf einen Blick darauf und runzelte die Stirn.

»Ich hasse diesen Namen. Aber die roten Haare stehen mir gut.«

Sie wandte ihre Aufmerksamkeit wieder der markierten Karte von Andakar und den Notizen, Fotos und Computerausdrucken auf dem Tisch zu. Sie sah alles durch und legte einiges beiseite.

»Sind meine Eltern Verbrecher?«, fragte Ryan, obwohl er sich vor der Antwort fürchtete.

»Ja«, antwortete Tasha. »In mindestens acht Ländern würde man John und Jaqueline Quinn wahrscheinlich zum Tode verurteilen, wenn man sie schnappen würde.«

Ryan hatte das Gefühl, keine Luft mehr zu bekommen, doch dann fuhr Tasha milder fort: »Aber wer für den einen ein Verbrecher ist, ist für einen anderen ein Held.«

»Ein Held?«

»Du entstammst sogar einer langen Reihe von Helden. Das geht schon über siebzig Jahre zurück.«

Ryan fühlte sich wie auf einer Achterbahn.

»Könnten Sie mir das freundlicherweise vielleicht genauer erklären? Was ist hier los?«

»Hast du schon mal was von Varian Fry gehört?«, fragte Tasha, während sie weitersuchte.

Ryan sah Danny an und sie schüttelten beide den Kopf.

»Wer war das?«

»Am Anfang war er ein Niemand. Ein amerikanischer Journalist, der in den Dreißigerjahren als Auslandskorrespondent in Europa arbeitete. Aber als in Deutschland die Nazis an die Macht kamen, erlebte er hautnah mit, wie die Juden behandelt wurden. Es machte ihn krank und er wollte etwas dagegen unternehmen. Er wollte helfen, auf welche Art auch immer.«

»Und was hat das mit Ryans Eltern zu tun?«, erkundigte sich Danny. »Die waren doch damals noch gar nicht geboren.«

»Halt die Klappe, dann erfährst du es.« Tasha warf ihm einen vernichtenden Blick zu.

»Wow«, machte Danny. »Krass.«

»Im Laufe der nächsten Jahre wurde es in Europa immer schlimmer«, fuhr Tasha fort. »Der Zweite Weltkrieg brach aus und Adolf Hitlers Macht wuchs. 1940 besetzten die Deutschen Frankreich, und jeder mit jüdischen Vorfahren lief Gefahr, in ein Konzentrationslager geschickt zu werden.«

Je mehr Tasha erzählte, desto mehr schwand ihre Ungeduld. Sie wiederholte nicht nur eine Geschichte, Ryan merkte, dass dies etwas war, was sie ganz persönlich betraf.

»Als Auslandskorrespondent konnte Varian Fry Frankreich auch nach der Okkupation besuchen. Auf den ersten Blick schien er ein einfacher amerikanischer Kriegsberichterstatter zu sein. Aber insgeheim tat er sich mit einer Gruppe von Gleichgesinnten zusammen, Leuten, die sich ebenso wie er weigerten, einfach nur stillzuhalten und zuzusehen, wie um sie herum die grässlichsten Gräueltaten begangen wurden. Sie nannten ihr Rettungsnetzwerk das *Emergency Rescue Committee*.«

Ryan sah zu dem Geheimraum mit den Karten und den Informationen, und langsam wurde ihm klar, wohin das Ganze führen würde.

»Ich glaube, mein Großvater war während des Zweiten Weltkriegs in Frankreich«, sagte er zu Tasha.

Sie nickte. »Das war er. Er war sogar eines der ersten Mitglieder des ERC. Das wurde hier in New York gegründet und hatte die Aufgabe, so viele Flüchtlinge wie möglich zu retten. Alle wussten, dass Hitler es darauf anlegte, jeden antifaschistischen Intellektuellen, Künstler oder Schriftsteller zu töten, den er in die Finger bekam. Leute wie Marc Chagall, Marcel Duchamp oder Max Ernst. Sie saßen alle in Frankreich fest und blickten der Tatsache ins Auge, dass man sie jederzeit deportieren konnte und man danach nie wieder von ihnen hören würde. Ziel des Komitees war es, ihnen zur Flucht zu verhelfen.«

»Wie mit einem unterirdischen Zug«, meinte Ryan.

»Genau. In den nächsten eineinhalb Jahren konnten Varian Fry, dein Großvater und ein Netzwerk von Verbündeten über zweitausend Leute aus Frankreich in die USA und somit in die Freiheit schmuggeln. Es war die erfolgreichste Operation dieser Art während des Krieges.«

Ryan hätte ihr ja gerne geglaubt, aber ein paar Dinge wollten einfach keinen Sinn ergeben.

»Aber warum hat mir niemand erzählt, dass mein Großvater so ein Held war? Davon habe ich noch nie etwas gehört.«

»Ja«, bekräftigte Danny, »und was hat das mit Andakar zu tun?«

Tasha durchsuchte die Schubladen des Arbeitstisches, während sie weiter berichtete: »Schließlich machten politische und innere Zwistigkeiten der Organisation ein Ende. Das Letzte, was die amerikanische Regierung brauchte, war ein Haufen Leute, die ihren eigenen Geheimkrieg führten. Fry wurde gezwungen, in die USA zurückzukehren, und zumindest offiziell wurde das ERC aufgelöst.«

Tasha bückte sich, um eine Schublade unter dem Tisch aufzuziehen, in der ganze Reihen von Akten lagen, einige davon wohl schon ziemlich lange. Sie nahm ein paar davon heraus, während sie weitersprach.

»Aber dein Großvater und ein paar andere Leute wollten nicht aufgeben. Wenn sie schon keine Leute mit Unterstützung der amerikanischen Regierung retten konnten, würden sie es eben allein tun. Das ERC lebte weiter – wenn auch im Geheimen.«

Sie schob Ryan die Akten zu.

»Seit über siebzig Jahren ist deine Familie Teil eines Netzwerks, das Menschen hilft, von den gefährlichsten Orten der Welt zu flüchten.«

Sie ging wieder zum Arbeitstisch und Ryan las die Namen auf den Akten in seiner Hand. Tibet – Kuba – Nordkorea – Sri Lanka. Jede Akte enthielt Informationen und Fotos von jemandem, der vor Gefangenschaft oder Tod gerettet worden war. Wenn er eins und eins zusammenzählte, erkannte Ryan, dass der Job seines Vaters als Diplomat die perfekte Tarnung gewesen war, weil sie ihm erlaubte, von Land zu Land zu reisen, ohne Verdacht zu erregen. Bis jetzt. Jetzt war etwas schiefgelaufen. Er sah auf, denn ihm fiel ein, was Aung Win seine Mutter gefragt hatte.

»Wer ist Myat Kaw?«, fragte er.

»Mit etwas Glück«, sagte Tasha und griff nach dem falschen Pass von Kathleen Connors, »ist Myat Kaw der Mensch, der mich zu deinem Vater führen wird.«

12

New York, USA

»Warten Sie!« Ryan musste fast über den Gehweg rennen, um mit Tasha Schritt halten zu können. »Was ist mit meiner Mutter? Wir müssen sie finden!«

»Und wo willst du anfangen zu suchen?« Tasha hatte die Karte und Ausdrucke in einer Mappe unter dem Arm. Zehn Minuten später hatte sie Flüge gebucht, ein paar Mal telefoniert und war aus dem Zimmer gestürmt, dicht gefolgt von Ryan. »Deine Mutter könnte überall sein. Die größte Chance, sie zurückzubekommen, ist, deinen Vater zu finden.«

»Dann komme ich mit.«

»Auf keinen Fall. Ich kann ihnen nicht helfen, wenn ich gleichzeitig bei dir den Babysitter spielen muss.« Tasha schwang ein Bein über den Sitz einer glänzenden schwarzen Kawasaki, die am Straßenrand stand. Sie nahm ihren Helm aus dem Gepäckfach und lächelte Ryan mitfühlend an. »Bleib ein paar Tage bei deinem Freund. Und geh nicht ins Haus zurück. Du bist dort nicht mehr sicher. Ich melde mich.«

Bevor er widersprechen konnte, hatte sie mit dem rechten Daumen die Zündung betätigt, und der Motor des Bikes röhrte auf.

»Aber wie kann ich Sie erreichen?«, fragte Ryan.

»Gar nicht. Bleib einfach außer Sichtweite, bis das hier vorbei ist.«

»Tasha …«, begann Ryan, aber sie raste schon die Straße entlang und verschwand in der Nacht.

Ryan war es leid, dass die Leute ständig vor seiner Nase abtauchten, und Tasha war verrückt, wenn sie glaubte, dass er einfach still dasitzen und nichts tun würde. Er rannte zurück zum Haus, getrieben von Zorn und Enttäuschung. Er musste einen Weg finden, seinen Eltern zu helfen.

Als er wieder in das Arbeitszimmer kam, saß Danny schon vor dem Computer seines Dads und tippte wie wild.

»Die Botschaft von Andakar ist in Washington D.C., aber ich sehe gerade mal in den Grundbüchern von New York nach. Wenn die Botschaft hier auch ein Haus besitzt, könnte das der Ort sein, an dem wir nach deiner Mutter suchen sollten.«

»Gut«, fand Ryan und ging an ihm vorbei in den Geheimraum.

»Also, deine Eltern sind ja echt cool.«

»Meine Eltern sind Lügner.« Ryan riss Schubladen auf und durchsuchte die restlichen Akten.

Danny drehte sich zu ihm um. »Sie hätten es dir bestimmt irgendwann erzählt.«

»Sie hätten es mir schon vor langer Zeit erzählen sollen.«

»Aber du siehst doch, was passiert ist. Es ist gefährlich. Sie haben nur versucht, dich zu beschützen.«

»Nun, das hat wohl nicht so gut funktioniert, oder?«

Ryan war machtlos gegen den Zorn, den er verspürte, und in gewisser Weise brauchte er das jetzt gerade. Angst würde ihn nur lähmen, aber Zorn ließ ihn aktiv werden.

Er fand eine Mappe mit Kreditkarten für die verschiedenen Identitäten in den Pässen. Er blätterte sie durch und fand darunter eine, die auf den Namen Thomas O'Hara ausgestellt war, den Namen auf seinem eigenen falschen Pass.

Als in seiner Tasche das Telefon vibrierte, riss er es förmlich heraus, in der Hoffnung, dass es seine Mutter war. Doch als er *Anonym* im Display las, überkam ihn eine böse Vorahnung.

»Hallo?«

»Ryan! Hör nicht auf …«

»Mum?« Ihre Schreie zerrissen ihm das Herz. Am liebsten wäre er durch das Telefon gesprungen und hätte sie irgendwie gerettet. Doch er konnte nur hilflos das Handy festhalten. »Mum, ich werde dich finden!«

»Ich will mit John Quinn sprechen. Sofort – oder du siehst deine Mutter nie wieder.«

Ryan erkannte Aung Wins Stimme und versuchte, sich zu beruhigen.

»Er ist nicht hier. Ich weiß nicht, wo er ist.«

»Dann stirbt deine Mutter. Ich will Myat Kaw!

»Tun Sie ihr nichts! Ich schwöre, ich kenne diesen Myat Kaw nicht. Ich weiß nicht, wo mein Vater ist. Ich weiß überhaupt gar nichts!«

Einen Moment herrschte Schweigen, und Ryan fürchtete schon, dass Aung Win aufgelegt hatte.

»Gut. Sag John Quinn, ich tausche deine Mutter gegen Myat Kaw.«

»Haben Sie nicht gehört? Ich weiß nicht, wo er ist!«

»Ich bin sicher, du kannst ihn irgendwie kontaktieren. Sag John Quinn, er hat fünf Tage. Wenn ich Myat Kaw nicht bis Samstag hier bei mir habe, stirbt deine Mutter. Und wenn ich auch nur vermute, dass du mit der Polizei oder irgendjemand anderem darüber sprichst, werde ich sie augenblicklich töten. Fünf Tage!«

»Wie soll ich ihn denn finden …?«

Doch die Verbindung war bereits unterbrochen.

»Oh mein Gott«, stieß Danny hervor. »Wir müssen die Polizei rufen.«

»Er sagt, er würde sie umbringen. Und der ist ein totaler Psycho – der würde das tatsächlich tun.«

»Was bleibt uns denn übrig? Dein Dad ist verschwunden, das Mädchen mit dem Motorrad ist abgeschwirrt – irgendetwas müssen wir doch machen.«

Ryan hatte keine Ahnung, was sie tun sollten. Vielleicht hatte Danny recht. Vielleicht war es am sinnvollsten, die Polizei zu rufen. Aber was war, wenn seine Mutter starb, weil er tat, was Aung Win ihm verboten hatte – und es wäre dann seine Schuld?

»Tasha hat gesagt, wir könnten Mum am besten helfen, indem wir Dad finden …« Abrupt hielt er inne und ihm kam ein Gedanke. Mit drei langen Schritten war er am Arbeitstisch und nahm den gefälschten Pass mit seinem Namen.

»O'Hara …«, murmelte er. In seinem Kopf arbeitete es. Er hatte eine Idee – eine verrückte Idee, aber vielleicht war das die einzige Chance, seine Mutter zu retten.

13

New York, USA

»Flug zwei-acht-eins, China Star Service nach Taiwan, ist nun bereit zum Boarding. Wir bitten alle Passagiere, sich zum Gate fünf zu begeben.«

Ryan drängelte sich durch die Menge am JFK-Flughafen. Er war spät dran, weil er so lange bei der Sicherheitskontrolle hatte anstehen müssen. Wenn er diesen Flug verpasste, würde er es vielleicht nie nach Andakar schaffen. Er hielt sein Ticket und den falschen Pass fester in der Hand und rannte mit hüpfendem Rucksack weiter.

Ohne Dannys Hilfe wäre er nie so weit gekommen. Danny hatte die Webseiten-History auf dem Computer seines Vaters durchsucht und Informationen zu dem Ticket gefunden, das Tasha gekauft hatte. Mit der auf den Namen Thomas O'Hara ausgestellten Kreditkarte hatte er einen Platz im selben Flugzeug gebucht.

Endlich erreichte Ryan den Boardingbereich vor dem Gate und suchte die Reihe der ungeduldig wartenden Passagiere ab. Dort! Ganz vorne sah er eine Frau mit leuchtend rotem Haar. Ryan schob sich durch die Wartenden und erreichte sie, bevor sie ihr Ticket abgab und im Flieger verschwand.

»He, Cousine! Warte!«, rief er.

Die Rothaarige drehte sich um und starrte ihn ungläubig an. Glücklicherweise fiel sie nicht aus der Rolle, doch Ryan spürte, dass sie ihn mit wütenden Blicken durchbohrte.

»Hallo, Cousin«, sagte Tasha, während die Mitarbeiterin der Fluggesellschaft zwischen ihnen hin und her sah.

Ryan gab ihr auch sein Ticket. »Wolltest du nicht warten, bis ich vom Klo zurück bin?«

Tasha sah aus, als wolle sie ihn am liebsten erwürgen, aber sie spielte mit.

»Nein, ich glaube, du hast vollkommen missverstanden, was ich dir gesagt habe.«

»Oh, das habe ich schon verstanden«, gab Ryan zurück. »Aber wenn ein Junge muss, dann muss er eben.«

Die Angestellte reichte ihnen ihre Tickets zurück.

»Sie sitzen leider nicht nebeneinander. Vielleicht können Sie einen der anderen Passagiere bitten, mit Ihnen den Platz zu tauschen.«

»Das machen wir, vielen Dank.«

Ryan und Tasha betraten den Gang, der zum Flugzeug führte.

Sobald sie außer Hörweite waren, flüsterte Tasha wütend: »Du kannst nicht mit mir kommen!«

»Das ist meine Familie!«

»Du wirst mich nur aufhalten«, zischte sie.

»Ich kann helfen.«

»Wie denn? Du bist nur ein Kind!«

Sie näherten sich dem Flugzeug, und Tasha wusste, dass ihr die Möglichkeiten ausgingen.

»Ich weiß nicht, wie. Noch nicht«, gab Ryan zu. »Aber du irrst, wenn du glaubst, dass ich hier nur rumsitze und nichts tue.« Er betrat das Flugzeug. »Dass ich nach Andakar reisen werde, ist so sicher wie das Amen in der Kirche.«

Teil II

In der Höhle des Löwen

14

Am Himmel über Andakar

Ryan übte verschiedene Karten-Mischtechniken: Hindu-Shuffle, einhändiger Triple-Cut und eine Weile Double-Lifts. Er hatte immer ein Päckchen Spielkarten bei sich, um diese Techniken zu trainieren, die wichtigsten Elemente der meisten Zaubertricks. Er übte schon seit Jahren, doch erst jetzt waren seine Hände groß genug, um sicher mit den Karten umgehen zu können. Er musste sich längst nicht mehr auf die Bewegungen konzentrieren, sodass es für ihn fast zu einer Art Meditation wurde. Die Karten halfen ihm beim Denken, was während der letzten zwanzig Stunden, in denen er mit Tasha um die halbe Welt geflogen war, so ziemlich das Einzige war, was er getan hatte.

Wie hatte ihm das geheime Leben seiner Eltern entgehen können? Das war doch völlig unmöglich. In all den Städten und Ländern waren seine Eltern die eine Konstante gewesen, auf die er sich immer hatte verlassen können. Sie waren sein Fels.

Doch jetzt war plötzlich alles infrage gestellt.

War dieses dämliche ERC der Grund, warum er ständig umziehen musste? Hatte er deshalb kein normales Leben führen und nie lange genug an einem Ort bleiben können, um richtige Freunde zu finden? Warum waren die Menschen, deren Namen er in den ERC-Akten gelesen hatte, für seine Eltern wichtiger als ihre eigene Familie? Und warum hatte er nie von ihnen gehört? Offenbar, weil es gefährlich war, zu dieser geheimen Untergrundorganisation zu gehören. Sein Vater war verschwunden und seine Mutter entführt worden – noch gefährlicher konnte es ja kaum werden.

Ryan wollte all die Jahre nichts lieber als ein normales Teenagerleben. Er hatte sich danach gesehnt, mit Freunden herumzuhängen, sich lächerliches Gejammer und fiese Lästereien anzuhören und vielleicht in einem echten amerikanischen Team Baseball zu spielen. Und endlich hatte er dann das Leben geführt, von dem er vorher immer geträumt hatte. Zum ersten Mal in seinem Leben war sich Ryan wie ein normaler Junge vorgekommen. Und jetzt sollte er eigentlich Hausaufgaben machen oder sich mit Danny eine Pizza teilen.

Stattdessen flog er schon wieder in einem Flugzeug um die Welt.

»Dein Vater runzelt die Stirn genauso wie du jetzt, wenn er wütend ist.«

Tasha saß auf dem Platz neben ihm und betrachtete ihn aufmerksam.

»Ich bin nicht wütend«, erwiderte Ryan und packte die Spielkarten wieder in die Schachtel.

Tasha sah weg.

»Wie du meinst.«

Ryan wusste immer noch nicht, was er von der mysteriösen jungen Frau halten sollte. Während des gesamten ersten Fluges, von New York nach Taiwan, hatte sie die meiste Zeit geschlafen und ihn kaum beachtet. Er hatte eine Million Fragen, doch sie wimmelte ihn einfach ab, immer noch sauer darüber, dass er einfach mitgekommen war. Jetzt näherte sich ihr zweiter Flug dem Ende und sie würden bald in Andakar landen. Ryan brauchte ein paar Antworten.

»Wie kommt es, dass ich dich noch nie getroffen habe?«, wollte er wissen. »Ich kenne die meisten Freunde meiner Eltern.«

»Die Mitglieder des Komitees haben außerhalb der Projekte so wenig Kontakt miteinander wie möglich.«

Ryan überraschte es fast, dass er endlich mal tatsächlich eine Antwort bekam.

»Hast du diese Rettungsaktionen mit meinen Eltern zusammen durchgeführt?«

»Gelegentlich. So funktioniert das ERC. Es ist ein Netzwerk von Leuten auf der ganzen Welt, die alle ihre eigenen Funktionen haben. Nur wenige Menschen kennen alle Mitglieder. So ist es sicherer.«

»Wie kontaktiert ihr einander? Vielleicht könnten wir die anderen Leute aus der Organisation um Hilfe bitten. Vielleicht weiß ja jemand, wo wir meinen Dad finden können.«

»So funktioniert das nicht, Kleiner.«

»Wir brauchen jede Hilfe, die wir kriegen können. Wie sollen wir denn einen Mann in einem ganzen Land finden?«

»Ich finde ihn. Ich bin gut darin.« Tasha lehnte sich

zurück und schloss die Augen, als hielte sie das Gespräch für beendet.

Bevor Ryan noch protestieren konnte, kam eine Ansage über die Lautsprecher, die in mehreren Sprachen wiederholt wurde: »Meine Damen und Herren, in Kürze erreichen wir den Flughafen Panai International. Da wir uns im Landeanflug befinden, bitten wir Sie, ihre Rückenlehnen in eine aufrechte Position zu bringen und die Tische hochzuklappen. Willkommen in Andakar.«

Ryan sah aus dem Fenster und betrachtete die raue, unwirtliche Gegend unter ihnen. Dichter Wald und hohe Bäume bedeckten eine felsige Landschaft. Obwohl sie der Stadt angeblich schon sehr nahe waren, war keine Spur von Zivilisation zu entdecken. Als das Flugzeug die Hügel überflog, bemerkte Ryan eine einsame Pagode, die gefährlich auf halber Höhe eines Steilhangs lag. Auf der Kuppel glitzerte die Sonne. Sie war groß, doch durch die umliegende Wildnis schien sie unerreichbar zu sein.

»Wow«, machte Ryan und versuchte, sie besser sehen zu können.

Tasha warf ebenfalls einen Blick durch das Fenster.

»Andakar ist ein Land voller Widersprüche. Alt, aber zerfressen von modernen Problemen. Primitiv, aber sehr schön. Es ist auch eines der gefährlichsten Länder der Welt. Überall sind Augen und Ohren, und die Geheimpolizei würde nicht zögern, dich zu verhaften.«

»Ich dachte, sie versuchen, den Tourismus anzukurbeln. Leute ins Gefängnis zu werfen scheint mir nicht geeignet als Werbung für die Reisebroschüren.«

»Das Militärregime hat die Grenzen nur geöffnet, weil sie will, dass westliche Länder in ihre Wirtschaft investieren. Touristen sehen nur das, was die Regierung sie sehen lassen will: eindrucksvolle Tempel, bunte Paraden, exotischen Dschungel. Die herrschende Klasse in Andakar wird mit jedem Tag reicher, während das Volk hungert.«

»Und was hat dieser Myat Kaw getan, dass sie so wütend auf ihn sind?«

»Er hat sie als die Lügner enttarnt, die sie sind. Myat Kaw bloggt seit über einem Jahr über Andakar und enthüllt die Geheimnisse der Militärregierung. Niemand kennt seine eigentliche Identität, aber den Informationen nach zu urteilen, die er verbreitet, ist er ein hohes Mitglied des Militärs. Er hat Zugang zu Details, die nur ein Insider kennen kann.«

»Und mein Dad ist hierhergekommen, um ihn zu retten?«

Tasha sah unsicher aus.

»So wie ich die Akten verstehe, glaube ich, dass Quinn Myat Kaw aus dem Land und über die Grenze in Sicherheit schmuggeln wollte.«

»Dann muss er wissen, wer Myat Kaw ist. Wie sonst sollte er ihm bei der Flucht helfen?«

»Wenn, dann hat er darüber keine Informationen in eurem Haus hinterlassen. Das ist nicht verwunderlich. Quinn hat sich immer bemüht, solche Informationen geheim zu halten. Er glaubt, dass es so sicherer für alle

Beteiligten ist.« Tashas Ärger war deutlich. »Dein Vater kann ganz schön nervig sein.«

»Woher weißt du, dass Dad Myat Kaw noch nicht herausgebracht hat? Vielleicht verstecken sie sich nur irgendwo, bis die Sache ausgestanden ist?«

»Das glaube ich nicht«, sagte sie. »Quinn verschwindet nie so lange von der Bildfläche. Irgendetwas ist schiefgelaufen.«

Ryan schwieg einen Augenblick, dann stellte er die Frage, die ihn schon die ganze Zeit beschäftigte: »Glaubst du, dass er schon tot ist?«

»Ich hoffe nicht«, antwortete Tasha. Ryan zuckte. Sie versuchte nicht mal, ihn zu beruhigen.

Er sah wieder aus dem Fenster. Vor ihnen tauchten die Vororte der Stadt auf. Die zerklüfteten Hügel wichen einer urbanen Landschaft. Fabriken mit qualmenden Schornsteinen waren von älteren Wohngebieten umgeben, die sich in alle Richtungen ausdehnten. Schon von hier oben aus konnte man die Unordnung und die Armut erkennen.

Bei der Landung beschäftigte Ryan unentwegt die quälende Frage: Warum um alles in der Welt war sein Vater bereit, sein Leben zu riskieren für einen Mann, den er nicht einmal kannte?

15

Panai, Andakar

Sobald er aus dem Flugzeug stieg und den Boden von Andakar betrat, merkte Ryan, dass hier etwas anders war. Es war seltsam ruhig und die Stimmung in der Ankunftshalle des Terminals irgendwie gedämpft. Der Flughafen selbst strahlte verblichene Eleganz aus – offenbar war er einmal sehr prächtig gewesen, dann aber vernachlässigt worden. In der Luft hing ein modriger Geruch, ähnlich wie der in der Jungenumkleide an der Schule.

Unter den Passagieren waren nur eine Handvoll Touristen und die waren alle älter als Ryan und Tasha. Sie waren bei Weitem die jüngsten.

»Denk daran, wir sind Cousin und Cousine, Thomas O'Hara und Kathleen Connors aus Irland …«

»Weiß ich«, fuhr Ryan ärgerlich auf. Sie waren ihre Geschichte mehrmals durchgegangen. Und schließlich war Ryan Zeit seines Lebens ein Chamäleon gewesen – er war gut darin. Einen Akzent vorzutäuschen und seine Körpersprache der Situation anzupassen fiel ihm leicht. Allerdings war er natürlich noch nie unter einer falschen Identität gereist. Er holte tief Luft und versuchte, seine Nerven zu beruhigen.

Ryan folgte den Passagieren zur Passkontrolle. Soldaten in hellgrauen Uniformen standen zu beiden Seiten des Ganges zum Sicherheitsbereich und beobachteten alle mit unverhohlenem Misstrauen. Die Soldaten trugen schwarze Schutzwesten über ihren Uniformen und hatten halb automatische Maschinengewehre. Doch Ryan kannte diese strengen Sicherheitsvorkehrungen von anderen Orten, an denen er gewohnt hatte, daher konnte ihn der Anblick nicht einschüchtern.

Einer der Soldaten sah ihn plötzlich an. Überrumpelt sah Ryan einen Augenblick zu spät zur Seite. Jetzt richtete der Soldat seine volle Aufmerksamkeit auf ihn und betrachtete den Rucksack, den er sich lose über die Schulter geworfen hatte. Als Ryan Tasha durch die Tür folgen wollte, versperrte ihm der Soldat plötzlich den Weg mit dem Maschinengewehr.

Er rief ihm etwas in seiner Muttersprache zu. Andalisch, wie Ryan jetzt erkannte, die Sprache, die er an Bord des Flugzeugs und von Aung Win in New York gehört hatte. Ryan versuchte, möglichst verwirrt und naiv auszusehen. Er erinnerte sich an seinen irischen Akzent und sagte: »Also hört mal, ich bin doch nur auf Besuch hier. Wo ist das Problem?«

Tasha, die ein paar Schritte vor ihm lief, blieb stehen und drehte sich um. Der Soldat sagte erneut etwas in seiner Sprache und Ryan lächelte verlegen.

»Tut mir leid – sprechen Sie Englisch?«

»Eltern?«, fragte der Soldat. »Wo sind Eltern?«

Bevor Ryan etwas sagen konnte, antwortete Tasha: »Ich bin seine Cousine. Wir reisen zusammen.«

Auch Tasha sprach mit einem perfekten irischen Akzent.

Der Soldat sah sie abwechselnd an und winkte Ryan dann von den anderen fort.

»Da lang«, verlangte er. Tasha wollte ihnen folgen, doch ein zweiter Soldat vertrat ihr den Weg.

»Sie nicht«, befahl er. »Du, da lang.«

Ryan sah, dass Tasha unschlüssig war, was sie tun sollte, da sie Ryan nicht aus den Augen verlieren wollte, aber sie hatte keine große Wahl.

»Schon gut, Cousine«, sagte er zuversichtlicher, als er sich fühlte. »Bis gleich!«

Er ging vor dem Soldaten her, der ihn wegführte. An der Sicherheitskontrolle sprach der Soldat mit einem uniformierten Zollbeamten und deutete auf Ryan.

Ryan war unzählige Male durch Sicherheitskontrollen gegangen. Normalerweise gab es dort lange Schlangen und das Warten kam einem ewig vor. Seine Eltern dachten sich Spiele aus, um ihm die Zeit zu vertreiben. Eines seiner Lieblingsspiele war »Ich habe ein Geheimnis.« Dabei flüsterte ihm sein Dad ungeheure »Geheimnisse« zu, wie zum Beispiel, dass der Mann, der die Pässe prüfte, den Spitznamen »Pupser« hatte. Darüber machten sie dann ihre Witze, während sie warteten, aber das Ziel des Spiels war, keine Miene zu verziehen, wenn sie an der Reihe waren, ihre Pässe vorzuzeigen – sich nichts anmerken zu lassen.

Anfangs war Ryan nicht gut darin gewesen, und wahrscheinlich gab es einen Haufen Beamter auf der Welt, die ihn für ein wenig durchgeknallt hielten, weil er aus völlig unersichtlichen Gründen hysterische Lachanfälle bekam. Aber im Laufe der Jahre wurde er immer besser, bis er trotz der lächerlichsten Geheimnisse völlig unbeteiligt dreinsehen konnte.

»Besuchst du Andakar allein?«, fragte der Zollbeamte. Er sprach perfektes Englisch mit leicht britischem Akzent und streckte die Hand nach Ryans Pass aus.

Ryan überreichte ihn ihm lächelnd.

»Ich reise mit meiner Cousine. Sie ist mein Vormund. Dieser Mann da wollte sie nicht mit mir kommen lassen.«

»Mit deiner Cousine spricht jemand anderes. Thomas O'Hara«, las er und studierte den Pass eingehend.

»Tommy«, bot Ryan an. »So nennen mich meine Freunde.«

Der Beamte sah ihn mit kaltem, falschem Lächeln an.

»Und was ist der Zweck deines Besuchs?«

»Dieses tolle Land zu sehen – es heißt, es sei voll irre. Wir wollen zum Strand und dann hoffentlich eine von diesen Zipline-Touren durch den Dschungel machen. Haben Sie das mal gemacht? Die Jungs haben behauptet, das sei total cool.«

Ryan mahnte sich, ein wenig herunterzuschalten, bevor er noch *zu* irisch klang.

Der Beamte sah ihn abschätzend an und streckte dann die Hand nach seinem Rucksack aus.

»Hauptsache, du hast keine Drogen dabei!«

Drogen? Ging es etwa darum?

»Auf keinen Fall. Ich nehme niemals Drogen.«

Wenigstens dabei musste er nicht lügen.

Der Beamte durchsuchte den Rucksack, in dem sich hauptsächlich Kleidung, Toilettenartikel, Schokolade und ein paar Baseballkappen befanden.

»Wir haben Schwierigkeiten mit jungen Leuten, die herkommen und glauben, sie könnten ... Party machen? So nennt man das doch wohl, oder?«

»Ich will mir nur das schöne Land ansehen«, erklärte Ryan mit tiefster Überzeugung.

Der Zollbeamte nickte und gab Ryan seinen Rucksack zurück. Mit einer geschickten Bewegung stempelte er den Pass und gab ihn Ryan.

»Schönen Aufenthalt.«

»Danke, das wird es bestimmt.«

Ryan nahm seinen Pass und ging weiter, wobei er sich bemühte, nicht zu grinsen. Erleichtert sah er, dass Tashas Pass auf der anderen Seite der Halle ebenfalls abgestempelt wurde. Sie hatten es geschafft.

Und darüber hinaus hatte Ryan etwas entdeckt, was er gerade erst zu verstehen begann. Die Spiele, die er mit seinen Eltern gespielt hatte, das *Verfolgungsspiel* und *Ich habe ein Geheimnis*, waren nicht nur zum Spaß gewesen. Es waren Übungen. Ryans Eltern hatten ihn insgeheim sein ganzes Leben lang für so eine Aufgabe ausgebildet.

16

Panai, Andakar

Ryans Vermutungen über Panai waren richtig gewesen: Auf den Straßen herrschte das Chaos. Auf den Gehwegen drängelten sich die Menschen und schubsten Ryan bedenkenlos, während er sich bemühte, mit Tasha Schritt zu halten. Ein schäbiger alter Bus spuckte ihm beim Anfahren eine dicke Abgaswolke mitten ins Gesicht. Ryan hustete und keuchte und wünschte sich, er könnte bei einem der zahllosen Straßenhändler stehen bleiben und sich etwas zu trinken kaufen. Aber Tasha sah sich nicht einmal um, und er wollte es nicht riskieren, sie aus den Augen zu verlieren.

Mit seinen Eltern war Ryan durch ganz Asien gereist, und sie hatten sogar einmal sechs Monate in Bangkok gewohnt, aber ein so lebendiges Farbenspiel wie hier in Panai hatte er noch nie erlebt. Trotz der schmutzigen Straßen und der heruntergekommenen Häuser sah Ryan überall Lila, Pink, Orange oder Gelb. Es war, als weigerten sich die Einheimischen, die Realität ihres Alltagslebens über ihre Welt bestimmen zu lassen. Das Einzige, was die fröhliche Stimmung dämpfte, war der Anblick der grau uniformierten Soldaten mit den Maschinengewehren an jeder Ecke.

»Wir müssen uns beeilen«, sagte Tasha.

Ryan rannte, um sie einzuholen, während sie sich ihren Weg durch die Menschen bahnte.

»Wohin wollen wir denn?«

»Auf die andere Seite der Stadt. Wir bleiben heute Nacht bei einem Freund und ziehen morgen ganz früh los.«

»Wer ist dieser Freund? Weiß er, wo mein Dad ist?«

Tasha beobachtete unablässig die Gesichter um sie herum und antwortete: »Freunde sind Leute, die dem ERC helfen. Sie bieten uns Orte, wo wir übernachten können, Transportmittel, manchmal nur Informationen oder Zugänge. Sie bringen sich jedes Mal in Gefahr, wenn sie uns ihre Türen öffnen.«

Mittlerweile waren sie an einem großen, offenen Platz angekommen, auf dem es von Menschen nur so wimmelte. In der Mitte stand eine reich verzierte Pagode, deren geschnitztes Dach sich zu einem langen, dünnen Turm verjüngte, der fast vier Stockwerke hoch und mit Blattgold verkleidet war.

»Mach ein Foto von mir«, sagte Tasha.

Ryan wunderte sich über ihr albernes Grinsen, mit dem sie ein paar Schritte zurückging, damit er sie ganz aufs Foto bekam. Sie hatten keine Zeit für Sightseeing! Doch Tasha beharrte: »Mach ein Bild von mir, *Tommy*!«

Ryan nahm sein Telefon und schaltete die Kamera ein. Und als er es anhob, um ein paar Fotos zu schießen, wurde ihm ihr bizarres Verhalten auf einmal klar. Während er fotografierte, sah sie an ihm vorbei und beobachtete die Leute hinter ihnen. Ryan stellte fest, dass er noch eine Menge lernen musste.

Dann trat Tasha dicht an ihn heran und flüsterte: »Geh auf die andere Seite des Platzes und dann geradeaus die Straße entlang. Verhalt dich natürlich und fall nicht auf. Lass dir Zeit. Du bist ein *Tourist.*«

Damit wandte sie sich um und wollte gehen.

»Wohin gehst du?«

»Ich will nur sicher sein, dass uns niemand folgt, bevor wir das sichere Haus aufsuchen.«

Bevor Ryan protestieren konnte, war sie wie ein Geist in der Menge verschwunden. Instinktiv wollte er sich umsehen, um zu erkennen, ob ihnen jemand folgte, hielt jedoch inne – er sollte sich doch normal verhalten. Er war ein Tourist.

Also schlenderte er über den Platz und konzentrierte sich auf die Pagode. Sie war recht beeindruckend, mit reichen Schnitzereien verziert und auf allen Seiten von Hunderten kleiner Buddhafiguren umgeben. Vor einem Schild blieb er stehen und las, dass der Ashoka-Tempel über zweitausend Jahre alt war.

Als er am Eingang vorbeikam, bemerkte er einen kahlköpfigen alten Mönch in einem blutroten Gewand, der ihn beobachtete. Der Mönch lächelte und verneigte sich leicht. Mit einem Kopfnicken erwiderte Ryan die Verbeugung und bemerkte überrascht, dass der Mann auf ihn zutrat, seine Hand nahm und ihm sanft ein Stoffarmband über das Gelenk streifte. Es war einfach, aber hübsch, aus roten und gelben Fäden geflochten.

»*Tasmati ca niva*«, sagte der Mönch und verneigte sich erneut.

Ryan hatte keine Ahnung, was das heißen sollte.

»Das ist ein Segen«, erklärte ihm eine Passantin, die seine Unsicherheit bemerkt hatte. »Sehr viel Glück. Du antwortest ›*Tin ba dai*‹.«

Ryan wandte sich wieder dem Mönch zu, verneigte sich erneut, sah auf das Armband und wiederholte: »*Tin ba dai.*« Dann bedankte er sich bei der hilfsbereiten Frau.

Doch sie sah an ihm vorbei und ihr Blick verdüsterte sich. Mit einem kurzen Kopfnicken ging sie weiter. Ryan drehte den Kopf, um zu sehen, was sie erschreckt hatte: Einer der Soldaten sah ihn misstrauisch an. Ryan lächelte ihn so unschuldig wie möglich an und schlenderte dann weiter über den Platz.

Auf der anderen Seite ging er über die Straße, wie Tasha ihn angewiesen hatte, und setzte seinen Weg fort, war sich aber nicht sicher, wie weit. Wenn sie nun tatsächlich verfolgt wurden? Wenn Tasha etwas passiert war? Er hatte keine Ahnung, wo er hin- oder was er tun sollte. Erst jetzt, wo er allein mitten in dieser geschäftigen, fremden Stadt stand, erkannte Ryan, wie allein er wäre, wenn er Tasha verlöre. Er kannte hier niemanden, konnte die Sprache nicht und hatte keine Ahnung, wie er seinen Dad allein finden sollte. Und wenn er seinen Dad nicht finden konnte, wie sollte er da seiner Mutter helfen? Er spürte, wie sich sein Magen verkrampfte und er immer panischer wurde, je mehr Zeit verging.

Wo war Tasha nur?

Quietschende Reifen schreckten ihn auf und er wirbelte herum. Am Straßenrand hielt ein alter Peugeot-Pick-up, der schon bessere Tage gesehen hatte. Als die Tür aufschwang, hätte sie ihn beinahe umgeworfen.

»Steig ein!«, befahl Tasha vom Fahrersitz aus.

Ohne zu zögern, sprang Ryan in den Wagen und knallte die Tür zu. Der Motor reagierte mit einem Knirschen, als Tasha den Gang einlegte und davonraste.

»Wo hast du denn den her?«, fragte Ryan.

»Geklaut«, antwortete Tasha sachlich.

Ryan starrte sie an. War das ihr Ernst? Als sie seinen Gesichtsausdruck sah, verdrehte sie die Augen.

»Keine Angst, wir geben ihn zurück – bei Gelegenheit.«

Ryan lehnte den Kopf zurück.

»Dann sind wir jetzt also Diebe.«

Tasha grinste: »Du bist genau wie dein Vater.«

So wie sie es sagte, war Ryan klar, dass das kein Kompliment sein sollte.

17

Panai, Andakar

Bis der Peugeot rasselnd in einer der zahllosen, gewundenen Straßen von Panai hielt, war es bereits dunkel geworden. Sie befanden sich in einem Wohngebiet, wo die Straßen von zum größten Teil verfallenen Mietshäusern gesäumt waren. Telefon- und Stromleitungen schlängelten sich durch die Lüfte, und aus den offenen Fenstern klangen die Geräusche von Familien, die beim Essen saßen und lachten.

»Wir müssen uns beeilen«, sagte Tasha beim Aussteigen. »Die Show fängt in knapp fünf Minuten an.«

»Was für eine Show?«, fragte Ryan, nahm seinen Rucksack und folgte ihr im Eiltempo durch die Straße.

»Das wirst du schon sehen.«

Ryan war es schon gewohnt, dass Tasha nur selten eine Frage direkt beantwortete. Also hielt er den Mund, weil er das Gefühl hatte, dass sie es genoss, ihn so zu ärgern.

Als sie ans Ende des Häuserblocks kamen, blieb Tasha stehen, vergewisserte sich noch einmal, dass sie niemand beobachtete, und bog dann auf eine belebtere Straße mit verschiedenen Ladengeschäften ab. Ein paar Schaufenster weiter standen einige Erwachsene und Kinder auf dem Gehweg. Als Tasha und Ryan näher kamen, schob sich die Menge in das Haus, das Ryan jetzt als Theater erkannte. Das Plakat konnte Ryan nicht lesen, aber am unteren Rand stand eine Übersetzung ins Englische: *Mama Nans Marionettentheater.*

»Marionetten?«

Tasha antwortete nicht einmal, sondern mischte sich unter die hineingehenden Zuschauer. Ryan folgte ihr neben zwei plaudernden kleinen Kindern.

Das Theater war nicht sehr groß, aber überraschend hübsch eingerichtet, mit roten Samtsesseln für das Publikum und schweren Vorhängen an allen Seiten. Die Bühne war vor und seitlich des Vorhangs hergerichtet wie ein kaiserlicher Palast. Ryan und Tasha hatten kaum ihre Plätze eingenommen, als bereits das Licht gedämpft wurde und sich der Vorhang hob.

Ein Gong schlug drei Mal, dann ertönte eine Musikfanfare, und eine seltsame Melodie aus unrhythmischen Trommelschlägen und klingelnden Glöckchen erklang. Vor der Kulisse einer Berglandschaft tauchten zwei Marionetten auf, deren Fäden über ihren Köpfen nach oben verschwanden, von wo aus sie von den unsichtbaren Puppenspielern gelenkt wurden. Die Puppen waren groß und kunstvoll ausgestattet. Eine davon schien eine Art Dämon zu sein, mit smaragdgrüner Haut, rot blitzenden Augen und Reißzähnen wie ein Vampir, die andere war eine junge Prinzessin mit Seidenkleidern, die um sie herumwirbelten, wenn sie sich drehte.

Ryan war von der Vorführung so gefangen, dass er erschrocken zusammenzuckte, als ihn eine Hand an der Schulter berührte. Als er sich umdrehte, erblickte er einen jungen Mann direkt hinter ihnen, der einen Finger an die Lippen legte und ihnen bedeutete, ihm zu folgen. Tasha erhob sich sofort und schlüpfte hinaus. Ryan warf noch einen letzten Blick auf die Bühne, dann huschte er hinterher.

Im Dunkeln folgten sie dem Fremden hinter die Bühne. Überall hingen leblose Marionetten von der Decke und schienen Ryan im Vorbeigehen anzustarren – ihr Zauber war hier hinter der Bühne verflogen, und Ryan gruselte sich irgendwie ein bisschen vor ihnen.

Schließlich erreichten sie eine wackelige Treppe, und der junge Mann machte ihnen ein Zeichen hinaufzugehen, bevor er zur anderen Seite im Dunkeln verschwand. Ryan beeilte sich, Tasha nach oben zu folgen. Als sie an einer Tür ankamen, zog Tasha diese, ohne zu zögern, auf und trat in das dahinterliegende Zimmer. Nachdem Ryan ihr gefolgt war, schloss sie die Tür wieder.

»Und was machen wir jetzt?«, fragte Ryan.

Das Theater war eine schöne Ablenkung gewesen, aber jetzt war er begierig anzufangen. Der Flug nach Andakar hatte fast einen ganzen Tag gedauert und er machte sich Sorgen um seine Eltern.

»Jetzt«, erklärte Tasha, »schlafen wir.«

»Was? Ich will jetzt nicht schlafen – ich will meinen Dad finden!«

Tasha warf ihre Tasche zu Boden.

»Mein Kontakt in Panai sagt, dass es sicherer ist, wenn er uns erst morgen früh um zehn Uhr trifft. Und du hast im Flugzeug kaum geschlafen. Im ERC lernt man als Erstes zu schlafen, sobald man die Gelegenheit dazu hat. Vielleicht bekommst du so schnell keine zweite Chance.« Sie sah sich im Zimmer um, in dem es in einer Ecke ein kleines Waschbecken und einen großen Werktisch voller Fäden, Holz und Farbe zur Herstellung von Marionetten gab. »Nicht schlecht als Unterschlupf.«

Ungläubig sah Ryan, wie Tasha etwas Stoff als Kopfkissen zusammenballte und sich zum Schlafen hinlegte. Sie sah zu ihm auf und meinte: »Im Ernst, im Augenblick können wir wirklich nichts tun.« Damit drehte sie sich zur Wand um und ihr Gespräch war beendet.

Ryan setzte sich entmutigt und wütend an die Wand. Er hatte Schokolade eingepackt und nahm ein kleines Stück davon aus dem Rucksack. Leider vertrieb es seine Sorgen kein bisschen. Dann kramte er aus seiner Tasche ein klein gefaltetes Foto hervor, und als er es glatt strich, lächelten ihn die Gesichter seiner Eltern an. Es war ein Familienfoto, das während einer ihrer zahllosen Campingausflüge aufgenommen worden war. Er war zwar immer noch ziemlich sauer auf seine Eltern, weil sie so viele Geheimnisse vor ihm gehabt hatten, aber dennoch wollte er nur das eine: dass sie wieder heil nach Hause kamen. Die Angst, dass er vielleicht keinen von ihnen je wiedersehen würde, war überwältigend.

Es überraschte ihn dann doch, als er wenige Minuten später Tasha tief und gleichmäßig atmen hörte. Sie wusste wirklich, wie man die Gelegenheit zum Schlaf nutzte!

Ryan dagegen schaffte es nicht, einfach nichts zu tun. Zeit war kostbar. Er faltete das Foto wieder zusammen, steckte es ein und sah dann zum Fenster. Draußen führte eine Feuertreppe zum Dach. Er zog sein Handy heraus und schaltete es ein. Da er so viel gereist war, hatte er ein Telefon, das so ziemlich überall auf der Welt funktionierte, solange es nur ein Signal hatte.

Leise schlich er sich zum Fenster und öffnete es vorsichtig. Er warf einen Blick auf die schlafende Tasha – und im nächsten Moment schwang er sich auch schon durchs Fenster auf die Feuertreppe und stieg Richtung Dach.

18

Panai, Andakar

Vor Ryan lag Panai in alle Richtungen ausgestreckt. Für eine so große Stadt war sie erstaunlich schwach erleuchtet, ganz anders als das zu jeder Zeit fast taghelle New York. Sein Telefon piepste, um anzuzeigen, dass es einsatzbereit und mit einem lokalen Netzanbieter verbunden war. Aufgeregt bemerkte er zwei Sprachnachrichten, drückte auf die Play-Taste und hoffte, dass eine davon von seinem Dad war.

Doch die erste war von Danny, der mitteilte, dass er neue Informationen hatte und dass Ryan ihn anrufen sollte, egal wie spät es war. Dann spielte er die zweite Nachricht ab.

»Ryan, hier ist Mum. Mir geht es gut …«

Beim Klang der Stimme seiner Mutter seufzte Ryan erleichtert auf. Sie lebte noch. Erst jetzt merkte er, wie viel Angst er gehabt hatte, dass es für ihre Rettung vielleicht schon zu spät gewesen sein könnte. Zumindest wusste er jetzt, dass er noch eine Chance hatte. Aber diese Hoffnung zerschlug sich, als er den Rest der Nachricht hörte.

»Ich habe diesen Männern gesagt, dass wir nichts wissen über …«

Plötzlich erklang Aung Wins barsche Stimme: »Vier Tage, verstanden? Du wirst mir Myat Kaw bringen, oder dies war das letzte Mal, dass du Jaqueline Quinns Stimme gehört hast!«

»Lasst mich los!«, schrie Jaqueline wütend, doch die Verbindung wurde unterbrochen.

Ryan starrte einen Augenblick lang das Telefon an. Er fühlte sich so machtlos. Doch er wusste, dass es seiner Mutter nicht helfen würde, wenn er nur hier herumsaß und sich Sorgen machte. Er musste etwas tun! Rasch wählte er Dannys Nummer. Vielleicht hatte er nützliche Informationen gefunden. Der Zeitunterschied zu New York betrug zwölf Stunden, was bedeutete, dass Danny jetzt in der Schule sein musste. Es klingelte drei Mal – was, wenn Danny nicht abnehmen würde?

»Oh Gott, Kumpel, du lebst ja noch!«

Schon der Klang von Dannys gedämpfter Stimme sorgte dafür, dass Ryan sich sofort ein wenig besser fühlte.

»Ja, wir sind in Andakar angekommen. Aber wir wissen immer noch nicht, wo mein Dad ist.«

»Warte kurz!«, flüsterte Danny. Ryan hörte es rascheln und erkannte, dass Danny sein Telefon versteckte. »Miss Ellison, tut mir leid – es ist dringend – kann ich kurz aufs Klo?« Ryan konnte Miss Ellisons Antwort zwar nicht verstehen, aber sie musste negativ gewesen sein, da Danny plötzlich jammerte: »Ohhhhh! Aber es ist echt total dringend! Von beiden Seiten!« Das schien gewirkt zu haben, denn als Nächstes rief er: »Danke, Miss Ellison!«

Gleich darauf war Danny aus dem Klassenzimmer gelaufen und erklärte Ryan: »Du schuldest mir was! Das hängt mir bestimmt noch jahrelang an.«

»Hast du etwas herausgefunden?«

»Vielleicht. Ich habe den Computer deines Dads mitgenommen und ihn letzte Nacht durchsucht. Er hat ihn ganz schön kompliziert verschlüsselt.«

»Aber du bist reingekommen?«

»Hab eine Weile gebraucht, aber ja. Es hat mich einfach nicht mehr losgelassen – ich musste es herausfinden. Ganz tief in den Root-Directories verborgen habe ich ein paar E-Mails entdeckt, die dein Vater kurz vor seiner Abreise gelöscht hat.«

»Wie hast du sie denn gefunden, wenn er sie gelöscht hat?«

»Gelöscht heißt nicht, dass etwas wirklich von deinem Computer verschwindet. Es wird nur versteckt. Wenn man weiß, wo man suchen muss, findet man es wieder. Es wird allerdings eine Weile dauern, bis ich sie in ein Format gebracht habe, das ich lesen kann. Im Augenblick sehen sie aus wie durch den Shredder geschoben. Kleine Datenfitzel, die wieder zusammengesetzt werden müssen.«

Ryan war enttäuscht. »Dann bringt das also nichts?«

»Nicht so voreilig, du Miesmacher, ich bin noch nicht fertig. Ich habe in den E-Mail-Adressen eine IP-Adresse gefunden. Die sagt uns, von wo die Mails verschickt wurden.«

»Das ist die gute Nachricht, nicht wahr?«

Danny konnte seine Aufregung nicht verbergen.

»Alle Mails kamen aus Panai!«

»Myat Kaw«, stellte Ryan fest und schöpfte zum ersten Mal Hoffnung. »Es sind die Mails, mit denen mein Vater Myat Kaws Rettung organisiert hat.«

»Das habe ich mir auch gedacht. Allerdings kann ich der IP-Adresse keine richtige Adresse zuordnen. Ich habe an meinem Computer zu Hause ein Programm laufen lassen, das die Mails wieder zusammensetzt, aber bislang ist das einzig Brauchbare, was aufgetaucht ist, der Name Kali Thawar. Der kam in den letzten Mails ein paar Mal vor.«

Ryan zog sich zur Feuertreppe zurück.

»Ich werde Tasha fragen. Vielleicht weiß sie etwas darüber.«

»Hallo? Habe ich gesagt, ich sei fertig?«, motzte Danny. »Ich habe ein wenig nachgeforscht und herausgefunden, dass Kali Thawar ein Hotel ist, das die Briten Anfang des 20. Jahrhunderts gebaut haben. Google behauptet, es sei vor zwei Jahren geschlossen worden, aber da steht nicht, wie das Haus heute genutzt wird. Das liegt etwa eine Meile von deinem jetzigen Standort entfernt.«

»Du weißt, wo ich bin?«

»Ich sehe deine Position mit der Handy-Tracker-App, die ich gebastelt habe. Sie nutzt das GPS deines Telefons, aber ich kann dich nur sehen, wenn es an ist. Ich schicke dir die Adresse rüber.«

Endlich hatte Ryan etwas Verwendbares in der Hand.

»Okay, ich sehe mich da gleich mal um. Danke. Ich

schalte jetzt aus, um den Akku zu schonen, aber ich melde mich, wenn sich etwas tut.«

Ryan legte auf und stieg die Feuertreppe wieder hinunter.

Einen Moment lang überlegte er, ob er Tasha wecken und ihr von dem alten Hotel erzählen sollte. Aber sie würde wahrscheinlich doch nur bis zum Morgen warten wollen. Dies war Ryans erste wirkliche Spur zu seinem Vater und er wollte keine weitere Sekunde verschwenden.

Er lief die Feuertreppe weiter hinunter und sprang das letzte Stück bis zum Boden. Dann rannte er los durch die dunklen Straßen von Panai.

19

Panai, Andakar

Das Kali Thawar war ursprünglich wohl einmal ein richtiges Luxushotel gewesen. Ryan sah ein großes, dreistöckiges Gebäude, das sich über einen ganzen Häuserblock erstreckte. Selbst jetzt noch, nach jahrelanger Vernachlässigung, konnte man an dem großzügigen Eingangsbereich, den breiten Erkerfenstern und den eleganten Säulen erkennen, wie imposant es zu seiner Zeit einmal gewesen sein musste. Aber ein Hotel war es jetzt jedenfalls nicht mehr.

Anstatt eines Portiers, der die Gäste freundlich begrüßt, standen jetzt Soldaten vor dem Kali Thawar und hielten mit ihren über die Schulter getragenen Maschinengewehren jeden vom Betreten des Gebäudes ab. Die Türen waren geschlossen, und auf dem Zaun, der das Grundstück umgab, war Stacheldraht angebracht worden.

Ryan hielt sich im Dunklen und ging einmal um das Gebäude herum, um seinen Zweck erkennen zu können. Er sah ein paar Soldaten, die auf dem Grundstück patrouillierten, und zwei weitere am kleineren Hintereingang, der früher wohl für Lieferanten gewesen war. Alle Soldaten trugen die gleiche triste graue Uniform wie die am Flughafen. Keiner von ihnen schien besonders wachsam zu sein, es war scheinbar ein Routinejob, den sie hier verrichteten.

Die Wachen und die Sicherheitsvorkehrungen ließen nur einen Schluss zu – da war Ryan sicher: Hier wurde sein Vater gefangen gehalten. Das würde erklären, warum sie nichts von ihm gehört hatten. In den kurz vor seinem Verschwinden geschriebenen Mails zwischen Dad und Myat Kaw war es um das Kali Thawar gegangen. Ryan musste unbedingt irgendwie hineingelangen und ihn suchen. Aber wie um alles in der Welt sollte er an den Patrouillen vorbeikommen? Der Stacheldrahtzaun umgab das Haus von allen Seiten.

Ryans Blick fiel auf die Palmen, die das Gelände säumten. Etwa alle zwanzig Meter wuchsen die dünnen, geraden, sehr stattlichen Bäume, die höher waren als das Hotel selbst. Als er sie ansah, kam Ryan ein Gedanke. Diese Bäume konnten sein Zugang zum Gelände werden.

Als er neun Jahre alt war, hatte Ryans Familie eine Zeit lang in Belize gewohnt, einem Land in der Karibik, wo es tolle Strände, schöne Schnorchelgebiete und Tausende von Palmen gab. Ryan war von den einheimischen Kindern ausgelacht worden, weil er nicht auf Palmen klettern konnte, etwas, was sie schon ihr ganzes Leben lang taten. Doch es dauerte nicht lange und nach ein paar schmerzhaften Abstürzen und Hautabschürfungen an den Fußsohlen war Ryan bald so gut wie der beste von ihnen. Keine Palme war ihm zu hoch, und er lernte sogar, eine Machete auf dem Rücken mitzunehmen, damit er oben Kokosnüsse abschlagen konnte.

Da man Palmen seines Wissens nach nur barfuß hinaufklettern konnte, schnürte Ryan seine hohen Turnschuhe auf und zog sie aus. Die Socken steckte er in die Tasche, knotete die Schnürsenkel zusammen und hängte sich die Schuhe lose um den Hals. Im Dunkeln wartete er ab, bis die Patrouillen vorbeigegangen waren – er würde ein perfektes Timing brauchen, das war klar. Im nächsten Moment rannte er über die Straße.

Wenn man auf Palmen klettert, muss man genau wissen, wann man wo den richtigen Druck auszuüben hat. Mit dem Rücken zum Metallzaun schlang Ryan die Arme um den schlanken Palmenstamm. Gleichzeitig setzte er seine Füße einen über dem anderen vor ihm an den Baum. Indem er sich gleichzeitig mit den Händen schob und den Füßen hinaufstieß, übte er einen gleichmäßigen Druck aus, der seinen Körper in Position hielt. Nach jedem Schritt setzte er die Arme ein wenig höher an. Hatte man diese Bewegung einmal raus, war es ganz leicht – die Kinder in Belize konnten in Sekunden die höchste Palme erklimmen.

Und genau das tat Ryan jetzt auch. Die Bewegungen fielen ihm instinktiv wieder ein, obwohl er das seit Jahren nicht mehr gemacht hatte. Er spürte, wie die raue Rinde an seinen empfindlichen Fußsohlen kratzte, aber das hielt ihn nicht auf.

Als er weit genug oben war, sah er sich um. Er war ein wenig höher als der Stacheldrahtzaun, was bedeutete, dass er mindestens drei Meter nach unten springen musste. Wenn er nicht weit genug sprang, würde er in Stücke geschnitten und wahrscheinlich verhaftet und ins Gefängnis gesteckt werden.

Bevor er es sich selbst ausreden konnte, zählte Ryan rückwärts – *drei, zwei, eins!* – und stieß sich so kräftig wie möglich mit den Füßen ab. Er segelte über den Zaun mit dem rasiermesserscharfen Draht und schien eine Ewigkeit in der Luft zu hängen, bevor er hart auf der Erde aufprallte. Geschickt rollte er sich ab in einer Art Salto, der ihm fast den Atem verschlug.

Nach Luft keuchend drehte er sich um, gleichermaßen erschrocken und verwundert, dass er sich nicht den Knöchel verstaucht oder ein paar Knochen gebrochen hatte. Doch er wusste, dass keine Zeit zum Ausruhen war, also sprang er auf die Füße. Geduckt huschte er zur Seite des Hotels, obwohl ihn der Kies in die Fußsohlen stach wie Nadelstiche und es ihm schwer machte, schnell zu laufen. Hinter einem Gebüsch an der Mauer versteckte er sich und lauschte angestrengt auf ein Anzeichen dafür, ob er entdeckt worden war. Er erlaubte sich einen Augenblick, um wieder zu Atem zu kommen, zog dann Schuhe und Strümpfe wieder an und sah sich um. Die Luft war rein.

Ryan schlich sich auf die Rückseite des Hotels, wo er einen Eingang sah, den offenbar früher das Hotelpersonal genutzt hatte. Hier war niemand zu sehen, daher ging er vorsichtig zur Tür und sah durch die Glasscheibe. Die Tür führte in einen leeren Gang. Er probierte sie aus – zu seiner großen Überraschung war sie unverschlossen.

Ryan holte tief Luft und schlüpfte, mit einem leisen »Gottseidank«, ins Haus.

20

Panai, Andakar

Wamm! Ein Hackmesser trennte den Kopf eines langen Fisches ab. In der Küche arbeiteten mehrere Soldaten daran, große Schüsseln mit Meeresfrüchten und Gemüse klein zu schneiden und zu würfeln, und unterhielten sich dabei. Ihre gebogenen Messer bewegten sich mit furchterregender Geschwindigkeit. Ryan verbarg sich hinter einem Tresen in der riesigen Küche. Diese Männer hatten offenbar Küchendienst und bereiteten *eine Menge* Essen zu, was in Ryan die Frage aufwarf, wie viele Soldaten hier eigentlich stationiert waren.

Er duckte sich wieder und erkannte plötzlich, wie verrückt sein Plan eigentlich war. Jetzt war er in diesem Haus eingeschlossen mit wer weiß wie vielen Männern und mit Maschinengewehren und Messern, die aussahen, als könnten sie ihn glatt in zwei Stücke hauen.

Reiß dich zusammen, mahnte er sich. Als er seine Nerven wieder einigermaßen im Griff hatte, schlich er sich geduckt hinter den Tresen durch die Küche, schlüpfte in den Gang und hoffte, dass er niemandem begegnete.

Zum Glück war der Flur menschenleer, doch Ryan konnte Stimmen in der Nähe hören. Er ging näher zu der Schwingtür mit dem runden Fenster in der Mitte, die am Ende des Ganges lag. Vermutlich war das die Tür zum Restaurant gewesen, die die Kellner benutzt hatten, als hier noch der Hotelbetrieb lief.

Durch das runde Fenster sah Ryan in einen großen Raum, in dem immer noch die Reste des britischen Kolonialdesigns zu sehen waren: Korbstühle und Ventilatoren mit Palmenblattdesign an der Decke. Doch es war kein Restaurant mehr. An einer Längswand standen Computerarbeitsplätze, die alle von Technikern mit Kopfhörern besetzt waren. An der anderen Seite standen hochwertige Flachbildschirme mit einem Meer flackernder, stets neuer Bilder. Ryan sah Karten, Nachrichtenprogramme und eine Reihe von Monitoren mit Bildern aus Überwachungskameras vom Hotelgelände.

Man musste kein Genie sein, um zu erkennen, dass es sich hier um eine militärische Kommandozentrale handelte.

Bevor er noch mehr erkennen konnte, erregte eine Bewegung an seinem äußeren Gesichtsfeld seine Aufmerksamkeit. Einer der Soldaten in dem Raum kam direkt auf die Tür – und somit auf ihn – zu! Schnell hastete er den Gang entlang zurück. Neben der Küchentür sah er eine Treppe, die nach oben führte und die er erreichte, gerade als die Tür aufschwang. Er sprang ein Stück die gewendelte Treppe hinauf, drückte sich flach an die Wand, verhielt sich ganz still und wagte kaum zu atmen.

Erleichtert vernahm er, wie der Soldat den Männern in der Küche Befehle erteilte, und atmete auf. Er war nicht entdeckt worden. Doch im Gang wurde es jetzt lebendig. Er musste schnell verschwinden, also lief er die Treppe zum ersten Stock empor.

Dort war es wesentlich ruhiger. Ryan hielt sich dicht an der Wand des Ganges und schlich sich an den Türen zu den früheren Gästezimmern vorbei. Er überprüfte durch die Ritzen an den Türen, ob drinnen Licht brannte, und versuchte sie dann zu öffnen. Hinter einigen davon lagen Büros. Er durchsuchte sie kurz, fand aber nichts, was ihm dabei half, herauszufinden, was hier geschah. Hinter einer der Türen am Ende des Ganges lag ein wesentlich größerer Raum. Leise trat Ryan ein.

Es war stockdunkel. Licht anmachen konnte er nicht, also sah er sich im Schein seines Handybildschirms um. Früher einmal musste es sich hier um eine Suite gehandelt haben, doch jetzt diente sie hauptsächlich als Lager. An den Wänden standen Regale mit Tausenden von Aktenmappen.

Ryan nahm eine heraus, wobei er sich sorgfältig merkte, woher er sie genommen hatte. Auf der Mappe prangte ein rot-goldenes Wappen mit einem weißen Dreieck in der Mitte. Die Schrift darunter konnte er nicht lesen, also machte er ein Foto davon. Vielleicht konnte Danny später herausfinden, was das war. Er klappte die Akte auf und fand ein Dossier in einer Sprache, die er nicht verstand. Doch er sah das Foto eines Mannes im mittleren Alter, das mit einer Büroklammer an die Seiten geheftet war, und offenbar alle relevanten Informationen zu ihm. Die Daten und Zeitangaben auf den Blättern konnte er erkennen, aber die Einträge selbst nicht lesen.

Ryan nahm an, dass es Akten über Bürger von Andakar waren. Der Kommunikationstechnologie und den Überwachungsanlagen nach zu urteilen, die er unten gesehen hatte, und den Akten hier oben, war sich Ryan ziemlich sicher, dass das Hotel im Moment wohl die Basis einer Art von Geheimdienstorganisation war. Alle E-Mails an Ryans Vater, die Danny gefunden hatte, waren aus Panai gekommen, und in manchen war Kali Thawar genannt worden. Das bedeutete, dass Myat Kaw eventuell Zugang zu jeder Menge streng geheimer Information hatte. Kein Wunder, dass sie ihn unbedingt finden wollten.

Ryan stellte die Akte zurück, verließ den Raum und ging den Gang weiter. Vorne vor dem Gebäude schrie jemand, mehr aus Angst als aus Zorn. Ryan schlich näher und kam zum Ende des Ganges, der an einem Treppenabsatz über der alten Hotellobby endete.

Ryan duckte sich, schlich zum Geländer und spähte hinüber. Eine breite, geschwungene Treppe führte aus dem oberen Stockwerk in die Lobby. Unten hielten zwei blau uniformierte Soldaten einen verängstigten Mann zwischen sich fest, dessen verzweifelte Schreie sich in flehendes Schluchzen verwandelten. Vor ihm hatte sich herrisch ein Offizier aufgebaut und befragte ihn mit emotionsloser, kalter Stimme.

Ryan hätte gerne besser gesehen, wollte es aber nicht riskieren, entdeckt zu werden. Der kommandierende Offizier gab einen Befehl, woraufhin die Soldaten den Gefangenen wegschleppten. Sein Flehen verhallte ungehört. Sie brachten ihn zu einer Treppe auf der anderen Seite der Lobby, die nach unten führte.

Vorsichtig zog sich Ryan von dem Geländer fort und ging die Dienstbotentreppe wieder hinunter. Er kombinierte: Wenn die Soldaten den Gefangenen in den Keller brachten, war möglicherweise auch sein Vater da unten.

21

Panai, Andakar

Im Keller sah es aus wie in einem Horrorfilm. Die Hälfte der Lampen war kaputt oder flackerte und durch die nackten Betonwände und die Feuchtigkeit im Boden herrschte eine kalte, bedrohliche Atmosphäre. Außerdem stank es, was Ryan auf eine Mischung aus Dreck, Körperausdünstungen und Angst zurückführte.

Unter dem Gebäude führte ein Wirrwarr von Gängen hindurch. Ryan glaubte nicht, dass die Soldaten diesen Teil des alten Hotels viel nutzten, da er an ein paar vergessenen Wäschewagen und einem Schrank mit noch gefalteter, aber schimmliger Bettwäsche vorbeikam. In den Gängen, die alle gleich aussahen, verlor er komplett die Orientierung und hatte schließlich keine Ahnung mehr, wo er war.

Endlich sah er in einem Gang Stahltüren. Vorsichtig machte er eine davon auf und hörte augenblicklich das Summen von Maschinen dahinter. Hier schien der Eingang zu einem ganz anderen Teil des Kellers zu sein, in dem die Generatoren und Geräte standen, die dafür sorgten, dass im Haus alles funktionierte. Vorsichtig trat Ryan ein und schloss leise die Tür hinter sich.

Vor ihm lag eine lange Kammer, nur durch ein paar nackte Glühbirnen erleuchtet. Auf beiden Seiten standen mehrere große, verrostete Öfen und am anderen Ende führte ein Gang weiter ins Dunkle. Über das Summen der Maschinen hinweg konnte Ryan jetzt noch andere Geräusche hören – Stimmen, Stöhnen und verzweifelte Schreie.

In diese Richtung lief er weiter und erstarrte plötzlich, als er noch etwas hörte – Schritte, die sich schnell näherten. Ryan hechtete zu den Öfen und versteckte sich zwischen ihnen, als ein Soldat den Raum vom Gang auf der anderen Seite her betrat. Er ging ein paar Schritte entfernt an Ryan vorbei, ohne ihn zu bemerken, und verschwand dann durch die Stahltür. Sobald sich die Tür hinter ihm geschlossen hatte, eilte Ryan auf die Stimmen zu. Wenn sein Vater irgendwo hier unten war, wollte er gar nicht daran denken, in welchem Zustand er sich befand.

Hinter der nächsten Ecke vernahm er eine Art Befragung. Da im Gang keine Wachen standen, riskierte Ryan es, durch eine offene Tür zu spähen, doch was er dahinter entdeckte, ließ ihm fast das Herz stehen bleiben.

Rostige Rohre hingen an der Decke eines langen Raumes, in dem früher offenbar die Wassertanks des Hotels gestanden hatten. Jetzt diente er als eine Art provisorische Folterkammer. Ryan sah einen Mann und eine Frau, die mit Eisenketten an die Wand gefesselt waren. In der Mitte erkannte er den Mann, den man gerade von oben heruntergebracht hatte. Er trug kein Hemd mehr, war an einen Stuhl gefesselt und wimmerte. Hinter ihm hob der Offizier eine Reitpeitsche. Ryan zuckte zusammen, als er ausholte und sie heftig auf den nackten Rücken des Mannes knallen ließ. Entsetzt wandte Ryan sich ab, als der Mann aufschrie.

Ein Stück weiter fand er Kammern, die zu Gefängniszellen umgebaut worden waren. Es waren insgesamt sechs Stück, drei auf jeder Seite. Immer noch waren keine Wachen zu sehen, daher ergriff Ryan die Gelegenheit, einen Blick in die Zellen zu werfen.

Doch sein Dad war nicht darin. Die Gefangenen waren alles Einheimische und machten einen erbärmlichen Eindruck. Ryan wünschte, er könnte ihnen zur Flucht verhelfen, aber das würde nur die Wachen im Befragungsraum alarmieren.

»Hey!«, flüsterte es hinter ihm.

Ryan wirbelte herum. Aus der Zelle hinter ihm sah ihn eine junge Frau mit schmutz- und tränenverschmiertem Gesicht durch die Gitterstäbe an.

»Du musst hier verschwinden!«

Ryans Schrecken verwandelte sich in Überraschung, als er ihr perfektes Englisch hörte.

»Ich suche jemanden. Einen Mann, einen Amerikaner –«

»Hier ist kein Amerikaner. Geh!«

»Sind Sie sicher? Sein Name ist John Quinn – er hilft Myat Kaw.«

Bei der Erwähnung von Myat Kaws Namen veränderte sich der Gesichtsausdruck der Frau.

»Du kennst Myat Kaw?«

Ryan ging zu ihr und bemerkte, dass jetzt auch andere Gesichter an den Zellentüren auftauchten.

»John Quinn ist mein Vater. Er hat versucht, Myat Kaw in Sicherheit zu bringen. Ich muss ihn finden.«

Einer der anderen Gefangenen, ein älterer Mann, flüsterte etwas in seiner Muttersprache. Die junge Frau hörte ihm zu und übersetzte dann für Ryan: »Er sagt, er kennt deinen Vater. Er sei sehr mutig.«

Ryan wandte sich an den Mann und versuchte, trotz der Aufregung, die er verspürte, möglichst leise zu sprechen: »Wissen Sie, wo er ist?«

Der Mann schüttelte den Kopf und sprach dann erneut mit der jungen Frau. Das tat er so lange, bis Ryan unruhig wurde, weil er die Schreie aus der Folterkammer hörte und wusste, dass er nicht viel Zeit hatte.

»Am Panai Teaching College ist ein Student namens Ashin Myek. Den solltest du fragen. Er könnte wissen, wo dein Vater hingegangen ist.«

»Woher weiß er das?«

»Viele von uns haben Myat Kaw geholfen.« Als um die Ecke eine Tür aufging, fuhren beide herum. Angstvoll sah sie ihn an: »Du musst gehen! Sofort!«

Ryans Hand glitt zu dem Schloss an ihrer Zelle. »Ich lasse euch raus – alle.«

»Nein!«, flüsterte sie. »Das hier ist Andakar – wir können nirgendwo hin, und für die, die fliehen, ist es nur noch schlimmer. *Lauf! Rette dich selbst!*«

Ryan zögerte, doch er hörte, wie die Soldaten den leise brabbelnden Gefangenen zu den Zellen schleiften. Er raste los, zu der Stahltür, enttäuscht, dass er nicht mehr für diese Leute tun konnte, die ihm geholfen hatten.

Hinter der Stahltür flog Ryan buchstäblich auf die Treppe zu, dieses Mal mehr auf Geschwindigkeit als auf Vorsicht bedacht. Doch die Gänge waren verschlungen – er hatte sich schon bald hoffnungslos verlaufen. Er versuchte, den gleichen Weg zurückzugehen, leider sahen alle Gänge gleich aus. Frustriert und verärgert über sich selbst lief er um eine Ecke und stieß fast mit einem der Soldaten zusammen.

Sie erschraken beide gleichermaßen, doch Ryan erholte sich schneller davon. Als der Soldat nach seiner Waffe griff, riss Ryan das Knie hoch und stieß es ihm in den Bauch. Der Soldat klappte zusammen und rang keuchend nach Luft.

Anders als bei einer Prügelei in der Schule musste Ryan hier nicht vorsichtig sein und seine Schläge zurückhalten. Er war zwar ein paar Zentimeter kleiner als der Soldat, doch er verpasste ihm einen Schlag mit dem Handballen, der den Mann in die Knie zwang. Der Soldat hob die Pistole, aber Ryan ergriff sie und versetzte ihm damit einen absoluten Hammerschlag, der ihn bewusstlos zu Boden sinken ließ.

Ryan konnte kaum fassen, was er getan hatte – es war eine rein instinktive Reaktion gewesen. Jetzt zahlte sich die jahrelange Übung wirklich aus. Aber da er gesehen hatte, wie diese Soldaten ihre Gefangenen folterten, hielt sich sein schlechtes Gewissen in Grenzen. Er stieß einen Erleichterungsseufzer aus, als er nun auch noch eine Treppe erblickte, die nach oben führte. Mit der Pistole noch in der Hand lief er die Stufen hinauf.

Oben war eine Tür, die er nur einen Spalt öffnete, um zu sehen, ob jemand in der Nähe war. Glück gehabt – es war die Hintertür, die nach draußen führte. Er sprintete über den Rasen und lief im Schatten Richtung Tor. Auf dieser Seite gab es keine Palmen, an denen er hinaufklettern konnte, daher musste er einen anderen Ausweg finden.

Er drückte sich an der Mauer entlang näher zum Tor. Am Eingang standen zwei Soldaten, einer auf dem Weg, der nach draußen führte, und einer in einem Wachhäuschen. Ryan hatte zwar immer noch die Pistole – aber er hatte keine Ahnung, wie man damit zielte und schoss. Da ihm nichts Besseres einfiel, hob er die Waffe und hoffte, dass er genügend Selbstbewusstsein vortäuschen konnte, um die Soldaten zu zwingen, das Tor zu öffnen. Er wollte gerade den ersten Schritt auf sie zumachen, als plötzlich vom Haus her laute Rufe erklangen.

Alarm! Ryan zuckte zusammen. Wahrscheinlich war der Soldat, den er ausgeschaltet hatte, wieder zu sich gekommen. Der Soldat in dem Wachhäuschen trat heraus zu seinem Kollegen auf der Straße. Beide sahen fragend zum Hotel. Ryan wusste, eine bessere Gelegenheit würde er nicht bekommen und schlüpfte unbemerkt in das Wachhäuschen, wo er fieberhaft nach dem Knopf suchte, der das Tor öffnete. Er fand einen, der danach aussah, drückte ihn, und zischte wieder hinaus.

Als sie die Metalltore quietschen hörten, drehten sich die Soldaten um, doch noch bevor sie ihre Maschinengewehre heben konnten, feuerte Ryan zwei Schüsse in die Luft ab, hoch über ihre Köpfe hinweg, doch laut genug, um sie beide in Deckung gehen zu lassen. Ohne einen Blick zurück zwängte sich Ryan durch das Tor und flog die Straße entlang, während hinter ihm eine Sirene aufheulte. Er war entkommen – aber sie würden ihn verfolgen, das war sicher.

22

Panai, Andakar

Ryan blieb stehen, um zu verschnaufen und sah sich über die Schulter hinweg um. Er war einige Häuserblocks weit gerannt, war scharf abgebogen, durch verschiedene Gassen gehetzt und hatte alles getan, um seine Verfolger abzuschütteln. Doch es waren zu viele. Jedes Mal, wenn er glaubte, jemanden abgehängt zu haben, tauchten andere wieder auf und schnitten ihm den Weg ab.

Bislang hatte er sich an die dunklen Straßen gehalten, in denen es praktisch kein elektrisches Licht gab. Aber ein paar Blocks weiter sah er eine belebtere Gegend mit hellen Lichtern, Lärm und Menschen. Nachdem es nicht geklappt hatte, den Soldaten im Dunklen zu entwischen, musste ein neuer Plan her. Und so steuerte er auf die Lichter und die Menschen zu.

Von beiden Straßenseiten blinkten altmodische Neonschilder, deren bunte und flackernde Lichter Ryan an Karneval erinnerten. Überall saßen in einer Vielzahl von Cafés und Imbissbuden Einheimische, tranken, aßen und unterhielten sich. Viele von ihnen trugen Jeans und T-Shirts und unterschieden sich nicht sonderlich von den Menschen überall auf der Welt.

Ryan ging langsamer und versuchte, sich zwischen den Passanten zu verstecken, doch als einziger Amerikaner stach er dennoch überall hervor. Immerhin lächelten ihm die meisten Leute zaghaft zu, als er die Straße entlangging. Er nickte und lächelte zurück, aber diese Ablenkung bereute er sofort wieder.

Kaum zehn Meter vor ihm tauchten die Blau-Uniformierten wieder auf und schubsten Leute aus dem Weg. Ryan blieb stehen. Eine Frau wurde zu Boden gestoßen, doch die Soldaten stiegen einfach über sie hinweg. Ryan senkte den Kopf und wandte sich um. So schnell wie möglich, jedoch ohne Verdacht zu erregen, ging er den Weg zurück, den er gekommen war, kam allerdings nicht weit, bevor er eine weitere Gruppe von Soldaten entdeckte, die sich verteilten und sich von der anderen Seite grob den Weg durch die Menge bahnten.

Er saß in der Falle.

Verzweifelt sah er sich nach einem Fluchtweg um. Er stand vor einem belebten, zur Straße hin offenen Café, in dem die Gäste an so niedrigen Plastiktischen saßen, dass es den Anschein hatte, diese seien eher für Kinder als für Erwachsene gemacht. Die Soldaten kamen näher und näher – also entschied sich Ryan, es zu wagen.

Die drei Männer sahen überrascht auf, als Ryan sich ihnen gegenüber auf einen roten Plastikstuhl fallen ließ.

»Hi«, sagte er mit dem Rücken zum Gehweg.

Die Männer warfen sich verwunderte Blicke zu.

Einer von ihnen sah hinaus auf die Straße und sein Blick verdüsterte sich. Aus dem Augenwinkel erkannte Ryan die blaue Uniform eines Soldaten auf dem Gehweg. Der Mann am Tisch sagte ein paar Worte zu seinen Freunden und jetzt sahen alle in die Richtung des Soldaten. Dann richteten sie ihre Blicke auf Ryan.

Wollten sie ihn verraten? Ryan versuchte, sich seine Angst nicht anmerken zu lassen, aber wenn sie ihn auslieferten, war er erledigt. Als er den Blick senkte, kam ihm plötzlich eine Idee. Er löste das Armband, das ihm der Mönch am Ashoka-Tempel gegeben hatte, nahm es von seinem Handgelenk und streifte es dem Mann ihm gegenüber über die Hand.

»Tasmati ca niva«, versuchte er die Worte zu wiederholen, die der Mönch zu ihm gesagt hatte.

Einen atemlosen Augenblick lang fürchtete Ryan, der Mann würde seine Hand wegziehen. Doch stattdessen begann er zu lächeln.

»Tin ba dai«, erwiderte er.

Plötzlich lachte einer der anderen Männer und legte Ryan väterlich einen Arm um die Schultern. Die anderen beiden machten mit und lächelten, als wäre an der Situation nichts Ungewöhnliches, und unterhielten sich weiter laut miteinander.

Ryan verstand zwar kein Wort, nickte aber, als würde er dazugehören. Er spürte förmlich die Blicke des Soldaten auf seinem Rücken.

Nach einer Weile verstummten die Männer und sahen an ihm vorbei nach draußen. Einer von ihnen nickte Ryan ernst zu. Ryan sah sich um – der Soldat war weitergegangen. Der Mann neben ihm deutete auf die Rückseite des Cafés und machte ihm somit klar, dass er hinten hinausgehen sollte.

Ryan bedankte sich und schlängelte sich dann zwischen den besetzten Tischen hindurch nach hinten. Ein langer Gang führte an der Küche vorbei, wo ihm der Geruch nach Curry und Knoblauch bewusst werden ließ, wie hungrig er war.

Er stieß die Hintertür auf und verschwand schnell in der Dunkelheit.

23

New York, USA

Auf Dannys Laptop landete klatschend eine fliegende Fritte. Die Jungs am Tisch hinter ihm alberten herum, doch er hatte keine Zeit, sich von so etwas ablenken zu lassen. Also wischte er den Fettschmierer mit seinem T-Shirt weg und las weiter.

Die Schulcafeteria war sicher nicht der geeignetste Platz, um Nachforschungen über die gefürchtetste Militärdiktatur in Südostasien anzustellen, aber Danny blieb nichts anderes übrig. In zwanzig Minuten begann die Geschichtsstunde, und er wollte jede freie Sekunde nutzen, um Ryan zu helfen.

Bislang hatte er sechzehn Blogeinträge von Myat Kaw gefunden. Das war nicht so einfach, da die Webseite, auf der man sie ursprünglich gepostet hatte, geschlossen worden war. Danny vermutete, dass dafür die Regierung von Andakar verantwortlich war, die hoffte, den Schaden zu begrenzen, den Myat Kaw anrichtete. Zum Glück hatten Menschen, denen die Zukunft von Andakar am Herzen lag, die Blogs vor der Löschung kopiert und auf anderen Seiten hochgeladen.

Was er las, beeindruckte Danny tief. Er vermutete,

dass Myat Kaw ein Weltklassehacker war, der sich in Andakars geheimste Netzwerke eingehackt hatte. Das würde erklären, warum dieser anonyme Blogger Zugang zu Informationen besaß, die die Militärdiktatur um jeden Preis geheim halten wollte. Es gab Berichte, dass Andakar heimlich chinesische Raketen kaufen wollte – eine Meldung, die kürzlich auf der ganzen Welt für Schlagzeilen gesorgt hatte. Außerdem Beweise dafür, dass ein paar deutsche Touristen auf geheimnisvolle Weise in Andakar verschwunden waren, sowie eine Geschichte über das Luxusleben, das die Topgeneräle in Andakar führten, während der Großteil der Bevölkerung hungerte. Die Enthüllungen in den Blogs stellten für die Regierung natürlich große Probleme dar. Myat Kaw tat, was seit über dreißig Jahren niemand geschafft hatte – er brachte die drakonische Regierung ins Schwitzen!

»Daniel!«

Danny sah auf und bemerkte, wie Direktor Milankovic auf ihn zukam. Schnell räumte er den Bildschirm auf und ersetzte Myat Kaws Blogs durch eine Karte der dreizehn Kolonien.

»Hast du in den letzten Tagen mit Ryan gesprochen?«

»Äh, ja – er ist schwer krank.«

»Das ist ja schlimm.« Der Direktor betrachtete Danny skeptisch. »Die Schule hat seinen Eltern gemailt, aber keine Antwort bekommen. Ich habe den Verdacht, dass sie verreist sind.«

»Nein, Sir.« Danny versuchte, möglichst überzeugend zu klingen. »Er hat die Grippe – die samoische Grippe. Und seine Mutter auch. Ätzend ansteckend. Ryans Dad pflegt die beiden den ganzen Tag lang.«

»Die samoische Grippe?«, fragte Direktor Milankovic und zog die Brauen hoch.

Danny hatte das Gefühl, zu weit gegangen zu sein, aber jetzt konnte er nicht mehr zurück.

»Fieber, Ausschlag – kein schöner Anblick. Glauben Sie mir, Sie sind froh, dass er nicht hier ist.«

Der Direktor nickte. »Wenn Du mit Ryan sprichst, dann sag ihm, er soll seine Eltern daran erinnern, dass sie die Schule über sein Fehlen informieren müssen.«

»Mach ich, Sir! Das ist sicher nur ein Versehen.«

Er wartete, bis der Direktor aus der Cafeteria verschwunden war, und zog den Rucksack unter dem Tisch hervor, nahm John Quinns Laptop heraus und klappte ihn auf. Eine E-Mail von Ryans Dad – kommt sofort!

Während er noch tippte, ließ sich Kasey auf den Stuhl neben ihm fallen.

»Hi Danny, was machst du da?«

Danny knallte den Deckel des Laptops zu und schalt sich im gleichen Augenblick selbst. *Super, sehr unauffällig!*

»Nicht viel. Ich häng nur so rum.«

»Zwei Laptops. Ist das nicht selbst für dich ein bisschen viel?«

»Manchmal bin ich eben einfach zu viel für einen Computer allein.«

»Das glaube ich gern«, lachte Kasey.

Danny wusste oft selbst nicht, woher die lockeren Sprüche kamen, die er sagte. Innerlich war er nicht halb so selbstsicher, wie er sich gab. Eigentlich hatte er sich jahrelang viel sicherer gefühlt, wenn er sich in digitalen Welten verlor – Videospiele, Web, komplizierte Hackerangriffe –, und war dem realen Leben weitgehend aus dem Weg gegangen. Als er noch kleiner war, hatte das ganz gut funktioniert. In seiner Grundschule hatte er nur wenige Freunde gehabt und den größten Teil seiner Freizeit allein verbracht.

Doch auf der Mittelschule hatte sich alles verändert. An einer Schule mit über tausend Schülern konnte man schnell irgendwo anecken, das hatte ihn gehemmt. Er hatte in keine Gruppe richtig hineingepasst und nicht recht gewusst, wie man Freunde findet. Anfangs schienen die Leute direkt an ihm vorbeizusehen und ihn kaum zu bemerken. Er hatte ein paar schwere Monate gehabt, und eines Abends, als er gerade *Just like Heaven* von The Cure hörte, hatte er genug davon gehabt, ignoriert zu werden.

Also nahm er das Konzertposter von Robert Smith, dem exzentrischen, aber genialen Leadsänger von The Cure ab, ging ins Bad und spritzte sich einen Klecks Haargel in die Hand. Er sah zwischen seinem Spiegelbild und dem Poster hin und her und gelte sich die Haare in alle Richtungen hoch, genau wie sein musikalisches Vorbild. Das sah wirr aus, aber er fand es gut. Wer auch immer dieser neue Junge war, der ihm da aus dem Spiegel entgegensah, er gefiel Danny.

Am nächsten Morgen riss er sich ein paar strategisch

gut platzierte Löcher in die Jeans, zog sich den dunkelroten Mantel an, den seine Eltern ihm für gelegentliche Opernbesuche gekauft hatten und schlich sich hinaus, bevor seine Mutter ihn sehen konnte. Aufgeregt, wenn auch ein wenig ängstlich, machte er sich auf den Weg zur Schule.

Eines war sicher – jetzt ignorierte ihn niemand mehr. Zum ersten Mal achteten die Leute auf ihn. Das war nicht immer positiv – er wurde ziemlich gehänselt, wie jeder, der irgendwie anders war. Aber er traf auch einige interessante Kids, die ihn sonst noch nie beachtet hatten. Er fühlte sich in seiner neuen Rolle noch nicht ganz wohl, täuschte aber ein Selbstbewusstsein vor, das er gar nicht hatte. Zum ersten Mal begann er Freundschaften zu knüpfen. Aber erst als er ein paar Monate später Ryan traf, hatte er jemanden gefunden, bei dem er vollkommen loslassen und einfach nur er selbst sein konnte. Bei Ryan musste er sich nicht verstellen. Und jetzt, wo sein bester Freund in Schwierigkeiten steckte, wollte er alles tun, um ihm zu helfen.

»Ich habe Ryan ein paar Nachrichten geschickt, aber ich bekomme keine Antwort«, erklärte Kasey. »Ist alles in Ordnung?«

»Er ist krank.«

»Zu krank, um eine SMS zu beantworten?«

»Äh, seine Hände sind geschwollen. Du solltest seine Daumen sehen – dick wie Gurken.«

Doch das kaufte Kasey ihm nicht ab.

»Wenn er mit mir nicht zum Tanzen gehen will, bin ich ihm nicht böse oder so.«

»Er hat dich gebeten, mit ihm zum Ball zu gehen?«, wunderte sich Danny. Das war ihm neu.

»Nein. Ich habe *ihn* gefragt. Hat er dir das nicht erzählt? Ich dachte, du seist sein bester Freund.«

»Ja, schon. Aber er ist zurzeit superbeschäftigt – und krank. Echt richtig krank.«

Kasey schien enttäuscht zu sein.

»Wie auch immer. Er will anscheinend nicht. Schon gut – aber er muss mir deshalb ja nicht total aus dem Weg gehen.« Sie stand gerade auf, als auf Dannys Handy eine neue Nachricht einging, die er sofort öffnete, als er sah, dass sie von Ryan war. »Das ist er, stimmt's? Diese Gurkensache ist wohl ganz plötzlich besser geworden.«

»Kasey, warte doch – das ist nicht so, wie du glaubst.« Danny warf einen Blick auf Ryans Nachricht – ein Foto von einem rotgoldenen Wappen mit einer weißen Pyramide in der Mitte und die Aufforderung: *Kannst du herausfinden, was das ist?*

»Schon gut. Vielleicht hat mein Bruder ja recht mit euch beiden. Ich dachte nur, ihr wärt vielleicht anders. Sag Ryan, er soll sich keinen Kopf machen wegen des Balls. Ich frage eben jemand anderen.«

Sie wollte gehen, doch Danny stieß hervor: »Sein Dad ist verschwunden und seine Mutter wurde gekidnappt. Ryan hat sich mit einem falschen Pass in eines der gefährlichsten Länder der Welt geschmuggelt!« Er war selbst überrascht von seinem Ausbruch. »Er ist also wirklich beschäftigt.«

Kasey starrte ihn ungläubig an. »Wow. Wenn du für

jemanden lügst, dann legst du dich richtig ins Zeug, oder?«

Doch Danny sah sie ernst an. »Ich weiß, dass das verrückt klingt. Ich wünschte so sehr, es wäre eine Lüge.«

24

Panai, Andakar

»Bist du denn vollkommen verrückt?«, fuhr Tasha Ryan an. »Du hättest getötet werden können!«

Als er sich unbemerkt durch das Fenster hatte zurückschleichen wollen, hatte sie auf ihn gewartet und hielt ihm jetzt einen Vortrag. Ryan war klar, dass sie in gewisser Weise recht hatte, aber er mochte es trotzdem nicht, wie ein Kind behandelt zu werden.

»Ich bin aber nicht ermordet worden. Oder geschnappt. Und ich habe Informationen, mit denen wir etwas anfangen können.«

»Informationen über irgendeinen Kerl, der vielleicht irgendetwas über deinen Vater weiß und dessen Namen du von irgendeinem Mann in einer Zelle hast.«

»Das ist immerhin mehr, als du hast.«

Tasha sah aus, als wollte sie ihm am liebsten eins überbraten, doch Ryan gab nicht nach. Sie starrten sich einen Moment lang gegenseitig an, dann wandte Tasha sich ab und versuchte, ihre Wut unter Kontrolle zu bringen.

»Du hast gesagt, er sei Student?«

»Am Panai Teaching College. Ashin Myek.«

»Und wie können wir ihn kontaktieren?«

»Weiß ich nicht.«

»Wo wohnt er? Hat er eine Telefonnummer? Eine E-Mail-Adresse? Irgendetwas?«

Ryan wurde klar, dass sie nicht viel in der Hand hatten.

»Wir könnten am College anfangen. Da muss es doch ein Verzeichnis geben.«

Tasha sah aus dem Fenster zur Feuertreppe.

»Und du bist sicher, dass dir niemand gefolgt ist?«

»Ganz sicher. Ich war vorsichtig. Deshalb hat es ja so lange gedauert.«

Leider hatte er noch mehr schlechte Nachrichten. Während er sich versteckt hatte, hatte ihm Danny die Information über das Logo geschickt, das er abfotografiert hatte.

»Dieses Hotel, in dem ich war, das wird vom Geheimdienst der Armee betrieben.«

»Army Services Intelligence? Du hast dich in die Kommandozentrale des ASI eingeschlichen?« Zu seiner Überraschung fing Tasha an zu lachen. »Du bist echt verrückt!«

»Ich wusste ja nicht, was es war, als ich rein bin.«

»Nun, dann werde ich dich mal aufklären: ASI ist eine der gefürchtetsten, verhasstesten und rücksichtslosesten Spionageagenturen der Welt.«

»Ich habe gesehen, zu was sie fähig sind«, sagte Ryan leise, der an die brutalen Peitschenhiebe auf den Rücken des Gefangenen denken musste. »Die foltern Leute.«

»Sie tun auch noch Schlimmeres. Das haben sie vom

KGB und dem chinesischen MSS gelernt. Und jetzt haben sie dein hübsches Gesicht bestimmt auf mehreren ihrer Überwachungskameras. Gratuliere! Morgen früh bist du sicher der meistgesuchte Mensch in Andakar.«

Ryan lehnte sich an die Wand und ließ sich zu Boden gleiten. Wahrscheinlich hatte Tasha recht. Bei den ganzen Monitoren, die er dort gesehen hatte, mussten sie mindestens ein gutes Bild von ihm bekommen haben. Seine falsche Identität würde bald auffliegen – wie würde er dann reisen können? Die von der Decke hängenden halb fertigen Marionetten schienen ihn spöttisch anzusehen. Wem versuchte er, etwas vorzumachen? Er würde das hier nicht schaffen. Das überstieg seine Fähigkeiten bei Weitem.

»Du musst schlafen«, erklärte Tasha ein wenig sanfter. »Das Adrenalin lässt nach. Du bist erschöpft.«

»Mir geht's gut«, behauptete Ryan, obwohl er wusste, dass es gelogen war.

»Halt doch einfach die Klappe und tu ein einziges Mal, was ich sage, ja?« Sie kam zu ihm und hob etwas Stoff auf. Wie zuvor rollte sie ihn zu einem Kissen zusammen, zwang Ryan, sich hinzulegen, und bettete seinen Kopf darauf. »In dem Zustand nutzt du niemandem etwas.«

»Ich kann nicht …«, protestierte Ryan, konnte den Satz jedoch nicht zu Ende sprechen, denn da schlief er bereits tief und fest.

25

Panai, Andakar

Tasha war fleißig gewesen.

Als Ryan vor ein paar Stunden eingeschlafen war, hatte sie Material für eine Verkleidung zusammengesucht, Essen geholt und sogar die Adresse von Ashin Myek herausgefunden. Dann hatte sie hin und her überlegt, ob sie nicht die Gelegenheit nutzen und Ryan loswerden sollte. Doch der Junge hatte seine Sache ja ganz gut gemacht und ihnen immerhin diesen Namen des Studenten besorgt. Vielleicht war der Kleine ja doch noch nützlich.

Sie rüttelte ihn wach und er drehte sich müde um.

»Aufstehen, die Sonne scheint! Es sei denn, du willst den ganzen Tag hier herumhängen und auf mich warten.«

Ryan setzte sich auf und rieb sich die Augen. Seine braunen Haare standen wirr in alle Richtungen ab. Er sah nach draußen.

»Es ist Morgen.«

»Deine Beobachtungsgabe ist überwältigend. Hier, iss das. Und trink den Tee, ob du ihn magst oder nicht, dein Körper braucht das.« Sie stellte eine Schüssel kalte Nudeln und einen hölzernen Becher mit dampfendem, trüben Tee vor ihn. Ryan nahm einen großen Bissen Nudeln und verzog das Gesicht.

»Die schmecken eklig«, beschwerte er sich.

»Sie werden mit Fischsoße gewürzt.«

»Zum Frühstück?«

»Das ist Geschmackssache. Aber etwas anderes haben wir nicht, also iss auf.« Tasha reichte ihm ein langes Baumwollhemd und einen traditionellen Sarong, wie Ryan ihn auf den Straßen von Panai gesehen hatte. »Wenn du fertig bist, zieh das da an. Den Rucksack wirst du hier lassen müssen. Steck deine Sachen und die Schuhe in eine der Stofftaschen.«

Ryan nahm den Sarong.

»Aber das ist ein Rock!«

»Und du bist Manns genug, ihn zu tragen«, neckte Tasha ihn. »Die suchen nach einem amerikanischen Teenager, also verstecken wir dich auf eine ganz einfache Art. Du wirst aussehen wie ein Einheimischer.« Sie nahm eine Flasche mit schwarzer Flüssigkeit vom Tisch. »Ich habe Acrylfarbe gefunden. Damit färben wir dir die Haare schwarz.«

Als sie bemerkte, wie ungeschickt Ryan versuchte, sich den Sarong um die Taille zu wickeln, und wie er verzweifelt versuchte herauszufinden, wie man das macht, fragte sie: »Sag bloß, bei all euren Reisen hast du noch nie einen Sarong getragen?«

Ryan sah sie beunruhigt an. »Aber meine Unterwäsche kann ich doch anbehalten, oder?«

»Das kommt darauf an, wie wild und verwegen du dich fühlst. Aber ja, ist wohl besser, du behältst sie an.«

Als er mit den Nudeln fertig war, streifte Tasha sich ein paar Plastikhandschuhe über und machte sich daran, über dem Waschbecken Ryans Haare zu färben. Als sie ihm die schwarze Flüssigkeit in den Haaren verteilte, gab er zu: »Gestern Nacht wäre ich beinahe geschnappt worden.«

Tasha zog ihn sachte am Haar, sodass er kurz aufjapste.

»Wäre dir recht geschehen dafür, dass du dich rausgeschlichen hast.«

»Ich bin jeweils davongekommen, weil mir Fremde geholfen haben. Die Gefangenen im ASI-Hauptquartier und die drei Männer in einem der Cafés. Das hätten sie nicht tun müssen.«

»Das scheint dich zu überraschen. Aber die Leute hier hassen die ASI.«

»Aber sie hätten getötet werden können. Warum haben sie es riskiert, verhaftet zu werden?«

»Das Leben ist nun mal riskant. Das Richtige zu tun ist manchmal das größte Risiko.« Tasha nahm einen Pinsel und verlangte: »Und jetzt halt die Klappe, ich muss mich konzentrieren.«

Eine halbe Stunde später verließen sie das Haus durch die Hintertür. Tasha war der Meinung, dass sie angesichts der begrenzten Mittel, die ihr zu Verfügung standen, bei Ryans Verkleidung gute Arbeit geleistet hatte. Mit dem traditionellen Sarong, dem langen Hemd und den Sandalen sah er definitiv weniger amerikanisch aus. Die Acrylfarbe hatte seine Haare tiefschwarz gefärbt. Nicht so natürlich, wie sie es gerne gehabt hätte, aber es trug dennoch dazu bei, dass er ein bisschen weniger auffiel.

Tasha hatte die rote Perücke weggeworfen und sich aus dem Stoff in der Werkstatt einen einfachen, bodenlangen Rock genäht. Er bedeckte ihre Füße, was ihr erlaubte, darunter ihre Hosen und Stiefel zu tragen. Um den Kopf wickelte sie einen bestickten Seidenschal, der ihre Haare verbarg.

»Sieh so viel wie möglich nach unten, damit die Leute nicht dein Gesicht sehen«, riet sie Ryan.

»Gehen wir zum College?«

»Ja, aber wir müssen uns beeilen. Wir müssen Ashin Myek erwischen, bevor er seine Wohnung verlässt.«

»Wie hast du ihn gefunden?«, fragte Ryan, als sie die Straße überquerten.

»Ich habe meinen Kontaktmann angerufen. Er hat mir alles geschickt, was er so kurzfristig gefunden hat.«

Ryan grinste. »Hast du nicht gesagt, es wäre nicht sicher, deinen Kontakt vor zehn Uhr morgens anzurufen? Ich bin wohl nicht der Einzige, der die Regeln bricht.«

Tasha sah, dass etwas zu essen, ein paar Stunden Schlaf und die Aussicht auf eine Spur zu seinem Vater Ryan gutgetan hatten. Er schien weniger Angst zu haben und selbstsicherer zu sein.

Sie begann diesen Jungen wirklich zu mögen. Das war schade.

Denn es machte ihr ihre eigentliche Aufgabe wesentlich schwerer.

26

Panai, Andakar

Am Panai Teaching College fand gerade irgendeine Feier statt. Ryan sah über hundert Studenten im großen Hof des Hauptgebäudes. Einige tanzten zu traditioneller Musik, während andere Banner und Papierschirme schwangen. Auf dem Platz herrschte lautes, lebhaftes und buntes Treiben.

»Da wohnt Ashin Myek«, erklärte Tasha und deutete auf ein schlichtes, zweistöckiges Gebäude am Rand des Campus. Von hier aus strömten die Studenten zum Fest, andere waren schon wieder auf dem Heimweg. Tasha hielt Ryan ihr Telefon hin und zeigte ihm ein Foto. Ashin war Mitte zwanzig, hatte ein hageres Gesicht, eine hohe Stirn und dichtes Haar.

»Wir müssen vorsichtig sein«, sagte Ryan. »Die Gefangenen im Kali Thawar haben mir gesagt, die ASI würde alle verhaften, die möglicherweise eine Verbindung zu Myat Kaw haben.«

Sie suchten sich eine Bank mit einem guten Blick auf das Gebäude, setzten sich und beobachteten die Studenten auf dem Weg zum Platz. Ryan hatte Probleme, sich mit dem Sarong anzufreunden, der um seine Hüften gewickelt und vorne zusammengeknotet war. Unbehaglich veränderte er seine Beinposition und wusste nicht recht, wie er sitzen sollte, ohne dass das Kleidungsstück auseinanderfiel. Nach fünfzehn Minuten war seine Geduld am Ende.

»Vielleicht sollten wir einfach reingehen und sehen, ob er zu Hause ist?«

In dem Moment stand Tasha auf.

»Da!«

Ryan stellte sich neben sie und schwang sich den Stoffbeutel mit seinen Sachen, Schuhen und dem Telefon über die Schulter. Er folgte Tasha zu Ashin, der mit ein paar Freunden auf das Fest zusteuerte. Sie lachten zusammen über irgendeinen Witz.

Als sie näher kamen, bemerkte Ryan einen Mann in einem dunklen Anzug, der ein paar Schritte hinter Ashin herschlenderte. Der Anzug und die Haltung des Mannes erinnerten Ryan an Aung Win in New York. Er nahm Tasha am Ellbogen und hielt sie zurück.

»Was ist? Wir werden ihn noch verlieren!«

»Er ist nicht allein.« Ryan deutete verstohlen auf den Mann im Anzug. Tasha folgte seinem Blick und verstand sofort.

Fachmännisch sah sie sich weiter um.

»Da drüben ist noch einer.«

Und Ryan bemerkte gerade einen dritten Mann. Er war legerer gekleidet, aber genauso stark auf Ashin konzentriert wie der Mann im Anzug. »Es sind mindestens drei.«

»Komm!«

Tasha ging weiter. Sie hielt mit Ashin und seinen

Verfolgern Schritt, blieb aber so weit zurück, dass sie nicht bemerkt werden konnten.

Ryan versuchte erfolglos, sich seine Verzweiflung nicht anmerken zu lassen.

»Wir müssen mit ihm sprechen. Er ist der Einzige, der vielleicht weiß, wo mein Vater ist.«

»Das werden wir auch«, versprach Tasha.

Schließlich erreichten Ashin und seine Freunde den Festplatz und standen zusammen. Sie blieben stehen und sahen den zum Klang von Trommeln tanzenden Leuten zu, die in traditionellen Kostümen aus reich bestickter Seide gekleidet waren. Große Pappmaschee-Elefanten tauchten in der Menge auf, neongrün und psychedelisch-pink bemalt. Die Tierfiguren tanzten und hüpften neben anderen, eher traditionellen asiatischen Kostümen. Ryan brauchte einen Moment, bis er bemerkte, dass sich unter jedem Kostüm mindestens zwei oder drei Studenten verbargen.

Tasha führte sie in eine kleine Gruppe von Zuschauern, die den tanzenden Elefanten zusahen.

»Sie tun nichts, sie beobachten ihn nur«, stellte Tasha fest, während sie von Ashin zu den ASI-Agenten sah und sich eine Strategie überlegte. »Wenn sie in der Menge bleiben, komme ich vielleicht nah genug an ihn heran, um mit ihm zu sprechen.«

»Aber sobald die ASI-Agenten irgendetwas mitkriegen, werden sie ihn wahrscheinlich festnehmen. Und foltern, so wie den Mann, den ich gesehen habe. Und dich auch.«

Tasha hielt das offenbar für keinen guten Plan.

»Wie du schon sagtest, wir haben keine andere Spur, und uns läuft die Zeit davon.«

Sie bewegte sich näher zu Ashin hin, als Ryan sie plötzlich aufhielt.

»Warte! Ich habe eine bessere Idee.«

Bevor sie noch protestieren konnte, nahm er sie an der Hand und zog sie in die andere Richtung. Sie ärgerte sich zwar, konnte aber nichts tun, als ihm zu folgen.

Hinter der Menge hatte Ryan ein weiteres der prächtigen Elefantenkostüme entdeckt – nur dass dieses auf zwei Holztischen stand und von Kopf bis Schwanz gestützt wurde. Ryan sah sich um, doch die allgemeine Aufmerksamkeit richtete sich auf die Parade. Niemand achtete auf das leere Elefantenkostüm.

»Du bist der Arsch«, flüsterte er. Als sie ihn wütend ansah, erkannte er, was er gesagt hatte, und verbesserte sich: »Ich meine, du bist *im* Arsch – nein, nicht so – nimm einfach das Hinterteil, ja?«

Tasha verdrehte die Augen, nickte aber. Vorsichtig, um keine Aufmerksamkeit zu erregen, hob Ryan die Dekorteile an, die den Körper des Elefanten bildeten. Tasha tauchte darunter und verschwand im Inneren. Ryan folgte ihr. In der Pappmaschee-Verkleidung war es heiß und stickig. Ryan stellte fest, dass Teile des Kostüms, das von außen so solide aussah, tatsächlich aus einem Netzmaterial bestanden, sodass er hindurchsehen konnte. Es war, als ob man durch ein Fenster blickte.

Vom Kopf des Elefanten hingen zwei Griffe herunter. Ryan nahm sie und warf einen Blick über die

Schulter. Er bemerkte, dass Tasha hinten einen weiteren Griff in der Hand hatte, der das hintere Teil hielt. Er gab ihr ein Signal und vorsichtig hoben sie den Elefanten an.

»Wer ist jetzt der Dieb?«, flüsterte Tasha.

Ryan führte sie und brachte sie in die Menge. Dass er nur durch das Fenster sehen konnte, machte das Laufen schwierig, und bis er es heraus hatte, stieß er gegen ein paar Studenten. Einer von ihnen wandte sich zornig um, als er gestoßen wurde, begann aber zu grinsen, als er den Elefantenkopf über sich erkannte.

»Tanz, Rahu, Tanz!«, rief er und begann zu hüpfen und sich zu drehen, sodass Ryan nichts anderes übrig blieb, als mitzumachen, die Griffe auf und ab und hin und her zu bewegen und den Elefanten tanzen zu lassen.

»Echt jetzt?«, flüsterte Tasha.

»Alle anderen Elefanten tanzen auch. Du willst doch, dass wir dazupassen, oder?« Ryan bewegte sich weiter, ein wenig unbeholfen, weil er den Elefanten im Gehen kontrollieren musste. Vor sich sah er Ashin und seine Freunde und steuerte in seine Richtung. Die Feiernden machten dem Elefanten Platz, sodass Ryan direkt auf sein Ziel zusteuern konnte.

»Wir haben nicht viel Zeit. Also geh dicht an ihn ran und schnapp ihn dir«, riet ihm Tasha. »Und dann tiefer in die Menge. Je enger es ist, desto besser.«

»Verstanden.« Ryan sah einen der ASI-Agenten ein paar Schritte hinter Ashin. Er stellte sich so, dass der Körper des Elefanten sich zwischen dem Agenten und

Ashin befand und ihm die Sicht versperrte, dann rief er: »Jetzt!«

Tasha hielt das Hinterteil des Elefanten mit einer Hand und zog genau im richtigen Augenblick Ashin im Vorbeigehen zu sich. Der stolperte, blieb aber aufrecht und fand sich erschrocken plötzlich im Inneren des Elefanten wieder. Panisch blickte er sich um, bis Tasha flüsterte: »Wir sind Freunde von Myat Kaw – geh weiter!«

Ryan wurde langsamer, damit Ashin sich ihrem Schritt anpassen konnte.

»Ihr könnt hier nicht bleiben«, warnte Ashin. »Ich werde verfolgt.«

Tasha versuchte, ihn zu beruhigen: »Das wissen wir. Wir brauchen nur Informationen. Wir versuchen John Quinn zu finden – weißt du, wo er ist?«

Ryan blickte nach links und entdeckte plötzlich die große Gestalt eines der ASI-Agenten direkt neben ihnen. Der Mann suchte in der Menge nach Ashin und sprach in ein Funkgerät. Er schien Ryan direkt anzusehen, und obwohl dieser wusste, dass der Agent ihn in dem Kostüm nicht entdecken konnte, beunruhigte es ihn.

»Ich weiß nicht, wo John jetzt ist«, erklärte Ashin eindringlich. »Ich habe ihm vor ein paar Tagen mein Auto und die Wegbeschreibung zu dem Dorf Thanlin gegeben. Das war das Letzte, was ich von ihm gehört habe.«

»Wie weit ist es nach Thanlin«, fragte Ryan und bewegte sich in einem weiten Kreis durch die Menge.

»Vier oder fünf Stunden, je nachdem, wie oft der Bus stehen bleibt. In den Bergen.« Ashin spähte durch das Netz und sah seine Freunde, zu denen Ryans Kreis sie wieder geführt hatte. »Viel Glück!«

27

Provinz Nansang, Andakar

Ryan riss die Papiertüte hoch und übergab sich das dritte Mal, während der klapprige Bus eine weitere Haarnadelkurve nahm. Doch er hatte nichts mehr im Magen. Wegen der Kombination aus stinkenden Abgasen und schaukelnden Bewegungen war ihm schlecht geworden, sobald der Bus den ersten Berghang genommen hatte.

Der Bus war in schrecklichem Zustand, klapperte und spuckte große Abgaswolken in die Luft, während er die Steigung emporkeuchte, und ließ in jeder Kurve das Getriebe knirschen. Ryan musste unablässig aus dem Fenster sehen und der Anblick des steilen Abhangs hinter dem Straßenrand ließ jedes Mal seinen Magen revoltieren. Er sah hinunter bis auf den von Wasserläufen durchzogenen Boden des Abgrunds ein paar Hundert Meter unter ihnen.

»Warum müssen die so schnell fahren?«, fragte er Tasha. Der schien der wilde Ritt gar nichts auszumachen. Sie hatte die Augen geschlossen und versuchte, ein Nickerchen zu machen. »Wenn der Bus in die Schlucht stürzt, sterben sie doch auch!«

»Das sind Buddhisten. Sie glauben an Karma und Wiedergeburt. Die Fahrer sind der Meinung, wenn wir jetzt abstürzen, kommen sie als etwas Besseres im nächsten Leben wieder.«

»Na toll.«

Sie fuhren schon seit Stunden. Je weiter sie sich von der Stadt entfernten, desto ländlicher wurde die Gegend. Fabriken wurden von großen Feldern mit Zuckerrohr und Reis abgelöst. Ryan bemerkte die schreckliche Armut, in der die meisten Bürger von Andakar lebten. Ihre Häuser waren einfache Holzhütten mit verrosteten Blechdächern. Zwischen den Dorfbewohnern liefen Ochsen herum und barfüßige Kinder in zerschlissenen Kleidern rannten neben dem Bus her und winkten. Ryan winkte lächelnd zurück. Egal wie schlimm die Lage war, Kinder fanden immer eine Möglichkeit zu spielen.

Doch als der Bus durch die Berge holperte, hatte Ryan wenig zu lachen. Zwei Stunden auf der gewundenen Straße hatten ihn zu einem Wrack gemacht. Er versuchte, sich mit dem Kartenspiel abzulenken und seine Geschicklichkeit zu trainieren, aber auch das funktionierte nicht.

»Wo sind wir jetzt?«, fragte er Tasha.

»Provinz Nansang. Sie reicht über das Gebirge bis an die Grenze von Andakar zu Thailand.«

Ryan erinnerte sich an die CIA-Agenten in New York, die seiner Mutter Fotos von seinem Vater gezeigt hatten. Sie hatten behauptet, er hätte sich in Muang Tak in Thailand mit Schmugglern getroffen. Vielleicht hatte sein Vater die Verbindung zu den Schmugglern ja genutzt, um von Thailand nach Andakar zu kommen.

Dann war es denkbar, dass er auf demselben Weg zurückkehren wollte, sobald er Myat Kaw hatte. Doch irgendwo unterwegs musste etwas schiefgegangen sein.

Tasha setzte sich auf und sah aus dem Fenster.

»Wir sind da. Das ist Thanlin. Ashin hat deinem Vater eine Wegbeschreibung zu diesem Dorf gegeben, und das heißt, dass die Reise hierher wohl nicht zu seinem ursprünglichen Plan gehörte.«

»Haben wir hier Freunde?«

Der Bus blieb abrupt stehen und stotternd erstarb der Motor. Ryan, Tasha und ein paar Einheimische erhoben sich und gingen nach vorne.

»Nicht, dass ich wüsste«, erwiderte Tasha. »Sprich mit niemandem. Ich sehe mich mal um, ob ich jemanden finde, dem ich genügend vertraue, um ihm ein paar diskrete Fragen zu stellen.«

»Und was soll ich tun?«

»Nichts. Verstanden?«

Widerspruch war zwecklos, daher grummelte er: »Verstanden.«

Als sie ausgestiegen waren, entsorgte Ryan schnell seine Spucktüte im Müll. Mit einem Schluck aus seiner Wasserflasche spülte er sich den Mund und trank den Rest aus, während Tasha durch die Straßen ging und tat, als sei sie eine normale Touristin.

Ryan lief durch das Ortszentrum. Das Dorf bestand hauptsächlich aus kleinen Häusern mit Wänden aus dicht miteinander verwobenen Bambushölzern und Strohdächern. Doch die Landschaft drum herum war atemberaubend. Thanlin lag an einem Berghang und bot einen wundervollen Blick auf den umliegenden Dschungel.

Ryan setzte sich auf einen Mauervorsprung und machte seinen Kleiderbeutel auf. Ganz unten fand er die letzte kleine Schachtel mit Schokoladenkonfekt. Wahrscheinlich war die Schokolade in der Hitze geschmolzen, aber das war ihm egal. Als er die Schachtel herausholte, streifte er mit der Hand das zusammengefaltete Familienfoto.

Er war sich nicht sicher, ob der Anblick des Fotos seine Entschlossenheit stärken oder ihn nur deprimieren würde, aber er nahm es trotzdem heraus. Als er es aufklappte, merkte er, dass er beobachtet wurde.

Ryan tat, als wäre nichts, und sah unauffällig auf. Ein paar Meter weiter stand ein niedliches kleines Mädchen in einem Hello-Kitty-T-Shirt. Sie hatte langes schwarzes Haar und eine verschmierte Nase. Neugierig deutete sie auf die Schachtel Schokolade in seiner Hand. Ryan hielt sie hoch.

»Das? Ja, das ist richtig gut.« Er machte die Schachtel auf und nahm ein längliches Stück heraus, das eigentlich mehr ein in feinste Schokolade gehüllter Keks war. »Das ist ein Schokostäbchen. Aus Japan. Die Schokolade ist köstlich.«

Ryan biss von dem Stäbchen ab und zeigte ihr, wie lecker es war. Ihm war klar, dass das Mädchen wahrscheinlich kein Wort von dem verstand, was er sagte. Aber Schokolade war wohl eine Universalsprache. Er nahm ein weiteres Stäbchen aus der Schachtel und hielt es ihr hin.

»Du kannst probieren, wenn du willst.«

Das Mädchen machte große Augen und nahm das Stäbchen. Herzhaft biss sie hinein und kaute, bis sie es verschlungen hatte. Noch bevor sie den letzten Bissen geschluckt hatte, fragte ihr Blick nach dem nächsten. Ryan bemerkte ein Stück weiter ein paar andere Kinder, die sie beobachteten, und reichte ihr die ganze Schachtel.

»Nimm alles«, sagte er und deutete auf ihre Freunde. »Aber du musst teilen.«

Das Mädchen nickte eifrig und nahm die Schachtel. Doch als sie das Foto sah, das Ryan neben sich gelegt hatte, hielt sie inne, und ihr Gesichtsausdruck verdüsterte sich. Ryan nahm das Foto in die Hand, damit sie es besser sehen konnte.

»Erkennst du ihn? Diesen Mann?« Er deutete auf seinen Dad und sie nickte. Ryan deutete zwischen sich und dem Foto hin und her. »Das ist mein Vater. Hast du ihn gesehen?«

Das Mädchen nahm das Foto und sah von dem Bild zu Ryan. Plötzlich drehte sie sich abrupt um und lief samt Foto weg. Ryan nahm seine Tasche und folgte ihr. »Warte – das brauche ich.«

Doch sie lief weiter, ohne sich umzusehen. Bis plötzlich eines der anderen Kinder etwas rief und sie sich umdrehte. Alle Kinder sahen nun alarmiert zum Eingang des Dorfes. Erst jetzt hörte Ryan das Geräusch näher kommender Fahrzeuge, während sich die Kinder in alle Richtungen zerstreuten.

»Hey!«, rief er, als das kleine Mädchen wegrannte.

Doch sie wurde nicht langsamer. Normalerweise war Ryan recht schnell, aber in dem Sarong und mit den Sandalen kam er sich unbeholfen und unkoordiniert vor. Im Laufen bemerkte er, dass die Dorfbewohner zu ihren Häusern liefen und sich drinnen versteckten. Das Mädchen rannte um eine Ecke und Ryan verlor sie für einen Moment aus dem Blick. Als er um die Ecke bog, sah er sie auf einem Felsenpfad am Abhang.

»Bitte!«, rief er, als sie ihn ansah. »Ich brauche dieses Bild!«

Doch sie rannte den Weg weiter zu ein paar Bäumen.

Ryan trat die Sandalen von sich und rannte vom Dorf weg ihr nach. So fiel ihm das Laufen wesentlich leichter und er holte schnell auf. Als das kleine Mädchen im Unterholz verschwand, war Ryan nur ein paar Schritte hinter ihr. Er folgte ihr zwischen die Bäume, wo er kurz stehen blieb, um zu sehen, in welche Richtung sie gelaufen war.

In diesem Augenblick wurde er von hinten von einer Männerhand gepackt, die sich über seinen Mund legte und ihn zurückriss.

28

Thanlin, Andakar

Ryan versuchte, sich zu befreien, als der Mann ihn herumdrehte. Überrascht sah er das Hello-Kitty-Mädchen direkt neben ihm.

»Leise!«, flüsterte der Mann eindringlich. »Wenn uns jemand reden sieht, sind meine Tochter und ich in größter Gefahr!«

Das Mädchen sah Ryan mit großen braunen Augen an.

»Verstehst du?«, fragte der Mann.

Ryan nickte und entspannte sich genügend, sodass der Mann ihn losließ.

Das Mädchen zeigte dem Mann das Foto, der es betrachtete und dann Ryan misstrauisch ansah.

»Wer bist du?«, wollte er wissen.

»Ryan Quinn. Das ist mein Vater. Kennen Sie ihn?«

Der Mann war klein, aber kräftig gebaut und mit tiefbrauner Haut. Seine Tochter schmiegte sich an seine Seite und er legte schützend den Arm um sie. Sie drückte die Schachtel Schokolade fest an die Brust und ließ Ryan nicht aus den Augen.

»Er kam vor ein paar Tagen«, erzählte der Mann Ryan und reichte ihm das Foto zurück. »Er wollte so schnell wie möglich aus dem Land kommen. Manchmal führe ich englische und europäische Touristen durch den Dschungel, daher hat er mich um Hilfe gebeten.«

»Ging es ihm gut? Seit fast einer Woche hat niemand mehr von ihm gehört.« Die Fragen schossen nur so aus Ryan heraus. »Haben Sie ihn irgendwo hingebracht? Wissen Sie, wo er ist?«

»Er wollte nicht, dass ich mitgehe. Ich habe ihm den Weg zur Grenze beschrieben. Als er loszog, ging es ihm gut. Aber dann kamen sie, um ihn zu suchen. Soldaten von der ASI.«

»Haben die ihn gefunden?«

»Das weiß ich nicht«, erwiderte der Mann ernst. »Es waren sehr viele.«

Ryan bekam Angst, doch er weigerte sich, vom Schlimmsten auszugehen, solange es nicht sicher war. »Wohin ist er gegangen?«

»Hinauf in die Berge und durch den Dschungel. Oben auf dem Mount Bana gibt es einen heiligen Ort – die Mae-Wong-Tempel. Dort kann man sich verstecken – in Geheimkammern, die nur die Einwohner von Thanlin kennen. Ich hoffte, dass er dort in Sicherheit wäre.«

»Können Sie mich dorthin bringen?«

»Du bist nur ein Junge – du würdest das nie schaffen. Und wenn die ASI herausfindet, dass ich dir geholfen habe – oder deinem Vater –, werden sie sich an meiner Familie rächen.«

Ryan wollte niemanden in Gefahr bringen, aber irgendetwas musste er tun.

»Wenn mein Dad es dorthin geschafft hat, dann schaffe ich das auch.«

Plötzlich wurden sie unterbrochen, weil Tasha panisch »Ryan!« rief. Er rannte zwischen den Bäumen hervor und sah, dass sie am Anfang des Felsenpfads nach ihm suchte.

»Tasha! Ich habe etwas herausgefunden …«

Doch sie ließ ihn nicht ausreden.

»Sie sind hier! Gerade sind zwei Laster voller ASI-Soldaten gekommen. Komm schon!«

Plötzlich knallte ein Schuss, und Ryan sah aus der Entfernung, dass Tasha zu Boden stürzte. Ryan sprang zurück. War sie angeschossen worden? Er sah sich um. Der Mann aus dem Dorf hatte seine Tochter an der Hand genommen und eilte tiefer in das Wäldchen. Ryan sah von ihm zu Tasha und wusste nicht, was er tun sollte.

Doch dann stand Tasha auf und ging hinter einem großen Felsen in Deckung. Es ging ihr scheinbar gut – sie war nicht getroffen worden. Allerdings erschienen jetzt die ASI-Soldaten und schnitten Ryan den Weg zu ihr ab. Tasha sah ihn mit einem wilden Gesichtsausdruck an, und Ryan hatte das komische Gefühl, dass sie tatsächlich wütend war.

Ein weiterer Schuss hallte durch die Schlucht und ließ Tasha keine andere Wahl, als in die entgegengesetzte Richtung davonzulaufen, weg von Ryan. Jetzt waren sie durch eine ganze Kompanie bewaffneter Soldaten getrennt. Doch daran konnte Ryan im Augenblick nicht denken. Wenn er den Mann und das Mädchen aus den Augen verlor, würde er auch jede Chance verlieren, seinen Dad zu finden.

Also lief er durch den Wald zurück und stellte fest, dass ihm der Mann schon weit voraus war.

»Warten Sie!«, schrie Ryan, dem bei jedem Schritt die nackten Füße wehtaten.

Der Mann wurde erst langsamer, als seine Tochter ihn am Arm zog und ihn drängte, stehen zu bleiben, gerade lange genug, dass Ryan sie einholen konnte.

»Bitte – sagen Sie mir doch wenigstens, wohin ich gehen soll!«

Doch der Mann wollte nur in Sicherheit gelangen.

»Keine Zeit. Wenn sie sehen, dass ich dir helfe, werden sie uns umbringen.«

»Sie sind meine einzige Chance, meinen Dad zu finden!«, flehte Ryan, der nicht einmal versuchte, die Verzweiflung in seiner Stimme zu verbergen.

Der Mann zögerte und seufzte dann schwer auf.

»Es gibt einen Pfad – leicht zu finden, aber schwer zu erklettern. Er bringt dich von Thanlin hinunter und auf der anderen Seite auf den Mount Bana.«

»Können Sie ihn mir zeigen?«

Der Mann blieb einen Moment unschlüssig stehen und wandte sich dann an das Mädchen. Er sagte etwas zu ihr in seiner Muttersprache und sie nickte.

»Hier entlang«, erklärte er Ryan dann und ging los.

Ryan lief ihm nach, wandte sich aber noch einmal kurz zu dem Mädchen um. »Danke!«

Sie hielt die Schachtel Schokolade hoch und wiederholte: »Danke.«

Ryan beeilte sich, den Mann einzuholen. Hinter sich hörte er die Soldaten rufen und weitere Fahrzeuge ankommen. Er hatte keine Ahnung, was vor ihm lag, doch ihm war klar, dass es kein Zurück gab.

Ryan war auf sich allein gestellt.

29

New York, USA

Seit Kasey wusste, was mit Ryan und seinen Eltern los war, hatte sie keinen anderen Gedanken mehr als den, wie sie Ryan helfen könnte. Bevor sie mit ihm zusammen durch die Stadt gelaufen war, hatte sie in der Schule ein paarmal versucht, mit ihm zu reden, ohne viel Erfolg. Er war in ihrer Nähe immer sehr still, aber sie hatte trotzdem erkannt, dass er etwas Besonderes war. Und sie hatte recht gehabt. Das Gespräch mit ihm war toll gewesen. Obwohl sie ihn noch nicht lange kannte, hatte sie sofort eine Verbindung gespürt, als seien sie schon seit Jahren befreundet. Und sie spürte sofort, dass er nicht nur vorgab, sie zu mögen, weil sie beliebt war – sondern dass es ihn wirklich interessierte, was sie dachte.

Kasey und Danny hatten sich am Tag zuvor nach der Schule getroffen, und er hatte ihr gezeigt, was er in der Datenbank des New Yorker Grundbuchamtes gefunden hatte. Tatsächlich hatte Danny drei Gebäude in der Stadt ausfindig gemacht, die Gesellschaften mit Verbindungen zum Militärregime von Andakar gehörten. Eines davon war ein Lagerhaus in der Nähe der Schule.

Kasey hatte ein bisschen gebraucht, Danny davon

zu überzeugen, dass sie selbst hingehen und die Gebäude untersuchen sollten, aber schließlich hatte er zugestimmt. Jetzt standen sie auf der gegenüberliegenden Straßenseite des Lagerhauses, hatten aber leider nur wenig Zeit, bevor die Schule anfing. Kasey hatte ihrem Vater erzählt, dass sie wegen einer Probe früher zur Schule musste. Eigentlich hasste sie es, ihn anzulügen, aber es war schließlich für einen guten Zweck. Von ihren drei älteren Brüdern und ihrem alleinerziehenden Vater war Kasey ihr ganzes Leben lang wie eine zerbrechliche Puppe behandelt worden. Und obwohl sie ihre Familie liebte, fühlte sie sich immer mehr von ihr erdrückt. Die Stieglitz-Männer sahen in ihr immer noch ein kleines Mädchen, das sie beschützen mussten. Nun, die Zeiten waren vorbei.

»Ich gehe da rein«, erklärte sie Danny.

Danny senkte die Kamera und sah sie an, als sei sie übergeschnappt. »Du kannst da nicht einfach reingehen! Die Kerle haben Pistolen!«

»Was sollen wir denn sonst tun? Die Polizei rufen?«

»Ich habe doch gesagt, dass wir das nicht können!«, widersprach Danny. »Dieser Aung Win hat gesagt, er würde Mrs Quinn umbringen, wenn Ryan zu den Cops geht.«

»Aber die Polizei weiß, wie man mit so etwas umgeht, wir nicht.«

»Ob die Polizei eingeschaltet wird oder nicht, das liegt nicht in unserer Hand – sondern in Ryans. Der will erst mal seinen Dad finden – und *ihn* entscheiden lassen, was zu tun ist.«

»Nun, von hier draußen können wir jedenfalls nichts sehen«, stellte Kasey fest.

Sie sahen zu dem Lagerhaus rüber. Es war eine Ziegelsteinfestung, quadratisch und flach, ohne Fenster mit einem Schild am Dach, auf dem Stand: *Qualitätsgeprüfte Umzüge und Lagerung*. Der Eingang war vergittert und das große Stahlrolltor war seit ihrer Ankunft geschlossen.

»Und wie willst du reinkommen?«, fragte Danny. »Sieht ziemlich dicht aus. Wir können nicht einfach durch die Vordertür gehen.«

»Ehrlich gesagt habe ich genau das vor«, erklärte Kasey. »Schalte die Kamera mal auf Video. Ich klingle mal und sehe, ob wir eine Aufnahme von drinnen kriegen.«

»Das klingt aber nach einem mörderischen Plan.« Danny ging voraus und stellte die kleine Kamera auf Videomodus.

»Hast du einen besseren?«

»Nein. Aber dadurch wird deiner auch nicht gut.«

Kasey nahm die Kamera, obwohl ihr klar war, dass er recht hatte. Sie ging über die Straße und überlegte, was sie wohl sagen könnte, um hineingelassen zu werden. Sie könnte behaupten, sie käme von den Pfadfindern und wollte Kekse verkaufen – oder sollte sie ihnen sagen, dass sie für die Schule einen Aufsatz über die Lower East Side schrieb? Beides klang gleichermaßen unglaubwürdig, aber vielleicht funktionierte es. Die Leute unterschätzten Kasey oft, weil sie davon ausgingen, dass sie zu hübsch war, um klug zu sein.

Doch in Wahrheit war Kasey furchtbar wissbegierig: Sie wollte wissen, wie Dinge funktionierten, warum Leute etwas taten oder wie das Leben anderer Menschen war.

Gerade als sie an der Tür klingeln wollte, gab das Metalltor ein knirschendes Geräusch von sich und begann sich zu heben. Kasey überlegte fieberhaft, entschied sich dann, weiterzugehen. Sie blieb beim nächsten Haus hinter einem Baugerüst stehen. Hinter einen Balken gekauert, sah sie zu, wie sich das Garagentor langsam öffnete. Ein Lastwagen rollte heraus und blieb im Leerlauf auf dem Gehweg stehen.

Danny machte ihr von der anderen Straßenseite Zeichen, dass sie bloß im Versteck bleiben solle. Doch Kasey wusste, dass das vielleicht ihre einzige Chance war, einen Blick in das Lagerhaus hineinzuwerfen. Blitzschnell kam ihr eine Idee – vielleicht verrückt, aber es könnte funktionieren.

Sie sah an dem Gerüst empor und fand, was sie brauchte: ein Metallstück, das gefährlich schartig hervorstand. Sie zögerte ganz kurz – weil sie wusste, dass ihr Dad stinksauer werden würde –, dann machte sie mit dem scharfen Metallstück einen Riss in den Saum ihrer Jacke. Sie hielt den Ärmel hoch und zerrte ihn an dem Metallstück entlang, sodass auch da ein langer Riss entstand. Dann fuhr sie sich durch die Haare und zerzauste sie so gut wie möglich. Die Kamera stellte sie auf Aufnahme und rannte dann auf das Garagentor zu.

»Hilfe!«, schrie Kasey und wedelte panisch mit den

Armen. Der Laster war gerade wieder angerollt und blieb abrupt wieder stehen. »Bitte, hilf mir doch jemand!«

Sie rannte an dem verdutzen Lastwagenfahrer vorbei in das Lagerhaus. In dem riesigen Raum blieb sie stehen und drehte sich im Kreis, als suche sie nach jemandem, der ihr zu Hilfe kommen könnte, doch in Wirklichkeit wollte sie nur die Kamera in alle Richtungen schwenken, um so viel wie möglich zu filmen. Der Fahrer sprang aus seinem Wagen und mehrere Arbeiter eilten auf sie zu.

Drei Männer mit ostasiatischem Aussehen kreisten sie ein. Einer von ihnen war älter und schien das Sagen zu haben.

»Du kannst hier nicht bleiben«, sagte er. Aber er schien ihr ihre Vorstellung zu glauben und hatte keine Sorge, dass ein dreizehnjähriges Mädchen eine Bedrohung darstellen könnte.

»Da war so ein komischer Mann«, rief Kasey, »der ist mir nachgelaufen und hat mich am Arm gepackt, und da bin ich einfach weggerannt!« Sie sah sich im Lagerhaus um, in der Hoffnung, irgendetwas zu entdecken, was darauf hindeutete, dass Ryans Mutter sich in der Nähe befand. Doch abgesehen von einem kleinen Büroraum war es nur ein einziger großer offener Raum. Überall standen Kisten und Geräte herum, doch es gab keinen offensichtlichen Platz, an dem man eine Geisel hätte verstecken können.

»Du musst gehen!«

»Und wenn er immer noch da draußen ist?«

Kasey wusste, dass sie nicht mehr viel Zeit hatte, und versuchte, hinter sich zu filmen, indem sie die Kamera in der Hand auf dem Rücken versteckt hielt.

Schließlich bemerkte der Mann ihre ungelenken Bewegungen und kam drohend auf sie zu, um nach ihrer Hand zu greifen.

»Nicht!«, rief Kasey und fuhr zurück.

Doch der Mann hatte die Kamera entdeckt und griff erneut danach. Kasey duckte sich und rannte zum Garagentor. Der Lastwagenfahrer wollte sie aufhalten, erwischte aber nur ihren zerrissenen Ärmel. Der riss ganz ab und blieb in seiner Hand zurück.

Kasey rannte aus dem Garagentor. Die Männer riefen ihr nach, doch sie sah sich nicht um und raste zu Danny.

»Lauf! Lauf!«, schrie sie.

Danny sprang aus seinem Versteck und rannte mit ihr um den Block.

»Ich habe doch gesagt, das ist eine mörderische Idee«, japste er.

Vier Blocks und mehrere Abzweigungen später wurden sie schließlich langsamer und drehten sich um. Schwer atmend sagte Kasey: »Ich glaube, wir haben sie abgehängt.« Mit zitternden Händen und Knien lehnte sie sich an eine Mauer. Das war das furchterregendste, dümmste und aufregendste, was sie je getan hatte!

»Oh mein Gott, du bist genauso verrückt wie Ryan«, keuchte Danny.

Kasey gab ihm die Kamera. »Ich habe alles gefilmt,

glaube ich. Aber Ryans Mum ist nicht da. In dem Lagerhaus gibt es keinen Platz, wo man jemanden verstecken könnte.«

Danny war enttäuscht. »Dann bleiben uns noch zwei andere Gebäude, an denen wir es probieren könnten. Sollen wir uns da mal umsehen?«

»Auf jeden Fall«, antwortete Kasey. »Aber das muss bis nach der Schule warten. In sechs Minuten klingelt es zur ersten Stunde und Nachsitzen kann ich mir nicht erlauben. Mein Dad wird sowieso schon toben, weil ich meine neue Jacke ruiniert habe.«

Danny lächelte.

»Im Ernst? Du rast in ein Gebäude voller Kerle, die dich vielleicht erschießen, und flüchtest durch die Straßen von New York um dein Leben – und machst dir jetzt Sorgen wegen ein bisschen Nachsitzen?«

30

Provinz Nansang, Andakar

Schüsse hallten durch die Nacht, während Ryan sich den Berg hinaufkämpfte. Nachdem er wieder in Turnschuhe, T-Shirt und Jeans gekleidet war, hatte er sich auf den gefährlichen Weg gemacht. Das dichte Unterholz des Dschungels erschwerte ihm den Aufstieg, doch Ryan zwang sich, immer weiter zu gehen. Er war schon gefühlte Stunden unterwegs und begann, sich über die gelegentlichen Schüsse zu freuen. Jeder Schuss gab ihm neue Hoffnung. Solange die ASI-Soldaten noch feuerten, hatten sie Tasha wahrscheinlich noch nicht gefunden.

Durch das Blätterdach über ihm drang nicht viel Licht, und schon zwei Mal hätte er sich beinahe den Knöchel verdreht, weil er im Dunkeln über irgendwelche Hindernisse gestolpert war. Ryan war mit seinen Eltern im Laufe der Jahre schon an den unmöglichsten Orten campen gewesen: bei einem Kamel-Trek in der Sahara, auf einem Vulkan in Ecuador und am Fuße des Mount Everest in Nepal. Bei jedem dieser Ausflüge machten sie einen »Mondscheinspaziergang«, bei dem keine Taschenlampen oder Laternen erlaubt waren. Als kleiner Junge hatte er Angst vor der Dunkelheit ge-

habt und sich vor diesen Ausflügen immer gefürchtet. Doch dann hatte er mit acht Jahren in Island mit seinen Eltern an einigen hohen Wasserfällen gezeltet. Und in einer Nacht machte seine Mutter mit ihm den *Mondscheinspaziergang* und sie gingen an den Wasserfällen hinauf. Oben angekommen, konnte Ryan nicht fassen, dass am Himmel eine Kaskade grüner und violetter Lichter pulsierte. Es war das erste Mal, dass er Nordlicht gesehen hatte, und es war das schönste Naturspektakel seines Lebens. In dieser Nacht verlor er seine Angst vor der Dunkelheit.

Jetzt kletterte Ryan über einen umgestürzten Baumstamm und blieb einen Augenblick stehen, um zurückzusehen. Er konnte keine Verfolger ausmachen, daher gönnte er sich einen Moment Pause, um zu Atem zu kommen. Er nahm sein Telefon und schaltete es ein, fand aber kein Netz.

Während des schwierigen Aufstiegs hatte er alles außer dem Essen aus dem Rucksack genommen. Nun hatte er nur noch ein letztes Stück Obst, eine rote Mangostane. Er riss sie auf, um an das weiße Fruchtfleisch zu kommen, und vertilgte es bis auf den letzten saftigen Bissen. Die Tüte steckte er ein, für den Fall, dass er sie später noch brauchen sollte.

Der steile Pfad wurde immer schwieriger zu gehen und Ryan kostete das Vorwärtskommen mehr und mehr Kraft. Der Weg endete an einem vertikalen Felsvorsprung, und Ryan suchte einen sicheren Tritt, um den oberen Rand erreichen zu können. Körperlich und mental erschöpft zog er sich mit letzter Kraft über den Rand.

Überrascht und aufgeregt zugleich stellte er fest, dass er endlich den Gipfel erreicht hatte. Keuchend sah er sich auf dem Hochplateau um. Nebelschwaden und Mond verbreiteten ein gespenstisches Licht. Die weißen Kuppeln der verstreut stehenden Tempel hoben sich blass gegen den Nachthimmel ab. Ryan erinnerte sich, dass der Mann aus dem Dorf ihm gesagt hatte, es handele sich um die Mae-Wong-Tempel, eine seit Langem verlassene buddhistische Hochburg. Ob sein Vater wohl so weit gekommen war?, fragte sich Ryan.

Der Mann hatte John Quinn den Weg zu einer geheimen Kammer in einem Tempel mit goldgedecktem Dach beschrieben. Dort wollte Ryan zuerst nachsehen. Doch im Dunkeln war es schwer zu erkennen, welche Kuppeln aus Gold waren und welche aus normalem Stein.

Die Suche nach dem richtigen Tempel beschäftigte Ryan so – fast hätte er nicht gemerkt, dass knapp fünfzig Meter vor ihm ein ASI-Soldat patrouillierte. Erst als der sich umdrehte, sah Ryan ihn. Sofort ließ er sich zu Boden fallen und wagte nicht, auch nur einen Muskel zu rühren. Eine gefühlte Ewigkeit lang hielt er den Atem an. Endlich ging der Soldat weiter und verschwand hinter einer der Pagoden.

Leise rannte Ryan über das offene Gelände und drückte sich an die Mauer eines der zahlreichen Tempel. Als er um die Ecke sah, erblickte er ein Stück weiter weg einen weiteren Soldaten. Als jener außer Sicht war, flitzte Ryan zur nächsten Pagode und verbarg sich dahinter. Durch den Nebel sah er einen leichten Schimmer auf einer der Kuppeln, die ein wenig höher war als die anderen. War das vielleicht der Tempel, den der Dorfbewohner beschrieben hatte?

Im selben Augenblick hörte er hinter sich einen Ruf und wirbelte herum, gerade noch rechtzeitig, um zu sehen, wie ein Soldat sein Gewehr hob und zielte. Ryan hechtete um die Ecke des Tempels, und die Kugel ließ die Mauer, an der er eben noch gestanden hatte, splittern.

Von dort aus rannte er weiter, im Zickzack, damit er kein leichtes Ziel bot. Wieder knallte ein Schuss, dieses Mal von dem zweiten Wachposten. Sie trieben ihn von zwei Seiten aus in die Enge. Seine einzige Chance bestand darin, die beiden auszuschalten, bevor sie über Funk Verstärkung holen konnten – und zu hoffen, dass nicht noch mehr von ihnen im Dunkeln lauerten.

Er rannte um ein weiteres Gebäude, um außer Sichtweite zu kommen, blieb dann abrupt stehen, duckte sich und wartete ganz still. Die beiden Soldaten riefen einander etwas zu und verfolgten ihn. Sie versuchten, ihm den Weg abzuschneiden und ihn zwischen sich zu bringen. Doch als der erste Soldat um die Ecke des Tempels bog, wirbelte Ryan herum und ließ seine Ferse in das Knie des Mannes krachen. Der Soldat schrie vor Schmerz auf und verlor im Sturz sein Gewehr. Ryan, der sicher war, dem Mann das Bein gebrochen zu haben, schnappte sich die Waffe. Aber falsch gedacht, der Soldat hatte noch nicht aufgegeben und zog eine Pistole aus dem Halfter. Ryan schlug mit dem

Gewehrkolben zu, zerschmetterte ihm die Nase und ließ ihn k.o. gehen.

Ryan hörte, wie sich Schritte aus der anderen Richtung näherten, und nutzte seinen Vorteil aus. Anstatt wegzulaufen, ließ er das Gewehr fallen und spurtete los, sodass er dem zweiten Soldaten begegnete, als dieser gerade um die Ecke kam. Er nutzte es aus, dass er kleiner war als der Soldat, packte ihn um die Taille und hob ihn hoch, sodass er über seine Schulter flog und heftig auf den Rücken prallte. Während er sich noch bemühte, sich aufzurichten, versetzte Ryan ihm einen perfekten Krav-Maga-Hieb in den Nacken, der den Vagusnerv traf und den Mann sofort bewusstlos werden ließ. Er sackte wieder zu Boden. Ryan wusste: Der würde eine Weile außer Gefecht sein – und selbst wenn er wieder zu sich kam, würde er schreckliche Kopfschmerzen haben.

Ryan drehte sich um – und blickt in den Lauf eines Gewehres. Noch ein Soldat! Dieses Mal, wusste er, konnte er nicht entkommen. Es war vorbei. Jetzt konnte niemand mehr seinen Eltern helfen.

Doch als die Person, die das Gewehr hielt, aus dem Dunkel ins Mondlicht trat, sah er, dass es gar kein Soldat war, sondern ein Mädchen, das wohl nur ein paar Jahre älter war als er selbst.

Das Gewehr in ihrer Hand zitterte nicht und sie hielt den Finger am Abzug. Sie sagte etwas auf andalisch, in zornigem, anklagendem Tonfall.

Ryan hob ergeben die Hände. »Tut mir leid, ich verstehe nicht.«

Plötzlich wandelte sich ihr Gesichtsausdruck von Misstrauen in Verwirrung.

»Wer bist du?«, fragte sie in perfektem Englisch.

Ryans Instinkt sagte ihm, dass ihn im Moment nur die Wahrheit retten konnte.

»Mein Name ist Ryan. Ich suche meinen Vater, John Quinn. Er ist in euer Land gekommen, um Myat Kaw zu helfen.«

Langsam ließ sie das Gewehr sinken und sah ihm in die Augen.

»Mein Name ist Lan«, sagte sie. »Und ich bin Myat Kaw.«

Teil III

Ohne Ausweg

31

Mount Bana, Andakar

Lan hatte nie die Absicht gehabt, eine Rebellin zu werden.

Zwei Jahre zuvor noch war sie ein normales Schulmädchen gewesen. Nun ja, vielleicht nicht ganz so normal. Ihr Leben war angenehmer gewesen als das der meisten anderen Kinder in Andakar, das wusste sie jetzt.

Lans Vater war Anwalt am Justizministerium, was bedeutete, dass die Familie zum inneren Kreis der Regierung gehörte. Dazu gehörte ein Haufen Annehmlichkeiten: ein schönes Haus, genug zu essen und Bedienstete, die beim Kochen und Saubermachen halfen. Lan hatte gute Freunde und ging auf eine Schule, die den Kindern der Regierungsangestellten von Andakar vorbehalten war. Es war ihr Vater, der ihrer Familie diesen Lebensstil ermöglichte, aber gleichzeitig war auch er es, der Lan später diesbezüglich zum Nachdenken brachte.

Lans Vater ließ sie das leichte Leben, das sie führte, nicht nur einfach genießen. Er arbeitete zwar für das System, aber, wie er betonte, nur, damit er dazu beitragen konnte, es zu verändern. Er vertrat die Bürger von Andakar vor den Gerichtshöfen von Andakar, wo sie keine Chance auf eine faire Verhandlung hatten. Er kämpfte für jeden einzelnen, obwohl er wusste, dass es letztendlich zwecklos war. Gelegentlich errang er einen kleinen Sieg. An diesen seltenen Tagen war er von Leidenschaft erfüllt und beharrte darauf, dass Andakar sich verändern würde, auch wenn der Prozess leider nur so langsam floss wie der träge Fluss Chin Yon.

Lan war zuerst gelangweilt von den Vorträgen ihres Vaters gewesen. Sie war vierzehn und interessierte sich mehr für ihre Freunde, Musik und Jungen. Was außerhalb ihrer angenehmen Welt geschah, schien keine große Rolle zu spielen.

Doch nach dem Tod ihrer Eltern veränderte sich alles.

Ein Autounfall, erzählte man ihr, beide Eltern waren noch am Unfallort gestorben. Ab diesem Tag verlor Lan allen Lebenswillen. Nichts ergab für sie mehr einen Sinn.

Und dann tauchte ihr Onkel auf. Aung Win war der Bruder ihres Vaters, aber die zwei hatten sich einander entfremdet, sodass Lan ihn seit einem Jahr nicht mehr gesehen hatte. Aber sie erinnerte sich, dass sie immer ein wenig Angst vor ihm gehabt hatte. Vielleicht, weil er immer alles voller Misstrauen und Missbilligung betrachtete. Eigentlich wusste sie nicht viel über ihn. Nur dass er ein hohes Mitglied der Regierung war und keine weitere Familie hatte. Er war völlig anderer Meinung als sein Bruder, der geglaubt hatte, man müsste dem Volk von Andakar mehr Freiheit und wirkliche

Gerechtigkeit geben. Darüber hatten sich die Brüder früher jedes Mal, wenn sie zusammen waren, gestritten.

Als Aung Win ihr sagte, dass sie bei ihm in Panai wohnen sollte, wollte Lan nichts davon hören. Sie wollte ihre Freunde, ihre Schule und alles, was sie kannte, nicht verlassen. Ihr Onkel versuchte verständnisvoll zu sein, doch sie merkte, dass ihn ihr Widerspruch ärgerte. Und letzten Endes blieb ihr keine Wahl. Alles war bereits beschlossene Sache und sie konnte nichts dagegen tun.

Bald erfuhr Lan, dass ihr Onkel ein General der gefürchteten Geheimpolizei ASI war. Ihr neues Zuhause war ein Penthouse im obersten Stock des Kali Thawar. Das ehemalige Hotel war jetzt das Hauptquartier der ASI und in den unteren Geschossen befand sich die Kommandozentrale. Die Suiten in den oberen Stockwerken waren modernisiert worden und bildeten jetzt die luxuriösen Unterkünfte für die Spitzenoffiziere der ASI.

Von Anfang an hatten Lan und Aung Win Probleme miteinander gehabt. Im Kali Thawar lebten keine anderen Kinder. Lan war einsam und deprimiert und kam sich an diesem neuen, unbekannten Ort verloren vor. Ihr Onkel war die meiste Zeit nicht da und ließ sie mit einer Haushälterin und einem Hauslehrer allein. Sie war in dem alten Hotel praktisch eine Gefangene.

Schließlich hatte sie sich, gelangweilt und ruhelos, ins Arbeitszimmer ihres Onkels geschlichen – was natürlich streng verboten war – und hatte angefangen, es zu untersuchen. Dort bekam sie die ersten Hinweise auf die Schrecken, für die ihr Onkel in seiner Rolle als Leiter der Abteilung für Internationale Sicherheit verantwortlich war. Soweit sie es verstand, war es seine Aufgabe, die Bürger von Andakar auszuspionieren und jeden zu verhaften, der im Verdacht stand, sich gegen die Militärherrschaft aufzulehnen. Sie entdeckte Fotos von Folterungen – und nicht nur ein Mal musste sie ins Bad rennen und sich übergeben.

Lan erkannte, dass sie unter Monstern lebte. Nicht nur Aung Win war ein Monster, sondern die gesamte ASI und die Regierung selbst. Endlich verstand sie, was für ein behütetes Leben sie immer geführt hatte und wie hart es für die meisten anderen Bewohner von Andakar sein musste. Oft fielen ihr die Vorträge ihres Vaters ein – wie sehr wünschte sie sich jetzt, sie könnte noch ein Mal hören, wie er sich über Freiheit und Gerechtigkeit ausließ! Freiheit und Gerechtigkeit, genau das war es, dachte Lan. Und endlich wurde ihr klar, wofür es sich zu leben lohnte. Sie hatte nach einem Sinn für ihr Leben gesucht. Jetzt hatte sie einen gefunden.

Innerhalb der Wände der ASI konnte Lan auf die bestgehütetsten Geheimnisse des Landes zugreifen. Die ASI-Soldaten waren alles Männer und keiner interessierte sich für den ruhigen Teenager, der immer da war. Sie brauchte Monate, um ihren Onkel zu beobachten und sein Vertrauen zu gewinnen, doch irgendwann fand sie das Passwort für seinen Computer und lernte, wie die Abläufe in der Kommandozentrale funktionierten. Sie lernte, wie sie an den Firewalls im Internet vorbeikam, die die Bürger von Andakar vom Rest der Welt abschnitten. Sie würde den verhassten Geheimdienst mit seinen eigenen Mitteln bekämpfen.

Als Kind hatte Lan die Gutenachtgeschichte von einem Affen und einem Tiger geliebt, die ihr Vater ihr erzählt hatte. Die beiden trafen sich eines Tages im Dschungel. Der Tiger legte dem Affen seine mächtige Pranke auf den Schwanz und hielt ihn fest. Er brüllte ihn an und wollte zum tödlichen Biss ansetzen. Der Affe wusste, dass es hoffnungslos war – der Tiger war so viel größer und stärker als er –, doch er gab nicht auf, sondern duckte sich und brüllte den Tiger ebenfalls an! Der Tiger war noch nie angebrüllt worden und war völlig überrascht. Für einen kurzen Moment ließ er den Schwanz los. Blitzartig nutzte der Affe die Gelegenheit, wegzulaufen und hoch auf einen Baum zu klettern. Lan liebte es zu hören, wie ihr Vater das Gebrüll des Affen nachmachte. Der Name des kleinen Affen war Myat Kaw.

Unter dem Namen Myat Kaw begann Lan im Internet die Geheimnisse offenzulegen, die sie herausfand. Sie lernte ihre Spuren zu verschleiern und sah ungläubig mit an, wie sich ihre Informationen langsam in der Welt verbreiteten und den Zorn der Öffentlichkeit erregten. Monatelang hatte sie immer wieder Beispiele für die Korruption im Herzen des Militärregimes von Andakar angeführt. Sie hatte es nie darauf angelegt, eine Rebellin zu sein, doch *Rebell* nannten sie sie jetzt.

Lan war klar, dass das nicht ewig so gehen konnte.

Es wurde Jagd gemacht auf Myat Kaw – und ihr Onkel führte diese Jagd an, daher konnte sie die Untersuchung mitverfolgen. Sie kamen ihr näher: Sie spürten die Blogs auf, brachen durch ihre Cyber-Sperren und vernichteten jeden, den sie im Verdacht hatten, Myat Kaw zu unterstützen. Sie wusste, dass sie bald gehen und Pläne für ihre Flucht schmieden musste.

Doch sie hatte zu lange gewartet.

Vor fünf Tagen war sie in die große Wohnung gekommen, in der sie mit ihrem Onkel wohnte. Aung Win wartete dort auf sie. Er war wütend, doch sein Zorn war kalt und verhalten.

»Du hast einen Fehler gemacht«, erklärte er.

Lans Überlebensinstinkt schaltete sich ein und sie nahm instinktiv einen passiven, verwirrten Gesichtsausdruck an. Wovon redete er?

Aung Win zeigte ihr einen Bericht über einen Dissidenten, den er vor ein paar Tagen verhaftet hatte. Die ASI-Techniker hatten seinen Computer untersucht und seine Kommunikation mit jemandem innerhalb des Kali Thawar gefunden. Aung Win gab zu, dass ihm die ganze Zeit schon verdächtig vorgekommen war, wie Lan jede seiner Bewegungen beobachtet hatte in dem Glauben, dass er es nicht merkte. Aber er hatte es lange Zeit nicht fassen können, dass seine Nichte zu so einem Betrug fähig war.

Mithilfe des Computers des Dissidenten hatte er ihr eine Falle gestellt und eine E-Mail mit einem Trackingprogramm versendet, das er geschickt in den Daten verborgen hatte. Und gerade hatte er eine Antwort aus einem der Büros im zweiten Stock bekommen. Aung Win hielt einen Tablet-Computer hoch und zeigte ihr die Überwachungsbilder des Büros: Lan saß an einem Schreibtisch und benutzte einen Computer in einem Raum, in dem sie nichts zu suchen hatte.

Aung Win bekam einen Wutausbruch. Er hatte sie aufgenommen, als sie sonst niemand wollte. Er war die einzige Familie, die sie hatte! Wie konnte sie ihm das antun?

Doch im Laufe des letzten Jahres war Lan zu einer ausgezeichneten Lügnerin geworden. Sie tat, als hätte sie keine Ahnung, von was er redete, und beharrte darauf, dass sie nie etwas tun würde, was ihm schaden könnte, nach allem, was er für sie getan hatte. Sie erstickte fast an diesen Worten, aber sie wusste, dass sie um ihr Leben kämpfte.

Aung Win war zwar nicht überzeugt, aber ihre heftigen Beteuerungen überraschten ihn. Dann wurde er von jemandem weggerufen, prophezeite ihr aber, dass sie sich weiter darüber unterhalten würden, wenn er zurückkame. Dann würde sie ihm die Wahrheit sagen müssen – dafür versprach er zu sorgen. Als er ging, sperrte er sie in ihrem Zimmer ein.

Genau das hatte Lan gewollt. Vor ihrem Fenster hatte sie ein Seil angebracht und ließ sich daran zum Boden hinuntergleiten. Nach monatelangem Herumschleichen in der Kommandozentrale des Kali Thawar war sie auf eine Flucht vorbereitet. Innerhalb weniger Minuten war sie vom Gelände des Hotels geflüchtet und rannte durch die Straßen von Panai.

Währe John Quinn nicht gewesen, hätte die ASI sie sicherlich innerhalb weniger Stunden gefunden – sie hatten ihre Augen überall. Der Amerikaner hatte sie gerettet, aber er hatte einen hohen Preis dafür gezahlt.

Jetzt stand sein Sohn vor ihr und erwartete besorgt die Antwort auf die Frage, die er gerade gestellt hatte.

»Ja«, sagte sie. »Dein Vater lebt.«

32

Mount Bana, Andakar

Ryan fesselte die Hände des einen bewusstlosen Soldaten, während Lan dem anderen die Füße zusammenband. Ihm wirbelte der Kopf von dem schnellen Download an Information, den sie ihm gerade gegeben hatte.

»Angeschossen?«, wiederholte er. »Wie schlimm? Geht es ihm gut?«

»Es geht ihm besser. Die Kugel hat sein Bein glatt durchschlagen.«

»Wo ist er? Bring mich zu ihm.«

»Er braucht Wasser«, sagte Lan. »Wir beide brauchen Wasser. Hilf mir, etwas zu bekommen, dann gehen wir zu ihm.«

Doch Ryan wollte keine Sekunde länger warten.

»Ich will ihn jetzt sofort sehen!«

Doch Lan blieb eisern. »Er hat Fieber und eine Infektion. Wir haben seit gestern keine Medikamente und kein Wasser mehr. Wir müssen uns nehmen, was wir kriegen können, bevor noch mehr Soldaten kommen.«

Enttäuscht wollte Ryan widersprechen, aber er wusste, dass sie recht hatte.

»Na gut, aber dann sollten wir uns beeilen.«

»Bist du wirklich allein hergekommen?«, fragte Lan und zog einen der Soldaten außer Sichtweite.

»Ja, warum?«, fragte Ryan, nahm den anderen an den Knöcheln und zog ebenfalls.

»Du scheinst mir nur ein wenig jung, das ist alles.«

»Das sagt die Richtige. Du hast es allein mit einer ganzen Regierung aufgenommen.«

Ryan konnte immer noch kaum glauben, dass dieses Teenager-Mädchen der berüchtigte Myat Kaw war. Lan war so gar nicht das, was er erwartet hatte. Sie wirkte recht zierlich, klein und schmal mit einem runden Gesicht, hohen Wangenknochen und schwarzen, zu einem Pferdeschwanz zusammengebundenen Haaren. Doch in ihren Augen blitzte die Wildheit einer Überlebenden. Dieses Mädchen war eine Kämpferin.

»Wir müssen ihren Jeep finden«, sagte Lan und sah sich um. Dann ging sie voran und sah sich an jeder Tempelecke vorsichtig um, bevor sie weiterliefen.

»Wie hast du meinen Vater kennengelernt?«, fragte Ryan. Lan sah ihn an, und Ryan sah, dass sie sich fragte, wie viel sie ihm erzählen konnte. »Ich denke, du kannst mir vertrauen – schließlich hat sich mein Vater für dich anschießen lassen.«

»Tut mir leid. Ich bin es einfach nicht mehr gewohnt, Vertrauen zu haben.« Während sie weiter nach dem Jeep suchte, erzählte sie: »Vor ein paar Wochen wurde es richtig heftig. Die ASI war mit allem, was sie hatte, hinter mir her. Ich wusste, dass sie irgendwann herausfinden würden, wer ich bin. Ich brauchte einen Fluchtweg aus Andakar. Einige meiner Anhänger haben mir den Kontakt zu der Organisation vermittelt, die Leuten wie mir aus der Klemme hilft.«

Ryan nickte. »Das ERC.«

»John Quinn hat Kontakt mit mir aufgenommen und angeboten, mir zu helfen. Aber ich hatte gehofft, dass mir noch Zeit blieb. Als vor ein paar Tagen alles schiefging und ich flüchten musste, habe ich deinen Vater benachrichtigt und mich dann versteckt, bis er hierherkommen konnte.« Plötzlich zeigte sie nach vorne. »Da!«

Der Jeep stand unter den Zweigen eines Banyan-Baumes versteckt. Einen Augenblick lang beobachteten sie ihn von der anderen Seite einer Mauer aus, dann gingen sie darauf zu.

»Ich sehe hinten nach«, schlug Ryan vor. Während sie alle Taschen und Fächer des Jeeps durchsuchten, fragte er: »Wie wurde mein Vater angeschossen?«

»Die ASI-Agenten waren mir dicht auf den Fersen. Ich glaube, jemand in Thanlin muss einer ihrer Spitzel gewesen sein, denn sie waren sofort hinter uns her. Wir hatten gerade das Tempelgelände erreicht, als die Kugel deinen Vater traf. Ich wollte in dem Moment aufgeben, ich dachte, jetzt ist es für uns beide vorbei.«

Ryan hielt in seiner Suche inne und sah sie an.

»Und was ist dann passiert?«

»Dein Dad ist ein Sturkopf – er gibt wohl nie auf. Er hat mich angeschrien, dass ich meine Beine in die Hand nehmen soll und dass noch längst nicht alles vorbei ist. Da bin ich wieder zu mir gekommen.« Ryan erinnerte sich an viele Male, die sein Vater ihn auf dieselbe Weise angetrieben hatte. Lan fuhr fort: »Wir haben es kaum bis zum Tempel geschafft. Da war John schon fast ohnmächtig. Zuerst habe ich den verborgenen Eingang nicht gefunden, von dem uns der Führer erzählt hatte. Ich konnte hören, wie immer mehr Soldaten kamen. Ich habe sie rufen gehört. Sie waren ganz nah.«

Sie schwieg bei der Erinnerung an diese Situation. Ryan fragte ungeduldig: »Aber ihr habt es geschafft.«

»Ja. Ich zog ihn nach drinnen und endlich waren wir in Sicherheit. Wir hatten ein Erste-Hilfe-Päckchen und Medizin in unseren Taschen, also habe ich ihn so gut wie möglich versorgt. Ich habe ihm Antibiotika gegeben. Seit gestern ist sein Fieber um einiges gesunken.« Sie hielt zwei Flaschen hoch. »Wasser!«

Ryan wurde klar, dass dieses Mädchen seinem Vater wahrscheinlich das Leben gerettet hatte. Auf der anderen Seite wäre sein Vater ohne sie gar nicht hier gewesen. Er machte eine Stofftasche auf und kippte die Munition, die darin war, heraus. »Hier, wir können alles hier drin transportieren.«

Lan warf ihm die Kanister und eine Taschenlampe zu, die sie im Handschuhfach gefunden hatte.

»Ich glaube nicht, dass die ASI-Leute wissen, dass er angeschossen ist. Die ganze Nacht und den nächsten Tag wimmelte es hier nur so von Soldaten. Sie haben überall gesucht, aber dann sind sie verschwunden, bis auf die beiden, die wir gefesselt haben. Der Rest ist zur Grenze weitergegangen. Sie glauben wahrscheinlich, dass wir entkommen sind.«

Das Knarren des Funkgeräts erschreckte sie beide. Lan fand es zwischen den Vordersitzen. Es war so groß wie ein Ziegelstein und hatte oben eine Antenne. Einen Moment lang lauschte sie, wie zwei Stimmen miteinander kommunizierten, dann übersetzte sie es für Ryan.

»Für den Augenblick sind wir in Sicherheit. Sie suchen auf der anderen Seite des Mount Bana.«

Ryan spürte, wie sich sein Magen verkrampfte. »Haben sie etwas davon gesagt, dass sie jemanden gefangen haben?«

»Nein.«

Also gab es noch Hoffnung für Tasha. Ryan fand eine Kiste mit Vorräten, Dosenfleisch und Notverpflegungsriegeln und ließ alles in die Tasche fallen. Lan klemmte das Funkgerät des Soldaten an ihre Hose und Ryan zog den Reißverschluss der Tasche zu und schwang sie sich über die Schulter.

»Hauen wir hier ab.«

Als sie mit ihrer Plünderung fertig waren, gingen Ryan und Lan wieder zum Tempel mit der goldenen Kuppel zurück. Ryan staunte über die kunstvollen Wandbilder mit Szenen aus dem Leben Buddhas. Über die Oberflächen zogen sich Weinranken, die sich wie Schlangen um die Mauern wanden und das antike Gebäude zu verschlingen schienen. Lan schlüpfte, ohne zu zögern, durch einen stockfinsteren Eingang und wurde von der Dunkelheit verschluckt.

Die gespenstische Leere und das allgegenwärtige Summen der Insekten ließen Ryan einen Schauer über den Rücken laufen, aber er bekämpfte seine Angst und folgte ihr.

Drinnen erhellten die Strahlen des Mondes den Tempel mit bleichem Licht. Ryan befand sich in einem riesigen Raum, dessen Boden mit Trümmern übersät war. Lan stand vor einer massiven Wand.

»Hilf mir, das ist schwer!«

Verwundert kam Ryan näher. In den Stein war ein Relief gehauen, auf dem ein Mann und eine Frau vor einer Art erhöhtem Altar mit geschnitzten Symbolen knieten. Lan legte die Hände an den Rand dieses Altars, als wolle sie ihn wegschieben.

»Das ist eine solide Wand«, meinte Ryan.

»Genau das haben die Wachen des Königs auch gedacht, als sie kamen, um die Mönche abzuschlachten, die vor fünfhundert Jahren hier gelebt haben. Sie haben sich geirrt.« Mit verzerrtem Gesicht drückte Lan gegen den Altar, der sich zu Ryans Erstaunen bewegte. Sie sah sich um. »Willst du noch lange da rumstehen?«

Ryan ging zu ihr und half ihr zu schieben. Unter dem massiven Altar befand sich ein Mechanismus, der dabei half, das schwere Ding zu bewegen. Der Altar drehte sich um seine eigene Achse und ließ einen schwach erleuchteten Tunnel erkennen. Als die Öffnung groß genug war, schlüpften sie beide hindurch und schoben dann den Stein wieder an seinen Platz.

Der kurze Tunnel führte in eine ausgehöhlte Kammer. Im Schein einer batteriebetriebenen Lampe konnte Ryan die zusammengesunkene Gestalt seines Vaters an der Wand lehnen sehen.

John Quinn hob den Kopf und sah ihn ungläubig an.
»Ryan?«
»Hi Dad! Du bist ja echt nicht leicht zu finden.«

33

Mount Bana, Andakar

Der Anblick seines Vaters erinnerte Ryan an ein Ereignis aus der Zeit, als er etwa fünf Jahre alt gewesen sein musste. Sein Vater sollte zu einer seiner vielen Reisen aufbrechen, und Ryan hatte ihn gebeten, nicht zu fahren. Es war schon seine dritte Reise in diesem Monat. Als Ryan noch klein war, hatte er seinen Vater immer so sehr vermisst, dass er bei jedem Abschied fast weinen musste.

John hatte seinen Sohn in die Arme genommen und ihn an sich gedrückt. Er roch, als hätte er sich gerade erst rasiert.

»Ich weiß, dass dir die Trennung schwerfällt«, sagte er. »Aber die Arbeit, die ich tue, ist wichtig. Sie bewirkt etwas im Leben anderer Menschen.«

»Mir egal«, beharrte Ryan. »Ich will, dass du hier bleibst.«

»Jetzt ist es dir vielleicht egal. Aber eines Tages wird es dir hoffentlich nicht mehr egal sein. Du weißt doch, wie lieb ich dich habe, oder?«

Widerwillig hatte Ryan genickt.

»Und ich komme doch immer zurück, nicht wahr? Du und deine Mutter, ihr seid für mich das Wichtigste auf der Welt. Also gib mir einen Kuss, und wir sind schneller wieder zusammen, als du denkst.«

Ryan setzte sich neben seinen Vater auf den harten Steinfußboden des Tempels. Johns blutiges Bein war bandagiert, sein Gesicht schmutzig. Waren diese Reisen alle so gewesen? Ryan überlegte, wie oft er wohl schon kurz davor gewesen war, seinen Vater zu verlieren, ohne es auch nur zu ahnen.

»Das Bein heilt. Es dauert nur etwas.« John bemühte sich sehr, seinen Sohn davon zu überzeugen, dass alles halb so schlimm war.

»Du musst in ein Krankenhaus«, erklärte Ryan.

»Das wird schon wieder. Ich brauche noch ein paar Tage Ruhe, dann kann ich wieder losziehen.« Er nahm einen großen Schluck Wasser aus einem der Kanister. »Du solltest gar nicht hier sein.«

Ryan war verwirrt. Es klang, als wäre sein Vater wütend auf ihn.

»Du aber auch nicht.«

Lan hatte sich zum Essen auf die andere Seite der Kammer gesetzt, um ihnen etwas Privatsphäre zu geben. Aber Ryan war klar, dass sie in diesem kleinen Raum jedes Wort hören konnte.

»Wo ist Mum?«, fragte John.

»Keine Ahnung.«

»Ist sie nicht bei dir?«

Leise antwortete Ryan: »Sie wurde entführt. Wegen dieser ganzen Sache hier. Wegen *ihr*.«

»Was?«, erwiderte John scharf. Es war ihm egal, ob Lan ihn hören konnte. »Was ist passiert?«

»Ich wurde verfolgt. Und dann sind diese Kerle in unser Haus gekommen. Ich habe versucht, sie zu verjagen – aber ich war nicht gut genug. Sie haben Mum mitgenommen. Sie waren aus Andakar und der Anführer hieß Aung Win.«

»Aung Win ist in New York?«

»Zumindest war er das noch vor ein paar Tagen. Kennst du ihn?«

Lan antwortete an seiner Stelle: »Das ist mein Onkel. Er ist General der ASI.«

Bestürzt sagte Ryans Vater: »Er hat meine Familie angegriffen, was bedeutet, dass er weiß, wer ich bin. Wie hat er das geschafft? Wir waren doch so vorsichtig.«

»Ich habe genau das getan, was Sie gesagt haben«, erklärte Lan. »Ich habe nur den privaten Chatroom benutzt, den Sie eingerichtet haben, und habe nie etwas aufgeschrieben.«

»Niemand gibt dir die Schuld«, beruhigte sie John und wandte sich an Ryan. »Geht es Mum gut? Hast du mit ihr gesprochen?«

»Sie war okay, als ich los bin. Deshalb bin ich hier.« Ryan sah zu Lan, denn er wusste nicht recht, wie er weitersprechen sollte, wenn sie dabeistand. Lan verstand ihn, ging ein paar Schritte weiter und setzte sich an die Wand.

»Aung Win will einen Tausch«, flüsterte Ryan. »Mum gegen sie. Er sagte, wir hätten fünf Tage. Das sind drei Tage von jetzt an.«

»Das kommt nicht infrage«, erklärte John und stand

auf, bevor Ryan ihn daran hindern konnte. »Wir müssen nach Hause.«

»Dad, nicht …«

John taumelte, fasste sich ans Bein und verzog vor Schmerz das Gesicht. Ryan half ihm, sich wieder hinzusetzen. Lan nahm eine Dose Schmerzmittel aus dem Erste-Hilfe-Set. »Gib ihm die. Es sind die beiden letzten.«

Ryan half seinem Vater, die Pillen mit einem Schluck Wasser zu nehmen.

»Wir schaffen das schon, Dad. Mum wird es auch schaffen«, sagte er, obwohl er es selbst nicht wirklich glaubte.

Ein paar Minuten lang lehnte John den Kopf an die Wand und schloss die Augen. Als er sie wieder aufmachte, sah er Ryan an.

»Du musst einen Haufen Fragen haben.«

»Machst du Witze?«, fragte Ryan und sah erfreut, dass sein Vater leise lächelte. Einen kurzen Moment lang schien alles fast normal.

»Aber zuerst habe ich mal eine: Wie bist du hierhergekommen?«

»So schwer war das gar nicht. Ich habe meine neue Kreditkarte benutzt. Die, die ich zusammen mit meinem falschen Pass im Geheimraum hinter der Wand in deinem Arbeitszimmer gefunden habe.« Ryan konnte seinen Trotz kaum verbergen. »Und dann hab ich mich an diese echt nervige Frau gehängt, die auf einem Motorrad aufgetaucht ist. Wie sich zeigte, weiß sie mehr über meine Eltern als ich.«

Johns Gesicht verdüsterte sich.

»Moment – meinst du etwa Tasha Levi?«

»Ja. Aber wir wurden getrennt.«

»Warum ist Tasha hier?«

»Sie wollte mir helfen, dich zu finden. Was dazu geführt hat, dass sie vielleicht gefangen genommen oder getötet wurde!« Ryan wusste, dass er erschöpft sein musste, weil es ihm schwerfiel, seine Gefühle unter Kontrolle zu bringen. Jetzt, wo er wieder bei seinem Vater war, wollte ein Teil von ihm einfach loslassen und wieder Kind sein. Er hatte das Bedürfnis, einen Aufstand zu machen oder sogar zu heulen, was er sonst fast nie tat. Doch stattdessen fragte er: »Wann hattet ihr vor, mir von ERC zu erzählen?«

»Wenn du dazu bereit wärest.«

»Habt ihr geglaubt, ich könnte die Wahrheit nicht ertragen?«

»Deine Mutter und ich wollten, dass du ein normales Leben führst. Wir haben dich praktisch seit deiner Geburt ausgebildet. Aber uns war es wichtig, dass du reif genug bist und eigenverantwortlich die Wahl triffst, ob du dabei mitmachen willst oder nicht.«

»Ich will nicht mitmachen. Und ich will auch nicht, dass du es tust. Ich will einfach nur weiter unser normales Leben führen und all das hier vergessen.« Ryan sah die Enttäuschung im Blick seines Vaters, aber das war ihm egal. Er hatte geglaubt, alles sei gut, wenn er nur seinen Vater gefunden hätte. John Quinn würde wissen, was zu tun ist. Das war immer so gewesen.

Aber als er ihn so sah, wurde Ryan klar, dass sein

Vater nicht in der Verfassung war, irgendetwas in Ordnung zu bringen. Jedenfalls nicht früh genug, um seine Mutter zu retten. Ihm blieben nur noch drei Tage, bevor Aung Win seine Drohung wahr machen und sie töten würde – wenn er bis dahin Myat Kaw nicht bekommen hatte. Und Ryan wusste, dass er allein einen ganzen Tag dafür brauchen würde, um nach New York zurückzufliegen.

Was bedeutete, dass ihm die Zeit davonlief.

Ryan und Lan sahen sich an. Er hatte das Gefühl, dass sie ganz genau wusste, was er dachte: *nämlich, dass er jedes Opfer bringen würde, um seine Mutter zu retten.*

34

New York, USA

Danny und Kasey trafen sich nach der Schule und setzten sich auf einer Bank auf dem Schulhof dicht nebeneinander, damit sie zusammen auf Dannys Computer sehen konnten. Er hatte das Video hochgeladen, das Kasey im Lagerhaus gemacht hatte, damit sie es auf dem größeren Bildschirm besser sehen konnten.

»Was ist das denn für ein Zeug?«, fragte Kasey und deutete auf die im gesamten Lagerhaus gestapelten Kisten. »Ich weiß ja, dass sie Ryans Mum nicht da drin verstecken, aber ich hatte durchaus das Gefühl, als versuchten sie da irgendetwas zu verheimlichen.«

Danny markierte den Bereich mit den Kisten und drückte ein paar Tasten. Der Ausschnitt vergrößerte sich, sodass sie die Seite einer der Kisten sehen konnte, auf der ein Etikett klebte: LTV Technologies. Danny googelte die Firma.

»Sieht aus, als würde LTV mit dem US-Militär zusammenarbeiten. Wow – Raketenlenksysteme, Laser – das ist alles Super-Hightech-Zeug.«

»Die Vereinigten Staaten würden LTV so ein Zeug nie an eine Diktatur wie Andakar verkaufen lassen. Das ist viel zu gefährlich.«

»Das heißt, dass sie die Sachen wahrscheinlich stehlen und heimlich nach Andakar schmuggeln.« Danny spielte das Video schneller ab, bis zu einer Stelle, wo ein kleiner Gabelstapler ins Bild kam, der einen Stapel Kisten verschob. »Siehst du? Diese Kisten hier haben das Logo vom Roten Kreuz. Ich wette, auf diese Weise schaffen sie die Technologie außer Landes.«

Kasey war ganz aufgeregt. »Dieses Wissen könnten wir doch für ein Gespräch mit der Polizei nutzen. Ich wette, das reicht aus, damit die Kerle verhaftet werden. Vielleicht kann man sie zwingen, zu sagen, wo Ryans Mutter ist?«

»Und wenn sie das gar nicht wissen? Oder wenn dieser Aung Win mitbekommt, dass die Polizei in dieser Sache Fragen stellt, und sie umbringt?«

Doch so schnell wollte Kasey ihre Idee nicht aufgeben.

»Das könnte er sowieso tun. Wir müssen der Polizei eben sagen, dass sie vorsichtig sein müssen.«

Danny dachte darüber nach und nickte dann.

»Vielleicht hast du recht. Aber lass mich erst Ryan mailen. Ich will sicher sein, dass es ihm recht ist.«

»Abgemacht.«

Während Danny die Mail schrieb, stand Kasey auf.

»Aber wir sehen uns heute Abend doch noch die andere Adresse an, oder?«

»Kannst du dich denn rausschleichen?«, fragte Danny.

»Ich glaube schon. Mein Dad ist bei irgendeinem Event, also bin ich mit meinen Brüdern allein. Ich sage ihnen, dass ich früh schlafen gehe, und mach die Tür zu.« Plötzlich wurde Kasey unsicher. »Ich habe mich noch nie rausgeschlichen.«

Danny nickte. »Ich mich auch nicht. Wenn meine Mutter das mitkriegt, kriege ich ein Jahr Hausarrest.«

»Dann solltet ihr das vielleicht lieber nicht machen«, ließ eine Stimme hinter ihnen Kasey und Danny zusammenzucken. Als sie sich umsahen, erblickten sie eine große, einschüchternd wirkende Afroamerikanerin in einem dunkelblauen Anzug und mit Sonnenbrille. »Sich rauszuschleichen kann euch in alle möglichen Schwierigkeiten bringen.«

Kasey erholte sich als Erste und sah die Frau an.

»Es ist echt unhöflich, Leute zu belauschen.«

»Ja, aber man hört so interessante Dinge.« Lächelnd nahm die Frau ihre Sonnenbrille ab und sah Danny an. »Du bist Danny Santiago?«

»Nein. Nie von ihm gehört«, behauptete Danny, steckte den Laptop ein und stellte sich neben Kasey.

»Danny, mein Name ist Agent Calloway.« Sie zeigte ihm ihren Ausweis mit dem Adlerlogo der Central Intelligence Agency. »Ich mache mir Sorgen um einen deiner Freunde.«

»Um Kasey?«, rief Danny gespielt überrascht. »Kasey geht es prima – stimmt doch, Kasey, oder?«

Agent Calloway lächelte, obwohl sie das keineswegs lustig fand.

»Du weißt genau, wen ich meine. Ryan Quinn. Er könnte in Schwierigkeiten stecken und ich möchte ihm helfen.«

Bevor Danny leugnen konnte, warf Kasey ein: »Was wissen Sie denn über Ryan?«

Die Agentin richtete ihren kühlen Blick auf Kasey. »Ich weiß, dass er seit Montag nicht mehr gesehen wurde. Seine Mutter auch nicht. Und sein Vater steht mit ein paar üblen Kerlen in Verbindung. Ich fürchte, dass Ryan und seine Mutter irgendwie zwischen die Fronten geraten sind.«

»Moment mal«, rief Kasey. »Glauben Sie etwa, Ryans Dad sei eine Art Verbrecher?«

»Ich bin mir nicht sicher. Deshalb möchten wir ja mit ihm reden. Aber vielleicht wisst ihr etwas über ihn, was ich nicht weiß?«

»Er ist ein Held, kein Krimineller ...«

Bevor sie weitersprechen konnte, unterbrach Danny sie: »Genau – ein Held! Für alle Freunde von Ryan, die gerne bei ihm abhängen – und Pizza lieben!« Sowohl Kasey als auch Agent Calloway sahen Danny verwundert an. »Weil John Quinn immer Pizza bis zum Abwinken bestellt. Und literweise Cola dazu. Zum Trinken. Echt heldenhaft!«

Agent Calloway sah die beiden an. »Euer Freund könnte in Gefahr sein. Seid ihr sicher, dass ihr mir nichts zu sagen habt?«

»Ryan ist nur krank«, erklärte Danny und warf Kasey einen warnenden Blick zu. »Aber wenn wir etwas von ihm hören, sagen wir ihm, dass Sie ihn suchen.«

Agent Calloway zückte ein paar Visitenkarten und reichte jedem von ihnen eine.

»Tut das. Hier ist meine Nummer. Ich will wirklich nur helfen.«

Einen Augenblick lang sah sie die beiden an, um ihnen die Chance zu geben, doch noch was zu sagen, dann ging sie weiter. Sobald sie außer Hörweite war, wandte Kasey sich an Danny.

»Wieso glauben die, dass Ryans Vater ein Krimineller ist?«

»Ryan hat gesagt, die CIA hätten ein paar Fotos geschossen von Mr Quinn mit einem berüchtigten thailändischen Schmuggler. Wahrscheinlich hat Mr Quinn den Kerl bezahlt, damit der ihn nach Andakar bringt, aber das wissen sie ja nicht.«

»Dann sollten wir es ihnen sagen. Ich meine, was machen wir denn hier? Das ist doch verrückt – wir werden von der CIA befragt! Wenn sie die Wahrheit kennen, können sie ihm vielleicht helfen.«

»Wir sagen gar nichts, Kasey.« Danny beschlich das Gefühl, dass es vielleicht ein Fehler gewesen war, Kasey einzuweihen. Sie hatte irgendwie recht – das hier geriet außer Kontrolle, und jetzt hatte er sie auch noch mit hereingezogen.

»Warum denn nicht?«

»Weil das, was die Quinns da machen – die ganze Sache mit dieser Fluchthilfeorganisation ERC – das ist illegal. Sie benutzen falsche Pässe, um in fremde Länder einzudringen. Wahrscheinlich bestechen sie Beamte und hacken sich in Regierungsakten. Schleichen sich über Grenzen. Wer weiß, was sie sonst noch machen. Dafür könnten sie verhaftet werden.«

»Aber das ist doch blöd – sie helfen Leuten doch!«, beharrte Kasey.

»Ich weiß. Und wenn wir nicht vorsichtig sind, könnten Sie einen schrecklichen Preis dafür bezahlen.« Danny verstand ihre Enttäuschung. »He, mach dir keinen Kopf wegen des Gebäudes heute Abend. Wahrscheinlich ist da sowieso überhaupt nichts.«

»Ach was«, widersprach Kasey. »Das sagst du jetzt doch nur, weil du glaubst, dass ich durchdrehe. Was ich wahrscheinlich auch ein bisschen tue.«

»Durchdrehen wäre jetzt völlig gerechtfertigt.«

»He, Kasey! Lass uns gehen!« Eine Stimme unterbrach ihre Unterhaltung.

Sie drehten sich um und sahen Kaseys Bruder Drew Stieglitz.

»Wenn ich rauskann, sehen wir uns heute Abend vielleicht!«, wisperte Kasey und nahm ihren Rucksack.

»Du musst nicht kommen«, sagte Danny und meinte es auch so.

»Schreib mir, wenn sich irgendwas ändert!«

Damit lief sie zu ihrem Bruder. Steeg sah Danny an, als wolle er ihm den Kopf abreißen. Doch Danny grinste nur und winkte, was den muskelbepackten Hohlkopf nur noch mehr ärgerte.

Und genau das war es, was Danny zum ersten Mal an diesem Tag ein Lächeln entlockte.

35

Mount Bana, Andakar

»Wach auf! Sie kommen!«

Ryan drehte sich um, als Lan ihn schüttelte. Er fühlte sich wie erschlagen und jede Stelle seines Körpers tat ihm weh nach den paar Stunden Schlaf auf dem harten Steinboden. Doch die Angst in Lans Stimme ließ ihn sofort hellwach werden.

»Soldaten?«

Lan hielt das Funkgerät hoch, das sie aus dem Jeep mitgenommen hatten. »Ich musste rausgehen, um ein Signal zu bekommen. Und da habe ich sie reden gehört. Da sich die zwei Wachen, die wir gefesselt haben, nicht gemeldet haben, haben sie eine Einheit hergeschickt.«

Ryan realisierte, was sie da flüsterte, und bemerkte, dass sie ihren Rucksack trug.

»Was hast du vor?«

»Ich will verschwinden, bevor sie hier sind!«

»Das ist doch verrückt. Wir bleiben hier – vorher haben sie euch ja auch nicht gefunden.«

»Das war aber nur, weil sie geglaubt haben, dass wir geflüchtet sind. Dass wir zur Grenze gekommen sind. Ich kenne die ASI. Wenn sie glauben, dass wir hier irgendwo sein könnten, fackeln sie alle Tempel ab.« Sie sah zu dem immer noch schlafenden John. »Und dein Vater kann noch nicht weg. Er braucht noch ein oder zwei Tage.«

Ryan wusste, dass sie recht hatte, kapierte aber nicht so richtig, wie ihr Plan aussah.

»Was hast du denn vor?«

»Ich lenke sie ab«, erklärte Lan. »Ich sorge dafür, dass sie mich sehen. Wenn sie mir folgen, werden sie dich und John in Ruhe lassen. Sie werden nicht einmal mitkriegen, dass ihr hier seid.«

»Sie werden dich umbringen.«

»Ja, vielleicht. Ich will nur nicht, dass sie mich kriegen. Das wäre viel schlimmer.« Lan wandte sich zum Gehen, doch Ryan sprang auf.

»Tu das nicht – wir könnten zusammen abwarten.«

»Ich habe die Entscheidung getroffen, Myat Kaw zu werden. Nicht du oder dein Vater. Also ist es meine Sache, das auszustehen. Sag deinem Dad Danke von mir.«

Ryan wusste nicht, was er tun sollte, als sie im Tunnel zum Ausgang verschwand. Das war doch Selbstmord. Oder noch schlimmer – er hatte die Foltermethoden der ASI gesehen. Was würden sie wohl mit jemandem machen, der ihre wohlgehüteten Geheimnisse verbreitet hatte. Ryan wollte sich das gar nicht erst vorstellen.

Eigentlich war das ja gar nicht sein Problem. Aber warum fühlte er sich dann verantwortlich? Er hatte dieses Mädchen doch gerade erst kennengelernt. Es kam ihm so mutig vor, dass sie sich diesen Tyrannen widersetzte und dabei alles riskierte. Und jetzt würden sie sie höchstwahrscheinlich schnappen und leiden lassen und …

Er reagierte, ohne nachzudenken, schnappte sich seine Tasche, steckte eine Taschenlampe und ein paar Notverpflegungsriegel ein und warf sie sich über die Schulter, als er hörte, wie sich der Stein am Eingang knirschend bewegte.

»Was ist los?«, hörte Ryan seinen Vater sagen. »Wo ist Lan?«

»Die ASI kommt. Wir werden sie von hier weglocken.«

»Nein, tu das nicht!« John versuchte, aufzustehen, doch Ryan ging zu ihm. Er legte seinem Vater die Hand auf die Schulter und hielt ihn zurück.

»Doch Dad. Lan ist schon fort und ich kann sie das nicht allein tun lassen. Wenn ich ihr helfe, hat sie eine größere Chance.«

»Das ist zu gefährlich. Du bist noch nicht bereit.«

»Ich habe dich doch immerhin gefunden, oder? Ich bin ganz allein hergekommen, und irgendwie werde ich es schaffen, Lan aus Andakar hinauszubringen. Außerdem bleibt uns ja wohl kaum etwas anderes übrig. Wenn die ASI Lan schnappt, was glaubst du, was Aung Win mit Mum tut? Glaubst du wirklich, er lässt sie einfach laufen?«

John wollte widersprechen, aber Ryan sah, dass er im Grunde seiner Meinung war. Sobald Aung Win hatte, was er wollte, würde er dafür sorgen, dass niemand, der bezeugen konnte, was passiert war, am Leben blieb. Sie mussten Lan in Sicherheit bringen, nicht nur ihretwegen, sondern auch für Jaqueline.

»Gib mir meine Tasche«, verlangte John.

Er lehnte sich an die Wand, während Ryan ihm seine Tasche brachte. John suchte etwas darin und nahm einen Pass, eine Plastiktüte und eine Rolle Textilklebeband hervor. »Das ist Lans Pass. Er ist falsch, aber beste Qualität. Damit kommt sie über die Grenze nach Thailand.«

»Okay«, sagte Ryan und wollte ihn in seinen Rucksack stecken.

»Nicht«, hielt ihn sein Vater zurück. »Pack alles Wichtige in diese Tüte und bewahre sie an den Körper geklebt auf. Pass, Telefon, Notgroschen.«

Ryan nickte und sah zum Ausgang.

»Ich muss los.«

John hielt ihn am Arm fest.

»Ihr müsst den Berg runter nach Hodaw. Sobald ihr auf der anderen Seite des Mount Bana seid, solltet ihr Handyempfang haben. Merk dir diese Nummer«, sagte John und nannte eine zehnstellige Nummer.

»Warum?«

»Tu es einfach.« John war ganz sachlich, sodass Ryan einen Eindruck davon bekam, wie er sich auf einer Mission verhielt. John sagte die Nummer noch einmal auf und ließ Ryan sie wiederholen.

»Der Mann am anderen Ende wird eure Evakuierung aus Hodaw organisieren. Er heißt Simon McClelland. Er sagt dir, was ihr als Nächstes tun sollt.«

»Ist das der Schmuggler?«, fragte Ryan, dem die Fragen der CIA-Leute einfielen.

John war offensichtlich überrascht, dass Ryan davon wusste, verschwendete aber keine Zeit damit.

»Du kannst Simon vertrauen. Ich habe ihm einmal aus einer schlimmen Lage geholfen.«

Ryan stand auf. Er musste gehen, wenn er Lan nicht aus den Augen verlieren wollte.

»Hier sind Wasser und Essen für eine Woche. Kommst du so lange klar?«

»Mach dir um mich keine Sorgen. Ich folge euch, sobald ich mein Bein wieder belasten kann. Wenn Aung Win anruft, versuch, Zeit zu gewinnen. Wenn wir noch ein paar Tage Zeit bekommen, kann ich mich um ihn kümmern.«

»Ich versuche es«, versprach Ryan.

»Ryan!« John sah ihn besorgt an. »Sei vorsichtig. Du weißt, wie sehr ich dich liebe, nicht wahr?«

Ryan erinnerte sich an die Worte, die sein Vater sagte, seit er ein kleiner Junge war. Er versuchte, seinen Dad auf die gleiche Weise zu beruhigen, wie dieser es früher getan hatte: »Wir sind schneller wieder zusammen, als du denkst.«

Doch keiner von beiden schien sonderlich davon überzeugt zu sein.

36

Mount Bana, Andakar

Seit kurz vor Sonnenaufgang waren sie unterwegs. Als die Temperatur stieg, fraß die Sonne schließlich den Morgennebel weg. Diese Seite des Berges war steiniger und sie stiegen über glitschige, trügerische Felsen ab. Lan hatte Stiefel an, aber Ryan nur hohe Turnschuhe, die für diese Art der Kletterei ungeeignet waren. Und es lagen immer noch mindestens vier Stunden davon vor ihnen.

Sie redeten nicht viel, sondern gingen schweigend ihren Weg. Lan hatte so getan, als ärgere sie sich darüber, dass Ryan mit ihr kam, doch er spürte ihre Erleichterung. Als sie das Tempelgelände verließen, sorgten sie dafür, dass die gefesselten Wächter sahen, in welche Richtung sie gingen. Die Einheit musste ihnen folgen, damit Ryans Dad in Sicherheit war.

Lan hatte das Funkgerät der Soldaten leise gestellt.

»Es tut mir leid, was geschehen ist«, sagte sie. »Es ist meine Schuld, dass deine Eltern in Gefahr sind.«

»Nein, ist es nicht. Sie haben sich für diese Art von Leben entschieden. Ich schätze, die Gefahr gehört einfach dazu.«

»Klingt, als seist du nicht einverstanden.«

»Ich will nur ein normales Leben. Von Soldaten mit Maschinengewehren gejagt zu werden, ist definitiv nicht normal.« Während sie weitergingen, dachte Ryan darüber nach, dass er eigentlich fast gar nichts über Lan wusste. Sie war zweifellos mehr als ihre Blogs, daher fragte er: »Wo sind denn deine Eltern?«

»Sie sind gestorben. Bei einem Autounfall«, antwortete Lan, ohne stehen zu bleiben oder ihn anzusehen.

»Das ist schrecklich. Es tut mir leid.« Ryan wusste nicht, was er sonst sagen sollte. Vielleicht hätte er einfach lieber den Mund halten sollen.

Nach ein paar Schritten sagte Lan: »Ich glaube, die Vorstellung von einem »normalen Leben« ist eine Lüge. Für mich war es das jedenfalls. Es ist, als lebe man in einer Blase. Um uns herum passieren alle möglichen schrecklichen Dinge, und wir tun einfach so, als wäre nichts.«

»Wir können nicht alle Probleme lösen«, meinte Ryan.

»Aber wir können auch nicht so tun, als sei alles in Ordnung«, gab Lan zurück.

Auf den vielen Reisen hatte Ryan einiges gesehen und wusste aus erster Hand, wie schwer manche Leute es hatten. Er fand es bewundernswert, dass Lan tatsächlich etwas getan hatte, um ihren Mitmenschen zu helfen. Und es hatte sie viel gekostet – sie floh von der einzigen Heimat, die sie je gekannt hatte. Er begann erst jetzt zu verstehen, was für ein Opfer sie gebracht hatte, als sie Myat Kaw geworden war.

»Ich finde, was du getan hast, war echt mutig«, sagte er.

»Oder dumm«, sagte Lan und lächelte, als Ryan ihr die Hand hinhielt, um ihr von einem Vorsprung herunterzuhelfen. »Ich bin mir da noch nicht so sicher.«

»Manchmal liegen Dummheit und Mut nicht weit auseinander.«

Während der nächsten halben Stunde unterhielten sie sich. Sie erzählte ihm von ihrem Leben bei Aung Win und wie sie gelernt hatte, sich im Kali Thawar unbemerkt zu bewegen. Er erzählte ihr von New York City und seinen Mitschülern. Lan faszinierte es, an wie vielen Orten er schon gewohnt hatte.

»Das möchte ich auch gerne tun«, gestand sie ihm. »Überallhin reisen. Immer neue Dinge sehen. Das klingt toll.«

»Es war schon recht cool«, gab Ryan zu. »Und auf jeden Fall besser, als bei deinem Onkel zu wohnen.«

»Alles ist besser als das. Er war ja so wütend, als er herausfand, dass ich Myat Kaw bin.«

Ryan hielt abrupt an.

»Er weiß, dass du das bist?«

»Deshalb will er mich ja unbedingt zurückhaben. Er will nicht, dass seine Bosse herauskriegen, wer ich bin. Wenn die wissen, dass Myat Kaw seine Nichte ist, wissen sie genau, woher die streng geheimen Informationen kommen. Er wäre ruiniert. Wahrscheinlich würden sie ihn sogar hinrichten.«

Ryan überlegte, ob sie das nicht zu ihrem Vorteil nutzen konnten.

»Vielleicht würde er meine Mutter gehen lassen, wenn du versprichst, nichts mehr zu posten? Solange er dich in Ruhe lässt, versprichst du, nicht zu verraten, wer Myat Kaw ist.«

Lan antwortete nicht, aber es war klar, dass sie von dieser Idee nicht viel hielt.

»Es könnte klappen«, fügte Ryan hinzu.

»Ich wünschte, es wäre so einfach. Es wäre für mich sicherer, wenn die Welt nie herausfände, wer ich wirklich bin. Aber mein Onkel wird nicht aufhören. Nicht, solange er glaubt, dass ich eine Bedrohung für ihn darstelle. Irgendwann wird er mich finden.«

Ryan wusste, dass sie recht hatte. Er hatte Aung Win ja in Aktion gesehen. Er war rücksichtslos und nicht der Typ, der irgendwelche losen Enden hinterließ.

Plötzlich schlug Lan die Hand vor den Mund, als sei ihr etwas eingefallen.

»Oh mein Gott … das Telefon!«

»Welches Telefon?«

»Das von deinem Dad!« Lan wandte sich ihm entsetzt zu. »Ich habe versucht herauszufinden, woher mein Onkel wusste, dass dein Vater an meiner Flucht beteiligt war. Wir waren immer so vorsichtig – alle Nachrichten waren verschlüsselt. Aber in der Nacht, als er angeschossen wurde, da hatte ich solche Angst. Ich konnte nicht mehr klar denken und ich hatte nur versucht, wegzukommen. Wir hatten es gerade noch in den Tempel geschafft, aber es war so dunkel, wir konnten nichts sehen. Ich habe das Telefon in seiner Tasche gefühlt. Also habe ich es genommen und eingeschaltet, nur um Licht zu haben, damit wir die Geheimtür finden. Als John sah, was ich getan hatte, ließ er es mich sofort wieder ausschalten.«

Ryan verstand, was passiert war.

»Telefone kann man orten und die Nummer identifizieren, selbst wenn nicht damit telefoniert wird.«

»Und das heißt, dass es tatsächlich meine Schuld ist. Dass sie euch gefunden haben, dass deine Mutter entführt wurde …«

»Sag das nicht«, beruhigte sie Ryan. »Du hast nur versucht, zu überleben, du hast …«

»Ryan!«, schrie Lan plötzlich und sprang Ryan so heftig an, dass sie beide zu Boden gingen, als – *Peng!* – ein Schuss das Tal erzittern ließ. Als sie sich wieder aufrappelten, zeigte sie nach unten. »Da!«

Weit unter ihnen sah Ryan Soldaten, die sich verteilten. An ihnen kamen sie nicht vorbei, also sah Ryan stattdessen nach oben.

»Da entlang!«

Er rannte auf ein dichtes Wäldchen zu, während noch weitere Schüsse knallten. Im Schutz des Laubs hetzten sie weiter, sprangen über Steine und kämpften sich durch das Unterholz. Lan stolperte und stürzte, und Ryan lief zurück, half ihr auf und zwang sie, den Schmerz zu ignorieren und weiterzurennen.

Sie gelangten bis an einen Grat. In der Ferne sah Ryan weitere Militärfahrzeuge, die sich ihnen näherten. Während er versuchte herauszufinden, in welche Richtung sie laufen sollten, hielt Lan im Laufen das Funkgerät ans Ohr und lauschte angestrengt.

»Sie haben Hubschrauber angefordert«, berichtete sie außer Atem.

Sie konnten nicht wieder hinunter, aber die zerklüfteten Felsen über ihnen schienen unerreichbar. Also blieb ihnen nichts weiter übrig, als am Berg entlangzulaufen, in der entgegengesetzten Richtung zu der, in die sie eigentlich wollten. Jeder Schritt brachte sie wieder tiefer in das Gebiet von Andakar zurück und weiter weg von der thailändischen Grenze.

»Sie kommen näher!«, warnte Lan keuchend.

»Los, weiter!« Ryan bahnte ihnen einen Weg und drang immer tiefer ins Unterholz ein, was es den Soldaten hoffentlich erschwerte, ihnen zu folgen. Vielleicht konnten sie sich verstecken, wenn sie es schafften, genügend Abstand und Hindernisse zwischen sich und den Feind zu bringen.

Nach einer Viertelstunde unablässigen Rennens war Lan außer Atem und konnte nur noch mit Mühe mit Ryan Schritt halten. Als sie sich durch ein dichtes Gebüsch schlugen, bemerkten sie ein dumpfes Grollen.

»Ist das ein Hubschrauber?«, fragte Lan und sah nach oben.

Ryan suchte den Himmel ab, konnte aber nichts entdecken. Das Grollen schien von überallher zu kommen. Er hatte ein zunehmend schlechtes Gefühl, als sie zwischen den dichten Bäumen auf eine Lichtung kamen. Abrupt blieb er stehen, unfähig, zu fassen, was er sah.

»Sie holen auf!«, mahnte Lan, als sie aus dem Unterholz kam, auf die Lichtung stürzte und fast in Ryan stieß.

Dann erstarrte sie, als sie bemerkte, was Ryan so anstarrte. Zehn Schritte vor ihnen fiel das Gelände plötzlich senkrecht in eine tiefe Schlucht ab. Und auch wo das Donnern herkam, wurde plötzlich klar. Fünfzehn Meter unter ihnen toste ein weiß schäumender Fluss mit vielen Stromschnellen durch den Dschungel.

Sie saßen in der Falle. Sie konnten nirgendwohin.

37

Mount Bana, Andakar

»Dafür haben wir keine Zeit! Wir müssen weg!«

Lan sah unruhig zu den Bäumen zurück.

Doch Ryan ignorierte sie. Er legte den falschen Pass, den sein Vater ihm gegeben hatte, in einen Plastikbeutel und versiegelte ihn.

»Halt das vor deinen Bauch!«, befahl er.

Lan wunderte sich zwar, hob aber die Bluse hoch und tat, was er sagte. Schnell wickelte er das Stoffklebeband zwei Mal um ihren Leib, um die Tüte zu sichern.

»Muss das denn jetzt sein?«, fragte sie ungeduldig.

»Wir können es nicht riskieren, die Pässe zu verlieren.« Ryan nahm das Handy aus der Jeanstasche und steckte es in eine weitere Plastiktüte, zusammen mit seinem eigenen Pass. Schnell verschloss er sie. »Das Telefon ist zwar angeblich wasserdicht, aber ich will lieber nichts riskieren.«

Plötzlich verstand Lan.

»Wasserdicht?« Fassungslos sah sie in die Stromschnellen unter ihnen. »Ich bin keine sehr gute Schwimmerin.«

»Ich wette, du kannst das besser, als Kugeln auszuweichen«, behauptete Ryan, klebte sich die Tüte mit seinem Pass und dem Telefon auf den Bauch und nahm sie an der Hand. Er musste sie praktisch zum Rand der Klippe zerren. Der Fluss unter ihnen schlängelte sich durch die Schlucht und rauschte mit ungeheurer Kraft durch den Bambus und über die Felsen. »Wenn du im Wasser landest, verschränk die Arme über der Brust und versuch, auf dem Rücken liegen zu bleiben. Streck die Füße nach vorne aus, damit du mit den Stiefeln zuerst anstößt. Okay?«

»Nein, überhaupt nicht okay!«

Ryan versuchte, so zu tun, als sei das keine große Sache, aber er schaffte es nicht ganz.

»Eins, zwei …«, zählte er und nahm sie wieder an der Hand.

»Ich kann nicht …«, schrie Lan und riss ihre Hand los, doch in diesem Moment schlug eine Kugel hinter ihnen in den Baum ein, sodass viele Blätter abflogen.

»DREI!«, schrie Ryan und sprang mit ihr von der Klippe. Einen Augenblick hatten sie das Gefühl, frei in der Luft zu hängen. Dann stürzten sie beide schreiend auf das Wasser zu.

Ryan schlug in einem Winkel auf und durchschnitt die Oberfläche. Die Wassermassen wirbelten ihn herum, sodass er nicht mehr wusste, wo oben und unten war, und er Mühe hatte, den Mund geschlossen zu halten. Wenn er Wasser in die Lunge bekam, war es vorbei. Er musste an die Oberfläche.

Er prallte mit der Schulter an einen Felsen, dass ihm die Luft aus den Lungen entwich. Doch dann sah er über sich etwas Helles. Die Sonne! Die Strömung wurde ein wenig geringer – er trat aus und schwamm dem Licht entgegen. Obwohl ihm langsam die Luft ausging, zwang er sich, zielstrebig weiterzuschwimmen.

Endlich kam Ryan an die Oberfläche und rang keuchend nach Luft. Mit den Händen rudernd probierte er, sich auf den Rücken zu drehen und die Füße nach vorne zu bringen. Es war fast unmöglich und er näherte sich ein paar Stromschnellen.

Ryan versuchte, langsamer zu werden, und ruderte hektisch rückwärts, während er nach etwas suchte, was ihn langsamer machen würde.

»Lan!«, schrie er, doch anstatt des lauten Rufes, den er hatte ausstoßen wollen, kam eher ein erstickter Schrei hervor. Er verspürte den ersten Anflug von Panik, dass sie ertrunken sein könnte.

Doch dann tauchte sie schließlich zehn Schritte vor ihm auf! Verzweifelt schlug sie um sich und ihr Kopf verschwand immer wieder unter der Wasseroberfläche. Sie würde es nicht schaffen, erkannte Ryan. Sie hatte eine Menge Wasser geschluckt und würde ertrinken, wenn er nichts unternahm.

»Auf den Rücken!«, schrie er, doch entweder konnte sie ihn im Lärm der Stromschnellen nicht hören, oder sie war zu sehr damit beschäftigt, zu überleben.

Die nächsten Stromschnellen waren direkt vor ihnen. Lan brauchte Hilfe. Ryan schwamm auf einer Welle auf sie zu – die Kraft der Strömung trug ihn schnell zu ihr. Er war so schnell, dass er fast in sie hineinprallte, aber der Ausdruck des Entsetzens auf ihrem Gesicht hatte ihm Bärenkräfte verliehen. Obwohl er selbst kaum noch konnte, drehte er sie um, sodass sie in den Himmel sah.

»Ich hab dich! Lass locker – vertrau mir!«

Er zog sie über sich und schlang die Arme um ihre Taille. Sie war klein genug, dass seine Beine über ihre hinausragten, und als sie in die nächsten Stromschnellen gelangten, konnte er sie beide mit seinen Füßen steuern und den Felsen ausweichen.

Sei schossen auf dem schäumenden Wasser flussabwärts und wanden sich durch die Kurven wie auf einer olympischen Wildwasserstrecke. Ryan stieß sich die Hüfte an einem Felsen an, und sein Kopf schlug gegen einen Ast, doch er hielt Lan fest. Komme, was wolle, er würde sie nicht loslassen.

Endlich kamen sie hinter den letzten Stromschnellen in einen etwas ruhigeren Abschnitt des Flusses. Ein paar Sekunden lang trieben sie nur, doch Ryan spürte schon, wie seine Füße absanken. Da er Lan nicht loslassen wollte, hielt er sie mit einem Arm fest und benutzte den anderen, um sie über Wasser zu halten.

»Alles okay?«, fragte er leiser.

Lan keuchte und rang nach Atem.

»Fantastisch!«

Unwillkürlich musste er lächeln. Vor ihnen machte der Fluss eine scharfe Biegung. Und an der Seite ragte eine Insel aus Felsen und gebrochenen Bambusästen aus dem Wasser – die beste Möglichkeit anzulanden. Ryan paddelte darauf zu, doch plötzlich wurde die Strömung wieder stärker.

»Ryan«, sagte Lan, »hörst du das?«

Hinter der Biegung erklang ein dumpfes, tiefes Donnern. Mit dem freien Arm paddelte Ryan noch angestrengter auf die Insel zu. Mit der ausgestreckten Hand bekam er einen Bambusast zu fassen und hoffte, dass er sie beide daran in Sicherheit ziehen konnte, doch der war nicht fest genug und brach los.

Als sie um die Biegung gespült wurden, nahm der Fluss wieder an Tempo auf, und der Rand eines Wasserfalls kam in Sicht. Ryan wusste, dass er Lan gegen diese Kraft nicht würde halten können, und zerrte den Bambusstock unter ihre Arme.

»Festhalten!«, schrie er, während sie auf den Wasserfall zurasten.

Der Bambusstock bot gerade genug Widerstand, dass sie ihre Beine hochhalten konnten, um den Felsen unter Wasser auszuweichen.

Und dann segelten sie gemeinsam schreiend über den Rand des Wasserfalls.

38

New York, USA

Erst als ihn jemand an der Schulter packte, bemerkte Danny den Schatten, der sich angeschlichen hatte. Die Gewissheit, dass er gleich sterben würde, ließ ihn aufschreien und so schnell herumwirbeln, dass er das Gleichgewicht verlor, rückwärts umfiel und auf dem Hintern landete.

Doch es war nur Kasey, die ihn kopfschüttelnd fragte: »Sind wir ein wenig nervös?«

Danny rappelte sich auf und sah nach, ob die Fernbedienung den Sturz unbeschadet überlebt hatte. Er freute sich, Kasey zu sehen, auch wenn er das nicht zugeben wollte. »Komm rein, bevor dich jemand sieht!«

Er trat beiseite, damit Kasey zu ihm in die Nische kommen konnte, in der er sich versteckte. Auf der anderen Straßenseite lag ein altes Gebäude. Es war die letzte Adresse auf Dannys Liste, die er angefertigt hatte – der Liste mit den Grundstücken, die der Regierung von Andakar gehörten. Sie waren in Soho, einem angesagten Viertel von New York. Früher hatte es hier nur Fabriken und Ausbeuterbetriebe gegeben, und obwohl einige Läden des Blocks modernisiert und zu eleganten Boutiquen umgebaut worden waren, hatte das

Gebiet doch noch immer die bedrückende industrielle Atmosphäre beibehalten.

Danny und Kasey verbargen sich auf der Eingangstreppe zum Untergeschoss einer Bäckerei. Da der Laden nachts geschlossen war, hielt Danny es dort für sicher genug.

»Ich habe nicht geglaubt, dass du kommst«, sagte er.

»Mein Bruder hat mich ziemlich gut bewacht. Ich habe ihm irgendwann erzählt, dass ich noch Hausaufgaben machen würde und dann ins Bett gehe – dann habe ich einfach die Tür geschlossen. Hast du meine Nachricht nicht bekommen?«

»Ich habe mein Telefon zu Hause gelassen«, erklärte Danny. »Meine Mutter ist heute noch spät unterwegs, aber sie überprüft das GPS an meinem Telefon, damit sie immer weiß, wo ich bin.«

»Ich dachte, du seist so ein Technikfreak. Kannst du diese Funktion nicht ausschalten?«

»Natürlich! Wofür hältst du mich? Aber manchmal ist das ganz praktisch, so wie heute, weil sie jetzt glaubt, ich wäre noch zu Hause und würde Hausaufgaben machen.«

Kasey bemerkte die Fernbedienung in Dannys Hand. Sie hatte eine kurze Antenne, zwei separate Joysticks und einen Monitor in der Mitte.

»Was ist das?«

»Damit werden wir dort hineinsehen können, ohne dass du wieder irgendetwas Verrücktes machen musst.«

Danny hob eine ferngesteuerte Drohne vom Boden auf, die mit vier kleinen Rotoren ausgestattet war.

»Darf ich vorstellen? Die XTL Specter mit ein paar Verbesserungen à la Danny Santiago!«

Unter den Rotoren befand sich ein Elektrogehäuse mit einer winzigen Kamera auf einer drehbaren Platte. Danny bewegte die Joysticks an seiner Fernbedienung und ließ die Kamera hin und her schwenken. Die Bilder tauchten direkt auf dem Display der Steuerung auf.

»Deine eigene Spionagekamera«, stellte Kasey fest und sah zu dem Gebäude. »Die Wohnungen sehen alle leer aus. Wohnt da überhaupt jemand?«

»Das werden wir herausfinden. Vorne ist alles abgeschlossen und es gibt keine Möglichkeit, um das Haus herumzugehen.«

»Und was machen wir jetzt?«

»Wir gehen oben drüber!« Danny drückte auf einen Knopf an der Drohne, und die Rotorblätter begannen sich zu drehen, immer schneller, bis das Fluggerät schließlich gerade in die Luft stieg. Kasey wich ihr aus, und Danny erklärte: »Ich habe sie extra leise gemacht – wie eine Tarndrohne. Außerdem habe ich die Elektronik verbessert, sodass sie jetzt einen Radius von 500 m hat und über fünfzig Stundenkilometer fliegen kann.«

Gespenstisch leise erhob sich die Specter über die leere Straße und schwenkte scharf von rechts nach links, als Danny die Reaktion der Steuerung überprüfte. Kasey sah ihm über die Schulter auf das Display und staunte über die scharfen Bilder, die die Kamera übermittelte.

Danny ließ die Specter an der Fassade des fünfstöckigen Gebäudes hochfliegen. Vor allen Fenstern waren die Läden oder Vorhänge geschlossen und nirgendwo brannte Licht.

»Schon komisch für New York, dass niemand zu Hause ist«, fand Kasey.

»Ich weiß.«

Danny betätigte die Steuerung und ließ die Drohne über das Dach fliegen. Hinter dem Haus lag ein privater Innenhof. Vorsichtig ließ Danny die Specter sinken und schweben, damit sie die Wohnungen betrachten konnten.

Kasey sah auf den Bildschirm. Hier hinten waren die Fensterläden und Vorhänge nicht geschlossen, aber auch hier war alles dunkel.

»Geh runter zum nächsten Stockwerk«, befahl sie. »Ich glaube, ich habe da ein Licht gesehen.«

Danny lenkte die Specter zum Innenhof.

»Siehst du?«, deutete Kasey auf den Bildschirm. Tatsächlich brannten dort Lichter, doch da die Vorhänge zugezogen waren, konnten sie nichts sehen. »Vielleicht ist da jemand, aber sie wollen nicht, dass das jemand weiß.«

Danny versuchte, einen besseren Blickwinkel zu bekommen, und bewegte die Drohne in verschiedene Richtungen. Plötzlich wurde der Vorhang beiseitegerissen und das Gesicht eines Mannes sah hinaus! Impulsiv drückte Danny beide Joysticks nach vorne, sodass die Specter in den Himmel schoss.

»Das war ein Mann, aber ich konnte ihn nicht gut genug sehen.« Kasey seufzte.

»Das ist okay, denn ich habe genug für uns beide gesehen.« Danny lenkte die Specter schnell wieder zu ihnen. »Ich weiß, wer das war.«

»Du hast ihn erkannt?«

»Das ist der Kerl, der Ryans Mum entführt hat. Der Große – dieser Leibwächter.«

»Wir müssen die Polizei rufen.«

»Das können wir nicht. Sie sagten, keine Cops.«

Die Specter raste auf sie zu und Danny ließ sie auf der Treppe neben ihrem Versteck landen.

Doch Kasey wollte nicht nachgeben.

»Überleg doch mal, Danny. Ryan ist auf der anderen Seite der Welt, aber seine Mum ist womöglich *hier nebenan.* Wenn die Polizei sie jetzt retten würde, dann wäre alles vorbei.«

»Und wenn sie das nicht können? Wenn sie gar nicht da ist oder etwas schiefgeht und die Kerle nur wütend werden?«

»Das ist die Polizei. Die sind gut in so was. Wesentlich besser als wir.«

Danny wusste, dass Kasey recht hatte. Er hatte keine Ahnung, was sie jetzt tun sollten. Er musste unbedingt mit Ryan sprechen.

»Du hast doch dein Telefon, oder?« Kasey nickte. »Ruf Ryan an. Wenn wir Glück haben, geht er ran.«

Kasey zückte ihr Telefon, wählte – Danny bemerkte, dass sie Ryan bereits unter den Favoriten eingespeichert hatte – und wartete.

Bitte antworte!, dachte Danny. *Überlass diese Entscheidung nicht uns allein!*

Doch Kasey schüttelte den Kopf.
»Nur die Mailbox.«
Enttäuscht betrachtete Danny das dunkle Gebäude.
»Okay«, sagte er schließlich. »Rufen wir die Cops.«

39

Fluss Lazu, Andakar

Ryan flog durch die Luft, und es nutzte ihm gar nichts, wild mit den Armen zu rudern, als er ins Wasser stürzte. Er kam mit den Füßen voran auf und tauchte tief unter. Sofort ergriff ihn die Strömung und schon wieder schlug er unter Wasser Purzelbäume.

Als er schließlich wieder an die Oberfläche kam, hustete er und rang keuchend nach Luft. Von Lan war keine Spur zu sehen. Die Strömung wurde zwar langsamer, zog ihn jedoch immer noch erbarmungslos mit sich. Kurz vor ihm vereinte sich der Fluss, in dem er trieb, mit einem wesentlich größeren, langsamer fließenden Gewässer. Endlich sah er Lan, die sich an dem Bambusstock festhielt wie an einem Rettungsring. Sie war weiter getrieben als Ryan, in den größeren Fluss. Er schwamm zu ihr, um sie zu beruhigen, bevor sie noch mehr Wasser schluckte.

»Alles in Ordnung – hol tief Luft«, befahl er und drehte sie vorsichtig auf den Rücken. Das Ufer war auf beiden Seiten weit entfernt. Dieser Fluss war breiter als ein Fußballfeld und sie trieben genau in der Mitte.

»Sieh mal …«, keuchte Lan und deutete hinter ihn.

Ryan drehte sich um und erkannte einen großen

Fischkutter, der auf sie zukam. Die Besatzung rief ihnen etwas zu. Das Boot war alt und heruntergekommen, aber leuchtend blau und grün gestrichen. Obwohl es fast auseinanderzufallen schien, wirkte es geradezu fröhlich.

»Was sollen wir tun?«, fragte Lan ängstlich.

»Ich glaube, wir haben keine große Wahl. Hoffen wir mal, dass sie uns freundlich gesonnen sind.«

Als der Kutter schließlich neben ihnen war, ließen die Fischer Netze an der Bordwand herunter. Ryan half Lan, eines davon zu ergreifen und wie auf einer Leiter daran hinaufzusteigen, Ryan folgte ihr misstrauisch. Auf dem Schiff hatten sie keine leichte Fluchtmöglichkeit, falls das hier schiefging. Oben ergriffen ihn raue Hände und zogen ihn über die Reling.

Keuchend und triefend blieben Ryan und Lan auf dem Rücken liegen. Neugierige Gesichter umringten sie, viele von ihnen mit weißer Farbe auf Nase und Wangen verziert. Es waren wettergegerbte Männer und Frauen und Ryan sah sogar mehrere Kinder. Offenbar eine Großfamilie, die auf diesem Fischerboot lebte. Die Rettungsaktion betrachteten sie offenbar als etwas ziemlich Bemerkenswertes.

Lan versuchte, sich mit ihnen zu unterhalten, doch die Kommunikation war wohl schwierig. Nach einer Weile erklärte sie: »Das sind Nachine – Flussnomaden. Sie haben ihre eigene Sprache.«

»Wie viele Sprachen gibt es denn in Andakar?«

»Fünfzig oder sechzig. Vielleicht sogar noch mehr. Sprache und Traditionen sind für manche Menschen hier die einzigen Freiheiten. Und die geben sie nicht so leicht auf.«

Ein verwitterter, mürrischer Mann hockte sich vor die beiden Fremden und betrachtete sie abschätzend. Dann bedeutete er ihnen, Schuhe und Strümpfe auszuziehen, damit sie trockneten, und wandte sich an seine Familie und Mannschaft, denen er ein paar Befehle erteilte. Die sahen sich verstohlen nach ihnen um und flüsterten untereinander, gehorchten aber, bereiteten die Netze vor und bemannten das Beiboot.

»Wohnen sie alle auf dem Schiff?«, fragte Ryan und sah sich um. Abgesehen von den Fischereigeräten sah er Wäscheleinen mit Kleidungsstücken, eine Küche im Freien und einen Wohnbereich mit kleinen Stühlen. Sie hatten sogar überall kleine Lichterketten und bunte Flaggen aufgehängt.

»Mehrere Monate im Jahr«, bestätigte Lan. »Den Rest des Jahres verbringen sie in temporären Dörfern am Flussufer, oft mit ein paar anderen Familien zusammen. Sie arbeiten zusammen, um die Regenmonate zu überstehen. Es ist kein einfaches Leben.«

Eine Frau kam mit zwei Holzschüsseln auf sie zu, in denen gelber Reis und weiße Stücke frischen Fisches lagen. Lächelnd forderte sie sie auf, zu essen. Ryan nahm einen Bissen und nickte begeistert. Es war mit Knoblauch und Kräutern gewürzt und schmeckte köstlich.

»Sind die Leute hier immer so nett zu Fremden?«, erkundigte er sich, als er geschluckt hatte.

»Für Buddhisten ist Gastfreundschaft eine Art der Verehrung. Wir nehmen das sehr ernst.«

Eine Weile aßen sie schweigend, während die Hitze der aufsteigenden Morgensonne ihre nassen Sachen schnell trocknete.

Nachdem sie gegessen hatten, verlangte der Kapitän, wie ihn Ryan insgeheim nannte, Antworten. Er stellte Lan seine Fragen, und sie bemühten sich, alles zu erklären. Sie konnte ihm mitteilen, dass sie in Schwierigkeiten waren. Sofort verdüsterte sich die Miene des Mannes. Er ahnte, wer hinter ihnen her war, und sah seine Familie an, als sorgte er sich bereits jetzt um deren Sicherheit.

Plötzlich rief ihm einer der Fischer etwas zu und deutete zum Horizont. Der Kapitän eilte zum Heck des Schiffes. Lan und Ryan stellten ihre Schüsseln ab und folgten ihm.

In der Ferne sahen sie einen Hubschrauber am Berghang entlang auf sie zufliegen. Unruhig sahen sie sich an. Ryan konnte das Gesicht des Kapitäns nicht deuten, als er den Hubschrauber beobachtete, der auf seiner Suche hin und her schwenkte.

Abrupt wandte sich der Kapitän an seine Familie und rief ihnen Befehle zu. Augenblicklich sprangen sie los, einige warfen die Netze aus, während andere Angeln mit gelben Bojen zu Wasser ließen. Die Frau, die ihnen den Reis mit Fisch gebracht hatte, bedeutete ihnen, ihr schnell zu folgen.

Sie brachte die beiden in die Mitte des Decks, wo zwei kleine Jungen eine hölzerne Luke zu einem dunklen Hohlraum aufschoben. Gestikulierend gab sie zu verstehen, dass sie dort hinuntersteigen sollten. Dabei blickte sie immer wieder besorgt zum Himmel, wo das Wumm-Wumm-Wumm des Hubschrauberrotors immer lauter wurde. Ryan konnte nicht erkennen, was sich dort unten befand, aber sie hatten keine große Wahl, also ließ er sich als Erster ins Dunkle hinuntergleiten und landete unsanft auf ein paar Leinensäcken.

Lan sprang gleich hinter ihm her – im nächsten Moment schlug auch schon der Lukendeckel über ihnen zu und stürzte sie in fast völlige Finsternis. Anscheinend wurden in der Luke Vorräte gelagert – es war eng, stickig und unglaublich heiß. Lan nahm Ryans Hand und hielt sie fest. Still lauschten sie, wie das Dröhnen des Hubschraubers immer näher kam und schließlich direkt über ihnen zu schweben schien.

Mehrere nervenzermürbende Sekunden lang rührte sich der Hubschrauber nicht. Das ganze Boot wackelte, während er scheinbar darüber zu halten schien. Doch plötzlich, auf wunderbare Weise, wurde das Beben weniger und das Geräusch schwächer. Der Hubschrauber drehte ab.

Ryan stieß einen erleichterten Seufzer aus. Erst jetzt bemerkte er, dass er die ganze Zeit den Atem angehalten hatte.

40

Fluss Lazu, Andakar

Ryan hatte keine Ahnung, wie er sie beide jetzt aus Andakar hinausbringen sollte. An der Grenze nach Thailand wimmelte es höchstwahrscheinlich von ASI-Soldaten, sodass es unmöglich sein würde, mit dem Schmuggler Kontakt aufzunehmen, der sie hinüberbringen sollte.

Einer der Fischer ruderte Ryan und Lan in einem kleinen Beiboot, das hinter dem Kutter festgemacht war, an Land. Der Hubschrauber hatte seine Suche stromabwärts fortgesetzt, daher hatten sie die Gelegenheit ergriffen, von Bord zu kommen. Aber Ryan hatte keine Ahnung, was sie tun sollten, wenn sie wieder festen Boden unter den Füßen hatten.

Sie brauchten einen Plan.

Er nahm den Plastikbeutel ab. Er war noch dicht und alles darin war sicher und trocken geblieben. Ryan schaltete das Telefon ein und hoffte, dass er hier im offenen Gelände ein Netz bekommen konnte. Dreißig Sekunden später, als das Beiboot auf das Ufer zusteuerte, klingelte es bei Danny.

Ryan ließ es viermal klingeln, danach schaltete sich der Anrufbeantworter ein.

»Hi, ich bin es«, meldete sich Ryan. »Wenn du das hörst – ich brauche deine Hilfe. Check deine E-Mails, ja?«

Seine Finger flogen über die Tasten, als er eine Nachricht schrieb, um Danny über den Stand der Dinge zu informieren. Er brauchte einen Weg, um Andakar zu verlassen, wusste aber nicht genau, wo er eigentlich war. Sein Handy-Akku war halb leer, doch er würde das Telefon eine Weile eingeschaltet lassen, erklärte er Danny. Mit etwas Glück konnte dieser ihn mit der Tracker-App und dem GPS des Telefons aufspüren und ihnen irgendwie helfen, über die Grenze zu kommen.

Als das Boot auf dem Ufersand knirschend anlandete, drückte Ryan auf den Sendeknopf und nahm dann die Plastikflasche mit Wasser und ein Stoffpäckchen entgegen, das der Fischer ihnen gab. Ryan wickelte seines aus und fand mehrere Streifen getrocknetes Fleisch und ein paar Stücke Fladenbrot mit Sesamkörnern. Sie bedankten sich und sprangen an Land, froh, wieder festen Boden unter den Füßen zu haben.

Lan sah einen kleinen Hügel hinauf.

»Der Kapitän hat gesagt, dass da oben Gleise sind, die zur Grenze führen.«

»Das muss mindestens zwanzig Kilometer weit sein.«

»Und sie werden überall nach uns suchen.«

Ryan wünschte, ihm fiele etwas ein, aber Tatsache war, dass ihm die Ideen ausgingen. Seine Eltern hätten wahrscheinlich gewusst, was zu tun war, aber er hatte absolut keine Ahnung.

Als er den Hubschrauber zurückkommen hörte, drehte Ryan sich um. Es schien so, als ob ihre Verfolger ihre erste schnelle Suche flussabwärts beendet hatten und jetzt auf dem Rückweg langsamer und gründlicher suchten.

»Wir müssen in Deckung«, rief er und zog Lan eilig zu den Bäumen und Büschen am Ufer.

Im nächsten Moment hörten sie schon Schüsse knallen und hechteten hinter einen Baum. Aber die Schüsse galten nicht ihnen.

»Nein!«, schrie Lan entsetzt. Der Hubschrauber umkreiste den Fischer im Beiboot wie ein Hai seine Beute. Der Mann versuchte panisch zum Kutter zurückzurudern.

Maschinengewehrschüsse knatterten in das Beiboot und der Mann wurde mehrere Male getroffen. Instinktiv wandte sich Lan von dem Gemetzel ab, doch Ryan sah entsetzt zu.

Die ASI hatten den Mann kaltblütig ermordet.

Und sie waren noch nicht fertig. Der Helikopter schwebte jetzt über dem Kutter, auf dem sich die Fischerfamilie zusammendrängte. Über das Wasser erklang das blecherne Geräusch eines Megafons, durch das die Soldaten mit dem Kutter kommunizierten.

Lan sah, was passierte.

»Sie zwingen sie, anzulanden.«

Ryan sah eine freie Fläche ein Stück flussabwärts, zu dem das Fischerboot offensichtlich geleitet wurde. Ein kleiner Konvoi von Militärjeeps raste auf einer schmalen Straße zu diesem Landepunkt. Mit quietschenden Reifen hielten die Wagen und die Soldaten sprangen raus und warteten mit gezogenen Waffen auf den Kutter.

»Die ASI«, erkannte Ryan.

»Sie werden sie foltern, bis jemand zusammenbricht und zugibt, dass sie uns geholfen haben. Und dann werden sie sie alle umbringen.«

Ryan sah den Hügel hinauf. Er ahnte, dass die beste Chance, Lan und sich aus Andakar hinauszubringen, darin lag, in die entgegengesetzte Richtung zu laufen und in Deckung zu bleiben. Wenn sie es auf einen Zug schafften, konnten sie in ein paar Minuten schon meilenweit weg sein.

Ryan dachte an all die Leute, die ihm in den letzten paar Tagen geholfen hatten. Der Mönch mit dem Armband, die Männer im Café, die ihn nicht verraten hatten, die Gefangenen in der ASI-Zentrale, das Mädchen mit dem Hello-Kitty-T-Shirt und ihr Vater. Ohne sie wäre er nie so weit gekommen. Wenn er jetzt wegrannte, würde er für immer das Gefühl behalten, sie alle im Stich gelassen zu haben.

Lan hatte recht. Ryan konnte nicht in einer Blase leben. Er konnte nicht einfach den Dingen den Rücken kehren und so tun, als gäbe es diese Brutalität gar nicht. Wenn er diesen Leuten nicht half, wer sollte es dann tun?

»Geh zu den Gleisen«, sagte er zu Lan. »Nimm den nächsten Zug, egal wohin, nur verschwinde von hier.«

»Aber wir müssen etwas tun!«, rief sie aufgebracht.

»Ich werde es versuchen, aber du solltest gehen,

solange du noch kannst. Sonst werden wir hier möglicherweise beide sterben.«

Lan schüttelte den Kopf: »Ich gehe nirgendwo hin!«

Sie war offensichtlich fest entschlossen. Ryan sah zu dem Kutter, den die Soldaten an Bord des Hubschraubers an Land zwangen. Dort erwarteten ihn die ASI-Soldaten mit drohend erhobenen Gewehren.

»Bist du sicher?«

»Absolut.«

»Na gut. Mir kommt gerade eine Idee. Zu zweit könnten wir es vielleicht wirklich schaffen.«

41

New York, USA

Kasey verstand nicht, warum die Polizei nur einen einzigen Streifenwagen schickte. Sie hatte vom Münztelefon an der Ecke angerufen und behauptet, sie hätte im Gebäude eine Frau schreien hören. Sie hatte ein SWAT-Team oder so etwas erwartet.

Doch es kamen nur zwei uniformierte Beamte, um nachzusehen. Sie klopften und klingelten an ein paar Wohnungen. Einer von ihnen stand auf dem Gehweg und sah am Gebäude hoch.

»Was machen die Polizisten wohl, wenn keiner öffnet?«, fragte sich Danny.

In diesem Moment ging überraschend die Tür auf und aus dem Flur des Hauses drang Licht. Ein Asiate in einer Strickjacke und mit einer Lesebrille lächelte die Polizisten an. Er ging leicht gebückt und bewegte sich langsam und bedächtig. Kasey konnte das Gespräch nicht mit anhören, doch alles schien recht friedlich.

»Das ist er«, behauptete Danny. »Das ist Aung Win.«

»Das soll ein Spion sein?«, staunte Kasey, während Aung Win die Beamten hereinbat und die Tür schloss.

»So hat er vorher nicht ausgesehen. Glaub mir, der ist total fies.«

»Er hat die Cops gerade hereingebeten. Als hätte er nichts zu befürchten.«

»Was bedeutet, dass sie wahrscheinlich nichts finden werden. Er ist zu clever. Vielleicht war das ein Fehler.«

Kasey verspürte einen Anflug von Panik. Hätten sie vielleicht lieber auf eine Antwort von Ryan warten sollen? Was, wenn sie mit dem Anruf bei der Polizei buchstäblich das Todesurteil für seine Mutter unterschrieben hatten? Die nächsten zehn Minuten vergingen quälend langsam, während sie schweigend abwarteten. Gelegentlich ging in einer der leeren Wohnungen für kurze Zeit das Licht an, dann erlosch es wieder.

Schließlich ging die Haustür wieder auf und die Beamten und Aung Win kamen heraus. Enttäuscht sah Kasey, wie sie alle lachten. Es hatte nicht funktioniert.

Die Beamten kehrten zu ihrem Fahrzeug zurück und fuhren davon. Aung Win winkte ihnen nach. Doch sobald der Wagen um die Ecke war, verschwand Aung Wins Lächeln. Er richtete sich auf und nahm die Brille ab.

»Zurück!«, zischte Danny und zog Kasey tiefer ins Dunkle.

Sie zuckten mit keinem Muskel, während Aung Win wütend die Straße auf und ab sah. Nach ein paar angespannten Sekunden ging er wieder nach drinnen und schloss die Tür. Im Gang ging das Licht aus und das Gebäude versank wieder in Dunkelheit.

»Und was machen wir jetzt?«, fragte Kasey.

»Jetzt gehen wir nach Hause und beten, dass wir

nicht alles vermasselt haben«, antwortete Danny und begann rasch die Kamera von der Drohne abzumontieren. »Mit einer niedrigen Einstellung kann die Kamera bis zu zehn Stunden aufnehmen. Wir können sie hier verstecken und auf die Haustür ausrichten.«

»Du willst den Spion ausspionieren. Toll.«

»Morgen vor der Schule komme ich her und tausche die Speicherkarte aus. Dann bekommen wir wenigstens mit, wenn sie das Haus verlassen.«

Sie fanden eine Stelle hinter ein paar Rohren, wo die Kamera praktisch unsichtbar war, und schalteten sie ein.

Sie achteten darauf, dass sie von der gegenüberliegenden Straßenseite niemand beobachtete. Erst als sie sicher waren, dass die Luft rein war, sprangen sie aus der Nische hervor und gingen die Straße hinunter.

Doch sie waren noch nicht weit gekommen, als eine große, bedrohliche Gestalt ihnen den Weg verstellte.

»Du bist tot!«

Danny schluckte. Es war zwar nicht Aung Win, aber vielleicht sogar noch jemand Schlimmeres: Kaseys Bruder Steeg sah ihn finster an und schlug sich mit der Faust in die Handfläche.

42

Fluss Lazu, Andakar

Ein ASI-Offizier mit Orden auf der Brust und goldenen Epauletten auf den Schultern beobachtete das Landungsmanöver des Kutters mit kaltem Blick. Ryan konnte die verängstigten Gesichter der Flusszigeuner erkennen, die ihrem Schicksal immer näher kamen.

Das war seine Chance. Alle Soldaten sahen von den Jeeps weg und richteten ihre Aufmerksamkeit auf das Wasser. Er nickte Lan zu und sie eilten so leise wie möglich den Hügel hinunter und versteckten sich hinter dem letzten Jeep.

»Reicht das?«, fragte sie und zeigte ihm eine Handvoll Zweige und trockenen Bambus, den sie gesammelt hatte.

»Perfekt«, erwiderte Ryan. »Bist du bereit? Das hier muss schnell gehen.«

»Glaubst du wirklich, dass das funktioniert?«, erkundigte sie sich mit einem zweifelnden Blick auf die Plastiktüte in Ryans Hand.

»Ich hoffe es jedenfalls.«

Ryan war sich nicht wirklich hundertprozentig sicher. Sie brauchten unbedingt etwas, was alle Aufmerksamkeit der ASI-Leute vom Fischkutter ablenkte.

Ryan hatte Telefon und Pass aus der Plastiktüte genommen und das Wasser hineingefüllt, das die Fischer ihnen gegeben hatten. Die Tüte hielt er vor die Sonne und hoffte, dass das Wasser darin sie zu einer provisorischen Linse machen würde, einer Art selbst gemachter Lupe. Die Sonnenstrahlen wurden darin zu einem laserartigen Strahl konzentriert. Es war ein alter Überlebenstrick, den er bei einem Campingausflug in Indonesien von seinem Vater gelernt hatte, als ihre Streichhölzer bei einem Sturm nass geworden waren.

Ryan richtete den Strahl auf das Brennmaterial. Sekunden später brannte es bereits.

»Okay«, flüsterte er. »Zeit für den Bambus. Sei vorsichtig, der brennt schnell.«

Lan hielt das Ende eines langen trockenen Bambusstocks in das Feuer, das Ryan gemacht hatte, und zündete ihn an. Ryan spähte vorsichtig an dem Jeep vorbei. Die Soldaten achteten immer noch alle nur auf den Fischkutter.

Vorsichtig schlich er um den Wagen herum und schraubte den Tankdeckel auf. Lan schlüpfte neben ihn und steckte den Bambusstock mit dem brennenden Ende nach oben in den Benzintank. Er eignete sich gut als Lunte, da sich das Feuer schnell nach unten fraß.

Doch jetzt mussten sie schleunigst verschwinden. Ryan rannte auf die Bäume zu, bis ihn Lan an der Hand fasste und hinter einen Felsen zog.

»Hier ist es sicherer«, wisperte sie.

Mit einem Zischen entzündete sich das Benzin im Tank und der Jeep ging in Flammen auf. Die Soldaten wirbelten alarmiert herum und starrten den plötzlichen Feuerausbruch erschrocken und verwundert an.

»Ein einzelner brennender Jeep wird sie aber nicht lange aufhalten«, meinte Lan besorgt.

»Wenn man einen Benzintank anzündet, fliegt ein Auto nicht gleich in die Luft, wie man es im Film immer sieht«, bestätigte Ryan grinsend und achtete darauf, dass sie hinter dem Felsen gut geschützt waren. »Aber die Handgranaten hinten drin schon. Halt dir die Ohren zu!«

In dem Moment, als sich Lan die Hände auf die Ohren schlug, explodierte der erste Jeep mit lautem Knall. Die Soldaten sprangen in alle Richtungen auseinander und suchten Deckung. Der Offizier wurde von der Druckwelle erfasst und flog mehrere Meter in die Luft, bevor er in den Fluss stürzte. Es herrschte vollständiges Chaos und auf einmal war das Fischerboot völlig vergessen.

»Los!«, schrie Ryan und deutete den Hügel hinauf. Beide rannten los, so schnell sie konnten. Ryan sah nur noch einmal kurz nach hinten, um die Lage zu checken, während Lan weiterlief.

Nach dem ersten Durcheinander schwenkte gerade der Hubschrauber herum, um die Verfolgung von Ryan und Lan aufzunehmen. Doch plötzlich fing auch noch ein zweiter Wagen Feuer und explodierte genau in dem Moment, als der Hubschrauber darüberflog.

Ein fliegendes Metallstück traf den Heckrotor, sodass der Helikopter wild zu schwanken begann und sich im Kreis drehte, bis der Schwanz mit lautem Krach einen Baum traf. Wie ein Stein stürzte er zu Boden, genau an der Stelle, wo sich vor ein paar Sekunden noch Ryan und Lan versteckt hatten.

Der Fischkutter schwenkte vom Ufer ab und nahm mit voller Fahrt Kurs aufs offene Wasser. Ryan hoffte, dass sie weit, weit weg waren, bevor die Soldaten Verstärkung rufen konnten.

Ryan rannte weiter den Hügel hinauf und holte Lan auf dem Gipfel ein. Sie blieben stehen, um zu Atem zu kommen, und sahen in die aufsteigenden Qualmwolken. Unter ihnen sah es aus wie auf einem Schlachtfeld.

»Bist du sicher, dass du so was nicht schon mal gemacht hast?«, fragte Lan kopfschüttelnd.

»Anfängerglück«, grinste Ryan.

Das Pfeifen eines Zuges lenkte sie von dem Bild der Zerstörung am Fluss ab. Sie hatten es bis zu den Gleisen geschafft, von denen der Kapitän ihnen erzählt hatte, und ein Zug kam direkt auf sie zu. Aufgeregt glaubte Ryan schon, dass sie es fast geschafft hatten.

Doch Lan machte seine Hoffnungen gleich wieder zunichte.

»Der fährt in die falsche Richtung – weg von der Grenze. Richtung China.«

Ryan überlegte fieberhaft, was sie jetzt tun sollten. Die Explosionen würden die ASI nur kurz aufhalten, bevor sie Verstärkung anfunkten. Und er wusste, dass die Grenzen zu Thailand praktisch unpassierbar waren. Vielleicht war es an der Zeit, etwas Unerwartetes zu tun, den Plan seines Vaters aufzugeben und auf sich selbst zu vertrauen.

Der Zug kam schnell näher, daher mussten sie sich rasch entscheiden.

»Wir nehmen ihn trotzdem. Das ist unsere beste Chance, die ASI loszuwerden.«

Ohne zu zögern, stimmte Lan ihm zu.

»Ich bin dabei.«

Zusammen rannten sie neben dem vorbeifahrenden Zug her.

43

Thanlin, Andakar

Tasha hoffte, dass sie nicht zu spät kam.

Sie hatte die halbe Nacht gebraucht, um die ASI-Soldaten abzuschütteln, die sie verfolgt hatten. Zwei Mal hatten sie sie in die Enge getrieben, und sie hatte mehr als einmal befürchtet, ihr letztes Stündchen schlagen zu hören. Doch Tasha Levi gab niemals auf. Sie wusste mit einer Entschlossenheit zu kämpfen, die die Soldaten überrascht hatte. Sie zu unterschätzen war ein böser Fehler gewesen. Denn Tasha hatte keine Probleme damit, Leichen auf ihrem Weg zu hinterlassen.

Sie tat, was sie tun musste, um ihre Mission durchzuführen.

Als sie ihre Verfolger endlich abgeschüttelt hatte, war Tasha nach Thanlin zurückgekehrt. Sie hatte diesen Dorfbewohner ausfindig gemacht, den sie bei Ryan gesehen hatte, und ihn gezwungen, ihm von dem Tempel und der Geheimkammer zu erzählen.

Ohne Zeit für Erholung hatte sie sich auf den Weg dorthin begeben und den Berg in ein paar Stunden erklommen, in der Hoffnung, Ryan und John Quinn noch in ihrem Versteck zu finden.

Jetzt war sie oben und sah sich um. Das Tempelgelände schien verlassen. Tasha fand die goldene Kuppel, die der Mann aus dem Dorf beschrieben hatte, und steuerte darauf zu. Doch das Rumpeln eines Motors ließ sie abrupt stehen bleiben.

Von der anderen Seite aus näherte sich ein Jeep. Tasha drückte sich an eine Tempelmauer und beobachtete ihn. Als er anhielt, stiegen zwei Soldaten aus. Die Männer trugen graue Uniformen, was bedeutete, dass sie nicht zur ASI gehörten. Wahrscheinlich nur eine gewöhnliche Patrouille. Unbesorgt machten sie sich in entgegengesetzte Richtungen auf.

Diesen Jeep wollte Tasha haben. Ein Auto würde ihre Reise zu dritt, falls sie John und Ryan finden würde, wesentlich erleichtern. Aber sie durfte es nicht riskieren, dass die Wachen Alarm schlugen und noch mehr Soldaten anlockten. Und das bedeutete, dass die beiden Polizisten eliminiert werden mussten.

Geräuschlos wie eine Katze folgte Tasha dem Fahrer, während er durch die Tempelanlage schritt. Nach ein paar Minuten blieb er stehen, nahm das Gewehr ab und lehnte es an eine Wand. Dann ging er ein paar Schritte um die Ecke und machte die Hose auf. Das war fast zu einfach.

Der Soldat glaubte sich allein und pfiff leise vor sich hin, während er pinkelte. Tasha schlich sich vorsichtig an ihn heran. Im Vorbeigehen nahm sie sein Gewehr und hielt es wie eine Keule. Als er gerade seinen Reißverschluss wieder zuzog, sprang sie vor und schwang die Waffe wie einen Baseballschläger. *Bamm!*, hieb sie ihm den Gewehrkolben auf den Hinterkopf, sodass er zu Boden ging. Als er versuchte, wieder aufzustehen, schlug sie noch einmal zu.

Dann ließ sie das Gewehr fallen und griff stattdessen nach der Pistole des Soldaten und steckte sie hinten in ihre Hose. Nach einer schnellen Durchsuchung seiner Taschen fand sie die Jeepschlüssel und lief los, um den zweiten Soldaten zu suchen.

Als sie seine schweren Schritte hörte, verbarg sie sich in einem dunklen Tempeleingang. Sobald er an ihr vorbei war, schlich sie hinter ihn und schlang ihm den Arm in einem Würgegriff um den Hals. Der erschrockene Mann wehrte sich, doch sie zog ihren Griff nur noch fester zu, bis er in die Knie ging und seine Finger in ihren Arm krallte. Ein paar Sekunden später verdrehte er die Augen und erschlaffte.

Das passiert, wenn man unvorsichtig und undiszipliniert ist, dachte sie.

Tasha fuhr den Jeep an den Eingang des Tempels mit der goldenen Kuppel und sprang hinaus. Sie fand das Relief, das der Mann aus dem Dorf ihr beschrieben hatte, und drückte. Langsam drehte es sich in den Angeln und öffnete den Tunneleingang dahinter. Sie hielt inne und horchte in den Tunnel – absolute Stille.

Sie war zu spät – sie waren schon weg.

Doch als sie die Kammer betrat, sprangen all ihre Alarmsignale plötzlich auf Rot. Sie wirbelte herum und zog mit einer geschmeidigen Bewegung die Waffe aus dem Hosenbund.

An der Wand lehnte John Quinn und sagte: »Nicht schießen, ich bin es nur.«

»Quinn!«, rief sie, offensichtlich erleichtert, ihn lebendig wiederzusehen. Dann sah sie sich um und erkannte: »Bist du allein?«

»Ryan hat mich gefunden. Ich war überrascht zu hören, dass du ihm geholfen hast, hierherzukommen. Woher wusstest du, wo ich bin?«

»Das wusste ich nicht. Ich hab einfach angefangen, dich zu suchen, und dann lief irgendwie alles aus dem Ruder. Wo ist Ryan?«

»Mit etwas Glück sind er und das Mädchen, dem ich geholfen habe, schon in Thailand. Ich muss Simon McClelland anrufen und ihn fragen, ob sie Verbindung zu ihm aufgenommen haben.«

»Das machen wir, sobald wir ein Netz haben.« Erst jetzt bemerkte Tasha die Verbände. »Bist du verletzt?«

»Es wird schon besser«, behauptete John. »Mit deiner Hilfe kann ich laufen.«

»Gut«, erklärte Tasha und stellte sich hinter ihn. »Wir haben nämlich eine Verabredung.«

Sie nahm etwas aus der Tasche, was aussah wie ein Stift. Sie hatte ihn seit ihrer Landung in Andakar bei sich getragen. Doch es war kein Stift, sondern eine versteckte Injektionsnadel mit genügend Betäubungsmittel, um einen Sumoringer außer Gefecht zu setzen. Für John Quinn war es mehr als genug.

Sie stieß ihm die Nadel ins Genick. Erschrocken und verwirrt drehte er sich zu ihr um, während die Droge durch seinen Körper strömte.

»Was?«, stammelte er bereits undeutlich. »Warum …?«

»Das wirst du schon noch sehen«, erklärte Tasha ohne jede Spur von Mitleid. Bewusstlos fiel John zu Boden. Tasha lächelte.

Auftrag erledigt.

44

Provinz Chindi, Andakar

Der Zug ratterte gleichmäßig dahin und schaukelte so sanft, dass er Lan in den Schlaf wiegte. Zum ersten Mal, seit Ryan und sie sich getroffen hatten, schien sie sich etwas zu entspannen. Ryan sah aus dem Fenster. Mittlerweile waren der dichte Dschungel und die Berge weiten Ebenen gewichen und jetzt veränderte sich die Landschaft schon wieder. Wäre die Lage anders gewesen, hätte Ryan die sanften Hügel und Wälder, durch die sie fuhren, als spannende Gebiete zum Erforschen betrachtet.

Der Zug war ewig lang, wohl an die hundert Waggons. Die Passagiere schienen zumeist Landbewohner zu sein. An Bord zu springen war gar nicht so schwierig gewesen. Der Zug war so langsam, dass Ryan und Lan nebenher laufen konnten und das Geländer am hintersten Waggon zu fassen bekamen. Glücklicherweise kontrollierte scheinbar niemand die Fahrscheine, sodass sie sich unter die Leute mischen und auf freie Plätze setzen konnten.

In Ryans Tasche vibrierte das Telefon. Glücklich, endlich wieder Empfang zu haben, nahm er es hervor. Es war Danny. In Andakar war es fast Mittag, was bedeutete, dass es in New York ungefähr Mitternacht war. Da er Lan nicht wecken wollte, ging Ryan ein Stück weiter in den Gang, bevor er antwortete.

»Hi!«

»Kumpel, du läufst in die falsche Richtung!«, begann Danny ohne Einleitung. »Ich habe dein GPS-Signal auf dem Tracker. Du musst umdrehen, sofort!«

Schon beim Klang von Dannys Stimme fühlte Ryan sich gleich ein wenig besser.

»Wir hatten ein paar Probleme.«

»Bei denen du Kugeln ausweichen musstest?«

»Und ein paar Stromschnellen, Militärhubschraubern und explodierenden Handgranaten. Und das war nur der heutige Morgen.«

»Du machst Witze.«

»Aber nicht doch.«

»Wow«, machte Danny. »Und ich kam mir schon großartig vor, weil ich mich gestern Abend mit Steeg angelegt habe.«

»Du hast dich mit Steeg angelegt?« Das konnte nicht gut ausgegangen sein. »Alles in Ordnung?«

»Na ja, eigentlich meine ich, ich bin so schnell wie möglich weggerannt«, gab Danny zu. »Also ja, mir geht es gut.«

»Halt dich bloß von dem Kerl fern.« Ryan warf einen Blick auf die immer noch schlafende Lan. »Hast du meine E-Mail bekommen?«

»Ja – Myat Kaw ist also ein Mädchen?« Ryan erkannte an seinem Tonfall, was er als Nächstes fragen würde: »Ist sie heiß?«

»Du bist echt unmöglich.«

»Ist sie oder ist sie nicht? Schick mir ein Bild!«

»Wie wäre es, wenn du sie dir live ansiehst? Dazu musst du uns hier nur rausholen.«

Er hörte, wie Danny auf seiner Tastatur tippte, während sie sprachen.

»Du bist in einem Zug?«, fragte er.

»Ja, woher weißt du das?«

»Ich verfolge dein GPS-Signal auf einem Satellitenbild. Ich kann die Gleise sehen.«

»Lan sagt, dass wir nach China fahren.« Ryan sah sich um und bemerkte, wie ihn einer der Passagiere, ein älterer Mann mit grobschlächtigem Gesicht, beobachtete. Ryan nickte ihm freundlich zu und wandte sich dann ab, in der Hoffnung, dass der Mann bald das Interesse an ihm verlieren würde.

»Sie hat recht. Ihr seid sogar schon kurz vor der chinesischen Grenze.«

»Wie weit ist es bis zum nächsten Flughafen?«

Wieder tippte Danny.

»In Jinhong, etwa fünfzig Meilen hinter der Grenze. Da gibt es einen internationalen Flughafen mit vielen Touristenflügen. Da fallt ihr nicht auf.«

»Dann müssen wir da irgendwie hinkommen. Wenn ich dir die Namen auf unseren Pässen schicke, kannst du uns dann irgendwie Tickets besorgen?«

»Ich werde dafür sorgen. Und ich schicke dir eine Satellitenkarte von der Gegend um die Grenze. Sieht aus, als gäbe es da jede Menge Wald und Berge.«

»Ich weiß nicht, wie viel Akku ich noch habe. Ich

schalte das Telefon aus, bis wir dort sind, damit ich noch genügend Saft habe, wenn du uns die Infos über die Flüge schickst.«

»Hör zu«, sagte Danny. »Hier war auch einiges los. Ich weiß vielleicht, wo deine Mutter festgehalten wird.«

Vor Überraschung rief Ryan zu laut: »Du hast sie gesehen?«

»Nein, aber ich habe Aung Win gesehen und den großen Kerl, der dabei war.«

Danny erzählte ihm von dem Wohnhaus. Sie wussten zwar nicht sicher, ob Jaqueline wirklich dort war, aber es schien wahrscheinlich. Dass Kasey inzwischen auch in alles eingeweiht war, musste Ryan erst noch verdauen. Er schluckte. Doch in diesem Augenblick kam ein weiterer Anruf herein.

Bei einem Blick auf den Bildschirm drehte sich ihm der Magen um. *Anonym.*

»Ich muss Schluss machen – ich glaube, er ruft gerade an«, stammelte Ryan.

»Warte, Ryan!« Danny klang so dringlich, dass Ryan innehielt. »Wir haben die Polizei gerufen. Wir wollten nur helfen – aber es hat nicht funktioniert.«

»Oh nein …« Rief Aung Win ihn an, um ihm zu sagen, dass er sein Versprechen schon wahr gemacht hatte? War seine Mutter tot?

»Tut mir leid, wir wollten nur …«

»Ich muss Schluss machen.« Mit düsterer Vorahnung nahm Ryan das zweite Gespräch an. »Hallo?«

»Meine Anweisungen waren doch eindeutig.« Das

war unverkennbar Aung Win. »Du solltest mit niemandem sprechen.«

»Ich habe nur mit meinem Vater gesprochen, wie Sie es gesagt haben.« Ryan hoffte, dass es überzeugend klang, schließlich war es die Wahrheit.

»Du hast die Polizei gerufen!«

»Habe ich nicht. Ehrenwort!«

Aung Win blieb misstrauisch. »Es wäre sehr dumm, nicht zu tun, was ich sage.«

»Das weiß ich. Das hat mein Dad mir auch geraten. Geht es meiner Mum gut?«

»Was spielt das für eine Rolle? Deine Zeit ist um!«

»Wir haben noch einen Tag! Sie sagten, fünf Tage – und das ist morgen!« Ryan wusste, dass ein Tag nicht ausreichen würde, um seinen Dad zurückzubringen, aber darum würde er sich später Sorgen machen. Im Augenblick musste er dafür sorgen, dass Aung Win glaubte, alles sei in Ordnung. »Mein Dad lässt Ihnen ausrichten, dass er Myat Kaw hat. Er hat Ihre Nichte.«

Aung Win sagte nichts, und Ryan ließ ihm einen Moment Zeit, die Information sacken zu lassen, dass er Myat Kaws Identität kannte, bevor er fortfuhr: »Er hat gesagt, er macht den Deal. Ihre Nichte für meine Mutter. Solange meiner Mutter nichts geschieht. Ich soll mit ihr sprechen, damit wir wissen, dass es ihr gut geht.«

»Er will wissen, ob es Ihnen gut geht«, sagte Aung Win, zu jemand anderem gewandt.

Dann hörte er die Stimme seiner Mutter: »Trau ihm nicht, Ryan! Sag Dad, er soll nicht …« Der Rest ihrer

Worte wurde erstickt, als hätte man ihr einen Knebel in den Mund gesteckt. Ryan war überrascht, dass er ruhig bleiben konnte und nicht ausflippte wie beim letzten Anruf.

»Wenn ihr etwas passiert, ist der Deal vom Tisch«, warnte er.

»Und wenn jemand Myat Kaws Identität erfährt, bevor sie bei mir ist, ist sie für mich nutzlos. Genau wie deine Mutter.« Aung Wins Ton wurde harsch und geschäftsmäßig. »Sag John Quinn, dass ich ihn morgen unter dieser Nummer anrufe. Er hat eine einzige Gelegenheit, den Austausch zu meinen Bedingungen vorzunehmen. Allein. Bei jeder noch so geringen Abweichung werde ich einfach verschwinden. Und deine Mutter auch.«

»Ryan!« Als Ryan sich umdrehte, stand Lan direkt hinter ihm und sah sich besorgt um. Am Ende des Waggons sah er den älteren Passagier, der ihn vorhin so angestarrt hatte, mit einem uniformierten Polizisten. Der Alte zeigte auf Ryan.

»Verstanden?«, fuhr Aung Win Ryan an. Ryan kam sich wie ein Verräter vor, weil er ein Abkommen traf, Lan an einen Mann auszuliefern, der sie töten wollte, während sie ihm vollends vertraute.

»Verstanden«, sagte er zu Aung Win. Dann wurde die Verbindung unterbrochen. Lan sah ihn fragend an, und er log schnell: »Das war Danny. Er will uns hier raushelfen.«

Der Beamte am anderen Ende des Waggons sprach in sein Funkgerät – sie mussten verschwinden.

»Hier entlang«, sagte Ryan und lief zum anderen Ende des Waggons. Er machte die Tür auf und trat ins Freie zwischen den Waggons. Unter seinen Füßen raste der Boden vorbei und der Wind schlug ihm ins Gesicht. Er packte den Griff auf der anderen Seite und überquerte den Spalt zum nächsten Waggon.

Sie rannten den Gang entlang, immer weiter von Waggon zu Waggon. Doch der Polizeibeamte hatte die Verfolgung aufgenommen und holte auf. Ryan stieß Lan vor sich her und griff nach ein paar Koffern und Gemüsekörben, die an der Seite standen, um sie dem Polizisten in den Weg zu stellen.

Ein paar Fahrgäste sprangen auf und schimpften zornig hinter Ryan her, was dem Polizisten seine Verfolgung noch weiter erschwerte. Sie erreichten das Ende des Waggons, Lan riss die Tür auf – und sie erstarrten. Sie hatten das Ende erreicht und hinter diesem Wagen war nichts mehr.

Ohne auch nur eine Sekunde zu zögern, sprangen sie.

45

Provinz Chindi, Andakar

Ryan wusste, wie er sich abrollen musste, um den Aufprall abzumindern, doch als er aufstand, sah er, dass Lan härter aufgekommen war. Sie verzog schmerzlich das Gesicht, als er ihr aufhalf.

»Dein Knöchel?«

»Geht schon.« Sie verlagerte das Gewicht darauf, aber es tat offensichtlich weh.

Quiiieeetsch! Das Kreischen der Metallbremsen zerriss ihnen fast das Trommelfell, als der Zug langsam zum Stehen kam. Ryan sah sich hektisch um und deutete auf den Wald am Hügel.

»Da oben können wir uns verstecken.«

Er bot Lan seine Hand, die sie jedoch ablehnte. So schnell wie möglich eilten sie unter die Bäume in Deckung. Hinter ihnen streckten die Passagiere die Köpfe aus dem Fenster und beobachteten, was hier Aufregendes geschah.

Im dichten Wald war der Zug bald außer Sichtweite. In einem Versteck warteten sie ein paar Minuten, damit Lan ihren Knöchel etwas ausruhen konnte. Ryan sah auf die Karte, die Danny ihm geschickt hatte. Die chinesische Grenze schien nur ein paar Meilen entfernt zu sein, aber das Gelände war hügelig. Dummerweise zeigte Ryans Telefon nur noch einen Balken Akkuladung. Wenn es leer war, hatten sie nicht nur keine Karte mehr, sondern würden auch den Kontakt zu Danny verlieren. Ryan versuchte, sich die Karte so gut wie möglich einzuprägen, und schaltete das Telefon dann widerwillig aus.

Eine Stunde lang liefen sie durch den Wald, stets bergauf. Sie waren hungrig und erschöpft, und es kostete sie ihre letzten mentalen und körperlichen Reserven, weiterzugehen. Als über ihnen ein Hubschrauber brummte, wussten sie, dass die ASI informiert worden war und jetzt die Gegend absuchte.

Auf einem Hügelkamm angekommen, sah Ryan forschend in das Tal unter ihnen. Es war eine ländliche Gegend mit Bäumen und schartigen Felsen. Im Tal lag eine kleine Siedlung aus schindelgedeckten Häusern und einfachen Scheunen. Zu beiden Seiten ragten felsige Hügel auf, und es gab nur eine Zufahrtstraße – womöglich der einzige Fluchtweg für sie. Sie führte zum Grenzposten am Ende des Ortes, wo schwer bewaffnete Soldaten jeden anhielten, der versuchte, Andakar zu verlassen.

»Da kommen wir nicht rüber«, meinte Lan entmutigt. »Es sind einfach zu viele.«

Ryan hatte noch ganz andere Bedenken, als ein Hubschrauber vorbeiflog. Im Tal hielten jetzt mehrere Jeeps, aus denen Soldaten heraussprangen. Sie durchsuchten Häuser und Scheunen und behandelten die Einwohner ziemlich grob. Ryan und Lan sahen sich einer großen Übermacht gegenüber. Es wäre Selbstmord, zu versuchen, hier über die Grenze zu gelangen, aber sie konnten auch nirgendwo anders hin.

Ryan musste an Varian Fry und die ursprüngliche Fluchthilfeorganisation ERC denken, die so viele Menschen vor den Nazis gerettet hatte, obwohl sie wussten, dass man sie umbringen würde, wenn sie gefasst wurden. Auch sie mussten Angst gehabt haben. Manches Mal muss eine Flucht den Flüchtenden unmöglich erschienen sein. Sein eigener Großvater hatte das wahrscheinlich erlebt – und seine Eltern auch.

Er warf einen Blick auf Lan, die die Augen geschlossen hatte und mit gesenktem Kopf leise vor sich hin murmelte. Gleich darauf sah sie auf und begegnete Ryans Blick.

»Hast du gebetet?«, fragte er.

»Buddhisten beten nicht«, klärte sie ihn auf. »Ich habe für einen Segen gedankt.«

»Hab ich hier irgendeinen Segen verpasst?«, wunderte sich Ryan.

»Du bist der Segen«, antwortete Lan. »Du und dein Vater. Was auch immer passieren mag, ihr beide habt mir neue Hoffnung gegeben, und sei es auch nur für eine kleine Weile gewesen.«

Ryan sah sie fest an. »Das klingt ja ganz so, als wolltest du jetzt aufgeben.«

Sie sah zum Helikopter, dessen Seitentür aufglitt. Ein Soldat mit einem Megafon erschien. Daneben stand einer, der mit einem Gewehr in ihre Richtung zielte.

»Sie wollen, dass wir rauskommen«, erklärte Lan.

Auf keinen Fall, dachte Ryan. Er würde nicht aufgeben. Und er würde auch nicht zulassen, dass Lan aufgab. Unten am Hügel hatte er etwas entdeckt, was ihn auf eine neue Idee brachte, eine Möglichkeit, wie sie hier vielleicht doch noch rauskamen. Er packte Lan an der Hand und zog sie hinter sich her.

»Lauf!«, schrie er. »Halt dich dicht unter den Bäumen!«

Hinter ihnen krachte ein Schuss, und eine Kugel schlug in einen Ast in ihrer Nähe ein, als sie in ein Gebüsch hechteten. Sie hörten noch weitere Schüsse, doch die waren nicht so dicht. Immer wieder wechselte Ryan die Laufrichtung und achtete darauf, dass die Bäume dem Hubschrauber die Sicht auf sie versperrten.

»Wohin laufen wir denn?«, wollt Lan atemlos wissen und kämpfte gegen den Schmerz in ihrem Knöchel an. »Wir kommen doch auf keinen Fall über die Grenze.«

»Wollen wir auch nicht«, antwortete Ryan. »Wir gehen darum herum.«

Er schwenkte scharf nach rechts, sodass sie in eine völlig andere Richtung liefen als zuvor. Da die Hubschrauberbesatzung sie unter den Bäumen nicht sehen konnte, würde sie hoffentlich von ihrer Spur abgelenkt werden.

Und es funktionierte. Der Hubschrauber entfernte sich von ihnen, da keiner merkte, dass sich die Zielpersonen jetzt auf einem anderen Weg befanden. Doch dann hörte Ryan schwere Fahrzeuge die schmalen Straßen hinaufrasen. Die ASI-Soldaten waren unterwegs.

Am Waldrand blieb Ryan abrupt stehen. Etwa fünfzig Meter vor ihnen lag einer der Bauernhöfe, die er gesehen hatte. Dort konnten sie möglicherweise ihre Fahrkarte in die Freiheit bekommen.

»Da!«, sagte er und deutete voraus. Erfreut stellte er fest, dass Lans Augen aufleuchteten, als sie erkannte, was er meinte.

»Pferde!«, rief sie aufgeregt. »Ich bin eine ausgezeichnete Reiterin. Und du?«

»Ich nicht«, gab Ryan zu. »Ich kann nicht reiten. Aber wenn du durch Stromschnellen schwimmen und mit einem verletzten Knöchel rennen kannst, dann werde ich mich auch irgendwie auf einem Pferd halten können.«

Auf der anderen Seite der Lichtung waren drei Pferde angebunden. Geduckt huschten Ryan und Lan hinter den großen, buckligen Kühen über die Weide.

Die Pferde trugen zwar Zaumzeug, aber keine Sättel, wie Ryan feststellte. Hierzulande warfen die Reiter ihren Tieren nur eine einfache Decke über den Rücken. Lan schien daran gewöhnt zu sein, denn sie sprang geschickt auf den Rücken einer schönen, kastanienbraunen Stute. Ryan folgte ihrem Beispiel nicht ganz so elegant und zog sich auf einen grauen Hengst, nicht ohne fast auf der anderen Seite wieder herunterzurutschen. Doch schließlich saß er, zog an den Zügeln und stieß dem Tier die Hacken in die Flanken, um es anzutreiben. Sofort schoss das Pferd los und warf Ryan fast ab, als es hinter Lan herraste.

»Über das Feld und den Hügel hinauf!«, schrie

Ryan. »Wenn wir es auf die andere Seite schaffen, sind wir in China!«

Lan war eine sichere Reiterin und setzte im Galopp über die Lichtung, während sich Ryan dicht hinter ihr so gerade auf dem Pferderücken seines grauen Hengstes halten konnte. Bald begann er den Rhythmus des Pferdes zu spüren und der Ritt wurde ein wenig sanfter. Ein Blick zurück zeigte ihm, dass der Hubschrauber einen weiten Bogen schlug, um sie zu verfolgen.

»Sie kommen!«, schrie er. »Zu den Bäumen!«

Lan wusste, was sie tat, und nutzte die Zügel, um ihr Pferd in diese Richtung zu lenken. Glücklicherweise folgte ihr Ryans Hengst einfach, sodass er sich darauf konzentrieren konnte, oben zu bleiben. Als sie das Feld fast überquert hatte, schoss der Hubschrauber auf sie zu, und aus den offenen Türen wurde das Feuer eröffnet. Kugeln schlugen um sie herum ein, ein paar verfehlten sie nur knapp, dann erreichten die Pferde den Waldsaum und verschwanden unter den Bäumen. Der Hubschrauber dröhnte so dicht über sie hinweg, dass Ryans ganzer Körper erbebte.

Mit den Beinen fest an das Pferd geklammert und die Zügel fest in der Faust kämpfte er um seinen Halt. Es waren Bergpferde, die das felsige Gelände, durch das sie nach oben stürmten, gewohnt waren. Geschickt und trittsicher schlängelten sie sich in dem unebenen Terrain zwischen den Bäumen hindurch. Zweige und Äste schlugen Ryan ins Gesicht, doch Lan führte sie immer weiter nach oben, damit sie den Grenzposten unten umgehen würden.

Endlich kamen sie oben an und nahmen sich einen Moment Zeit, um zurückzublicken. Von hier oben sahen sie die wütenden ASI-Soldaten in ihren Jeeps, die ihnen nicht folgen konnten, weil es hier oben keine Straße gab. Immer noch kreuzte der Hubschrauber am Himmel und versuchte, sie zu finden.

»Kannst du sehen, wo wir sind?«

Lan sah zum Grenzposten unten im Tal und erkannte dann: »China! Wir sind über die Grenze! Wir haben es geschafft!«

Ryan grinste, schielte aber misstrauisch nach dem Hubschrauber. »Wir sollten lieber weiter. Wahrscheinlich werden sie es nicht riskieren, in den chinesischen Luftraum einzudringen, aber wetten würde ich darauf nicht.«

Sie nahmen die Zügel wieder auf und ritten auf der anderen Seite des Hügels im Schutz der Bäume hinunter.

Die Erkenntnis kam langsam innerhalb der nächsten Stunde, in der sie in gemäßigtem Tempo einträchtig daherritten: Sie hatten es geschafft – sie waren aus Andakar entkommen.

Doch Ryans Erleichterung bekam einen Dämpfer, als ihm wieder einfiel, vor welch unmögliche Wahl er bald gestellt werden würde: Er hatte versprochen, Lan gegen seine Mutter einzutauschen. Aung Win hatte ihm nur bis morgen Zeit dafür gegeben, was bedeutete, dass er auf die Hilfe seines Vaters nicht würde zählen können. Und das war eine Katastrophe, weil Ryan keine Ahnung hatte, wie er sich verhalten sollte.

Als er New York verließ, hatte er geglaubt, nichts könne ihn davon abhalten, seine Mutter zu retten. Seine Familie bedeutete ihm alles. Es gab kein Opfer, was zu groß für sie wäre.

Doch jetzt hatte er Lan getroffen. Sie sah klein und schmächtig aus, aber sie hatte das Herz einer Rebellin. Obwohl sie noch so jung war, hatte sie bereits viel durchgemacht und sich ihrem Schicksal mit Mut und Entschlossenheit gestellt.

Aung Win verlangte einen Handel. Er musste wählen.

Sollte er Lan oder seine Mutter retten?

Wie sollte er sich entscheiden?

Teil IV

Handeln oder sterben

46

New York, USA

Zuhause.

Ryan fiel es schwer, irgendeinen Ort so zu bezeichnen. Doch als das Taxi vom Flughafen Richtung Manhattan raste und er den ersten Blick auf die Skyline erhaschte, fühlte er genau das. In den letzten Jahren hatte er sich sehnlichst ein Zuhause gewünscht und jetzt hatte er eines.

Doch was nutzte einem ein Zuhause, wenn keine Familie darin war?

Neben ihm saß Lan, das Gesicht an die Scheibe gepresst, und betrachtete die neue Umgebung mit einer Mischung aus Ehrfurcht und Panik. Es war ein Samstagmorgen in New York, ein frischer Herbsttag ohne eine Wolke am Himmel. Auf der Schnellstraße herrschte reger Betrieb. Während des langen Rückfluges hatten sie beide gegessen und geschlafen, doch Ryans Schlaf war von wirren Träumen unterbrochen worden.

Dank Dannys harter Arbeit war der Flug von China in die USA der leichteste Teil der ganzen Aufgabe geworden. Danny hatte ihnen Tickets auf die in den falschen Pässen verzeichneten Namen gebucht und am Flughafen hatten sie sich problemlos unter die vielen

Touristen gemischt. Danny hatte ihnen außerdem Geld zur Western-Union-Bankfiliale am Flughafen überwiesen, damit sie sich etwas zu essen und neue Kleidung kaufen konnten. Sie hatten dringend frische Unterwäsche und ein Sandwich gebraucht.

Noch einmal sah Ryan auf sein Telefon, um sicherzugehen, dass er keine Nachricht von seinem Dad verpasst hatte. Keine SMS, keine Mail, keine Sprachnachricht. Überhaupt kein Kontakt. Ryan hoffte, dass es seinem Vater gut ging, aber er wollte vor allem mit ihm sprechen, damit er ihm riet, was zu tun war. Jeden Moment konnte Aung Win anrufen und den Austausch von Myat Kaw gegen Jaqueline fordern. Und dann musste Ryan schnell handeln.

Lan wandte ihren Blick vom Fenster ab und sah ihn an: »Im Zug, da hast du mit meinem Onkel gesprochen, nicht wahr?«

Die Frage traf Ryan unvorbereitet, aber er dachte nicht daran, sie anzulügen. Dazu hatten sie zu viel zusammen durchgestanden.

»Ja.«

»Und er will deine Mutter rausrücken, im Tausch gegen mich?«

Ryan nickte. »Das hat er zumindest behauptet. Meine Mutter hat gerufen, ich solle ihm nicht vertrauen.«

»Da hat sie recht.« Lan sah ihn entschlossen an. »Aber du musst es trotzdem tun. Wir müssen tun, was wir können, um deine Mutter zu retten.«

Ryan sah, dass sie es ernst meinte. Trotz des Risikos war sie bereit, mit ihrem Onkel zu gehen. Sie würde es für Ryan tun, um ihm zu helfen – ihr eigenes Leben opfern, um jemand anderen zu retten.

In diesem Augenblick war es Ryan sonnenklar, dass er diesen Tausch auf keinen Fall zulassen durfte.

Er dachte an alles, was passiert war: Er hatte sich mit einer falschen Identität in ein feindliches Land geschlichen, war in die Kommandozentrale einer Geheimdienstagentur eingedrungen und hatte Berge und Flüsse überquert, verfolgt von Idioten mit Maschinengewehren. Noch vor fünf Tagen hätte er so etwas nicht für möglich gehalten. Aber er hatte es getan. Und irgendwie würde er jetzt auch dieses Problem lösen.

Es musste einen Weg geben, beide zu retten.

Als sie in den Tunnel unter dem East River Richtung Manhattan fuhren, verschwand das Tageslicht. In dem schwach erleuchteten Tunnel blitzten weiße Fliesen auf und ließen Ryan an seine Karten denken. Ryan wünschte sich, er hätte ein Kartenspiel bei sich. Seine Mischtricks zu üben half ihm immer beim Denken.

Er öffnete sein Mailprogramm am mittlerweile wieder aufgeladenen Telefon. Danny hatte ihm Bilder von dem Haus geschickt, in dem sie seine Mutter vermuteten. Seit dem missglückten Polizeieinsatz hatte er mit der Kamera den Eingang überwacht. Aung Win oder der Leibwächter waren zwar nicht herausgekommen, aber zwei Mal war der Fahrer ihres Wagens vorbeigekommen und hatte mehrere Tüten mit Lebensmitteln gebracht, was Ryan zu der Ansicht brachte, dass sie sich immer noch drinnen versteckten. Wahrscheinlich wollten sie sich bis zum Austausch dort verbergen.

Plötzlich hielt er inne.

Der Handel … der Fahrer … Mischtricks …

Seine Gedanken gingen wild durcheinander, während sich langsam ein Plan bildete. Allein würde er das nicht schaffen. Er brauchte die Hilfe seiner Freunde, wenn er das durchziehen wollte, aber wenigstens hatte er jetzt wieder einen Funken Hoffnung.

Als das Taxi aus dem Tunnel kam und eine belebte Straße entlangfuhr, begann Ryan seinen Plan Stück für Stück zusammenzusetzen.

47

New York, USA

Zu Hause angekommen, rannte Ryan sofort ins Schlafzimmer seiner Eltern und suchte nach der Pfefferspraydose in der Sporttasche seiner Mutter. Sie bewahrte sie immer bei ihren Trainingssachen und den Laufschuhen auf – für alle Fälle.

Er steckte die Dose in die Tasche und rannte den Flur entlang zu seinem eigenen Zimmer und darin zu dem Regal mit seinen ganzen Baseballkappen. Ohne zu zögern, nahm er seine signierte Roy-Halladay-Mütze von den Philadelphia Phillies herunter und setzte sie auf. Halladay hatte bei seinem allerersten Einsatz in den Play-offs während des gesamten Spiels keinen einzigen Gegentreffer zugelassen. Es war der erste No-Hitter in den Play-offs seit fünfzig Jahren. Genau so einen Once-in-a-lifetime-Erfolg brauchte Ryan jetzt auch. Und die Mütze – das war seine Hoffnung – sollte ihm ebensolches Glück bringen.

Kaum war er wieder unten, klingelte es an der Tür, und durch den Türspion erkannte er Danny.

»Danke, dass du gekommen bist!« Schon der Anblick seines Freundes stärkte sein Selbstvertrauen, was er auch dringend nötig hatte.

»Ja, ich hatte die Wahl, meine Eltern auf einer Antiquitäten-Shoppingtour zu begleiten oder dir zu helfen, jemanden in den Hintern zu treten. Du hast Glück, dass Antiquitäten todlangweilig sind.«

Doch seine Coolness verschwand, als er Ryan heftig umarmte.

»Mann, ist das schön, dich zu sehen. Ich habe echt schon geglaubt, mit dir sei es vorbei.«

Ryan grinste. »Danke, dass du das für dich behalten hast.«

»Ryan! Ich bin so froh, dass du okay bist!«

Die Jungen fuhren auseinander und sahen Kasey die Eingangstreppe hinaufkommen.

»Kasey! Tut mir leid, dass du da hineingezogen wurdest«, entschuldigte sich Ryan.

»Mir nicht. Und was immer du brauchst, wir sind für dich da.« Sie drehte sich um und sah den finster dreinblickenden Steeg an, der hinter ihr herkam.

Instinktiv trat Danny hinter Ryan und nutzte ihn als menschlichen Schutzschild.

»Zurück, Mann, sonst kehrt Ryan den Ninja raus!«

»Ignorier ihn«, sagte Ryan zu Steeg und trat vor, um ihm die Hand hinzustrecken. »Wir wurden uns noch nie offiziell vorgestellt. Ich bin Ryan – vielen Dank, dass du uns hilfst.«

»Ich habe noch nicht zugestimmt«, knurrte Steeg, schüttelte Ryan aber zögernd die Hand.

Danny sah verwundert zwischen ihnen hin und her. »Was ist denn jetzt los?«

»Das würde ich auch gerne wissen«, meinte Steeg

und sah zwischen seiner Schwester und Ryan hin und her. »Was sie mir da erzählt hat … das ist doch ein Scherz, oder?«

»Ich wünschte, es wäre so. Ich weiß ja, dass es verrückt klingt, aber es ist leider wahr.«

»Wir haben das Auto von meinen Eltern mitgebracht, wie du gesagt hast«, sagte Kasey.

»Wir fahren mit diesen Kerlen nirgendwo hin«, erklärte Steeg bestimmt. Er war es gewohnt, das Kommando zu haben. »Ich riskiere doch nicht meinen Führerschein bei irgendeinem dämlichen Plan, der wahrscheinlich sowieso nur Mist ist.«

»Bevor jemand entscheidet, was er tut oder nicht tut, möchte ich euch gerne jemanden vorstellen«, erklärte Ryan und führte die drei ins Haus. Bevor er die Tür schloss, sah er sich schnell auf der Straße um, ob er etwas Verdächtiges sehen konnte.

Dann führte er sie durch den Flur in die Küche, wo Lan an Ryans Laptop tippte, ohne auch nur aufzusehen, wer eingetreten war. Ryan musste erst ihren Namen rufen, um sie loszueisen. Verstört schreckte sie hoch und sah die vier Jugendlichen an. Um aus dem verängstigten Teenager den wild entschlossenen Blogger Myat Kaw zu machen, hatte es nur einen Laptop und einen Internetanschluss gebraucht.

»Ich habe ein paar Gerüchte in die Welt gesetzt, dass Myat Kaw von einem Amerikaner gefangen genommen wurde«, erklärte sie. »Das soll meinen Onkel in der Ansicht bestärken, dass der Austausch zustande kommt.«

»Gut.« Ryan nickte. »Das ist Lan«, stellte Ryan sie dann vor. Er zeigte auf seine Freunde: »Danny und Kasey waren es, die uns außer Landes gebracht haben.«

»Vielen Dank«, sagte Lan. »Ryan hat Glück, solch clevere Freunde zu haben.«

Danny grinste. »Clever und gut aussehend. Und jederzeit bereit, dir diese erstaunliche Stadt zu zeigen.«

»Echt jetzt?«, fragte Steeg kopfschüttelnd.

»Na, ja, ich meine ja nicht *jetzt gleich.*«

»Danny hat mir deine Blogs gezeigt«, sagte Kasey. »Das ist unglaublich. Du hilfst deinen Leuten wirklich.«

»Ich schreibe nur die Wahrheit.«

»Nun, in den richtigen Händen kann die Wahrheit eine mächtige Waffe sein«, meinte Kasey mit unverhohlener Bewunderung.

Ryan bemerkte, dass Steeg ungewöhnlich still war und den Blick nicht von Lan wandte.

»Lan, das ist Kaseys Bruder, Steeg.«

»Freut mich, dich kennenzulernen.« Steeg streckte ihr die Hand hin, die Lan vorsichtig ergriff, weil sie die Geste nicht gewohnt war. »Und es heißt, äh, Drew. Mein Name ist Drew.«

»Hallo Drew.« Lan wurde tatsächlich rot und Steeg begann dümmlich zu grinsen. Sie hielten den Handschlag eindeutig länger als notwendig. »Freut mich auch.«

»Das glaub ich jetzt nicht«, stellte Danny fest und verdrehte die Augen. Vielleicht würde es doch nicht so schwierig werden, Steeg zum Mitmachen zu überreden.

Ryan berichtete allen von den neuesten Ereignissen und beantwortete einen Haufen Fragen. Er war zwar ungeduldig, weil sie möglicherweise nicht viel Zeit hatten, aber wenn nicht alle auf dem gleichen Stand waren, hatten sie keine Chance auf Erfolg.

Dann war er endlich bereit, ihnen zu erzählen, was er vorhatte.

»Als ich noch klein war, hat mir mein Dad Zaubertricks beigebracht«, erzählte er. »Geschicklichkeitsübungen, Kartentricks, Dinge schweben zu lassen. Wisst ihr, was bei jedem Trick das Wichtigste ist?«

»Zuschauer zu finden, die nicht tödlich gelangweilt sind?«, vermutete Danny.

»Ablenkung«, sagte Ryan. »Du musst das Publikum in eine Richtung sehen lassen«, erklärte er und schnippte mit den Fingern der linken Hand, sodass sie alle dorthin sahen, »während der eigentliche Trick irgendwo anders stattfindet.«

Ryans Strategie baute ganz auf den Moment der Überraschung, daher hatten sie nur einen einzigen Versuch, wenn es klappen sollte. Und es konnten tausend Dinge schiefgehen. Aber daran wollte Ryan jetzt gar nicht denken. Sein Plan musste funktionieren.

Das Leben seiner Mutter hing davon ab.

48

New York, USA

Als Ryans Telefon klingelte, tauchte auf dem Bildschirm das Wort auf, das er ängstlich erwartet hatte: *Anonym.*

Endlich kam der Anruf. Und er hatte immer noch keinen Kontakt zu seinem Vater oder Tasha gehabt. Die Hoffnung, dass Tasha entkommen war oder dass sein Vater es aus Andakar hinausschaffen würde, schmolz nach und nach dahin. Doch von diesen Sorgen durfte er sich jetzt nicht ablenken lassen. Er musste nach vorne schauen. Also nahm er das Telefon und hielt es Steeg hin.

»Bereit?«

Nervös nahm Steeg das Handy entgegen.

»Ich weiß nicht recht … diese Schauspielerei …«

Kasey drückte ihm zuversichtlich den Arm.

»Du schaffst das, Drew. Sei einfach ruhig und entschlossen – so wie in den letzten Sekunden eines Playoff-Spiels.«

Steeg nickte und versuchte, seine Nerven zu beruhigen. Die drei saßen im zweiten Stock eines großen Secondhand-Buchladens in einer zurückgezogenen Ecke an einem Fenster. Der Laden lag gegenüber von dem Gebäude, in dem sie Aung Win und den Leibwächter gesehen hatten. Danny hatte die Kamera noch ein letztes Mal überprüft und war davon überzeugt, dass alle noch im Haus waren.

Als das Telefon noch einmal klingelte, nahm Steeg das Gespräch an und schaltete den Lautsprecher ein, damit Ryan und Kasey mithören konnten. Er holte tief Luft und sagte: »Hier ist John Quinn.«

Ryan betete, dass es funktionierte. Steeg war siebzehn und ziemlich groß, daher hatte er seinen Stimmbruch schon hinter sich und klang so tief wie ein Erwachsener. Aung Win musste glauben, dass er direkt mit Ryans Vater sprach.

»Sie haben Myat Kaw?«, fragte Aung Win mit seiner unverkennbaren rauen Stimme.

»Ich will mit meiner Frau sprechen.« Steeg machte sich gut, er klang bestimmt und gefasst. »Ich werde Ihnen Ihre Nichte nicht ausliefern, bevor ich nicht weiß, dass es meiner Frau gut geht.«

Ein paar unendlich lange Sekunden bekam er keine Antwort, sodass Ryan schon fast Panik bekam. Dann raschelte es, als das Telefon weitergereicht wurde und Jaquelines Stimme erklang, nervös, aber beherrscht: »John, bist du das?«

Ryan deutete auf den Namen *Jackie*, den er für Steeg auf einen Notizblock geschrieben hatte. Ryans Vater nannte sie stets Jaqueline, nie bei einem Kosenamen. Er hoffte, dass sie das Zeichen verstehen und mitspielen würde.

»Ich bin es, Jackie«, sagte Steeg. »Geht es dir gut?«

Jaqueline zögerte nur einen Augenblick, dann antwortete sie: »Mir geht es gut, Johnny.«

Ryan jubelte innerlich auf. Seine Mutter hatte verstanden und ihrerseits ein Zeichen gegeben, indem sie seinen Vater Johnny nannte. Das bedeutete hoffentlich auch, dass sie wachsam sein würde und bereit, wenn sie zuschlugen.

Dann war wieder Aung Win am Telefon: »Sie werden mir Lan ausliefern. Haben Sie sie?«

»Ich habe sie«, antwortete Steeg. Kasey hielt die Daumen hoch und verzog finster das Gesicht, um ihrem Bruder anzudeuten, seine Rolle weiterzuspielen und Entschlossenheit zu zeigen. »Sorgen Sie dafür, dass meiner Frau nichts geschieht.«

»Solange Sie die Behörden nicht einschalten, passiert ihr nichts. Kommen Sie allein.« Er klang so kalt und geschäftsmäßig, dass Ryan ihm am liebsten durchs Telefon eine verpasst hätte.

»Wohin?«, erkundigte sich Steeg.

»Es gibt einen Privatflugplatz auf Long Island. Das East Shore Aerodrome. Bringen Sie sie dorthin.«

»Sie müssen mir versprechen, Lan nicht zu töten. Sie ist nur ein kleines Mädchen.«

Das klang gut, dachte Ryan. Steeg traf wirklich den richtigen Ton.

»Sie haben zwei Stunden«, erklärte Aung Win und unterbrach die Verbindung.

Steeg gab Ryan das Telefon zurück und sah seine Hand an.

»Ich zittere. Ich zittere niemals.«

»Du warst perfekt«, versicherte ihm Ryan. »Er hat dir das voll abgekauft.«

Kasey war bereits aufgestanden. »Wir müssen auf Position. Ich suche Danny und Lan.« Sie ging die anderen beiden holen, die sich die Wartezeit zwischen den Regalen des großen Buchladens vertrieben hatten.

Ryan stand auf, doch Steeg hielt ihn zurück.

»Hör zu, ich verstehe ja, dass es schwer zu verarbeiten ist, was deine Eltern durchmachen und so. Aber bist du sicher, dass wir das Richtige tun? Sollten wir das nicht lieber den Cops überlassen?«

»Aung Win wird nach Polizei Ausschau halten. Ich kann nicht riskieren, dass er nervös wird. Aber von einem Haufen Kinder erwartet er keine Probleme.«

»Ja, weil Kinder so was gar nicht tun sollten.«

Ryan verstand Steegs Zweifel, denn er war sich selbst ja auch nicht sicher, ob das alles so richtig war.

»Soll ich Kasey sagen, dass sie nach Hause gehen soll?«

»Niemand sagt Kasey, was sie tun soll, wenn sie es nicht will. Aber da ich bei Danny und Lan bleiben soll, liegt es an dir, auf sie aufzupassen, verstanden? Vergiss diesen Drecksack Aung Win – wenn Kasey irgendetwas passiert, bekommst du es mit mir zu tun!«

Er sah Ryan einen Moment lang an und ging dann.

Steeg hatte recht. Ryan brachte seine Freunde in Gefahr. Ja, er glaubte, einen Weg gefunden zu haben, dass alle unbeschadet aus der Sache herauskamen, aber was, wenn die Dinge nicht nach Plan verliefen? Wenn alles danebenging und jemand verletzt wurde?

»Kommst du?«

Kasey war wieder neben ihm aufgetaucht. Hinter ihr sah er Danny, Steeg und Lan an der Treppe warten.

»Ich kann euch nicht darum bitten, das zu tun.«

»Wir sind alle aus freien Stücken hier«, antwortete Kasey.

»Aber das ist nicht euer Problem.«

»Natürlich ist es das. Du bist unser Freund und du brauchst Hilfe. Dafür sind Freunde da.«

»Es ist zu gefährlich.«

»Wie gefährlich war es, Lan aus Andakar herauszuholen? Und was ist mit deinen Eltern? Wer weiß, wie viel sie im Laufe der Jahre riskiert haben, um anderen zu helfen.«

»Das ist etwas anderes«, behauptete Ryan. »Sie wussten, worauf sie sich einlassen.«

»Das tun wir auch«, wandte Kasey ein. »Ist das nicht der Zwecke des ERC? Ein Risiko einzugehen, weil es das wert ist, Leuten zu helfen, wenn sie es wirklich nötig haben.«

»Dein Bruder meint, wir sollten die Sache den Cops überlassen.«

»Der Ansicht war ich zuerst auch«, meinte Kasey. »Ich war diejenige, die Danny an jenem Abend dazu gedrängt hat, die Polizei zu rufen, und es wäre beinahe eine Katastrophe geworden. Wir sind alle clever und vorsichtig. Ich glaube, dein Plan bietet die beste Chance, deine Mutter in Sicherheit zu bringen.«

»Glaubst du wirklich?« Ryan war überrascht, wie viel ihm an ihrer Zustimmung lag.

»Absolut.«

Plötzlich verspürte er neue Entschlossenheit. »Na gut. Dann los. Aber für den Fall der Fälle: Halte dich bereit, den Notruf zu wählen.«

»Mach ich. Aber das wird klappen.«

»Hoffentlich hast du recht.«

»Es muss«, antwortete Kasey, »schließlich haben wir heute Abend ein Date beim Herbstball.«

»Das ist heute Abend?« Ryan hatte es völlig vergessen.

Kasey zog amüsiert die Augenbraue hoch.

»Glaub ja nicht, dass dich irgendwas davor retten kann, mit mir zu tanzen!«

Zusammen gingen sie zu den anderen und liefen die Treppe hinunter.

Jetzt gab es kein Zurück mehr.

49

New York, USA

Das Wichtigste war das Timing. Ihr größter Vorteil war, dass Aung Win keine Probleme hier, in seinem gesicherten Haus, erwarten würde. Wenn etwas schiefging, würde er erwarten, dass es beim Austausch am Flugplatz geschah.

Zumindest hoffte Ryan das.

Ryan und Kasey standen an der Ecke ein kurzes Stück von der Haustür entfernt. Ryan hatte sich das Video angesehen, das Danny aufgezeichnet hatte, und sich vergewissert, dass es keinen Hintereingang gab. Sie würden seine Mutter durch den Vordereingang hinausbringen müssen.

»Wenn wir losschlagen, muss alles sehr schnell gehen«, erklärte Ryan Kasey. »Du bleibst hier und wartest auf meine Mutter. Ich versuche dir so viel Zeit wie möglich zu verschaffen, um sie ins Auto zu bringen.«

»Verstanden«, bestätigte Kasey und machte ihre Tasche auf. »Ich habe alles mitgeschleppt, was ich brauchen kann, um sie loszumachen. Eine Schere, falls es Klebeband ist, eine Drahtschere für Plastikhandschellen. Und falls sie Handschellen trägt …« – sie zeigte ihm eine L-förmig gebogene Haarklammer – »… einen einsatzbereiten Dietrich.«

Kasey steckte voller Überraschungen.

»Du weißt, wie man Schlösser knackt?«

»Ich habe drei Brüder, die mir gerne den einen oder anderen Streich spielen. Ich habe schon vor einer ganzen Weile gelernt, wie ich in ihre Zimmer einbrechen und mich an ihnen rächen kann.«

»Erinnere mich daran, mich nicht mit dir anzulegen«, schmunzelte Ryan. »Okay, du passt hier auf, ich mache mich bereit.«

Ryan setzte sich seine Phillies-Mütze auf und zog sie sich tief in die Stirn, dann nahm er den Schlafsack und den Karton, den er von zu Hause mitgebracht hatte. Es war ein großer Karton von ihrem letzten Umzug. Ryan hatte mehrere Gucklöcher hineingeschnitten. In einer Nische ein paar Türen von Aung Wins Haus entfernt, arrangierte er ihn so, dass er aussah wie der Unterschlupf eines Obdachlosen, aus dem das Ende des Schlafsacks heraussah. Um die Sache noch glaubhafter zu machen, verteilte er ein paar Fast-Food-Packungen.

Danny hatte ihnen allen eine App aufs Handy geladen, mithilfe derer sie die Telefone wie Funkgeräte benutzen konnten. Ryan steckte sich den Kopfhörer ins Ohr und konnte mit einem einzigen Knopfdruck mit der ganzen Gruppe kommunizieren.

»Sind alle an ihrem Platz?«

»Hier oben ist es kalt«, erklang Dannys Stimme laut und schrill über den Kopfhörer, sodass Ryan schnell die Lautstärke herunterregelte. »Kannst du mich sehen?«

Ryan sah aus seinem Pappkartonversteck zum Dach hinauf. Fünf Stockwerke weiter oben sah er Danny über den Rand lehnen und winken. Der Ziegelsteinbau war schmal, er hatte nur vier Fenster in jedem Stockwerk und eine Feuertreppe, die zu jedem Stockwerk reichte. Über dem obersten Absatz führte eine Metallleiter aufs Dach.

»Ich kann dich sehen«, bestätigte Ryan. »Wie geht es Lan?«

»Super. Wir beide haben eine echt gute Zeit zusammen.« Dannys Stimme senkte sich zu einem Flüstern. »Ich glaube, sie hat echt was für mich übrig.«

»Du weißt schon, dass dich alle hören, ja?«, warf Steegs Stimme ein.

»Eifersüchtig, mein Großer?«, spottete Danny, der sich sichtlich amüsierte.

»Hey ihr!«, unterbrach sie Kasey. »Zieht die Köpfe ein, da kommt jemand!«

Ryan duckte sich wieder hinter seine Pappkiste und sah durch ein Loch, wie die Tür aufging. Gleich darauf erschien Aung Win. Er trug die Strickjacke und die Brille, die Danny ihm beschrieben hatte, hielt sich gebeugt und hatte einen Besen in der Hand. Er tat so, als würde er fegen, aber Ryan merkte, dass er sich genau umsah.

Sein Blick fiel auf Ryans provisorische Obdachlosenunterkunft. Sofort wich Ryan von seinem Guckloch zurück und verharrte vollkommen still. Die Pfefferspraydose hielt er vorsichtshalber griffbereit.

Doch es geschah nichts.

»Er geht wieder rein«, erklang Kaseys Stimme leise.

Es vergingen mehrere Minuten, die Ryan wie eine Ewigkeit vorkamen.

Dann hörte er: »Da kommt ein Auto mit Diplomatenkennzeichen.«

Durch eines der Löcher sah er die vertraute schwarze Limousine vor dem Haus halten. Der Fahrer stieg aus und sah sich um. Er wartete, bis ein paar Fußgänger vorbeigeeilt waren, und ging dann zur hinteren Wagentür.

Ryan drückte auf den Sprechknopf an seinem Handy-Funkgerät und flüsterte heiser: »Showtime!«

50

New York, USA

Lan hatte ein Geheimnis.

Sie war sich selbst nicht sicher, warum sie es Ryan nicht erzählt hatte. Während ihrer Reise hätte es dafür unzählige Gelegenheiten gegeben. Vielleicht lag es daran, dass es immer noch zu sehr schmerzte.

Aber jetzt würde sie dieses Geheimnis hoffentlich zu etwas Gutem einsetzen können.

Danny wandte sich auf dem Dach zu ihr um: »Bist du bereit?«

Sie nickte, stöpselte den Kopfhörer ins Ohr und steckte das Telefon, das er ihr geliehen hatte, in die Tasche. Dann begann sie, die alte klapprige Leiter hinunterzuklettern.

Über den Kopfhörer hörte sie Dannys Stimme: »Lan ist unterwegs!«

Alle hatten bei dieser Aktion eine Rolle zu spielen, doch Lan musste den entscheidenden Teil übernehmen. Sie sollte für die Ablenkung sorgen, die Ryan brauchte. Wenn sie ihr Ziel erreichte, würde Ryan genug Zeit haben, seine Mutter zu holen und sie von Aung Win und seinen Männern fortzubringen.

Jetzt hörte Lan seine Stimme in ihrem Ohr: »Geh

nicht weiter runter als bis zum dritten Stock. Ich will nicht, dass du ihnen zu nahe kommst.«

»Das weiß sie«, versicherte ihm Danny.

Lan mochte Danny. Er war witzig und selbstständig, so wie es Kinder in Andakar nicht sein konnten. Denn dort konnte schon ein harmloser Scherz dazu führen, dass die Behörden auftauchten und einen abführten.

Auf dem Absatz im dritten Stock sah Lan über das Geländer nach unten. Seit der Nacht, in der er sie erwischt hatte, hatte Lan ihren Onkel nicht mehr gesehen. Während dieser Konfrontation hatte sie Todesangst gehabt, aber das war jetzt vorbei. Sie war bereit, sich ihm zu stellen.

»Sie kommen jetzt raus«, berichtete Kasey.

Strickjacke und Brille waren verschwunden, als Aung Win wieder herauskam. Lans Onkel winkte jemandem im Haus zu. Dann erschien Ryans Mutter, die in die Sonne blinzelte und die Hände fest aneinandergepresst vor sich hielt. Lan vermutete, dass die über ihre Handgelenke gelegte Jacke ihre Fesseln verbergen sollte. Sie erkannte Kang, den überdimensionierten Leibwächter ihres Onkels, der ihm nie von der Seite wich. Ryans Mum stolperte. Sie schien unsicher auf den Beinen, sodass Kang nach ihrem Arm greifen und sie festhalten musste.

»Irgendetwas stimmt nicht mit ihr«, erklang Ryans Stimme gepresst.

»Sie sieht aus, als sei sie unter Drogen gesetzt worden«, beruhigte ihn Kasey. »Wahrscheinlich haben sie ihr etwas zur Beruhigung gegeben. Konzentrier dich, Ryan!«

Der Fahrer machte die hintere Tür auf. Es war Zeit, dass Lan dem Mann gegenübertrat, der ihr Leben ruiniert hatte.

»Onkel!«

Erstaunt sah Aung Win zur Feuertreppe vor dem dritten Stock hoch. Lan hielt das Geländer mit beiden Händen und sah ihn an. Sie war weit genug weg, um außer Reichweite zu sein, aber trotzdem nah genug, die Unsicherheit auf seinem Gesicht erkennen zu können.

»Ich weiß, was du getan hast. Ich weiß, dass du für den Autounfall verantwortlich warst, bei dem meine Eltern ums Leben gekommen sind.«

Der schuldbewusste Gesichtsausdruck von Aung Win bestätigte ihren Verdacht. Nur ein paar Tage bevor ihr Onkel ihr auf die Schliche gekommen war, hatte sie Zugang zu seinen privaten E-Mails bekommen und mehrere alte Nachrichten gefunden, in denen von einem arrangierten »Unfall« die Rede gewesen war. Entsetzt hatte sie erkannt, dass diese Mails aus der Woche vor dem Unfall ihrer Eltern stammten.

Sofort hatte sie verstanden, was geschehen war. Ihr Onkel hatte selbst nie eine Familie gegründet und hatte seinen Bruder um seine intelligente Frau und seine lebhafte Tochter beneidet. Also hatte er entschlossen, sie zu seiner Familie zu machen. Nur, dass es nicht so gelaufen war, wie er es geplant hatte. Lans Mutter hätte an diesem Tag nicht in dem Auto sein sollen. Sie sollte nicht sterben.

»Das ist absurd«, erklärte Aung Win. »Ist es dir die ganze Zeit darum gegangen? Das war ein *Unfall!*«

Lan merkte, dass er seine Fassung wiedergewonnen hatte. Ihr Onkel kam dem Gebäude näher.

»Ich habe die Mails gefunden. Den Beweis, dass du deinen eigenen Bruder ermordet hast!«, rief Lan ihm zu.

»Du irrst dich! Komm runter, dann reden wir darüber. Wir sind doch eine Familie.«

»Nein. Ich habe meine Familie verloren. Und ich werde dafür sorgen, dass du alles verlierst, woran dir etwas liegt! Ich werde der Welt erzählen, dass du Myat Kaw bist. Und du weißt genau, wie leicht mir das fallen wird, denn schließlich kam jedes Geheimnis, das ich gestohlen habe, von dir!«

Lan lief die Feuertreppe wieder hinauf. Sie hatte ihren Köder so gut wie möglich ausgeworfen.

Jetzt blieb nur abzuwarten, ob er ihn schluckte.

51

New York, USA

Aung Wins Gesicht verzerrte sich vor Wut. Er bemerkte die Leiter, die Ryan von der Feuertreppe heruntergezogen hatte. Normalerweise lagen diese Leitern zu hoch, um von der Straße aus erreicht werden zu können, aber diese hatte Ryan losgemacht. Und tatsächlich rannte Aung Win darauf zu, sprang hinauf und kletterte die Stufen empor.

Lan rannte weiter hinauf, wurde aber am nächsten Treppenabsatz langsamer. Sie musste weit genug weg bleiben, dass er sie nicht schnappte, aber dicht genug, dass er sie weiter verfolgte.

Die Ablenkung hatte funktioniert. Das war Ryans Chance.

Als er seine Mutter gesehen hatte, war er einen Moment lang fassungslos gewesen. Sie wirkte unsicher und desorientiert und hatte dunkle Ringe unter den Augen. Auch die Tatsache, dass Lan Aung Win mit dem Mord an ihren Eltern konfrontierte, hatte ihn überrascht. Doch er konnte es sich nicht leisten, sich durch Gefühle ablenken zu lassen. Er musste schnell handeln.

»Duck dich, Mum!«, schrie er und sprang vor.

Jaqueline reagierte instinktiv und bückte sich, sodass Ryan freies Schussfeld auf den Leibwächter hatte.

Er sprühte das Pfefferspray mitten ins Gesicht des großen Mannes, der aufschrie und hustend und keuchend die Hände vor die Augen schlug.

»Lauf!«, rief Ryan, packte seine Mutter am Arm und deutete auf die Straße.

»Pass auf, Ryan!«, warnte Jaqueline mit einem Blick über seine Schulter. Er wirbelte herum und hob die Spraydose. Doch der Fahrer der Limousine war zu nah. Bevor Ryan auf den Sprühknopf drücken konnte, schlug der Mann Ryans Hand weg, sodass ihm die Dose aus der Hand fiel. Dann schlug er ihn so heftig in den Bauch, dass Ryan keuchend zusammenklappte.

Gerade als der Fahrer wieder zuschlagen wollte, schlang ihm Jaqueline die Hände um den Hals. Ihre Handgelenke waren mit Plastikstreifen gefesselt, die sie jetzt als Waffe einsetzte. Sie war nicht so benommen, wie es den Anschein gehabt hatte.

Ryan trat den Fahrer mit aller Kraft zwischen die Beine, woraufhin der Mann die Augen aufriss, die Backen aufblies und in die Knie ging. Mit einem heftigen Tritt an die Schläfe ließ seine Mutter ihn vollends k.o. gehen. Der Leibwächter taumelte herum und schlug blind in die Richtung, aus der er etwas hörte. Ryan wich einem Schlag nur knapp aus, nahm dann seine Mutter an der Hand und zog sie hinter sich her.

»Um die Ecke«, befahl er und versuchte, zu Atem zu kommen.

Kasey rannte auf sie zu.

»Nehmen Sie die Hände hoch«, sagte sie knapp, und als Jaqueline es tat, knipste sie schnell die Fesseln mit der Drahtschere durch. »Kommen Sie, wir müssen die anderen am Auto treffen!«

»Ist Dad hier?«, fragte Jaqueline Ryan.

»Nein.«

»Hast du das ganz allein geschafft?«

»Ich hatte Hilfe von meinen Freunden«, erklärte Ryan, während er hektisch zurückblickte. Als er sah, dass der Fahrer sich von dem Schlag bereits erholte und auf die Knie kam, drängte er: »Wir müssen hier weg!«

Als sie um die Ecke kamen, warf Ryan einen Blick zum Dach des Gebäudes. Hoffentlich würde der Rest des Plans auch so gut funktionieren.

52

New York, USA

Danny neigte sich über den Dachrand und sah besorgt, wie Lan die Feuertreppe hinaufraste. Aung Win war dicht hinter ihr und holte schnell auf.

Danny spürte, wie die Sache aus dem Ruder lief. Aung Win war viel schneller, als sie vermutet hatten. Danny hielt ein Metallrohr in der Hand, das er gefunden hatte. Wenn es sein musste, würde er es gegen Lans irren Onkel einsetzen.

»Beeil dich! Er holt auf!«, rief er, als sie die letzte Treppe hinaufeilte. Aung Win brüllte seine Nichte an und die sah nach unten. Dabei verfehlte sie die nächste Sprosse der Leiter und wäre beinahe gestürzt. Aung Win griff nach ihrem Knöchel, doch sie konnte ihm in letzter Sekunde ausweichen und kletterte nach oben, wo Danny sie über den Rand zog.

»Lauf zu Steeg!«, keuchte er und wandte sich mit dem schweren Rohr in der Hand wieder der Treppe zu. Es war Zeit, dem Kerl eins überzubraten.

Doch als er hinuntersah, traute er seinen Augen nicht: Aung Win hatte seine Pistole gezogen und zielte auf ihn! So fest wie möglich warf er das Rohr nach ihm. Es traf Aung Win und schlug ihm die Waffe aus der

Hand, sodass sie die Feuertreppe hinunterschepperte und zwei Stockwerke weiter unten liegen blieb. Aung Win brüllte vor Wut auf und raste nach oben.

Danny rannte über das Dach zu dem nebenan liegenden Bürogebäude. Ihr Plan war, dort in das Treppenhaus zu gelangen. Sobald sie drinnen waren, konnten sie die Metalltür hinter sich verriegeln und waren in Sicherheit.

Als Danny am Rand ankam, half Steeg Lan gerade von dem einen Dach hinunter auf das andere.

»Komm!«, drängte er und reichte Danny die Hand. Doch bevor dieser springen konnte, stieß Aung Win ihn um. Aus dem Gleichgewicht gebracht, stürzte er und riss Steeg mit sich, sodass beide zu Boden gingen. Danny rollte sich auf den Rücken und sah zu Aung Win auf, der sich drohend über sie beugte und sie mordlüstern ansah, während – *zack!* – ein Klappmesser in seiner Hand auftauchte.

»Weg hier!«, schrie Lan von der Tür zum Treppenhaus, die sie offen gehalten hatten. Danny kam auf die Füße und rannte, doch er sah, wie Lan entsetzt hinter ihn sah und »Drew!« schrie.

Danny blieb stehen, wirbelte herum und sah, wie Aung Win auf Steeg losging. Der war zwar groß, aber sehr wendig und rollte sich weg, als Aung Win landete. Rückwärts krabbelnd versuchte er aus dem Weg zu kommen, doch die große Kühlanlage auf dem Dach versperrte ihm den Weg. Steeg saß in der Falle und Aung Win griff mit dem Messer an.

Mit einer Wildheit, die er bei sich selbst nicht vermutet hätte, griff Danny Aung Win an. Er packte ihn um die Mitte und versuchte, ihn umzuwerfen. Doch Aung Win war zu stark. Er stolperte zwar, fand dann aber sein Gleichgewicht wieder und stieß mit dem Messer zu.

Danny spürte, wie die Klinge seine Schulter traf, ließ Aung Win los und taumelte zurück, verwundert, dass er tatsächlich getroffen war. Er fasste nach seiner Schulter und sah das Blut an seiner Hand.

Aung Win wandte sich an Lan.

»Muss ich die beiden erst umbringen?«, schrie er. Steeg versuchte aufzustehen, doch sofort schoss Aung Wins Hand vor und setzte ihm die Messerklinge auf die Brust. »Ihr Blut wird an deinen Händen kleben … Myat Kaw!«

Lan trat mit blassem Gesicht vor.

»Lass sie gehen, Onkel. Du hast gewonnen. Ich komme mit.«

»Nein!«, schrie Steeg.

Aung Win ignorierte ihn, ging auf Lan zu und packte sie grob.

»Das wirst du mir büßen!«, drohte er, als er sie durch die Tür in das Nachbargebäude zog. Hinter ihm klappte sie zu und schloss Danny und Steeg aus.

»Wir müssen ihn aufhalten«, rief Steeg und zückte sein Handy.

»Ja, wir müssen sie … warnen …«

Danny verdrehte die Augen, dann wurde er bewusstlos und brach auf dem Dach zusammen.

53

New York, USA

»Danny ist verletzt!« Schon durch das Telefon hörte man Steegs Panik. »Und Lan ist weg! Ihr Onkel hat sie mitgenommen.«

Ryan und Kasey sahen sich entgeistert an, und sie drückte auf den Sprechknopf: »Geht es dir gut?«

»Ja. Ich habe Danny. Wir kommen die Feuertreppe runter. Hier ist viel Blut!«

Ryan sah zum Lexus der Stieglitz und fragte seine Mutter: »Kannst du fahren?«

Jaqueline schüttelte den Kopf: »Ich kann kaum klar sehen.«

»Kasey, ruf 911 – wir brauchen einen Krankenwagen!«, befahl Ryan und rannte bereits los. Er war dankbar, dass sie seine Mutter gerettet hatten, aber er würde es sich nie verzeihen, wenn Danny oder Lan etwas zustieß.

Er kam gerade um die Ecke, als Aung Win Lan zwang, hinten in die Limousine einzusteigen.

»He! Stopp! Jemand muss uns helfen!«, schrie er.

Es waren nicht viele Leute unterwegs, aber ein Paar, das mit seinem Hund spazieren ging, drehte sich zu ihnen um, als Ryan auf das Auto zurannte.

Aung Win stieg ein, und noch bevor er die Tür geschlossen hatte, fuhr der Wagen los. An der nächsten Kreuzung bog er links ab und verschwand um die Ecke. Und ein weiteres Mal musste Ryan hilflos zusehen, wie Aung Win mit jemandem davonraste, den er gernhatte.

»Lass mich runter!«, holte Dannys Stimme Ryan wieder in die Gegenwart, und er sah zur Feuertreppe, die Steeg herunterkam. Er hatte sich den schmächtigen Danny in einem Feuerwehrgriff über die Schulter geworfen, um ihn hinunterzubringen.

»Halt die Klappe und rühr dich nicht!«, verlangte Steeg, der bei jedem Schritt vor Anstrengung ächzte. Ryan lief zu ihnen und half, Danny das letzte Stück bis zum Boden zu bringen. Steeg hatte seine Jacke ausgezogen und einen Ärmel fest um Dannys Wunde gewickelt. Sowohl Jacke als auch Danny waren blutverklebt.

Ryan krampfte sich der Magen zusammen – er fürchtete schon das Schlimmste für seinen Freund.

»Oh Mann, was hat der Kerl dir nur angetan?«

Doch Danny wehrte ab: »Das ist gar nicht so tief, ich bin nur ein Jammerlappen, wenn es um Blut geht. Beim Arzt bin ich auch schon ein paar Mal ohnmächtig geworden.«

»Du bist kein Jammerlappen«, widersprach Steeg. »Du hast mir da oben wahrscheinlich das Leben gerettet.«

»Denk dran, wenn du mich das nächste Mal in einen Spind sperren willst«, meinte Danny und wandte sich dann an Ryan. »Lans Onkel ist verrückt. Du musst ihr nach!«

»Erst musst du zu einem Arzt.« Ryan sah Kasey und Jaqueline kommen. »Ich hätte Lan nie helfen lassen dürfen. Ich wusste doch, dass das zu gefährlich war.«

Danny packte Ryan am Arm. »Lan hätte sich selbst retten können – sie hatte die Gelegenheit dazu. Aber das hat sie nicht getan. Sie ist mit ihrem Onkel gegangen, um *uns* zu retten.«

Jaqueline kniete sich neben Danny und befahl: »Halt still, Danny, ich will mir das mal ansehen.«

Obwohl sie noch benommen war, waren ihre Bewegungen sicher und effizient.

Danny drückte Ryan sein eigenes Telefon in die Hand und erklärte: »Das Handy, das ich Lan gegeben habe – da ist meine Tracker-App drauf.«

Ryan starrte das Telefon an und verstand erst eine Sekunde später, was Danny gesagt hatte. Dann sprang er auf und wandte sich an Steeg.

»Fährst du?«

Steeg rannte schon los. »Klar doch!«

Ryan nahm die signierte Roy-Halladay-Mütze ab und setzte sie Danny auf den Kopf.

»Bringt dir Glück«, behauptete er und rannte dann Steeg hinterher.

»Drew!«, schrie Kasey ihnen nach.

Als Jaqueline die Angst in ihrer Stimme hörte, sah auch sie auf.

»Nein, Ryan!«

Doch Ryan sprang bereits auf den Beifahrersitz des Lexus und Steeg ließ den Motor aufheulen. Mit quietschenden Reifen schoss der Wagen um die Ecke, ohne abzubremsen. Sie rasten der Limousine hinterher.

54

New York, USA

Steeg trat das Gaspedal durch und überholte wie ein Wahnsinniger. An einer Kreuzung beschleunigte er, als die Ampel gerade rot wurde, und der Lexus schoss über die Straße. Ein paar Autofahrer sahen sich zu Vollbremsungen gezwungen und hupten wütend.

»Oh bitte lass uns keinen Cops begegnen«, flehte Steeg, überholte einen langsamen Laster und brauste weiter.

»Versuch lieber, keinen Unfall zu bauen«, wünschte sich Ryan, der Lans Telefon mithilfe von Dannys Tracker-App zu finden versuchte.

»Toll. Auf die Idee wäre ich nie gekommen«, meinte Steeg, der zwei weitere Autos überholte und hektisch die Spur wechselte, um freie Fahrt zu haben.

Auf der Karte tauchte ein blinkendes rotes Herz auf. Ryan grinste. War ja klar, dass Danny Lan so ein Symbol zugeordnet hatte. Er sah auf und deutete nach vorne.

»Da vorne links. Sie sind nicht weit vor uns.«

Steeg bog links ab. Die Allee war voller Lieferwagen, gelber Taxen und sonstiger Autos. Ryan zwang sich, nicht in jedes einzelne Auto zu sehen, sondern sich nur auf die Farbe Schwarz zu konzentrieren.

Endlich sah er die Limousine einen Häuserblock vor sich.

»Da! Spring Street!«

Steeg befand sich auf der falschen Seite des Broadways und musste zwei Fahrspuren überqueren, um abbiegen zu können. Die Spring Street war nicht ganz so belebt, sodass Ryan sehen konnte, wie die Limousine an der nächsten Ampel anhalten musste.

Ryans Handy summte und er sah Kaseys Namen im Display auftauchen. Wahrscheinlich war es seine Mutter, die ihm sagen wollte, dass er zurückkommen sollte. Da er keine Zeit hatte, sich mit ihr herumzustreiten, lehnte er den Anruf ab.

»Und was machen wir, wenn wir sie einholen?«, fragte Steeg. »Die haben Waffen.«

So weit hatte Ryan noch gar nicht gedacht, er handelte rein instinktiv.

»Was du vorhin gesagt hast. Wir folgen ihnen zu ihrem Ziel und rufen die Cops.«

Steeg sah ihn schräg an. »Ich weiß nicht, ob uns das viel hilft.«

»Warum?«

»Lan ist noch minderjährig und ihr Onkel ist ihr rechtmäßiger Vormund. Außerdem genießt er diplomatische Immunität. Die Cops können ihm höchstens einen Strafzettel ausstellen, weil er zu schnell gefahren ist. Wenn er Lan nach Andakar mitnehmen will, kann die Polizei nichts dagegen unternehmen.« Er holte weiter auf und umklammerte das Steuer des Wagens, bis die Fingerknöchel weiß hervortraten. »Ich hätte ihn aufhalten sollen. Stattdessen habe ich zugelassen, dass er sie mitnimmt.«

»Nein. Das ist meine Schuld. Ihr hättet Aung Win eigentlich nie so nahe kommen sollen. Ich hatte geplant, dass ihr längst weg seid, wenn Aung Win auf das Dach kommt.«

Schweigend fuhren sie weiter, und Ryan suchte fieberhaft nach einem Weg, Lan zu retten.

»Ich war in der Schule echt mies zu Danny und dir«, sagte Steeg. »Tut mir leid. Ihr Jungs seid schon okay.«

»Du hast nur auf deine kleine Schwester aufgepasst. Du willst sie beschützen.«

»Ja, das sagt dieser Mistkerl von Onkel wahrscheinlich auch. Dass er nur jemanden beschützen will. Auf seine Leute aufpassen will. Aber im Grunde ist er nur ein Dreckskerl«, meinte Steeg und fügte dann hinzu: »Aber so bin ich nicht.«

Überrascht von seinem intensiven Tonfall sah Ryan auf.

»Das habe ich nie geglaubt.«

Auf der Bowery blieb Steeg nah an der Limousine und hielt sich hinter einem braunen UPS-Wagen, damit sie nicht entdeckt wurden. Doch plötzlich wechselte dieser die Spur und ließ den Lexus direkt hinter der Limousine zum Vorschein kommen. Entsetzt sah Ryan, wie sich Aung Win umdrehte und sie durch das Rückfenster direkt ansah.

»Er hat uns gesehen!«, stieß Ryan hervor.

Die Limousine schwenkte abrupt nach rechts und

bog in eine Seitenstraße ein. Steeg stieg auf die Bremse und kurbelte am Lenkrad, sodass der Wagen in der Kurve ins Schlittern geriet, doch er brachte ihn wieder unter Kontrolle und fuhr weiter.

Jetzt, wo er wusste, dass sie verfolgt wurden, fuhr der Fahrer der Limousine weitaus aggressiver und wechselte ständig die Spur. Steeg tat es ihm gleich, ohne jedoch annähernd seine Geschwindigkeit zu erreichen. Der andere Fahrer tat so etwas offensichtlich nicht zum ersten Mal.

»Er biegt wieder ab!«, warnte Ryan. »Links – links!«

Steeg versuchte ebenfalls, die Kurve zu nehmen, schaffte es aber nicht ganz und rumpelte über den Bordstein, sodass er eine grüne Mülltonne neben einem Laternenpfahl traf und mit der Stoßstange über den Gehweg schubste. Der Lexus holperte wieder vom Bordstein und nahm Kurs auf ein gegenüber geparktes Auto. Steeg konnte gerade noch verhindern, dass sie hineinkrachten.

»Oh Mann, dafür kriege ich Hausarrest bis sonst wann.«

Ryan sah etwas aus dem Fenster der Limousine fliegen und fast gleichzeitig verschwand das blinkende Herz von seiner Tracker-App.

»Er hat ihr Telefon rausgeschmissen! Verlier sie nicht!«

Die Limousine bog ein paar Mal scharf ab. Steeg tat sein Bestes, um hinter ihr zu bleiben, doch er war dem professionellen Fahrer nicht gewachsen, dem es offensichtlich egal war, ob er Fußgänger gefährdete oder nicht. Nach ein paar Minuten verschwand die Limousine an einer Kreuzung. Der Lexus blieb stehen, und Ryan sah in die eine, Steeg in die andere Richtung.

»Wo sind sie hin?«, fragte Steeg.

»Hab ich nicht gesehen.«

Er sah nach unten, weil sein Telefon wieder summte. Es war wieder Kasey – und wahrscheinlich seine Mutter. Er ignorierte es und suchte weiter nach der Limousine.

Aber die war weg.

Steeg fuhr an den Straßenrand.

»Und was machen wir jetzt?«

Ryan sah aus dem Fenster und erkannte vor ihnen die Metalltürme der Williamsburg Bridge. Bei all den wilden Abzweigungen hatte er gar nicht darauf geachtet, wo sie hingeraten waren. Doch als er die hohe Brücke betrachtete, die Manhattan mit Long Island verband, erinnerte er sich an etwas: »Als Aung Win angerufen hat, um den Austausch zu verabreden, wollte er, dass wir zum East Shore Aerodrom kommen.«

Steeg starrte auf die Brücke und verstand.

»Sie sind also in diese Richtung gefahren, um über die Brücke zu kommen. Aber das ist doch kein richtiger Flughafen, oder?«

»Nein. Das ist eher ein Klub für Leute mit Oldtimerfliegern«, bestätigte Ryan, doch er hatte das Gefühl, auf der richtigen Spur zu sein. »Aber er hat eine Landebahn und eine Menge Hangars und Gebäude.«

Steeg nickte und legte bereits wieder den Gang ein.

»Also ein gutes Versteck für einen Privatjet.«

»Wenn Lan erst mal in einem Flieger sitzt, kriegen wir sie nie zurück.«

Steeg sprach aus, was sie beide befürchteten: »Wenn er sie nicht schon umgebracht hat.«

55

New York, USA

Enttäuscht legte Kasey das Telefon weg. Sie hatte versucht, sowohl Ryan als auch Drew anzurufen, doch keiner von beiden antwortete ihr. Auf dem Gehweg hatten sich jetzt einige Schaulustige versammelt, die neugierig nachsahen, was die Aufregung zu bedeuten hatte, und jetzt hörten sie auch Sirenen, die sich näherten. Es wurde immer komplizierter.

Jaqueline hatte sich mit der Effizienz eines Feldarztes um Dannys Verwundung gekümmert. Sie hatte ihm Drews blutige Jacke abgenommen und dann mit einem Schal und einer Flasche Wasser, die sie von einem der Umstehenden bekam, die Wunde gesäubert und verbunden. Trotz ihrer Erschöpfung und der Drogen in ihrem Körper konzentrierte sie sich. Diese Frau war es gewohnt, mit Krisensituationen umzugehen, dachte Kasey.

Als die Sanitäter kamen, wandte Jaqueline sich an Kasey.

»Deine Tasche«, sagte sie. »Hast du ein Haarband oder Make-up?«

Überrascht von der Frage antwortete Kasey: »Ich glaube, ich habe beides.«

Sie machte die Handtasche auf und suchte zwischen Schere und Werkzeug ein Haargummi und etwas Rouge und Lipgloss aus einer Seitentasche.

Jaqueline band sich das wirre Haar zu einem Pferdeschwanz, und während sie rasch etwas Lipgloss auftrug und ein wenig Rouge auflegte, flüsterte sie Kasey eindringlich zu: »Danny wurde überfallen. Der Angreifer war ein Weißer Anfang zwanzig mit einem grünen Hoodie. Er ist dort die Straße entlanggelaufen, verstanden?«

Kasey nickte. Sie kam sich vor wie in einem Spionagefilm.

»Versuch weiter, Ryan zu erreichen«, sagte sie, als sie ihr das Make-up zurückgab und zu den Sanitätern ging. »Gott sei Dank, dass Sie hier sind. Der arme Junge sagt, er sei überfallen worden, aber ich glaube, es geht ihm schon wieder einigermaßen.«

Es war erstaunlich, wie schnell sich Jaqueline von einer Sekunde auf die andere von einem erschöpften Opfer in einen energischen guten Samariter verwandelte. Kasey bewunderte, wie schnell sie sich der Situation angepasst hatte.

Kasey ging ein Stück beiseite, während Danny die Geschichte sofort aufgriff, als gäbe es keine andere Wahrheit, und sie für das Publikum ausbaute: »Ich hätte mich wehren können, aber der Kerl war riesig – etwa eins neunzig, vielleicht sogar noch größer!«

Anstatt Ryan erneut anzurufen, schrieb sie ihm eine Nachricht: *Ich bin es, Kasey. Ruf mich an!* Gleich darauf vibrierte ihr Telefon und sie nahm sofort ab.

»Alles in Ordnung bei euch?«

»Wir haben Lan verloren«, antwortete Ryan. »Tut mir leid, dass ich nicht rangegangen bin. Ich habe geglaubt, es sei meine Mutter.«

Kasey sah zu Jaqueline hinüber, die sich jetzt mit den Sanitätern unterhielt, die Danny untersuchten. »Die ist im Moment beschäftigt. Wo seid ihr?«

»Long Island. Wir fahren zum East Shore Aerodrome.«

Ryan klang niedergeschlagen.

»Da wollte Aung Win doch den Austausch vornehmen, oder?«

»Ja. Ich hoffe, dass er da vielleicht ein Flugzeug versteckt hat.«

»Es würde jedenfalls Sinn machen, dass er den Austausch dort stattfinden lassen wollte, von wo aus er sie direkt außer Landes würde bringen können.« Plötzlich fiel Kasey noch etwas anderes ein. »Das Lagerhaus, das Danny und ich untersucht haben ... Da hatten sie alle möglichen streng geheimen Hightechgeräte versteckt, die sie eigentlich nicht hätten haben dürfen. Vielleicht bringen sie so etwas mit einem Privatflugzeug außer Landes.«

»Wenn man Aung Win dabei erwischt, wie er streng geheime Technologie aus den USA schafft, könnte er seine diplomatische Immunität verlieren.«

»Ich habe eine Idee«, erklärte Kasey und kramte in ihrer Tasche. Sie hatte noch die Visitenkarte, die ihr Agent Calloway gegeben hatte, und betrachtete die Handynummer, die die CIA-Agentin auf die Rückseite geschrieben hatte. Danny wurde gerade auf einer Trage zu einem Krankenwagen gehoben. »Ich muss weg. Aber ich melde mich wieder.«

Ohne eine Antwort abzuwarten, legte sie auf und schob sich durch die Leute zu Danny durch.

»Wo bringen sie dich hin?«

»Ins Krankenhaus. Aber es geht mir gut. Ich muss nur genäht werden. Hoffentlich kriege ich eine tolle Narbe.«

Kasey beugte sich zu ihm und wisperte, während sie neben ihm herlief: »Ich brauche das Video aus dem Lagerhaus.«

Danny spürte, dass sie es ernst meinte, und gab ihr eine dünne Brieftasche.

»Da drin sind alle Speicherkarten. Was ist los?«

»Es wird Zeit, ein wenig Hilfe anzufordern«, erklärte Kasey. Die Sanitäter schoben Danny in einen Krankenwagen und knallten die Türen zu.

Kasey rief Agent Calloway an.

56

New York, USA

Auf einem großen Schild stand: *East Shore Aerodrome – Verein für die Geschichte des Fliegens.* Und gleich darunter stand: *Betreten für Unbefugte verboten!*

»Sieht ziemlich verlassen aus«, meinte Steeg.

Ryan stieg aus dem Lexus, um sich umzusehen. Der Nachmittag neigte sich langsam dem Abend zu und es wurde zunehmend dunkler. Hohe Bäume standen in beide Richtungen dicht am Zaun. Auf der anderen Seite des Tors schwenkte die Straße nach rechts, sodass man unmöglich das eigentliche Flugfeld sehen konnte.

Das Tor war mit Ketten und Schlössern versperrt. Ryan prüfte, ob er über den Zaun steigen konnte, doch er war von Stacheldraht gekrönt. Steeg stieg aus und folgte Ryan die Grundstücksgrenze entlang. Er hoffte, eine Stelle zu finden, von wo aus er die Startbahn sehen konnte, oder einen Baum zu finden, an dem er hinaufklettern konnte.

»Vielleicht haben sie sie anderswo hingebracht«, vermutete Steeg.

Plötzlich erklang ein hohes Heulen. Erstarrt lauschten die beiden Jungen.

»Das klingt wie ein Flugzeug«, stellte Ryan fest.

Steeg machte auf dem Absatz kehrt und rannte zum Lexus zurück.

»Sie wollen starten!«

Ryan rannte ihm nach und ließ sich auf den Vordersitz fallen, als Steeg den Rückwärtsgang einlegte. Er fuhr ein paar Meter zurück und schaltete dann um.

»Festhalten!«

Ryan hielt sich am Griff über der Tür fest und machte sich auf den Aufprall gefasst. Sie trafen das Tor mit voller Wucht, sodass das Schloss brach und die Torflügel aufflogen.

Drinnen war die Straße ungepflastert. Die Start- und Landebahn konnten sie wegen der Bäume immer noch nicht sehen, aber das Geräusch des Flugzeugmotors kam näher.

»Bleib hier stehen«, sagte Ryan. »Wir wollen doch nicht, dass sie uns sehen.«

Steeg fuhr an den Straßenrand und sie stiegen aus. Im Schutz der Bäume schlichen sie weiter, bis sie das Flugfeld vor sich sahen.

Eine Reihe von Hangars und kleinen Gebäuden stand neben der grasbewachsenen Startbahn, die sich in die Ferne erstreckte. Die Türen eines Hangars in der Mitte waren weit geöffnet und ein schlanker Privatjet rollte ins Freie.

»Da sind sie«, sagte Ryan und deutete auf die Limousine, die vor dem Hangar parkte. Der Leibwächter und der Fahrer sahen zu, wie der Jet hervorrollte.

»Wenn sie sie in das Flugzeug bringen, ist sie für

immer weg«, rief Steeg durch den Motorenlärm des Flugzeugs.

Ryan bemerkte einen alten Doppeldecker, der aussah wie etwas, was der Rote Baron vielleicht geflogen wäre. Er war an einem der Wellblechgebäude festgemacht. Wahrscheinlich gehörte es zu dem historischen Verein, der am Eingang genannt war. Ryan sah daran vorbei und stellte fest, dass die Gebäude an der Startbahn in einer Reihe standen. Von dort aus konnte man die Straße nicht sehen.

»Wir könnten hinter die Hangars fahren«, schlug er vor. »Von der Startbahn aus können sie das Auto nicht sehen. Wenn wir zwischen den Gebäuden hervorkommen, können wir sie vielleicht überraschen.«

»Und dann? Wie genau sieht dein Plan dann aus?«

»Da fällt mir schon noch etwas ein«, gab Ryan zu.

Steeg schüttelte den Kopf.

»Wie konnte es nur dazu kommen, dass ich Befehle von einem *Achtklässler* annehme?«

Sie liefen zurück zum Wagen, und Steeg fuhr hinter den Gebäuden entlang, wo sie nicht gesehen werden konnten. Als sie den Hangar mit dem Jet erreichten, übertönte das Heulen des Flugzeugmotors alle anderen Geräusche. Steeg fuhr so dicht wie möglich hinter den Hangar, bevor Ryan ihm befahl, anzuhalten, und hinaussprang.

»Warte hier!«

Ryan rannte zur vorderen Ecke des Hangars und sah sich um. Der Jet, ein kleines, aber elegantes Privatflugzeug, stand dicht vor ihm. Die Treppe war heruntergelassen und hinten standen zwei Ladeklappen offen. Der Leibwächter und der Fahrer halfen dem Piloten und zwei anderen Männern, Kisten in den Flieger zu verladen. Ryan erkannte das Logo von LTC-Technologies von dem Video, das Kasey und Danny in dem Lagerhaus aufgenommen hatten. Aung Win schmuggelte nicht nur Lan außer Landes, sondern mit demselben Flugzeug auch die gestohlenen, streng geheimen Hightechgeräte.

Plötzlich ging die hintere Tür der Limousine auf und Aung Win stieg aus und gab seinen Männern ein paar Befehle. Ungeduldig winkte er Lan zu, die sich aus dem Auto schob. Aung Win bedeutete ihr, in den Jet zu steigen, doch sie lief nur langsam los. Ryan rannte zurück zum offenen Fenster des Lexus.

»Sie bringen sie in den Jet«, sagte er. »Kannst du sie irgendwie beschäftigen?«

»Was hast du denn vor?«

»Ich werde Lan da rausholen.«

Steeg legte den Gang ein, drückte auf die Hupe und raste los. Wie ein Geschoss kam der Lexus zwischen den Hangars hervor und fuhr direkt auf den Jet zu. Steeg fuhr wie ein Wahnsinniger.

Ryan rannte los, denn ihm war klar, dass er nur ein paar Sekunden hatte, bevor Aung Win ihn sah. Vor ihm sprangen Lan und Aung Win beiseite, als der Lexus vorbeischleuderte. Der große Leibwächter zog bereits seine Waffe, als Steeg direkt auf ihn zuraste.

Der Lexus rammte die offene Tür der Limousine und riss sie glatt ab. Der Bodyguard versuchte noch, aus dem Weg zu springen, doch er war zu langsam. Der Lexus traf seine Beine – er wurde rückwärts über die Kühlerhaube geschleudert und stürzte zu Boden.

»Lan!«, schrie Ryan und lief auf sie zu. Sie sah auf und erschrak, als sie ihn sah. »Hierher!«

Sie reagierte einen Moment zu spät, sodass Aung Win sie schnell festhalten konnte. Er zog sie zu sich, doch Lan überraschte ihn dadurch, dass sie ihrem Onkel ihren Hinterkopf heftig an den Kiefer knallte. Aung Win schrie auf und ließ sie los. Lan stieß ihn fort und rannte weg.

Ryan deutete auf die dunklen Hangars.

»Da rein!«

Im Rennen sah er noch zurück. Steeg wendete den Lexus, um zu ihnen zurückzukommen. Doch der Fahrer der Limousine feuerte einen Schuss ab, der das Seitenfenster des Lexus zerschmetterte. Ryan erstarrte – hatte die Kugel Steeg getroffen? Doch der Lexus wendete erneut – Steeg schien nicht erwischt worden zu sein. Wieder knallte ein Schuss, was Steeg zwang, sich schleunigst von den Hangars zu entfernen.

Ryan schaffte es kurz nach Lan in den Hangar. Aung Win und der Fahrer liefen ihnen mit gezogenen Pistolen nach.

57

New York, USA

Der Hangar war riesig und dunkel. Wahrscheinlich handelte es sich um eine Art Wartungsbereich, vermutete Ryan. Überall standen Gestelle voller Flugzeugteile und Werkzeug herum. Er duckte sich mit Lan hinter eine große rollbare Treppe, mithilfe derer die Mechaniker wahrscheinlich die Flugzeugmotoren erreichten.

»Ihr hättet mir nicht nachkommen sollen«, flüsterte Lan. »Er wird euch auch umbringen!«

»Nur, wenn er uns kriegt«, widersprach Ryan.

Er nahm sie bei der Hand, und sie rannten tief geduckt hinter eine Reihe von Stahlregalen, um nicht gesehen zu werden. Die Tür zum Hangar schlug auf und Aung Win und der Fahrer kamen herein. Ihre erhobenen Waffen hoben sich als Silhouette gegen den Abendhimmel ab. Schweigend teilten sie sich auf – der Fahrer entfernte sich, während Aung Win in ihre Richtung kam.

An der langen Wand des Hangars standen drei Oldtimer-Flugzeuge. Zwei Doppeldecker wie der, der draußen stand, und eine Piper Cub mit einem großen Propeller an der Nase. Ryan deutete darauf und Lan schlich hinüber. Als sie an einer rollbaren Werkzeugkiste aus Metall vorbeikamen, hatte Ryan eine Idee. Er schnappte sich das erste Werkzeug, das ihm in die Hände fiel – ein Schraubenzieher, der ganz oben lag – und warf ihn quer durch den Hangar.

Mit lautem Knall fiel der Schraubenzieher auf der anderen Seite zu Boden. Sofort zielte und schoss Aung Win in diese Richtung. In dem geschlossenen Raum hallte der Schuss überlaut. Aung Win lief dem Geräusch nach, um nach Ryan und Lan zu suchen, während diese in die entgegengesetzte Richtung eilten.

»Ich glaube, ich habe einen Ausgang gesehen!«, wisperte Lan und deutete auf eine Ecke des Hangars, die im Dunkeln verborgen war. Dort waren schwach die Umrisse einer Tür zu erkennen.

»Gut«, flüsterte Ryan. »Wir sind schon halb da!«

Plötzlich ließ ihn das Scheppern einer Schraube auf den Betonboden herumfahren. Der Fahrer war direkt hinter ihnen! Geistesgegenwärtig riss Ryan Lan aus dem Weg, als ein weiterer Schuss dröhnte. Noch bevor der Fahrer erneut schießen konnte, war Ryan über ihm und benutzte seine Unterarme wie einen Rammbock, um den drahtigen Mann umzustoßen.

»Los, zur Tür!«, rief Ryan. Doch als er Lan folgen wollte, packte der Fahrer sein Bein und brachte ihn zu Fall. Ryan stürzte, und noch bevor er wusste, wie ihm geschah, war der Fahrer über ihm. Er war schnell, setzte sich über Ryan und legte ihm die Hände um den Hals. Ryan keuchte, aber er bekam keine Luft, weil ihn der Fahrer heftig würgte und versuchte, ihm die Luftröhre zuzudrücken.

Bamm! Lan schlug dem Fahrer einen Schraubenschlüssel an die Schläfe, sodass er umfiel und das Bewusstsein verlor, noch bevor er den Boden erreichte. Mit triumphierendem Gesicht streckte sie Ryan die Hand hin, um ihm aufzuhelfen: »Lass uns hier verschwinden!«

»Wie tapfer!«

Sie wirbelten herum und sahen Aung Win vor sich stehen, dessen Pistole auf Lans Kopf zielte. »Und so dumm! Habt ihr wirklich geglaubt, dass zwei Kinder einen Colonel der ASI überlisten könnten?«

Ryan stellte sich instinktiv schützend vor Lan.

Aung Win betrachtete ihn neugierig: »Was geht dich das an? Warum riskierst du so viel für jemanden, den du kaum kennst?«

Ryan erwiderte seinen Blick, ohne mit der Wimper zu zucken. »Sagen wir, das liegt in der Familie.«

»Letztendlich wird Myat Kaw doch nur eine kleine, einsame Stimme gegen die Macht der Generäle von Andakar sein.«

»Na, Sie hat sie jedenfalls ziemlich aufgeschreckt«, meinte Ryan.

»Wenn sie weg ist, wird sich kaum mehr jemand an sie erinnern.«

»Dann wird es jemand anderen geben, der meinen Platz einnehmen wird«, erklärte Lan trotzig. »Es wird immer Leute geben, die sich gegen Tyrannen wie dich auflehnen!«

Verärgert trat Aung Win vor und hob die Pistole … doch plötzlich hielt er inne, weil er etwas hörte, das Dröhnen eines Hubschraubers, der sich schnell näherte.

»Hier spricht das FBI!«, erklang eine Stimme über einen Lautsprecher. »Legen Sie die Waffen nieder und legen Sie sich auf den Boden!«

Verwundert sah Aung Win zu Ryan.

»Klingt, als würden die da draußen mit Ihren Leuten sprechen, aber ich bin mir sicher, dass sie eigentlich Sie meinen«, erklärte Ryan.

»Euer FBI und die Polizei können mir nichts anhaben«, höhnte Aung Win. »Ich genieße diplomatische Immunität.«

»Aber draußen auf dem Feld steht ein Flugzeug voller gestohlener militärischer Geheimtechnologie.« Ryan sah, wie Aung Wins Zuversicht ins Schwanken geriet. »Das ist Spionage. Dagegen schützt Sie Ihre Immunität nicht.«

Aung Win konnte seine Panik nicht mehr verbergen, als er erkannte, wie die Lage plötzlich aussah.

»Legen Sie augenblicklich die Waffen nieder«, erklang es erneut über den Lautsprecher. Instinktiv sah Aung Win zur Tür – im selben Augenblick begriff Ryan, dass das seine einzige Chance war, und sprang ihn an.

Er packte die Handgelenke des Mannes und riss seinen Arm nach oben. Aung Win feuerte einen Schuss ab, der so dicht an Ryans Ohr vorbeipfiff, dass er fast die Orientierung verlor, doch er schaffte es, dem Mann die Pistole zu entreißen und wegzustoßen. Als er versuchte, Aung Win den Ellbogen in den Bauch zu stoßen, reagierte dieser schnell. Er duckte sich unter dem Stoß weg und hieb Ryan kräftig ins Kreuz.

Ryan stolperte, doch in diesem Moment griff Lan ein und schwang den Schraubenschlüssel. Ihr Onkel wich dem Hieb geschickt aus und nutzte Lans eigenen Schwung, um sie zu Boden gehen zu lassen. Dann wandte er sich wieder Ryan zu, zog das Klappmesser und ließ die Klinge hervorschnellen.

»Du hättest mir die Verräterin einfach ausliefern sollen«, keuchte Aung Win und griff so schnell an, dass die Klinge Ryan nur knapp an der Schulter verfehlte, weil dieser sich flink wegdrehte. Ryan rannte los, weil er hoffte, Lans Onkel von ihr ablenken zu können, damit sie entkommen konnte. Doch schon nach ein paar Schritten war ihm klar, dass er Aung Win nicht davonlaufen konnte.

Ryan änderte die Richtung und lief auf einen der Doppeldecker zu. Kurz bevor Aung Win ihn eingeholt hatte, setzte Ryan zu einem Hechtsprung an und rutschte auf dem glatten Betonfußboden unter dem Flugzeug hindurch. Das brachte ihm ein paar Sekunden, weil Aung Win darum herumlaufen musste.

Im Rennen streifte Ryan mit der Schulter ein hohes Metallgerüst voller Flugzeugteile, das ins Schwanken geriet. Ein paar Teile fielen herunter. Ganz oben lag ein kleiner Propeller, der gefährlich wackelte und Ryan auf eine Idee brachte. Er lief zur Ecke des Gerüsts zurück und wartete.

Aung Win kam und blieb außer Atem stehen, als er Ryan sah. Ryan packte die Ecke des Regals und zerrte mit aller Kraft daran. Der Propeller fiel herunter und traf Aung Win am Kopf. Gleich darauf folgte der Rest des Regals, schließlich fiel das ganze Gerüst um und begrub Aung Win unter sich.

Stöhnend lag Aung Win am Boden und Ryan trat zu ihm und sah in an.

»Das ist für meine Mutter!«

»Ryan, komm schon!«, rief Lan.

Ryan warf einen letzten Blick auf Aung Win, der betäubt und reglos am Boden lag. Dann rannte er zu Lan, und gerade als sie die Tür erreichten, stürmte das FBI herein. Sie umstellten Aung Win und nahmen ihn fest.

58

Ort unbekannt

Tasha mochte den Mann mit der Fliege nicht. Aber er war ein notwendiges Übel. Sie hatte die Erfahrung gemacht, dass man die Leute, für die man arbeitete, nicht immer mögen musste.

Außerdem zahlte er gut.

Das Zimmer, in dem sie sich aufhielten, war dunkel und stickig, doch der salzige Geruch des Meeres in der Luft machte es fast erträglich. Hoffentlich würden sie nicht lange hierbleiben. Nur lange genug, um die Informationen zu bekommen, die sie brauchten.

John Quinn wehrte sich gegen die Lederfesseln, mit denen er an den Stuhl gebunden war. Wahrscheinlich war es gut, dass er geknebelt war, dachte Tasha, denn die hasserfüllten Blicke, die er ihr zuwarf, ließen vermuten, dass sie das, was er zu sagen hatte, lieber nicht hören wollte.

»Es wird leichter, wenn Sie sich nicht wehren«, sagte der Mann mit der Fliege. Er war klein, kahlköpfig und blass. Manche Leute hielten ihn für einen schüchternen, vergeistigten Professor. Aber Tasha hatte gelernt, ihn nicht zu unterschätzen. Der Mann mit der Fliege war der gefährlichste Mensch, den sie kannte.

Jetzt hielt er eine Spritze mit einer dünnen Nadel hoch.

»Sodium thiopental. Auch Wahrheitsserum genannt. Aber das hier ist meine eigene Version davon – Sie werden feststellen, dass sie sehr effektiv ist.«

Quinn kämpfte noch heftiger gegen die Fesseln an. Doch es nutzte ihm nichts. Er konnte nicht entkommen.

»Sie werden uns Namen nennen«, erklärte der Mann mit der Fliege. »Das klingt doch gar nicht so schwer, oder? Namen, Adressen, Kontaktinformationen. Und das Beste ist – wenn wir fertig sind, werden Sie sich an nichts erinnern. In zwei Tagen sind Sie munter und gesund sicher wieder zu Hause bei Ihrer Familie und werden keine Ahnung mehr haben, was hier passiert ist.«

John Quinn erstarrte. Endlich verstand er, was los war. Das ERC würde vernichtet werden. Und er war es, der den Untergang der Organisation herbeiführen würde.

Quinn sah Tasha an und flehte sie mit seinen Blicken an, das nicht zuzulassen. Doch es war zu spät, um es zu verhindern.

Der Mann mit der Fliege drehte sich zu ihr um.

»Ich glaube, es ist Zeit für den Anruf. Wir wollen ja nicht, dass sich seine Familie Sorgen macht. Sagen Sie ihnen, dass er bald zu Hause ist.«

Tasha nahm das Telefon und wählte. Sie wandte sich ab. Der Vorwurf des Verrats in Johns Augen hatte sie getroffen. Glücklicherweise wurde das Gespräch gleich angenommen.

»Tasha?«, meldete sich Jaqueline aus dem weit entfernten Amerika.

»Jaqueline! Gott sei Dank! Geht es Ihnen gut?«

»Ja, jetzt schon. Sind Sie bei John?«

»Ja«, antwortete Tasha. »Wir sind über die Grenze gekommen. Er ist beim Arzt, aber der bringt ihn schon wieder in Ordnung. Er wird wieder gesund.«

Hinter ihr brüllte John Quinn unter seinem Knebel auf. Doch das dauerte nur ein paar Sekunden. Dann wurde es still.

59

New York, USA

Endlich konnte Ryan seine Mutter in die Arme schließen.

Eine ganze Weile umarmten sie sich nur. Sie hätten sich beinahe für immer verloren, doch jetzt war alles gut. Endlich machte sich Jaqueline lächelnd los.

»Dad ist okay. Er ist raus aus Andakar.«

Ryan konnte es nicht fassen. »Hat er angerufen?«

»Tasha Levi hat angerufen. Sie hat ihn gefunden und ihm über die Grenze geholfen.«

»Sie hat es also geschafft!«

»Tasha kann anstrengend sein, aber sie ist tough. Jetzt sind sie in Thailand. Dein Dad war beim Arzt, um seine Wunde versorgen zu lassen, aber Tasha sagt, dass er bald zurückkommt und ganz gesund wird. Morgen oder übermorgen fliegen sie nach Hause zurück.«

Ryan wandte sich an Lan, die gerade aus dem verbeulten Lexus stieg, den Steeg gerade vor ihrem Haus parkte.

»Mein Dad ist entkommen«, rief er. »Du hast es geschafft. Du hast ihn gerettet.«

Noch nie hatte er Lan so strahlend lächeln gesehen. Erleichtert umarmte sie ihn.

»Mum, das ist Lan«, stellte Ryan sie vor, als Lan ihn losließ.

»Ich weiß genau, wer das ist«, erklärte Jaqueline und nahm Lans Hand. »Du bist eine mutige junge Frau. Wir werden alles tun, um dir zu helfen.«

»Ihre Familie hat schon so viel für mich getan.«

Ryan sah zu Kasey, die auf der Treppe zur Haustür stand und ihren Bruder begrüßte, der aus dem Lexus gestiegen war.

»Wie geht es Danny?«

»Er liebt die Aufmerksamkeit, die ihm gerade zuteilwird. Wahrscheinlich wird er noch in die Nachrichten kommen, wenn er so weitermacht. Ich glaube, es sind mittlerweile vier Räuber, die er eigenhändig in die Flucht geschlagen hat.«

Ryan lachte, doch Steeg schüttelte nur grinsend den Kopf.

»Schön, dass es dir besser geht, Ryan.«

In dem Moment erschien Agent Calloway auf der Bildfläche. Instinktiv rückten Ryan und seine Mutter dichter zusammen. »Ich muss schon sagen, Sie sehen beide aus, als hätten Sie eine ganze Menge durchgemacht.«

Die Agentin durchbohrte sie mit ihren Blicken, doch Jaqueline ließ sich nichts anmerken.

»Können wir Ihnen irgendwie helfen, Agent?«

Aber Agent Calloway wandte sich an Kasey. »Ich wollte mich nur bedanken«, sagte sie. »Ich dachte mir schon, dass wir dich hier finden. Wir haben uns sehr über das Video gefreut, dass du uns geschickt hast.«

»Ich bin froh, dass ich helfen konnte«, erklärte Kasey, ohne zu zögern. »Es war reines Glück, dass ich in dieses Lagerhaus gestolpert bin.«

»Mit laufender Kamera«, fügte Calloway hinzu. »Welch glücklicher Zufall.«

»Manchmal hat man eben Glück«, meinte Ryan, der sich das Grinsen kaum verkneifen konnte. Kasey spielte ihre Rolle wirklich cool.

»Unsere Verbindungsleute beim FBI haben Aung Win und seine Männer auf frischer Tat ertappt. Und die Militärregierung von Andakar leugnet jegliches Wissen um seine Aktivitäten. Er wird also für eine lange Zeit von der Bildfläche verschwinden.« Plötzlich sah sie Lan an. »Und wer bist du?«

»Emma Manado«, antwortete Lan, sich an den Namen auf dem falschen Pass erinnernd. »Ich bin zu Besuch hier.«

»Sie ist eine Austauschschülerin«, fügte Jaqueline hinzu.

»Aus Indonesien«, erklärte Ryan. »Sie bleibt eine Weile bei uns.«

Sie hielten alle zusammen. Agent Calloway nickte, sah sie der Reihe nach an, mit einem Blick, der klarmachte, dass sie keinem von ihnen auch nur ein Wort glaubte.

»Nun, willkommen in Amerika, Emma Manado. Ich hoffe, es gefällt Ihnen hier.« Dann wandte sie sich an Jaqueline: »Ich würde wirklich gerne mit Ihrem Mann sprechen, wenn er wieder zurückkommt«, sagte sie. »Wir haben immer noch eine ganze Reihe von Fragen.«

Damit drehte sie sich um und ging.

»Mann, ich weiß nicht, ob ich noch mehr davon vertrage«, meinte Steeg. »Ich dachte schon, in der Uni-Juniorenmeisterschaft zu spielen, wäre heftig gewesen. Aber das ist ja gar nichts im Vergleich zu dem hier.«

Ryan packte ihn an der Schulter.

»Machst du Witze? Du warst heute Abend da draußen echt klasse.«

»Es war auch ziemlich cool«, gestand Steeg und sah zu dem Lexus. »Aber ich glaube kaum, dass mein Dad unser Abenteuer ebenso cool finden wird.«

»Mach dir keine Sorgen um den Wagen«, erklärte Jaqueline. »Den bringen wir wieder in Ordnung und denken uns eine gute Geschichte für deinen Vater aus.«

Ryan wandte sich an Kasey: »Wir sollten uns besser beeilen, sonst schaffen wir es nicht mehr.«

»Schaffen was nicht mehr?«, wunderte sie sich.

»Der Herbstball! Der fängt doch um acht an, oder?«

»Ryan, ich habe vorhin nur Witze gemacht«, meinte Kasey. »Wir müssen da nicht hin – nach allem, was hier passiert ist.«

»Ich will aber hingehen. Lan ist frei, meinen Eltern geht es gut, und wir haben gerade den irrsten Stunt meines Lebens durchgezogen. Heute Abend will ich einfach nur ein normaler Schüler sein und zu meinem ersten Schulball gehen. Wenn das okay ist, Mum?«, fügte er hinzu.

»Ich finde, das ist eine gute Idee.«

Kasey sah an sich hinunter – sie trug Jeans und ein T-Shirt.

»Nun. So kann ich aber nicht gehen«, stellte sie fest, packte Steeg am Ärmel und zerrte ihn zum Auto. »Du musst mich nach Hause bringen, damit ich mich umziehen kann!«

Nervös sah Steeg Lan an.

»Ich will … ich meine … wahrscheinlich ist das komisch, aber … wenn du willst …«

Ryan grinste, weil Steeg ins Stottern geriet, entschloss sich dann aber, ihn zu retten: »Ich glaube, er will dich fragen, ob du mit ihm auf den Ball gehen willst?«

»Ja«, nickte Steeg. »Genau das.«

Lan wurde rot. »Ich habe noch nie mit einem Jungen getanzt.«

»Wir müssen ja nicht tanzen, wenn du nicht willst.«

»Oh doch, ich will schon!«

Wieder grinsten die beiden sich unbeholfen an.

Kasey hielt Lan die Autotür auf. »Dann steig ein – ich habe das perfekte Kleid für dich, das kann ich dir ausleihen.« Lan stieg ein und knallte die Tür zu. »Wir sehen uns später!«, rief sie Ryan zu.

Als der Lexus abfuhr, legte Jaqueline ihren Arm um Ryans Schulter.

»Ich bin so stolz auf dich. Ich hoffe, du weißt das.«

Ryan grollte zwar immer noch innerlich, weil ihn seine Eltern sein ganzes Leben lang angelogen hatten, aber darüber konnten sie später noch sprechen.

»Ich bin nur froh, dass es allen gut geht.«

»Wir werden uns ausführlich unterhalten, wenn dein Dad nach Hause kommt. Es gibt einiges, was du wissen musst. Aber heute Nacht sollst du dich einfach nur amüsieren. Sei einfach ein ganz normaler Junge und genieße es – du hast es verdient.«

Ryan hatte das Gefühl, als hätte seine Mutter noch andere Sorgen, abgesehen von dem Emergency Rescue Committee und dessen Projekten. Aber heute Abend wollte er ihren Rat befolgen und sich nicht darum kümmern.

Heute Abend würde er einfach Spaß haben.

Epilog

New York, USA

Die vorherrschenden Farben auf dem Herbstball waren Gelb und Orange. Überall hingen Banner und von der Decke und in der Schulcafeteria baumelten kürbisförmige Papierlaternen. Der Boden war mit zahllosen rotgoldenen Ahornblättern aus Papier bedeckt, sodass Ryan das Gefühl hatte, auf einem Waldboden zu laufen.

Die Party war schon eine Weile in Gang, als sie ankamen. Laut dröhnten die Bässe, und die Jugendlichen tanzten zu einem Hip-Hop-Song, den Ryan nicht kannte. Er sah sich unter den Leuten um, bis er Kasey entdeckte, die auf ihn zukam.

»Du siehst unglaublich aus!«, sagte sie.

Ryan trug einen schmal geschnittenen schwarzen Blazer mit einer grauen, eng sitzenden Jeans und kirschroten Basketballschuhen.

»Ich hatte nicht viel Zeit zum Einkaufen«, gab er zu. »Mum hat mir beim Aussuchen geholfen. Bis auf die Schuhe – das war meine eigene Wahl.«

»Nun. Du hast einen guten Geschmack.«

»Das habe ich ihr auch gesagt.«

Kasey lachte, als Ryan ihr Kleid bewunderte, ein

glitzerndes, silbernes Flatterkleid im Stil der Zwanzigerjahre mit einem Saum, der Funken sprühte, wenn sie sich bewegte.

»Wow, du siehst aus wie eine Discokugel.«

Kasey wirbelte herum, sodass kleine Lichter am Saum aufblitzten.

»Das war mein Kostüm für eine Musical-Vorstellung von *Der große Gatsby* letztes Jahr. Es ist ein bisschen auffällig, aber ich mag es.«

»Es ist perfekt«, erklärte Ryan völlig überzeugt.

»Die beiden sind echt süß zusammen«, stellte Kasey fest und nickte zu Lan, die an Steegs Arm hing. Beide hatten sich umgezogen und sahen toll aus. Steeg war einen Kopf größer als Lan und hielt sie schützend im Arm, während Lan über die wild tanzenden Schüler auf dem Dancefloor, die laute Musik und die Deko staunte.

Ryan verstand, wie merkwürdig und befremdlich ihr das alles vorkommen musste – es ging ihm ja selbst meist kaum anders. Aber die Wahrheit war, dass die Jugendlichen, egal von welchem Fleck auf der Welt sie auch kamen, nicht so verschieden waren – sie alle wollten einfach nur die Freiheit haben, sie selbst zu sein – wer immer das auch sein mochte.

»Hast du Danny gesehen?«, fragte Ryan.

»Hier entlang.« Kasey nahm seine Hand und zog ihn durch die Menge. »Deine Mutter hat ihn zu einem Helden gemacht.«

Sie fanden Danny, der auf einem an die Wand geschobenen Tisch in der Cafeteria saß, den bandagierten Arm in einer Schlinge. Um ihn herum standen Jungen und Mädchen und lauschten gebannt.

»Der Kerl wollte eine kleine alte Dame überfallen, und ich so: *He du, weg da, sonst mach ich dich alle!*«

Ryan grinste, als Danny seine Geschichte weiter ausbaute: »Also, ich will gerade zu Karate übergehen, als der Kerl eine Machete zückt.«

»Eine Machete?«, hakte Ryan nach.

Danny zwinkerte einem hübschen Mädchen in seiner Nähe zu und stand dann auf, um zu Kasey und Ryan zu gehen. »Das heute war total fünf Stiche wert!«

Ryan lachte – Dannys Begeisterung war ansteckend. »Offensichtlich.«

»Und was passiert jetzt? Ich meine, sind wir jetzt offizielle Mitglieder des ERC? Sollen wir Leute retten und so?«

»Ich weiß nicht.« Ryan sah Kasey an. »Ich weiß nur, dass wir zusammen etwas geschafft haben, was wir allein nie fertiggebracht hätten. Also vielen Dank.«

»Genug gequatscht, Jungs«, verlangte Kasey. »Wir sind doch hergekommen, um zu tanzen, oder?«

Mit spitzbübischem Grinsen lockte sie die beiden zur Tanzfläche. Danny, den Arm in der Schlinge, wiegte sich schon im Takt, während er ihr folgte.

Ryan war ein wenig nervös. Würde er wie ein Idiot dastehen, wenn er versuchte, zwischen all diesen Leuten zu tanzen, die aussahen, als wüssten sie, was sie taten? Er holte tief Luft und wollte sich gerade überwinden, als Direktor Milankovic sich vor ihm aufbaute.

»Mr Quinn. Wie schön, dass es dir wieder besser geht.«

»Äh, oh ja, danke.«

Direktor Milankovic sah ihn so streng an, dass Ryan schnell noch hinzufügte: »Ich bringe Ihnen am Montag eine Entschuldigung von meinen Eltern mit.«

Der Direktor nickte und wurde ein wenig sanfter. »Schön, dass es dir gut geht. Ich habe mir schon Sorgen gemacht.«

»Danke.«

Ryan fand sein Verhalten ein wenig merkwürdig, als ob es ihn persönlich etwas anging. Aber Ryan kannte Milankovic erst seit ein paar Monaten, vielleicht war der immer so. Er tat das komische Gefühl als unwichtig ab und wollte zur Tanzfläche laufen, als ihn der Direktor plötzlich am Ellbogen ergriff und ihn zurückhielt.

»Ich muss mit deinen Eltern sprechen«, flüsterte er eindringlich. Er sah auf und blickte sich um, als wolle er sich vergewissern, dass sie niemand beobachtete. »Es gibt so vieles, was du nicht weißt.«

»Was zum Beispiel?«

»Das solltest du nicht von mir erfahren. Aber du hast es verdient, die Wahrheit zu wissen.« Jetzt sah er Ryan in die Augen. »Die Wahrheit darüber, wer du wirklich bist. Frag deine Eltern.«

Abrupt ließ ihn Direktor Milankovic los, verschwand in der Menge und ließ Ryan völlig verwundert zurück.

Was meinte er damit: die Wahrheit darüber, wer er war?

Er wollte ihm schon nachlaufen, doch plötzlich war Kasey da und fasste nach seiner Hand.

»Komm schon!«, forderte sie ihn auf. »So schlimm ist das gar nicht.«

Ryan sah Milankovic nach, ließ sich dann aber schließlich von ihr auf die Tanzfläche ziehen, wo ihn bald ein Meer von Teenagern verschluckte.

»Es ist in Ordnung, loszulassen«, rief Kasey. »Es ist alles vorbei!«

Ryan wusste, dass es nicht vorbei war. Eigentlich fühlte es sich eher wie ein Anfang an. Aber sie hatte recht. Heute Abend waren alle zu Hause und das Leben war schön.

Also versuchte Ryan zu vergessen, was vielleicht vor ihm lag, und versuchte, sich darauf zu konzentrieren, wo er sich im Augenblick befand. Er war vielleicht kein guter Tänzer, aber das schien keine große Rolle zu spielen. Umgeben von seinen Freunden, ließ Ryan endlich locker, ließ sich von der Musik und dem Gelächter mitreißen – und wenigstens für eine kleine Weile war das Leben perfekt.

Fortsetzung folgt …

Ron McGee

REBEL AGENT

Der Verräter

Band 2

Und so geht es weiter:

Nachdem Ryan entdeckt hat, dass seine Eltern als Geheimagenten für das ERC arbeiten, ändert sich sein Leben radikal. Die erste brandgefährliche Operation in Andakar hat er unbeschadet überstanden, doch was kommt dann?

Zurück in New York wollen seine Eltern ihre Tätigkeit im ERC, dem Emergency Rescue Committee, kleinreden, ebenso wie die Tatsache, dass sie Ryan ein Leben belogen haben. Doch Ryan kann und will sich davon nicht einlullen lassen. Erst recht nicht, als sich herauskristallisiert, dass es in den Reihen des ERC einen Verräter gibt. Gleichzeitig braucht das ERC wieder seine Hilfe.

Erneut bricht Ryan auf in ein Land, in dem hinter jeder Ecke der Tod lauert. Und diesmal geht es wirklich ums Ganze – denn nicht nur die mutigen Revolutionäre, sondern auch Ryans Eltern müssen um ihr Leben fürchten, und allen voran er selbst …

cbt Taschenbuch

ca. 350 S., € 9,99

978-3-570-31243-8

erscheint Dezember 2018

Chris Bradford

BODYGUARD

Der 14-jährige Martial-Arts-Experte Connor Reeves entspricht nicht gerade dem, was man sich unter einem typischen Bodyguard vorstellt – und genau deshalb ist er so hervorragend geeignet für seinen neuen Job: Er wird für eine geheime Einheit hochprofessioneller junger Bodyguards angeworben, die jugendliche Stars und die Kinder superreicher Eltern begleiten sollen. Denn wer könnte sie unauffälliger beschützen als ein Gleichaltriger? Nach einem gnadenlosen Training heißt es dann für Connor Reeves bei seinen brandheißen Aufträgen: *Und Action!*

Die Geisel
Band 1, 480 Seiten,
ISBN 978-3-570-40275-7

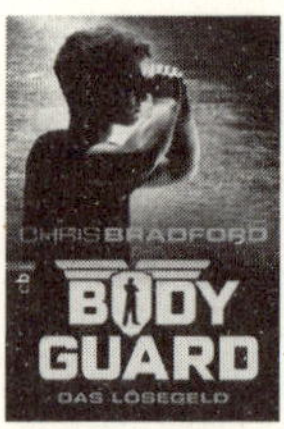

Das Lösegeld
Band 2, 480 Seiten,
ISBN 978-3-570-40276-4

Der Hinterhalt
Band 3, 448 Seiten,
ISBN 978-3-570-40315-0

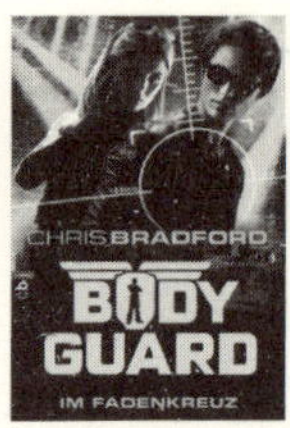

Im Fadenkreuz
Band 4, 480 Seiten,
ISBN 978-3-570-40316-7

Der Anschlag
Band 5, 350 Seiten,
ISBN 978-3-570-40350-1

40300_5

cbj

www.cbj-verlag.de